감각의 구원

김홍진 문학평론집

감각의 구원

개미

　우리는 세대 간의 소득 및 자산 불평등의 세대를 살아가고 있습니다. 아울러 수도권과 지방 혹은 의료시설이나 의료인력에 대한 불균형 또한 심각한 상황입니다. 이로 인한 한국인의 소수자 포용에 대한 인식을 달리해야 한다는 담론에 동의합니다. 이에 장애인을 비롯해 소수자들이 사회적으로 인종이나 성별, 계급, 지역적 차이에도 불구하고 누구에게나 사회 구성원으로서 배제되지 않고 존중받으면서 기회와 균등이 보장되는 사회가 되기를 염원합니다. 전문예술단체 〈장애인인식개선오늘〉은 대전광역시 · 대전문화재단의 후원을 받아 이 책을 발간하게 되었습니다. 저자도 자신의 정체성을 극복하며 '장애인 문화운동'에 어깨를 빌려주었습니다. 포용의 사회를 꿈꾸는 데 많은 장애 · 비장애 문인에게 일독을 권면할 수 있게 되었습니다. 김홍진 교수의 『감각의 구원』은 이론과 경험의 다양한 텍스트를 학습하는데 유의미하다고 사료됩니다. 모쪼록 이러한 노력과 참여가 소수자 문학인 '장애인 문학'의 나아갈 지향점을 제시하는데 발화점이 되기를 소망합니다. 참여하신 모든 분과 운영진에게 깊이 감사드립니다.

2024년 12월
전문예술단체 〈장애인인식개선오늘〉
대표 박재홍

몇 권의 비평집을 냈다. 그리고 다시 비평집을 낸다. 늘 그랬지만, 이 글들을 쓰는 동안 백지의 사막, 사막 같은 백지 위에서 나는 공포에 떨며 좌절하고 실의에 빠져 허덕인 꼴이다. 눈은 흐리고 감각은 무디며 천성은 게으른 탓이다. 사막 같은 백지의 막막함과 순결한 처녀성은 나를 매번 좌절시키고 낙담에 빠트렸다. 간신히 버티며 써내기는 했지만, 내가 쓰고 싶은 글은 결국 한 편도 완성하지 못했다. 내 글쓰기의 욕망은 매번 유예되고 미완과 미지와 결핍의 잉여를 남길 뿐이었다. 텍스트는 다가가면 손에 잡힐 듯하지만 매번 그만큼의 거리로 물러나 있었다.

글쓰기는 악몽이다. 그 악몽의 두려움과 공포가 나를 불안에 떨게 만든다. 무언가를 열렬히 뒤쫓지만 끝내 따라잡지 못하는, 또는 무언가로부터 필사적으로 도망치려 몸부림치지만 제자리에 머물러 있는 악몽 속에서 발버둥쳐왔다. 아무리 움직이려 애써도 계속 같은 자리에 꼼짝하지 못하고 붙박힌 부동성의 공포에 질려 잠을 깬 것 같은 기분이다. 다시 비평집을 내지만 나의 글쓰기는 이렇게 한 발짝도 앞으로 나가지 못한 꼴이다. 쳇바퀴 속 다람쥐가 된 꼴이다. 그나마 글쓰기란 본질적으로 사막을 걷는 것처럼 막막한 행위라는 점을 들어 위안할 뿐이다.

글쓰기는 막막한 사막을 건너는 카라반처럼 타오르는 갈증을 경험하는 여행이다. 미완과 결핍, 공포와 좌절, 불가능의 꿈이 다시 글쓰기의 고뇌 어린 모험을 감행하게 한다. 텅 빈 백지 위에 쏟아지는 램프의 황량한 불빛 아래 초라하게 앉아 있는 영혼이 안쓰럽다. 백지의 순결한 유혹은 오아시스처럼 저만치서 나를 유혹하지만 다가서면 매번 사라지는, 에우리디케의 손을 놓쳐버린 오르페우스의 텅 빈 손이다. 사막을 건너는 나그네는 저만치서 손짓하는 오아시스를 보고 지친 발걸음을 옮긴다. 아무리 다가가도 끝내 바라는 지점에 도착할 수 없다는 실패와 좌절을 예감하면서도 갈 수밖에 없는 게 비평의 운명이 아닐까.

조금만 더, 조금만 더 그곳에 다가가면 내가 바라는 그녀가 나를 반길 것이다. 그러나 눈앞의 오아시스는 신기루, 다가서면 저만큼 물러나 나에게 다시 손짓한다. 다가가면 언제나 그만큼의 거리로 다시 물러나는 환영, 나를 부르는 여인. 나는 결코 그녀에게 도달할 수 없을 것이다. 내가 꿈꾸는 글쓰기에 대한 환상은 사막의 신기루와 같아서 다가서면 다시금 그만큼의 거리로 저만치서 나를 유혹하는 이루지 못한 첫사랑 여인과 같다. 모든 글쓰기는 신기루를 보고 밑도 끝도 없이 사막을 걷는 행위에 다름 아닌 것이다. 결코 도달할 수 없는 텍스트의 심연, 그 앞에 무릎 꿇고 절망할 줄 알면서도 유혹에 이끌려 떠난 모험이 비평의 언어이다.

사막을 건너는 내 비평적 언어의 욕망도 신기루처럼 허망한 것이 아닐까? 그러나 허망할지라도, 그 깊은 텍스트의 심연에는 한 발짝도 들이지 못한 채 그 언저리를 떠돌다 좌절할지라도 오아시스를 꿈꾸며 갈 수밖에 없는 게 비평의 운명이다. 꿈꾸지 않는다면 사막을 건널 수 없는 것처럼, 언제나처럼 미수에 그칠지라도 환상의 그녀를 찾아 길을 떠나지 않는다면 비평의 언어는 탄생하지 못할 것이다. 따라서 여기 실린 모든 글은 텍스트의 심연에는 다다르지 못한 채 그 언저리를 서성이며 간신히 맡은 어렴풋한 서정의 향기에 대한 기록이다. 그 향기는 좌절된 욕망의 흔적을 담고 있으며, 텍스트의 심연에는 한 발짝도 들어가지 못하고 미수에 그쳐 버린 실패한 독서의 잔해물이다.

모든 글쓰기의 모험은 편견과 오독의 산물이어서, 그 자체로 미완이며 결핍이다. 길을 떠나며 꿈꾸었던 심연의 적층에 도달하지 못한 헛된 욕망과 편견의 부산물이며 좌절의 기록일 뿐이다. 앞으로도 내가 바라는 글은 결코 완성되지 못하리라. 텍스트와 행복하게 일치하는 읽기와 쓰기란 존재하지 않는다. 다만 묵묵히 그 막막함과 대면하며 낙타처럼 천천히 걷는 행위가 있을 뿐이다. 나의 걸음은 느리고, 눈은 흐릿하며, 감각은 무디고, 정신은 우둔하다. 그리하여 부끄러움과 민망함을 감출 수 없다.

이 책에 실은 글들은 2022년 가을 『언어 사원의 사제들』을 간행할 때 싣지 못했던 몇 편의 평문과 그 후 문예지에 발표했던 글, 그리고 시집 해설을 청탁받아 쓴 글들을 추려 엮은 것이다. 1부는 우리 한국 현대 시사에서 주요하게 평가할 만한 시인들의 작품 세계를 다룬 시인론 내지는 작품론 성격의 글이며, 2부는 현재 우리 시단에서 활발하게 활동하는 시인들의 근작 시에 대한 단평이고, 3부는 개별 시인의 시집이 간직한 미적 형질을 조명한 글이며, 4부는 메타비평 성격의 글이다.

이 책을 내는 데 계기를 만들어준 전문예술단체 〈장애인인식개선오늘〉 대표를 비롯해 운영진에게 깊은 고마움을 표한다.

2024년 12월
김홍진

감각의 구원
차례

제3부

시의 집 안 풍경

제4부
시의 현실과 비평적 성찰

살림과 공존의 생명시학
— 고정희 시를 향한 생태 여성론적 시선

> 생명은 단순한 것이다. 시원으로 돌아가자. 함께 길
> 을 잃었던 그곳으로 돌아가지 않으면 안 된다. 생명
> 이 시작된 곳으로. 물이 더럽혀지지 않은 곳으로.
> — 안드레이 타르코프스키

1. 여성과 생태와 민중

한국 현대시에서 여성과 생태에 대한 문제의식을 첨예하게 전경화한 작품을 마주하는 일은 그리 어려운 일이 아니다. 그리고 문학을 포함한 다양한 분야와 영역에서 페미니즘이나 생태주의에 관련한 비평적 담론 역시 상당한 적층을 이루고 있다. 그럼에도 불구하고 남근 · 가부장제 · 착취 · 억압 등과 관련한 페미니즘, 여성 · 자연 · 환경 · 생명 등과 연관한 생태학에 대한 관심은 여전히 절실하고 유효한 주제이다. 이와 관련한 탐색과 성찰은 자본주의적 현실원칙, 비만한 도구적 이성의 독재 체제, 남근 중심의 지배 질서, 인간중심 세계관의 인식론적 대변혁이 없는 한 잠들지 않을 것이다.

널리 알려진 것처럼 생태와 여성이 만나는 지점은 에코 페미니즘이다. 이 용어는 여성의 잠재력을 생태학적 혁명으로 끌어들이려는 노력으로부터 출발한다. 도구적 이성과 남근 중심의 사유 체계는 동일한 논리 구조로 작동한다. 둘은 동전의 양면이다. 불가분리의 짝패이다. 이성과 남근이라는 일란성 쌍둥이의 횡포에 대한 항체와 대안은 우리가 타자로 취급하면

서 대상화하고 배제 억압한 여성성의 원리가 지닌 잠재력에서 찾을 수 있다는 것이다. 도구적 이성에 의해 착취 파괴된 자연의 생명 회복과 남근 중심의 이데올로기에 의해 억압 배제된 여성성이 지닌 생명성의 회복은 서로 다른 말이 아니다. 인류 역사 이래 남근 중심의 가부장적 제도는 여성을 타자로 억압해 왔으며, 도구적 이성 중심을 토대로 하는 자본 권력은 끊임없이 자연을 착취 파괴해 왔다. 에코 페미니즘은 이러한 착취와 억압, 파괴와 훼손, 배제와 폭력, 소외와 차별, 주변화와 대상화의 사슬을 끊고 자연 해방, 인간 해방을 지향한다.

한국 현대시에서 생태주의와 여성주의 시를 논의할 때 중요한 자리를 차지하는 시인이 고정희이다. 그 시의 품은 넓고 강렬하고 깊다. 시인의 시 세계에 대해 우리가 아는 통념은 대체로 페미니즘, 기독교, 민중적 성향과 연관해 있는 종류의 것들이며, 형식적으로 시행 배열의 형태성을 통해 시각적 의미를 추구하는 형태시 기법과 씻김굿 형식 등을 원용하는 실험정신에 관한 종목들이다. 무엇보다도 고정희는 유신 독재와 개발 독재, 산업화와 공업화, 근대화와 도시화의 질곡 한복판을 고통스럽게 건너간 시인이다. 그의 시는 이러한 현실에 대한 치열한 고민과 적극적이며 실천적으로 대응한 결정체이다.

고정희는 군사 독재정권, 파시스트적 자본주의의 전개, 억압적 가부장제 등이 양산한 사회구조적 모순을 직시하고, 그로 인해 억압 착취당하는 하위주체들, 특히 여성과 민중과 자연 생태계가 처한 고통스러운 상황을 생명의 세계로 변혁하려는 신념을 줄곧 실천했다. 이를테면 자본주의 근대성의 전면적 확대 강화 과정에서 발생할 수밖에 없는 반여성·반생명·반민중적 태도를 극복하고 평등과 해방의 생명 세계를 구축하려는 실천윤리가 그의 시의 핵심 요체를 이룬다. 토인비의 저 유명한 명제처럼 자연은 인류의 어머니이다. 자연은 모성, 지구의 비유인 가이아는 모든 생명을 탄생하고 양육하는 모성 그 자체를 상징한다. 이 지점에서 고정희 시의 여성성은 생태주의나 민중성과 의미론적 합일을 이룬다. 그의 시는 이성 중심 사유와 상징질서에 저항하면서 인류 문명적 차원에서 여성의 원리, 생명의 원리, 땅의 원리 회복을 지향한다.

인간중심의 도구적 이성과 합리성에 기초한 근대화, 혹은 과학기술을 토대로 하는 자본주의의 물신 욕망은 생명을 관장하는 여성적 원리를 핍박하고 폐절해 왔다. 개발 논리에 따라 자연을 타자로 대상화해 파괴해 왔다. 그 결과 자연 환경은 살림과 생명성보다는 죽음과 불임의 위기 상태에 봉착했다. 고정희 시가 포괄하는 페미니즘, 민중성, 생태주의는 공통적으로 물질문명과 정신 문화를 통제하는 지배 권력과 논리를 전복하고, 억압받는 여성과 자연과 민중의 생명 원리를 회복하고자 하는 실천적 윤리성에 기초한다. 파괴된 자연은 곧 파괴된 여성과 민중, 생명과 사랑, 자유와 인간성의 다른 이름이다. 그 역도 마찬가지이다. 자연과 여성과 민중은 남성성으로 상징되는 이성 중심의 이데올로기와 근대적 개발 논리에 의해 착취되고 희생되었기 때문이다. 따라서 우리가 고정희 시를 페미니즘이나 민중주의 시각에 연관해서 읽을 때 그것은 분명 여성성의 원리로서 생태주의적 시각을 함께 포함한 것이어야 한다.

문학은 지식의 절대적 권력화와 고정관념의 상식, 지배 이데올로기와 상징질서에 저항하면서 인간의 현실과 미래를 비추는 거울이다. 그렇다면 우리는 문학에서 생태와 여성적 상상력의 지평을 확장하지 않을 수 없다. 고정희 시는 그 확장의 본보기이다. 그의 시는 전 지구적 차원의 압도적이고 거대하며 막강한 자본주의 체제가 배태한 문제들 속에서 어떻게 우주의 리듬과 연결되어 살아가야 할지 숙고한다. 그는 사람이 거대한 생태계의 우주적 원리 속에서 어떻게 살아가야 하는지를 감각하는 생태학적 정체성과 아직 상징화되지 않은 영역으로서 여성적 상상계를 통해 가부장적 상징질서를 허물고 새로운 상징질서, 새로운 문화인류학을 창조하려는 시적 실천을 보여주기 때문이다.

2. 악령의 자본과 대지의 식민화

생태학적 위기의식은 문명에 의한 자연 파괴에서 비롯하는 인간의 생존과 뭇 생명의 조건으로서 생태계 파손이라는 절박한 문제의식에서 비롯한다. 우리 사회에서 자본주의의 파시스트적 성장은 그 파행성과 폭력성으로 말미암아 자연환경을 심각하게 훼손했다. 비단 그것은 우리 사회나 특정 지역이나 국가만의 경우가 아니다. 전 지구적인 보편 현상이다. 우리는 단지 생명이 거세된 "낙원문 밖에 서서/ 낮이나 밤이나 안식을 그리지만/ 하루씩 고통과 깊어지고 있을 뿐"이다. 우리는 "하루씩 낙원과 멀어지고 있을 뿐"(「순례기 · 4」)이다. 낙원으로부터 추방된 우리는 이제 대지 위에서 생명을 존속하지 못할지도 모른다. 자연, 환경, 생명, 문명의 위기의식에서 기인하는 불안감은 민감하게 우리의 정서와 생활을 지배한다. 이러한 불안의식은 문명 전환의 열망을 더욱 절박하게 만든다. 절실함이 생태적 패러다임으로 우리의 시선을 끌어들인다.

> 권력의 꼭대기에 앉아 계신 우리 자본님
> 가진 자의 힘을 악랄하게 하옵시매
> 지상에서 자본이 힘 있는 것같이
> 개인의 삶에서도 막강해지이다
> 나날에 필요한 먹이사슬을 주옵시매
> 나보다 힘없는 자가 내 먹이사슬이 되고
> 내가 나보다 힘 있는 자의 먹이사슬이 된 것같이
> 보다 강한 나라의 축재를 북돋으사
> 다만 정의와 평화에서 멀어지게 하소서
> 지배와 권력과 행복의 근본이 영원히 자본의 식민통치에 있사옵니다. (상향~)
> ―「밥과 자본주의 ― 새 시대 주기도문」 중에서

이성과 합리성을 근간으로 하는 근대성은 끊임없이 인간 욕망의 확장과 문명의 진보를 도모해 왔다. 인간에 의해 자연이 통제 가능하다는 신념은 파괴와 개발 논리를 정당화해 온 것이다. 인간은 자신의 욕망 충족을 위해 빈번하게 자연 환경의 변화를 모색해 왔다. 자본주의 산업 문명은 인간 욕망을 채우기 위하여 자연계의 제반 조건들을 변화시키고 지배와 개발과 착취의 대상으로 삼았다. 그 과정에서 자연에 본래 내재한 생명체들 사이의 유기적 질서는 훼손될 수밖에 없었다. 그 결과 세계는 "나보다 힘없는 자가 내 먹이사슬이 되고/ 내가 나보다 힘 있는 자의 먹이사슬"이 될 뿐인 지배와 착취, 폭력과 희생의 악순환만이 있을 뿐이다. 이는 자본주의 산업 문명이 과학기술과 합리성과 경제성의 원리를 앞세워 자연을 개발하고, 이러한 개발은 욕망의 확대 재생산 구조 속에서 착취와 파괴의 과정을 연속하는 식민화의 도정을 걸어왔다는 점을 환기한다. 그리하여 우리는 "악령의 자본이 시대를 제패"(「밥과 자본주의 ― 브로드웨이를 지나며」)한, 지배와 착취의 먹이사슬로 연쇄되는 "자본의 식민통치"라는 타락한 세계, 지옥의 현재적 세속 판을 사는 것이다.

패러디의 중요한 한 기능은 비판이다. 시인은 주기도문을 패러디해 자본 권력과 제국주의의 폭력성, 물신의 신전으로 타락한 종교를 냉소적으로 비판한다. 자본은 무소불위의 권력이다. 시인은 자본 권력에 의해 모든 것이 지배되고 결정되는 식민적 상황을 냉소적으로 바라본다. 자본의 물신 욕망이 지배하는 현실의 정치 경제 종교적 성격에 대한 사회과학적인 통찰을 깔고 있다는 점에서 고정희 시의 한 특징적 단면을 살펴볼 수 있다. 시인은 압도적인 자본 권력이 절박한 생존의 문제에 직결해 있으며, 우리 사회의 여러 다른 모순들과 긴밀히 연관해 있음을 갈파한다. 자본은 권력이며 신이다. 물신의 힘은 악랄하고 막강하다. 세계는 자본 권력이 지배하는 물신의 신전이며, 약육강식의 먹이사슬로 연쇄될 뿐이다. 이러한 메커니즘은 세계와 인간을 "정의와 평화에서 멀어지게 하"고 "영원히 자본의 식민통치" 아래에 놓이게 한다. 고정희 시에 전경화되는 여성, 민중, 생태 의식은 이러한 구조의 내적 연관 속에서 복합적으로 펼쳐진다. 타자 혹은 하위주체로서 소외와 배제, 주변화되고 대상화된 여성, 민중, 자연, 생명에 대한 문제는 한 뿌리에서 자란 한 나무의 가지이다.

> 하오나 어머니,
> 땅이 농사꾼의 믿음이고 신념이고 자랑이던 시대는
> 이제 끝이 난 것일까요
> 땅이 어머니의 그윽한 사랑이고 힘이고 빛이던 시대는
> 이제 영영 사라진 것일까요
> 아아 한여름을 푸르고 넓은 들밭에서
> 곡식들의 싱그러운 뿌리를 토닥이며
> 줄기를 쓰다듬으며
> 지심이란 지심을 모조리 뽑아
> 강물 같은 땀으로 대지를 먹감기던 어머니의 모습은
> 이제 다시 볼 수 없는
> 도시화 시대의 전설이 된 것일까요.
> ―「대지를 먹감기는 어머니」 중에서

근대적 인식론에서 인간과 자연, 이성과 감성, 문명과 야만, 남성과 여성, 정신과 물질, 주체와 객체의 위계적 분리는 전자를 절대적인 우위에 둔다. 이렇게 완고한 상징질서는 생태적 정체성이 내포하는 삶의 장소를 점검하고 환경을 반성적으로 사유하는 능력을 거세한다. 상징질서에 편입되지 못한 무정형의 파편적 부스러기 등으로 은유하는 여성적 상상계를 억압한다. 이러한 세계는 '낙원문 밖' '악령의 자본'이 지배하는 고통스럽고 타락한 세계일 뿐이다. '낙원문 밖' '자본의 악령'이 지배하는 문명의

인공 도시는 대지의 생명이 폐절된 사막과 같다. 욕망의 부피에 따라 무한히 도시가 팽창하고, 이에 따라 인간은 점점 왜소화되었다. 우리는 사막의 땅으로 추방당한 듯 유배의식에 사로잡힐 수밖에 없다. 그러한 세계에서 "강물 같은 땀으로 대지를 먹감기던 어머니의 모습", 그 풍만하고 안온하며 여유롭고 너그러운 대지의 여신, 대지모의 품이 발현하는 생명 현상의 황홀감은 그저 전설이며 신화적 이야기에 불과하다. 우리는 아무도 그것을 지금 살아 있는 실재의 풍경으로 읽지 않는다. 대지의 어머니, 생명의 황홀은 이제 기억 속의 신화적 전설에나 존재하기 때문이다.

우리 사회의 본격적인 산업화와 공업화는 전면적인 도시화 시대를 연다. 신이 자연을 창조했다면 인간은 도시를 창조했다. 르 클레지오의 말처럼 인간은 도시를 창조했다. 콘크리트, 타르, 유리를 발명함으로써 새로운 인공 정글을 만들어냈다. 하지만 아직 그 정글의 주인은 아니다. 오히려 인간은 도시의 정글에 갇혀 본래의 자기 정체성을 상실했다. 사람들은 도시의 소모품, 시장의 노예로 전락한 것이다. 근대 초기 풍요와 안락, 편리와 행복, 출세와 성공의 상징으로서 동경의 대상이던 도시는 자본 권력과 논리가 지배하는 거대한 시장, 물신의 신전이다. 사람들은 콘크리트와 철근, 유리와 아스팔트에 감금되어 대지로부터, 생명의 낙원으로부터, 생명의 어머니로부터 멀어졌다. '낙원문 밖' '자본의 악령'이 지배하는 도시적 삶의 현실에서 "땅이 농사꾼의 믿음이고 신념이고 자랑"이며, "땅이 어머니의 그윽한 사랑이고 힘이고 빛"이며, "한여름을 푸르고 넓은 들밭에서/ 곡식들의 싱그러운 뿌리를 토닥이며/ 줄기를 쓰다듬"는 생명의 여신은 기억 속의 신화적 전설에서나 가능한 이야기가 되어버린 것이다.

그러나 이성, 과학, 기술, 합리, 남성적 상징질서의 범주에서 배제 억압된 기억 속의 신화나 전설적인 이야기는 원초적 동일성으로 충만한 생명의 원리에 대한 동경을 아프게 일깨운다. 이 반성적 동경은 자본 권력에 지배당하는 일상적 삶의 질과 생명의 위기를 문제 삼도록 만든다. 잃어버린 어머니의 땅으로 다시는 돌아갈 수 없다는 절망적이며 암울한 현실 인식의 강렬함은 고정희 시가 내장한 심미적 자질이 무엇인지를 가늠할 수 있게 한다. 이러한 비극적 세계 인식, 절규에 가까운 시적 외침은 역설적으로 타락한 현실에 대한 시인의 강고한 저항과 거절을 환기한다. 여기서 주목해야 할 것은 자본의 악령이 지배하는 문명의 도시에 대한 거부가 어머니, 곧 생명의 대지 품으로의 회귀와 직결되어 있다는 것이다.

어머니로 은유한 땅과 대지는 우리가 다시 돌아가야 할 모성으로서의 생명 세계인 것이며, 근대화·산업화·도시화의 과정에서 잃어버린 생명, 상징질서에 의해 억압된 그 무엇인가를 되찾을 수 있는 시원으로서의 장소라는 점이다. 모든 생명을 양육하는 살림으로서 어머니의 모성과 생명의 땅은 궁극의 원리이다. 그러한 맥락에서 고정희 시에서 어머니로 은유한 여성과 자연은 민중과 같이 억압의 하중을 견디는 동격의 위치에 존재한다. 이것은 곧 대등한 관계에서 연대와 일체성을 통해 근대성이 배태한 여러 고통스러운 상처를 치유하고 극복하려는 윤리적이며 심미적인 방식으로 볼 수 있다. 요컨대 상징질서의 폭력에 노출된 다양한 하위주체들이 고통을 겪으면서 각자의 자리에서 억압의 하중을 견디는 가운데 이를 극복해나가는 과정을 자연에 대한 비유를 통해 획득한다.

3. 자연과 여성 원리의 상상력

주지하다시피 지금 우리가 마주한 위기가 압도적 권력을 행사하는 이성 중심적 사유와 과학기술을 중심으로 하는 기계론적 세계관, 이를 기반으로 하는 자본주의 발전과 인간의 무한한 물신 욕망이 위기의 근원적 뿌리라면 지금이야말로 생태적 정서와 사유가 보다 더 절실히 요구된다. 모든 존재를 독립된 원자나 기계 부품처럼 취급하는 태도에서 개별 존재는 아무런 연관성 없이 그저 지배와 착취의 대상일 뿐이다. 타락한 세계에서 유기적 전체성과 상호의존적 존재성은 온전하게 보장될 수 없다. 이러한 문제의식에서 고정희 시의 여성과 생태와 민중 의식은 서로 교집합을 이룬다. 그것은 서로 동떨어진 별개의 것이 아니다.

고정희 시인이 보여주는 여성, 생태, 민중적 관점은 자연과 인간의 조화로운 질서, 평등과 평화, 자유와 해방을 위해 '자본주의 가부장제 세계체제'(마리아 미스·반다나 시바, 손덕수·이난아 옮김, 『에코페미니즘』)에 대한 전면적인 대항적 성격을 함유한다. 이를테면 여성, 자연, 생태, 환경, 민중들은 공통적으로 근대적 상징질서로부터 억압의 하중을 견디는 존재이다. 시인은 이들을 여성성의 원리를 통해 해방하고자 한다. 그럼으로써 자연과 인간의 조화로운 질서를 회복하고 평등과 평화, 자유와 해방, 생명과 살림의 행복한 세계를 이룩하고자 모색한다. '모든 여자는 생명, 모든 생명은 자유, 모든 자유는 해방, 모든 해방은 평화, 모든 평화는 살림, 모든 살림은 평등, 모든 평등은 행복을 낳는다'(「여자가 하나 되는 세상을 위하여」)는 진술은 시인이 보여주는 이 같은 세계관을 압축한다. 그 중심에 "씨앗 여물 때마다 혼을 불어넣으시"(「수의를 입히며」)고 "항상 대지와 나란히" 걷고 숨 쉬며 "만 이랑 가득 술을 일궈/ 대지와 나란히 잠들던 어머니"(「칠월 백중날 물맞은 어머니」), "이 세계의 불행을 덮치시"고 "만고 만건곤 강물"이며 "하느님을 낳으신 어머니"(「땅의 사람들 8 - 어머니 나의 어머니」), 생명의 근원으로서 어머니, 즉 가이아가 자리한다.

전쟁의 칼을 쳐서 보습을 만들고
폭력의 창을 쳐서 떡을 만드는 이
어머니의 손 말고 뉘 있으리
학살의 능선에서 생명을 품어 안고
대립 갈등 골짜기서 사랑을 보듬는 이

여자의 젖가슴 말고 뉘 다시 있으리
정치혁명 깃발 아래 생명의 어머니 불러내고
교육혁명 깃발 아래 사랑의 여자 불러내어
가자, 가자, 가자, 딸들이여
―「여자해방 투쟁을 위한 출사표」 중에서

고정희 시에서 빈번하게 등장하는 어머니는 여성의 은유이며 자연과 생
명의 땅을 상징한다. 동시에 어머니는 타락한 역사 현실의 고발자인 동시
에 억압의 하중을 고통스럽게 견디는 타자를 지시한다. 어머니는 여성의
억압적 삶을 증언하는 동시에 여성적 삶과 모성의 원리를 통해 고통받고
상처받은 생명을 치유하고 회복을 가능하게 하는 존재이다. 즉 "역사적 수
난자요 초월성의 주체"(『저 무덤 위에 푸른 잔디』 후기)이다. 그의 시에서 어머
니의 수난사, 예컨대 "시하층층 손발", "젊은 남편 침모", "늙은 남편 노리
개", "장자 아들 밥", "손자 증손 떡"(「첫째거리 - 축원마당」)이 되는 희생과 착
취의 수난사는 물론 비판적 고발의 성격을 띤다. 하지만 이 비판의 과정은
최종 심급으로서 진정한 화해와 해방을 향한다. 시인은 모성의 신비화 이
전에 어머니의 고통스러운 삶의 역사를 낱낱이 드러낸다. 그것은 고통의
인식을 전제로 진정한 치유와 화해, 자유와 해방이 가능함을 암시한다. 그
리고 그 힘을 "생명의 어머니", "사랑의 여자"로 은유한 여성성이 본래 내
포한 생명성과 포용력에서 찾는다. 그러나 어머니의 사랑과 생명과 포용
력은 우리가 아는 모성으로서의 희생과 헌신에서 오는 게 아니다. 그것은
'노여움과 반역의 칼날을 뽑'는 분노와 반역을 전제한다. 이때 비로소 어
머니는 "푸른 융단을 빚으시는 손"(「따순 밥 정을 담는 어머니」)으로서의 모성
을 획득한다.

고정희 시에서 생명의 치유와 회복으로서 어머니가 자주 호명되는 것은
여성이 자연의 생식력과 닮았기 때문이다. 생명을 낳고 양육하는 여성성

을 우리가 어머니 대지로 표현하는 버릇은 자연과의 비유에서 여성 정체성의 핵심을 이루는 개념이다. 그런 까닭에 "어머니의 손"은 전쟁의 칼을 보습으로, 폭력의 창을 떡으로 만드는 생명의 손이다. "여자의 젖가슴"은 학살과 대립과 갈등을 치유하는 사랑의 품이다. 어머니는 생명을 낳고 사랑으로 품에 안아 보듬고 베푼다. 어머니는 대립하는 것들을 화해시키고 고통받는 모든 영혼을 자신의 크고 너른 사랑과 생명의 품으로 보듬어 안는 존재이다. 시인의 말대로 '어머니의 혼과 정신'은 '해방된 인간성의 본'이며, 어머니는 "역사의 고발자요 증언의 기록이며 동시에 치유와 화해의 미래"인 것이다. 생명 공동체의 회복은 말하자면 "새로운 인간성의 출현과 체험의 회복"(『저 무덤 위에 푸른 잔디』 후기)으로 가능한 것이며, 그 힘을 시인은 어머니의 본성, 여성성의 원리에서 찾는다.

우리는 생명의 시원으로서 어머니, 우주의 자궁인 자연을 저버리고 근원으로부터 추방되었다. 우리는 근대적 상징질서가 끊임없이 부추기는 풍요와 안락, 편리와 쾌락, 성장과 발전을 위해 생명의 어머니, 우주의 자궁을 오염시켰다. 그러한 이유로 자연은 항상 잃어버린 낙원, 존재의 시원, 영원한 고향, 생명의 어머니, 구원의 땅을 표상한다. 그렇기 때문에 시인은 어머니로 표상되는 생명과 사랑의 왕국인 자연에 대한 강렬한 그리움을 표백한다. 어머니, 고향, 자연의 생명과 사랑의 품으로의 귀환은 곧 모든 억압적 현실원칙과 상징질서에 대한 환멸과 거부를 의미한다. 이는 단순히 도시적 삶이나 자본 권력에 상처받고 좌절한 사람이 다시 돌아가 위안을 찾는 곳이라는 일차원적 의미를 넘어선다. 그보다는 자본 권력과 가부장적 세계 질서에 상처받고 고통을 겪으며 억압의 하중을 견디는 여성, 자연, 민중 등 다양한 하위주체 혹은 타자들의 짓밟힌 생명과 사랑, 자유와 본능의 진정한 해방이라는 데 의미가 주어져야 한다.

어머니여

마음이 어질기가 황하 같고

그 마음 넓기가 우주전체 같고

그 기품 높기가 천상천하 같은

어머니여

사람의 본이 어디인고 하니

인간세계 본은 어머니의 자궁이요

살고 죽은 뜻을 팔만 사바세계

어머니 품어주신 사랑을 나눔이라

　—「사람의 본은 어디인고 하니」 중에서

　어머니는 생명의 근원이다. 어머니의 생명성에 대한 가없는 사랑과 포용력을 노래하는 인용 시는 어머니의 창조적 생식력을 재신화화 한다. 이러한 태도는 우리 시대의 지배 신화, 거대신화가 사라진 이후 자본 권력의 물신이 조장하는 모조신화, 이를테면 도시 문명의 신화에 대한 반작용으로서 일종의 대응 신화라 할 수 있다. 신화적 세계는 창조와 탄생의 시대가 지닌 신성을 이야기한다. 신화는 인간을 둘러싼 우주적인 힘이 표출되는 이야기이다. 따라서 인류가 자연과 관계 맺는 방식을 원형적으로 보여준다. 자연 혹은 우주의 원리로서 어머니가 지닌 모성을 재신화화 하는 생태주의적 사유는 보편적이다. 도시와 문명, 자본과 시장 논리의 가짜 모조신화에 환멸과 염증을 느낀 시인에게 어머니로서의 자연은 부성의 부정적 상징질서의 현실 저편에 존재하는 영원한 구원의 표상일 수밖에 없다. 왜냐하면 어머니(모성)는 아버지(부성)와는 다르게 중앙집권적 억압에 기초하지 않으며, 궁극적으로 모든 생명을 탄생시키고 양육하는 우주적 자궁으로서의 의미를 지니기 때문이다.

　문명은 '현실원칙의 쾌락원칙에 대한 우위'(마르쿠제, 김인환 역, 『에로스와 문명』)에 근거한다. 자연, 어머니, 고향, 생명, 본능으로의 귀환은 분명 이성과 합리, 과학과 기술, 자본과 시장의 타락한 문명과 억압적 상징질서의 과잉 억압에서 발원한다. 문명의 과잉 억압은 건강한 생명의 본능을 왜곡하고 억압한다. 고정희 시인이 보여주는 어머니로서의 자연, 우주, 생명을 향한 강박적인 충동은 일종의 생명의 본능을 회복하고자 하는 강렬한 의지와 연관해 있다. 말하자면 억압받지 않는 본능의 쾌락원칙으로서 생명의 자유로운 본능을 회복하고 실현하기 위함인 것이다. 여성성의 원리로서 "어머니의 마음속에" "우리의 고향"과 우리가 "돌아갈 길"(「하늘에 계신 우리 어머니」)이 있다. 그런 어머니 마음의 어짊은 "황하 같고" 넓기는 "우주 전체 같고" "높기는 천상천하"와 같이 무량무애하다. 이와 같이 어머니, 자연, 고향은 시인뿐만 아니라 모든 상처받고 억압당하는 영혼이 안식을 취하고 평화를 누릴 수 있는 아늑한 생명의 품을 제공해준다.

시인은 어머니의 자궁이 "인간의 본"이며 "인간세계 본"이라 진술한다. 나고 죽는 모든 생명 현상의 근본은 어머니 자궁이 주관하는 일이다. 이는 서로 반목하고 대립 갈등하는 모든 것들이 원래는 어머니의 자궁에서 나온 것인 만큼 위대한 모성을 통한 조화로운 화합을 의미한다. 또한 어머니의 자궁은 생멸의 원리로서 "팔만 사바세계"의 "살고 죽은 뜻", 즉 생멸의 원리는 모두 "어머니 품어주신 사랑의 나눔"이라는 거대한 우주적 원리에 의해 발현되는 현상이다. 요컨대 살고 죽는 생멸의 모든 현상은 생명을 주관하는 자연으로서 어머니의 사랑을 나누는 우주적 순환론의 방식인 것이다.

어머니의 품과 사랑의 나눔은 또 나와 타자가 구분되기 이전의 원초적 생명의 동일성이 보장된 장소이다. 이곳은 차이와 억압, 모순과 분열, 상처와 고통이 치유된 안정과 행복의 원형적 공간이다. 우주의 자궁으로서 모성은 세계의 혼돈과 모순을 감싸 안는다. 그런 점에서 부성의 원리를 뛰어넘는다. 어머니의 모성은 부성의 상징질서, 그 억압적 권력과 질서가 지배하는 세계를 거절하고 모든 것을 감싸 안는 보편적 생명 원리를 구현한다. 그러므로 어머니는 생명과 본능의 해방뿐만 아니라 근대적 상징질서에 의해 폭력적으로 억압당하며 고통스럽게 하중을 견디는 여성, 자연, 환경, 민중들에게 억압의 사슬을 풀어 진정한 자유와 해방, 평화와 살림, 평등과 행복의 구현이라는 의미를 지닌다.

4. 여성적 상상계를 통한 상징질서의 해체와 창조

지금까지 이야기해온 것과 같이 고정희 시를 이해하는 일반적인 갈래는 민중성과 여성성과 생태주의에 깊이 연루된 시선이다. 기독교적 세계관으로부터 출발하는 그의 시는 점차 시대적 고통과 역사 현실의 폭력에 대한 비판적 저항과 성찰을 전경화하는 민중성과 여성성을 옹골지게 내장한다. 이때 우리 사회의 여러 구조적 모순과 파행으로 인해 파생하는 삶의 실존적 고통과 부조리를 표현할 때 시인은 나무와 꽃, 땅과 바람, 물과 바람, 산과 숲 등과 같은 자연 환경의 생태계에서 만날 수 있는 대상들을 동반해 비유하는 방법을 따른다. 이는 고통을 당하는 다양한 하위주체들이 연대를 통해 고통을 극복하고 아픔을 감내하면서 생명을 잇는 과정을 자연이 지닌 자기 정화와 소생력의 비유 체계를 통해 보여주는 방식이다. 이를테면 억압받는 민중과 여성과 생태 환경은 지배 권력의 압력을 견디는 세계 내 존재들과 상호의존적이며 유기적인 내적 연결 속에서 생명력을 얻는다는 것을 보여준다.

앞서 언급한 바 "팔만 사바세계"의 "살고 죽은 뜻"은 모두 "어머니 품어주신 사랑의 나눔"이라는 거대한 우주적 원리로서 순환론적 생명관을 함의한다. 생멸의 모든 현상은 생명을 주관하는 우주와 자연으로서 어머니의 사랑을 나누는 현상이다. 여기에는 상호의존성과 유기체적 전체성, 억압받는 모든 존재들의 해방이라는 에코 페미니즘의 원리가 내재한다. 생명을 살리기 위해 베푸는 살림과 나눔의 정신은 에코 페미니즘의 핵심 내용이다. 특히 그의 시에는 꽃, 나무, 풀, 산, 숲 등의 식물성의 이미지와 물, 바람(공기), 땅(흙), 불 등의 원초적 원소가 시적 의인화의 화소로 자주 등장한다. 그의 시에서 자주 쓰이는 "의인법은 자연과 인간의 유기적인 관계와 그들과 소통을 드러내기 위한 장치이며 자연의 생명력을 생생하게 표현하고자 하는 방법"(장정렬, 『생태주의 시학』)이며, 시인은 이를 통해서 여성의 정체성이나 생명성을 드러낸다. 이들은 생명과 사랑, 연대와 살림, 나눔과 베풂이라는 여성 이미지를 은유하는 동시에 현존하는 가부장적 상징질서를 거치지 않고 우리의 몸, 환경, 삶을 구성하는 자연적이고 근원적인 원소로 돌아가 다른 사람의 상상계에 가 닿을 수 있는 길을 열어준다.

그 숲에는 사일구 거목들이 살고 있었다
하늘 멀리까지 쭉 곧은 키와
몇 아름쯤 되는 몸통
삼각형으로 뻗은 잔가지들로 하여
청청하게 우거진 거목이었다
또한 그 숲에는
해방둥이와 육이오 잡목들도 살고 있었다
키가 납작한 유카리나무와 사시나무
아카시아 쥐똥나무
볼품없는 떡갈나무와 졸참나무
실속없는 너도밤나무들로 하여
잡목 숲은 사시사철 무성했다
산새나 곰살맞은 들짐승들은
이 잡목 숲에서 살림을 꾸리고
가지 위에 올라가 노래를 불렀다

— 「거목(巨木)」 중에서

　작품의 전반부인 인용 시에서 '나무'는 연대와 공존을 통해 해방의 전망
을 밝게 연다. 이에 비해 후반부는 억압받는 고통스러운 역사와 환경 파괴
의 현실을 동시에 구현하는 등 다중적인 이미지로 등장한다. 여기에서 '나
무'는 4·19혁명이라는 역사적 사건을 체현하는 "사일구 나무"로 상징적
으로 의인화되고 은유화된다. "사일구 나무"는 다른 여러 종류의 나무들
과 어울리면서 사시사철 푸르고 무성하며 산새나 들짐승 같은 뭇 생명이
공존하는 숲을 이룬다. 이를 통해 시인은 4·19혁명은 다른 사건들과 연
관 속에서 거대한 역사적 흐름을 형성하고, 부정한 역사의 폭력에 의해 억
압받는 다양한 주체들의 연대와 공존을 통해 새로운 역사를 창조할 수 있
다는 신념을 표백한다. 이것은 시인이 "작은 풀꽃 하나가/ 지구의 회전을
다스리기 위해서/ 하늘과 땅 사이 뿌리박고 섰나니"(「가을을 보내며 - 편지 8」)
라고 노래할 때, "작은 풀꽃"이 서 있는 자리는 척박한 현실에 감금된 상
태를 지시하면서 동시에 하늘을 향해 상승할 수 있는 조건이기도 한 것과
같은 이치이다. 이는 타락한 현실의 부정적 상황 속에서도 해방된 미래를
위해 스스로 살림의 방식과 연대를 통해 생명을 이어 나간다는 의미를 환
기한다.

　그러나 작품의 후반부에 이르면 신성한 역사적 정신과 생명의 자연성을
상징하는 '거목'은 자본의 욕망, 개발 논리로 무장한 벌목꾼들에게 무참
히 베어져 쓰러지고 만다. 숲에는 벌목을 위한 탐사가 시작되고, 이내 거
목은 베어지고 숲은 파괴되고 만다. 시인은 파괴적 행위를 "산사태를 기원
하는 기우제", 즉 재앙을 불러오려는 제의의 형식으로 표현한다. 벌목은
재앙을 부르는 현대판 종교적 제의이다. 그럼으로써 올바름을 향한 역사
의 정신과 가치, 자연과 생명의 신성성 파괴는 일상화된 현대적 제의의 형
식임을 비감하게 드러낸다. 4·19혁명이 지닌 역사성의 훼손이나 자연

생태계의 파괴는 동궤의 이데올로기에서 작동한다는 것이다.

고정희 시에서 역사에서 발생한 사건들이 자연물로 직접 은유화 내지는 의인화되는 경우는 흔하다. 이러한 비유 체계는 부정하고 타락한 자본 권력과 욕망의 횡포에 의한 변혁의 정신과 자연 생태의 파괴 훼손은 동질적이라는 점을 암유한다. 요컨대 '나무'는 억압받는 현실의 부정성과 해방된 미래의 밝은 모습을 동시에 상징한다. 그것은 고정하거나 확정할 수 있는 의미가 아니다. 가령 "톱질에는 뿌리가 깊을수록 좋았다"라고 노래할 때, 이 진술은 벌목꾼의 발화인지, 숲을 구성하는 나무들의 발화인지, 아니면 시인의 목소리인지 불분명한 데서도 잘 드러난다. 발화 주체를 확정할 수 없는 발화 방식은 역사 현실의 폭력성에도 불구하고 "사일구 나무"의 정신에 대한 희망의 가능성을 열어 놓는다.

고정희 시에서 식물을 의인화하거나 은유화하는 비유의 방식은 이와 같이 개별적으로 쓰이지 않는다. 역시나 빈번히 등장하는 '꽃'의 비유도 마찬가지이다. 가령 「서울 사랑 - 다시 핀 꽃에게」와 같은 작품에서 '소리, 침묵, 인내, 낙엽, 타작, 추도, 죽순, 갈대, 망초' 등의 식물들은 모두 '꽃'이다. 그리고 '늑대, 이리, 여우, 지렁이, 개구리, 뱀, 흑염소' 등 동물도 '꽃'이며, '눈물, 하늘, 자유, 얼음, 적막' 등 액체, 천체, 고체, 청각조차도 꽃이다. 이러한 비유를 통해 시인은 어떤 상징질서에도 편입되지 않은 여성적 상상계가 지닌 해방된 새로운 생명성을 자유롭게 풀어놓는다. 그의 시에서 꽃, 나무, 풀 등 식물적 이미지는 여성적 정체성 내지는 여성적 상상계를 드러내는 대상물로 기능한다. 꽃은 단순히 우리 지식의 범주에서 정의된 의미로 포획할 수 없는 무엇이다. 이들은 모두 이 땅에서 한결같이 평등한 생명이고 자연이며, 억압받는 민중이고 폭력적으로 소외된 존재들이다. 이들은 어느 곳에나 존재하면서도 우리가 억압했거나 저버린 것, 그렇기 때문에 다시 추구하고 되찾아야 할 연약하고 배제된 무엇으로서의 생명을 암시한다.

누구도 어쩌지 못하는
이 엄청남 살기(殺氣) 등등한 채로
바다여 내가 네게 네게로 간다

어느 날 네 가슴에 죽창이 꽂히고
어느 날 네 넋에 크단 말뚝 박아
더는 흐를 수 없는 밤이 온대도
어찌 슬픔이거나 슬픔이거나
슬픔일 수 있으랴, 무수한 눈물로
혼을 씻는 우리들
정결의 업(業)이여
늘푸른 너의 자웅에 닿아
등꽃 흐드러진 봄 하나 얻으러
바다여 내가 네게로 간다
— 「간척지(干拓地) 3」 중에서

　간척지는 자본과 인간 욕망의 무한한 확장과 부피를 상징한다. 여성성
은 땅에 대한 경험과 대지와의 관계 속에서 순환과 재생, 생명과 풍요의
은유를 전개하며 생태적 영성을 창조한다. 이것은 땅, 흙, 대지가 식물과
광물 등 만물을 생장하는 방식과 여성이 자신의 몸을 생산과 재생, 순환과
풍요가 발생하는 살아있는 생명의 장으로 의미화하는 방식을 통해 성립된
다. 그러나 위의 시는 이러한 의미와 상충한다. 말하자면 만물을 생장하고
품어주는 넉넉하고 풍요로운 땅의 상징과는 전혀 다른 모습이다. 이는 여
성의 몸과 연루한 생명의 터전으로서 땅이라는 의미 맥락과 다른 차원이
다. 그리하여 불길하게도 "승냥이 늑대가 줄지어 울고", 죽음을 암시하는
"갈가마귀떼 같은 바람"이 "불안한 땅을 후린"(「간척지 1」)다는 표현을 얻게

된다. "가슴에 죽창이 꽂히고" "넋에 크단 말뚝 박"힌 간척지의 땅은 생명의 핏줄이 "더 흐를 수 없는" 불모지이다.

흙이나 물과 같은 원소는 아직 정형화되거나 상징질서에 편입되지 않은 무정형의 상태이다. 이들은 상징질서, 혹은 지식의 범주에서 배제된 채로 이성과 합리, 과학과 기술, 자본과 개발 논리로 전개하는 문명의 역사에서 억압되어온 여성적 상상계의 주요 구성물이다. 시인은 문명화의 과정에서 억압된 이러한 상상계적 상징을 문화에 되살리려 한다. 물, 불, 공기, 흙 등의 순수 원소와 꽃, 나무, 풀, 산, 숲 등 자연 생태계의 식물적 이미지는 폭압적인 현실을 겪으면서 다른 방식의 현실을 창조해낼 수 있는, 기존의 지배 관념과는 다른 범주의 형식과 상징을 만들어낼 수 있는(뤼스 이리가레, 박정오 역, 『나, 너, 우리』) 원료이다. 시인은 위의 시에서처럼 흙(땅, 대지) 자체를 고정된 생명의 근원으로 형상화하지 않는다. 그보다는 그것이 처한 상황을 비판적으로 고발하면서, 우리가 땅과 어떤 관계이어야 하는지를 질문한다. 땅, 흙, 대지는 고정된 생명의 터전이 아니라 인간이 어떤 방식으로 사용하느냐에 따라 전혀 다른 의미가 생성될 수 있는 원소이다. 이러한 맥락은 고정희 시에서 자주 쓰이는 물, 불, 바람의 이미지에서도 동일하게 적용된다. 이들은 모두 지배적 상징질서와 문화를 해체하고 해방된 사회를 구축하는 구성 요소로 기능하며, 새로운 문화인류학을 창조하려는 고정희 시인의 일련의 시적 작업과 깊이 결부되어 있다.

5. 살림과 공존의 생명 시학

고정희가 통과한 시대는 불우했다. 그가 살아간 시대는 조국 근대화와 민족중흥의 기치를 내건 군부 독재 세력이 적극적으로 산업 공업화를 추진하던 시기이다. 경제발전이라는 명분은 최선의 가치로 추앙받으며, 이를 성취하기 위해서 노동 착취와 인권 유린, 반(反)환경 정책은 이의 없이 정당화되었다. 그러나 산업 사회로의 급격한 구조변화는 수많은 문제를 낳을 수밖에 없다. 자본가와 노동자 사이의 계급문제, 환경 및 생태계 파손, 도덕과 윤리 규범의 타락, 부의 불평등한 분배와 편중, 인간소외와 억압 등 우리는 산업 자본주의의 추구가 낳은 수많은 병폐를 열거할 수 있다. 이러한 부정적 상황에 대해 고정희는 민감하게 반응하였다. 특히 그는 민중, 여성, 생태적 관점에서 지금 이곳에서 벌어지는 문제들을 회피하지 않고 작품 속에 수렴하려는 실천윤리의 심미 의식을 끝까지 고수했다.

고정희의 시는 '지옥의 세속적 현대판'(유종호, 「난폭 시대의 시」)이나 다름없는 중앙집권적 가부장제도, 자본 권력의 횡포, 폭압적 정치 현실, 그리고 환경과 생태계 훼손이 '삶의 가장 큰 위협'(이남호, 「도시적 삶의 시적 수용」)이 되어버린 현실에서 발아한 것이다. 따라서 그의 시를 향한 생태학적 시선은 민중과 여성을 포함한 것이어야 한다. 그의 시에서 생태학적 정체성과 여성적 상상계, 그리고 민중성의 발현은 산업 근대화가 배태하는 다양한 현실 문제를 비판하고 대안을 탐색하는 힘겹고 고독한 투쟁의 산물이다. 따라서 그의 시에서 민중, 여성, 생태는 서로 분리할 수 있는 개념이 아니다. 이들은 공히 가부장적 상징질서와 자본 권력의 억압과 횡포, 착취와 폭력 속에 고통의 하중을 견디는 존재이다. 이들은 모두 우리 사회의 상징질서에서 끊임없이 배제되고, 주변화되고, 비가시화되는 존재들이다. 고정희는 이렇게 배제 억압된 하위주체들에 대한 애정 어린 시선을 끝까지 거두지 않는다.

그러나 고정희 시에서 억압받는 타자들은 일방적 구원의 대상이 아니다. 그보다는 제 스스로의 자생력으로 상징질서가 덮어씌운 타자라는 한계성을 극복하는 적극적인 존재로 형상화한다. 시인은 억압받는 타자들이 부정한 역사 현실에 대항하고 극복하는 모습을 자연에서 만날 수 있는 여성적 생명성의 요소들을 통해 비유한다. 그럼으로써 인간과 자연이 스스로를 치유하고 되살아나는 살림의 생명 시학을 실현한다. 시인은 아직 상징질서에 편입되지 않은 생태학적 정체성과 지식의 범주에서 배제된 여성적 상상계를 통해 자본주의와 가부장제 등이 중첩하는 모순의 현실을 극복할 수 있는 전망을 제시한 것이다. 이를테면 그의 시는 세계를 구성하고 있는 무엇 하나도 배제하거나 소외시키지 않고 모두를 상호의존적인 유기적 관계성으로 사유하고 배려하는 생태학적 전체성을 바탕으로 살림과 공존의 생명 시학을 구현한다.

고정희는 이러한 생태학적 전체성을 통해 세속적 지옥을 초래한 근대성의 논리를 벗어날 수 있으며, 이로부터 삶의 가장 큰 위협을 해결하고 새로운 대안적 사회 구성 원리를 찾았던 것이다. 이 점에서 고정희 시는 생태 페미니즘이 제기하는 문제의식을 공유한다. 말하자면 그의 시가 지닌 실천윤리의 심미성은 에코 페미니즘이 '인류를 비롯한 자연 속의 생명이 협력과 상호 보살핌, 사랑을 통해 유지된다는 점'을 인식하는 것이며, '모든 생명을 아우르는 전체론적 우주론과 인류학을 창조하려는 계몽주의 이래 사용되어온 것과는 다른 자유 개념'(마리아 미스·반다나 시바, 손덕수·이난아 옮김, 『에코페미니즘』)을 깊이 내포한다.

몸과 마음의 자연을 향하여

— 신달자론

1. 유연함과 강인함

신달자 시인은 1964년 『여상(女像)』 여류신인문학상을 받으며 등단한다. 그 후 별다른 활동을 보이지 않다 1972년 『현대문학』에 박목월 시인의 추천으로 재등단하며 본격적인 문학 활동을 시작한다. 시인은 첫 시집 『봉헌문자』(1973)를 발간한 이후 지금까지 시뿐만 아니라 소설과 수필 등 산문 분야에서도 창작활동을 열정적으로 펼쳐오고 있다. 그는 50여 년이 넘는 글쓰기 과정에서 열다섯 권의 시집을 상재했으며, 아울러 수필과 소설을 통해 독자 대중들에게 깊고 넓은 울림을 준 시인이다. 시인의 긴 문학적 여정이 함축하는 압도적인 아우라는 장르를 불문하고 생산한 작품의 양과 시인이 성취한 심미적 질감에서 오는 것이다. 그것은 고난과 질곡의 환경 속에서 희망을 잃지 않고 삶과 문학에 대한 뜨거운 열정과 간절한 사랑을 보여주었기 때문에 가능한 일이리라.

신달자 시인의 50여 년에 걸친 창작활동 과정에서 생산한 문학 세계에 대한 의미 있는 담론은 이미 부지기수로 산재한다. 그 가운데 얕은 식견으로 가장 인상 깊은 점은 유연한 세계 인식과 강인한 정신성을 들 수 있겠다. 물론 이러한 표현은 신달자 시 세계 전체를 아우르는 말은 결코 아니다. 유연한 태도와 강인한 정신이라 한 것은 시인의 최근 시집에서 느낀 감정일 뿐이다. 이것은 최근 시집 『간절함』(2019), 『북촌』(2016), 『살이 흐르다』(2014), 『종이』(2011) 등에서 느낀 소회의 아주 작은 일단일 뿐이다. 이들 시집이 내장한 질감이 유연하다는 말은 경직되거나 획일적인 상태와는 다른 부드럽고 연한 상태나 속성을 지니고 있기 때문이다. 그리고 강인한 정신이라 함은 대상의 왕성한 생명 활동과 거듭 자라서 날로 변화하는 세계의 양상, 소멸과 생성의 존재 원리를 잘 드러내고 있기 때문이다. 요컨대 강인한 정신 가운데 유연한 세계 인식이 발현되고, 유연한 세계 인식 속에서 강인한 정신성이 짝패로 작동하기 때문이다.

가령 시집 『종이』에서 '종이'의 물질적 토대를 이루는 나무가 그 뿌리로 인하여 어떤 흔들림에도 단단히 정착해 있는 중심의 정신적 강인함이 자리하고, 그 정신의 중심에서 아무것에도 구애받지 않고 나뭇가지처럼 자유롭게 사방팔방으로 뻗어 흐르는 운동의 유연함이 시집 『살이 흐르다』의 중심을 이룬다.

그것은 이 시집의 지배적 이미지인 '물, 피, 비, 개울, 강, 바다' 등에서처럼 액체의 이미지를 통해 시인은 끊임없이 흐르고 변화해가면서 소멸과 생성을 거듭하는 순환 변전의 원리로 삶과 세계를 인식하는 태도를 지시한다. '종이'로 상징되는 시인으로서의 예술혼과 자의식의 정체성을 굳건히 지키며 물처럼 대기처럼 흐르는 유연한 태도로 삶과 세계를 대하는 시인은 급기야 시집 『북촌』에 이르러 과거와 현재, 전통과 현대, 자연과 도시(문명), 내국인과 외국인 등 상호 이질적 존재들이 너나 경계 없이 조화롭게 어울리고 공존하는 화해의 장으로 확장하는 열린 사유의 모습을 펼쳐 보인다. 이러한 시적 사유의 궤도는 이제 '너'로 상징되는 시, 혹은 타자, 혹은 과거, 혹은 삶, 혹은 일상을 간절한 시선으로 바라보며 시화하는 데 바쳐지고 있다. 시집 『간절함』에서 "두 손을 모으고/ 두 손의 느낌이 없을 때까지/ 두 손이 사라질 때까지/ 시간의 최선 1초의 간절함을 너에게 바친다/ 시여!"(「시인의 말」)라고 노래할 때, 시로부터 비로소 발원하는 시인의 삶의 시작과 끝, 시인 자신이 갈구하는 간절한 시적 구도와 구원의 최종심급을 만날 수 있다.

신달자 시는 역사 사회적 현실의 국면을 비교적 먼 원경으로 물리치고는 시인 개인의 풍파에 휩싸인 고단하고 참담한 내적 풍경을 그린다. 말하자면 시인의 직접적인 생체험 가운데 삶과 세계에 대한 자각과 밀도 있는 각성의 사유를 보여준다. 그럼으로써 그의 시는 그만큼 시적 진정성과 정신의 승리를 담보해 내고 있다.

그런데 문제는 진정성을 획득하는 대신에 세계를 바라보는 시야가 다소 협소해질 수 있다는 것인데, 시인은 그것을 모든 삶이 필연적으로 가질 수밖에 없는 파란과 곡절을 절실하게 노래함으로써 그러한 우려를 불식시킨다. 시인은 삶의 보편적 운명을 절실하게 감각하고 사유함으로써 시의 진정성과 항구성을 획득한다.

시인이 보여주는 그 절실한 감각과 진정 어린 사유의 시적 스펙트럼은 지극히 넓고 크다. 신달자 시 세계는 넓고 광활하다. 그 가운데 근작 시가 나아간 세계는 '종이'로 상징되는 예술적 정신의 흔들리지 않는 자의식과 정체성, 삶을 통증과 소멸의 시간으로 감각하면서도 이를 말끔하게 수용하려는 유연한 태도, 만물의 사태나 양상을 어울림의 양태로 보려는 사유 체계, 강인한 정신으로 시와 삶을 갈구하는 '간절함'이 혼합되어 있다. 시인은 시집 『간절함』에서 이렇게 토로한다. "시집에 순서를 둔다는 것은" 맞지 않는다. 그것은 "하나같이 희미함", "덜 차오름", "빈 봉투 같은 것"으로써 "솟구치는 갈등" 속에서 모두가 "하나같이 식은땀" 흘리는 "간절함"(「시인의 말」)으로 태어났다. 그리하여 근작 시 역시 단정할 수 없지만 솟구치는 갈등과 간절함의 연속적 산물임에는 분명해 보인다.

2. 파란과 곡절이 품은 삶의 통증

동양의 시학에는 위곡(委曲)이란 풍격이 있다. 이를테면 길이나 일, 말이나 글이 직선적이지 않고 파란과 곡절을 지니고 있다는 뜻이다. 말하자면 현상이나 감정을 직설적으로 토로하지 않고 에둘러서 완곡하게 표현하는 방법을 가리킨다. 아울러 위곡은 시에 곡절과 파란의 변화를 주고, 복선과 암시의 기복을 느끼게 함으로써 작품을 풍성하게 전개한다는 뜻이다(안대회, 『궁극의 시학』). 이것이 시이고, 인간의 삶 역시 파란과 곡절의 연속이다. 이것이 삶의 보편성이며, 이를 절실한 태도로 드러낼 때 시의 항구성은 보장되는 것이다. 이와 같은 맥락에서 신달자 시는 삶의 역정에서 마주할 수밖에 없는 파란과 곡절의 온갖 소란과 행태, 갖가지 양상과 실상을 엄정하고 냉철하게 꿰뚫어 보고, 이러한 현상 너머에 자리하는 삶과 세계의 비의를 통찰하며, 이를 위곡의 수법으로 표현한다.

아침 오고 밤 오고
그래 그렇게 시간이 흘렀어
시간은 아직도 건강하네

금이 가고 있네
이 균열 이 찢어짐
뺨을 내리치고 싶은 처절한 악연일까
악다구니로 뒹굴고 있는
치열하게 지루하고 미워하며 놓지 못하는

아앗! 손에 든 핸드백을 탁 떨구는
네? 네? 그 병명이 맞나요?

마음이 가슴이 영혼이 좌악 금이 가네
나는 듣지 못하네
―「금이 가다」 중에서

　인간의 삶은 소멸을 향해 나가는 것이 보편 법칙이다. 죽음은 삶이 낳은
불멸의 자식인 것처럼 파열의 금은 삶의 필연이 잉태한 어여쁜 아들이다.
시인은 자신의 몸이 되었든 일상의 견고한 성채가 되었든, 아니면 마음이
나 어떤 물체가 되었든 거기에 금이 가는 것을 본다. 금이 가는 대상이 분
명하지는 않으나 독서가 진행될수록 표면적으로 그 금이 암시하는 바는
몸에 연관된 것임을 알아챌 수 있다. 금은 곧 유한한 육체에 "고요한 소리
로 가다가" 급기야 "내처럼 흐르"는 병, 혹은 역설적으로 그 병이 유발하
는 커다란 고통으로 인하여 느끼게 되는 살아 있음의 환희를 암유한다. 특
별한 경우를 제외하고 우리는 일상의 견고한 성채에서 소멸을 의식하지
않으며 하루하루의 시간을 익숙하게 살아간다. "시간은 아직도 건강"하게
흐르고, 우리는 일상의 견고한 성채에서 아무 일 없이 살아간다. 그런 가
운데 시인은 일상의 굳건한 평온 저편에 조금씩 금이 가는 균열을 보고 소
리 없이 찾아오는 소멸의 징후를 관조한다. 그럼으로써 고통으로 인해 더
욱 뚜렷이 감지하는 살아 있음의 기쁨을 노래한다.
　금은 "아침 오고 밤 오고" "그렇게 시간이 흘"러 부지불식간에 조금씩
커져 결국 "아앗! 손에 든 핸드백을 탁 떨구" 듯 일상의 평온을 찢어버린
다. 그로 인하여 '마음'에도 '가슴'에도 '영혼'에도 "좌악 금"이 간다. 그
러나 화자는 금이 가는 '균열'과 '찢어짐', 파열과 깨어짐의 현상을 "끝이
라는 말"도 아니며 "아주 깨어진 것도 아니"라 진술한다. 살아 있는 한 소
멸을 향해 금이 가고 급기야 찢어지고 깨질 수밖에 없는 것이 삶의 필연이
다. 이러한 사유 속에는 생에 대한 사랑과 긍정의 의지, 연민과 동감의 시
선을 동반한다. '균열'과 '찢어짐'은 말하자면 화자 자신이 살아온 격정과

아픔, 통증과 내상으로 얼룩진 파란과 곡절의 내면적 삶을 비유하기도 하고, 화자를 냉혹한 고난과 시련에 빠뜨리고 상처를 준 파괴적인 외적 현실을 의미하기도 한다. 그토록 '처절한 악연'과 '악다구니' 속에서 "치열하게 지루하고 미워하며 놓지 못하는", 끝끝내 포기할 수 없는 것이 삶인 것이다. 이것은 또한 삶이 얼마나 큰 고통과 시련, 상처와 아픔으로 얼룩져 있는가를 환기하는 동시에 그럼에도 불구하고 생에 대한 강렬한 의지와 애착의 표현이기도 하다.

화자에게 삶은 "뺨을 내려치고 싶은 처절한 악연"이어서 "악다구니로 뒹굴고" "치열하게 지루하고 미워하며 놓지 못하는" 그런 종류의 것이다. 삶의 시간은 악연의 연속이고 악다구니처럼 끈질기고 악착같은 것이며, 치열하지만 지루하고 미워하면서도 포기할 수 없는, 무어라 확언할 수 없는 어떤 것이다. 금이 가고 소리 없이 파멸에 이를 미래의 시간은 이미 예정된 운명이다. 그러나 시인은 결코 운명에 좌절하거나 굴복하지 않는다. 화자가 "네? 네? 그 병명이 맞나요?" 거듭 반문하는 이유는 어쩔 수 없이 금이 갈 수밖에 없는 소멸의 운명에 대한 수긍이면서 동시에 그 지난한 운명을 반성적인 시선으로 바라보려는 태도이기도 하다. 반성적 시선은 삶의 시간에 악착같이 달라붙은 상처의 흔적을 발견하게 하고 동시에 금으로 표상되는 존재의 내상을 어루만지며 모든 아픔과 고통을 끌어안으려는 태도를 환기한다. 그것은 건강하게 지속되는 일상의 삶과 시간에 내재하는 '균열'과 '찢어짐'과 깨어짐의 고통조차도 삶의 한 부분으로 포용하고 사랑하기 위함인 것이다.

> 천천히 한 발 다가서거라
> 네 오른손에 칼이 잡혀있어
> 어깨가 오그라들어 이 몸 숨고 싶구나
> 오늘은 어디를 자르려 드느냐

세월 재빨리 실어 나르고 나는 백지처럼 무궁하게 늙었느니

너무 내 살을 휘젓지 마라

운명이라는 질병의 씨앗덩이만 세밀히 잘라가거라

내 몸 성한 곳 없어

내 몸 칼자국 흉터만 곳곳에 낙관처럼 찍혔느니

… 중략 …

동이 트네… 해가 떠오르고 그만큼의 통증의 그릇에

내가 담기네 흔들어 흔들어 마구잡이로 흔들어

통증은 수천 개의 날개로 퍼덕이네

피의 소나기가 사람의 지붕을 사납게 두드리네

통증의 높은 음(音)이 천장을 뚫고 하늘을 오르네

— 「죽음연습」 중에서

서정시는 본질적으로 자기 고백적이다. 서정시는 화자가 외적 현실을 묘사하거나 세계에 개입하는 방식으로서 타자를 지향하는 언술이기 이전에 발화 주체가 수신자가 되는 경우가 흔하다. 말하자면 화자의 고백적 진술은 수신자인 타자를 향하기보다는 화자 자신을 향해 있다. 특히 화자 자신의 내면세계에 침잠해 들어가 자기를 탐색하는 관조적 어법, 그리고 침묵 속에서 자기 자신과 삶과 세계를 대면하여 관찰하고 반성하는 가운데 발화되는 어법은 대개 그 주관적 정념으로 인해 고백적 속성을 지닐 수밖에 없다. 이러한 경우 시는 외물이나 풍경을 감각적 이미지로 등가하거나 투사하지 않는다. 대신 의식의 내면에서 출몰하는 주관적으로 상상된 언어들을 기초로 시적 형상화를 이룩한다. 신달자 시인의 시는 들끓어 오르는 내면의 상처를 관조적으로 응시하는 태도, 그리고 상처와 고통의 통증을 삶의 주요한 구성 요소로 긍정하고 수용하려는 주관적 정념으로 인하여 자기 고백적이며 성찰적 성향이 강하다.

인용 시는 살아 있음을 깨닫는 처절한 통증의 비명에 가까운 자기 고백으로 인해 가슴이 먹먹하다. 화자의 내면에서 우러나는 말은 곧바로 화자 자신에게 향해 있다. 화자는 시의 서두에서 수술대에 누워 고통스럽게 다가오는 칼날에 말을 건다. 화자는 "오른손에 칼이 잡혀있"는 '너'에게 '천천히 다가서거라', "너무 내 살을 휘젓지 마라", "운명이라는 질병의 씨앗 덩이만 세밀히 잘라가거라" 부탁한다. 그 전언은 표면적으로 칼로 은유한 통증과 죽음에게 거는 말이지만, 결국 그것은 자기 자신의 내면으로 돌아오는 말이다. 왜냐하면 수술대 위의 통증과 죽음의 예감이 자신의 과거를 소환하고 현재 상태를 확인하기 때문이다. 이를테면 재빠른 세월의 흐름에 "나는 백지처럼 무궁하게 늙었"고, "내 몸 칼자국 흉터만 곳곳에 낙관처럼 찍"혀 있다는 진술은 곧 자신의 살아온 삶에 대한 아픈 되새김이다. 화자의 몸에는 시간의 "운명이라는 질병"이 불러온 "칼자국 흉터"가 몸 "곳곳에 낙관"처럼 선명히 찍혀 있다. 그것은 화자의 상처와 격랑의 흔적으로 얼룩진 삶에 대한 은유이며, 수술대 위의 위태로운 삶 속에서 "몸은 뚫고 자르고 베어지고 기우"러 갈 뿐인 운명이 숨긴 삶의 실체를 지시하는 것이다.

수술대 위에서 "비천한 늙은 알몸"의 상태로 죽음의 통과제의를 경험하는 인용 시는 "통증의 높은 음(音)이 천장을 뚫고 하늘을 오르"는 아픔과 통증으로 가득하다. 수술대 위에서 의식불명의 어두운 터널의 시간을 거쳐 화자는 깨어난다. 그 깨어남은 "해가 떠오르는 만큼의 통증의 그릇에" 담기는 것과 같다. 왜냐하면 통증의 그릇을 "마구잡이로 흔들어/ 통증은 수천 개의 날개로 퍼덕"이고 "피의 소나기가 사람의 지붕을 사납게 두드리"는 고통이기 때문이다. 그 통증은 너무 큰 것이어서 "마약성진통제 수액"마저 "아프다고 소리 지"르게 한다. 어두운 터널의 시간을 지나 죽음의 통과제의를 거쳐 다시 돌아온 살아 있음은 통증 그 자체이다. 이러한 살아 있음의 통증에 대한 강렬한 확인은 죽음에 저항하는 '연명치료' 없이 운명에 순응하겠다는 의지적 태도로 결속된다.

　어쩌면 화자가 죽음의 통과제의를 경험하는 일은 사실 죽음이나 통증, 소멸이나 고통이 아닌 삶의 필연적 조건을 발견하기 위한 것이다. 다시 말해 살아 있음을 죽음과 통증이라는 거울에 비추어 삶의 진면목을 다시 보기 위해서이다. 살아 있음으로 "수천 개의 날개로 퍼덕"이는 통증과 필멸의 운명이 발산하는 아우라 속으로 침잠해 들어가 삶으로부터 관조적 거리를 확보할 때, 우리는 살아 있음이 은폐한 삶의 내면성을 온전히 감각할 수 있다. 이를테면 죽음은 삶의 끝이라는 단순한 의미가 아니라, 삶의 근원적인 조건과 운명에 대한 각성을 가능케 한다는 것이다. 그리하여 화자는 "나는 내 이름을 정확하게 기록"할 수 있지만 "연명치료를 거부"하고 죽음에 길을 터주는 긍정의 역설이 가능한 것이다. 그것은 죽음이나 통증이 삶에 대해 부정적으로 인식되기 때문이며, 그 부정성은 삶의 확실성과 정상성에 정면으로 대립한다. 그러나 거기에는 살아 있음의 정체성을 뒤흔들고, 또 세계 내 존재의 필연적 운명이 그림자처럼 내재해 있다. 말하자면 '죽음연습'이라는 통과제의의 과정은 생의 운명을 다시 자각하는 자기 고백인 것이다.

3. 종이의 철학과 인간성의 재마법화

　아래의 인용 시 「종이의 울림」을 보다 깊이 음미하기 위해서는 시집 『종이』로 거슬러 올라가야 한다. 왜냐하면 이 시집에서 시인은 '종이'에 대한 투철한 시적 사유를 펼쳐 보여주고 있기 때문이다. 시인은 "인간의 선한 본성, 그 아름다움에 종이라는 사물을 대면시켜 보고 싶었"으며, "따뜻함, 영원함, 영성적 노동, 가득함, 화합, 평화, 사랑, 모성, 순수, 고향, 우직함, 이런 충돌 없이 섞이는 감정들을 하나의 원소로 종합한 것을 '종이'로 표현하고 싶었다."고 말한다. 그 이유는 "문명은 나를 편안하게 했지만 그만큼 정신은 삭막해졌"(「시인의 말」)기 때문이다. 현란한 이미지와 감각의 직접성과 고통 없이 매끄럽게 향유의 일회성을 자랑하는 문명은 종이를 저버렸다. 문자 발명 이후 인류는 그들의 모든 정신적 사유 내용을 종이에 기록했고, 문학과 음악과 미술 등 예술혼은 종이 위에서 창작의 날개를 활짝 펼쳤다. 시인에게 그런 종이는 인간 정신의 총화이다. 그러나 현란한 감각의 직접성을 내세우는 문명은 종이가 상징하는 고유의 정신성과 상징성을 앗아갔다. 이러한 상황에 대한 뼈아픈 성찰과 투철한 예술적 자의식을 시인은 종이를 통해 드러내 왔다.

신달자 시인에게 종이는 인간의 예술혼과 상상력, 정신과 사유가 피어나는 물질적 기반이다. 종이의 상징적 가치에 대한 시인의 시적 사유는 가히 철학적 성찰에 가깝다. 가령 "종이의 심장에 사람의 심장이 닿는 순간 종이는 펜의 끝을 그 심장의 뛰는 맥박으로 받아들인다"(「예술혼」)거나, "내 앞에 자각의 총을 겨누며 눈 떠 있는/ 종이 한 장"(「상징」)이라거나, "70생의 세월을 종이에 담았"지만 "황당하여라 아직 바닥도 채우지 못한 이 한 장의 종이"(「대우주」)와 같은 진술은 모두 종이에 대한 시적 사유의 극단을 보여준다. 시인에게 종이는 예술혼, 상상력, 창조력, 정신의 정수, 인간 존재의 본질은 물론이거니와 우주, 자연, 사물, 삶, 인간이 오롯하게 드러나는 자리이다. 아래의 시는 그 연속선상의 문맥에서 읽을 수 있다.

몇 억 년 전에서
바로 오늘 이 시간까지 움직이는 호흡하는
생물에서 무생물까지 내 몸보다 더 큰 귀로 듣고 따르겠습니다
그 우주의 말은 물이 되고 바람이 되고 공기가 되고
하늘을 알리고 땅을 알리고 해 달 별을 알리고
나무와 꽃을 알리고 대자연을 만들어 놓았습니다

그것을 통틀어 지금 우리 앞에 놓인 한 장의 종이는 말합니다
거기 음악이 미술이 문학이 용솟음치며 춤추며 말하는 것
사람의 삶을 역사를
이 한 장의 종이는 말하고 있습니다

더 고요히 잠잠해져라
더 가벼히 비워라
그러면 침묵이 입을 열어 사람에게 닿지 못한 말들을 경청하게 되리
그러면 침묵이 가슴을 열고 말을 걸어 올 것입니다
종이는 다시 말합니다
무뎌지는 것들이 다시 입을 열어야지요
약해지고 소망이 흐려지고 기쁨을 잃어버린
뭉툭한 연장에 푸른 날이 서려지도록 간절히 종이와 맞대면하면
울림 울림 울림 무뎌진
뒤틀리고 구부러진 나에게 날선 울림파도가 스쳐 지나갈 것입니다
　―「종이의 울림」 중에서

　신달자 시인의 시에서 우주 만물의 모든 사물과 현상은 '종이'의 상징적
이미지에 수렴된다. 종이는 자연과 삶의 모든 국면을 포함한다. 그리하여
시인은 모든 사물에서 종이의 정신을 감각한다. 모든 삶과 사물에서 종이
의 정신을 느끼는 경이롭도록 아름다운 감각은 인간이 궁극적으로 회복해
야 할 "인간의 선한 본성"(「시인의 말」), 즉 인간성을 의미한다. 그 선한 본
성으로서 인간성은 바로 인간다운 감성과 상상력이다. 이러한 태도는 타
자에 대한 "상호존중의 윤리"와 함께 "미학적으로 고양되고, 자비 넘치는
세계를 창조할 수 있는 인간의 잠재력"을 환기하는 '인간성의 재마법화
(Re-enchanting)' 혹은 피폐해진 '인간성의 매력'(머레이 북친, 구승회 옮김, 『휴

머니즘의 옹호』)을 재발견하고 회복하려는 태도를 연상하게 한다.

시인은 우주 만물을 종이라 생각한다. 우주 자연의 모든 사물과 현상은 종이에 적힌 글자와 같다. 그리고 시인은 그 글자를 읽고 글자가 들려주는 소리를 경건한 자세로 경청한다. 화자는 종이의 부름에 대하여 "온몸을 다해 귀를 세"워 정성을 다해 듣고 받아들이고자 한다. 화자는 듣고 받아들이는 것에 그치지 않고 움직이고 호흡하는 "생물에서 무생물까지 내 몸보다 더 큰 귀로 듣고 따르겠"다는 윤리적 실천의 심미 의식을 전경화한다. 왜냐하면 "이 한 장의 종이"는 "우주의 말"을 다 담고 있기 때문이다. 종이는 우주의 말이다. 여기에는 '물', '바람', '공기', '하늘', '땅', '해', '달', '별', '나무', '꽃' 등 만물을 '통틀어' 품은 '대자연'이 깃들어 있다. 한 장의 종이에는 또 "음악이 미술이 문학이 용솟음치며 춤추며 말하는 것"과 "사람의 삶을 역사"를 "말하고 있"다. 종이는 우주의 말이며, 인간의 예술혼이 꽃피는 자리이고, 인류의 정신 자체인 것이다.

종이에 대한 성찰적 사유는 또 현실의 온갖 소란과 욕망을 물리치고 "더 고요히 잠잠해"지고 "더 가벼이 비"운 상태를 지향한다. 그럴 때 종이의 "침묵은 입을 열어 사람에게 닿지 못한 말들을 경청"할 수 있으며, "침묵이 가슴을 열고 말을 걸어 올 것"이기 때문이다. 화자는 고요하고 가벼우며 잠잠하고 비운 상태로 우주의 신성한 말과 대면하고, 그 침묵 속에 담긴 비의(秘意)를 깨달으며, '무뎌진' 감각과 감성, 즉 인간성이 갱신되기를 희망한다. 화자가 "무뎌지는 것들이 다시 입을 열어야지요"라고 진술할 때, 그것은 잃어버린 '인간의 선한 본성'의 회복이며 '인간 감성의 매력', '인간성의 재마법화'라는 의미를 암시한다. 그리고 그것은 딱딱하게 굳어 화석화되고 기계적으로 획일화된 관념과 정신의 상투적 관습성을 거부하고 창조적으로 새롭게 삶과 예술과 세계를 열어나가려는 시인의 자의식의 표현이기도 하다.

약해지고 흐려지고 잃어버린 "뭉툭한 연장"은 곧 때 묻은 인간의 선한 본성과 아름다운 감성을 은유한다. 화자는 뭉툭해진 본성과 감성, 화석화된 관념과 상투화된 정신을 "간절히 종이와 맞대면"해 시퍼렇게 울리는 푸른 날로 새로이 벼려내고자 한다. 벼림을 통해 화자는 "뒤틀리고 구부러진 나"를 '날선 파도의 울림'으로 새롭게 바로 세우고자 한다. 여기에서 우리는 시인의 세계를 대하는 태도와 삶에 대한 냉엄한 자기반성과 치열한 시 정신의 예술혼을 만나게 되는 것이다. 시인에게 종이는 대자연이며 인간 정신의 총화이다. 시인은 고요하고 가벼우며 잠잠하고 비운 상태에서 우주의 신성한 말을 귀담아듣고, 태허(太虛)의 첫 말씀을 종이의 정신에 담아내고자 한다. 그게 신달자 시인의 삶이고 시이다.

4. 운명의 구조, 혹은 존재의 자기 탐구

신달자 시인의 시를 지탱하는 한 축에는 자기 탐색과 각성, 혹은 자아를 발견하는 자기 인식과 고통스러운 성찰이 자리한다. 자기 탐색과 인식과 성찰은 타자가 '나'를 보듯이 '나' 자신을 대상화하여 바라보며 공감할 수 있는 자아와의 정직한 대면으로부터 시작된다. 그러기에 그의 시는 삶이 불러오는 가혹한 운명과 상처의 흔적을 더듬는 정직한 자기 탐색의 결과물이기도 하다. 거기에는 가혹한 운명에 몸부림치는 절절한 고통의 아픈 드라마가 자리한다. 그것은 또 작품 외적으로 이미 역사주의적 관점에서 그의 생애를 통해 확인된 것이다. 그에게 주어진 운명은 가혹하다. 가혹한 운명의 시련 가운데 새로운 삶을 향한 힘겨운 고투를 벌이는 과정이 신달자 시의 또 다른 미학적 거점이다.

일기장 속에는 특수 장치가 있어
내 눈물을 고스란히 저장해 놓는…

고요하지 않아요
폭설 폭풍 폭우로 쓰러져 있는 풍경 속에
여자는 때론 쓰러져 있고
때론 나르고 있어요
자주 비가 오고 눈도 녹아내려서
어쩌나 일기장이 다시 푸욱 젖네요

조심 조심 미끄러지지 마세요
일기장 속에는 그 소중하다는 밥 이야기는 없고
찐득거리는 절벽만 있네요
—「일기장 속에는 밥이 없다」 중에서

일기장은 존재의 거울이다. 시인의 일기장은 참혹한 고통으로 얼룩진 자신의 내면을 비춘다. 삶의 황폐함과 막막함, 삶의 가혹한 운명 속에서 발버둥 치는 쓰라림과 안간힘, 힘겨움과 외로움을 느낄 수 있는 인용 시는 처연하다. 그 처연함은 늘 젖어있어 미끄러지지 않으려는 안간힘과 운명의 '절벽'에 갇혀 외줄 위의 삶을 살아온 화자의 안쓰럽고 위태로운 모습에서 기인한다. 화자는 가혹한 삶의 위태로움에서 "조심 조심 미끄러지지" 않기 위해 안간힘을 다한다. 그 안간힘, 그 쓰라리고 축축하게 젖어 미끄러운 운명을 견뎌 온 삶의 의지로 인해 시는 더욱 고통스럽고 처연하게 다가온다. 그리하여 참혹한 운명 속에서 가까스로 삶을 지탱하는 어떤 연약하고도 끈질긴 힘에 대한 탐구를 보여 준다.

일기장은 개인의 역사를 기록한 서사적 유물이다. 이 개인사적 서사를 기록한 화자의 일기장에는 '밥'으로 상징되는 건강하고 정상적이며 일반적인 생체험의 일상적 현실은 존재하지 않는다. 다만 거기에는 '슬픔'과 '절망', 그리고 그 절망과 슬픔과 눈물의 운명으로부터 탈주하려는 시퍼런 '울음소리'로 늘 젖어있을 뿐이다. 기억의 심연을 탐사하는 일기장에는 자주 비가 내려 "곰팡이가 피"고, "폭설 폭풍 폭우"로 쓰러진, 화자 자신의 동일 지정처럼 보이는 쓰러진 '여인'이 있다. 그리고 "절망이 뿔을 달고 불쑥 일어서" 그 가혹한 삶의 운명으로부터 벗어나기 위한 초원을 향한 폭주가 있다. 그러나 절망의 뿔을 단 질주는 방향도 목표도 없다. "어디를 달려가는지" 알 수 없지만 가혹한 운명으로부터 탈주하려는 강렬한 욕망만은 확실히 확인할 수 있다. 그것은 그만큼 그의 운명이 가혹하고 참혹하며, 외롭고 고통스러웠다는 점을 환기한다. 화자는 모든 삶이 필연적으로 가질 수밖에 없는 파란과 곡절, 질곡과 고통을 절실하게 노래하는 것이다.

일반적으로 "찐득거리는 절벽만 있"는 "푸욱 젖은 일기장"에 기록된 기억의 주체, '절망의 뿔을 단 말'로 표상되는 시적 주체는 그 막막한 '절벽'에서 탈출하려고 발버둥 친다. 그러나 기억은 몸에 깊이 기입 각인된 것이어서 쉽사리 탈출할 수 없다. 그것은 일기장의 쓰라린 기억이 그의 삶을 구성하는 중요한 일부이기 때문이다. 역설적으로 말하면 이 어둡고 쓰라린 일기장은 시적 주체의 존재 근거이다. 진정한 의미에서 현재란 과거 시간의 기억이 구성한 것이다. 그런 의미에서 일기장이 환기하는 기억이란 시적 주체의 오롯한 흔적이다. 그러므로 일기장의 기억에 대한 탐구는 시적 주체의 근거를 확인하는 탐사이며, 주체의 존재를 증명하는 자기 탐구인 것이다. 하지만 기억에 대한 탐구, 켜켜이 쌓인 기억의 검은 단층으로 내려가는 탐색은 결코 행복의 문법이 되지 못한다. 그것은 다만 시적 주체의 가혹한 운명의 구조를 압축해 드러낼 뿐이다. 그리하여 "푸욱 젖은", "찐득거리는 절벽만 있는" 일기장은 시적 주체의 존재 방식을 묻는 것이다.

일상의 보편 문법으로서 "소중하다는 밥 이야기는 없고" "자주 비가 오고 눈이 녹아내려" "푸욱 젖"고 "찐득거리는 절벽만 있"는 삶의 운명적 굴곡과 비애, 참혹과 남루는 신달자 시 쓰기의 기원을 이루는 삶의 원체험이다. 운명은 절대적이다. 운명은 인력으로 어찌할 수 없다. 주어진 운명은 피할 수 없이 받아들여야 하는 게 인간의 숙명이다. 이것이 운명의 형식이다. 숙명으로 주어진 삶의 고통과 절망, 그 운명의 '절벽'을 뚫고 나가려는 고투의 의지가 신달자 시인의 시 쓰기의 한 축을 이루는 것이다. 그러므로 그의 시는 압축된 삶의 구조이며, 시인의 정신세계를 압축한 상징이다. 그 압축의 시적 구조물은 슬픔, 절망, 그리움, 울음소리, 눈물을 재료로 축조되어 있다. 시인은 가혹한 운명의 '절벽'을 마주하며 시를 통해 자신을 세계 내 존재로 기입하고, 세계와 대화하며, 자기 존재를 확인하는 것이다.

5. 자연으로서의 마음과 자유

신달자 시인은 좌절과 절망, 참혹과 비애 속에서 주어진 삶의 운명에 대해 몸부림치며 울부짖는다. 시인의 근작 시에서 만날 수 있는 시적 질감의 또 하나는 자신의 내면을 담담히 응시하는 관조와 침잠의 숙연한 태도이다. 말하자면 절망의 극단은 삶과 세계에 대한 새로운 관점으로의 이동을 추동한다. 시인은 자신이 살아온 삶의 고통스러운 흔적을 반추하면서 이제는 그 가혹한 운명을 사랑하고 긍정한다. 즉 참혹한 운명 속에서 가까스로 삶을 지탱하는 어떤 연약하고도 끈질긴 힘에 대한 탐구라 했을 때, 그것은 삶의 상처와 고통을 수락하고 동거하며 사랑하는 힘을 말한다.

방향은 잡았어
목표는 단 하나야
목표에는 자석이 붙어 있나봐

내 몸이 그쪽으로만 끌려가고 있어

내가 한 번도 볼 수 없었던
만지지도 못했던 거

거기가 어딘지
이 길이 왜 이렇게 굴곡이 심한가
물샘이라도 터졌나 왜 이리 질은가

한 발작 한 발작
거기가 어딘지 가긴 가야 한다네
　　　　　　　　　　　—「마음에게」 중에서

　절망의 뿔을 달고 어딘지도 모른 채 달리는 폭주는 이제 진정된 양상으
로 나타난다. 시인은 자신의 내면을 잠잠히 응시하며 "아주 천천히 조심스
레 가"려는 관조적이며 반성적인 태도를 보인다. 그리고 "어디를 달려가
는지" 알 수 없고, "폭설 폭풍 폭우"의 "풍경 속에" "쓰러져 있던" '여자'
(「일기장 속에는 밥이 없다」)는 이제 삶의 궁극적인 목표를 향해 방향을 잡았으
며, 몸과 마음이 자연스럽게 끌려 흐르는 곳을 지향한다. 그 방향과 목표
가 무엇이며 어딘지 문면에 드러나 있지는 않지만, 내 몸은 자꾸 "그쪽으
로만 끌려"간다. 그곳은 "내가 한 번도 볼 수 없었"고 "만지지도 못했던"
것이다. 그러나 "굴곡이 심"하고 "물샘이라도 터졌"는지 질기만 한 것으로
볼 때, 삶의 운명을 암시하는 듯하다. 화자는 그 굴곡진 삶의 운명을 애틋
하고 처연하며 안타깝게 바라보지만 그것을 애써 부정하거나 저항하지 않
는다. 다만 들끓는 내면의 소란을 잠재우고 "나를 자석처럼 끌어대는/ 내
마음을 위해" 담담히 그것을 수용하고, 마음의 자연이 흐르는 대로 몸을

맡긴다. 이러한 관조와 침잠의 성찰적 태도는 삶의 운명적 상처와 고통, 질곡과 비애에 대한 연민과 사랑, 포용과 수락을 의미한다. 이것은 치유와 화해의 다른 이름이기도 하다.

스피노자에 따르면 이 세계에는 오직 자연이라는 실체만이 존재한다. 즉 인과적 필연성의 세계가 자연이다. 몸과 마음은 자연의 속성이어서 둘은 함께 간다. "인간의 몸과 마음은 자연 실체로서의 한 양태"(강영안, 『자연과 자유 사이』)로 나타난 것이다. 이를테면 마음은 자연과 같다. 화자가 "자석처럼 끌어대는/ 내 마음", 혹은 "내 몸이 그쪽으로만 끌려가고 있"다고 진술할 때, 그것은 몸과 마음을 자연으로 보겠다는 의미이기도 하다. 즉 몸과 마음을 지배하는 인과적 법칙성을 인식의 대상으로 삼겠다는 의지를 포함한다. 따라서 시인은 해가 뜨고 밤이 오고, 싹이 돋고 꽃이 피고 지듯 몸과 마음도 그와 같은 인과적 필연성의 산물임을 실감하고 수락하는 것이다.

하나의 사태를 필연적인 것으로 인식한다는 것은 그 사태의 원인을 안다는 것이다. 몸과 마음이 자연의 인과적 필연성에서 비롯한 산물임을 이해할 때, 몸과 마음은 자유로 이행할 수 있다. 여기에서 자유는 시인이 일찍이 언급한 "따뜻함, 영원함, 영성적 노동, 가득함, 화합, 평화, 사랑, 모성, 순수, 고향, 우직함, 이런 충돌 없이 섞이는 감정" 상태를 의미한다. 신달자 시인은 어떤 것의 필연성을 인식할 때 비로소 그것으로부터 자유로워질 수 있다는 것을 잠잠한 어조로 말해주는 것이다. "거기가 어딘지 가긴 가야" 할 곳을 향한 "한 발작 한 발작" 운명의 발길은 끝내 몸과 마음의 자연이 아니었을까.

부정의 정신에서 화해의 연금술로

— 김광규론

1. 부정의 정신

김광규의 세계는 넓고 깊다. 이 말은 1975년 『문학과 지성』을 통해 등단해 첫 시집 『우리를 적시는 마지막 꿈』(1979)을 필두로 『오른손이 아픈 날』(2016)에 이르기까지 11권의 시집을 상재한 양적 부피만을 두고 하는 말이 아니다. 그는 안이하게 쓰인 전통 서정시, 필연성 없이 어려워진 난해시를 동시에 넘어서면서 개성과 일상성과 구체성을 통해 의뭉한 형이상학을 극복해보려는 의지로 출발(유성호, 「낮은 시선과 목소리의 시심」)해 지금까지 그만의 심원하고 독자적인 서정시학을 구축해 오고 있기 때문이다. 그런 까닭에 그의 시는 여전히 많은 독자의 친밀한 사랑과 관심을 거느리고 있으며, 문단에서 다양하고 의미 있는 비평적 조명을 받아온 행복한 시로 존재한다. 그의 시에 대한 독자들의 관심과 사랑, 평단의 주목과 다양한 시각의 조명은 시적 심미성의 울림과 깊이, 그 서정 세계의 보편적 진정성과 넓이를 말해준다.

김광규는 관습 속에 길들여진 한국 서정시의 재래적인 규범과 일정한 변별성을 갖는 새로운 문법을 통해 시작 활동을 전개한다. 그의 시적 출발이 보여준 서정시에 대한 일반화된 통념의 거부는 곧 일상적 삶의 구체에서 길어 올린 생활 감각의 시적 수용과 냉철한 시적 형상화에 있다. 그의 시의 새로움은 무엇보다도 당대 한국 문단이 보여준 난해성과 시는 일상적 생활 세계 혹은 속악한 삶의 현실 문제와는 일정한 거리를 둔다는 고전주의적 편견을 깬다는 것에서 비롯한다. 그의 시적 출발과 이후 연속해 보여주는 시적 성향은 당대의 닫힌 역사 현실이 지닌 폭력성, 사회 정치적 모순과 부조리를 비판적으로 성찰한다는 점이며, 서정시에 대한 재래적이며 일반적 통념을 넘어서 현대성의 무의식에 매몰된 일상적 생활 세계 혹은 삶의 구체에서 우러나는 언어 감각에 밀착해 있다는 점이다.

물론 일상의 생활 세계에 천착한 시적 방법은 김광규의 전 세대인 김수영이 나아갔던 지점이기도 하다. 그러나 김수영의 소시민적인 자아는 '나'에 대한 자의식의 과잉이나 윤리적 자기검열의 음영을 짙게 드리우고 있다. 그러나 김광규의 자아는 보다 일반화되고 보편화된 모습으로 문면에 등장한다. '나'라는 시적 자아의 특수성은 비속한 일상적 생활 세계에서의 '우리', 예컨대 "아침 일찍 일어나 세수하고 밥먹고 출근하여 하루가 시작되고, 퇴근하여 술 한잔하고 집에 와서 신문 보고 발 씻은 다음 잠자리에 들어가 하루"(「끝내기」)를 끝내는 종류의 일반화된 '우리'의 속성이 녹아들어 있다. 그것은 자신의 문제나 일상적 삶의 문제, 체험적 생활 세계에 천착하면서 그것을 자신의 언어와 평범한 일상의 언어로 표현하려는 한글 세대로서의 근대적 언어 의식의 발로에서 비롯하는 것이며, 이것이 김광규 시의 개성적인 문체와 시적 방법론을 구성한 이유일 것이다. 일상적 삶에서 우러나는 그의 개성적인 시적 문체와 방법론은 주체가 세계를 체험하고 이해하는 과정에서 그 체험과 이해를 개성적 문체로 언어화해야 한다는 시적 인식의 전환을 의미한다. 요컨대 그러한 인식의 전환은 문학의 자율성과 사회성이라는 기능에 대한 시인의 반성과 자각으로부터 가능한 것이었다.

김광규의 시는 세속적 삶의 공간과 그 안에서 일어나는 일상의 작은 사태를 관찰하고 이를 비판적으로 의미화하는 데 주력해 왔다. 그의 시는 정직하고 단순하다. 명징하고 평이하며 건조하다. 이는 그의 시가 삶의 구체적 양태와 직접적으로 연결되어 있다는 점을 지시한다. 이 점은 가령 다음과 같은 평들에 압축되어 있다. 그의 시는 현실과 말(언어), 혹은 삶과 문학의 관계를 아주 정직한 태도로 발견(김주연, 「말과 삶이 어울리는 단순성」)한다. 시대에 대한 관찰, 삶에 대한 반성, 정치와 역사에 대한 고찰들은 귀 기울여 마땅한 지혜(김우창, 「언어적 명징화의 추구」)를 내장하고 있다. 정신적 태도의 엄격성과 예술가적 의식의 명료성이 드러난 투명한 시로서 일상적 세계 속에서 진실을 추구(「오생근, 「삶과 시적 인식」)한다. 평상심의 맑은 정신과 눈이 포착한 우리들의 일상이 명료하게 펼쳐지기 때문에 뜻이 분명하고 건강하며 읽는 이들에게 쉽고 친밀한 느낌(「이남호, 「평상심의 맑은 정신과 눈」)을 준다. 이 같은 명민한 평가들은 시인의 시적 성취, 혹은 시 세계의 특징을 뚜렷이 양각한다.

　생활 세계에 천착하는 김광규 시의 새로움은 우리 문학사에서 우연히 출현한 돌연변이가 아니다. 그것은 어쩌면 우리 문학사의 필연적인 요청에 답하는 하나의 대안으로서 우리 앞에 출현한 것이다. 그의 시가 보여주는 서정 세계의 새로운 풍경은 우리의 근대사, 이를테면 저 처절하고 고단했던 모순과 부조리, 환멸과 폭력의 파행적 연대기를 벗어나서는 제대로 이해될 수 없는 종류의 것이다. 요컨대 그의 시의 새로움은 역사적 과정의 산물이라는 것이다. 김광규는 그것을 선취했다. 따라서 우리가 김광규 시를 음미한다는 것은 정치와 권력, 자본과 물신, 도시와 문명의 독재로 얼룩진 우리의 삶과 역사를 일상의 거울로 되비춰보는 일이며, 일상의 닫힌 삶과 역사 현실을 어떻게 다시 열린 가능성의 세계로 전환할 것인가를 탐문하는 일이기도 하다.

　열린 가능성에 대한 고통스러운 탐문의 과정, 곧 김광규 시를 읽는 일은

"혁명이 두려운 기성세대가 되어" "또 한 발짝 깊숙이" 일상의 "늪으로 발을 옮"(「희미한 옛 사랑의 그림자」)기는 우리의 치부, "느닷없이 총소리가 울리고" "금방 얼어붙은 시커먼/ 핏자국 위에 눈이 내"(「얇은 얼음 같은」)리는 정치적 폭력의 야만성, "썩어가는 손 끝에 침을 발라가며 돈을 세"(「물의 소리」)는 자본 물신의 탐욕적 욕망, "순박한 농민의 피가 자동차 윤활유와 섞여서 더럽혀"(「P」)진 훼손된 자연 생태, "파괴공학의 눈부신 발전"(「편리한 세상」)으로 은유한 산업문명의 반생명성을 낱낱이 지각하는 일이다. 그리하여 우리를 부끄럽고 고통스럽고 아프게 한다. 김광규의 시는 이 수괴(羞愧)스러움과 고통과 아픔을 통해 삶과 세계에 대한 부정과 비판, 반성과 성찰, 자각과 전환의 사유로 우리를 이끄는 것이었다.

상처와 고통이 없다면 진리도 없으며, 진실조차도 깨닫지 못한다. 동일자의 지옥 안에는 맹목과 도취만이 자리하기 때문이다. 따라서 시는 주체가 삶과 세계와 대상에 거리를 두게 하는 부정성이 존재해야 한다. 긍정과 만족, 행복과 아름다움만으로 채워진 시는 이 거리를 말끔히 지워버린다. 그럼으로써 충격을 주거나 상처를 입히거나, 고통을 주거나 전율을 느끼지 못한다. 만약 그렇다면 시는 삶과 세계, 자아와 대상에 대한 아무런 반성과 비판, 의문과 성찰, 사유와 자각을 불러내지 못한다. 심미적 판단은 관조적 거리를 필요로 한다. 일방적 긍정과 만족의 텍스트는 이 부정성이라는 거리를 지우고 우리를 맹목의 상태에 함몰시킨다. 그저 도취시킬 뿐이다. 부정성은 시의 상처이다. 이런 부정성은 매끄러움의 긍정성과 정면으로 대립한다. 거기에는 주체를 뒤흔들고, 파헤치고, 삶과 세계에 대해 의문을 제기하고, 너는 네 삶을 바꾸어야 한다고 경고하는 무언가가 있다. 상처 없이는 문학도 예술도 없다. 상처와 고통이 없다면 동일한 것, 친숙한 것, 익숙한 것만 계속될 뿐이다(한병철, 『아름다움의 구원』). 상처와 고통이 없는 곳에는 동일자의 지옥만이 있을 뿐이다. 김광규 시는 우리의 정체를 뒤흔들고, 파헤치고, 삶과 세계에 대해 의문을 제기하고, 너는 네 삶을 바꾸어야 한다고 경고하는 고통스러운 부정의 정신이 깊이 자리한다.

2. 연성과 조화의 정신

김광규의 시적 전개는 세계와의 조화보다는 불화에서 출발한다. 그는 정치와 권력, 자본과 물신, 도시와 문명, 산업화와 근대화의 폭력적 역사 현실의 상황에서 시적 걸음을 뗀다. 물론 그것은 비단 김광규만의 특별한 경우는 아니다. 동일자의 물아일체적 시선은 이제 현실 저편에서나 가능한 일이다. 루카치의 저 유명한 명제처럼 밤하늘의 성좌를 보며 길을 가던 시대는 행복했다. 하지만 오늘날 대부분의 서정시는 불화에서 출발한다. 그것은 이 시대 삶의 조건이 그만큼 모순과 갈등, 분열과 대립으로 점철되어 있음을 암시한다. 우리는 개인과 사회, 삶과 세계, 이상과 현실 사이에서 야기되는 분열과 갈등을 경험하고 있다. 우리의 삶이 모순과 부조리, 분열과 갈등으로 가득 차게 되었을 때, 시는 이러한 조건을 응시하면서 잃어버린 삶의 조화를 회복할 수 있는가 하는 질문과 탐구의 형식이 된다. 김광규의 시는 분열과 갈등의 삶과 세계를 살아가는 일상의 체험에 적절한 형식을 부여하려는 고투의 결과이다.

김광규 시는 시적 대상에 대한 예리한 관찰과 통찰로부터 일정한 비판적 반성과 자각으로 우리를 이끈다. 이 반성과 자각은 일상적 세목에 개입된 정치적 의미를 드러내는 종류의 것이며, 그 일상이 은폐한 허위를 비판하는 데 주력해 왔다. 이러한 드러냄이 노리는 시적 효과는 자명하다. 현실 속에 은폐된 억압 구조와 허위를 폭로하고 맹목적이며 도취적이고 무반성적인 일상적 삶, 현대성의 무의식에 충격을 가함으로써 정치적이며 동시에 윤리적 심미성의 자각으로 독자를 유도하려는 것이다. 그 자각은 일상의 영역과 정치적 이데올로기의 영역을 연관해 사유하지 못하는 소시민적 사유에 대한 비판적 성찰의 성격을 지닌다. 그것은 경험적 현실에 대한, 또는 소시민적 태도에 대한 고통스러운 지적 성찰을 수반하는 것이기도 하다. 일상적 생활 세계, 경험 현실에 일정한 거리두기를 수행하면서 거기에 적절한 형식을 부여하려는 시인의 노력은 곧 시인의 정신적 치열성과 정직성을 보여주는 것이다. 이러한 정직성과 치열성은 말하자면 모순과 부조리, 갈등과 불화의 체험을 거머쥐려는 지적이며 정신적인 긴장감에서 우러나온다. 이 긴장감은 일상적 생활 세계의 체험에 충실하고자 하는 시인의 시적 고투에서 비롯하며, 그러하기에 그의 시들은 개인적 반성과 자각을 넘어서 일상의 고현학이라는 사회학적 고찰의 한 방법으로서도 기능한다.

  그러나 현실의 모순과 부조리, 갈등과 분열의 세계를 응시하고, 정신적 긴장을 견디며 거기에 적절한 형식을 부여하려는 김광규 시는 최근 들어 변모의 조짐을 보여준다. 거칠게 말해 오늘의 현실과 문학의 관계를 숨김없이 보여주려는(「자서」, 『아니다 그렇지 않다』) 애초의 시적 입장은 이제 보다 여유롭고 온유한 시선으로 삶과 세계를 통찰하는 지점에 도달해 있다. 이를테면 부정의 정신, 예리한 비판의식, 갈등과 모순의 분열적 세계로부터 조화와 화해의 세계로 이행한다. 이러한 변화의 조짐은 예리한 정신을 유지하면서도 소멸해 사라지고 늙어가는 것들에 관심을 보여주기 시작하는 『물길』(1994) 이후 시간과 죽음(소멸)에 관련한 사유, 그리고 원숙한 시선으로 삶과 세계를 관조하는 지혜에서 예견된 바이기도 하다. 아니 그보다는 "지워지지 않는 기름 자국이/ 시멘트 바닥 곳곳에 스며들어/ 사막을 기"르는 불모의 문명 현실에서 "이제 어디로 가야 할지" 모른 채 "고향을 그리워하는 마음"(「향수」)이 찾아간 "흙냄새 풀냄새 풍기"고 "숲속의 멧새들이 잠"(「어둘녘」)든 원초적 자연과의 조화로운 교감과 아름다운 융화, 혹은 생명에 대한 사랑과 동화에서 비롯하는 환희를 노래하는 데서 그 씨앗은 이미 발아하고 있었다.

이러한 변화는 이전의 시들이 보여주었던 정서와는 사뭇 다르다. 요컨대 삶과 세계의 모순과 부조리의 부정성을 부정 비판하는 정신이 후퇴해 있음을 환기하는 것이다. 모순과 부조리한 세계를 비판적 통찰로 고통스럽지만 경쾌하게 헤집어내는 정신과 함께 그의 시를 규제하는 중요한 한 축, 예컨대 "홍은동 사거리에서 사라진/ 털보네 대장간을 찾아가" "이글거리는 불 속에" 자신을 달구고 벼리고 갈아 "시퍼런 무쇠낫으로" "대장간 벽에 걸리고 싶"(「대장간의 유혹」)은 원형적 삶과 동화된 세계를 지향하는 마음, 그리고 "땅에 깊숙이 뿌리 내리고/ 하늘로 피어오르는 꿈을/ 드높은 가지 끝에 품은/ 나무"(「나무처럼 젊은이들도」)로 상징화된 자연 생명의 황홀을 찬미하는 방식은 더욱 짙어지고 깊어졌다. 이른바 자연과의 조화, 세계와의 화해, 몰입과 동화 등의 정서가 상대적으로 전경화되어 나타난다.

　긴장된 사회학적 방법의 시학은 여섯 번째 시집 『물길』(1994) 이후 상당한 변모를 보여준다. 불화보다는 조화의 세계를, 긴장보다는 긴장의 해소를, 현실과의 대립보다는 화해를 지향한다. 이러한 시적 경향은 근작 시에서 비교적 뚜렷이 감지할 수 있다. 이와 같은 시적 태도의 변화는 김광규 자신의 체험과 취향의 문제, 혹은 시인의 정신적 원숙의 소산으로 볼 수밖에 없다. 다만 한 가지 언급하고 넘어가야 할 점은 우리 문단에서 원로 시인들이 보여주는 어떤 편향성이다. 이를테면 이 편향성은 연륜이 깊어질수록, 원숙해질수록 심원한 화해와 조화의 지극한 세계로 이행한다는 것이다. 멀리는 미당이 그랬고, 가까이는 시인의 동년배로 볼 수 있는 정현종이나 이성복 시인이 그랬다. 김광규의 경우도 마찬가지로 자연 생명에 대한, 삶과 세계에 대한 원숙한 시선이 조화로운 화해의 세계로 이행한 계기를 이루는 것처럼 보인다.

　　초등학생처럼 앳된 얼굴
　　다리 가느다란 여중생이

유진상가 의복 수선 코너에서
엉덩이에 짝 달라붙게
청바지를 고쳐 입었다
그리고 무릎이 나올 듯 말 듯
교복치마를 짧게 줄여 달란다
그렇다
몸이다
마음은 혼자 싹트지 못한다
몸을 보여주고 싶은
마음에서
해마다 변함없이 아름다운
봄꽃들 피어난다
—「이른 봄」 전문

김광규 시에 드러나는 화자의 태도는 대체로 건조하고 명징하다. 시인
의 시적 관심은 소박하고 발상은 사소하다. 시인은 평범한 일상생활 세계
의 관찰을 통해 이를 간명하게 포착한다. 인용한 근작 시는 이러한 김광규
시의 한 특성을 그대로 보여준다. 시인의 관심은 일상을 넘어서 있지 않
고, 그 시적 의미 또한 모호하거나 애매하지도 않다. 시인의 눈에 든 일상
은 투명하고 명료하며 경쾌한 운율을 통해 간명하게 제시하고 있을 뿐이
다. 한없이 투명한 정신과 명징한 이미지가 조화롭게 일치를 이룬 정서로
인해 건강한 생명의 아름다운 리듬과 힘을 느끼게 한다. 시인은 "몸을 보
여주고 싶은" 앳된 여중생의 생기로 가득한 몸과 천진한 마음을 노래함으
로써 약동하는 봄, 생명의 아름다움과 자연스러운 숨결을 느끼게 한다. 중
요한 점은 이는 그대로 시인의 새로운 시적 관심사를 표상한다는 것이다.
자연 그대로의 움직이는 생명의 에너지, 이것은 바로 시인이 예전에 보여

주었던 문명비판의 대척점으로 상정했던 원형적 세계에 대한 동경과 향수의 세계를 확대 심화한 양상이며, 적극적 관점으로 시인의 새로운 시적 관심과 지향점을 가리키는 것으로 볼 수 있다.

그리하여 김광규가 보여주었던 사회 비판적이며 자기반성적인 성격의 사회학적 고현학은 그 자체로 원만한, 어떤 갈등도 대립도 없는 생명의 자연스러운 숨결 같은 것으로 재정의할 수 있다. 제목 그대로 인용한 근작시는 "이른 봄"의 풍경, 생명이 자연스럽게 피어나는 아름다움을 노래하며, 거기에서 발현되는 건강한 자연의 힘, 혹은 생리를 포착하고 있다. 그 힘과 생리는 일회적이고 공격성을 띤 단발적이며 파괴적인 힘이 아니라 "해마다 변함없이" 지속되는, "엉덩이에 짝 달라붙게/ 청바지를 고쳐 입"는 "몸을 보여주고 싶은" 자연 생명의 힘이며 생리인 것이다. 우리는 여기에서 김광규 시를 지주처럼 지탱해 오던 사회학적 고현학의 시선과 모순의 세계에 대한 예리한 사회학적 고찰은 조화로운 세계로 대체되어 나타나고 있음을 감지할 수 있다. 즉 그것은 인용 시에서 직감할 수 있듯이 그의 시의 원천이었던 도시, 자본, 물신이 지배하고 통제하는 일상의 영역이 배후에 감춘 부조리를 파헤치거나, 그런 생활 세계 속의 소시민적 허위의식에 매몰된 자신의 내면을 통렬하게 자각하는 과정으로서의 반성적 태도는 후퇴해 있기 때문이다. 그보다는 생명 현상과의 내적 교감과 자연의 아름다움이 불러오는 경험 내지는 경탄으로 나아가고 있다.

몸을 보여주고 싶은 앳된 여중생의 마음에서 "해마다 변함없이 아름다운/ 봄꽃들 피어난다"는 시인의 통찰은 이처럼 자연 생명이 발현하는 아름다운 경이와 황홀, 기쁨과 행복 등으로 인해 내적 충일감으로 넘실댄다. 그의 시의 주요 관심사였던 사회적 현실이나 치열한 자의식의 성찰을 보여주는 경성의 시선은 이제 부드럽고 원만한 연성의 감수성으로 나아간 것이다. 요컨대 일상 세계를 사회학적 상상력의 시선으로 들여다보던 태도를 뒤로 하고 조화롭게 삶과 세계, 내면을 응시하려는 원숙한 연성의 감수성이 김광규 시인이 지향하고 있는 지점인 듯싶다. 내적 충일감으로 조화를 지향하는 연성의 감수성은 모든 존재와 우연히 마주침으로써 '우리'라는 생명공동체를 인식하는 태도는 다음과 같은 시에서도 잘 드러난다.

> 서울의 서쪽으로 흘러가는
> 홍제천 냇물 따라 걷노라면
> 홍련교 다리 아래서
> 잉어 여덟 마리 놀고 있다
> 헤엄치고 자맥질하다가 보행로까지
> 올라와 뒤뚱뒤뚱 걸어 다니는
> 물오리도 열두어 마리
> 물가에 한 다리로 서서 시름에 잠기는
> 하얀 왜가리
> 사람이 다가가면 건너편
> 소나무 위로 날아올라간다
> 걷거나 뛰어서 또는 자전거 타고
> 아침저녁 이곳을 지나다니는
> 행인들도 많다
> 모두가 홍제천 가족
> 그들이 보기에 나도
> 그 가운데 하나겠지
> ─「홍제천 가족」 전문

우리는 함께 있기 때문에 있는 것이지 무엇 때문에 있는 것이 아니다. 우리는 세계 내 존재, 아니 공동 내 존재이다(장 뤽 낭시, 박준상 옮김, 『무위의 공동체』). 무엇을 만나게 될지 모르지만, 그 무엇을 만날 때마다 '나' 바깥의 존재와 마주침에 따라 구성되는 것이 '우리'이다. 인용한 근작 시는 우리가 그저 함께 만나고 그저 있음으로써 생명이 아름답게 발현되는 현상을 주목한다. 시인은 아무런 배제나 차별 없이 평등한 존재로서 타자들과 관계를 맺으며 생명의 충만한 공동감을 노래한다. "홍제천 다리 아래"의 잉어나 물오리나 하얀 왜가리, 그리고 걷거나 뛰거나 자전거를 타는 행인들이나 자신을 포함한 "모두가 홍제천 가족"이라는 인식은 함께 있음의 공동 생명체로 세계를 바라보려는 시인의 태도를 환기한다. 이를테면 이러한 사유는 삶의 생명공동체를 평등하게 함께 있음 자체로 인식하는 사유의 방식이다.

　우연히 잉어와 물오리, 왜가리와 행인들을 만나는 일은 곧 '나' 바깥에 존재하는 타자와의 우연한 마주침을 의미한다. 이러한 마주침, 임의적이며 우연적인 만남이란 일종의 누군가에게로, 타자에게로의 기울어짐이다. 기울어짐은 타자와의 평등한 동일화를 의미하며, 수많은 마주침과 만남을 생성하고, 이로써 생명공동체로서의 아름다운 세계를 생성시킨다. 홍제천에 깃들어 존재하는 모든 생명체로서의 타자들, 자신을 비롯한 잉어와 물오리와 행인들은 그러므로 어떤 공동의 근거로 구성된 공동체가 아니다. 그것은 차라리 공동(共同)의 것이 부재하는 공동체이다. 동일자의 의식이 아닌 생명의 이름 그 자체로 존재해 평등하고, 공동의 것으로 보이는, 그렇지만 누구의 소유나 차별적이며 종속적 관계도 아닌, 그래서 존재자 모두가 평등하게 참여하면서 상생 공존하는 조화로운 세계이다.

　이처럼 김광규의 시는 문명과 도시적 일상이라는 세속 사회로부터 일정하게 거리를 두고 자연 생명의 공간에서 조화와 화해를 사유한다. 압도적인 현실의 공세 앞에서 시인이 보여주었던 비판적 일상의 고현학적 탐구는 이제 갈등과 불화, 일체의 미혹과 번뇌를 물리치고 온유한 연성의 세계에 돌입한 것이다. 이것은 70년대 중반 등단부터 줄곧 보여주었던 세속적 일상의 부조리한 현장에서 그것을 비판적으로 성찰하는 태도와는 대조적인 것이다. 정치적 야만성, 자본과 물신이 지배하는 현대성의 무의식을 집요하게 탐구하던 관점과는 현저히 다른 양상이다. 물론 소란스럽고 비속한 세상사를 대상으로 쓴 시가 없는 것은 아니지만, 그런 시들은 자연과의 교감이나 삶과 세계에 대한 원숙한 내면적 성찰을 노래한 시들에 비하여 그 비중이 비교적 약화되어 나타난다.

3. 심연의 탐색과 영혼의 연금술

우리가 김광규 시를 이해할 때 주요하게 발견할 수 있었던 것은 조용한 목소리로 역사 현실에 대한 투시와 지식인으로서의 비판 정신이 주요한 세목을 이루는 것이었다. 그러한 측면은 특히 소시민성에 대한 비판, 일상에 파고든 자본주의 문명의 병리적 현상, 도시화된 삶의 질서에 대한 해부, 문명 비판적 태도 등에서 도드라지게 나타난다. 누누이 언급하지만 사회 현실의 모순과 폭력적 구조에 대한 시적 관심은 시인의 시 세계를 구성하는 지배적 요소의 한 축을 이루며, 시인은 이러한 태도를 일관되게 고수해 왔다. 시인은 그러한 일상적 현실의 구조 속에 은폐된 모순과 부조리, 억압과 폭력의 이데올로기를 간결한 구도를 통해 압축 제시하는 장점을 발휘해 온 것이다. 일찍이 김현이 탁월하게 분석하였듯 그의 시는 일상성을 통해 그 일상성을 생산해내는 우리 사회의 본질에 접근(김현, 「시원의 빛과 시」)하고 있다. 이러한 지적은 그의 시의 핵심에 다다른 탁월한 견해이다. 그러나 물론 그의 시 세계를 여기에만 한정할 수는 없다. 그의 시는 앞서 살펴본 것처럼 인간에 대한 따뜻한 이해와 자연을 통한 생의 진실 탐구 등 다양한 얼굴을 우리 앞에 내민다.

김광규 후기 시의 주조를 이루는 조화와 화해의 감수성은 이제 날카로운 인식을 넘어서 어느새 구원의 길을 추구하는 듯 보인다. 전반기 시의 주요 관심사였던 사회적 현실은 최근 시에서 보다 너그럽고 넉넉하며 포괄적인 사유, 말하자면 연륜에 의한 것인지도 모르겠지만 관조적인 자세로 차분히 인생과 자신의 내면을 바라보는 원숙한 지혜의 깨달음으로 채워진다. 여기에는 어떤 긴장과 충격, 결핍과 부재의 감정을 말끔히 해소한 후의 지극히 평화롭고 온유한 시선이 흐르고 있다. 그 중심에는 대상과 인식, 사물과 의식의 상호 침투를 통한 화해와 조화, 평화와 안정감으로 채색된 내적 충일감으로 빛난다.

> 오늘따라 잘 풀리지 않는 글 쓰다가
> 한밤중 빗소리에 문득
> 창 쪽을 바라보니 나무부처의 두 눈
> 말없이 나를 마주 보고 있지 않은가 마치
> 오래 기다리던 눈길과 마주치기라도 한 듯
> 얼른 부처 앞으로 다가가
> 그 눈을 들여다보았지
> 형광등 아래 착시현상이었나 부처는
> 여전히 눈을 내리뜨고 있었지 어쩌면
> 내가 바라보지 않을 때만
> 나를 응시하고 있는 것 아닐까
> 이제는 쓰기 싫은 글 혼자 쓸 때도
> 콧구멍 후벼대거나 요란한 하품
> 삼가야 할 듯
> —「나무부처의 눈」 중에서

인용 시에서 시인은 역사 사회적 현실의 국면을 저편 후경으로 물리친다. 그리고는 시선을 자신의 일상적 삶이 보유한 내면세계로 돌린다. 시인이 보여주었던 방법론에 비춰본다면 새로울 것도 아니다. 일상의 짧은 순간에서 포착한 시적 영감을 별다른 기교나 이미지의 조형 없이 담담하게 펼쳐나간다는 점, 그러면서 내면적 태도를 성찰한다는 점은 익숙한 것이다. 또한 시인은 그 어떤 기발한 착상이나 감각적 이미지, 또는 시적 기교를 부리지 않고 평범한 태도로 시적 진술을 이끌어 나간다는 점에서도 그러하다. 그러나 여기에는 삶이 주는, 혹은 경험 현실이 불러일으킬 수 있는 고통스러운 정황이나 불화의 정서는 상당히 무화되어 있다는 점은 맥락이 다르다. 그러면서 자신의 내적 순수성, 혹은 염결성을 지켜내려는 의지의 표백은 같다.

시인은 어느 날 늦은 밤까지 "잘 풀리지 않는 글"을 쓰는 중이다. 그러던 중 몇 해 전 "동남아 어느 공항 면세점"에서 사다가 "서재 창가 놓아둔" "나무부처의 두 눈"과 문득 마주친다. 존재를 잊고 살았던 나무부처의 얼굴을 "한밤중 빗소리에 문득" 깨닫고, "나무부처의 두 눈"이 "말없이 나를 마주 보고 있"음을 인지하는 것이다. 그리하여 가까이 다가가 나무부처의 "눈을 들여다보았지"만 "여전히 눈을 내리뜨고 있"을 뿐이다. 여기에서 시인은 부처는 "내가 바라보지 않을 때만/ 나를 응시하고 있는 것 아닐까" 생각하고는 혼자 있을 때도 항상 몸가짐을 바로 해야겠다는 깨달음에 이른다. 표면적으로 우리는 여기에서 홀로 있을 때에도 도리에 어그러짐이 없도록 몸가짐을 바로 하고 언행을 삼가는 신독(愼獨)의 윤리성을 읽을 수 있다.

그러나 존재를 잊고 살아온 나무부처란 곧 그 이상의 의미를 잉태하고 있다. 그 가운데 무엇보다도 나무부처의 얼굴의 현현, 서재 창가에서 아무런 존재성 없이 "눈을 내리뜨고 있었던" 줄 알았던 나무부처의 눈과 마주침은 일종의 존재의 전환을 이룩하는 절대 경험이다. 왜냐하면 주관적 자아라는 좁고 딱딱한 패각 속에 웅크린 시적 주체에게 존재의 전환을 가져오는 하나의 사태이기 때문이다. 나무부처의 얼굴, 두 눈과 마주침은 일종의 신의 현현을 목도하는 사태와 유사한 사건이다. 그것은 일종의 신의 계시와 같다. 따라서 나무부처와의 만남은 곧 인간의 이성이나 예지로는 도달할 수 없는 어떤 광대무변한 세계에 관심을 두고 있다는 것을 환기한다. 다시 말해서 나무부처의 눈으로 상징되는, 우리 곁에 항존하지만 우리의 눈에는 보이지 않는 초월적 존재, 절대자의 시선을 느끼는 사태는 시인의 관심이 현실보다는 존재론적 심연의 탐색이나 무언가 심원한 형이상학적 세계로의 이행을 의미한다고 볼 수 있다.

그저 아무 "말없이 나를 마주 보"았던 "오래 기다리던 눈길" 같은 나무부처의 눈, 그 존재를 인식하는 행위는 곧 시인이 존재론적 전환을 이룩하고 있다는 점을 지시하며, 그 전환은 곧 시적 관심의 이동을 의미하는 것이기도 하다. 우리는 여기에서 어떤 초월적 절대자를 마주한 침묵과 기다림이라는 지극히 영적이며 정관적 태도를 만나게 된다. 이러한 절제의 침묵과 오랜 기다림의 과정에서 김광규의 시는 넉넉한 포용력과 그윽한 정취를 획득한다. 이러한 변화는 시인의 시력이나 연륜으로 볼 때, 때 이른 것도 아니다. 그리하여 예전과 다르게 박진감과 현실성이 약화되었다 비판할 일도 아니며, 반대로 그러한 비판이 있다면 굳이 부정할 필요도 없는 일이다. 다만 환멸과 폭력의 파시스트적 시간을 통과해 이제는 원숙한 연륜에 이른 시인의 입장에서 조화롭고 평정한 자기의 재정립, 혹은 존재의 새로운 탐색과 전환은 반드시 필요한 것이기도 하다.

기다렸다 모아이 같은 모습으로
한없이 기다렸다 평생
기다리다 지쳐서 마침내
스스로 떠나갔다
혼자서 말없이 떠나
돌아오지 않았다

아득히 먼 곳에 아직도
나무가 되어 서있는지
바위가 되어 누워있는지
아니면 흔적 없이 사라졌는지
알 수 없지만 끝내
떠나가 버리고 말았다
　—「불귀(不歸)」전문

여름이 다 가도록 그러나 뚜껑을
찾지 못했다
썩지도 않고 불에 타지도 않는
플라스틱 리모컨 뚜껑이
내 곁에서 아니
이 세상에서 자취 없이 어디로
사라져버렸나
만질 수 없는 기억만 손 끝에 남기고
　—「자취 없이 어디로」중에서

　두 편의 근작 시에 일관되게 관류하는 정서는 사라짐의 운명에 대한 다소 비감한 경험, 혹은 사라짐에 대한 모종의 긍정이다. 그리하여 시인의 등단 작품 「영산(靈山)」에서 보여준 세계, "어렸을 적에는 있었던" 신성하고 "신비로운 산"의 정령이 사라진 세계를 뒤돌아보게 한다. 신비롭고 신령스러운 영산은 사라졌지만 아직도 "마음 속에서 떠나지 않는 영산"이 표상하는 것은 물론 고향의 상실, 상징의 상실, 신화의 상실, 신성의 상실, 원형의 상징 등등 여러 의미로 해석할 수 있을 것이다. 비약일지도 모르겠지만 "만질 수 없는 기억만 손 끝에 남기고" 자취도 흔적도 없이 "끝내/ 떠나가 버"린, 세상에서 "사라져버"린 대상은 어쩌면 영산과 동궤의 맥락에 있는 것은 아닐까. 그렇다면 "평생 기다리다 지쳐서 마침내/ 스스로 떠나"가 돌아오지 않는 것, "이 세상에서 자취 없이 어디"론가 "사라져버"린 플라스틱 뚜껑은 앞에서 말한 고향과 상징, 신화와 신성, 신비와 원형의 상실로 보는 것도 무리가 아닐 듯 싶다. 그것은 우리의 이성과 합리, 문명과 도시, 기술과 과학적 세계관이 저버린 환상과 신비의 세계가 아닐까. 그렇다면 모든 이가 정신의 근원, 원형적 처소, 영원한 구원, 절대의 초월성을 상실한 현실을 비감하게 노래하는 것으로 볼 수도 있겠다.

두 편의 근작 시는 「영산」이 성취한 심미적 정신세계를 연속적 단절, 혹은 단절적 연속의 층위에서 읽어주기를 요구하는 듯하다. 왜냐하면 아무런 의심 없이 이 세상 내 곁에 영원히 존재하고 있을 것이라 믿었던 '영산', "어렸을 적에는 있었던" "신비로운 산"이나 "평생/ 기다리다 지쳐서 마침내/ 스스로 떠나"버려 그 존재의 행방을 알 수 없는 대상, 그리고 "썩지도 않고 불에 타지도 않는" 불변의 대상으로서 "리모컨 뚜껑"으로 암시되는 존재의 확실성이 일순간 소거되는 상황은 분명 상실과 소멸, 사라짐과 떠남이라는 의미 맥락과 깊이 연관해 있기 때문이다. 다만 그 상실과 소멸, 사라짐과 떠남이 불러일으키는 충격과 사유가 삶의 운명, 시간의 필연적 운명, 존재의 운명적 구조에 더 가까이 다가가 있다는 것이다. 그런 점에서 존재의 실존성을 무화하는 사라짐의 운명에 눈을 두고 있는 근작 두 편의 작품과 「영산」의 심미적 형질은 단절적으로 연속한다.

인간의 삶은 필연적으로 소멸을 향해 나간다. 이게 운명이며, 시간의 보편 법칙이다. 그것은 물리적으로 눈에 보이지도 않고 만질 수도 없다. 시인의 눈은 눈에 보이고 만질 수 있는 물리적 감각의 세계, 일상의 현상적 질서나 존재론적 확실성과 획일성의 세계에서 어떤 보이지 않는 형이상학적 질서나 원리에 닿아 있다. 시인은 다시 돌아올 수 없는 불귀의 사라짐, 혹은 시간의 필연적 소멸, 혹은 운명의 구조를 응시하는 것이다. 그 응시

속에는 물론 내 곁의 세상에서 흔적도 자취도 없이 사라져 이제는 다시 만질 수도 없고 알 수도 없이 사라져갔지만, 다시 돌아올 수 없는 운명이 되었지만 시인의 의식 속에는 그것의 존재성을 확신하는 어떤 긍정의 정신이 자리한다. 그런 점에서 「영산」이 구축했던 심미적 정신 세계를 보다 웅숭깊게 심화 확장한다. 말하자면 존재론적 심연의 탐색이나 심원한 형이상학의 세계로 이행해 성취한 시적 내질이 어떤 질감의 것인지 직감케 한다.

절대적 대상, 구원의 대상, 마음의 고향, 나에게 실존적 동일성을 부여했으므로 그토록 찾고 희구했던 '영산'과 같은 존재의 상실과 소멸, 떠남과 사라짐의 정서는 그 자체로 아픈 상실의경험이다. 두 편의 근작 시는 「영산」이 파급했던 쓸쓸함과 아련함, 박탈감과 애처로움, 외로움과 단절감, 분리와 소외의 정서가 느껴지지 않은 것은 아니다. 하지만 그런 정서는 비교적 저만치 물러나 있다. 그보다는 내 곁에서 사라지고 떠난 존재가 어디엔가는 분명히 존재할 것이라는 믿음이 강하다. 이를테면 "나무부처의 눈"처럼 "눈을 내리뜨고 있"는 듯하지만 "내가 바라보지 않"더라도 항상 "나를 응시하고 있"(「나무부처의 눈」)을 것이라는 깨달음과 각성의 정신이 더 강하게 느껴진다. 이러한 시인의 사유는 우리 앞에 펼쳐지는 현상적 사태나 사물의 물리적 실존성이나 변화를 넘어서 어떤 본질과 절대, 영원과 불변의 초월적 세계를 사유하려는 태도를 암시한다. 그리고 이와 같은 사유는 허(虛)와 무(無)의 원리, 또는 태허(太虛)의 운행을 깨달은 정신에서만 가능한 세계이다. 그리하여 근작 시는 명상의 노래에 가깝다. "썩지도 않고 불에 타지도 않는" 것이 "이 세상에서 자취 없이 어디로/ 사라져" 버리고, "모아이 같은 모습으로" 평생 "한 없"이 기다리다 마침내 "혼자서 말 없이 떠나"버리는 것이 시간이고 운명이며 자연의 질서이고, 태허의 운행 원리이다. 인간은 유한한 존재이다. 두 작품은 그런 인간이 무한한 우주적 시간과 공간 앞에서 내뱉는 탄식이자 찬미이다. 이것이 바로 그의 근작 세계가 선보이는 시적 내질이며 질감이다.

　마모되고 풍화되는 시간의 운명이 발산하는 아우라 속으로 고요하게 침잠해 들어가 삶과 세계로부터 관조적 거리를 확보할 때, 우리는 삶의 자명함이 은폐한 삶의 내면성과 진정성을 온전히 감각할 수 있다. 이를테면 소멸이나 사라짐은 존재의 끝이라는 단순하고 저급한 사유가 아니라, 그것은 삶의 근원적인 조건과 운명에 대한 각성을 가능케 한다는 점을 깨닫는 방식일 수 있다는 차원에서 접촉해야 한다. 김광규는 여유 있는 시선으로 "자취 없이 어디로" 사라졌는지 "알 수 없"는 무의 세계, 혹은 죽음, 혹은 영원의 시간이라는 미지의 세계조차 두려움 없이 맞이하고 있다. 이렇게 역사 현실을 물리치고 존재의 심연을 탐구하는 변화된 시적 관점은 시간에 대한 자의식이 깊이 투영된 결과이다.

　두 편의 근작 시에서 시인은 "만질 수 없는 기억만 손끝에 남기고" 자취도 흔적도 없는 사라짐은 무한한 시간의 흐름 속에서 어떤 영원성, 불변의 진리, 초월성을 감득한다. 영원은 무한한 시간이 아니다. 그것은 무시간성, 물리적 시간을 초월하고, 이 시간 밖에 있는 경험의 한 성질(「한스 마이어 홈, 김준오 역, 『문학과 시간현상학』)이라 할 때, 김광규의 의식은 물리적 시간 밖에 있는, 현상적 사태의 이면에 자리하는 초월적 체험의 세계에 진입한 듯 하다. 그러한 경지는 "스무 해 남짓 나의 허리를 버텨준 끈", 아버지가 유품으로 물려준 "낡은 혁대가 끊어"지고 "이제 나의 허리띠를 남겨야 할/ 차례가 가까이 왔는가/ 앙증스럽게 작은 손이 옹알거리면서/ 끈 자락을 만지작거린다"(「끈」, 『처음 만나던 때』)고 노래했을 때 이미 예고되어 있었다. 김광규는 불화와 분열, 현상적 사태와 실존적 고통을 해소하는 화해와 평정의 세계, 그 영혼의 연금술을 구현하는 중이다.

경계인의 상상 지리학

— 고형렬 시에 대한 몇 가지 단상

1. 시 쓰기의 기원

오래고 해묵은 관점에 따르면 작품이란 작가의 특수한 자전적 경험의 소산이다. 이 비평적 명제는 단순 소박하지만, 그 흡인력은 매우 강렬하게 작동한다. 우리는 종종 작품 내부를 이해하기 위하여 작품의 외부, 즉 작품의 외적 조건을 참조한다. 이러한 관점은 작품과 관련한 외부 맥락을 참조함으로써 작품을 이해하는 데 도움을 얻고자 하는 욕망에서 비롯한다. 물론 여기에는 문학의 자율성과 내적 문제를 소홀히 취급할 수 있는 한계가 잠복해 있다. 하지만 원형적 경험의 참된 의미를 따져 묻는 만큼의 깊이로 작품 이해에 유효한 지침을 제공해주기도 한다.

고형렬 시인은 1979년 『현대문학』을 통해 작품 활동을 전개한다. 그리고 첫 시집 『대청봉 수박밭』(청사, 1985)을 간행한 이후 열여섯 권의 시집과 장시집 두 권, 그리고 지난해 고희(古稀)를 맞은 시점에 시선집 『바람이 와서 몸이 되다』(창비, 2023)를 간행하였다. 흥미로운 점은 시집 제목 중에는 지명이나 장소(공간)를 호명하는 경우가 많다는 것이다. 예컨대 대청봉, 사진리, 미시령 등등이 그것이고, 또 시집을 펼치면 고향인 속초를 중심으로 외설악이니 설악산이니 동해, 또 시인의 부친 고향이며 유년 시절을 보낸 해남이니, 또는 자신이 가보지도 못한 평양이니 원산이니 약산이니 초산이니 해주니 하는 공간들이 자주 등장한다. 그런데 그 기억의 원체험 혹은 원형적 시간과 공간의 중심축은 속초이며, 반대편에 시인이 서른 즈음에 지금까지 몸담고 사는 서울이 있다.

고형렬은 박후기와의 대담 「고형렬 시인과의 만남」에서 자신의 시는 "속초에서 출발"했으며, "데뷔 시 「장자」 이후" 서울에서 줄곧 살아왔지만 "의식 밑바닥 속에서 자신은 서울에 없는 것 같고, 아직도 속초에 있는 것 같다"고 술회한 바 있다. 이를 두고 박후기는 "떠나온 고향과 몸담은 현실의 경계에서 어느 곳에도 발 디지지 못"하는 경계인으로 시인의 실존적 운명을 규정한다. 그런 까닭에 시인에게 서울은 "잠시 들른 곳"이며, 근작시에서 토로하는 것처럼 "속초는 고향이 아니고" 또 그렇다고 "타관도 아"(「진달래꽃」)닌 곳이다. 시인은 경계에 선 자신의 실존적 상황을 "우주 속에 버려지는 쓰레기 같은 미도착현상 혹은 분열증상 같은 것"으로 진단하면서 시를 쓰는 자신에게 속초는 "기억의 창고" 같은 곳이라 말한다. 이를테면 속초는 고형렬 시의 원적(原籍)이며 궁극인 것이다. 속초를 그리고 있는 그의 시편들은 대체로 현재적 시점에서 기억의 잔상과 직접적으로 연관하며, 고유한 체험적 경험과 기억을 매개로 상상력이 작동하고 시는 조직된다.

기억은 존재가 머무는 장소이다. 기억은 주체의 본질을 구성한다. 개인이든 집단이든 기억은 주체의 현재와 미래 정체성을 구성한다. 그것 없이 주체는 연속할 수 없다. 기억은 영혼을 구성하며, 실존적 자의식은 물론이거니와 현실 인식의 양상을 강력하게 반영한다. 모든 인간은 존재의 뿌리와 영혼을 뒤흔들고 간 기억의 경험으로부터 자유롭지 못하다. 고형렬 시가 보여주는 시적 풍경은 시적 주체의 존재론적 뿌리를 뒤흔들고 간, 섬광처럼 영혼을 지지고 간 속초로부터 기원한다. 그가 기억을 반추하면서 펼치는 체험의 의미화는 시인 자신의 실존적 정체성의 원형을 확인하는 일과 다름없다. 따라서 실존의 원적에 대한 투시는 고형렬 시 쓰기의 원초적 기원을 이룬다.

2. 속초, 영혼의 원적

문학작품에서 성장과 고향과 가족은 기억의 원형을 구성하는 지배소로 기능한다. 여기에서 유년과 청년기의 성장은 시간적 차원의 원형을 이룬다면, 고향은 공간적 차원의 원형을 형성한다. 그 가운데에 가족이나 공동체를 구성하는 주변 인물들과 얽힌 아련한 기억의 잔상이 자리한다. 현재적 삶의 시간 속에서 기억은 예고 없이 불시에 찾아와 우리의 영혼을 마구 뒤흔든다. 그리하여 시의 언어는 기억의 원형이 간직한 어떤 인상적인 풍경이나 사건에 연관한 잔상을 향해 있을 수밖에 없다. 그리고 그것을 기억의 서정, 말하자면 대개 그렇듯 아프고도 아름답게 재생해 장면화한다. 누구에게나 모든 기억은 정겹고 아리다. 그것은 "추억이 잘 공간화되어 있으면 그만큼 더 단단히 뿌리박아, 변함없이 있게 되는 것"(G. 바슐라르, 『공간의 시학』)이기 때문이다. 고형렬의 경우도 그러하다.

고형렬의 기억들은 작품 상호 간 의미론적 맥락으로 연속한다. 말하자면 그의 시적 경험 유형은 기억이라는 활발한 운동을 통해서 이루어진다. 이때 주목할 점은 기억이 과거 시간과 공간의 어떤 강렬한 장면이나 풍경을 사실적으로 재현하는 정태적인 종류의 것이라기보다는 지금 시인의 실존적 상황과 감각을 드러낸다는 점이다. 미나토 지히로가 말하듯 "인간의 기억은 개개의 사정에 대한 흔적이 보존되어 이루어진 것"이지만 "현재와의 관계에서 항상 생성"되는 것이며, "환경과 물리적 관계에서 역동적으로 변화하는 것"(김경주, 이종욱 역, 『창조적 기억』)이다. 이와 같은 논리에서 고형렬 시에 저장 각인된 속초에 대한 기억은 현재 상황에서 창조적으로 변형 재생된다.

어둠이 내린 수평선은 그리움이 끝난 낯선 바다가 되어
새벽 햇무리를 맞는다 할지라도
그는 눈을 열지 않을 것이다
미명 속엔 아직도 다 젊지 못한 그녀가 혼자 살고 있다
이제 바다는
그의 눈을 감추고 다시 그녀를 보여주지 않을 것이다

멀리 흐려지는 그대 목소리만 우리 모두를 혼자씩 남게 하고
검은 달빛의 그림자는 심연을 달려가며
그대 눈가에 아득히 내려설 뿐,

눈 내리는 공룡능선을 걷는가 혼자 다 살아도 다 살진 못해서
눈 그친 공룡능선을 밟는가

여기서 너는 어둠을 지키고 나가지 말아라
칠흑 장막의 눈이 찢어져 너는 올 테니
생이 없는 죽음에겐 저 찰랑이는 자금색 빛도 다시 없다
─「나의 공룡능선」 끝부분

"잠시 들른 곳" 같은 서울에서 시인의 눈과 마음과 영혼은 인용 시에서처럼 늘 동해 속초 설악산 근방을 걷고 있다. 시인은 그 죽음의 심연 같은 태허(太虛)의 생명을 품은 속초 설악의 "눈 내리는 공룡능선을 걷"고, 또 "다 살아도 살진 못"한 것 같아서 "눈 그친 공룡능선을 밟는" 중이다. 그곳

속초에 가면 "깊이를 모를 검푸른 바다", "은비늘로 반짝"이는 "푸른 거울의 바다", "수많은 기를 손에 든 채 바람"이 된 바다, "아무도 구하지 못한 / 꿈이 뒹"굴고 "더 늙지를 않"고 "아직도 다 젊지 못한 그녀"로 은유한 신비와 원형, 가능성과 미지와 미답의 동해가 있다. 그렇기 때문에 시인에게 동해의 "신령과 준엄은 모든 수사를 뛰어넘"는 위대하고 신비하며 웅혼한 어둠처럼 무화되어 청결한 궁극의 절대이다. 그리하여 어둠 내린 수평선은 "새벽 햇무리를 맞는다 할지라도" 끝내 "눈을 열지 않을" 것이며, 결코 "그녀를 보여주지 않을" 것이다. 그곳엔 그 깊이를 알 수 없는 어두운 심연의 신비와 죽음 같은 태허의 생명이 자리한다.

인용 시에서 고형렬의 감수성은 형언할 수 없는 신선함과 신비함으로 빛난다. 고형렬이 그린 동해 속초 바다는 물론 사실적인 풍경화는 아니다. 차라리 그것은 태초의 완벽한 신화적 조화에 가깝다. 이 시나 「사진리 대설」 같은 시인의 대표작으로 꼽을 수 있는 이들 작품은 80년대 적 서정의 분위기나, 오랫동안 시인이 몸담고 젊음을 보냈던 창비의 경향과 얼마나 다른가! 인용 시의 풍경에서 생활하는 인간은 부재한다. 다만 어떤 미세한 흔적과 떨림, 어떤 미묘하고 신비스럽고 신령스러운, 그러면서 강렬한 시의 어조만이 드러난다. 이를테면 "검은 달빛의 그림자는 심연을 달려가며", "칠흑 장막의 눈이 찢어져" "찰랑이는 자금색 빛도 다시 없"는 영원과 신비와 태허의 은밀한 정경을 제시할 뿐이다. 그러면서 어둠과 미명, 칠흑과 심연의 절대, 아무도 더럽히거나 결코 해명할 수 없는 절대와 영원의 아우라를 보여줌으로써 시적 미학을 완성한다. 그 미학은 어둠, 밤, 석얼음, 그믐과 빛, 등대, 은비늘, 햇무리 등과 맞물려 있는 우주적 비밀을 드러낸다. 하지만 그 비밀의 은밀한 드러냄은 관념적 회로를 거친 것이 아니라 "자신을 향한 끝없는 사랑과 관찰의 나날을 지"난 뒤 육화된 경험의 기억을 통해서이다.

흔한 서사에서처럼 한국 사회의 산업 도시화 이후 대개의 서울 이주는 도시에 대한 동경과 이주, 도시 체험과 좌절, 그리고 죽음 혹은 낙향이라는 유형화된 플롯을 지닌다. 그런 점에서 이 이주와 낙향의 서사는 입사식과 비슷하다. 그러나 다른 점은 일반적으로 익숙한 입사식과는 달리 주인공의 인간적 성숙은 펼쳐지지 않고 도시와의 마찰과 갈등에 의해 소외 분열, 실패 좌절, 고립 파편화되어 있다는 것이다. 아마도 고형렬이 처한 상황은 당대 인물들이 처한 일반적인 삶의 현실이었을 것이며, 보편적인 심리 정서적 정황이었을 것이다. 도시로 이주한 상당수 사람들은 자신이 바라는 목표 지점에 이르지 못하고 변두리 인생, 주변인이 되어버린다.

그리하여 고형렬은 자신이 처한 환경, "무엇이 우리 곁을 쏜살같이 지나가고" "밑에서 썩은 물만 흐르는 곳", "조국도 나라도 분단된 줄 모르고/땡볕 밑에서 울퉁불퉁거"리는 "한국의 영혼과 물질의 중심 무대"인 서울, "의자 밑에는 환자가 천장을 보고 있"(「안 보이는 시」)는 서울 살이에 대한 불만족, 결핍과 부재와 상실이 그를 고향 속초로 향하게 했을 것이다. 자신이 처한 환경에 대한 불만족감이 팽배할수록 그에 비례하는 힘으로 갈 수 없는 먼 곳에 대한 동경은 커지는 것이다. 시인에게 속초, 동해, 설악은 도시 서울에서 잃어버린 그 무엇인가를 되찾을 수 있는 시원의 장소인 것이다. 시인의 영혼은 죽어서도 설악의 눈 내린 공룡능선을 걷고 "아직도 다 젊지 못한 그녀"를 찾을 것이다. "아흐레 동안 산이 눈 속에 파묻힌" 사진리 마을과 "물속에 다니는 고기 소리"(「사진리 대설」)가 들리는 동해, "눈이 펑펑 소청봉에 내리"는 여름밤 "큼직큼직한 꿈 같은 수박"(「대청봉 수박밭」)밭 대청봉을 맨발로 걷고 있을 것이다.

나는 그날 오후 이후 이때까지 설악이
그처럼 낮아지고 아름다운 적을 본 적이 없었는데
해가 지고도 한참을 설광 때문에 새벽 같았다.
발간 등불과 플래시 불빛이 흔들리기 시작하던 마을

사진리는 그제야 사람 사는 마을이 되었다.

아흐레 동안 산이 눈 속에 파묻혔던 것이다.

그런데 놀라운 사실은 그날 내다본 동해는

무슨 일인지 물속에 다니는 고기 소리가 날 듯이

맑게 갠 하늘 아래 호수처럼 잔잔히 흐르고 있었다.

눈도 한송이 쌓이지 않고, 그만으로 흐르고 있었다.

─「사진리 대설(大雪)」 끝부분

　박후기와의 대담에서 고형렬은 자신은 "알몸으로 속초 시를 쓰고," 자신의 시에는 "속초적인 게 많다"고 한 바 있다. 인용 시 역시 고향마을 속초 사진리에 대해 쓰고 있다. 이 시에서 고형렬의 기억의 박물관에 소장된 풍경은 속초와 관련한 따뜻한 삶의 온기를 품은 공간을 중심으로 현상된다. 장소가 주체의 정신과 개성을 형성한다면, 그곳 속초는 시적 주체의 정체성을 확인하는 준거점이다. 왜냐하면 고향 속초란 자신을 존재하게 한 어머니의 태반이며, 바슐라르의 표현처럼 집이란 "세계 안 우리들의 구석이며, 우리들의 최초의 세계이고, 하나의 우주로서의 가치"를 지니기 때문이다. 원형 공간으로서 고향과 집은 "인간의 사상과 추억과 꿈을 한 데 통합하는 가장 큰 힘의 하나"(『공간의 시학』)인 것이다. 인용 시에서처럼 그 공간 속에 고형렬 시는 파동한다. 물론 그 속초가 파동하는 자장은 이처럼 아름답고 서정적이며 자전적 경험의 일부를 이루는 공간이기도 하지만, 그의 많은 시편에 드러나는 바와 같이 그곳은 우리 근대사의 비극과 민족모순과 분단모순의 역사적 아픔과 고통, 상처와 슬픔을 간직한 상징적 현장으로 형상화되기도 한다.

　고형렬의 대표작으로 꼽을 수 있는 인용 시는 구체적인 기억의 현장, 눈이 아흐레 동안 내린 동해 속초 설악의 마을, 모든 불순물이 제거된 상태의 태초 같은 원형 세계로 우리를 이끌어간다. 서른세 행의 길이만큼 마치 대하소설 도입부에서 사건이 펼쳐질 거대한 공간의 풍경을 묘사하는 듯한 느낌을 주는 이 시의 도입부는 '무서워졌다.'와 '아흐레 만에', '오후였다.'와 '아무리'가 한 행으로 처리됨으로써 유발하는 리듬의 연속성과 속도감으로 인해 시적 진술에 박진감을 부여하면서 강한 인력으로 우리를 시의 풍경 내부로 끌어들인다. 이러한 박진감은 운율에서만 느낄 수 있는 게 아니다. 인용 시가 묘사하는 것은 눈 내린 동해 속초 설악산 기슭 사진리 마을의 정태적인 풍경이지만, 그리고 비록 과거시제를 통해 표현되고 있지만, 그 묘사는 마치 눈 앞에 펼쳐지고 있는 것처럼 생생하다. 그 구체적이고 생생한 묘사가 기억 속 풍경을 현재형으로 만든다.

그런데 그 기억의 풍경은 화자의 것만이 아닌 우리 모두의 기억이 공유하는 것이다. 그 묘사의 생생함으로 인해 우리는 눈 내린 마을의 태고 적 고요한 풍경을 공유하며, 그 속에 함께 존재한다. 이 시에서 우리는 아흐레 동안 무섭도록 눈이 내려 "산이 눈 속에 파묻혔"다 "맑게 갠 하늘 아래" 동해가 "호수처럼 잔잔히 흐르고" "물속에 다니는 고기 소리가 날 듯"한 설악산과 어촌 사진리와 동해 바닷가를 정서적으로 공유함으로써 고요하고 아득한 시원의 세계로 진입하는 것이다. 이처럼 속초를 원형적 세목으로 하는 고형렬의 시 쓰기는 자전적 사실들의 억압에서 벗어나려는 시인의 욕망과 관련한 것으로 보인다. 그 욕망이 시 쓰기를 체험 그 자체로 드러내지 않고 미적이며 심리적 변용 과정을 거쳐 드러내도록 만든다. 속초에 대한 기억의 시 쓰기는 단지 체험의 재인식을 통한 개인적 자기동일성의 확인에 머물지 않는다. 그의 상상력은 타자와 공유하는 원형적 경험의 재구성을 향하는 것이기 때문이다.

그리고 이러한 상상력은 현실에 대한 강력한 거부가 아닐 수 없다. 우리가 여기에서 간과하지 말아야 할 것은 "밑에서 썩은 물만 흐르"고, "조국도 나라도 분단된 줄 모르고", 우리 "영혼과 물질의 중심 무대"이며, "의자 밑에는 환자가 천장을 보고 있"(「안 보이는 시」)는 서울로 상징되는 자본과 이념과 맹목의 도시에 대한 거절이 곧 속초, 동해, 설악이라는 원형적 고향으로서의 품으로의 지향과 동격에 있다는 것이다. 여기서 속초, 동해, 설악은 도시 입성과 체험과 좌절 뒤 다시 돌아가는 회귀의 장소라는 단순한 의미를 넘어선다. 그보다 원형으로서의 속초는 현실을 지탱하고 견디며 서울에서 잃어버린 그 무엇으로서의 원형적 생명을 되찾을 수 있는 시원의 장소로 기능한다. 이때의 속초는 행복의 원형으로 기능한다. 그리하여 속초를 향한 고형렬의 시는 암암리에 현재의 도시 생태에 대한 비판과 지금 이곳이 아닌 보다 나은 세계에 대한 유토피아적 전망이라는 의미를 숨긴 것이라 봐도 좋을 것이다.

고형렬 시에서 시적 주체가 몸담은 서울과 속초 사이에는 사회 역사 정치적 토대에 의한 근본적으로 해소될 수 없는 간극을 전제로 한다. 그는 속초를 떠났지만 아직 서울에 도착하지 못한 상태이다. 그런 까닭에 어느 쪽에도 속하지 못한 채 경계에 선 시인은 '나'라는 존재에 대해 "무엇을 하며 어디서 누구를 만나고 헤어져 살았는가", "나는 어디서 살아가고 있을까/ 아니면 나만 이 땅에 없는 것인가"(「1980년대에 살았는가」) 끝없이 질문을 던지는 것이다. 비정한 서울의 현실이 신화적 아우라 같은 고향을 더욱 갈망하게 만들었을 것이다. 이를테면 현실의 폭력적인 질서를 아름다운 속초로 변형 대체하고, 경계인으로서의 불안과 불만, 결핍과 부재감, 소외와 유배의식을 보정(補正)하고, 그 속에서 자기를 보존한 것이다. 고형렬이 감각적이며 미학적 경험을 통해 상상적으로 성취하는 자기 보정과 보존의 풍경이 「사진리 대설」, 「나의 공룡능선」과 같은 작품이다.

3. 경계인 상상 지리학

훌륭한 작품은 원형적 경험의 개인적이며 심리적인 뿌리와 사회 역사 현실적 뿌리가 분리될 수 없다는 점을 명백히 보여 준다. 고형렬의 시가 독자에게 던져주는 의미와 가치도 바로 그런 것이다. 그것이 가장 잘 드러나는 시는, 이번 대표 시에서는 소개하고 있지 않지만 첫 시집의 표제 시 「대청봉 수박밭」이 아닐까? 이 시에서 시인은 상상의 지리학을 통해 완고한 현실원칙의 문법을 깨고 가능성의 영역을 열어 보이며, 현실의 벽을 터 창을 내고 불가능처럼 보이는 세계를 창조한다. 그러면서 자신의 비원을 실현하고, 현실의 검열을 우회하면서 그 꿈이 불가능한 것도 아니며, 동시에 또 그만큼의 힘으로 그 가능성을 가로막은 폐색(閉塞)된 우리 현실을 환기한다.

> 청봉이 어디인지, 눈이 펑펑 소청봉에 내리면 이 여름밤
> 나와 함께 가야 돼, 상상을 알고 있지
> 저 큰 산이 대청봉이지,
> 큼직큼직한 꿈 같은 수박
> … 중략 …
> 설악산 대청봉 수박밭!
> 생각이 떠오르지 않다니
> 그것이 공산 아니면 얼음처럼 녹고 있는 별빛에 섞여서 바람
> 이 불고, 수박 같은 달이다. 아니다
> 수박만한 눈송이가 펑펑 쏟아지면
> 상상이다 아니다
> 할 수 있을까.
> ─「대청봉 수박밭」 첫 연 부분과 끝 연

화자는 대청봉 "어느 쑥돌 널린 들판"에 모자와 구두를 벗어 놓고 앉아서 "그 싱싱한 생명"의 '원시(原始)', 시원을 꿈꾼다. 화자는 "청봉이 어디

인지, 눈이 펑펑 소청봉에 내리면 이 여름밤 "큼직큼직한 꿈 같은 수박"의 대청봉으로 "나와 함께 가"자고 우리를 이끈다. 상상은 설악산 대청봉에 한여름에도 눈이 내리고, 그곳에 수박밭이 있는 것으로 확산한다. 이러한 진술은 사실과 부합하지 않는다. 그러나 이 허무맹랑한 듯한 진술이 거짓말 같이 들리지 않는 이유는 "상상을 알고 있지"와 "상상력을 걷는다"라는 구절 때문이다. 여름밤 눈이 내리고 대청봉에 수박밭이 있다는 비현실적 진술은 우리의 일상적 신념 체계와 감각을 교란 전복함으로써 시적 함의를 발생시킨다.

말하자면 "상상을 알고 있지"와 "상상을 걷는다"는 진술로 인하여 대청봉 수박밭은 "거짓 같지 않은 뜬소문"이라는 시적 진정성을 획득한다. 화자는 "삭정이 뼈처럼 죽어 있던 골짜기"로 은유한 폐색된 현실이 금지하는 불가능한 꿈과 염원을 상상의 길을 걸으며 실현하는 것이다. 그리하여 이 "거짓 같지 않은 뜬소문"은 현실에 대한 강렬한 정치적 함의를 내포한다. 즉 "큼직큼직한 꿈 같은" 대청봉 수박밭으로 가는 길은 누구나 "알고 있"지만 역설적으로 "아무도 찾지 못"하는 곳이다. 아무도 찾지 못함은 곧 현실의 금지와 억압 때문으로 보인다. 그러나 시인은 압도적인 현실의 금지와 억압을 상상을 통해 깨고 그 '뜬 소문'은 '거짓'이 아닌 실현 가능한 것임을 확인한다.

시인은 상상을 통해 대청봉 수박밭을 걷는다. 시인은 그것을 "상상력을 걷는다"고 표현한다. 그 상상은 설악산 대청봉에 한여름에도 눈이 내리고, 그곳에 수박밭이 있는 것으로 확산하면서 대청봉의 형상에서 "꿈 같은 수박"을 연상하고, "붉은 속살을 마"시며 '원시'의 "싱싱한 생명"을 호흡한다. 곧이어 자신이 앉은 대청봉 "어느 쑥돌 널린 들판", "대청봉/ 바다 옆" 자리가 '백두산'이었으면 생각하고는 "수박만한 눈송이가 펑펑 쏟아지"는 장엄하고도 엄숙한 광경을 상상한다. 그리하여 "꿈 같은 수박", "기막힌 수박", "수박 같은 달", "수박만한 눈송이"가 무엇을 비유하는지 구태여

부연할 필요는 없어 보인다. 하지만 그것은 어쩌면 분단 극복이나 통일 등의 비유가 아닐까? 그것은 금지된 곳으로의 '상상'을 통한 월경(越境)이지만 상상이 아닌 가능한 잠재태이다.

고형렬의 상상은 일상적인 감각과 낡고 완고한 관념을 교란 전복하고 새롭게 재배열함으로써 그것을 상상이 아닌 실현 가능한 현실태로 전환시킨다. 그것이 자크 랑시에르가 말하는 문학의 정치, 이를테면 일상적 문법의 감각 체계를 교란하고 재배열하는 데서 오는 미적 효과가 아닐까? 상상은 일상의 낡고 완고하며 억압적인 문법을 해체 전복하고 새로운 현실의 문법을 창조하는 힘이다. 그리하여 「원산에서」, 「사리원 길」, 「초산 사는 형렬에게」, 「강산유람이라면」, 「백구산 안 간다」 등등에서 보여주는 고형렬의 상상 지리학은 현실의 검열과 억압적 이데올로기를 무력화하는 문학적 위장으로 기능한다. 현실이 호명을 금지하고, 가고 싶은 곳에 가지 못하게 가로막는 벽을 상상을 통해 우회하여 부르고 싶은 것을 부르고, 가고 싶은 곳으로 자유롭게 월경하는 것이다. 때문에 고형렬의 상상 지리는 제도나 권력 기구 등이 표상하는 단일한 질서를 해체하는 탈중심성으로까지 확장한다.

고형렬에게 서울과 속초 사이에는 사회 역사 정치적 토대에 의한 근본적으로 해소될 수 없는 간극을 전제로 한다. 그는 속초를 떠났지만 아직 서울에 도착하지 못하고 경계 혹은 주변을 떠도는, 그의 말대로 '분열증상'의 상태이다. 경계에서 떠도는 시인에게 여전한 정치 이데올로기적 억압과 폭력의 현실이 금지된 영역으로의 상상의 지리학을 통한 월경을 감행하게 만들었을 것이다. 서울과 속초 두 세계의 경계에서 그의 시의 한 방향은 신화적 아우라를 자아내는 고향으로 우회하고, 한편으로는 금지된 영역으로의 월경을 감행한다. 이 과정은 곧 현실과 상상의 간극 및 시인의 분열된 내면의 간극이 드러나는 자리이기도 하다. 달리 말해 그의 시에서 서울도 상징되는 황폐한 현실과 경계인으로서의 분열된 내면은 전경이고,

속초로 상징되는 풍요로운 상상(몽상)과 고향의 충만하고 동일적인 내면은 후경이다. 상상을 도피라 말할 수도 있겠지만, 그 가운데에는 언제나 현실 원칙과 이성숭배를 초월하여 어떤 우월하고 숭고한 것을 지향하는 요인이 들어 있다. 이럴 때 고형렬의 속초 지향이나 금지된 곳으로의 월경을 감행 하는 상상의 지리학은 현실원칙을 초월한 어떤 우월한 것의 비유적 표현 에 해당한다.

> 또 평양에서 오늘 아침, 포목점을 하는 숙부도 백두산 가자고
> 서울 조카에게 장거리전화를 걸었다
> 해주를 가는 길에 역에서 건단다
> 그러면서 시간이 나면, 일이 빨리 끝나게 되면
> 서울에 들르겠다 하는데
> 내가 거길 가느니 속초나 갔다 오겠다고
> 일본 영국 미국을 생각하며
> 난생처음 코웃음을 쳤다
> 이젠 언제 가면 못 갈까
> 그러면서 두 양반이, 호랑이 담배 먹던 80년대를,
> 올챙이 적 운운하면서 들먹일 것 같은데
> (이건 무슨 똥배짱에 개꿈이냐고,)
> 그러면 섭섭기가 한정이 없을 것 같았다
> ―「백두산 안 간다」 끝부분

고형렬의 상상 지리학은 인용 시처럼 노래할 때 더욱 빛난다. 이 시는 "원산에서 어물점을 차"린 매제가 "금년 경칩"과 "지난 말복"에 화자에게 전화를 걸어와 "백두산은 가을이 좋다"며 "오는 가을엔 백두산 가자고" 막무가내로 조르는 사태에서 시작한다. 이에 화자도 "그전엔 나 자신이 참으

로 그"리 생각하고 "만사를 버리고 가겠다 했지만/ 지금은 사업이 바빠 못 가겠다"고 잘라서 거절한다. 이젠 사정이 달라져 백두산은 가고 싶어도 못 가는 곳이 아니다. 아무 때나 갈 수 있는 곳이 된 것이다. 화자는 마음대로 백두산을 갈 수 있는 이런 상황을 이젠 "참 원 없는 세상이 되었다"고 생각한다. 그토록 바라던 비원과 갈망이 이루어진 것이다.

그런데 또 평양에서 포목점을 하는 숙부도 서울 사는 조카인 나에게 아침에 전화를 걸어와 "백두산 가자고" 똑같은 제안을 한다. 숙부는 "해주를 가는 길에 역"에서 전화를 건다면서 또 하는 말이 "시간이 나면, 일이 빨리 끝나게 되면/ 서울에 들르겠다"고 말한다. 숙부의 제안에 화자는 "거길 가느니 속초나 갔다 오겠다"며 코웃음을 치며 역시 거절한다. 속초보다 가기 쉬운 곳이 백두산인 현실이 되어버린 것이다. 이와 같이 거절의 이유는 "이젠 언제 가면 못 갈까" 싶기 때문이다. 아무 때나 갈 수 있기 때문이다. 그러면서 그 거절을 두고 옛날 "호랑이 담배 먹던 80년대" "올챙이 적" 시절에 그토록 가고 싶어 염원하던 때를 생각하면 "무슨 똥배짱에 개꿈이냐"고 힐난할 것을 염려한다. 개구리 올챙이 적 생각 못 한다는 그런 힐난마저도 화자는 '섭섭'할 것이라 여긴다. 그토록 갈망하던 꿈이 이루어졌기 때문이다. 따라서 이 시는 일종의 꿈의 염원이며 상상적 실현이다

금지의 땅 원산과 평양에서 서울에 전화 걸고, 평양에서 해주에 갔다가 시간 나면 서울에 들를 수 있고, 이젠 언제든 갈 수 있는 백두산은 상상의 허구, 꿈의 염원이다. 시인은 상상을 통해 금기의 땅 북한을 마음대로 월경해 들어간다. 그럼으로써 분단의 선을 허물어 버린다. 억압적 현실원칙과 정치적 이념의 이데올로기를 지우고 새로운 현실을 구축해낸다. 이 시에서 고형렬의 상상의 지리학은 발견과 탐색의 여정보다는 몽상과 창조의 여정을 걷는다. 그 몽상과 창조는 월경자에게 좌절된 욕망의 실현을 한시적으로 제공한다. 그것은 동시에 역설적으로 분단된 조국과 국토, 대립과 적대, 분열과 이별의 민족 국가적 상처, 분단과 민족모순의 문제를 환기한

다. 그리하여 고형렬의 개인적인 상상과 월경의 언어는 사회적 현실과 단단히 접목된다.

4. 경계인의 생존 방식

경계인으로시 고형렬이 감행하는 상상 지리학 혹은 월경의 상상력은 현실의 기율과 억압이 제거된 상태에서 자기 보존에 기여하는 것이며, 문학적으로 역사 현실에 참여하는 정치적인 종류의 것이다. 상상의 지리학을 통해 당연한 관념은 해체 전복되어 재배열 재배치되고 새롭게 창안 조직된다. 상상 지리학은 억압적 문법에 균열을 내고 교란 해체한다. 여기에서 고형렬의 시는 문학의 정치적 효과를 미학적으로 발현한다. 시인은 이를 통해 현실의 검열을 우회하고 지배 이데올로기를 월경해 관통해 나간다.

이성에 선행하는 상상의 감각은 삶의 경험 전체를 농축하면서 존재의 정체성 유지와 자기 보존의 토대를 형성한다. 전혀 비현실적으로 보이는 상상의 감각은 그러나 우리를 과거와 현재와 미래를 밀접하게 이어준다. 이는 아무리 주요한 사상, 이념, 이성, 논리도 수행할 수 없는 일이다. 고형렬 시가 보여주는 상상하는 감각은 한 존재를 그의 존재론적 근원인 과거와 이어주고, 이를 통해 자아를 재정비하고 미래의 정체성을 구성할 수 있게 해준다. 사회, 역사, 이념, 현실 등으로 인해 외부 세계에 상처받은 존재가 훼손된 자아를 회복하고 보존하는 길은 자신 내부의 감각에 상상적으로 투신하는 일이다.

고형렬이 고통스러운 현실의 상상적, 미학적 유토피아로서 '속초'를 설정한 이유나 월경을 감행하는 상상의 지리학도 여기에 이유가 있다. 이렇게 볼 때 시인이 꿈꾸고 염원하는 세계는 우리가 경험한 바 없는 낯설고 특별한 것들로 이루어진 세계가 아니다. 그것은 우리가 경험하고 느낀 것중에서 가장 친숙하고 건강한 것들로 이루어진 세계이다. 속초, 설악, 동해를 배경으로 하고 경계에 서서 자유자재로 월경을 감행해 현실의 폭력적 문법을 전복하고 새로운 질서를 창조하는 고형렬 많은 시편들은 이 점을 정확히 예증하는 사례라 하겠다.

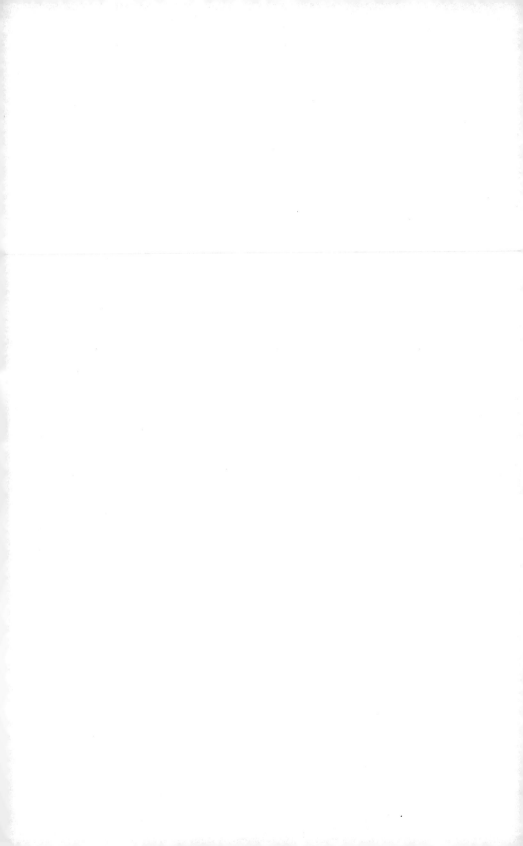

자연에 깃든 몸의 언어
— 유승도의 시

　서정시에서 자연의 심미적 표상은 시인의 삶과 존재 방식, 그리고 시적 사유의 현실을 드러낸다. 자연은 시인의 의식 세계나 삶에 대한 가치관을 형상화하는 주요한 매개체이다. 자연 사물이나 현상은 시적 주체가 대상들과 관계 맺는 의식적 방식과 태도의 반영이기 때문이다. 자연 사물과 현상이 시적 대상으로 인식되는 순간 그 대상들은 물(物) 자체로서의 사물에서 시적 주체의 사유를 매개하는 상관물로 전환된다. 이때 우리는 사물을 대상화하는 언술적 표상 방식을 통해 시인의 시적 사유의 내질을 확인할 수 있다. 그리하여 서정시에서 자연 소재의 상관물들은 단순히 자연 친화적 태도만을 지시하지 않는다. 그보다는 시적 주체의 세계 인식의 구체적 질감을 드러내는 형상으로 수용된다. 시적 주체가 사물을 대상화하는 방식은 곧 그의 세계 인식과 태도와 사유 내용을 구성한다.

　시적 주체의 대상에 대한 표상 방식이 가장 잘 드러나는 영역 중 하나가 자연이다. 따라서 우리는 어떤 시인이 자연 대상이나 자연의 삶을 주로 노래한다 하여 그의 시를 전적으로 자연 친화적이라 단정하는 것은 온당치 못하다. 이러한 입장은 유승도의 시 세계를 말할 때도 그대로 적용된다. 그의 시의 원적은 자연에 있다. 좀 비껴가 이야기를 풀자면, 지난해 여름 우연히 「자연의 철학자들」이란 TV프로그램을 통해 유승도 시인을 만났다. 그때 내레이터는 시인을 영월 망경대산 중턱 외딴 산골에 묻혀 산의 일부가 된 시인이라 소개했다. 그 뒤 그의 시집을 읽었을 때, 그 말마따나 그의 시 역시 산의 일부가 된 몸에서 우러난 언어임을 알 수 있었다. 그의 시는 심심 산중에 묻혀 살아가는 몸이 체험하는 가감 없이 생생하고 진솔한 산골 살이에서 비롯한다. 시인은 일찍이 문명의 세속 도시에서 도망치듯 정선 구절리 폐광촌에 들었다 25년 전 영월 망경대산 외딴곳에 삶의 거처를 잡고 지금까지 살아오고 있다. 그의 시는 아예 산이 되어버린 사람으로서의 산중 생활 체험에서 움튼다.

산의 일부가 되어 산다는 것은 시인 자신도 산중의 뭇 생명과 다를 바 없는 존재, 전체라는 거대한 자연 속에 깃든 하나의 개체적 존재에 불과하다는 인식을 함의한다. 산의 일부가 된 시인은 산속의 멧돼지, 고라니, 노루, 물까치, 송충이, 나무, 풀 등등의 동식물과 다를 바 없이 자연을 구성하는 전체 속 하나의 개체적 존재일 뿐이다. 그리하여 자연은 인간의 규범과 제도, 윤리와 사고방식 등의 추상적인 관념이 규정한 범주를 넘어서 있는 것이다. 말하자면 인간의 이성적 논리나 윤리적 심미성에 의해 파악하고 규정한 자연이 아니다. 이와 같은 자연에 대한 시인의 인식은 문명화된 인간성을 버리고 자연화된 삶의 태도를 따른다.

올봄 발간한 시집 『하늘에서 멧돼지가 떨어졌다』에서 "만물은 다 제자리가 있"듯 자신이 머물 운명의 자리는 산중이며, "산 아래는 내가 앉을 자리가 없"어 산을 "내려갈 생각을 지우고"(「시인의 말」) 산다고 말한다. 거절은 단호하다. 세속 도시의 삶을 지우고 자연에 귀의한 삶은 현실적 좌절이나 패배에서 비롯하는 이른바 현실도피나 은둔주의일 수도 있다. 그러나 그것은 부조리와 모순의 현실적 고통을 돌파하려는, 혹은 삶의 철학을 의지적으로 관철하려는, 혹은 인과적 필연성의 세계인 자연의 생존 법칙을 수락하면서 자신만의 윤리적 심미성을 체현하려는, 혹은 기질지성으로서 개체성을 온전히 수락하려는 시인의 의식적 산물이기도 하다. 이때 자연인은 자연이 본래 그 자체로는 선하지도 악하지도 않은 것처럼 시인 역시 세속적 욕망의 인간적 구속이나 현실원칙이라는 삶의 규범을 떠나 선한 것도 아니며 악한 것도 아닌 하나의 물(物) 자체로 존재하는 양태를 추구한다는 것을 의미한다. 따라서 우리는 그의 시를 읽기 위해서 후천적으로 학습된 일반적 가치, 현실원칙이나 규율, 인간적 동정이나 연민 등으로 물든 선입견의 시선을 거두어들여야 한다.

조카들을 데리고 여름휴가를 온 형님이 근처 어디 좋은 곳으로 가자는 것을, 바라보는 맛도 나지 않는 그저 그런 물가로 데리고 갔다
좋은 곳은 어딜 가나 사람들로 북적이니 그들과 부딪힐 마음이 없는 내가 형님을 데리고 갈 곳이 남아 있지 않았던 까닭이다
내 삶이란 게 늘 이런 식이다 이것도 병이려니 생각하면서도 고치려 하지 않으며 산다
　　　―「별 볼 일 없는 데만 가게 된다」 전문

유승도 시인이 산속에 깃든 삶을 줄곧 살아온 심리적 현실의 일단을 인용 시는 잘 말해준다. 내용은 단순하다. 도회에 사는 것으로 보이는 시인의 형님이 조카들을 데리고 그가 사는 외딴 산중을 찾아 여름휴가를 왔다. 시인은 "형님이 근처 어디 좋은 곳으로 가자는" 청원을 뿌리치고 "바라보는 맛도 나지 않는 그저 그런 물가", 시제 그대로 "별 볼 일 없는 데"로 그들을 데리고 간다. 그 이유는 "좋은 곳은 어딜 가나 사람들로 북적"이고 "그들과 부딪힐 마음"이 전혀 없는 까닭이다. 그러면서 시인은 자신의 "삶이란 늘 이런 식"으로 사람을 피해 살아왔다고 진술하며 인파로 북적이는 곳에 대한 생리적 거부감을 드러낸다. 시인의 삶은 "늘 이런 식"으로 세속적 현실을 멀리해 온 것이다. 여기에 시인의 인생 태도나 기질이 잘 나타

나 있다. 그의 기질과 천성은 번잡하고 소란스러운 세속을 멀리한 채로 고요하고 적막한 산중에 자발적으로 묶어두도록 한 것이다. 어쩌면 이 자발적 유폐는 일종의 온전한 생존을 위한 최후의 선택처럼 보인다.

유승도가 산중 생활을 숙명인 듯 여기며 선택한 이유는 결구에 집약되어 있다. 시인은 분주하고 소란스러운 세속적 현실에 대한 "이런 식"의 삶의 방식과 태도를 고약한 병처럼 여기면서도 의식적으로 "고치려 하지 않으며 산다"고 고백한다. 아예 그럴 마음이 없다. "이런 식"의 삶의 방식과 태도가 그의 기질이며 본성이며 본능인 탓이다. 이러한 고백은 세속 도시의 분주한 삶에 대한 거절인 동시에 자연 속에서 독립적이며 자족적인 개체로 존재하려는 의식의 투사이다. 이것이 심심 산골짝 세인들이 보기에는 "그저 그런" "별 볼 일 없는" 무료 무미한 곳에 사는 이유인 것이며, 감각의 직접성을 자극하는 화려한 세상과는 다르게 "별 볼 일 없는 데만 가게" 되는 이유이다. 그러나 거꾸로 그런 곳에서만 '별'을 볼 수 있다는 데 이 시의 역설이 있다. 이 역설이 시인으로 하여금 산중의 개체적 존재로 고독하지만 자유로운 삶을 이어가게 하는 이유이기도 하다.

세인들에게 산중은 아무 일 없이 그저 무료하고 적막한 곳일 뿐이다. 심심산골은 지루하고 일 없이 심심한 곳일 뿐이다. 그러나 야인취(野人趣)의 산 사람으로 혼자 혼탁한 세속과 동떨어져 살며 무리를 짓지 않고 어디에도 얽매이지 않은 채 하늘이 내버려 둔 대로 본성을 따라 자유자재하려는 시인에게는 관점이 전혀 다르다. 산중 야인에게 적막과 고요, 고독과 무료는 하늘이 내버려 둔 본성 그대로 어떤 거침이나 막힘없이 자유자재함을 가능하게 할 수 있기 때문이다. 산중 야인의 무욕과 빔과 고요한 허정(虛靜)의 상태는 뒤에서 계속 이야기하겠지만, 그의 시마저 화려하거나 세련되거나 기괴하게 꾸미려 애쓰지 않는 데에서도 확연하게 드러난다.

『장자』「천운(天運)」편에는 "도에 몸을 싣고 하나가 된다(道可載而與之俱也)"는 말이 있다. 여기서 도는 자연이라는 말과 다르지 않다. 꽃이 피고

지고, 해가 뜨고 지는 것과 같이 자연의 질서는 누구도 막을 수 없다. 자연에 순응할 뿐 다른 길은 없다. 이를 유승도의 신작 시가 보여주는 시법에 적용하면 허위나 가식, 조작이나 억지 없이 자신의 감정에서 우러나오는 대로 시를 쓰는 것과 같다. 시인의 신작 시는 대개 짧고 간결한 산문 형식으로 이루어져 있다. 본래 서정시는 직관에 의한 순간 포착의 미학을 지향하는 양식이다. 그런데 시인은 포착한 바를 정갈한 행갈이를 통한 운문의 리듬을 따라 배열하기보다는 줄글의 산문적 리듬에 기반해 배열한다. 이 말은 곧 시인의 체험적 사실이나 그가 포착한 시적 대상을 표현하는 데 시어와 수사적 비유의 문제에서 엄정한 조탁이나 과장 없이, 또 어떤 시적 의장이나 인위적 조작 없이 자연스럽게 느낄 수 있도록 하는 창작 방법을 따른다는 것을 의미한다. 이러한 형식은 소박하게 살아가며 침묵을 지키는 삶의 태도와 연관하여 화려함이나 번잡함, 엄격한 조탁이나 과장, 어떤 시적 의장이나 인위적 조작을 멀리하는 그의 삶의 철학이 형식으로 나타난 것으로 이해할 수 있다.

내용은 형식이며 형식은 내용이다. 유승도의 삶의 태도는 시에서도 조탁과 기교를 배제하고 투박하고 담박한 자연스러움의 형식미를 취하게 한다. 자연은 문자 그대로 '절로 그러함, 그런 줄도 모르게 그러함'(不知所以然而然)을 뜻한다. 이는 대자연의 우주적 섭리에 순응하는 삶의 태도를 지시하기도 하지만, 자연스러움을 추구하는 창작 방법을 의미하기도 한다. 이를테면 인위적 조탁이나 과장, 기교나 조작, 별다른 비유나 수사 없이 자연스러움을 느끼도록 창작하는 것을 뜻하기도 한다. 이런 맥락에서 투박하고 진술한 산문 투의 표현 형식은 유승도의 삶과 세계에 대한 태도, 한마디로 그의 삶의 철학이 자연스럽게 형식으로 반영된 것으로 이해할 수 있다. 근작 시 다섯 편은 모두 이러한 자연의 내용 형식미를 구현하고 있다.

아가 잎들이 주위를 가득 채우면 나도 연녹으로 물들어 살랑이는 바람에 흔
들리고 싶다

　건네주는 시집 한 권 들고 기차를 타고 간 친구를 따라갈 마음도, 산 너머로
날아가는 새를 좇아갈 생각도 일지 않는다 그만 툭 사라져도 될 것 같은 봄날,
날 부르는 이 없어도 허전한 마음이 땅에 깔리지 않는다

　—「연녹의 시절」 전문

　인용 시는 세속적 욕심을 지우고 산중에서 소박하게 생활하며 단독자로
자유자재하는 태도가 물씬 묻어난다. 세속의 공리적인 속박에 얽매이거나
찌들지 않고 산중에서 자유롭고 평화롭게 살아가는 자의 정취가 짙게 배
어난다. 이러한 시인의 태도, 말하자면 화려함이나 번잡스러움을 멀리한
가운데 평화롭고 한적하게 어떤 막힘도 얽매임도 없이 지내는 생활을 별
다른 조탁이나 기교 없이 담담하고 소박하게 드러낸다. 시인은 별다른 시
적 의장 없이 자연스럽게 내면의 의중을 드러낸다. 산문 투의 투박한 형식
미는 반복하지만 시인의 풍격, 혹은 인격미를 그대로 담아내고 있다. 대체
로 이전 시에서 유승도가 자연 대상을 마주하는 시선은 고전적인 서정 화
자처럼 그렇게 관조적이지 않았다. 그런데 인용 시에 보이는 시인의 태도
는 표면적으로 여느 고전적인 서정 화자와 다를 바 없이 매우 서정적이고
정관적이다. 대상을 바라보는 시선은 평정하고 내면은 고요하다. 마치 산
속의 기인처럼 혼탁한 세상에 대해 아무런 미련이나 바람도 없이 세속적
현실을 벗어난 사람의 자유로운 풍취를 느끼게 한다.

　시인은 봄날 돋아난 어린잎처럼 "연녹으로 물들어 살랑이는 바람에 흔
들리고 싶다"고 토로한다. 연푸른 녹색으로 물들기 시작하는 "아가 잎들"
과 자신을 동일화하면서 자신도 어린잎처럼 "살랑이는 바람에 흔들리고
싶다"는 감각에서 우리는 산의 일부로서 산처럼 고독하게 살지만 자연을
호흡하며 살아가는 호젓하고 차분한 상태의 충만한 내면을 확인할 수 있

다. 더군다나 일순간 "그만 툭 사라져도 될 것 같은 마음"이라는 경이로운 구절에 이르게 되면 세상에 아무런 미련이나 여한이 없는 무욕 무심의 상태, 시인의 허정(虛靜)의 초탈한 마음을 확연하게 느낄 수 있다. 소박하게 살아가며 침묵을 지키는 삶의 태도는 "기차를 타고 간 친구를 따라" 산 아래 '별 볼 일' 많은 세상 밖으로 나가고 싶지도 않고, "산 너머로 날아간 새를 좇아" 지금 이곳의 하계(下界)를 떠나 다른 피안의 세계로 비상하고자 하는 마음도 없는 데서 더욱 확연하게 나타난다. 지금 머문 산중이 무엇으로도 교환 불가한 지극한 삶의 장소인 것이다.

　자발적으로 산속에 자신을 유폐시킨 시인의 신념과 의지는 인간에 대한 그리움이나 세속에 대한 미련을 깔끔히 지운 자의 평정한 상태를 보여준다. 그리하여 모든 것을 비운 흉금은 주위의 "아가 잎들이" "연녹으로 물들어 살랑이는 바람에 흔들리는" 맑은 자연을 그대로 닮은꼴이다. 시인은 결코 풍경의 아름다움을 묘사하거나 경탄하지 않고 담담한 어조로 자연스럽게 감정을 드러낸다. 형용하는 말이나 부사를 거의 쓰지 않고 담박하고 건조하게 내면을 드러낼 뿐이다. 더욱이 별다른 시적 기교나 장치도 눈에 뜨이지 않는다. 그저 내면의 사유를 산문 투의 단 두 문장으로 간명하게 옮겨 제시할 뿐이다. 조탁하려 애쓰지도 않고 산문 투로 짧게 내면의 정서를 집약해낼 뿐이다. 이러한 시법, 즉 화려함보다는 소박함을, 조탁보다는 투박함을, 기교보다는 무기교의 자연스러움을 앞세우는 방법이지만 오히려 그럼으로써 산 사람으로 살아가는 언외(言外)의 여운과 풍취가 길게 남는 시적 효과를 거두고 있다.

　송충이인 줄 알았던 매미나방 애벌레도 어여쁜 데가 있다
　길다랗게 자라난 털과 기하학적 무늬에 멋들어진 색을 입힌 옷을 입었다 도시의 도사 할아버지 풍모다
　흉측하게만 보이던 모습도 살아남기 위한 몸부림이라고 생각하니

지난날의 내 얼굴이다

많다는 이유만으로 죽이고 또 죽인 벌레건만 신발을 타고 오르는데도 그러고 싶지 않다

— 「가만히 바라보고 있으니」 전문

인용 시 역시 애써 조탁하지 않고 산문 투로 짧게 대상을 포착한 내면 의식을 집약해내고 있다. 마치 시인 자신의 삶의 방식에 대한 실존적 독백에 가깝다. 대상을 바라보는 시인의 시선은 지극히 고요하고 내면은 평정하며 의식은 반성적인 태도로 일관한다. 그리하여 일반 서정시의 문법과 크게 달라 보이지 않는다. 시인은 우리가 보통 그런 것처럼 징그럽고 흉측하게 생긴 "송충이인 줄 알았던 매미나방 애벌레"를 "가만히 바라보"며 그놈에게도 "어여쁜 데가 있"음을 발견한다. 자세히 살피니 그놈은 기다란 털과 "기하학적 무늬에 멋들어진 색을 입힌 옷을 입"고 있다. 느릿느릿 기어가는 모양새는 마치 "도시의 도사 할아버지 풍모"처럼 느긋하게 여유로우며 멋들어진 것이다. 그러면서 "매미나방 애벌레"의 징그럽고 "흉측하게만 보이던 모습도" 주어진 자연 조건에서 자신을 보호하고 "살아남기 위한 몸부림"이라는 사실을 깨닫는다.

"매미나방 애벌레"는 양가 감정을 한 몸에 지닌 모순된 존재이다. "기하학적 무늬에 멋들어진 색을 입힌 옷을 입"은 어여쁨이 주는 매혹과 송충이처럼 징그럽고 흉측하며 "죽이고 또 죽"이는 적대적인 감정을 불러일으키는 혐오, 찬탄과 저주의 양면성을 한 몸에 가진 것이 매미나방 애벌레이다. 그런데 시인은 징그럽고 흉측하게만 여겨졌던 매미나방 애벌레의 모습을 생존을 위한 그만의 각별한 방식임을 직감한다. 그러면서 매미나방 애벌레의 살아남기 위한 생존 방식으로 선택된 흉측한 모습에 '지난날 자신의 얼굴'을 중첩해 놓는다. 즉 세상과 동떨어져 외따로 사는 평범치 않은 삶의 방식이나 매미나방 애벌레의 생존 방식으로 선택된 흉측한 모습

은 똑같이 살아남기 위한 선택, 일상의 눈으로는 역겨워 보이지만 아름다운 방법이었음을 깨닫는다. "살아남기 위한 몸부림"이라는 점에서 매미나방 애벌레와 시인의 삶의 방식은 그런 점에서 같은 것이다. 그러기에 "많다는 이유만으로", 혐오스러운 해충이라는 생각만으로 "죽이고 또 죽인 벌레"에 대한 적대감을 지우고 그대로 내버려 둔다.

매미나방 애벌레의 모습이나 자신의 삶의 모습은 징그러운 동시에 아름다운 것이다. 그것은 옳고 그름의 가치판단 너머에 있다. 징그러움과 아름다움, 추와 미, 혐오와 매혹이라는 이분법적 가치는 인간의 관념이 만들어낸 것이다. 그러나 시인은 그것이 서로 다른 것이 아님을 보는 것이다. 말하자면 그것은 미와 추, 선과 악, 매혹과 혐오라는 인간적 가치 판단으로 분화할 수 없는 자연의 물(物) 자체로 받아들이는 것이다. 우리를 구속하는 현실원칙이나 인간적 가치 판단의 미분화 상태, 그것이 유승도가 추구하는 삶의 방식이다.

유승도의 타고난 기질은 혼탁한 현실에 어울리지 못하므로 산중에서 사는 것이 딱 어울린다. 그리하여 그의 산중 생활은 호젓하고 한가롭다. 그런 점에서 그는 세속의 일반적인 우리가 생각하는 올바름, 평범함, 일상성과는 상반되는 기이한 특징을 지니고 있다. 요컨대 평범한 사람들은 생각지도 못할 독특하고 기이한 삶의 방식을 따른다. 그러한 삶의 태도를 동양의 오래된 미학적 관점에 따라 거칠게나마 이해한다면 세속의 공리적 속박에 찌들지 않은 충담(沖淡), 산골에 묻혀 거칠게 살아가는 인생 태도를 가리키는 소야(疏野), 대자연의 우주적 질서나 속성을 따르려는 자연(自然)의 미학을 포함하는 것이라 해도 좋을 것이다.

어머니 아버지 무덤을 허물고, 썩지 않은 뼈를 추려내 태우고 빻아서 주변 산기슭 진달래꽃 주위에 뿌렸다
돌아오는 길, 형과 나는 몇 해 전 암으로 돌아가신 작은 형님의 운전 사고에

대한 얘기를 나누며 웃었다

　이제는 고향에 갈 일이 진짜 없겠다며 또 웃었다

　아버지 머리뼈 몇 조각과 함께 있던 10원짜리 동전 두 개를 하나씩 나눠 가지며, 부모님 생각이 날 때면 보자며 또 웃었다

　—「2023, 맑은 봄날이었다」 전문

　우리 같은 평범한 세인들이 생각하는 인간적 가치와는 상반되는 기이한 특징은 죽음을 바라보는 인용 시와 같은 작품에서도 잘 드러난다. 시인은 죽음 혹은 소멸에 대해 쓴다. 그런데 시인의 시선은 죽음이 불러일으킬 수밖에 없는 비애와 상실, 무겁고 고통스러우며, 슬프고 두렵고, 경건하고 엄숙한 감정보다는 가볍고 투명하다 못해 희화적이며 그에 더해 냉소적이기까지 하다. 시인은 죽음에 대한 남다른 사유의 지평을 열어 보이는데, 그것은 죽음에 대한 종교적이고 철학적인 사변성과 엄숙함, 교훈성이나 계몽성, 진지한 형이상학적 탐구를 전혀 내세우지 않는 점에서이며, 죽음을 전혀 무겁지 않고 가볍고 사소하게 취급하는 태도에서 비롯한다. 예컨대 이러한 점은 그의 전작 시집들에서 "죽음을 파먹으며 허연 살을 찌우는 갈치"를 맛있게 먹고 "어째 갈치 맛이 그만"이라며 "좀 더 없"(「뱃속의 이」)냐고 묻거나, 빈번하게 나타나는 사냥과 도축과 도살의 이미지를 참조할 때 그 의미 맥락을 보다 수월하게 이해할 수 있을 것이다.

　시인은 형과 함께 부모님의 "무덤을 허물고" "뼈를 추려내 빻아서 주변 산기슭"에 뿌리고 "돌아오는 길"이다. 이제 부모님의 죽음이 남긴 흔적은 없다. 그리고 교통사고에 살아났지만 얼마 지나지 않아 시인의 "작은 형님"은 "암으로 돌아가신" 모양인데, 형제는 그 얘기를 하며 웃는다. 부모님의 무덤도 허물어 없앴고, 또 고향을 지키며 살았던 것으로 보이는 작은 형님도 세상을 떠났으니 더 이상 고향 찾을 일이 없어진 것이다. 이런 상황에서 형제는 또 한 번 웃는다. 그리고 아버지의 무덤이 남긴 저승길 노

잣돈 "10원짜리 동전 두 개"를 보며 다시 또 한 번 웃는다. 허무하게도 아버지의 무덤이 남긴 것은 저승길 노잣돈 "10원짜리 동전 두 개"처럼 가볍고, '작은 형님'의 죽음이 암시하듯 누구나 어떻게든 죽을 수밖에 없는 운명으로 인해 죽음은 가볍고 사소한 것이다. 시인은 죽음을 통해 삶의 근원적인 조건에 대해 성찰하는데, 그 방식은 진지하기보다는 종국에는 '웃었다'는 반복에 의해 죽음이 필연적으로 거느리는 무겁고 우울한 외피를 벗고 가벼워지고 사소해진다. 반복되는 웃음 속에는 어떤 형식의 죽음이든 순환 변전하는 자연의 원리로서 생이라는 형식의 최종 완성, 인간적 관점이 아닌 죽음의 관점에서는 옳고 그름이나 선악의 가치판단을 떠나 있는 것이라는 의미를 환기한다.

인간적인 가치 판단을 접어둔다면 사실 우리는 어떻게 죽든 죽게 마련이다. 탄생은 죽음을 전제로 한다. 아내가 죽었는데도 슬퍼하기는커녕 노래를 불렀다는 장자처럼 말하면 삶은 계절이 바뀌듯 잠깐 왔다 가는 것에 불과하다. 봄 여름 가을 겨울이 변화하는 것처럼 "누군가는 죽고 누군가는 태어나고" "갔다가 오"는 '윤회'(「둥글다」)와 우주적 순환의 한 현상이라는 것이다. 유승도는 그리하여 슬퍼할 일도 아니라는 듯 죽음을 대한다. 삶은 필멸의 늪으로 빨려 들어갈 운명을 타고났다. 삶은 죽음의 전제 조건이며 죽음은 삶을 전제로 한다. 그러므로 삶의 불가피한 귀결인 죽음을 대하는 시인의 태도는 우리의 일반적 감정을 벗어나 가볍고 사소하다. 부모님의 죽음에 대해서도 웃고, "이제는 고향에 갈 일이" 없어져버린 상황에서 또 웃고, "아버지 머리뼈 몇 조각과 함께 있던 10원짜리 동전"을 "하나씩 나눠 가지며" 또다시 웃는 행위는 죽음이 포함하는 엄숙과 경건을 얼마나 벗어난 것인가. 죽음은 얼마나 가볍고 사소한 것인가.

죽음은 삶을 구속하는 원리이다. 그러나 죽음을 바라보는 시인의 웃음 속에는 역설적으로 죽음을 우주적 순환 운동으로 보고 생사의 고락을 초탈하려는 현해(懸解)의 정신이 녹아 흐른다. 그렇다 하여 삶의 현실을 훌쩍 떠나 무슨 선계로 나갔다는 뜻이 아니다. 반복하지만 죽음은 삶에 선험적으로 주어진 거부할 수 없는 조건이다. 죽음은 무형의 저항할 수 없는 인력이며, 삶에 근원적으로 내재한 조건이다. 유승도의 죽음은 삶이 궁극적으로 죽음에 귀속될 수밖에 없다는 성찰, 즉 죽음에 의한 삶의 규정된 지배를 일차적으로 말한다. 부질없는 삶의 노력들은 결국 죽음에 귀속된다는 것이다. 그러나 웃는 행위를 감안한다면 죽음에 의한 삶의 지배가 아닌 삶에 의한 죽음의 적극적 수용에 가깝다. 이러한 점은 세상과 절연하고 산속에 묻혀 옳고 그름과 이해득실과 영고성쇠를 초탈한 고고한 도사나 고상한 은자의 모습보다는 야생의 자연에서 살아남기 위해 산속의 동물들과 대립하고 갈등하며, 그들을 살육하고 도살하는 죽음의 이미지를 그린 전작 시집들에 다수 산포하는 작품들을 참조하면 쉽게 이해할 수 있다.

포도나무에 덮은 그물을 뚫고 들어간 물까치가 보였다

막대기를 들고 들어가 휘두르니 나가려고 허둥대다 기어이 그물에 걸렸다 때려죽여 다리를 잡아당기니 그물에 감겼던 목이 뚝 끊기며 머리가 없는 몸이 내 손에서 달랑거린다 서둘러 포도나무 아래에 묻고 그물 밖으로 나와 하늘을 본다

'짝짝' 재밌네요

환한 박수 소리가 하늘에서 쏟아진다

—「햇살이 뿌려지는 한낮」 전문

1995년 『문예중앙』을 통해 등단한 후 올봄 여덟 번째 시집 『하늘에서 멧돼지가 떨어졌다』를 상재하기까지 그의 시는 대체로 산골의 소소하지만 냉혹한 산중 생활 체험, 이성과 윤리와 문명의 정신보다는 야성과 야생과 원시의 몸이 체험하는 감각과 생존의 원리를 기반으로 한다. 그리하여 우리는 그의 시를 전통적인 서정시의 문법을 따르는 산수시인 혹은 자연 전

원파 시인으로 오해하기 쉽다. 유승도의 시는 분명 자연에서 비롯한다. 그러나 자연 지향의 전통 서정 문법이 보여주는 것처럼 자연은 심미적 형상이나 시인이 관조적으로 사유하는 정적 대상으로만 기능하지 않으며, 또한 동양의 산수화가 보여주듯 본연지성의 관념적 산물로서의 자연도 아니다. 그의 시에서 자연은 보편적 이치로서 삶의 규범이나 인간이 따라야 할 순리의 천도(天道)처럼 선악의 가치판단이 완료된 선험적이며 이상적인 체계로만 수용되지 않는다. 말하자면 자연은 더 이상 전통적 관념에 따라 비유의 아버지도 아니며 현실적 삶의 좌절이나 패배에서 위안과 서정을 얻고 거기에서 삶의 이상적 규범과 표준을 찾는 대상도 아니다. 다만 몸이 부딪히며 힘겹게 살아내야 할 조건일 뿐이다.

유승도 시에서 자연이라는 공간은 인용 시에서처럼 대체로 평화롭고 낭만적인 산수 전원의 형상으로 그려지지 않는다. 그곳은 자연을 대하는 구태의연한 시선이 그러하듯 세속적 탐욕과 속악한 자본의 논리를 초월한 상태의 고매한 정신의 부드러운 관조적 시선이 자리하는 곳이 아니다. 그의 시는 차라리 타자로서의 자연으로 전통적인 자연 지향의 시가 보여주는 것처럼 주객 동일성의 원리에 따른 자연 친화적 정서이나 우주적 연민으로 통칭할 수 있는 자연물에 대한 깊은 연대와 유대 의식, 즉 물아일체나 물아상망의 지극한 정신적 경지의 의식 세계는 계승되지 않는다. 그것은 또한 반생명적 삶의 방식을 비판 성찰하거나 훼손된 자연 생명과 삶의 원형을 복원하려는 생태주의적 사유와도 결이 다르다. 이를테면 자연은, 그 자연의 냉엄한 인과적 법칙 속에서 생존해야만 하는 육체와 현실적 삶은 아무런 동기나 목적, 이성적 규범이나 윤리 도덕, 이념적 의식이 없는 다만 물질들의 운동 체계이자 생명 운동이 펼쳐지는 물(物)적 공간일 뿐이다.

유승도의 이전 시집에 실린 시가 자연을 대하는 태도는 대체로 그러했다. 그러한 한 특성을 연속하는 작품이 인용 시이다. 자연의 삶, '그물에 걸린 물까치를 때려죽' 일 수밖에 없는 현실적 삶은 그동안 우리가 인식했던 모성의 품처럼 아늑하고 평화로운 안식과 풍요, 인간의 관념적 때가 전혀 묻지 않은 순수한 생명의 황홀, 그리고 자연의 사물과 현상이 자아내는 아름답고 오묘한 조화의 발현만을 내포하지 않는다. 그것은 차라리 물까치를 때려죽여 "목이 뚝 끊기며 머리가 없는 몸이 내 손에서 달랑"거리는 것처럼 냉혹하고 엽기적이며 그로테스크하고 비정하다. 이러한 태도는 조화롭게 자연의 뭇 사물과 친화적 관계를 맺으며 교감하고 충일한 동일성을 느끼며 충만한 자족감으로 가득한 자연적 삶의 모습이라는 종래의 서정적 관습과는 현격히 다른 형질의 것이다. 그보다는 산중의 야생 법칙에 따라 생존을 위해 생사를 건 대립과 투쟁, 살아남기 위한 타자의 살육과 죽음으로 얼룩진 세계에 가깝다.

일반적으로 자연 지향의 시는 자아와 세계의 동일성을 추구하는 전통적 특성을 지닌다. 이들은 대체로 자연 친화적인 감수성, 동일성의 감각, 자연의 신성성과 생명 탐구 등을 추구하는 세계관을 기초로 하는 경향이 짙다. 그리하여 자연과 인간, 자아와 세계의 참된 관계 회복을 꿈꾸는 것이 일반적이다. 여기에는 현실적 자아와 세계에 대한 부정, 바람직한 삶에 대한 꿈과 희망, 이상적 세계에 대한 열망이 내포되어 있다. 그러나 인용 시에서처럼 유승도의 시는 자연을 계몽적 전언의 전진기지나 자아와 세계가 조화롭게 일치하는 동일성의 세계를 추구하는 수많은 시적 관습들과는 거리가 멀다. 그보다는 물까치로부터 포도나무를 지키기 위해 그물을 쳐야만 하고, 그 그물을 뚫고 침입한 물까치를 때려죽여만 하며, 목이 끊긴 물까치 몸을 아무런 인간적 연민이나 동정심도 없이 무정하게 땅에 묻는 비정한 행위만이 있을 뿐이다.

인용 시는 무엇보다도 우리를 불편하고 난처하게 만든다. 세인의 눈으로 보기에는 무척 엽기적인 행위 끝에 시인은 무심한 태도로 하늘을 본다. 그러자 하늘은 "'짝짝' 재밌네요"하며 "환한 박수 소리"를 쏟아낸다고 진술한다. 이 진술은 물까치를 때려죽이고, 목 끊긴 몸이 손에서 달랑거리고, 그것을 무심히 포도나무 아래에 묻는 앞선 장면과 뚜렷한 대비를 이루며 그로테스크한 아이러니 효과를 자아낸다. 그로테스크가 주로 정서적인 것이라면 아이러니는 지적인 것이다. 요컨대 물까치를 잔인하게 때려죽이는 그로테스크한 행위가 유발하는 돌발적인 충격이 우리의 냉정을 잃게 만든다면, 결구의 아이러니가 유발하는 난처한 정서는 대상에 대한 반성적 성찰로 이어진다. 잔인함이 그로테스크 미학에 머물지 않고 아이러니한 불편함으로 전이하는 것이다. 그리하여 우리를 매우 불편하고 난처한 상황에 빠트린다.

물론 불편함은 잔인함에서 오는 것이지만, 그 잔인함에 대해 "'짝짝' 재밌네요/ 환한 박수 소리가 하늘에서 쏟아진다"는 뜻밖의 대조에 의해 그로테스크는 아이러니와 결합한다. 그로 인해 잔인함은 불편함으로 전이하고 난처한 효과는 극대화된다. 말하자면 대비가 이루는 아이러니가 하드코어 코드와 결합하면서 그 불편함과 난처함이 극대화된다. 이때 수법의 잔인함에도 불구하고 우리는 시인의 행동에 대해 저 상황에서는 저럴 수도 있다 공감하게 되는 것이다. 그런데 이러한 공감이 시인과 물까치의 공존공생이 아닌 마치 원수가 되는 상황에 처해 있는 데서 이루어지기에 더욱 아이러니한 불편함이 유발된다. 불편함은 우리가 시인의 잔혹한 행동에 공감하는 순간 이미 전적으로 수락한 것이므로 떨쳐버릴 수도 없다. 이 지점에서 우리는 진지하게 되묻게 된다. 세상에 절대적으로 선하거나 악한 것이 있을까?

유승도 시에서 자연은, 자연의 삶은 평온치 않다. 거기에는 냉엄하고 가혹한 자연의 현실이 지배하고 있기 때문이다. 자연에 대한 우리 일반의 상식과 미감을 떠나 역설적으로 산에 사는 야생의 시인에게는 "환한 박수 소리"가 암유하 듯 먹고 먹히는 관계적 사슬이 하늘의 섭리, 자연의 법칙, 우주의 원리인 것이다. 그리하여 유승도의 자연은 종래의 자연 서정시학이 그리는 구태의연한 평범성을 넘어선 곳에 위치한다. 그리하여 우리는 "그의 자연에서 절대적으로 선하거나 악한 것은 없다."고 말해야 한다. 인간의 때 묻은 관념으로 덧칠되어버렸고, 선악의 가치판단이 완료된 선험적이며 이상적 체계로 수용되는 것만이 아닌 물질들의 운동 체계이자 생명운동이 펼쳐지는 물(物)적 공간으로 바라보는 시인의 시선은 종래의 우리 서정 시학에서 분명히 변별되는 독특한 지점을 이루는 것이다.

결국 혼탁한 세속의 현실적 삶에서 벗어나 자연의 삶을 지향한다는 점에서 유승도의 시는 일반적이다. 그러나 다른 점은 자연 대상을 정적이며 관조적으로 취급하지 않고 몸이 부딪쳐 얻은 언어로 쓴다는 점은 다르다. 자연을 대상으로 하는 한국 전통 서정시의 경향성을 통해 오랫동안 경험했던 인간의 관념에 의해 침윤된 자연 대상이 아니라 살아 있는 몸의 원초적 감각이 생생하게 반응한 데서 우러나온 유승도의 시는 분명 결이 다르다. 그런 점에서 유승도의 시는 종래의 자연 서정시와는 구분되어야 한다.

절망적 응전의 역설

— 김산 · 박한라의 시

1. 절망적 응전의 역설

자신을 지탱하는 중심이 허물어진 상황에서 뿌리도 없고 정착지도 없는 삶을 안간힘으로 버텨내려 애쓰고 또 그 속에서 삶의 가능성을 붙잡으려는 이의 모습에는 깊은 고통과 연민을 동반하기 마련이다. 이들에게 삶은 언제나 현재를 아픔으로 구속하고 있는 고통의 형식으로 자리 잡고 있다. 그 속에서 이들은 또 그것을 어떤 식으로든, 그것이 순응이든 저항이든 초월이든 자포자기든 어떻게든 견뎌내려는 의식을 드러낸다. 이들의 삶의 배면에는 늘 고통의 흔적으로 몸부림치는 안타까움과 처연하기까지 한 정신적 고투의 배음이 짙게 깔려 있다.

김산과 박한라의 시는 삶의 정점들이 무너져 내리는 절정의 순간, 그 비극과 환희의 지점들에서 자라난다. 두 시인은 어둡고 피폐한 절망과 비극의 공허 속에 다다른 삶의 정점을 본다. 말하자면 김산의 시는 어둠을 지샌 아침 다시금 "물안개가 일제히 피어오르며" "모든 사위를 뒤덮는"(「고라니를 생각하다」) 순간의 지점에서 발원하며, 박한라의 경우는 "현기증의 나뭇가지 위로 문득" "푸른 싹이"(「서른의 배경」) 피어나는 아찔한 지점에서 시의 동력이 발생한다. 그래서 그 지점은 고통의 비극적 순간인 동시에 환희의 순간을 내포한다. 그곳에서 김산은 그럼에도 불구하고 깊은 성찰을 통해 삶의 이치가 품은 어떤 가능성을 보고자 하며, 박한라는 죽음과도 같은 삶의 심연과 혼돈을 고통스럽게 견디며 담담하게 대면하는 태도를 취한다. 이를테면 김산은 비극적 절정의 순간을 존재론적 가능성의 시작으로 보고, 박한라는 끝을 알 수 없는 동굴의 미로 안에서 출구를 잃은 채 어둠을 횡단하며 이를 견뎌내려는 처연한 고투의 시적 행보를 보인다.

시인이란 언제나 세계의 가장자리에서, 삶과 세계의 자명성과 확실성 바깥에서 고독하고 공허하게 텅 비어 있는 부재와 결핍을 운명적으로 바라보며 사유할 수밖에 없는 운명에 처해 있는 존재이다. 김산과 박한라 두 시인의 시 속에 드러나는 시인의 자리는 늘 고통스럽고 쓸쓸한 표정이며, 어둡고 적막한 부재와 결핍의 풍경 속에 위치해 있는 것으로 보인다. 왜냐하면 이들이 머문 자리는 근원적으로 각자의 운명의 실에 간신히 위태롭게 매달려 있을 뿐이기 때문이다. 예컨대 김산의 경우는 "더 이상 매달려 있는 것도 지겨워, 그만 놓아버리고 싶"(「고라니를 생각하다」)은 것처럼 위태로운 지점에 위치해 있으며, 박한라의 경우는 "빈자리로 위장한 하루들이 뼈라처럼 쏟아지는 위기 속"(「생계」)에 있다. 이처럼 두 시인의 시에는 삶과 존재의 근원에 깊숙이 자리한 어떤 우울하고 슬픈 운명을 배면에 거느리고 있다. 그렇다고 해서 이들의 시가 그 주변성을 한탄하고 저주하는 슬픔의 방식이나 적대감으로 피폐해진 절망의 양식으로 존재하는 것은 아니다. 오히려 부재와 결핍, 상실과 고통 속에서 쓸쓸하고 고독한 삶의 비극적 운명을 자의식의 요새로 축성하고는 그 안에서 삶과 세계에 대한 절망적인 응전을 전개하려는 정신의 역설을 보여준다. 그것을 절망적 응전의 역설이라 해 두자.

2. 소멸과 생성의 변증적 환희

나뭇가지에 매달려 있는 고치 속 번데기는 마치 죽은 것처럼 보인다. 그러나 그 속에서 어느 날 불현듯이 아름다운 나비가 가벼운 몸짓으로 하늘을 날아올랐을 때, 그 번데기 속 액체가 생명을 얻어 우화등선의 날갯짓으로 하늘을 날아오를 때 우리가 볼 수 있는 것은 죽은 몸을 말끔히 벗고 새롭게 태어나 홀연히 창공을 날아가는 황홀하고도 순결한 영혼이다. 이런 사유에서 소멸의 죽음은 축복이자 구원이자 해방이다. 우리의 영혼이 고단한 삶의 고통스런 구속을 벗고 자유와 해방을 얻게 된다는 뜻에서 말이다. 우리는 여기에서 스스로 거추장스런 몸의 소멸을 기꺼이 택한 소크라테스의 죽음을 떠올리지 않을 수 없다. 그는 죽음이란 육체적 소멸을 두려워하지 않는다. 오히려 역설적으로 죽음이라는 육체적 소멸의 낯설고 두려운 미지 너머에 어떤 불멸성과 영원성이 있으며, 그 불멸과 영원 속에서 고결한 자신이 재발견, 재탄생하리라 생각했던 것이다. 김산의 시에는 이런 소멸에 대한 긍정의 사유와 사라짐의 환희가 내재한다.

> 물안개가 일제히 피어오르며 강변의 모든 사위를 뒤덮는다
> 나는 강변의 무거운 돌을 골라 두 손으로 번쩍 들어올렸다
> 물안개를 뚫고 강 너머로 사라진 고라니의 흔적 위로
> 다시 오라, 다시 돌아오라, 몇 개의 징검돌을 놓아두었다
> 돌아오지 못할 곳으로 떠난 애인의 이마를 다시 짚는 마음으로
> 강물 속에 길 하나를 내고 움푹 팬 돌의 자리로 돌아왔다
> 달이 기우는 쪽으로 애인은 떠났지만 저 달은
> 내일이면 다시 강변을 서성일 것이다, 무릎이 시리다
> ─「고라니를 생각하다」 중에서

화자는 어린 고라니를 통해 소멸, 또는 사라짐, 또는 부재와 상실에 대한 사유를 펼친다. 소멸과 사라짐에 대한 긍정, 떠난 고라니가 다시 돌아오리라는 희원, 화자는 "강변의 무거운 돌을 골라" "강물 속에 길 하나를 내고 움푹 팬 돌의 자리로 돌아"와 "무릎이 시리"도록 떠난 대상을 하염없이 기다리는 요지부동의 망부석 같은 속성을 소유한 존재이다. 이 시의 전체는 크게 전반부와 후반부 두 부분으로 나누어 볼 수 있다. 전반부에서 화자는 이 시의 대상인 고라니가 처한 상황과 내면을 묘사적으로 진술하고, 후반부에서는 "물안개를 뚫고 강 건너로 사라진 고라니의 흔적"이 남아 있는 강변으로 나와 고라니가 떠난 자리로 다시 돌아오길 희원하는 진술로 짜여 있다. 고라니는 어쩌면 화자가 갈구하지만 부재하는 궁극의 대상이 아닐까.

시의 전반부에서 고라니가 위치한 시간은 달이 기우는 밤이며, 위치한 공간은 어둠과 물안개로 뒤덮인 강변이다. 그곳은 "자갈과 모래, 적막과 슬픔이 무더기로 자라"며, "그 위로 절망이 피어나고 그때의 온도는 서늘하"며, "나무의 열매는 더 이상 열리지 않고 잎사귀도 시들"한 것으로 보아 생의 온기가 사라진 절망적이며 불모적인 공간이다. 그곳에서 어린 고라니는 "더 어릴 적의 고라니를 궁리"하고 "고개를 주억거리며 어제를 되새"기는데, 이 되새김은 어쩌면 부재하거나 상실한 근원에 대한 반추를 의미하는 것처럼 보인다. 그러므로 고라니는 "물안개를 뚫고 강 너머" 부재하는, 실체를 가늠하기 힘든 어둠이나 안개처럼 불확실한 근원의 자리로 사라진 대상인 것이다.

시의 후반부는 고라니가 머물다 물안개를 뚫고 떠나버린 강변, "아직도 식지 않은 손톱만한 고라니의 똥 무더기"로 표상되는 흔적 위에서 "강물 속에 길 하나를 내고" 다시 돌아오길 기다리는 화자의 적극적 행위와 주관적 내면의 희원으로 이루어져 있다. 고라니가 떠난 강변은 어둠이 가고 아침이 와도 여전히 "물안개가 일제 피어오르며" "모든 사위를 뒤덮"은 공포와 불확실함이 압도하는 결핍과 상실의 공간이다. 아침이 왔어도 물안개는 사위를 뒤덮어 세계를 온통 불확실성의 지대로 바꾸어놓는다. 그럼에도 불구하고 화자는 "달이 기우는 쪽으로", "돌아오지 못할 곳으로 떠"나버려 부재하지만 온통 주체의 현존을 확인해주는 사랑하는 대상이 "다시 돌아오"기를 간절히 염원한다.

화자는 강변 물안개 속의 부재와 공포와 불확실함에도 "몇 개의 징검돌을 놓아두"며 "강 너머로 사라진 고라니"가 "다시 돌아오"기를 "무릎이 시리"도록 서성거리며 기다린다. 그 기다림은 어쩌면 부재의 심연을 체험하는 것이야말로 시적 주체의 운명의 구조를 고스란히 드러내는 형식인 것이다. 부재의 심연을 확인하는 순간 화자는 무릎이 시리도록 기다릴 수밖에 없는 자신의 현존을 자각하는 것이다. 그 자각은 여전히 다시 돌아올 것이라는 기대감에 부풀어 사랑의 새로운 가능성에 대한 환상을 버리지 못하는 안타까운 감정이 배어 있다. 이러한 나르시즘적 환상은 비스킷 같은 것이어서 얼마나 부서지기 쉬운 것인가. 무릎이 시리도록 서성거리는 기다림은 그러한 나르시즘적 환상에 대한 끝없는 미련을 말해준다. 따라서 그것은 슬프지만 한편으로는 달콤한 것이다. 안개 속에 부재하는 지점, 이를테면 비극적 절정의 순간에서 존재론적 가능성은 다시 시작된다.

떨어진 잎들은 결코 버려지거나 낙오한 것이 아니다
바닥에 대고 무언가 할 말이 있어 가뿐하게 하산한 것이다
더 이상 매달려 있는 것도 지겨워, 그만 놓아버리고 싶었던 것이다
놓았다고 죽은 것이 아니듯 비로소 놓았으므로
바람을 타고 먼 곳으로 날아오르는 당신의 지금을

나는, 사랑한다
　　　　　—「벚나무 잎이 천천히 떨어지며 남기고 간 사소한 것들」 중에서

다시 말하지만 나뭇가지 고치 속 번데기가 몸을 벗고 황홀하고도 아름답게 날아오를 때, 저 먼 옛날 아리스토탈레스가 본 것은 비상하는 한 떨기의 순결한 영혼이었을 것이다. 그런 의미에서 소크라테스의 죽음은 어쩌면 근대적 인간이 죽음을 대할 때 취할 수 있는 가장 윤리적인 태도가 아닐까 싶다. 그는 결코 죽음의 소멸을 두려워하지도 않았으며, 낯설고 두려운 죽음이라는 미지의 영역에 어떤 불멸성이 존재하며, 그 불멸성 속에서 존재의 재탄생, 몸을 벗고 자유롭게 비상하는 영혼의 날갯짓을 보았을 것이다. 그리고 한참 뒤 발터 벤야민이 소크라테스의 죽음에서 본 것은 이 협소한 개인을 버리고 절대적 자아로 나아가려는 의지였다. 죽은 몸의 껍질을 말끔하게 벗어버리고 한 마리 나비로 비상하는 이미지는 여기서 그 의미론적 기반을 갖는다.

　인용 시에서 화자는 마치 죽은 몸의 고치를 벗고 한 마리 나비로 비상하는 나비의 황홀을 보는 듯하다. 존재를 무화시켜 가려는 끔찍한 낯섦, 그것은 무시무시한 것이며 경험적으로 익숙하지 않은 것, 비밀이며 감춰져 있어야 할 것이 겉으로 드러나는, 존재가 무화되어 전환하는 충격적이며 놀라운 찰나의 지점을 환기한다. 화자는 우수수 떨어진 벚나무 잎을 쓸며 사소한 것을 발견한다. 그러나 화자가 "벚나무 잎이 천천히 떨어지며 남기고 간 사소한 것들"에서 발견한 것은 결코 사소해 보이지 않는다. 왜냐하면 "조각조각 바서지"고 "일제히 분열하며 공중으로 흩어지"는 소멸의 죽음에서 "바람을 타고 먼 곳으로 날아오르는" 영혼의 황홀한 비상을 보기 때문이다. 즉 화자는 고치 속 번데기가 몸을 벗고 황홀하게 비상하는 한 떨기 순결한 영혼을 보는 것이다.

　바람에 "떨어진 잎들은 결코 버려지거나 낙오한 것이 아니"며, "놓았다고 죽은 것이 아니듯 비로소 놓았으므로" 비상하는 존재의 전환을 이룩하는 것이다. 이런 이유로 화자는 그 비상을 "사랑한다"고 고백한다. 거기에는 벤야민이 소크라테스의 죽음에서 보았듯이 절대적 자아로 비상하려는 의지가 내재해 있다. 그러므로 화자는 "바람을 타고 먼 곳으로 날아오르는 당신의 지금을", 이 찰나의 황홀한 순간을 사랑하는 것이다. 이러한 시적 사유, 말하자면 소멸과 무화의 상상력으로 말미암아 "바싹 마른 낡은 서랍"은 "한때의 절망과 고통과 방랑"을 잘 건조해 간직한 채 "거대한 나무의 꿈으로 공명"하는 배음을 울릴 수 있는 것이다. 그리하여 그 배음은 더욱 깊고 투명하다. 깊고 투명하게 "슬픔도 고독도 뒤돌아 보게"(「낡은 서랍은 말을 한다」) 만드는 것이다. 그 깊고 투명한 사유로 인해 소멸과 생성의 변증법은 황홀한 환희를 유발하는 것이다.

3. 전망 없는 세계 속의 열외인간

근대인은 신이 부여한 운명을 거부함으로써 신에게서 떨어져 나와 하나의 개인으로 독립했다. 그러나 총체성의 빛나는 등대가 그 빛을 잃은 시대에 근대적 개인은 모두 각자의 운명의 실에 간신히 위태롭게 매달려 있을 뿐이다. 그에게도 삶은 마치 죽음과 같은 것일 뿐이다. 왜냐하면 그에게는 고대 영웅이 지녔던 일관된 성격, 절대적 자아가 없기 때문이다. 신이 부여한 운명으로부터 떨어져 나온 개인으로서의 우리는 결코 오롯이 자기 자신이 될 수 없었던 것이다. 자아와 세계의 분열, 자기 소외와 분열은 오롯한 정체성 내지는 자기 완결성, 자기 확신을 지닌 삶의 영위를 허락하지 않는다. 그런 의미에서 근대인에게 삶이란 다만 살아 있지만 죽음일 뿐이며, 죽음마저도 협소한 개인의 고립된 죽음일 뿐이다. 벤야민이 소크라테스의 죽음에서 본 것은 어쩌면 협소한 개인을 버리고 절대적 자아로 나아가려는 의지였을 것이다. 그러나 그 죽음이 불멸성이나 영원성을 보장해 주지 않는다면, 죽음 곁을 서성이는 삶이라면, 삶과 죽음의 경계에서 그는 살아 있으되 죽은 자이다.

오래 버틴 자리에는 썩은 뿌리의 냄새가 났다

그럼에도 꼿꼿하게 죽은 나무의 가지 위로 새가 앉았다 가고

겨울이 지나도 그 나무는 늘 겨울에 있었다

반쯤 밟힌 벌레가 다리를 떨며 거칠게 땅바닥을 나뒹굴 듯이

춥지 않아도 생활이 진동했다

발작은 보이지 않는 문을 향한 생의 절취선처럼

띄엄띄엄 일어났다

생의 무엇이 잘려나갈 수 있는가

빈자리로 위장한 하루들이 뼈라처럼 쏟아지는 위기 속에서

나는 말았던 몸을 천천히 펴고

바람에 순응하듯 집 밖으로 걸어 나갔다

　　　—「생계」 중에서

　박한라의 시는 헐벗고 황량한 어둠 속의 생에 대해 쓰고 있다. "빈자리
로 위장한 하루들이 뼈라처럼 쏟아지는 위기 속에서" 탄생한 듯한 「생계」
는 삶의 불투명성과 혼돈의 미로 속에 갇혀 있는 자, 산 것도 죽은 것도 아
닌 열외인간의 입에서 흘러나오는 절망처럼 무겁고 위태로우며, 어떤 면
에서는 괴기스러운 음색으로 가득하다. 간신히 삶을 버티는, 생계를 꾸리
는 일은 마치 살아 있으되 죽음 같은 삶을 살아가는 듯하다. 전망 없는 내
일에 대한 극한 경험에서 유발한 듯한 인용 시의 핵심은 살아 있으되 죽은
삶의 형상에 있다. 그리하여 삶은 곧 죽음을 이어나가는 것에 불과하다는
시적 사유로 말미암아 암울하고 우울하기 짝이 없다.

　화자가 인식하는 삶, 삶을 도모하는 생계란 "죽음은 번식"하고 "누렇게
짓눌린 불이 어둠에 저항하"는 비극적이며 절망적으로 전도된 형국이다.
그러한 형상에서 삶이란 "기나긴 동굴 속에서 보이지 않는 출구로 나아가
는 기력 같"고, 또 찬 기운만이 "깡통처럼 떠돌" 뿐이다. 이러한 화자의 진

술은 "중력의 부작용처럼 몸이 자주 안으로 말"려 들고, "전봇대에는 폐점한 상가의 스티커가 색이 바랜 채 광고를 이어나"가며, "어제 죽은 새가 아침을 알려도 아무도 알아채지 못했다"는 죽음의 이미지로 연속되면서 죽음 같은 생계, 살아 있는 죽음의 고통을 강화한다. '중력의 부작용', '폐점한 상가', '죽은 새' 등 삶의 온기나 활력을 상실한 이미지의 연쇄는 계속하여 "썩은 뿌리의 냄새"로 이어지면서 그럼에도 불구하고 이를 견뎌낼 수밖에 없는 죽음 같이 가혹한 삶의 실상을 강화한다. 이러한 시적 이미지의 연쇄로 인한 시적 정조는 겨울이 지나도 죽음 같은 겨울이 지속되는 지각을 강화한다. 화자는 지극한 결핍과 부재의 상황에서 "생의 무엇이 잘려나갈 수 있는가" 자조하는데, 이러한 인식에서 우리는 생계를 둘러싼 세계의 잔혹성과 살아 있음의 폭력성을 감지하지 않을 수 없다.

생계가 불러오는 이 같은 어두운 운명은 우선 개인적 차원에 가깝다. 하지만 그의 시에서 우리는 우울하고 절망적이며 비극적인 실존의 자폐적인 내면 성찰을 읽는 동시에 자신이 처한 실존적 위치와 상황을 무섭도록 정직하게 바라보고, 또 그것을 우리 시대의 '생계'를 이어나갈 수밖에 없는 삶의 보편적인 정서적 정황으로 환기하는 시적 공감력을 획득하고 있다. 황량하고 비관적이며 어두운 음색으로 읊조리는 그의 작품은 근원적으로 생의 온기를 잃고 죽음 같은 삶을 살 수밖에 없는 우리 시대 각 개체의 끔찍한 운명을 환기한다는 것이다. 시인은 그 운명에 대해 너무도 처연하다. 이러한 인식은 다음과 같은 시에서도 지속된다.

저녁 창문 위로 얼굴이 희미하게 비쳤다
암흑이 출렁거리다 마른 자국처럼
반사된 낮빛에서 차가운 물이끼 냄새가 났다
나는 머나먼 밤으로부터 발견된 추억 같았다
바깥 풍경은 길 대신 불빛을 따라 이어졌다

미래란 아침에서 시작된다고 믿었지만

아침에도 참새들은 어둠에 묻힌 전깃줄 위에서 천장 속 들쥐처럼 찍찍 울어
댔다

외투들이 사람을 품고 불빛 사이로 순례하듯 사라졌다

모두들 신앙을 다시 보기 위해 길을 나섰다

— 「서른의 배경」 중에서

　마치 미래에 대한 전망을 모조리 상실한 듯 화자의 시적 진술은 남루하
고 침울하며 막막하기만 하다. 화자는 어둠의 밀폐된 공간에 유폐되어 있
는 주체처럼 보인다. 시적 분위기는 '어둠', '암흑', '밤', '아픔', '공복'
등과 같은 부정적 어사들로 인해 온통 막막하고 처절하며 혼돈과 결핍에
휩싸인 듯하다. 화자는 정상적으로 삶을 영위하는 존재로서의 지위를 얻
고 있지 못하다. 그것은 "나는 머나먼 밤으로부터 발견된 추억" 같은 것이
라는 진술에서 드러나듯 자신의 존재성에 대한 믿음이나 확신을 발견하지
못한 채 어둠의 혼돈 속에서 정신적 방황을 계속하는 것으로 보이기 때문
이다.

　낮의 일상이 끝나고 저녁이 왔다. 화자는 창문 위로 희미하게 비치는 자
신의 얼굴을 바라본다. 거기에 비친 자신의 얼굴은 "암흑처럼 출렁거리다
마른 자국처럼" "차가운 물이끼 냄새가" 나고, 그런 "나는 머나먼 밤으로
부터 발견된 추억"처럼 어둡고 낯설다. 저녁의 유리 창문은 그 반사의 기
능으로 인해 거울과 같은 것이어서 또 다른 나를 대면케 함으로써 자아의
인식은 물론 자아의 이중성을 체험하게 한다. 즉 자기 정체성 성찰을 가능
케 하는 매개물이다. 화자가 저녁 창문에 비친 자신의 얼굴을 대상화하여
성찰 혹은 확인하는 자아의 모습은 불안하고 분열된 양상으로 나타난다.
반사의 이중성에 의해서 실재의 '나'와 허상인 '나'의 공존과 대립이 펼쳐
지기보다는 허상의 '나'는 실재의 '나'가 처한 실존적 상황을 그대로 반영

하여 확인해주고 있다. 유리창에 비친 허상으로서의 '나'는 실재의 '나'의 모습을 그대로 반영하고 있는데, 그 모습은 매우 불안하고 남루하며, "어둠의 홍수 속에서" 어떤 믿음도 없이 전망을 상실한 실존적 자아의 초상을 확인할 뿐이다.

유리창은 자기 인식의 수단이고 도구이며 연결자로서 개방성을 내포하는 동시에 분리자로서 단절과 차단 기능을 발휘하여 화자를 감금하고 외부 대상과 분리시키는 기능을 동시에 발휘하는 매개체이다. 이러한 점은 유리라는 물질이 지닌 이중적 속성과 연관해 생각해볼 때 상당한 의미가 있다. 유리 창문은 거울과는 달리 안과 밖을 단절시켜 주는 동시에 밖의 세계를 투시할 수 있는 이중적 기능을 발휘하기 때문이다. 특히 그 시간이 밤일 경우 그것을 통해 내다보이는 바깥의 풍경과 유리에 비친 자신의 모습이 겹쳐져 나타나게 된다. 어두운 밤의 외부 세계와 겹쳐져 보이는 화자 자신의 모습은 바깥의 풍경처럼 암울하게 연속되고 있으며, 동시에 화자는 바깥의 어떤 대상과도 건강하게 화합하게 못한다. 어두운 밤과 연속되면서 동시에 외계의 어떤 대상과도 일치하지 못하는 실재적 자아의 인식은 "모두들 신앙을 다시 보기 위해 길을 나"서지만 "어둠의 홍수 속에서 숨 쉬고 있"을 뿐이며, 길을 찾으려는 기도는 아프고 허기에 찬 공복으로 가득할 뿐인 자신의 어두운 모습을 발견하는 것이다.

화자는 "미래란 아침에 시작된다고 믿었지만" "어둠의 홍수"는 아침에도 지속되고 또 어디에서도 끝나지 않을 미로에 다름 아니다. 화자가 처한 이 존재의 저녁 풍경은 얼마나 일상의 믿음을 배반하는 것인가. 이 풍경 속에서 저녁의 어둠은 건강한 휴식의 자리일 수 없다. 평안과 경건한 안식의 시간이라기보다는 화자에게 저녁의 어둠은 차라리 죽음이나 고독, 혼돈이나 미궁과 같은 것이다. 이를테면 "어둠의 홍수 속에서 숨 쉬고 있다는 믿음이 아가미로 진화"한 상황이 의미하듯 그것이 건강하지 못한 것임을 보여준다. 암흑으로 출렁이는 "서른의 배경"은 처절하다. "서른의 배경"에 드리운 짙은 어둠은 삶과 세계의 미궁 같은 혼돈을 그대로 은유한다. 텅 비고 고독한 존재로 돌아가 삶과 세계의 캄캄한 어둠, "모든 냄새를 잃고 까맣게 말라비틀어"져 "진하게 남아있"(「색감」)는 색감을 대면하는 참혹한 얼굴로 인해 오싹하다.

박한라 시는 사회 공동체 혹은 지배 질서의 중심에서 배제된 열외인간이 내뱉는 듯한 음울하고 암담한 음색으로 축조된다. 아감벤은 비록 인간으로 살아 있다고는 하나 공동체 내지는 지배 질서에서 배제 억압되어 구성원으로 간주되지 않는 열외인간을 '호모 사케르'라 정의한다. 박한라 시의 발화는 마치 호모 사케르의 입에서 터져 나오는 목소리처럼 음울하다. 그의 시에서 화자는 비구성원, 즉 생물적 생존만이 허락된 호모 사케르로 존재한다. 그로 말미암아 살아있음이라는 단순한 생물학적 사실 이상의 존재론적 의미를 얻지 못한다. 왜냐하면 정상적인 말과 행위가 세계 안에서 인간을 인간답게 존재할 수 있게 하는 기본 전제라 할 때, 그의 건강한 화법이 거세된 삶은 세계에 대해서 죽은 삶이기 때문이다.

4. 불모적 세계를 횡단하는 방법

김산과 박한라의 시를 읽으며 우리가 만나게 되는 감정의 파동은 언뜻 자의식의 감옥처럼 보이는 그 가장자리에서 그럼에도 불구하고 치열하게 삶과 존재의 의미를 물으며 자기 회복 내지는 인간 회복을 넘어 세계 회복에까지 이르려 하는 끈질긴 고투와 같은 종류의 힘겨운 자기 견딤이다. 두 시인의 정신적 고투 속에는 상처 입고 버림받은 삶 속에서만 오롯이 빛날 수밖에 없는 열정과 회원을 감추어 두고 있다. 첨언하자면 이들의 시가 그려내는 자아의 형상은 늘 뿌리 뽑혀 어둡고 불투명한 세계의 변방, 어둠 속 혼돈의 무정형한 세계를 불안하게 떠돌고 있는 모습이다.

하지만 그 외로움과 그리움, 그 쓸쓸함과 적막함, 그 부재와 결핍을 감내하며 오히려 자신의 존재론적 확신을 확인하고 또 삶의 불모성을 견뎌내려는 치열한 고투가 서려 있다는 점은 오히려 그들의 정신과 사유, 삶과 세계를 대하는 태도의 진정성을 드러내는 것이기도 하다. 두 시인의 시에서 존재의 쓸쓸함과 적막함은 단순한 수사적 어사가 아니다. 그것은 단순히 외롭고 적적한 마음만을 담고 있는 것이 아니라 오히려 현실적 존재의 고통을 더 크게 끌어안는 행위로서의 어떤 것이다. 그리하여 쓸쓸함과 적막함, 그 공허와 삶의 잔혹성은 무엇인가를 간절히 바라는 그리움과 이음동의이다. 변태(變態)를 꿈꾸는⋯. 그리하여 두 시인의 시는 불모적 세계를 횡단하는 하나의 시적 방법이라는 의미를 갖는다.

무등에서 길을 읽다
― 김완의 시

    김완 시인은 2009년 『시와시학』을 통해 늦깎이로 등단했다. 그 후 첫 시집 『그리운 그 풍경에는 원근법이 없다』(시학, 2011)를 간행했다. 지천명을 넘겨 시단에 나왔으니 늦깎이랄 밖에…. 모두가 꼭 그렇지는 않을 것이다. 하지만 시인의 연배쯤 되면 천명을 아는 나이이다. 그러다 보니 자연의 섭리와 삶의 이법을 깨달은 자의 정신이 그의 첫 시집에는 오롯이 담겨있다. 하여 시집의 해설에서 김재홍은 "자유로움 또는 유동성 속에서 진정한 나, 참 나를 찾고 확립해 감으로써 바람직한 삶의 길을 읽어내는 안목은 예사로운 것이 아니"(「생명탐구와 예술 창조의 길」)라는 유효한 평을 덧붙인다. 그런 맥락에서 시인은 쉼 없이 삶의 진정성을 찾으며 거기에서 자족하고, 또 삶의 의미를 새겨간다. 가령 이번에 선보이는 신작 시에서,

    벚꽃 분분분 날리는
    부곡정에 들어선다
    연탄불 돼지삼겹살구이
    상추에 마늘, 매운 고추 얹어
    된장 쌈하니 세상살이 여여(如如)하다

도가지 헐어 내온 갓지에

소주 한잔 크~ 하니

한세상이 그득하구나

—「봄, 소주」전문

　와 같이 노래할 때가 그러하다. 화자는 벚꽃 핀 봄날 산행을 마치고 돌아오는 길인 모양인데, '부곡정'이라는 주막집에 들러 "소주 한잔" 들이키는 정취를 노래한다. 산행 후 지극히 일상적으로 행해질 수 있는 이러한 행위에서 화자는 삶의 평범한 행복을 경험한다. 여기에서 화자는 "세상살이의 여여(如如)"함, 즉 모든 게 그렇고 그러하다거나 일체가 변함없이 평등하다는, 혹은 이 소소한 일상에 삶의 진리가 숨어 있다는 감흥을 간결하면서 평범하게 토로한다. 자족자재(自足自在)하려는 삶의 태도가 뚜렷한 이 시에 더 이상 무슨 설명을 덧붙일 필요가 있을까. 시인은 이와 같이 평범하고 소소한 일상에서 삶의 진정성을 발견한다.

　그런데 시인의 개체적이며 주관적 경험이 자신 안에만 머물거나 삶을 도통한 듯, 세속을 달관한 듯 초월해버리면 그것은 유아론이 되어버리거나 시적 진정성을 확보하지 못한 채 신비주의로 나갈 가능성이 있다. 요컨대 도통한 자의 넋두리가 되기 십상인 함정이 도사리고 있다. 현실의 구체를 거세하고, 삶을 지워버리고 하늘 높은 곳으로 도통한 듯 초월해버리면, 세계를 달관해버린다면 그것은 넋두리나 허망한 공염불에 불과한 것이다. 그러나 김완 시의 장점은 이것을 역사적 삶의 보편성으로 끊임없이 치환하고자 하는 시적 태도에 있다. 시인은 개별적인 정서적 경험을 현실적 역사 내지는 보편적 삶, 혹은 일반적 심리 정황과 연관 지어 탐색하면서 시적 지평을 확장한다.

　시인의 첫 시집을 참조하건대 우리가 김완의 시를 읽으며 주목하게 되는 것은 삶과 현실을 기꺼이 수락하고 버텨내려는 견딤과 쓸쓸한 삶의 풍경에 깃든 보편적 생명의 발견, 그리고 시인이 신작 시에서 노래하듯 '나무의 개별성과 숲의 군집성'(「겨울 산에 들다」)이 더불어 공존하는 개체적 삶과 역사적 삶의 통합이다. 김완에게 풍경은 하나의 의식이다. 그가 자신의 시집에서 끊임없이 포구나 강 같은 자연 풍경, 그리고 거기에 깃든 개체적 삶의 조건을 바라보고 역사화하려는 의도를 내비치는 점이 이를 반증한다. 또한 그의 신작 시에서 역사적 에피소드나 인물들을 시 속에 인유적으로 재문맥화하는 방법이 그것이다. 이러한 방법을 통해 시인은 시적 경험, 말하자면 특수하고 개별적이며 주관화된 시적 정서를 집단적이고 보편적인 역사적 삶의 조건으로 치환함으로써 주관적 보편성을 획득한다.

막막한 약속, 시린 바람에 다지러
오늘도 산이 좋아 산에 오른다
산등성이에는 억새들이 무리지어
서로를 비비며 빛나고 있다
바람에 꺼이꺼이 소리치고 있다
살아있는 것들은 다 흔들리고
살아있는 것들은 새 생명 감추기 마련이다
열역학 에너지 법칙에 의해
한 방향으로 정연히 나부끼는
겨울 산, 시련 속에서 자라는 힘,
힘의 은빛 알갱이들
　　　　　—「무등산은 늘 그 자리에 있다」 중에서

김완의 신작 시는 무등산을 오르며, 혹은 그곳에서 얻은 시적 영감을 시화한 작품이 많다. 짐작하건대 시인은 산행을 무척 즐기는 모양이다. 이와 관련하여 위의 인용 시는 시인의 첫 시집에 실린 작품인데, 이번 신작 시편들을 읽는 데 하나의 참조 틀이 될 수 있을 듯하다. 이 작품은 김완 시를 읽는 데 많은 것을 시사해주는데, 시인에게 "산을 오르는 것은 인생과 같"은 평범한 진리를 함축한다. 그는 산을 오르며 많은 것을 성찰하고 깨닫는다. 산행은 그에게 평범하지만 진실을 담은 일종의 삶의 이법을 깨달아가는 과정, 그 굴곡과 비탈의 산협을 통과하는 과정과 흡사한 것이다.

　시인은 이 시에서 겨울 산 '시린 바람'의 "산등성이에는 억새들이 무리지어/ 서로를 비비며 빛나"는 연대의 집단성과 강인함을 발견한다. 또 "살아있는 것들은 다 흔들리"지만 "다 생명을 감추"고 있다는 생명에 대한 사랑의 정신을, "누구의 모습도 거부하지 않"는 산기슭의 길이 지닌 포용성을 생각하기도 한다. "한결같은 산"에서 깨닫는 삶의 비법은 그의 시가 내장하고 있는 생명에 대한 사랑과 연대의 정신을 핵심적으로 내포하며, 그의 시의 지향점이 어디인지를 가늠하게 한다. 이를테면 "겨울 산, 시련 속에서 자라는" 생명의 힘과 "힘의 은빛 알갱이들"에서 화자는 출렁이는 삶의 역동성과 사랑의 연대라는 그의 시의 정신을 잘 드러내 보여주기 때문이다. 이러한 사정은 다음과 같은 신작 시에서도 오롯이 변주된다.

　　무등산 새인봉에 눈이 쌓여있다
　　지난여름 태풍에 넘어진 소나무
　　사이사이 피어있는
　　진달래 얼굴 창백하다
　　그대 두견새 피울음의 꽃이여
　　외로 필 땐 수줍어도
　　무리 지으면 왜 출렁대는가
　　쌓인 눈속 핏빛 상처 되살아난다
　　서민들 곰비임비 목숨 끓고
　　남북 갈등 무장 커져가는

다산이 눈감은 이 사월의 봄날
하양과 분홍 사이 겨레의 피 흐르는데
쳐다보는 사월의 눈들 애처롭다
　　―「사월(四月)의 눈」전문

　화자는 산행 중이다. 화자는 눈 쌓인 "무등산 새인봉"을 오르며 "지난여름 태풍에 넘어진 소나무" 사이로 피어난 진달래에서 아름다운 서정을 느끼기보다는 슬픔과 같은 비애의 정서를 느낀다. 그리하여 "창백하다"고 표현한다. 이러한 시상은 곧 설화적 근친성을 바탕으로 "두견새의 피울음"으로 연쇄되면서 한(恨)이라는 민족적이며 민중적인 정서를 환기해낸다. 진달래와 두견새가 지닌 설화적 의미를 생각한다면 그것은 전통적 서민 정서로서의 민족적 한(恨)이나 슬픔, 설움, 비애 등과 결부되어 있다는 것을 알 수 있다. 그로 인해 봄날 만개한 진달래꽃은 일종의 고통스럽게 아름다운 정서를 유발한다. 아름다움은 매끄러운 질감이 아닌 상처와 고통에 연원을 둘 때 진정성을 획득할 수 있는 것이기 때문이다.
　이 시의 정조는 진달래와 두견새의 피울음이 표상하는 한의 정서로 말미암아 서럽고 슬프다. 그러므로 고통스럽게 아름답다. 그런데 "쌓인 눈 속 핏빛 상처로 되살아"나는 진달래와 두견새가 발현하는 전통적인 서민 정서로서의 비극적 정서는 개인이나 과거의 차원을 넘어서 있는 것이다. 그것은 개인의 정서적 의미의 차원을 포함하면서 동시에 보편적 역사성을 지니는 것이며, 지금까지 지속적으로 이어지는 현재적 의미망에 연결된 것이다. 이러한 시적 인식은 곧 민족 분단의 모순과 비극적이며 억압적인 상황을 환기한다. 표면적으로 화자는 사월에 내린 하얀 눈 속에 피어난 분홍 진달래를 통해 민족적 슬픔을 애처롭게 바라본다. 그래서 화자의 시선은 다소 젖은 느낌으로 전해오며, 그로 인해 아프도록 아름답고 고통스러운 것이다.

특히 주목할 점은 화자의 태도가 여기에 머무르지 않는다는 것이다. 화자는 무리 지으며 출렁대는 진달래의 군집성과 피를 토하는 두견새의 한과 울분을 사월이 지닌 우리 현대사의 역사성과 역동성, 그리고 그것이 지향하는 혁명성과 생명성으로 확장한다. 그럼으로써 시의 표층에 드러난 비애, 설움, 한의 정태적이며 수동적인 정서적 태도는 극복되는 것이다. 이를테면 이러한 수동적 태도는 역사적 실존 인물 다산의 인유를 통한 주체적이며 민족적인 지식과 사관의 암시, 그리고 "사월의 봄날"이라는 역사성과 혁명성, 그리고 '무리 지으면 출렁대는' 민중적 연대성을 통해 낙관성, 역동성, 집단성, 신명성을 담보해냄으로써 극복된다. 말하자면 소극적이며 정태적이고 수동적인 한의 정서가 그 이면에 포함하는 집단적 연대성 내지는 역사적 현재성, 민중의 생명성이라는 시적 의미의 지평을 여는 신명성과 확장성을 지니게 하기 때문이다.

무등산 옛길 2구간 숲으로 들어선다 까마귀 까악까악 운다 촘촘하던 숲이 잘 볼 수 없는 먼 우측 능선까지 환하다 괴물이라고 할 수밖에 없는 지난여름 태풍 볼라벤의 숨소리 이곳저곳에 남아있다 쇠가마터 주검동 유적지 치마바위 물통거리 구간에는 오래된 시간이 서성거린다 사백이십 년 전의 계사(癸巳)년이 다시 돌아왔다 임진왜란 다음해 계사년 충장공의 행적을 상상하는데 배고픈 직박구리 한 마리 우리를 쳐다보는 눈이 젖어있다
　　―「겨울 산에 들다」 중에서

인용 시도 역시 마찬가지로 무등산을 소재로 한 작품이다. 화자는 "무등산 옛길 2구간 숲으로 들어"서면서 예외 없이 역사를 생각한다. 숲길에는 불길하게 까마귀가 울고, 또 "지난여름의 태풍"이 남긴 상흔이 아직까지도 "이곳저곳에 남아있다." 이를테면 화자에게 현실의 역사는 과거와 같이 불길하고 험난하며 고통스러운 시련, 억압과 폭력적 상황의 연속 상태

이다. 때문에 화자는 거기에서 "오래된 시간이 서성거"리는 영상을 떠올린다. 화자는 자신이 살아가는 지금의 역사 현실이 과거 환난의 역사적 현실과 다른 것이 아니라는 것을 깨닫는다. 환난은 지금도 연속한다는 것이다. 화자는 인유적 상상력을 동원해 "사백이십 년 전의 계사(癸巳)년이 다시 돌아왔다"고 직설적으로 표현함으로써 그 민족적 환난의 과거 역사와 현재를 동일시한다. 이러한 상황에서 화자는 애써 "임진왜란 다음해 계사년 충장공의 행적을 상상"해보지만, "우리를 쳐다보는" 직박구리의 "눈이 젖어있다"고 진술함으로써 비극적 역사가 지금도 연속하고 있다는 역사 인식의 일단을 드러낸다.

이러한 비극적 역사 인식은 마지막 2연에 이르면 곧바로 "시대를 뛰어넘어 한 길을 향해 가는 역사"적 전망을 획득하면서 반전을 이룬다. 그가 인식하는 역사는 '나무의 개별성과 숲의 군집성'이 더불어 사는 공동체적 연대 의식이다. 이러한 연대 의식을 통해 얼어붙은 겨울 산에서 싹트는 생명을 바라보고, 역사의 시련과 고통을 이겨내려 한다. 보다시피 가혹한 역사 현실의 극복 의지는 종종 인유적 상상력을 통해서도 이루어진다. 예컨대 시인은 다산이나 충정공 등과 같은 역사적 인물과 사건, 그들과 연관한 전거들을 넌지시 참조하면서 시인이 전달하고자 하는 시적 의미를 강화한다. 시인은 그 모방적 요소들이 원래의 문맥에서 지닌 의미와 이것들이 인유된 새로운 문맥에서 변용된 의미를 융합함으로써 의미론적 풍부성을 담보해 내도록 한다. 이런 인유의 수법은 모두 역사의 현재성을 강화하는 데 복무한다.

> 몸 성히 잘 있는지 꿈은 상(傷)하지 않았는지
> 바위에 내린 이슬이 모여
> 만들어진다는 규봉암(圭峰庵)의 감로수
> 더불어 마실 수 있으면 좋으련만

시대마다 출렁이는 생의 바다

그 파도 속에 우주의 이치가 담겨 있다

너덜겅 군데군데 숨어있는 풍혈대(風穴帶)처럼

그대 생각에 알 수 없는 깊이에서

올라오는 따뜻한 울렁임이 있다

바람 불고 눈 내리는 한겨울 오후

그대에게 가는 길 아득한데

수천만 년 단단한 그리움도 흩어져

크고 작은 돌들로 흘러내리는 곳에서

돌과 나의 울음소리를 전(傳)한다

— 「너덜겅 편지」 중에서

다소 감정이 복받친 듯한 분위기의 인용 시도 앞서 언급한 시들처럼 무등산을 등반하면서 산길에서 얻은 영감을 시화한 작품이다. 화자는 지금 무등산 주상절리 암벽 아래에 무수히 많은 돌들이 바다를 이룬 너덜길을 지나는 듯하다. "일만 마리의 물고기가 돌로 변했다는" 너덜겅에 하얀 눈이 쌓여 있고, 그 위를 새들의 발자국이 "아무도 해독할 수 없는" 경전의 문자처럼 찍혀 있는 것을 보고는 자신의 곁을 "멀리 떠난 그대"를 생각한다. 시의 문맥상 화자가 부르는 대상으로서의 '그대'는 다시는 만날 수 없는 그리움 저편의 존재처럼 보인다. 다시 만날 수 없이 헤어지게 된 이유가 어떤 연유에서인지 구체적으로 밝혀져 있지 않지만, "시대마다 출렁이는 생의 바다"라는 표현에 견주어 본다면 그 헤어짐이 80년 벽두 광주의 비극적 시대 상황과 연관되어 있다는 점을 어렵지 않게 짐작할 수 있다. 요컨대 시대의 비극적 파고에 스러진 영혼을 추억하는 것이다. 화자는 그들이 열망한 정신과 가치를 복받치게 그리워하며 위무한다. 이런 문맥에서 "돌과 나의 울음소리"는 그 비극적 역사에 대한 참회이자 진혼곡이다.

이때 "돌과 나의 울음소리"는 아마도 역사를 향한 것이리라.

　김완 시인의 시 쓰기는 어쩌면 고통스러운 삶과 역사에 대한 의미를 묻고, 또 새들의 발자국이 새긴 문자, 그 "해독할 수 없는 경전"인 세상의 의미를 해독하고 가치를 탐색해나가는 작업처럼 보인다. 삶과 역사에 대한 문제, 혹은 존재론적 문제를 다루지 않는 문학이 어디 있겠느냐마는, 김완의 이에 대한 질문과 성찰은 산을 오르는 과정에 다름 아닌 것이다. 이 오름의 길은 물리적 시간성이나 공간성을 초월하여 삶의 원리나 존재의 생성원리로 이해할 수 있다. 그러하듯 김완이 지향하는 시의 길은 삶의 보편적 길, 궁극의 길, 시의 길일 것이다.

일상성의 탐색과 구원의 지평

— 이주언 · 장상관 · 최재영의 시

1

각기 다른 시적 개성을 지닌, 그래서 어떤 공통성을 찾기 힘든 세 시인의 작품을 읽고 그것들의 경향을 하나의 축약된 형도로 바꾸어 사유하기란 여간 힘든 일이 아니다. 시적 개성이란 여러 의미가 있겠지만 동시대나 선배 시인들 혹은 다른 작품들과 변별되는 형식과 내용의 질적 차이에 있을 것이다. 때문에 의심할 여지 없이 우리 시대의 시와 그것이 내장하고 있는 미학은 단일하고 균질적인 지형으로 형상할 수 없는 다양한 프리즘으로 존재한다. 여기 소개하는 세 시인 이주언, 장상관, 최재영의 작품도 역시 마찬가지이다.

시란 대상을 인과적인 논리적 완결성에 따라 그려내는 것이 아니라 인식 주체가 주관적으로 체험하고 느끼는 생의 어느 순간을 포착한다. 그런데 인식 주체인 시인이 삶의 어느 부분을 바라보느냐에 따라, 혹은 바라보는 방식에 따라 시의 양상은 다르게 나타나기 마련이다. 무엇을 어떻게 바라보느냐에 따라 시의 양상은 다른 모습을 보이게 된다. 인간의 존재나 삶, 혹은 객관 대상을 바라보는 시인의 눈과 의식에 따라 다양한 양상이 존재함은 사실이다. 그러나 굳이 이름을 붙여 소멸과 불안의 풍경이라 해 두자. 왜냐하면 이주언의 시에는 소멸과 생성의 변증이, 장상관과 최재영의 시에는 존재의 불안한 의식들이 시의 형상을 규제하는 것으로 보이기 때문이다.

그러나 각기 다양한 개성과 차이를 가지고 있다 하더라도 그 밑변을 흐르는 저류라 할까, 서로 달라 보이는 단절과 차이 속에서 서로 연결된 꼭지점을 찾는 것이 불가능한 일도 아니다. 그러니까 연속적 단절 혹은 단절적 연속의 맥락을 발견할 수 없는 일만도 아니다. 단절될 듯 연속되고, 연속될 듯 단절되는 관계 속에 시적 긴장이 내재한다. 이주언 시인의 눈은 설핏 보기에 일상에서 발견할 수 있는 "완전한 소멸"(「공중 정원 – 조장(鳥葬)」)의 초월을 향해 있는 듯하고, 장상관 시인의 의식에는 "불 꺼진 창 기웃거리"(「오페라 고시원」)는 삶의 아픔, 최재영 시인의 목소리에는 "늦은 밤의 적막"(「폭설Ⅱ」) 가운데 나직이 울려 퍼지는 '치매'의 울음이 있다. 이들의 작품에는 공이 삶에 내재하는 비밀스런 아픔과 불안과 아름다움, 혹은 세속적 깨달음을 내장하고 있는 것으로 보인다. 먼저 이주언의 시인의 작품을 보자.

2

이주언 시인의 눈은 설핏 보기에 일상에서 발견할 수 있는 "완전한 소멸"(「공중 정원 – 조장(鳥葬)」)과 무화의 초월을 향해 있는 듯하다. 그런 이유로 세속적 초월과 소멸의 아름다움을 발견하고 노래한다.

터널 속을 더듬거리며 걸어봐. 그 큰 궁륭을 지나보면 알거야. 고래 뱃속을 긁는 손톱의 통증 같은 거. 맹그로브 숲에서 딱딱한 거죽을 뒤집어쓰고 진흙탕

헤쳐 하루를 넘어가는 일. 가로놓인 나무둥치 건너가는 일. 엑셀 힘주어 밟아도 속도가 나지 않는 샌드바이크처럼 눈물 느리게 흘러내는 그런 생리로 저곳까지 당도할 수 있을까. 단단한 턱으로 암사슴을 물고 힘껏 몸 뒤집는 시간이 올까. 열리지 않는 세계를 눈 껌벅이며 천천히 가고 있지만 그는 지금 쌩쌩 달리는 거야. 저주파음의 비명이 깔리는 저녁, 넙적한 꼬리를 흔들며 먹이를 향해 느리게 질주하는 엘리게이터 한 마리.

　　무쇠칼날로 가죽 벗기고 소스 곁들인 악어의 살점, 미식의 테이블 넘치도록 무성한 육식의 꿈
　　　─「악어의 숲」 전문

「악어의 숲」에 비추어본다면 이주언 시인에게 현실은 어쩌면 '궁륭' 같은 것이다. 그에게 삶은 "고래 뱃속" 같이 어둡고 긴 "터널 속을 더듬거리며" 걷는 일, "열리지 않는 세계를 눈 껌벅이며 천천히 가고 있는" "엘리게이터"에 다름없는 것처럼 보인다. "암사슴을 물고 힘껏 몸 뒤집는 시간" 그 "무성한 육식의 꿈"을 향해 "넙적한 꼬리를 흔들며 먹이를 향해 느리게 질주"하지만 결국은 자신이 "미식의 테이블 넘치도록 무성한 육식의 꿈"을 충족시켜주는 엘리게이터의 삶, 그 속에서 이주언은 세속적 초월과 소멸의 아름다움을 발견하는 것처럼 보인다.

　　저 사내의 조상은 금가루 목욕의 창시자
　　한때 백월산 남사 목욕통으로 솔숲이 온통 들끓었다는데요
　　잘게 부순 황금달빛이 지상을 오래 떠돌다
　　가끔은 지하상가에 들이치기도 한다는데요
　　… 중략 …
　　깔고 앉은 신문지가 꽃봉오리로 꿈틀거리는데요

백월산 연화대에 오른

꽃방석구름 타고 떠다닐 것 같은 그날은 보름이었는데요

―「화산(花山)」중에서

　글쓰기는 거대한 문화의 유적지를 탐방하며 현실과 대화하고 현실의 경험을 정리하는 작업이다. 이주언의 「화산(花山)」이 그러한데, 이 작품은 『삼국유사』에 나오는 '노힐부득 달달박박'에 관한 설화와 게송의 변용을 통해 시적 발상을 펼친다. 시의 전개는 노힐부득이 부처가 변신한 '낭자'를 맞아들이고 함께 목욕한 후 연화대에 올라 도를 이루었다는 서사를 따라 형상되고 있다. 작품에서는 단지 그것이 현대적으로 변주되어 설화적 주인공이 '지하상가' 길거리에 나 앉은 "구걸 사내"로 바뀌고 있을 뿐이다. 이러한 시적 서사가 내장하고 있는 아름다움은 어쩌면 인간적이며 세속적인 가치와 규범을 초월한 세계일 것이다. 파계와 성불의 두 극단에서 파계가 역설적으로 성불을 이루듯 화자는 "구걸 사내"에게서 세속적 현실을 초월한 아름다움을 발견하는 것이다.

　그러나 또 하나, 전체의 느낌을 간추려보면 "백월산 남사"의 "황금달빛이 지상을 오래 떠돌"고, "난초향 사향 풍기던 여자 생각"이 있고, 구걸 사내에게서 "금빛물결 일 것 같"고, 또 그가 "앉은 자리"에서는 "연꽃이 필 것 같"고, 끝으로 "꽃방석구름 타고 떠다닐 것 같"다는 이 시의 골격은 달빛 교교한 밤의 은밀한 아름다움이 숨어 있다. 그런데 중요한 점은 노힐부득과 중첩되어 있는 "구걸 사내"에 관한 이야기의 줄거리가 아니라 달밤에 느낄 수 있는 미묘한 아름다움이다. 어쩌면 시인은 보름 달빛 어린 밤의 교교하고 에로틱하고 환상적인 아름다움을 설화를 빌어 형상하고 있는 듯도 하다. 금가루 보름 달빛이 연꽃처럼 피어오르는 달 밝은 밤의 아름다움에의 매혹, 그것 또한 우리로 하여금 세속적이며 범속한 인간적 가치와 규범, 어떤 현실원칙을 초월케 하는 힘이 있다.

영혼을 실어 나르는 일은 도끼날 부리에서 출발하고

잘게 부수어진 영혼들 바람에 뒤섞여 혼음과 존엄의 축제장 둥실 떠올랐을

살점 하나 남김없이 먹어주겠니?

산꼭대기 뒹구는 속옷마저 버린 나는

완전한 소멸을 원하는 거야

내 목을 졸랐다 풀었다 자꾸 태어나는 당신

―「공중 정원 ― 조장(鳥葬)」 중에서

이주언 시인의 다른 시 「공중 정원 ― 조장(鳥葬)」 역시 현실의 원칙 혹은 유한한 육체와 거기에 깃든 세속적 욕망과 구속으로부터 "훌훌 벗고 떠나"서 "완전한 소멸"에 이르고자 하는 원망과 소멸의 아름다움을 노래한다. 그것은 소멸과 생성의 역설적 변증이라 할 만하다. 시상은 죽음에 대한 의미를 되새기는 과정을 따라 진행한다. 하늘과 맞닿은 티베트 고원, 그 "공중 정원"에서 행해지는 '조장'은 말 그대로 육체와 영혼을 새(독수리)가 하늘로 실어다 준다는 의미에서의 장례 의식이다. 그런 의미에서 이 소멸에의 의식은 단절이며 동시에 또 다른 생성으로 나아가는 관계성을 내포하는 것이다.

죽음의 장례는 이와 같기에 작품 전체를 지배하는 정서는 죽음이 내포한 상실과 슬픔이라기보다는 "완전한 소멸"에 대한 간절한 원망과 찬미에 가깝다. 화자는 '조장'이라는 장례식을 '축제장'으로 표현한다. 이것은 모순이며 역설이다. 죽음의 장례식이 소멸이라면 축제는 생명력과 생성의 의미론적 자질을 내포한 언표이기 때문이다. 화자가 죽음과 소멸의 장례식을 생성의 축제로 나가는 의식으로 받아들이는 까닭은 죽음을 살아있는 육체의 현실적 욕망과 자기 속박으로부터의 해방, 삶의 궁극적 완성으로 받아들이기 때문이다. 이것은 삶의 허무를 역설적으로 강조하는 동시에 삶의 허무를 극복하려는 태도처럼 보인다. 그리하여 조장은 새로운 관계

의 출발을 이루는 축제의 마당으로 화한다. 그러기에 "달의 몰락"과 '조장'이라는 소멸은 "목을 졸랐다 풀었다 자꾸 태어나는" 생성의 축제로 나가는 제의를 함축한다.

3

장상관 시인의 시에는 퇴락한 어둠 속에서 울려 퍼지는 '울음'의 '화음'과 '웃음'이 있다. 가령 「매미」라는 작품에는 힘겨운 삶의 현장에서 "자갈울음 좌르르 쏟아"지는 울음의 고통이 그것이다.

> 요놈이 잘 서야 뼈도 정신 차리지
> 날개가 허공을 싹둑싹둑 자르듯
> 생구신도 모르게 베어야 진짜 고수여
> 목줄을 잡아채던 압류딱지가
> 뼛골 갉아먹는 아귀인 줄 알고 나서야
> 칠 년을 벽만 베고 버텼다
> 그래도 시큰거리는 콧날은 갈아줄 줄 몰랐어
> 펄펄 날아다니다 한순간 내동댕이쳐진
> 억 장 나락이 날개를 키우고 거두지
> 그라인더가 울음 다 풀어내고 기진할 때쯤
> 숫돌에 날 벼리다 흴끔거리는 사내
> 자넨 눈빛에 날이 서 있어, 가위를 건넨다
> 눈은 마음 따라 천 리도 간다네
> 벼리고 닦는 일을 소홀히 하지 말게
> 철심장을 보지 못하는 근시안 탓하다

핏발선 울음은 또 울음을 낳지
투명 날개를 펴고 푸드덕 날아간다
—「매미」 중에서

화자는 "핏발선 울음은 또 울음을 낳"는 악순환의 고리를 끊기 위해 울음을 "벼리고 닦는 일을 소홀히 하지 말" 것을 권유한다. 매미의 울음은 어쩌면 시적 자아의 내부에 살아서 꿈틀거리는 심리적 상처의 아픈 비명처럼 들린다. 존재의 아픈 기억, "명치끝에 쌓인 응어리 갈아내는" 일, 그리고 "날이 서 있"는 눈빛을 "벼리고 닦는" 일이 어쩌면 우리의 삶이라는 듯이 말이다. 그래서 울음은 평탄치 못한 삶의 현존을 확인하면서 "펄펄 날아다니다 한순간 내동댕이쳐진/ 억 장 나락"의 심연을 탐사하는 고통의 비명, 존재의 아픔을 탐색함으로써 삶의 존재 방식에 대한 물음처럼 들린다. 울음을 울되 매미처럼 "투명 날개를 펴고 푸드덕 날아"갈 수 없는 것이 어쩌면 삶의 존재 방식처럼 보인다.

아득한 도심 속 불빛 휘황할수록
주름 칸칸마다 퇴적층을 이룬 소음
금강 바늘로도 지우지 못해 쿨룩 쿨룩
메아리 어리는 오페라 고시원 입구
단원을 찾는 광고가 나붙었다
흩날리는 음표가 감싸 안는 저 나무
탈락한 이유는 곱씹을수록 속이 쓰리다
밤새 음반이 돌고 화음 쏟아지는데
오페라는 열릴 기미 없고 오디션은 끝없다
—「오페라 고시원」 중에서

막막한 불안감으로 가득 찬 이 시는 희망 없이 어두운 "아득한 도심"의 일상적인 풍경을 노래하고 있다. 낮의 노동 뒤에 찾아오는 푸근한 휴식의 시간이 밤이다. 그러나 이 시에서는 그러한 밤의 평안과 숙면과 안식의 시간이라기보다는 "환상통을 앓"는 시간이다. 밤은 차라리 환멸과 허무의 시간이다. 그리하여 "불 커진 창을 기웃거리"고 "잠꼬대하는 이마 짚어 신열을 읽"는, "불빛 휘황할수록" "퇴적층을 이룬 소음"이 "쿨룩 쿨룩"대는 "속이 쓰"린 시간이다. 쓸쓸하고 불안한 도심 속 밤의 풍경을 이루는 세목들, 가령 "불 커진 창"이나 "갓 태어난 별들의 울음소리"나 "퇴적층을 이룬 소음"은 밤의 시간이 행복한 것이 아님을 보여준다. 그렇다고 밤은 새로운 새벽을 열기 위한 기다림의 시간도 아니다. "밤새 음반이 돌고 화음이 쏟아지"지만 "오페라는 열릴 기미 없고 오디션은 끝없"는 막막한 허무와 절망, 우울하고 황량한 시간일 뿐이다.

　그리하여 이 시의 처연하도록 아름다움 서정은 불안한 삶을 어루만지는 숨결이다. 이러한 서정은 개인적인 것이긴 하지만 어쩐지 그것은 개인적인 정서에만 머무는 것이 아닌 것처럼 느껴진다. 그것은 어쩌면 우리 시대의 보편적인 심리적 정황으로 보인다. 황량하고 짙은 우울한 음색으로 노래하는 이 시는 제 역할을 부여받지 못하고 떠돌 수밖에 없는 우리 세대의 보편적 운명을 환기하는 듯하다. 그리하여 우울하고 허무하고 환멸스러운 경험은 개인적이며 실존적인 차원의 것임과 동시에 사회적인 범주로 읽힌다. 출구가 보이지 않는, 그리하여 "오페라는 열릴 기미"도 없고 오디션만 끝없이 치를 수밖에 없는 희망 없는 내일이 우리의 세대의 보편적인 운명이라는 듯이 말이다.

　　늦도록 갈기 휘날리는 목마 타고
　　공터에 만발하는 웃음꽃 향기
　　몽골 초원까지 쿵쿵거리게 하는 아이들

심심한 저녁 불빛이 데리러 올 때까지
고사리 손이 고삐를 바짝 조인다
　　　―「공터가 키우는 박꽃」 중에서

　　그러나 밤은 위의 시에서처럼 불우와 불안, 허무와 환멸의 시간만이 아
니다. 공터란 더 이상 삶의 체취가 배거나 생활이 깃들지 않는 부재의 공
간이다. 그곳에서 사람들은 부재의 폐허와 상실을 본다. 그러나 시인은 공
터에서 피어나는 박꽃, "만발하는 웃음꽃 향기"를 본다. "빈들빈들 놀던
묵정밭에" "회전목마가" 세워지자 그곳은 금방 몽골초원으로 화하고 "별
들이 초원 모험담에 귀 반짝 세우"는 공간으로 전이된다. 그 빈 공터는 일
순간 생성의 공간으로 화하는 것이다. 따라서 저녁의 시간은 "동네방네 박
꽃처럼" "형광등이 깔깔거리는 창에 붙어" 밝게 피어나는 시간이다. 시인
은 아마도 저녁의 산책 길에서 어둠과 빈 공터의 내밀한 역동성을 발견한
듯하다. 그러한 마음은 어쩌면 세간의 불우와 고통을 감싸 안으려는 시인
의 갸륵한 마음에서 우러나온 것이리라.

4

　　밤의 세계는 낮과는 다른 자아를 만나게 해준다. 밤은 고독하고 공허하
고 텅 비어 있는 부재의 공간이다. 밤에는 이성적이고 합리적인 자아가 물
러나고 자아의 또 다른 낯선 얼굴이 불현듯 출현한다. 거기에 폭설까지 내
리는 밤이란 자아를 끝없는 존재의 어두운 심연 속으로 이끌어 들인다. 최
재영 시인의 「폭설」이 그러한데, 이 시에서 시인은 "말을 잃고" 내 안의 또
다른 나라 할 수 있는 "벙어리 사내"와 마주 앉아 있다. 이때 "늦은 밤의
적막"과 함께 몰아쳐 오는 폭설은 이성적 자아의 활동을 정지시키고 존재

의 근원적 고독을 경험하게 해준다.

　　어떤 소리도 낼 수 없는 캄캄한 입
　　살아서는 찾지 못할 중음이라도 보았는지
　　외마디 단절음을 내뱉을 때마다
　　사내의 늑골이 열리고
　　아득하게 폭설이 휘날린다
　　봉인을 풀자, 흔적 없이 사라지는 비문들
　　읽을 수 없는 행간 사이
　　아무도 살아보지 못한 전생을
　　누가 나에게 보여주었는가
　　―「폭설 Ⅱ」 중에서

　시적 자아에게 "폭설이 쏟아"지는 밤은 "폭설 같은 울음이 쌓여가는 밤"으로써 그 적막함이 "말을 잃"게 만들고 낮의 역사적 기록이라 할 수 있는 모든 '비문들'을 흔적 없이 지워버리는 것이다. 그리하여 세상의 '비문들'은 "흔적없이 사라지"고 "읽을 수 없는 행간 사이"에 "아무도 살아보지 못한 전생"이 펼쳐진다. 폭설이 몰아치는 "늦은 밤의 적막"에서 시적 자아의 입은 "어떤 소리도 낼 수 없"이 캄캄해지고, 그 가운데에서 자아는 "살아서는 찾지 못할 중음"을 듣고 있다. 그 중음은 무엇일까? 그것은 아마도 낮의 이성으로는 도달할 수 없는 존재의 심연에서 우러나는 소리가 아닐까. 폭설이 쏟아지는 밤의 적막은 그리하여 존재의 어두운 심연을 비추는 거울이 된다.

　　벽지를 새로 바르자 탄탄대로 봄이 돋아있다
　　사계절 내내 눈부신 이슬을 매달고

벽 저 쪽 깊고 맑은 물길이라도 내는가
끝도 없이 펼쳐진 파릇한 초원
운 좋게 낚아챈 어여쁜 한 시절을
줄기차게 되새김하는 중이다
퀭한 두 눈에 풀물이 들 때까지
삭정이 같은 발목에 저녁이 감길 때까지
노인은 하루 종일 깜박이는 기억들을 파종한다
　　　　—「도배」중에서

　　존재의 스러짐 가운데 재생될 수 없는 기억, 인용 시는 막막한 삶을 붙들려는 안쓰러운 안간힘으로 인해 읽는 이를 고통스럽게 한다. 화자는 "아무리 들춰봐도 재생되지 않는" 시간의 쇠락에 대해 쓴다. 화자는 현실을 꿈도 희망도 없이 마주하고는 생의 헛됨을 뼈아프게 자각한다. 그리하여 생에 대한 희망의 부재나 행복의 결핍이 시의 정조를 지배한다.

　　이 시에서 대상화된 소재는 노인이다. 지난 시간의 때 묻고 낡은 벽에 "벽지를 새로 바르자 탄탄대로 봄이 돋아"나고 "사계절 내내 눈부"시고 "파릇한 초원"이 펼쳐진다. 그 안에서 노인은 "어여쁜 한 시절을" "되새김하"면서 "하루 종일 깜박이는 기억들을 파종"하고 있다. 그의 치매에 걸린 깜박이는 기억들이 파종하는 것은 "기울어진 달동네의 저녁과/ 가늘고 여린 울음과/ 빠르게 지나가는 청춘의 날들"이다. 그러나 "어쩌다 환한 절정이 돋아나기도 했으나" "한때는 그저 한 때일 뿐/ 지금 눈부시게 풀들을 키우는 건" 단지 "부주의한 노망"일 뿐이다. 희망 없는 내일, 인간에게 주어진 가장 확실한 미래는 늙고 죽어간다는 것, 행복에 대한 믿음의 결핍이야말로 가장 정직하다고 말해야 할까.

　　최재영 시인이 보여주는 삶과 현실에 대한 태도는 지극히 허무적으로 보인다. 그의 도저한 자기 혐오나 허무주의적인 길을 스쳐 가는 것이 위험스럽게 보이기는 하지만, 이 역시 이상이나 희망의 환상이 사라진 현실을 살아가는 우리 세대가 지닐 수밖에 없는 보편적 정서이다. 그것은 어쩌면 불결하고 불온하며 병적인 정신의 바이러스라기보다는 현실이 감추고 있는 허위와 부정성을 부정하는 방식으로 이해하고 싶다. 그것은 현실에 대한 믿음과 미래에 대한 전망이 감추고 있는 속임수나 신비화를 걷어낸다. 마치 "어쩌다 환한 절정이 돋아나기도" 하겠지만 결국은 "능숙하고 재빠르게 똥.칠.을 할" 것처럼 말이다. 하여 최재영의 시는 "모두들 남으로 방향을 잡을 때" "북으로 길을 묻는"(「역병」) 여자와 같이 기존의 질서에 저항하는 불온한 정신이 깃들어 있다.

견자(見者)의 시학
— 박무웅의 시

시인은 보고 깨닫는 자이다. 보고 깨닫는 견자(見者)로서의 시적 주체는 세계의 사물과 현상을 바라보고 그 본질적 성품을 깨닫는다. 그러한 깨달음은 이성의 논리나 합리를 초월한 직관적 통찰에 의해서 가능하다. 박무웅 시인의 시는 세계의 사물과 현상이 배면에 품은 은밀한 본성을 바라보고 그 의미를 통찰해 드러내는 견자의 시학을 견지한다. 그의 시는 이성과 합리를 떠난 직관적 통찰을 통해 사물이나 현상이 품은 비의(秘意)를 포착하는 데 주력한다. 그럼으로써 사물이나 현상의 은폐된 또 다른 본질을 시적 언어를 통해 탈은폐화 함으로써 그것을 세상에 현전하게 만든다.

사물이나 현상이 품은 비의를 알아채고 그것을 삶의 보편적 원리나 이법으로 수용하려는 태도로 볼 때, 그것은 불교적 의미의 견성에 가깝다. 이러한 의미에서 박무웅 시인의 시법은 불교적인 의미에서 자기를 보고 깨닫는 자각, 곧 견성의 의미에 근접해 있는 개념이라 말할 수도 있을 것이다. 그러나 그의 시에서 견성은 자기의 본성을 깨달아 보고 참된 자기를 알게 되는 것을 의미하는 것일 수도 있지만, 그보다는 평상적인 경험과 습관으로는 생각하기 힘든 계시와 직관에 의해 창출되는 비전을 제시한다는 측면에서 랭보적인 견자의 태도에 가깝다. 견자로서의 눈을 통해 박무웅 시인은 시적 대상의 숨겨진 의미를 불러냄으로써 대상의 현존을 드러낸다. 하이데거의 전언을 고쳐 표현하자면 이를테면 비가시적인 대상으로서의 사물을 가시적인 대상으로 만드는 부름, 즉 언어 일반이 가지는 힘으로서 명명 행위를 통해서 사물에 새로운 의미 가치를 부여하고, 존재를 개시(開示)한다.

　습관적이고 일상적인 사람의 눈으로는 보지 못하는 것을 보는 자가 견자이다. 그런 의미에서 모든 시인의 눈은 견자로서의 시선을 갖는다. 왜냐하면 견자로서의 시가 투시력의 언어로 직조되는 것은 통찰의 시선과 직관에 의해 포착된 지각이기 때문이다. 그런데 박무웅 시인의 시는 직관에 의한 세계의 통찰과 사물이 배후에 지닌 의미를 발견하기 위해 평소의 인식론적 습관과 태도를 벗어나 세계를 냉철히 투시한다. 그리고 시적 대상에 대한 관조적인 포즈를 통해 세계의 곳곳에 파편적으로 존재하는 사물들에게 총체적인 존재의 이유와 의미를 부여해준다. 그럼으로써 시인은 자아와 세계의 화해 내지는 삶을 회복시키고자 한다. 박무웅 시인은 대상의 의미화를 통해 비루한 파편성과 개체성을 뛰어넘어 시적 대상을 새로운 존재로 전환시킨다.

　　이 지구에는 남는 것도 돌이고

　　모자라는 것도 돌입니다

　　작은 균형은 또 얼마나 난감한 기울기입니까

　　그럴 때 작은 돌 하나는

　　수평을 맞추는

　　단 하나의 받침이 되는 것입니다

　　… 중략 …

　　돌밭을 일구는 농부는

　　골라낸 돌로 담장을 쌓습니다

또 장마 때 굴러 내려온 강바닥의 돌들은
물살의 흐름을 조절합니다
차곡차곡 쌓여진
아슬아슬한 돌들은 탑이 됩니다

먼 우주적 차원에서 보면
지구도 작은 돌멩이에 불과합니다
　　　　　　　　　　　—「돌」 중에서

　가라타니 고진에 따르면 견자로서 시인의 시선을 통해 포착되는 풍경이
나 시적 대상은 객관적인 것의 재현이라기보다는 하나의 인식틀로 기능한
다. 인용 시에서 화자의 시선은 "큰 돌"과 대비해 "작은 돌"이 지닌 쓰임에
집중하고 있다. 그런 화자의 의식은 '돌'과 관련한 시적 사유를 다양한 풍
경을 통해 펼쳐놓고는 작은 '돌'이 지닌 지구적이며 우주적인 존재 가치
를 포착한다. '돌'과 연관한 시적 자아의 내면이 구성해 놓은 풍경은 하나
의 일관된 동일성을 통해 제시하는데, 그것은 "큰 돌"이 아닌 "작은 돌"에
의해서 "마을과 집"과 '지구'가 온전히 구성되고 유지된다는 인식론적 깨
달음이다.
　'돌'이라는 자연 대상에 대한 시적 주체의 관조적인 시선은 이 시의 풍
경 구성과 시적 의미를 생산하는 중요한 계기가 되고 있다. 왜냐하면 중요
한 것은 풍경을 바라보고 생산하는 시적 주체의 내면 의식에 의해 "작은
돌"의 인식론적 의미가 부여되기 때문이다. "작은 돌"과 관련한 풍경이 시
적 주체의 내면 의식에 의해 그려낸 풍경이라 할 때, 그 풍경은 하나의 의
식으로서 시의 의미이기도 하다. 4연으로 구성된 인용 시의 시상 전개는
장황한 듯하나 간단하다. 화자의 내면이 생성한 시적 사유, 그리고 그 시
적 사유를 구체화하기 위해 펼친 풍경을 따라가면 그 중심에는 "작은 돌"

이 자리하고 있다. "작은 돌"은 "난감한 기울기"의 "작은 균형"과 "수평을 맞추는" 역할을 시작으로 "마을과 집"을 구성하는 중요한 재료이며, 항아리를 깨기도 하지만 "아이들의 천진한 장난감이기도"하다. 그 돌은 또한 농부가 "담장을 쌓"고, 또 "물살의 흐름을 조절"하며, "탑이" 되기도 한다. 화자는 "작은 돌"의 의미 가치를 부여하기 위해 그 쓰임의 사례를 여러 풍경을 통해 제시한 후 결과적으로 "우주적 차원"에서 "지구도 작은 돌멩이에 불과"하다는 결론에 도달한다.

시의 의미는 "작은 돌"들의 여러 쓰임에 의해 축조되는데, 중요한 것은 돌이라는 대상 자체의 실재성이 아니라, 그 돌의 쓰임을 동경하는 시적 주체의 태도이다. '돌'이라는 명사의 반복과 "~니다"로 종결되는 어미는 운율의 효과를 가져오며, "작은 돌"이 지닌 우주적 의미를 강화한다. 그리고 돌을 수식하는 이미지들의 병렬적인 배치는 돌의 쓰임과 의미를 풍요롭게 만들어주며, "지구도 작은 돌멩이에 불과"하다는 시적 주체의 통찰적 깨달음을 구체화시켜 준다. 이와 같은 시법은 그늘에 대한 사유를 펼치는 다음과 같은 시에서도 유사하게 반복된다.

　　공중의 허락 없이는

　　어떤 건축도 세우기 힘들다

　　고층, 그거 다 공중이 허락해준 높이다

　　열매들, 그것도 다 공중이 모른 척

　　눈감아준 결과물들이다

　　그래서 과밀過密이라는 것

　　그것도 공중 없이는 해결되기 힘들다

　　… 중략 …

　　그렇지만 그늘은

　　공중이 땅에 신세지는 일이다

그늘 없는 공중의 구조물이 있겠는가
언젠가 무너질 건축들과 나무들의 높이가
안착할 곳을 미리 점찍어 둔 곳
입도선매한 자리이기도 하다
　　—「그늘에 대하여」중에서

인용 시에서 화자는「돌」에서처럼 대비적인 관계 속에서 시적 사유를 펼친다. 인용 시는 '그늘'이라는 대상을 통해 '공중'과 대비되는 '땅'을 시적으로 의미화하는 데 초점을 두고 있다. 화자는 '땅'과 '공중'의 대비적 관계성을 '그늘'을 통해 사유한다. 이를테면 화자는 '땅'과 '공중'이라는 대비적 관계 속에서 분편화되고 분리된 존재들에게 총체적이며 유기적인 관계성을 회복시키고 있다. 말하자면 시적 대상에 대한 관조적인 태도를 통해 화자는 '땅'과 '공중'의 대비적인 관계를 상호 긴밀한 유기적 관계성으로 인식한다. 유기적 관계성의 회복이라 할 만한 이러한 시적 사유의 끝은 또한 상호 독립적이지만 상호의존적으로 존재할 수밖에 없는 우주의 유기적 전체성의 회복이기도 하다. 그것은 일종의 음양의 우주론적 원리에 대한 성찰적 깨달음이기도 하다.

　화자는 우선 "태양의 관할지역"으로 명명된 공중의 존재 의미를 드러내는 데 주력한다. 말하자면 화자는 공중의 여러 역할을 병렬적으로 반복해 나열해가며 그 존재의 의미를 부각한다. 요컨대 "그늘은 땅에서 생기지만" 그것은 "공중의 소유물"이며, "공중의 허락 없이는/ 어떤 건축도 세"울 수 없다. 이러한 등가적 병렬 제시는 다시 무기물에서 유기물로 이어져 "열매들"도 공중의 결과물이며, 과밀(過密)도 "공중 없이는 해결되기 힘"든 일이고, 꽃과 "열매를 솎아내는 일" 또한 공중의 일이라는 사유로 확장된다. 이와 같이 화자는 '공중' 혹은 "태양이 관할" 주관하는 여러 일들을 나열한 후, 시의 핵심이라 할 만한 '그늘'의 존재 의미와 가치에 대해 진술을 펼친다. 이를테면 "그늘은/ 공중이 땅에 신세지는 일"로써 "그늘 없는 공중의 구조물"이 존재하지 않고, 종국에는 "언젠가 무너질 건축들과 나무들의 높이가" 돌아갈 자리가 땅이라는 시적 전언이다. 이러한 시적 전언은 상호의존적으로 존재하며 유기적 관계 속에서 순환한다는 우주론적 사유를 지시한다.

　시는 언술 주체의 내적 표현이다. 그 내적 표현의 계기는 대체로 대상과의 관계 혹은 접촉에서 비롯한다. 그리고 시인의 시선을 통해 포착되는 시적 대상은 객관적인 것의 재현이라기보다는 하나의 인식 작용의 결과물로서 의식화된 의미 가치이기도 하다. 인용 시의 화자는 객관적 관찰자이면서 동시에 우주의 순환 질서를 발설하는 주술적 예지자와 같은 존재이다. 예지자의 진술은 우주적 진리의 발설에 가깝다. 이러한 성향의 시적 주체는 대체적으로 박무웅 시의 화자의 언술 태도이며 성향이기도 하다. 그가 지향하는 시적 의미의 막다른 지점에 이르면 화자는 일반적으로 우주적 진리의 깨달음이나 계시적인 언술 태도를 드러낸다. 이를테면 대개 시의 결구에서 주어가 지시하는 대상의 속성이나 부류를 지정하는 뜻을 나타내는 서술격 조사 "~이다"로 단정해 끝맺는 예는 그의 시의 한 공식처럼 보인다.

　　바람은 야생과
　　사육으로 나뉠 수 있다

　　야생의 바람은 낮잠 속으로 들락거리고
　　사육의 바람은 버튼 속으로
　　다시 들어가게 되어 있다
　　야생의 바람은
　　녹림綠林을 타이르거나

무딘 난蘭잎을
새파랗게 갈고 또 간다

또 야생의 바람은
주검을 수습하는 장례집행자들이기도 하다
기류氣流들의 길이며
가을 나무들의 덧문들이다

지나간 역사歷史에서 불어 닥쳤던
풍파風波들이란
다 바람의 전쟁이다
―「야생의 바람」 전문

　박무웅 시인의 여타 시에서와 유사하게 인용 시 역시 시적 대상의 대비적인 관계 속에서 화자는 시적 사유를 펼친다. 화자는 바람을 "야생과/ 사육으로 나"누고 "사육의 바람"보다는 "야생의 바람"이 지닌 속성을 부각하는 데 시력을 집중한다. 시적 주체의 관념적 시선의 위치는 전지적 입장에서 "야생의 바람"이 지닌 속성을 조망해내고 있다. 이런 조망의 시선은 바람의 속성을 단정적으로 규정해 정의적으로 의미화한다. 시적 대상이 함유한 속성의 세목들은 모두 시의 마지막 연에서 집결한다. 말하자면 이러한 세목들은 화자가 궁극적으로 진술하고자 하는 시적 의미를 마련하기 위한 예비적 단계인 것이다. 바람이라는 시적 대상의 속성은 궁극적으로 화자가 환기하고자 하는 의미의 등가물이다. 이를테면 "야생의 바람"이 보여주는 다양한 속성은 사물의 외형적 존재 방식일 수 있지만, 그보다는 세계를 바라보는 특정한 관념적 자세로 보아야 할 것이다. "야생의 바람"은 세계를 응시하고 의식하는 하나의 특정한 관념적 태도의 등가로 등장한다.

　화자는 여타의 작품에서와 같이 시상 전개를 시적 대상에 대한 구체적 상황을 통해 전개하기보다는 여러 갈래의 속성을 통해 제시한다. 그렇기 때문에 구축되는 시의 풍경이나 진술은 현실적이기보다는 관념적 진술에 가깝다. 가령 "야생의 바람"은 "녹림綠林을 타이"르고, "무딘 난蘭잎을/ 새파랗게 갈고 또" 간다는 비유는 비교적 현실감이 가지만, 그것이 "장례집행자"이며, "가을 나무들의 덧문들"이라는 은유에 이르면 현실감이 급격하게 감소한다. 녹림을 타이른다거나 난 잎을 새파랗게 간다는 비유는 구체적인 이미지에 의해 보편적 의미를 환기하지만 시의 끝에 이르면 다소 비약인 듯 "지나간 역사歷史"의 "풍파風波들이란" 모두 "바람의 전쟁"이라는 관념적 진술로 바람의 속성을 집약해낸다. 녹림, 난잎, 장례집행자, 덧문, 그리고 역사의 풍파로 이어지는 조망의 시선은 구체적인 상황에 대한 묘사로 뻗어나가지 않고 "바람의 전쟁"이라는 가닿을 수 없는 관념적 진술을 향해 있다. 조망적인 시선은 드넓은 공간에서 펼쳐지는 상황에 대한 시야의 확장으로 나아가지 않고 "바람의 전쟁"이라는 다소 막연하고 모호한 진술로 환원되는 방식은 박무웅 시의 공식처럼 보인다.

　굳이 "지나간 역사歷史에서 불어 닥쳤던/ 풍파風波들이란/ 다 바람의 전쟁"이라는 결구의 의미를 추출하면 그것은 시의 전체적인 문맥상 순환 변전하는 자연의 이법에 순응하는 태도이다. 인용 시에서 관념적이며 관조적인 조망의 시선은 역사의 공간에서 인간사를 '바람'의 일과 같이 순리로 여기고자 하는 관조의 언어를 만들어낸다. 말하자면 인위를 떠난 자연의 이법으로서 비유되는 "야생의 바람"은 수풀과 난 잎을 새파랗게 물들이는 것과 같이 생명을 관장하기도 하고, 또 주검을 수습하는 기류들의 길인 것처럼 보다 구체적이고 집약된 대상을 향하는 경우 그 정서적 집중은 보다 강화된다. "야생의 바람"은 자연의 원리, 혹은 삶과 죽음의 집약된 정서적 등가물이다. "야생의 바람"은 따라서 자연의 섭리에 의한 순환 변전이라는 정서적 관념을 표상한다. 세월의 무상함과 시간의 폭력조차도 화자는 자연스러운 바람의 일로 여기는 것이다. 이와 같이 박무웅 시인의 시에서 시적 대상에 대한 다양한 의미 속성은 반드시 하나의 정서적 관념과 등치된다. 그 정서적 관념은 대개 시인이 얻거나 발견한 사물의 이치에 가까운 것들이다.

> 철천지원수를 만나면
> 윙윙 우는 칼이 있다고 하지만
> 불에 달궈지고 물에 식혀진
> 그 망각 속에서도 잊히지 않는
> 원한이란
> 다 사람의 일일 뿐이다
>
> 평생 칼을 떠나지 못하는 사람들이 있다
> 식재료를 자르는 칼은
> 사람의 허기를 채우지만
> 일생의 단절을 찾아다니는 칼은
> 붉은 노을만 봐도
> 새파랗게 날이 선다
>
> 그러니 세상의 도법刀法이란
> 사람이 그 기술이다
> ―「칼을 쓰는 법」 중에서

　박무웅 시인의 시에서 시적 대상에 대한 관조와 발견은 비교적 명료한 정서적 관념으로 환원되는 것들이다. 하나의 관념적인 의미로 환원되는 방식으로 인하여 시적 의미의 다양한 가능성을 확보하는 데에는 다소 부족함이 있다. 그것은 그의 시가 대상에 대한 구체적 묘사나 아니면 구체적인 상황적 배경을 토대로 축조되기보다는 관념적으로 대상을 사유한 결과를 선언적인 언술의 형태로 드러내기 때문이다. 시적 대상을 관조적으로 바라보고 사유한 내용의 결과물을 단정적으로 의미화 내지 개념화함으로 인해서 사물을 자신 중심에 가두고 있다는 인상이 짙을 수밖에 없다. 시가 내적 사유의 언어적 표현이라지만 대상은 하나의 관념으로 요약되기 힘든 감각적 자질을 함유할 수밖에 없다. 그러나 그의 시는 지나치게 사물의 의미를 규율화하여 선언적으로 규정하고 있는 듯하다.

  인용한 시 역시 다른 여타의 작품과 같이 내용이나 형식의 면에서 거의 유사한 형태로 구성되어 있다. 칼을 소재로 하는 인용한 시는 다른 작품과 마찬가지로 시적 대상이 미학적 충동의 대상이기보다는 대상에서 파악한 의미적 속성을 통해 자신의 관념을 표상하기 위한 등가물로 쓰이고 있다. 시상의 전개는 간단하다. 화자는 "옛 책자에서" "몇 십 년 동안" "무거운 칼을 쓰고" "형기刑期를 채우고 있"는 죄인을 객관적으로 묘사한다. 칼을 쓴 죄인은 곧바로 원한으로 연상되고, "철천지원수를 만나면/ 윙윙 우는 칼이 있다고 하지만" "원한이란 사람의 일일 뿐"이다. 이러한 문법은 이어서 식칼은 "사람의 허기를 채우지만" "일생의 단절을 찾아다니는 칼은/ 붉은 노을만" 보아도 "새파랗게 날이" 서는 것이므로 결국 "세상의 도법刀法이란" 모두 "사람이 그 기술"이라는 진술이다. 말하자면 칼을 쓰는 도법은 그것을 어떻게 쓰는 사람의 기술에 달렸다는 것이다. 화자는 칼의 기능에 대해 진술하고, 그 기능에 윤리적이며 인간적 의미를 기입함으로써 이 시는 교훈적이며 반성적인 입장을 강하게 드러낸다. 이것은 앞서도 말했듯 칼이라는 시적 대상이 미학적 충동을 자극하는 대상이 아닌 인간적 교훈과 성찰의 등가물로 자리한다. 이러한 시적 문법의 전개는 다음의 인용 시에서도 반복된다.

지나간 나이들은 너무도 투명하다
년년年年 마다 나를 다녀 간 나이들은
여전히 눈 맑게 뜨고
머릿속에서 환하다
그러므로 지금의 처지들이란
지나온 나이의 나이테들인 것이다
그에 비해 다가올 나이들은 너무도 캄캄하다
… 중략 …
처음자리의 나이를 갖고
살아있지만 뒷자리에 표기될 나이는
그 누구도 알지 못한다
　　　　　　　　　　　　―「투명한 나이」 중에서

　화자가 펼치는 시적 내용의 진술을 요약하면, 지나간 나이는 투명하다
는 것이다. 지금의 처지는 지나온 나이의 결과이다. 그에 비해 다가올 나
이는 캄캄하다. 때문에 나도 모르는 얼굴의 나이이다. 그러므로 뒷자리에
표기될 나이는 그 누구도 알지 못한다. 이와 같은 시적 문법은 투명과 불
투명, 과거와 현재와 미래와 같이 상호 대비적인 관계 속에서 화자가 드러
내고자 하는 시적 의미는 명료하게 제시된다. 이를테면 앞으로 올 나이는
"누구도 알지 못한다"는 지극히 정언 명제 같은 진술로 명료하게 표현되
고 있다. 이러한 문법은 대상에 대한 시적 주체의 완전한 지배력을 심미화
하는 것에 다름 아니다. 다만 그것이 다소 선언적이며 견자로서의 시선이
다소 관념적이라는 점은 지적해 두어야 할 것 같다.
　인용 시에서 다가올 미래의 나이에 대한 시적 진술은 그것이 지닌 개별
적 특성을 드러내는 듯하지만 익숙한 정서와 관념의 등가물로서 의미화되
고 있을 뿐이다. 결국 박무웅 시인의 시에서 보고 깨닫는 견자(見者)로서의

시적 주체는 세계의 사물과 현상을 바라보고 그 본질적 성품을 깨닫고 그것을 언어화하는 데 몰두한다는 데 있다. 세계의 사물과 현상의 본성을 바라보고 그 의미를 통찰해 드러내는 견자의 시학을 견지하지만 그것은 새롭다기보다는 어렴풋이 느껴왔던 정서나 관념을 언어적으로 명료하게 드러내고 있을 뿐이다. 말하자면 견자로서의 시인의 눈과 의식에 투영된 사물을 통해 드러나는 정서와 관념은 한 번도 말해지지 않은 것이 아니라 이미 우리가 의식하고 있었던 의미들이다. 익숙한 관념 속에 대상을 포섭하고 그것을 자기중심적으로 의미화하는 방법은 그의 시의 한 방법으로 보인다. 그것이 의미가 있다면 시적 대상은 하나의 관념과 정서를 부여받음으로써 그 정체성을 획득한다는 차원에서 그것은 구체적 대상을 특정한 관념과 정서의 등가물로 만드는 방법이다.

사랑과 결혼에 부치는 헌시
— 전무용의 시

> 작은 들창의 아름다운 등불이 아니라 KS마크를 꿈꾸며
> 날조되는 제품, 아니 부도를 꿈꾸며 남발되는 어음
> — 박완서, 『서 있는 여자』

1. 사랑과 결혼

결혼을 왜 하세요? 이렇게 물으면 사람들은 대체로 사랑하기 때문이라 답하기 일쑤다. 사랑 없이 이루어지는 결혼은 타락한 결혼이며 사랑 없는 결혼은 무덤이다. 이러한 생각은 사랑과 결혼 사이의 관계를 모종의 필연적 법칙성으로 이해하려는 무의식이 강하게 작동하고 있음을 지시한다. 그러나 실제 현실에서 이 법칙은 무의미할 만큼 무력하다. 사람들은 흥정과 계산 끝에 결혼하고, 작금의 풍속에서 혼전 성관계는 거리낌 없이 행해지고 있다. 급기야는 "결혼, 그딴 걸 왜 해요? 나 혼자 행복하게 잘 살 수 있는데."라는 말을 주변에서 어렵지 않게 들을 수 있다. 비혼 인구의 증가는 이러한 문화적 세태의 한 반영이다. 더군다나 삼포 세대, 즉 연애, 결혼, 출산 세 가지를 모두 포기한 세대의 출현은 사랑과 결혼에 대한 전통적 관념이 유례없는 도전에 직면해 있다는 점을 환기한다.

전무용의 신작 시는 모두 결혼에 연관한 주제를 다룬다. 말하자면 결혼에 부치는 앤솔러지(anthology)라 할 수 있다. 이렇게 과감하게 결혼에 관한 앤솔로지라 말할 수 있는 것은 시작 메모에서 "이래저래 써왔던 결혼과

관련한 시들을 골"랐다고 시인이 밝히고 있는 까닭이다. 시작 메모를 먼저 읽고 시를 읽은 영향 때문이기도 하겠지만 신작 시 전편은 시인이 말하듯 결혼과 사랑에 연관한 시인의 성찰적 단상들이 주를 이룬다. 결혼과 연관한 성찰들은 주로 "혼인 대비 이혼율이 거의 50%"에 육박하고 있는 현실과 법적으로는 "이혼하지 않고" 마지못해 "한숨 쉬며, 속 터지며, 우울해하며, 그냥저냥 참으며 살고 있는 사람들도 많"은 현실적 상황과 문제의식에서 비롯한다. 시인의 신작 시는 쉽게 결혼하고 쉽게 이혼(?)하는 세태의 풍속에서 서로 굳건히 사랑하며 행복하게 살아가기를 바라는 상식적이며 전통적인 사고에서 발원하는 시인의 염원과 바람이 담겨 있다.

결혼을 노래하는 시에서 전무용의 결혼에 관한 체험적 진실과 시의 내부에서 일어나는 사건의 동일성은 중요하지 않다. 중요한 것은 시인의 정서적이며 정신적인 정황이다. 그것은 차라리 시인의 체험적 삶과 경험적 연륜에서 터득한 삶의 성찰에 기초하여 만들어낸 상상적이며 허구적인 현실에 가깝다. 따라서 그의 결혼에 연관한 신작 시 읽기는 어떤 사태나 사건으로서의 결혼이나 사랑이 아니라 시인이 마음속에서 고유하게 빚어내는 사유의 현실로서의 결혼과 사랑, 혹은 결혼과 실제 생활이라는 삶의 중요한 부분을 이해하는 일이다. 그 이해야말로 삶의 과정에서 결혼이라는 중대사는 물론이거니 우리의 삶, 그리고 삶의 가장 중요한 가치로서 사랑을 읽어내는 매개로서의 결혼이다.

2. 지옥을 살아내는 사랑의 기술

전통적으로 인간이 살아가면서 거치는 관혼상제라는 네 개의 큰 예식 가운데 하나가 혼례이다. 혼례는 가문의 연결이며 가정을 꾸리는 예식이다. 이를테면 결혼은 가문을 결속하고 가정을 생성하며 가족 이데올로기를 완성하는 중요한 의식이다. 그러나 우리 사회에서 성대하게 결혼 의식이 거행되는 예식장은 사랑을 완성하는 환상의 공장처럼 보인다. 예식장 건물 외관이나 내부 장식들은 대개 중세의 궁전이나 성채 같은 분위기를 자아내도록 장식되어 있다. 그곳은 마치 사랑이라는 추상적 가치를 구체적으로 실행 완결하기 위해 자리를 제공해주는 플랫폼과 같아 보인다. 멋진 모습으로 가상 궁궐에 입성하는 짧은 찰나에 신랑 신부의 신분은 일시적으로 공주님과 왕자님으로 승격되는 착각을 불러일으키기 충분하다. 우리는 현실에서 불가능한 환희를 축복하려 여기에 기꺼이 하객으로 동참하며, 그 가상에 스스로 주인공으로 가담하여 결혼식을 치른다. 그러나 가상 궁전에서 맺어진 백년가약은 시인이 시작 메모에서 밝혔듯이 유효기간이 매우 짧은 경우가 허다하다.

> 주례 입에서 좋은 이야기는 다 나온다.
> 서로 존중하라고 하고,
> 서로 배려하라고 하고,
> 서로 양보하라고 하고,
> 양가 부모에게 효도하라고 하고.
> 나도 그 자리에 섰을 때는 그렇게 말했다.
> … 중략 …
> 그런데 그 소리가 어느 순간
> 꼭 나 들으라 하는 소리 같다.
> 누구 들으면 꼭 좋을 소리 같다.
> 안 해도 될 당연한 소리.
> 속상하면 아무 쓸데 없는 소리.
> 속 뒤집히면 아무 소용 없는 소리.
> ─「결혼식장에서」 중에서

으리으리한 예식장에서 낭송될 축사나 주례사는 뻔하다. 내용은 천편일률적이어서 맨정신으로는 도저히 듣기 힘들 만큼의 뻔한 신파이기 십상이다. 말 그대로 "좋은 이야기는 다 나온다." 서로 존중하고 배려하고 양보하고 "양가 부모에게 효도"하며 살라는 등등의 도덕적이며 교훈적인 지침, 온갖 미사여구가 등장한다. 우스갯소리로 검은 머리 파뿌리 되는 날까지 변치 말고 해로해야 한다는 그 뻔한 내용에 누구나 "다들 머리 끄덕"이며 동의하고, 인간이라면 마땅히 그래야만 하는 지고의 윤리적 가치에 모두 동감 수긍한다. 그러나 "어느 순간" 그 지당하고 주옥같은 "당연한 소리"는 일상의 삶에서 자주 배반된다. 이게 현실이다. 이를테면 그 당연한 말씀은 "속상하면 아무 쓸데 없"고 "속 뒤집히면 아무 소용 없는 소리"에 불과하다. 결혼을 사랑의 결실로 착각하는 매혹은 우리를 충격하지만 "결혼은 사랑의 완성이 아니라/ 사랑의 시작"(「결혼 축하의 노래」)일 따름이다. 사랑의 결실인 결혼의 매혹은 일순간의 황홀일 수 있으며, 그 사랑의 시작은 곧 지옥의 끝일 수 있다. 사랑은 금강석처럼 단단한 것이기도 하지만 비스켓처럼 부서지기 쉬운 연약한 것이기도 하다. 결혼식장에서 "다들 머리 끄덕"이는 "좋은 이야기"는 이상적인 결혼 생활의 양태를 그리고 있지만 삶의 현실에서는 무력할 때가 많다.

결혼은 신화적 신비나 동화적 환상이 결코 아니다. 우리는 결혼을 일종의 신화나 동화처럼 생각하는 버릇이 있다. 그러한 무의식의 생성은 어릴 때 보고 듣고 자란 동화나 멜로 드라마가 주는 강렬하고 달콤한 메시지의 영향이 크게 작용한다. 백마 탄 왕자나 어여쁜 공주를 만나 행복한 결혼에 이르는 여러 종류의 동화나 옛날 이야기는 특유의 환상적이고 신기한 세계를 선사하며, 멜로 드라마의 극적이며 달콤하고 환상적 세계에서 우리들의 흥미와 사고체계를 집중적으로 형성하기 때문이다. 예컨대 콩쥐팥쥐, 춘향이, 심청이, 신데렐라, 백설공주, 잠자는 숲속의 공주, 인어공주 등의 얘기는 매혹적이면서 그 매혹성이 멋진 왕자나 공주님의 출현으로 모든 문제가 해결될 뿐만 아니라 호화롭고 영예로운 삶으로 도약하는 결론은 모두 매한가지이다.

그러나 결혼 생활은 현실이다. 그렇기 때문에 고통과 시련, 갈등과 대립, 장애와 좌절, 실망과 후회를 동반할 수밖에 없다. 그게 삶의 이치이다. 결혼은 문제의 해결이기보다는 또 다른 문제를 발생시키는 일이며, 호화롭고 영예로운 화려한 삶으로의 비약이 아닌 세속적 삶의 비루하고 속악한 일상의 또 다른 "낯선 세계"로 진입하는 일이기도 하다. 왜냐하면 "결혼은/ 아내라는 이름으로/ 남편이라는 이름으로/ 서로를 얽어"매고, "서로에게/ 끝없이 무엇인가를 바라고/ 끝없이 무엇인가를 실망"(「그 속에서 삶의 진실을」)하기 때문이며, "서로 자기 뜻대로 하려고/ 다투기 시작하고" "그러다가 어떤 사람들은 모르는 사람처럼 돌아서"(「그대들 지금은 꽃입니다」) 상처를 주고받는 것이 현실이기 때문이다. 신성한 사랑의 맹세는 종종 "속상하면 아무 쓸데 없는 소리"처럼 허망할 뿐이며, "속 뒤집히면 아무 소용 없는 소리"처럼 공염불에 지나지 않는다. 따라서 결혼은 황홀한 지옥이다. 서로 존중하고 배려하고 양보하는 지극히 아름답고 행복한 결혼 생활은 배반되기 일쑤다. 그것은 그저 이상일 뿐이며 환상일 뿐이다.

그럼에도 불구하고 사랑은 결혼을 위한 이상적 조건의 요청에 가깝다. 쉽게 상하고 깨질 수 있는 위험에도 불구하고 결혼은 '서로 이해, 배려, 존중, 감사, 칭찬, 격려'(「결혼 축하의 노래」)하는 의식적 노력, 감정이 아닌 이성적이며 의지적인 노력이 필요하다. 이를테면 화합과 이해와 존중하는 관계로서의 사랑이나 결혼은 불가능한 이상처럼 보인다. 하지만 그 이상에 도달하기 위해 우리는 자신을 이상적 자아로 끌어올리는 의식적 노력, 사랑의 기술을 포기해서는 안 된다. 성숙한 사랑의 에토스는 바로 그 노력과 의지, 기술과 실천을 통해서 만들어지기 때문이다. 그런 의미에서 사랑의 영원성과 통합성은 형이상학적 허구에 불과하나 진정한 사랑과 관계성을 위해 가정해야 하는 불가피한 허구인지도 모른다. 결혼이라는 황홀한 지옥을 살아내기 위해서는 의지적인 사랑의 기술이 필요하다.

3. 다름의 확인과 개성의 실현

사랑한다는 것과 결혼한다는 것은 별개의 사건이다. 결혼은 낭만적 사랑으로만 이루어지는 것이 아닌 생활이며 부모나 경제문제, 취향이나 가사 역할, 출산과 양육 등등의 복합적 양상을 띠기 때문에 결코 단순한 것이 아니다. 이러한 복합성의 난관을 슬기롭게 극복하기 위해서는 "다른 두 사람이 만나서/ 서로 얼마나 많이 다른지를"(「행복의 문고리 잡았어요」) 확인하며 상대방을 있는 그대로 인정하고 받아들일 수 있는 태도가 필요하다. 사랑한다고 해서 결혼했다고 해서 상대방을 나의 감정에 맞추어 생각한다든지, 나를 알아줄 거라든지, 그와 나를 한 두릅으로 묶어 생각하는 것은 오산이다. 그보다 사랑이나 결혼은 상호 개체성과 자율성을 인정하고 존중하는 상태에서 이룩되어야 한다. 예컨대 아래의 인용 시에서처럼 "서로가 서로에게/ 더 큰 행복을 주"기 위해 "더 무거운 짐"을 지는 일, 책임을 실천하는 일과 다름없는 것이어야 한다.

결혼은
머리로 생각하며 살던 세계에서
몸으로 겪으며 사는 세계로
걸어 들어가는 일입니다.
일흔 번씩 기뻐하다가도
일흔 번씩 서운해 하고,
일흔 번씩이라도 용납해야 하는
낯선 세계로

사랑과 기쁨과 미움과 용서가
매일 일어나는 세계로
걸어 들어가는 일입니다.
그 속에서 보아야 비로소
하느님의 참 모습
그 사랑의 비밀이 보이는
신비로운 세계로,
서로가 서로를 십자가로
아무도 대신 질 수 없는 짐으로 지고
온몸으로 걸어 들어가는 일입니다.
그 짐 속에 행복이 있다지요?
　　　　　　—「그 짐 속에 행복이 있다지요」 중에서

　결혼은 동화 속 환상이 아닌 서로 사랑하고 싸우고 함께 성장하는 삶의 과정이라는 점을 노래하는 아래의 인용 시는 결혼이 삶의 비루하고 속악한 일상의 또 다른 세계로 진입하는 일이라는 점을 잘 보여준다. 시인은 결혼이란 사랑의 완성이나 둘이 '하나됨'이 결코 아니며 완전무결한 행복의 문으로 들어서는 일이 아니라는 점을 노래한다. 일반적으로 사랑은 다원적이긴 하지만 대칭적 인간관계에서 나타나는 몸의 언어라는 점에서 실제적 구체성을 갖는다. 말하자면 사랑은 추상적 개념이다. 플라톤의 『향연』에는 소크라테스의 에로스에 대한 연설이 소개된다. 그에 따르자면 사랑은 반드시 어떠한 것에 대한 사랑이며, 사랑이란 항상 자신에 결여되어 있고 자기가 가지지 않은 아름다운 것에 대한 사랑이다. 즉 사랑은 온전한 것에 대한 욕망이며 추구이다. 따라서 남녀의 사랑과 결합으로 이루어지는 결혼은 아름다움과 완전성의 추구이다.
　덧붙이자면 사랑은 분리된 것을 합일하고자 하는 욕구이며 힘이다. 그리고 결합으로서의 결혼은 결여된 것, 온전하지 못한 상태를 넘어서려는 본능적 욕망에서 비롯하는 것이기도 하다. 그리하여 요컨대 충족되고 온전한 것에 도달하려는 희구인 셈이다. 이러한 욕망에 의해 맺어지는 결혼은 그러나 "머리로 생각하며 살던" 추상적이며 관념적인 세계에서 "몸으로 겪으며 사는" 구체적 삶의 현실적인 세계로 진입하는 일이다. 사랑이나 결혼의 현실은 하루에도 수십 번씩 기뻐하다가도 수십 번씩 서운하고, 수십 번씩 서로를 "용납해야 하는/ 낯선 세계"로 자진해 "걸어 들어가는 일", 즉 온몸을 내던지는 일종의 투신이다. 우리는 사랑이나 결혼을 둘이 하나가 되는 것으로 생각한다. 사랑으로 맺어진 결혼에서 둘이 하나가 된다는 사고를 우리는 자명한 것으로 생각한다. 그러나 시인은 결혼을 요동치는 육체적 현실의 언어로 이해하는 것이다.

이성 간의 사랑과 결혼으로 둘이 '하나되기'는 플라톤의 『향연』에서 아리스토파네스의 사랑에 대한 논리를 연상케 한다. 잠시 그의 말을 인용하면, 우리는 한때 하나였다. 그러나 지금 우리는 서로로부터 분리되어 있고, 이러한 상태에서는 불완전할 뿐이다. 자연히 우리는 완전했던 상태로의 복원을 소원한다. 사랑이나 결혼은 바로 이러한 하나됨에 대한 그리움과 그것의 추구이다. 이성 간의 사랑이나 결혼에 대한 하나되기의 관념은 역사를 통하여 인간의 사고와 무의식을 지배해 왔다. 그런 이유로 혼자인 사람은 온전하지 못하다는 이데올로기가 우리의 무의식을 강력히 규정하게 되었다. 하나됨의 목표는 두 사람의 분리된 개체로서의 인식이라기보다는 한 인격으로의 통일 통합이다. 그러나 결혼은 서로 하나가 되기보다는 "서로 다른 두 사람이 만나서/ 서로 얼마나 많이 다른지" "매일매일 확인하는 일"이며, 그저 "가만히 있어도 향기로운 꽃이 피고/ 풍성한 열매"를 맺고 "꿈 같은 세상으로 가는 일"(「행복의 문고리 잡았나요」), 달콤하고 황홀한 낭만이 결코 아니다. 이 점에서 시인이 말하는 요체는 결혼은 서로 다름을 확인하고 인정하는 일이며, 그것은 낭만적이거나 도취적 합일이 아니라는 것이다.

　사랑이 영원하다거나 하나되기라는 논리는 관념적 이상주의에 불과하며 신화적 환상에 불과하다. 둘이 하나되는 통합은 개체성을 무화하고 독립된 인격이 설 자리를 삭제해버린다는 점에서 폭력이다. 하나되기의 이상적 관념은 다분히 전체주의적 괴물성을 지니며, 그 괴물성으로 인해 사랑이나 결혼이 개인적 주체들의 독립된 존재성을 전제로 한다는 기본적 상식을 위반한다. 시인은 줄곧 결혼이나 사랑은 주체의 개성과 자율성이 유지될 때 꽃 피울 수 있음을 강조한다. "굽은 소나무가 쭉 뻗은 대나무가" 될 수 없으며, "무른 오동나무가 단단한 밤나무 대추나무가" 될 수 없는 것이고, "개나리가 장미꽃을 피우"거나 "진달래가 나팔꽃을 피"울 수 없는 이치인 것이다. 개체적 주체성 내지는 독립성이나 자율성이 보장되는 가운데 결혼이나 사랑은 아름다운 꽃을 피울 수 있다. 시인은 "서로 다른 빛깔"과 '모양'과 '생각'을 '이해하고' '존중하고' '받아들일' 수 있을 때 "사랑열매 주렁주렁 열"(「생긴 대로 살아라」)릴 수 있다고 노래한다. 이때 그것은 사랑과 결혼에서 개체성의 무화나 둘의 통합이 아닌 개체적 개성이 존중되어야 하는 점을 강조하는 것이다. 시인은 "만 가지 꽃이/ 만 가지로 피어/ 만 가지 빛깔을 내고/ 만 가지 향기"(「웃음꽃」)를 각기 다양하게 피워낼 수 있는 사랑과 결혼의 세계를 지향한다. 말하자면 결혼이나 사랑은 하나됨의 통합이 아닌 개체의 독립적 가치로부터 꽃 피우고 열매를 맺을 수 있다는 것이다.

　위와 같은 맥락에서 시인은 결혼이나 사랑을 삶의 현실, 말하자면 "몸으로 겪으며 사는" 육체적인 사태로 이해하고자 한다. 구체적으로 체감하는 몸의 언어 속에서 사랑이나 결혼을 "보아야 비로소/ 하느님의 참 모습/ 그 사랑의 비밀"과 "신비로운 세계"가 열린다는 것이다. 결혼은 결코 꿈같은 낭만이 아니며 사랑은 저절로 자라 꽃 피우고 열매 맺지 않는다. 그 사랑과 결혼이 지켜지기 위해서는 "서로가 서로를 십자가로 지고" "온몸으로 걸어 들어가는" 의지적 투신이 있을 때 가능하다는 것을 시인은 환기한다. 다름을 인정하고 사랑을 가꾸려는 일종의 기술과 의지적 노력이 필요하며 실천적 책임에 기반한 것일 때 진정한 사랑이 지켜질 수 있다는 것이다. 그런 점에서 시인의 결혼관이나 사랑론은 에리히 프롬을 빼닮았다. 그것은 시인이 독실한 기독교 신자라는 전기적 관점과 시인의 결혼관이나 사랑론, 혹은 인간 관계론에서 기독교적 '하나님'을 내세우는 보수적인 시각 때문이다. 이 점은 에리히 프롬이 그의 보수적인 기독교적 관점을 토대로 하는 그의 저명한 저서 『사랑의 기술』에서 줄곧 강조해 드러내는 관점과 유사한 태도이다.

요컨대 시인이 결혼을 "서로가 서로를 십자가로/ 아무도 대신 질 수 없는 짐으로 지고/ 온몸으로 걸어 들어가는 일"이며 "그 짐 속에 행복이 있"다고 노래할 때, 그리고 그 속에 "하느님의 참 모습"과 "사랑의 비밀"이 내재한다고 노래할 때, 그것은 보수적인 기독교적 관점에서 의지적 기술과 정신과 실천으로서의 사랑론을 펼치는 에리히 프롬의 논지와 다를 바 없는 것이다. 즉 사랑은 본질적으로 의지의 행위, 곧 나의 생명을 다른 한 사람의 생명에 완전히 위임하는 결단의 행위인 것이다. 계속하여 프롬의 논리를 따라가면, 이는 결혼은 결코 파기할 수 없다는 사상적 배경을 이루며, 또 두 배우자가 서로 선택하는 것이 아니라 서로 선택되며 그러면서도 서로 사랑할 것을 기대하고 있는 전통적인 결혼관의 배경을 이룬다. 덧붙이자면 사랑은 일시적이거나 강렬한 도취적 감정만으로 이루어질 수 있는 것이 아니다. 그것은 결단이고 판단이며 약속이고 실천이다. 만일 사랑이 감정일 뿐이라면 영원히 사랑할 것을 약속할 기반은 없다. 이렇게 볼 때 사랑은 철저하게 의지와 위임, 기술과 노력, 실천과 책임이 필요한 행위이다. 시인이 "아무리 무거운 짐도 거뜬하게 질" 의지와 자신의 판단에 의하여 기꺼이 "사랑의 짐꾼이 되"길 당부하는 것은 이와 같은 문맥에서 이해할 수 있다.

4. 다름에 대한 앎과 인격적 유대

사랑이라는 말은 고대 그리스 철학에서 세계를 창조하는 힘 또는 모든 것을 결합시키는 우주적인 힘으로 이해되었다. 이러한 우주론적 의미의 사랑을 인간 세계 속에서 구체적으로 형상화하여 보여준 것이 앞서 든 플라톤의 『향연』일 게다. 아리스토파네스가 말하는 반쪽의 불완전한 존재, 완전성을 결여한 반쪽의 인간은 그 결핍으로 인해 잃어버린 반쪽의 사랑을 찾아 헤맬 수밖에 없는 것이 인간의 운명이며 본성이라는 것이다. 아리스토파네스의 말을 다시 인용하면 사람이 서로 사랑한다는 것은 먼 옛날부터 그들 속에 깃들어 있는 것이다. 그것은 본래 몸뚱어리의 부분들을 한데 모아 둘이서 하나가 되게 하여 인간 본연의 모습을 회복하려 한다. 이를테면 옛날의 본래 모습, 즉 인간이 하나의 온전한 것이 되어 있던 때로의 모습에 대한 추구와 온전한 것에 대한 인간의 열망이 사랑(에로스)이라는 것이다. 이는 사랑이나 결혼은 둘이 하나가 되는 것이라는 신화적 믿음의 토대를 이룬다. 이러한 관념은 일종의 환상이다. 기독교가 삼위일체론을 만들었을 때 바로 이 가능성을 시사하였고, 마틴 부버의 만남의 신비주의는 그 이론적 근거가 되었다.

개나리가 장미꽃을 피우겠니?
진달래가 나팔꽃을 피우겠니?
하고 싶은 대로 살고
피우고 싶은 꽃을 피워라.
그대들의 꽃을 그대들의 빛깔로.

마음에서 울려나오는 대로
몸에서 박동치는 대로 활짝 피워라.

마음껏 힘껏 즐겁게 신나게.
구김살 없이 활짝 피어나면
하나님도 사람도 기뻐하리니.

다만 한 가지
서로 다른 빛깔을 이해하고
서로 다른 모양을 존중하고
서로 다른 생각을 받아들이길
그 끝에 사랑열매 주렁주렁 열리리니.
—「생긴 대로 살아라」 중에서

그러나 인용 시는 사랑이나 결혼이 둘이 하나되는 것이라는 오래된 신화를 배반한다. 앞서 언급한 것처럼 하나됨의 궁극적 목표는 두 사람이 분리된 개별적 인격체로서 인식하기보다는 한 인격으로의 통일이다. 그런데 여기에서 문제는 주체적 개인이 휘발되어 버린다는 것이다. 하나됨을 강조하면 할수록 그만큼 개별 주체의 개성은 설 자리를 잃고 만다. 개별적 주체의 개성과 인격은 삭제되고, 개인은 전체주의적 사고의 한 부속물로 전락한다. 개인의 특수성은 사라지고 전체만 남는다. 이러한 결과는 물론 사랑이나 결혼이 개인의 개체적 존재성을 가정한다는 기본적 원리에서도 어긋난다. 시인이 "생긴 대로 살아라 두 사람", "하고 싶은 대로 살"며 "그대들의 꽃을 그대들의 빛깔로" "피우고 싶은 꽃을 피"우고, "마음에서 울려나오는 대로/ 몸에서 박동치는 대로 활짝" 꽃을 피우라고 노래할 때, 이것은 결혼이나 사랑이 상대를 위한 일방적 헌신이나 희생, 구속이나 속박, 지배나 예속의 위계적인 관계가 아닌 개체적 개성과 생명의 자유가 존중될 때 진정한 사랑이 가능하다는 점을 역설한다. 이를테면 결구에서 노래하듯 "서로 다른 빛깔을 이해하고/ 서로 다른 모양을 존중하고/ 서로 다른 생각을 받아들"일 때, 상대의 특성을 있는 그대로 받아들이고 존중할 때 사랑의 열매가 풍성하게 결실을 이룰 수 있다는 것이다.

사랑은 영원할 수 있다거나, 서로 하나가 되는 것이라는 신화는 일종의 허구가 아닐까. 이러한 믿음에는 사랑의 실체화가 필요했다. 사랑이나 결혼의 신화는 누구에게나 육신의 고향이 있듯이 영혼의 고향으로서 사랑, 그리고 결여된 반쪽의 짝을 찾아 완전체로 결합해 영혼의 집을 건설한다는 결혼 이데올로기를 강화한다. 그리하여 사랑의 실체로서의 짝이 없는 사람은 불완전한 존재이며, 결핍과 결여의 존재로 여겨진다. 그러나 사랑이나 결혼은 "다른 빛깔"과 "다른 모양"과 "다른 생각"을 가진 사람과의 인격적 관계에서 이해되어야 한다. 만남이나 이야기의 나눔이 없이는 두 사람의 인격적 관계는 이루어질 수 없다. 다른 사람을 만나야만 사랑이 싹 틀 수 있는 것이다.

이러한 서로 간의 만남이나 이야기는 일방적인 것이 아니라 상호적으로 존재의 개체성이 존중될 때 이루어질 수 있다. 사랑은 "억지로 꽃잎 벌려/ 꽃 피울 수 없듯이" 서로 다른 두 사람이 함께하는 결혼 역시 "억지로는 피울 수 없는 꽃"과 같은 것이다. 요컨대 아름다운 꽃은 "저 생긴 대로/ 제가 피고 싶은 대로 피어야/ 제 빛깔로 활짝 피어나"(「웃음꽃」) 자신의 고유한 존재성으로 빛날 수 있다는 것이다. 상호 존중하는 이야기와 만남의 나눔이 없는 두 사람의 관계는 사물적일 수밖에 없다. 마치 이러한 관계는 백화점에서 고객이 어떤 상품을 고를 때의 관계와 같다. 이러한 사물적 관계에서는 대상을 좋아할 수는 있지만 사랑이라는 인격적 관계를 형성할 수는 없다.

상대에 대한 요구의 다른 측면에는 자기를 버리고 자신의 몸과 마음을 다 바치는 헌신적 사랑이나 희생으로서의 가치를 내세우는 사랑도 역시 마찬가지로 불합리하다. 우리는 나의 개성과 욕망을 포기하고 헌신과 희생만을 통해 진정하고 고귀한 사랑에 이를 수 있을 것이라 믿기도 한다.

이러한 사랑이 강요든 자발적이든 무조건적으로 바치는 사람이 모든 희생과 봉사를 요구하고 향유하는 다른 한편에게 일방적으로 사랑을 주는 것이다. 그런 점에서 이러한 사랑 역시 폭력이다. 자신에 대한 사랑 없이 사랑은 자기부정이며 자기 파괴적일 뿐이다. 자신의 삶을 사랑하고 주체적으로 살아가며 타인을 사랑할 수 있을 때에만 비로소 사랑을 주고받는 양편이 상호적이며 동시에 독립적이며 자율적인 관계를 지켜나갈 수 있다는 것이다. 이러한 상호성과 독립성, 호혜성과 자율성이 결여될 때 관계는 사랑하는 관계라기보다는 의존적인 공생관계일 뿐이다. 따라서 바치기만 하는 편은 사랑을 마치 숙명처럼 여기고 그것에 맹목적으로 자신을 맡기게 된다. 이때 상대편은 원하든 원치 않든 마치 절대적 존재로 부상한다. 그러므로 결혼이나 사랑이라는 인간관계에서 헌신적이며 희생적인 사랑은 인간의 자기부정을 요구하는 한 진정한 사랑이라 할 수 없다. 진정한 사랑은 "서로가 서로를 십자가로/ 아무도 대신 질 수 없는 짐으로 지고/ 온몸으로 걸어 들어가는 일"(「그 짐 속에 행복이 있다지요」), 즉 온몸을 사랑을 향해 내던지는 투신이기 때문이다.

전무용 시인의 신작 시 사랑과 결혼에 부치는 앤솔러지는 모두 개체들의 인격적 유대관계 속에서 꽃피울 수 있다는 것으로 요약 정리할 수 있다. 말하자면 결혼에 내재해 있는 개체적 자율성을 전제할 때 사랑은 자기 승화의 잠재력을 실현할 수 있다. 사랑과 결혼의 자기 승화는 인간의 성적 욕구의 충족과 육체적 쾌락, 결혼이 섹스 허가증에 불과하다는 사회학자 우에노 치즈코의 극단적 평가에도 불구하고 그것은 인간 사회의 인격적 결합과 유대관계로의 확장을 의미한다. 여기에서 육체적 성은 보다 넓은 의미의 사랑인 에로스로 확대 고양되어 간다. 이와 함께 사랑은 자신의 본래적 모습으로서의 통합성과 독립성을 그대로 유지한 채 다른 사람과 하나가 되고자 하는 추구이며 체험이 될 수 있다. 사랑은 두 사람이 하나가 되면서 동시에 각자로 정체성을 갖게 되는 불일이불이(不一而不二)의 역설적 상황으로 들어갈 수 있게 된다. 에리히 프롬이 사랑은 상대방에 대한 배려와 책임감과 관심, 그리고 이해와 앎의 과정이 기반할 때 이러한 역설적인 상황을 생산적이고 인격적 유대관계로 전환할 수 있다는 논리와 같다. 아래의 인용 시는 이러한 점을 강하게 상기시킨다.

> 인생의 땅에 깊이 뿌리 내리고
> 하늘로 가지 힘차게 뻗으려면
> 아름다운 꽃 피우고
> 풍성한 행복의 열매 맺으려면
> 매일 온 힘 다해서
> 수고의 대가를 지불해야 하는 법.
> 비바람 견디지 않고 피는 꽃 없고
> 뜨거운 햇살 견디지 않고 맺는 열매 없지요.
> 결혼이란 그 수고의 대가가 클수록
> 기쁨도 크고 보람도 큰
> 이상한 세상으로 가는 일이랍니다.
> ―「행복의 문고리 잡았나요」 중에서

에리히 프롬의 말처럼 사랑은 휴식처가 아니라 함께 움직이고 성장하고 일하는 것이다. 사랑은 일시적 흥분이나 도취, 감상이나 강렬하고 갑작스러운 경험이 아니다. 사랑은 활동이며 영혼의 힘에 의해 이룩된다. 시인은 사랑이 아름답게 "꽃 피우고/ 풍성한 행복의 열매 맺으려면/ 매일 온 힘 다해서/ 수고의 대가를 지불해야 하"며 "결혼이란 그 수고의 대가가 클수록/ 기쁨도 보람도 큰/ 이상한 나라로 가는 일"고 "수고하는 사람들만 누릴 수 있는/ 이상한 나라의 열매" "신비한 나라의 열매"임을 역설한다. 말하자면 자기 긍정적이고 생산적인 사랑만이 자신의 본래의 통합성과 독립성을 유지하면서 다른 사람과 하나가 되고자 하는 지향적 추구라는 역설적 상황을 극복할 수 있다는 것이다.

에리히 프롬에 의하면 모든 종류의 생산적 사랑, 창조적 결혼 생활은 다른 사람에 대한 배려, 책임감, 존중, 그리고 앎과 이해에 의해 가능하다. 시인이 인용 시에서 노래하듯 "날씨보다 더 많이 변하는/ 서로의 마음 속을 깊이 헤아리"고 "서로를 배려하며" '아끼고 배려하고' '귀하게 여기며 돕고' '격려하며 감사하며 위로받으며 용기를 얻는' 과정이라는 것이다. "서로 다른 두 사람이 만나서/ 서로 얼마나 다른지를", 매일매일 "하나부터 열까지 참 많이 다르다는 것을" 확인하는 일이다. 결혼은, 사랑은 말하자면 영혼의 힘을 쏟아부어 의지적으로 가꾸고 긍정적이며 실천적으로 서로에게 삼투하는 일이라는 것이다. 이것은 서로 다른 상대에 대한 배려와 책임감은 사랑이 단순한 열정이나 감정이 아니라 하나의 실천적 윤리로서의 적극적인 활동임을 암시한다. 여기서 책임감이란 외부로부터 강제로 부과되는 의무감이 아니다. 그것은 자기 자신의 느낌과 상대방의 요구에 응답할 준비가 되어 있음을 말한다(영어의 책임이라는 단어 'responsibility'는 '대답하다', '응답하다'라는 어원을 가지고 있음을 상기하자). 그런 의미에서 또 전무용 시인의 사랑론이나 결혼관은 에리히 프롬을 빼닮았다.

한 사람을 생산적으로 사랑한다는 것은 그를 위해 염려하고 그에 대해 책임감을 느끼는 것이다. 그의 육체적 실존뿐만 아니라 그의 모든 능력이 성숙하고 성장하는 것까지도 배려하고 책임감을 느끼는 것이다. 말하자면 "매일 온 힘을 다해" "수고의 대가를 지불"해야 하는 일이다. 이것이 사랑의 승화이다. 또한 사랑하는 사람에 대한 존중과 이해가 없다면 사랑은 지배욕이나 소유욕에 불과할 뿐이다. 존중한다는 것은 두려워하거나 경외한다는 것이 아니다. 존중한다는 것은 그의 개체성과 고유성과 정체성을 의식하고 인정하는 것이며, 그 사람이 있는 그대로를 바라본다는 의미이다. 이러한 존중은 그 사람에 대해 알지 못하고 이해하지 못한다면 가능하지 않다. 그리고 배려와 책임감도 그 사람의 개성, "하나부터 열까지 참 많이 다름"에 대한 앎과 존중 없이는 맹목인 것이 되어버린다.

6. 도전과 모험으로서의 감격과 행복

전무용 시인이 사랑이나 결혼이 서로 다른 사람 사이의 인격적 관계라 역설할 때 그 관계는 정적인 상태가 아닐뿐더러 심리적 상태의 화석화는 더욱 아니다. 그 관계는 부단히 변화하는 것이다. 이 변화는 기대하는 방향으로의 성장일 수 있지만 예기치 못한 방향으로의 실망일 수도 있는 위험성이 내재한다. 그러므로 사랑은 모험이며 항상 새로운 도전, '매일매일 다름'을 확인하고 그의 개성에 대한 앎과 존중을 통해 '낯선 세계', '신비로운 세계', '이상한 나라', '신비한 나라'로의 모험과 도전이다. 사랑이 마르지 않는 샘물처럼 지루하지 않은 이유는 매 순간 새로워지는 관계이기 때문이다. 사랑은 낯설고 신비한 세계로 떠나는 모험과 도전이다. 이런 의미에서 사랑은 불변의 것이 아닌 언제나 위험을 내포하는 일종의 감격이다. 전무용 시인의 사랑과 결혼에 대한 앤솔러지는 사랑과 결혼이 근본적으로 함유한 위험성을 수고와 노력, 의지와 실천, 존중과 배려, 격려와 감사를 동반하는 '사랑의 기술'을 통해 감격과 행복의 나라로 갈 수 있기를 희망한다.

발견의 감각과 생기의 정신
— 노수승 시집 『모든 색깔의 어머니』

1. 생기의 정신과 기억의 소묘

　노수승 시인의 세 번째 시집 『모든 색깔의 어머니』는 시인의 인품이나 풍모만큼 단정하다. 전작 시집 『스노우볼』에 비추어 형태적 측면에서 비교적 산문시 경향이 강했던 형식적 특성이 약화하고 응축된 이미지 연쇄에 의한 간결미가 더욱 두드러진다. 이번 시집의 시편들은 일정한 정형성의 운율과 상징적 언어의 간결한 조형적 회화미를 더욱 강화하고 있다. 이런 표현상의 형태적 특성은 사물이나 현상의 정수를 꿰뚫고, 그 사물의 양상이나 본질을 발견해 싱싱하게 드러내려는 태도에서 비롯하는 것처럼 보인다.

　내용상으로는 시적 주체의 내면과 대상에 대한 사유의 깊이가 더욱 명징하게 심화한 느낌이다. 이런 의미론적 특성은 간결하고 정갈하게 조율한 언어 효과에서 기인한다. 일반적으로 압축된 언어는 의미를 응축하고 깊고 넓게 함축해 시의 상징성과 명징성을 강화한다. 따라서 곱씹을수록 맛나고 깊은 여운을 남긴다. 노수승은 언어의 압축을 통해 사물이나 현상에 내재하는 핵심을 발견하고 그것을 싱싱하게 표현하는 데 독특한 심미안을 가지고 있다.

> 모든 점멸은 노래다
> 포도를 걸어 신기원을 여는
> 고달픈 사활의 노래
>
> 이곳에서 우리는
> 크고 작은 점들로 나열되고
> 깜박이다
> 소실점이 되어서야
> 하나의 곡조로 남을
> 별빛이다
> ─「점멸 신호등」 중에서

  삶에 대한 우주적 통찰을 보여주는 인용 시는 소멸과 생성의 미학을 읽는다. 이 소멸과 생성의 미학에는 "한 점으로 살다" 먼지처럼 사라질 생에 대한 따뜻한 긍정의 시선과 순응의 태도가 내포되어 있다. 이런 태도는 "헌데를 핥아주며/ 함께 산을 넘"는다는 연대 의식과 우리의 실존을 "태초의 점"으로 규정하고 "소실점으로 사라지"는 운명의 필연성을 수긍하는 데서 분명히 드러난다. 필연적 운명에 대한 긍정으로 인해 "모든 점멸은 노래"이다. 점멸은 딱딱한 "포도를 걸어" 드디어 '별빛'으로 새롭게 존재의 전환을 이룩하는 통과제의이며, '소실'은 사라짐이 아닌 존재의 "신기원을 여는" 우주적 생성이라는 통찰의 상징성을 함의한다.
  주목할 점은 생기 도는 아름다움, 사물이나 현상의 정수를 포착하는 시인의 예민한 감각과 명징한 정신이다. 그 예민한 감각과 깊은 통찰적 사유로 인해 '사활의 점멸'이 함축하는바 소멸에서 생성, 생성에서 죽음을 얻는다. 이는 삶과 세계에 대한 역설이며 반어적 인식이다. 점멸의 사(死)와 활(活)에 대한 사유와 통찰은 삶의 허무를 강조하는 동시에 삶의 허무를 초극하려는 역설이다. 이는 "살아 있음은 죽음을 딛고 일어서"(「자작나무」)는 일이라는 역설적 인식을 환기한다. 소멸과 소실이 생성일 수 있는 까닭은 새로운 존재로의 전환이나 변화의 계기이기 때문이다.

노수승의 시적 사유는 이처럼 사물이나 현상의 핵심을 꿰뚫고 이를 싱싱하게 표현해 생기가 한껏 도는 아름다움을 발산한다. 그것을 가능하게 하는 것은 조해옥이 전작 시집 해설에 말하듯 "겸허함과 순응과 자기 절제의 힘"(「변혁의 힘과 생명의 영속성」)에서 비롯한다. 말하자면 잡초를 뽑으며 "몸 숙여 겸손을 배우는 일"이 "고귀한 생명과 바꾸는 일"(「인연」)이며, "내가 너를 죽이는 것이 아니라 네가 우리를 살리는 것"(「희생에 대한 사유」)이라는 겸손과 희생, 성찰의 태도와 역설적 인식의 힘으로 인해 가능하다. 그런 점에서 전작 시집에서 보여주었던 삶과 세계에 대한 온유한 태도와 순응의 시선은 연속한다.

그런데 이번 시집은 전작 시집에 비해 유년의 기억, 구체적으로는 어머니와 관련한 막막하고 애틋한 기억의 소묘가 담겨 있다. 어머니를 그리는 시편들은 아버지를 일찍 여의고 생계를 꾸려나가는 고달픔과 남루한 삶을 붙드는 안간힘으로 인해 안쓰러움과 쓰라림, 부재와 결핍으로 인한 얼룩진 눈물의 흔적이 짙게 배어 있다. 그의 기억의 시편들에는 "쌀 한 말을 머리에 이고"(「오일장」)고 "시오리 길 걸어" "장에서 돌아오"(「끼니 걱정」)는 고단한 모습의 어머니가 처연하게 자리한다. 노수승의 어머니에 대한 기억은 남루함과 막막함, 그러한 삶을 지탱하는 연약하고 끈질긴 힘에 대한 처절한 탐구가 서려 있다. 가령

이맘때쯤이면
무쇠솥에 밥물이 끓는다

계란프라이에 케첩 듬뿍 뿌려 놓은 듯
서쪽 하늘이 익어간다

일 나가신 어머니 돌아와
밥 참 잘 되었다고 말해주면
좋겠다

어머니는
뽀얀 종아리 논물에 담그고
온종일 하늘 한번이나 보셨을까

해가 지는 것은
우리에게 희망 같은 것이었다
　　　　　　─「해가 진다」 전문

　라고 노래할 때처럼 어머니는 깊은 사무침의 정서를 동반한다. 가난하
고 불우한 어린 시절, 어머니의 부재로 인한 어린 넋의 허기와 결핍과 외
로움을 느끼지 않을 수 없다. 그리하여 빈집에 홀로 남아 어머니를 기다리
는 모성의 부재와 결핍이 현재까지도 지속되는 것 같아 시리고 쓰리다. 유
년의 화자에게선 마치 "찬밥처럼 방에 담겨"(「엄마 걱정」) 있는 기형도가 겹
쳐지고, "뽀얀 종아리 논물에 담그고/ 온종일 하늘 한번" 볼 수 없는 어머
니에게선 이성복의 '공사판 각목더미에서 못을 빼는'(「어머니·1」) 황폐한
어머니가 떠오른다. 노수승은 따뜻한 추억의 이름으로 어머니를 부르지
못한다. 그에게 모성은 행복의 원형을 구성하지 못한다. 그보다는 생계,
아니 생존을 위한 고단한 노동으로 지친 헐벗은 모성으로 나타난다. 그리
하여 "해가 지"(「해가 진다」)고 어둠이 찾아오는 시간은 낮의 고된 노동으로

부터 해방이고, 모성의 부재와 결핍이 해소되는 '희망'의 시간이다. 그에 겐 차라리 밤과 저녁과 어둠이 행복의 원형을 이룬다.

노수승의 시편에서 자주 쓰이는 '밤'과 '어둠'의 이미지는 암담하고 우울한 정서를 표백한다기보다는 오히려 낮의 노동을 마무리하고 곤함을 어루만지고, 또 낮의 궁핍과 남루와 결여를 감추고 채워주는, 평화와 안식을 주는 이미지로 기능한다. 표제 시에서 "밤이 되면 어둠이 모든 색의/ 어머니"(「가을이 되는 사람들」)라는 진술을 얻는 것도 같은 맥락이다. 저녁은 고통과 절망과 혼돈으로 들끓는 시간이 아니다. 그것이 내면 깊숙이 가라앉는 시간이다. '어둠'은 평화와 안식을 환기한다. 밤과 어둠의 이미지는 또 자연스럽게 '잠'과 '꿈'의 이미지로 이어져 희망과 생명을 잉태하는 계시의 시간과 공간을 환기한다. 여기서 어둠은 '모든 색깔의 어머니'이며, "영원한 안식을 위한/ 낙원"이고, '활력'과 '생기'(「가을이 되는 사람들」)를 불어넣는 자궁이며 태반이라는 원형적 상징을 획득한다.

어머니와 고향에 대한 기억은 모든 인간이 가진 원초적인 감정이다. 유년의 기억은 무의식을 구성하고, 실존에 파급하는 힘은 강렬하다. 노수승에게 유년의 기억이란 어머니의 부재, "시든 풍선처럼/ 봄볕에 쪼그리고 앉아 있"(「새 학기」)는 아버지, "오지 않을 것 같던 미래의 날들"(「금잔디 고개」)로 인해 우울하고 막막하다. 그리하여 기억을 따뜻한 추억의 공간으로 재구성하지 못한다. 그보다는 궁핍하고 헐벗은 삶을 살아낼 수밖에 없었던 시간을 소묘한다. 그 소묘는 처연하며, 어조는 애처롭고, 흐느낌의 연민으로 가득하다. 시인의 사적이고 내밀한 기억은 흐릿한 슬픔의 정서를 강렬하게 환기한다. 때문에 기억의 재현은 시인이 살아낸 시간의 막막함과 헐벗은 삶을 추체험할 수 있게 한다. 그 추체험은 우리 모두에게 각인된 기억의 편린이다. 아프고 쓰린….

2. 연상의 언어미와 세련의 시학

『모든 색깔의 어머니』는 노수승 만의 시 쓰기 원리 혹은 시 쓰기 방법을 더욱 심화한다. 그의 시문법은 노수승 특유의 심미적 감성과 감각이 어떻게 시적 언어표현을 얻고, 또 그것이 어떻게 조직되는가를 명징하게 보여준다. 이를테면 그만의 특유한 시문법 혹은 창작 원리 혹은 언어 미학을 압축한다. 이런 맥락에서 그의 창작 원리가 어떻게 구축되는지 해명하는 작업이 필요해 보인다. 더불어 이런 형식미가 조명될 때 내용이나 시 정신도 온당하게 규명될 수 있을 것이다. 내용과 형식은 따로 분리할 수 없다. 형식은 내용을, 내용은 형식을 주재한다.

노수승은 세계의 비밀을 풀어나가듯 사물의 숨은 질서를 새롭게 해석하고 비의(秘意)를 캐묻는다. 그의 눈은 아이를 닮았다. 이 점은 시집에 출현하는 '아이' 이미지를 눈여겨보라. 시인은, 시를 구성하는 핵심적 개별요소들의 유기적 통합성이라는 미적 전체성과 개별요소들이 전체 구조 안에서 각기 다른 기능을 하면서도 유기적으로 연결되는 변환성을 통해 부드럽고 은밀하며 긍정적이고 생기 넘치는 아름다움을 구현한다. 다음을 보라.

캄캄한 운동장에 아이들 눈망울이
별 촘촘한 도시처럼 묻혀있다

아이들이 잠든 사이
밤하늘은 운동장에 내려와
아이들의 눈망울을 담아간다

어두울수록 빛나는 별의 요람은

초등학교 운동장일까

별이 깜박이는 것은
아이들의 꿈이 자라는 시그널일까
—「걷다가 문득」 중에서

이 부드럽고 은밀하며 신비한 아름다움의 느낌과 발산하는 생기는 어떻게 설명해야 하나. 우선 눈에 들어오는 특성은 매듭 풀기의 수수께끼 같은 비유와 연상과 상징에의 탐험으로부터 시적 발상과 언어표현이 이루어진다는 점이다. 수수께끼는 이질적 사물의 유사 인식, 기지와 재치의 활용, 일상의 눈으로는 발견할 수 없는 유의성을 필수적으로 포함한다. 인용 시는 이런 언어 모델을 보여준다. 즉 '~은/는 ~이다' 와 같이 질문과 응답의 형식을 취한다. '어둠은 모든 색깔의 어머니', '모든 색깔의 어머니는 어둠' 이란 시집의 제목부터가 그렇다. 수수께끼는 본질적으로 은유이다. 노수승은 이런 등가의 원리를 존중하며 적극 활용한다. 시인은 의문과 물음과 응답처럼 대상들을 신속하게 등가화하는 유사성의 발견과 이질적 사물의 의외적 결합에서 얻는 환유적 원리에 의해 시적 표현을 이룩한다.

　노수승의 눈은 수수께끼처럼 사물이나 현상의 발견 과정에서 출발한다. 그의 표현 방법은 이른바 낯설게 하기로써 A＝B라는 은유의 전이, 의외적인 결합, 상징과 연상의 법칙이 원천적인 상관성 아래 펼쳐진다. 가령 "그립다는 말"은 "피어나는 꽃", "얼굴 붉히는 꽃", "입 다무는 꽃"(「그립다는 말」)이라거나, "바지랑대가 밀어올리고 있는 것은/ 세일러 칼라의 블라우스와 청바지의 기분"(「옥탑의 기억」)과 같은 진술의 경우가 쉬운 사례이다. 이런 비유의 수법은 표현상 특성이며, 이를 통해 노수승은 익숙한 사물이나 현상에서 의외의 새로움을 발견한다.

　전체 7연 중에서 1연의 명사 종결 서술을 제외하고는 '~다' 와 '~까'

를 반복함으로써 각운의 효과를 발휘하여 경쾌한 리듬을 형성해 생기를 북돋는다. 동시에 "운동장"은 끝 연을 제외하고는 모든 연에서 반복된다. 그럼으로써 논제에 대한 서술적 진술이 가해지고, 핵심 이미지인 '별', '초승달', '눈망울', '꿈' 등이 등가의 원리에 따라 생기 어린 아름다움을 창출한다. 그리하여 캄캄한 밤하늘의 '별', '초승달', '눈망울', '운동장' 이 '꿈' 으로 압축 지정되어 아련한 잔상(殘像)으로 남는 여백의 미를 발현한다. 시인은 경쾌하고 생기 넘치는 아름다움을 섬세한 언어 조탁과 조율에 의해 정갈하며 간명한 이미지의 연쇄를 통해 구축한다.

사각사각
새가 운다

물렁물렁하고
둥글둥글하지 못해서

사가사각

단단하고 각진
울음을 우는 새

사각사각사
각사각사각

울 때마다
견고해지는

사각이

되어가는 새

─「물렁물렁하고 둥글지 못해서」 전문

 시란 언어 자체를 수단과 목적으로 한 미적 구조물이다. 시 텍스트 자체
가 구성하는 자체 논리를 우리는 흔히 시적 기능이라 한다. 노수승은 시는
'언어를 위한 언어'라는 시적 기능을 인식하고, 그 특성을 언어의 연금술
사처럼 세심하게 부려 형상화한다. 이 시의 지배적 음상으로 "사각사각"
소리를 내는 마찰음과 "단단하고 각진/ 울음"으로 인해 거칠고 쓰린 정감
을 자아내면서도 동시에 생동하는 리듬 감각을 보라. 동음과 동어, 마찰음
과 유성음의 교체 반복에 의해 실현되는 운율 감각이 도드라져 있으며, 청
각적 소리에서 시각적 형태 혹은 청각과 시각을 결합하는 공감각, 중의적
표현을 통해 언어 사용을 최대한 줄이는, 즉 전달하고자 하는 정보의 양을
극도로 제한해 시적 의미를 결속하는 수법이 이채롭다.

 언어의 본질을 반영하는 시는 음상과 의미의 두 축을 필연적으로 고려
해야 한다. 시에서 소리는 의미와 분리될 수 없다. 즉 시적 발화의 음악적
소리도 정보를 전달하는 수단이다. 시인은 '사각사각'과 '새'에서 마찰음
'ㅅ' 음상의 연속되는 교체 반복, 그리고 지배 음운인 마찰음 'ㅅ'과 대비
적인 '운다'와 '물렁물렁', '둥글둥글'의 'ㅇ', 'ㄹ' 유성음 대비를 통해
시적 의미를 점층적으로 강화한다. 이런 음운적 특성과 운율의 효과는 물
론 의미론적으로 시의 분위기나 정조를 강화하는 데 기여한다. 즉 '사각사
각'의 음상이 파급하는 마찰의 거친 '울음'을 우는 소리와 연동해 마침내
는 '사각사각'의 음상이 "단단하고 각진" '사각'의 형태로 전이하는 중의
적 표현을 통해 시적 의미는 형성된다. 각지고 모난 형태가 환기하는 고통
과 시련, 슬픔과 아픔을 겪으며 삶은 더욱 견고해진다는 보편적 이치는 음
상 효과를 통해 더욱 강화된다. 음운의 회귀적 힘은 의미의 등가성을 촉진

하기 때문이다.

　노수승 시는 예민하고 기지에 찬 언어 감각을 통해 음상과 의미의 대등성을 면밀히 안배한 결과에서 나온다. 이러한 특성은 「말과 소피」, 「그립다는 말」, 「개성에 가면」과 같은 작품에서 극단적으로 발견되며, 여타의 시편에서도 주요하게 적용되는 표현 기법이다. 특히 의미의 등가성은 전혀 무관한 듯한 단어들이나 요소들이 유기적으로 연계 변환 통일되어 하나의 이미지로 압축되는 방법을 즐겨 사용한다. 이러한 수법이 노수승을 세련하게 만든다.

3. 응축된 지각과 회화적 감각

　연상의 언어 감각과 정제되고 단련된 언어 조탁에 의해 펼쳐지는 노수승의 시편은 간결하고 명료한 이미지에 의해 조직된다. 단아하다. 그의 시는 짧고 정갈하며 정형성에 가까운 행갈이를 기본으로 한다. 그런 까닭에 간명하고 상징적이며 압축적 회화미를 특장으로 한다. 그는 그 어떤 수사적 요설도 단호히 거절한다. 형식은 극도로 절제되고 시적 내용은 응축된 이미지를 통해 의미를 구현한다. 이로 말미암아 부산하거나 산만한 느낌이 없다. 시적 대상이나 소재에 대한 지각은 이미지의 응축을 지향해 있다. 노수승은 절제된 형식미와 표현미를 통해 시적 정조나 의미를 압축적으로 표현하는 데 주력한다.

　푸른 하늘에
　사선 하나 그었다
　검지에서 푸른 물이
　말갛게 떨어졌다

새가
하늘로 날아올랐다
푸른 물이 들었다
돌고래가 유영하듯
파도를 탄다

나는 순식간
바다에 항로만 남기고

새는 세찬 파도 넘어
전신으로
항해하고 있었다

보란 듯이
길을 내고 있었다
　　　　―「길」전문

　극도의 압축미가 돋보인다. 마치 서정시가 갖는 덕목으로 언어의 경제성, 함축성, 여백의 미란 이런 것이라 웅변하는 듯하다. 마치 이미지스트가 시의 회화성에 대한 하나의 모범적 사례를 제시하는 듯하다. 쓸데없는 글자가 없고, 군더더기 말이 없으며, 이렇다 할 수사적 비유도 동원하지 않는다. 이처럼 그의 시는 간결하고 명료한 이미지 변환과 통합이라는 유기적인 축조 방법을 지향한다. 즉 응축된 지각과 명징한 인상 표현의 이미지 구현 시법을 추구한다. 절제된 정념은 불필요한 노출을 피하고, 언어적 표현은 응축된 이미지의 연상력을 통해 압축한다. 그럼으로써 우리는 "푸른 하늘에/ 사선 하나 긋"듯 비상하는, 마치 "돌고래가 유영하듯/ 파도"를 타는 것처럼 '새'가 하늘을 날며 '길'을 내는 듯한 한 편의 그림 같은 풍경을 목도한다. 바다 위 푸른 하늘에 불현듯 사선을 그으며 날아가는 새의 형상이 아련한 잔상의 긴 '길'처럼 여운으로 남는다.

화자는 "푸른 하늘에/ 사선"을 긋듯 순식간에 '새'가 날아오르는 형상을 매우 감각적 이미지로 표현한다. 대상 포착의 시선은 응축된 지각에 의한 결과이며, 응축된 지각에 의해 감각화한 주관적 인상, 즉 새의 비상은 긴 여운을 남기고, 생동감을 느낄 수 있도록 배려하고 있다. 이를테면 "푸른 하늘에/ 사선 하나 긋"자 "검지에서 푸른 물"이 떨어지고, '새'가 그 푸른 "하늘로 날아"오르자 "푸른 물"이 드는 이 시각적인 표현은 얼마나 놀랍도록 공감각적이며 회화적인가. 시인은 사선을 긋듯 순식간 비상하는 '새'의 역동적 형상을 감각적으로 포착해 간명하게 이미지화한다. 그런 후 등가의 법칙에 따라 푸르고 긴 '사선'은 '항로'와 '항해'의 이미지를 얻고, 마침내는 '길'의 이미지로 통합한다. 그럼으로써 은밀히 말하고 싶은, 주어진 현실 세계의 외부 환경을 환기하는 "세찬 파도 넘어" 온 힘을 다해 '전신으로 길'을 트며 갈 수밖에 없는 시적 주체를 포함한 모든 운명의 '길'을 함축해 낸다.

사선을 긋는 행위의 주체는 물론 화자 자신일 수도 있고 '새'일 수도 있다. 그리고 3연의 "나는 순식간"에서 '나는' 역시 화자 자신을 지시하는 동시에 비상하는 '날다'의 중의적 표현으로 해석해야 한다. 그렇다면 '새'는 곧 시적 주체의 동일 지정이다. 우리는 여기서 "세찬 파도"에도 "보란 듯이 길을 내"며 미지의 세계를 향해 날아가려는 삶에 대한 긍정적 태도와 인식, 주어진 삶의 조건과 운명에 응전하는 역동적인 힘과 의지를 읽을 수 있다. 노수승의 시에서 '새', '별', '어둠', '아이', '꿈', '눈(雪)' 등의 이미지와 함께 자주 등장하는 '길'은 가령, "앞뒤 가로막힌 골짜기/ 산속의 밤은 더 깊고/ 골바람은 거세지"만 "어둠 속에도 길은 있"(「등산」)다거나, 목적지가 어디인지 모른 채 "달력 위를 치닫는" 백지의 '길'(「달력」)이라 노래할 때와도 같은 맥락의 의미를 내포한다. 그의 시편에서 '건너고, 날고, 넘고, 걷고, 가는' 이미지도 이와 연속하는 의미 맥락에 위치한다.

특히 삶에 대한 긍정과 역동적 응전은 '그었다', '떨어졌다', '날아올랐다', '들었다', '탄다', '항해하다', '길을 내다' 등과 같이 짧고 단호하게 처리하는 종결어미에 분명하게 드러난다. 이러한 동사형 문장 종결 서술어들은 비단 이 시 뿐만이 아니다. 이런 표현상의 수법은 그의 시에 생기 넘치는 활력을 불어넣는 효과를 거둔다. 의미론적 관점에서 서술어는 주체의 행위를 규정하고 의미를 강제하는데, 동사형 서술어는 화자의 단순한 감정 표현에 그치는 것이 아니라 정신적 지향점을 명료히 하는 기능을 발휘한다. 이게 평면적 정경에 입체적 생동감과 시적 주체의 강인한 의지를 표상하는 요인이다.

때늦은 기러기 행렬 앞세워 오다
어느새 외톨이

자작나무 숲 앞세워 오다
어느새 내 앞을 막아선다

아이들과 엎치락뒤치락하더니
운동장을 독차지했다

어머니 수세미 삶아 내던 날
널어 놓은 수세미에 스미던 어둠

밤새 측백나무 울타리와 동침하고선
동트기 전 잠적했다

—「어둠」전문

대상에 대한 응축된 지각은 내포적이며 함축적일 수밖에 없다. 노수승의 시편들은 직접적인 수사도 동원하지 않은 채 상황이나 사태나 풍경만을 묘사적으로 진술할 뿐 일체의 감정을 극도로 절제하는 방식으로 시적 분위기와 의미를 창출한다. 인용 시뿐만 아니라 노수승의 시편들은 서정시의 정서적 환기력을 최대치로 끌어올리려는 듯 행간에 침묵을 가득 채워놓는 은폐된 감정과 언어의 절제를 보여준다. 그것은 마치 극단적으로는 시가 의미에 봉사하는 것을 거부하는 언어의 즉자성을 보여주는 듯하다. 이토록 놀랍도록 절제된 감정은 산문화된 서정 시대에 보기 드문 성취이다. 보라. '어둠'이 스며오는 사태를 묘사하는 시인의 감각은 사물의 미세한 움직임만 포착하고, 언어를 극도로 투명하고 절도 있게 사용하는 데서 그친다. 단호하다. 대상에 대한 일체의 감정은 정경과 행위에 담겨 있을 뿐 일체 말이 없다.

인용 시 역시 평면적 그림의 정경, 그러니까 '울타리' 안에 스민 어둠의 풍경에 깃든 정적에 입체적 생동감을 불어넣는다. 그 생동감은 소란스러운 것이 아닌 정중동의 부드럽고 유연한 생동감이다. 그것은 '오다', '막아서다', '독차지하다', '스미다', '동침하다', '잠적하다' 등의 동사 종결 서술어와 동작 부사 '엎치락뒤치락'에서 오는 효과에 의한다. 시는 마치 그림이 되려는 듯 서정적 풍경을 보여줄 뿐 침묵한다. 시인은 사물의 떨리는 외양과 눈에 보이는 대상에 대한 주관적 인상을 바탕으로 그 윤곽을 감각적으로 그려내는 데 집중한다. 그로써 고도로 집적된 이미지는 '어둠'처럼 긴 여운으로 남는 잔상 효과를 유발한다.

노수승의 시편들은 동사를 활용한 문장 종결 처리, 비유적 사태나 상황만을 통해 시적 의미를 전달하며, 이를 통해 간결한 입체적 생동감과 압축적인 회화미를 이룩한다. 그 그림 속에는 얼룩진 시인의 마음의 무늬가 그려져 있을 뿐이며 미세하게 떨리는 가녀린 파동이 있을 따름이다. 시인이 사용한 이미지들은 시인의 마음의 무늬를 보여주는 그림 이상의 의미를 요구하지 않는다. "때늦은 기러기 행렬", "자작나무 숲", "수세미", "측백나무 울타리"와 함께 하는 '어둠'의 이미지처럼 다만 시인의 마음의 무늬, 그 내면의 풍경과 파동을 어렴풋하게 보여주는 것 이상의 아무것도 주장하거나 의미하려 들지 않는다. 때문에 어설픈 사변화의 함정을 벗어난 절제를 성취한다. 시인은 이미지와 이미지의 융합과 삼투라는 언어의 연금술을 통해 미세하게 떨리는 마음의 무늬를 보여줄 뿐이다.

4. 천기유동(天機流動)의 생기와 정신의 풍격

노수승의 시편들은 절제된 압축미로 인해 호흡은 짧아도 긴 여운의 효과를 불러일으킨다. 간결한 어법의 짧고 단정한 형태가 유발하는 행간의 여백이나 의미의 단절적 연속은 시의 핵심적 정수만을 표현 전달하려는 의도에서 비롯하는 기법으로 보인다. 이와 함께 그의 시에서 단형적인 통사구조의 반복은 형식적인 차원에서 시의 리듬을 생성하는 데 기여한다. 뿐만 아니라 시의 조형 감각과 형태적 안정감을 주는 효과를 발휘한다. 말하자면 간명한 이미지와 언어표현의 정밀성과 대상에 대한 세심한 배려는 궁극적으로 개념화되거나 사변화되기 이전의 사물이나 현상을 순수하고 투명하게 살아 있는 날것의 이미지 그 자체로 그려내려는 시적 태도에서 기인한다. 이는 주체를 대상에 앞서 내세우기보다는 상호 수평적 관계에 자신을 정위(定位)하려는 겸손과 겸허의 윤리적 미덕을 함유한다.

마을 앞 얼음 논에
썰매 타는 아이들

무슨 말할까 긴장한 하늘
산등까지 내려앉는다

솔숲 미어지게 지나온
산바람 타고
초년의 들녘에
새하얀 말씀이 내린다

귀 기울여 뜨락에 나선다
첫마디 말씀 듣듯
하늘 본다

싸리문 밖 개복숭아 나무도
참나무에 기댄 짚동가리도
귀 기울여 하늘 본다

초년의 들녘에
새하얀 말씀이 내린다
―「첫눈」전문

'첫눈'을 "새하얀 말씀"과 "첫마디 말씀"으로 은유하는 것 외에 어떤 비유도 극도로 자제하는 인용 시는 마치 언어가 그림이 되게 하려는 시도처럼 느껴진다. 시인은 첫눈이 내리는 정경을 어떤 관념이나 사변적 언어를 사용하지 않고 눈에 들어오는 현상적 사태를 그려낼 뿐이다. 첫눈이 내리는 인상적인 풍경에 맞닿아 있는 시인의 시선은 사태에 대한 별다른 수사나 왜곡이나 감정의 개입 없이 시각적 인상을 직관적으로 표현하는 데 주력한다. 어떤 의미화도 거부하는 듯 시인은 가공되기 이전의 살아 있는 풍경을 제시할 뿐이다. 이를테면 '썰매를 탄다', '하늘이 내려앉는다', '말씀이 내린다', '뜨락에 나선다', '하늘을 본다'는 사변적 관념이 전혀 채색되지 않은 현상적 사태나 동작만을 진술할 뿐이다. 시인은 현상적 사태에 어떤 감정이나 의미를 개입시키지도 않고, 또 어떤 해석도 덧붙이지 않는다. 그냥 현상적 사태만을 보여줄 뿐이다. 이는 가공되기 이전의 현상적 사태를 순수 직관을 통해 투명하게 이미지화하려는 시적 전략에서 연유한다.

그러나 시는 언어를 질료로 하는 이상 그림이 될 수 없다. 그럼에도 시인은 그림을 꿈꾸는 듯하다. 그가 꿈꾸는 시의 그림은 어떤 이데올로기나 현실원칙의 억압이나 윤리학 저편 멀리 피안에 자리한다. 그래서 그 어떤 관념화나 개념화도 거부한다. 말하자면 그것은 어떤 개념으로 명료하게 환원될 수 없는 것이다. 그 불가능한 꿈이 노수승의 시가 되고 그의 그림—언어의 풍경이 된다. 그 풍경의 구성은 '얼음 논', '아이들', '하늘', '솔숲', '산바람', '들녘', '뜨락', '개복숭아 나무', '짚동가리'가 '첫눈'을 중심으로 한 시간과 공간의 인접하는 사물들을 역동적으로 연계해 보여준다. 사물에 대한 시적 주체의 의식은 '첫눈'을 "새하얀 말씀"과 "첫마디 말씀"으로만 은유해 드러낼 뿐, 다른 사물에 대해서는 주체의 의식이 거세된 채 시선의 동선을 따라 생동감 있게 제시하는 데 머문다.

제시된 사물들은 관념을 드러내기보다는 첫눈이 내리는 현상을 인상적으로 그려내는 데 머물 따름이다. 여기에는 시인의 주관적 감정이 개입되어 있지도 않으며, 첫눈의 속성을 어떤 인간적인 가치나 의미로 해석해 환원하지 않는 절제를 보여준다. 단지 '말씀'으로 치환하는 정도뿐이다. 이러한 시인의 태도는 개념화나 의미화와는 다른 있는 그대로의 사태와 현상을 중시하는 정신의 풍격을 엿볼 수 있게 한다. 요컨대 노수승은 자신의 관념으로 해석된 세계를 보여주기보다는 살아 있는 현상을 있는 그대로 보여주는 방식으로 시적 의미를 표현한다. 그 극단의 예는 다음과 같이 노래할 때 선명하게 부각된다.

동편의 크리스털 창문 열리고

도토리나무 사이
빗발치는 햇살에 찔려
은갈치 떼 파닥인다

낚싯대 드리운
갈바람의 고패질에
은비늘 날린다

풀잎마다 야생의 투명한 눈망울에
가을 하늘 들인다
　　　　　　　　　　　　　　—「안달루시아 초원의 시골 호텔」 전문

　"청명한 가을 아침에"라는 부제가 붙은 인용 시 역시 한 편의 서정적 그림 같은 느낌이다. 화자는 청명한 가을날 숲속 나뭇잎과 풀잎이 투명한 햇살에 반사되어 '갈바람'에 팔랑거리며 반짝이는 모습을 소묘한다. 그 소묘는 "은갈치 떼"의 파닥거리는 형상과 '은비늘'의 반짝거리는 구체적 감각을 통해 그 생기의 활력을 얻는다. 화자의 비유적 묘사는 또 '갈바람'의 파동에 의해 반짝이며 흔들리는 양상을 낚싯대 고패질이란 운동감각을 통해 그 생생함을 더 한다. 그리고 그 맑게 반짝이는 '풀잎'은 "야생의 투명한 눈망울"이라는 비유를 얻어 청명한 가을 하늘 아래 열리는 아침의 느낌을 절묘하게 그려낸다. 시적 주체의 시선에 의해 비록 비유적 소묘를 하고 있지만, 어떤 현실적 삶의 이념과 관념도, 구속과 억압과 간섭도 개입되어 있지 않다. 그저 생동하는 순수한 물(物) 자체의 현상만이 존재한다. 그럼 으로써 맑고 상쾌한 가을 아침의 느낌을 선명한 구체적 감각을 통해 전달 하는 미적 성취를 이룬다.

　반복하지만 노수승 시는 간결하고 깔끔하다. 아니 너무 맑고 투명하다. 인용 시는 그 극단의 한 사례로 너무도 투명하여 아무것도 보이지 않는 듯 하다. 그저 환하고 맑고 깨끗하기만 하다. 대상을 향해 조용히 시선을 주 는 관조적 응시의 사색 끝에 뱉어놓는 언어는 한없이 맑고 투명하다. 맑고 간결한 투명성에 의해 어떤 해석을 덧붙일 수 있을까? 앞서 이미지스트에 가까운 시법이라 언급했는데, 그런 특징을 전형적으로 드러내는 사례이기 도 하다. 한마디로 그의 시법은 청결하다.

　인용 시를 비롯한 노수승의 단형의 정제된 형태적 특성은 여백의 미를 고려한 의도일 것이며, 시간적 휴지를 감안한 시행의 구성은 음송의 리듬 을 창출하는 동시에 긴 여운을 동반하는 시적 효과를 불러오도록 안배한 시적 전략일 것이다. 그의 시편들은 형태적으로 간결하고 정갈하며 정돈 된 느낌을 준다. 이러한 특징은 자아와 세계와의 대립과 갈등, 분열과 투 쟁보다는 정관과 절제의 내면을 반영한다. 이런 시적 태도는 천기유동하 는 생기(生氣)를 감각하는 정신적 풍격에서 비롯한다.

봄은
눈 속에서 움튼다

나무마다 점점이 피어나는
노랑별

지상의 별에서

비상하려는

향기

봄은

귓전에서 시작된다

멀리서 걸어오는

풀뿌리의 발자국 소리

아이의 숨결보다 고요하게

행보 가다듬는

십 리 밖 숨소리

─「내가 아직 겨울일 때」 전문

　조용히 부지불식간 꿈틀대며 점점 다가오는 약동하는 생명의 감각으로 인해 생기 도는 힘의 아름다움을 느끼게 한다. 천기나 생기가 막히거나 멈추지 않고 흘러넘치는 현상을 표현하는 말이 천기유동이다. 생기가 도는 약동하는 현상의 아름다움을 가리킨다고 할 수 있겠는데, 동양 시학에서 사물과 현상의 정수 또는 정기를 드러내는 정신의 힘을 뜻한다. 인용 시는 우주적 생명의 '숨소리'로 인해 천기유동의 감각을 실현한다. 다른 말로 묘사할 때 대상의 왕성한 생명활동과 거듭 자라나서 날로 변화하는 사물의 양상을 드러낸다는 뜻인데, "눈 속에서 움"트는 ─ 이때 눈은 眼과 雪 ─ 멀리 "십 리 밖"에서 걸어는 풀뿌리의 고요한 발자국 소리와 숨소리는 천기유동을 감각하는 시인의 정신을 표상한다.

　스티븐 오언의 표현을 빌어 정신은 사물에 생명감을 주는 생기 있는 정수이다. 요컨대 사물의 핵심을 싱싱하게 날것 그대로 표현하는 표현과 수사의 방법적 기술이다. 노수승의 시는 그러한 시 정신의 풍격이 만들어낸 결과이다. 이로 말미암아 노수승의 시편들은 생기 넘치는 발견의 시선이 압도한다. 그것을 발견의 감각과 생기의 정신이라 말하고 싶다

심연에 대한 유현(幽玄)한 사유와 통찰
— 김상환 시집 『왜왜』

1. '영혼의 닻' 으로

많은 시간이 흘렀다. 김상환은 스물넷이란 약관의 이른 나이에 등단했다. 그리고 첫 시집 『영혼의 닻』을 발간한 해는 1990년의 일이다. 그러니 『왜왜』는 어언 33년 만에 세상에 내놓는 시집이다. 두 번째 시집을 내기까지 꽤 긴 시간이 흐른 것이다. 시인에게 그간 무슨 일이 있었는지는 모르겠다. 그러나 문학박사 학위도 받고, 또 비평 활동을 이어온 자전적 사실로 보아 문단에서 완전히 떠나있었던 것은 아닌 듯하다. 그런데도 왜 시작 활동을 멈추었을까? 알 수 없는 일이다. 이 단절적 연속을 어떻게 이해해야 하나. 난감함 속에서 추론컨대, 자신의 문학적 생을 탄생시킨 시의 자리, 그 원초적 태반, 존재의 원적(原籍)으로 다시 돌아가고픈 어떤 각성이 이 시집을 낳지 않았을까 짐작할 뿐이다.

김상환은 자신의 문학적 시원 혹은 존재론적 기원을 찾아가고 싶었는지 모른다. 원초적 기원의 태반에 이르는 길이 시에 있음을 자각하고 단절을 연속하며 거기서 삶의 궁극을 찾고자 한 것이다. 산문의 시간을 지나 삶과 세계의 비의를 탐문하고자 한 것이다. 시 쓰기를 멈춘 긴 산문의 시간을 무(無)로 돌리고 운문의 형식에서 삶과 세계의 의미를 묻고 싶었을 것이다. 이를테면 표제 시에서 "물가 능수버들 아래 외로 선 왜가리가 왜왜 보이지 않는지", "두엄과 꽃이 왜 발 아래 함께 놓여 있는지", "좀어리연이 왜 낮은 땅 오래된 못에서 피어나는지", "말산의 그 길이 왜 황토빛이고 음지마인지"(「왜왜」) 묻는 것처럼, 그의 시는 어떤 존재의 근원을 묻는 지점에서 출발한다. 그 물음이 '야마野馬' 같은 삶의 현기증과 '살갗'의 살아 있는 감각과 살아 있음으로 인한 "읍울悒鬱과/ 거룩"(「빈집」)함이라는 "모든 것이 뒤섞인 죽의 현"(「죽음에 대하여」), '사이의 현'(「운문」)에서 울리는 존재의 울림에 귀 기울이게 한다. 이때 귀 기울임은 궁극의 소리, 현상 너머의 어떤 본질을 투시하려는 사색적 정관을 말한다.

시 쓰기를 멈춘 이후의 긴 시간 동안 펼쳤던 탐색의 과정은 불가피하게 현실원칙에 구속받는 산문의 시간이었을 것이다. 근대의 세계관이 강요하는 생산성과 근면성, 합리성과 유용성, 확실성과 물질성의 언어로 사유하는 삶의 실체는 현실원칙이 강제한 노동에 불과하다. 그것은 자유로운 영혼의 창조적 활동과는 거리가 멀다. 되려 존재의 심연을 응시하려는 시선을 가로막는다. 그런 현실 논리의 언어가 지배하는 사유 속에서 삶은 중심을 잃고 분주하며 산만한 산문의 형식으로 경험될 수밖에 없다. 산문의 언어는 한낱 욕망으로 들끓는 거품의 소용돌이일 따름이며, 그 소용돌이 속에서 존재는 부재와 결핍으로 경험될 수밖에 없다. 그는 이제 이런 산문의 시간에서 돌아와 운문의 시간에 들었다. 운문 형식의 심연에 '영혼의 닻'을 내려 정박한 것이다.

묘현(猫峴)을

혼자

넘는 천부

경을 읽다

인중천지일의

흰개가 짖는

갑년
—「흰 개가 짖는 갑년」 중에서

이순을 훌쩍 넘긴 나이, 시인은 그만큼 강고한 현실원칙, 온갖 욕망이 들끓는 산문의 언어로부터 벗어나 세계 내 존재를 통합된 시선으로 유연하게 응시하고 유현(幽玄)하게 정관하는 시적 사유를 펼친다. 이를테면 "유술해자축인묘진사오미신 십이지신을 돌고 돌"아 어질머리로 돌아와 "천부경 비문 앞에 멈춰 선" "이순의 해맞이 소년"은 우주 창생의 원리로서 "일묘연一妙衍"(「구룡산 옛숲」)이 품은 지혜의 눈과 귀로 사물을 보고 듣는다. 그가 처음 그러했던 것처럼 그는 천부(天賦)로서의 시에 영혼의 닻을 내리고 존재의 심연을 감각하고 삶과 세계의 이법을 통찰하고 순리를 직관한다. '갑년'에 이른 그는 "사람 안에는 천지가 하나로 들어와 있다"는 경전의 이법과 하늘의 말씀을 상징하는 "흰개가 짖는" 경전의 지혜에 따라 자아와 세계를 직관하고 통찰한다. 묘현의 긴 언덕을 넘어온 천부(賤夫)는 갑년에 이르러 하늘의 말씀인 천부(天符) 경전의 이치에 따라 처음 하늘이 준 천부(天賦)의 근본으로서 운문의 형식으로 돌아와 삶과 세계를 사유한다. 세계는 하나의 경전이고, 시 쓰기는 경전을 읽고 해독하는 행위인 것이다.
천부(天賦)의 근본, "흰개가 짖는" 하늘의 소리, 그 심연의 세계, "저녁의 훈壎"(「비가 아비가 있느냐」)이 들려주는 '순전한 리듬'(「금호강변에 봄버들」)에 영혼의 닻을 내린 것이다. 삶의 여정은 죽음이 찾아오는 것처럼, "숨은 뱀의 씨줄과 날줄"이 '겨울에서 봄'(「참꽃선」)을 불러오는 것처럼, 우로보로스의 뱀처럼 조금씩 둥글게 휘어져 어느 순간 출발점으로 되돌아가기 마련이다. 시는 '묘현'처럼 길고 느리게 휘어져 마침내 근원으로 돌아온 '천부'(天賦)로서의 출발점이며 귀착점이다. 그곳에서 "흰개가 짖는" 하늘의 소리 '천부'(天符) 경전의 말씀과 같은 일상의 문법이나 현실원칙을 초월한 직관의 문법과 사유를 통해 삶과 세계가 은폐한 비의를 통찰하고자 한다. 시인은 출발점이자 귀착점인 운문의 세계에 영혼의 닻을 내리고 고요히 정박한 것이다. 운문 앞에 입을 다물고 긴 침묵에 빠져든 자리에서 새롭게 시의 길을 가려 한다.

> 울창한 대숲이 만든 문자와 그늘이 죽음竹陰이라면 무씨를 삶은 물에 멥쌀을 넣어 끓인 나복자죽蘿葍子粥을 음미하는 건 다른 죽음粥吟이다 참죽은 깊은 그늘이자 한 그릇의 죽. 대숲 그늘에 죽음의 새순이 돋고, 검은 솥에서 부글부글 끓어오르는 죽은 아픈 자를 눈 뜨게 한다 죽음의 그늘에서 부는 피리 소리 모든 것이 뒤섞인 죽의 현을 듣는 이여! 죽음은 죽음이다
>   —「죽음에 대하여」 부분

김상환은 운문의 형식에서 새로운 소생의 언어, 영혼의 언어를 꿈꾼다. 그 안에서 존재의 심연을 탐색하며 생의 리듬을 감각하고 명멸하는 우주 창생의 이치를 사유한다. 그가 죽음, 죽음(竹陰), 죽음(竹吟)이라는 동음의 언어유희를 통해 끝내 "죽음은 죽음이다", "참죽은 깊은 그늘이자 한 그릇의 죽"이라는 예지적이고 계시적이며 잠언의 경구처럼 술회할 때 도달한 지점이 바로 유현한 사유 세계의 극점을 환기한다. 그리하여 "죽음의 그늘"은 대숲의 그늘이라는 일상적 의미를 떠나 "죽음의 새순"이 암시하는

것처럼 무어라 단언할 수 없는 중의적이며 무한히 열린 역설의 의미를 내포한다. 그것은 생과 사, 시작과 끝, 생성과 소멸을 동시에 포함하는 어떤 무엇이다.

죽음(死)과 죽음(竹陰)과 죽음(竹吟), 즉 현실과 신비를 종횡하는 상상력은 영원한 회귀와 그를 통한 존재의 변모를 예비하고 있다. 김상환은 현실 너머로의 여행을 단념하지 못할 것이다. 그는 감춰진 것, 숨겨진 것, 보이지 않는 것에 이끌리며 모든 존재 위에 드리운 장막을 열어젖히고자 한다. 이처럼 그의 시는 자연적인 것에 깃든 초자연적인 것을 일깨우고 평범한 자연 현상에서 사물의 이치를 발견한다. 존재하지 않는다 해서, 보이지 않는다 해서 그것에 대한 꿈이나 이상의 추구까지 포기해야 하는 것은 아니다. 누구는 이런 비현실적 욕망을 단념하고 심연의 깊이보다 삶의 구체에 주목하라 권고할 수도 있다. 그러나 절대와 부재에 대한 시선을 거두는 순간 시는 사라진다. 그러면 시는 화려한 수사나 단순히 행갈이 한 산문에 불과한 것으로 전락한다. 시란 결국 영원히 접촉할 수 없는 무엇에로의 다가감이다. 그리고 조금이라도 그 거리를 좁히기 위한 힘겨운 노력인 것이다. 여기에 김상환의 시 쓰기는 존재한다.

놀라운 통찰력과 직관력을 통해 시인은 삶 속에서 죽음을, 죽음 속에서 생명을, 탄생에서 죽음을 사유한다. 현실의 온갖 욕망과 가치와 문법의 구속을 물리치고 "죽음의 그늘에서 부는 피리소리"와 "모든 것이 뒤섞인 죽의 현"에서 울리는 우주 창생의 원리로서 생성과 소멸의 소리, 그 궁극의 리듬과 언어를 지음한다. 하나의 오묘함(一妙衍)에서 만 가지가 나온다(萬往萬來)는 천부경(「구룡산 옛숲」)의 경구나 "열에서 하나/ 하나에서 법/ 열"이 마치 "꽃의 살/ 살의 문/ 문의 꽃"(「꽃살문」)으로 무한히 확산하고 응집하는 것처럼 하나가 만 가지를 생성하고, 만 가지가 하나로 수렴되는 우주의 이치, 혼연일체의 지극한 법열(法悅)을 노래할 때도 마찬가지이다. 따라서 존재의 근원에 대한 유현한 사유와 궁극적 통찰의 산물이 『왜왜』의 세계로

규정할 수 있을 것이다. 그것을 존재의 심연에 대한 유현한 사유와 통찰이
라 부를 있을 것이다.

2. 태초의 말과 음악의 지음(知音)

시집 원고를 처음 접할 때 표면적으로 가장 두드러진 특성은 극명하게
양분되는 형태미이다. 짧고 정갈하며 거의 정형성에 가까운 행갈이를 기
본으로 하거나, 아니면 행갈이 없는 산문시 형식으로 양분된다. 그런데 형
태적으로 산문시 형식의 시들도 대체로 호흡이 짧고, 시의 마무리는 짧은
산문적 진술 뒤 두세 행으로 일정하게 처리하는 기법을 따른다. 그런 까닭
에 형식적으로는 불필요한 수식이나 비유, 표현의 차원에서는 감정의 과
잉 노출은 찾아볼 수 없다. 한마디로 섬세한 언어 조탁에 의한 정제되고
압축 절제된 형식미를 구현한다.

김상환의 어법은 고백적이며 회고적이다. 내면 깊은 곳에서 솟아나는
독백의 어조로 발화된다. 그런데 그 발화의 어법은 절제되고, 지극히 응축
된 회화적 미를 구현하고 있다. 대상에 대한 표현적 접근은 매우 상징적이
며 직관적이고, 내용은 다분히 계시적이며 잠언적인 특징을 갖고 있다. 그
는 절제된 형식미와 표현미를 통해 시적 정조를 압축한다. 이러한 특성은
시집 어디를 펼쳐도 쉽게 만날 수 있다. 한 행을 한 연으로 처리하는 형태
적 특성을 가진 작품들이 상당하다는 점, 2행이나 3행을 한 연으로 묶은
단형의 형식미를 구현한 작품들이 그 예이다. 상당한 정형, 운율, 압축, 회
화, 상징의 미학을 고려한 다수의 작품들이 이를 단적으로 확인해준다.

꽃의 살
살의 문

문의 꽃

솟을
모란꽃
살문
솟을 민
꽃
살문

열에서 하나
하나에서 법
열
　　─「꽃살문」전문

　말할 수 없는 것, 드러낼 수 없는 것, 절대에 대한 침묵은 인간의 가장
큰 미덕이다. 이는 인간이 도달할 수 있는 가장 높은 정신의 다른 표현일
것이다. 마치 드러낼 수도 말할 수도 없는 것에 대한 절대적 침묵과 명상,
끝내 내뱉은 단말마의 언어처럼 시어들은 도드라져 있다. '꽃'과 '살'과
'문'이 서로 삼투하는 조화로운 원리로 삶과 세계를 이해하고자 하는 태
도가 역력하다. 안과 밖, 자아와 세계, 사물들 사이의 경계와 구별이 무너
지고 주체와 객체 사이에 가로놓인 모든 장벽이 사라진 상태에서 김상환
시인은 세계를 꿈꾼다. 아니 모든 장벽과 경계, 분별과 차별이 사라진 세
계가 시인을 꿈으로 불러들인다. 그리하여 세계의 자아화, 시인은 세계 그
자체가 된다. 그 꽃살문이 시인의 마음이며, 궁극의 지향점인 것이다.
　그런 까닭에 김상환 시의 언어 운용과 그가 지향하는 시 세계를 압축한
다. 시제 "꽃살문"은 문살에 꽃무늬를 새겨 장식성을 높여 만든 문이다.

시인은 꽃살문이 지닌 조화로운 아름다움을 통해 궁극적으로 참된 이치를 깨달은 자의 황홀한 기쁨을 노래한다. 그 참된 이치는 바로 그의 시에서 자주 인유하는 천부경이나 불교 등의 원리나 이법을 암시한다. 시인은 "열에서 하나"가 나오고, 하나에서 참된 진리로서의 '법'이 나오는 이치를 '꽃살문'의 조화로운 무늬를 통해 통찰한다. 그것이 곧 황홀한 '법열'임을 노래한다. '열'이라는 전체를 통해 하나를 실현하고, '하나'라는 부분에서 전체 구조가 조화롭게 구현되는 이치를 '꽃살문'을 통해 보는 것이다. 하나에서 전체, 전체에서 하나로 나아가는 이법, 그리고 그 조화로운 아름다움이 곧 지극한 황홀감의 '법열'임을 시인은 말한다.

　그런데 주목할 점은 무엇보다 그 황홀한 '법열'의 세계를 표현하는 언어유희의 기법이다. 한눈에 보아도 '꽃과 살', '살과 문', '문과 꽃', 그리고 '열과 하나', '하나와 열'의 동음반복을 통한 운율적 효과를 불러일으키고 있음을 쉽게 알 수 있다. 이러한 단어의 연쇄와 동음의 반복을 통해 시인은 시적 분위기를 강화하고 의미를 집중하는 효과를 거두고 있다. 요컨대 이러한 통사구조의 반복은 형식적인 차원에서 시의 운율 창출에 기여할 뿐만 아니라 시의 조형 감각과 형태적 안정감에 기여하고 있다. 동일한 음절의 교체 반복에서 파생하는 음향효과를 통해 두운이나 각운, 우리 시에서 그것이 가능한지는 면밀한 검토가 필요하겠지만 아무튼 리듬을 창출하는 데 기여하는 점은 분명하다.

　병행과 구문의 반복적 회귀의 힘은 낱말이나 생각 속에 이에 호응하는 회기성을 자아내며, 구조상의 병립성이 구성원리로 배열에 투영되면 의미의 등가성을 촉진하는 법이다. 즉 이런 반복과 연쇄는 '꽃, 살, 문', '하나, 열'이라는 사물과 단어들 사이의 불투명한 장막을 걷고 존재들끼리 소통이 가능하도록 만든다. 또한 불시에 습격해오는 정신적 개안의 극히 짧은 순간을 짧은 단어의 반복과 음운의 연쇄를 통해 효과적으로 드러내는 데 기여하고 있다. 시인은 의도적으로 이런 수법을 전경화하면서 시의 분위기와 정조를 강화하고, 종국에는 참된 이치를 깨닫는 '법열'의 황홀한 느낌을 고조하는 효과를 거두는 것이다. 개별 사물들을 단일하게 응축시켜 전체에 접맥하고 통합함으로써 찰나적 정신의 개안이라는 핵심에 접근하는 효과를 거두고 있다.

덧붙이면, 1연은 시제 '꽃살문'의 형태를 말잇기 놀이처럼 풀어낸다. 아이들의 말놀음처럼 논제는 술사, 술사는 다시 논제, 논제는 다시 술사로 꼬리를 물고 이어지는 형식이다. 즉 꽃은 살, 살은 문, 문은 꽃이다. 거꾸로도 마찬가지이다. 즉 꽃은 문, 문은 살, 살은 꽃이다. 그리하여 꽃과 살과 문, 문과 살과 꽃은 하나의 '꽃살문'으로 탄생한다. 열이며 하나이고 하나이며 열인 것이다. 2연 역시 말잇기 놀음을 반복한다. 꽃살문, 즉 '솟을' 무늬에 새겨진 꽃은 '모란꽃', 다시 '모란꽃'의 '꽃'은 '살문'으로 이어져 '꽃살문'이 된다. 다음 행들, "솟을민/ 꽃/ 살문"은 솟을민꽃살문이라는 전통 문양의 문 이름을 구성하는 솟을무늬의 '솟을민'과 '꽃'과 '살문'을 떼어 한 행으로 배열한 것이다. 이것 역시 의미론적으로 열이 하나, 하나가 열인 이법을 암유한다. 3연 역시 말잇기 놀음을 연속한다. 솟을민 꽃살문처럼 유기적 관계성 속에서 열이 모여 '하나'의 전체를 형성하고, 술사인 '하나'는 다시 논제가 되어 '법'과 '열'로 연속하며, 끝행 '열'은 다시 3연 첫 행의 '열'로 회귀하는 구조이다. 이때 술사인 '법'은 '하나'가 '열'인 이치, 그 속에서 시인은 우주적 조화의 '법열'을 본다. 시인은 "하나에서 법/ 열"이라는 행걸침 – 이런 기법은 여러 시에서 발견된다. – 의 기법을 통해 지극하고 참된 우주적 조화의 황홀한 이법을 통찰하는 것이다.

한 연을 한 행으로 처리하는 수법, 짧고 단정한 형태가 유발하는 행간의 여백, 의미의 단절적 연속 내지는 연속적 단절과 휴지, 행걸침의 기법을 활용한 중의적 표현 방법은 시의 핵심적 정수만을 표현 전달하는 효과를 불러온다. 이 같은 표현기법은 김상환 특유의 시법이다. 여기에 간명한 이미지의 추구와 언어표현의 상징성과 대상에 대한 세심한 배려가 단적으로 드러난다. 단형의 정제된 형태적 특성은 여백의 미를 고려한 의도일 것이며, 시간적 휴지를 감안한 시행의 구성은 음송의 리듬을 창출하는 동시에 긴 여운을 동반하는 시적 효과를 불러오도록 하기 위한 안배인 것이다. 요컨대 그의 시는 형태적으로 간결하고 정갈하며 정돈된 느낌을 준다. 이러한 형태상의 특징은 현실적 삶의 갈등과 대립을 드러내거나, 분열되고 투쟁하는 시적 자아라기보다는 고요하게 관조적으로 침잠하고 정관하는 시적 자아의 내면을 반영한다. 한 마디로 대상에 대해 조용히 침잠하는 정관의 사색적인 태도를 보여준다.

또 이와는 반대로 산문 형식의 진술 방식을 따르는데,

> 문경 가은 완장리完章里에 가면 창자까지 시원하다는 선유동천 완장浣腸이 있다 물과 돌이 태반인 그곳, 너럭바위 사이로 흘러가는 물이 무심의 계송이라면 돌은 한 권의 서책이다 그 옛날 신령한 뗏목 대신 나뭇잎이 흘러간다 새로 산 신발을 벗어 두고 내 마음도 물길 따라 흘러간다 8곡 난생뢰鸞笙瀨에 오면 물줄기는 바윗돌에 새겨진 현이, 악기가 된다 생이란 말 황이라는 소리가 율 려 율 려로 흐르는 봄날 오후
> —「동천 완장」 전문

와 같이 노래할 때이다. 그의 시 형태는 극명하게 양분되는데, 산문시 형식은 시인의 순수한 의식의 흐름을 단절 없이, 그리고 가급적 진솔하게 드러내는 효과를 발휘한다. 즉 내면에서 발흥하는 어떤 감흥, 의식의 흐름, 의식의 내면적 정황을 고백이며 회고적으로 술회할 때 주로 쓰인다. 대상을 마주하고 그것이 불러일으키는 감정이나 내면적 성찰의 과정을 하나의 간단한 이야기로 포착하려는 의도인 것이다. 그리하여 내면의 감정을 어떤 고도의 언어적 기교를 부리지 않고 이야기하듯 담담한 어조로 술

회한다. 이때 발화의 수신 대상은 고백의 회기성에 의해 자기 자신을 지향하는 경우가 대부분이다. 그것은 또한 그의 시가 지닌 정관적 태도, 세계를 자아화하는 시인 특유의 강렬한 욕망에서 기인하는 것이기도 하다.

그러나 김상환의 시가 산문시의 형태를 취하더라도 결코 부산하지 않다. 산문시 또한 정연한 행갈음의 운문처럼 간결하고 짧은 호흡으로 경쾌하게 리듬을 밟아 나가는 특성을 지니고 있다. 시인은 "창자까지 시원"하게 깨끗이 씻어낸다는 "선유동천 완장浣腸"에서 마치 선경에 든 듯한 느낌을 간결한 호흡과 깔끔한 언어로 형상화한다. 마음과 눈의 동선은 한 획의 낭비도 없이 깔끔하게 절제되어 있다. 시인의 언어는 선유동 계곡을 흐르는 물처럼, 선유동 계곡 바위 사이를 스치는 바람처럼 경쾌한 리듬을 타는 듯하다. '완장'으로 은유한 세속적 현실을 떠나 "물줄기는 바윗돌에 새겨진 현이, 악기"가 되어 울리는 물여울 음향에 심취한 순전히 무구한 상태의 마음을 읽을 수 있다. 그런데 여기에서 우리가 읽어야 할 점은 세속적 현실의 욕망에서 벗어나 초월적이고 이상적인 삶의 원리를 찾으려는 태도, 시집의 밑변을 관통하는 현실에 머물지만 현실을 넘어서려 꿈꾸는 초예(超詣)의 정신이다.

자연의 리듬이 들려주는 지극하고 조화로운 음향을 감각하는 시인은 간결한 언어 사용과 간명한 이미지의 응축을 통해 시적 전언을 담아낸다. 바로 이러한 특징으로 말미암아 한층 역동적이고 생생하다. 대상을 감각하는 정밀하고 예민한 언어 감각은 한 폭의 회화적 그림을 연상하게 하며, 음악에 가까운 리듬에 육박하고 있다. 그런데 그가 담아내는 시 정신의 세계는 '선유동천 완장'과 '난생뢰'와 같이 삶의 구체나 현실을 다소 벗어난 곳에 있다. 이 말은 곧 존재하지 않는 것만이 우리를 존재한다는 역설과 존재는 항상 본능적으로 존재 이상을 꿈꾼다는 것을 뜻한다. 김상환은 보이지 않는 것에서 아직 찾지 못한 태초의 말, 태초의 음악을 지음하려 욕망한다. 그는 그곳에 삶의 평범하지만 지극한 원리와 아름다움이 있다는 것을 말한다.

3. 삶과 세계의 비의(秘意)에 대한 예지적 성찰

서정 양식에서 표현 주체는 대상과 거리를 지우고 주객 합일의 내면화, 즉 세계를 자아화한다. 고전적 관점에 따르면 서정시는 주체의 직관적 통찰에 의한 순간 포착을 근간으로 한다. 따라서 시의 핵심 내용은 자기 인식이나 세계와의 동일성을 추구하는 데 있다. 시의 본질적 특성으로서 무시간성이나 주객의 통합은 이러한 조건 때문이다. 김상환의 시는 내면의 심층과 분리하기 어려운 자기 고백, 어떤 계시성을 담뿍 담은 잠언적이며 성찰의 음성을 특성으로 한다. 자기 표현적 속성과 자기 회귀성을 기본으로 하는 고백과 성찰, 직관과 통찰의 어법으로 발화된다. 그는 어떤 사물을 마주하거나 상황에 직면했을 때 그것을 실체 그대로 재현 묘사하기보다는 대상을 자아화하여 표현한다. 이를 통해 자신의 내면과 세계의 비의를 사유한다. 그의 시가 사물의 객관성보다는 사물이나 현상을 해석하고 판단하는 직관적 통찰의 주관성 혹은 예지적 계시성 혹은 명상적인 성찰에 기초하는 것도 이러한 이유이다.

한여름 오후
법고소리에 개울물이 깨어나면
꽃담에 비친 나는 비非,
아니 나비가 되어버린
나반존자의 하늘

구름은 멀고 체에 거른

바람이 건듯 분다

구름체꽃을 본지 오래

고도리 석조여래입상을 떠나온지 오래

죽은 새를 뒤로 하고 운문을 나서니
시가, 노래가 되는 것은
사이라는 현이다
—「운문」 중에서

　시적 주체의 내적 정념을 고백하는 전형적인 특성을 드러내는 인용 시
는 그의 시가 내장한 형식미와 시적 사유의 형질을 특징적으로 담아낸다.
아마도 이 시를 시집을 여는 첫 시로 배치한 이유도 여기에 있을 것이다.
그것은 시집의 서언 격인「시인의 말」, 즉 "운문을 나서니/ 시가, 노래가
되는 것은/ 사이의 현"이라는 알 듯 말 듯 오묘한 진술을 이 시의 시구에
서 가져온 것을 보아도 쉽게 짐작할 수 있다. 따라서 가능할지 모르겠지
만, 그의 시의 요체에 접근할 수 있는 시금석 같은 작품이다. 그의 시적 지
향성에 대한 하나의 암시를 제공해주기 때문이다. 그 암시의 끝자락에 언
어란 기호 체계 혹은 정보 전달 도구 이상의 무엇이며, 시의 언어란 현실
너머에 잠재한 어떤 가능성을 응시하고 그것을 현현하는 특별한 힘을 가
지고 있다는 통찰이 자리한다.
　시의 제목 '운문'은 매우 중의적이다. 그의 시어 대부분이 그렇다. 그의
시에 등장하는 '운문'은 그의 고향 동리의 이름(「분홍 꽃신」)으로도 보이고,
비유적으로는 사원의 은유로도 보이며, 시를 일컫는 운문(韻文) 등을 다의
적으로 은유한다. 대부분의 시에서 김상환은 시어의 의미를 한자로 병행

하지 않는다. 그럼으로써 시의 메시지나 분위기를 모호하고 애매한 다중적인 경계에 머물도록 유도한다. 아무것도 특정할 수 없다. 이런 중의적 제목인 '운문'은 이 대목에서 절(雲門)을 비유하는 듯하다. 화자는 "한여름 오후" 절간에 들었다. 불법을 비유하는 "법고소리"는 절간의 고요한 적막을 깨워 개울물을 생동하게 하고, "배롱나무 그늘" "꽃담에 비친" 현상계의 '나'를 '비(非)', 즉 언어유희의 역설을 통해 '나'를 '나'가 아닌(非) 존재로서 '나비'로 인식하도록 이끈다. 장자의 호접몽을 연상케 한다. '나'는 "나비가 되어버린" 것이다. 이는 피아(彼我)의 구별(區別)을 잊어버리고 물아일체, 만물일체라는 혼연(渾然)의 상태를 지향하는 화자의 정신적 태도를 그대로 표상한다. 이를테면 독성(獨聖)의 지혜로운 깨달음에 이른 '나반존자', '나비'의 유사한 음운적 연속으로 보이는 "나반존자의 하늘" 같이 고양된 경지를 추앙하는 시인의 상향적 정신의 지향성을 환기한다.

시인은 이어서 "체에 거른/ 바람"이 피워 올린 "구름체꽃을 본지"도 "석조여래입상을 떠나온지"도 오래라 진술한다. 그 오랜 시간은 사유 혹은 자유의 응결된 결정체로서 "구름체꽃", "석조여래상"으로 상징되는 침묵의 언어 세계인 시, 언어의 응결체로서 운문(韻文)의 리듬을 떠나있었던 산만한 세속적 시간과 산문 언어의 부산스러운 세계를 의미하는 듯하다. 세속적 산문 언어의 시간은 "죽은 새"가 상징하는 것처럼 영혼의 생명과 자유를 상실한 시간일 따름이다. 시인은 이제 산문적 시간이 지배하는 현상계 밖으로 나와 그윽한 어둠(玄) 속에서 현(絃), 다른 시에서 "저녁의 깊이"(「저녁의 훈」)를 드러내는 "저녁의 훈"(壎)(「비가 아비가 있느냐」)이 발하는 음악, 절대음을 지음하려는 운문의 리듬 앞에 선 것이다. 시인은 그 리듬 앞에 서서 "물줄기는 바윗돌에 새겨진 현"의 "악기"가 발하는 소리 혹은 생황(笙篁)의 리듬이 "율 려 율 려"(「동천 완장」)로 흐르는 율려(律呂)의 음양적 조화와 리듬의 선율을 지음하는 것이다. 시인의 눈은 현상의 허상을 버리고 본질의 드러남을 향해 있다.

시는 여타의 다른 담론 유형 혹은 언어 기능과 본질적으로 구분되는 계시성을 가지고 있다. 여기서 계시성이란 합리적 이성과 논리적 사유와 문법적 규범 안에서 이해하고 추론하고 판단하는 언어의 일반적 기능을 넘어서 있다는 것을 의미한다. 이 말은 곧 운문의 형식이란, 시의 언어란, 시란 결국 인간과 세계의 궁극적인 의미 혹은 은폐된 비의를 직관적으로 포착, 통찰, 해독, 폭로, 현시하는 능력을 가리킨다. 시인이 "조각에 새겨 놓은 금언이나 지혜의 말씀"인 '히브리의 믹담'(「나무 믹담」), 노자의 "명가명비상명"(「빈집」), 이 시에서처럼 장자의 호접몽, 그리고 빈번하게 등장하는 '천부경' 연관의 시구, 성서의 '욥기', '잠언', '요한계시록', '요한복음' 등 경전에 등장하는 잠언이나 경구 등을 즐비하게 끌어들이는 인유적 상상력은 모두 사물이나 현상이 숨긴 비의를 드러내기 위한 하나의 방법이다. 그리하여 그의 시는 다소 현실 초월적 경향을 갖기도 한다.

> 천부의 지극한 말씀
> 그대에게 길이 있다면
> 이곳이 길이 되리라 한다
>
> 거울을 마주한 이후
> 나는 밤이면 밤마다 하늘 저편
> 마차부자리에 오르는 꿈을 꾼다
> ─「석경」 중에서

김상환은 일상 언어 규범이나 합리적 이성의 문법이나 산문의 언어로는 접근할 수 없는 어떤 심연에서 울리는 비의를 직관하고 본질을 포착하는 데 주력한다. 이때 김상환의 언어와 시는 현실과 동떨어진 형태로 존재하는 듯 보인다. 그것은 "천부의 지극한 말씀"에서 어떤 진리의 '길'을 찾는 통종교적이고 형이상학적인 관념성, 특유의 정관적이며 성찰적인 명상의 태도, 그리고 마치 중력을 거부하고 "밤이면 밤마다 하늘 저편/ 마차부자리에 오르는 꿈"의 초월적 심미 의식이 강하게 작동하기 때문이다. 하지만 그의 언어는 역설적으로 현실 속으로 잠입해 들어가 마침내는 "나는 비(非)/ 아니 나비가 되어버린" 반어적 역설을 통해 현실의 확실성 그 자체를 무화하고 전복하는 기능을 발휘한다. 현실의 확실성 너머에 존재하는 불가시의 가능태를 현시함으로써 합리와 이성의 언어로 구축한 현실 원칙을 전복한다. 이렇게 김상환은 이성과 합리로 무장한 주체의 확고부동한 가치와 신념 체계를 허물고 자신의 내밀한 고독 속에서 자아의 시종을 응시한다. 그 응시 속에서 시인의 언어는 모든 현실적 중력을 벗어나 현실 원칙을 무화(無化)하고는 일상적 경험의 배후에 존재하는 또 다른 자아의 세계를 현전한다. 시인이 '나'가 불현듯 '나비'로 현전하는 꿈의 세계를 구현하고는 "사이라는 현"을 통해 중의적으로 암시하듯 깊고 그윽하며 미묘한 어둠(玄)의 현(絃)에서 울리는 진언으로서의 시, 절대 언어로서 음악을 지음하려는 태도에서처럼 말이다.

경계를 넘나드는 김상환의 상상력은 범신론적 범주를 아우르는 것으로 통종교적이다. 서로 막힘없이 통한다. 그것은 마치 불교의 동체대비(同體大悲)나 불일이불이(不一而不二)의 사상을 떠올리게 만들기도 하면서, 또 직접적으로 그의 시에서 자주 인용되는 '천부경'(天符經), 노장의 사상들, 그리고 성서 구절에서 따온 인유적 상상력은 모두 심원한 정신적 각성의 세계를 드러낸다. 일례로 "내 안의 나/ 비를 보는"(「새벽길」) 것, 즉 행걸침의 수법을 통해 현상계의 내 안에서 또 다른 나로서의 '나비'를 현시하는 방법, 혹은 "한 쪽으로 나무 둘레"를 도는 것을 두고 "나 – 무와 눈싸움"(「알 수 없는」)이라 진술할 때 역시 현상계의 '나'를 '무(無)'로 인식하고 그것을 결국 '나무와의 눈싸움'으로 형상하는 방법은 동일한 의미 맥락 위에 있다. 더불어 "천부/ 경을 읽"(「흰 개가 짖는 갑년」)는다고 했을 때 역시 행걸침을 통한 중의적 의미의 결합에서도 마찬가지이다.

시(詩)를 파자하면 절간의 언어이다. 운문의 언어는 사원의 언어, 시의 언어는 사원의 말, 침묵의 언어, 불립문자의 언어도단, 노자의 명가명비상명, 나가 나비이고 나비가 나이며, 하나가 둘이고 둘이 하나인 불일이불이의 반어적이며 역설적인 언어이다. 김상환은 이런 언어의 사원, 운문 앞에 나와 섰다. 시인은 어두운 태허(太盧)의 공백으로서 "사이의 현"이 생성하는 시와 노래의 음악 앞에 서 있는 것이다. 그 깊은 운문의 우물에 영혼의 닻을 내린 것이다. 그것은 또한 어둡고 긴 "사이의 현(玄)"으로 은유한 세속적 산문 언어의 시간을 통과했음을 지시한다. 그리고 현의 또 다른 속성으로서 그윽한 어둠 사이에 내재하는 사물의 깊은 이치와 아취(雅趣)를 응시하려는 시인의 태도를 환기한다. 그 응시는 곧 현악기의 줄인 현(絃)으로 연쇄하면서 그 "사이의 현"이 울리는 그윽하고 미묘하며 심원하고 유현한 운문의 리듬과 무구한 언어의 음악에서 시적 사유의 지평을 연다. 그러한 이유로 번득이는 예지의 통찰력과 계시성을 보여주며, 그런 만큼 다양한 해석의 여지와 여백의 문을 활짝 열어두고 우리를 맞이한다.

4. 고고한 정신의 기품과 충담(沖淡)의 멋

김상환은 세속적 삶의 들끓는 욕망의 시간에서 이제는 돌아와 고요한 자세로 운문 앞에 섰다. 그 어둠의 현이 울리는 심연의 노래 속에, 운문의 심원한 세계 안에 '영혼의 닻'을 내린 것이다. 시인은 그 앞에 서서 "여음의 저녁"과 "율음의 아침"(「마침내」)이 들려주는 율려(律呂)의 궁극의 리듬과 노래와 울림을 지음하고자 한다. 그의 시는 평면적이고 기계적으로 현실을 수용하지 않는다. 그는 지금 이곳이 아닌 다른 어떤 곳, 어떤 피안, 어떤 비의를 향해 눈을 두고 있다. 시인의 마음은 "알 수 없고/ 말할 수 없는 당신"(「저녁의 훈」)에 가 있으며, 눈은 "말할 수 없는 것"과 "보이지 않는 것"(「비가」)에 닿아 있다. 이 말은 시를 정연한 현실 논리의 반영이나 현실의 부산물, 혹은 사회적 삽화나 어떤 사명으로 여기는 태도에서 비켜 서 있다는 것을 뜻한다. 가령,

가지사이로달빛이새어나온다새로운병은나을기색조차없다이별의기별도없이 사라진먼나무그늘로수염이자라듯삼이자란다집에서듣는에릭사티의짐노페디2 번베란다의꽃이란꽃은말이없다느리고슬픈피아노의무한선율명가명비상명의저 녁이가고이름을알수없는새벽이온다꿈은사라지고나는아프다

야마野馬와
살갗과 읍울悒鬱과
거룩한
―「빈집」전문

라고 노래할 때, 김상환에게 시 쓰기는 형이상학적인 모험이며 탐색이다. 그것은 일종의 도전과 저항이다. 이를테면 현실의 문법이 기각한 또다른 세계에 대한 도전적 탐문을 의미한다. 김상환은 "허물어진 고성과 노새의 방울소리"를 성좌로 삼아 막막한 사막을 건너는 순례의 길 위에 있다. 불타는 사막의 화염 속에서 "낙타가 그림자 꽃을 피우"고 "꽃과 나무/새"가 없어도 "아름다운 비단, 길"(「서역의 달」) 끝에 열리는 법열의 지극한 극점을 향해 걷는다. 그 순례의 길이 시 쓰기이다. 시인은 순례의 구도자인 듯 아지랑이처럼 번지는 현기증의 "야마(野馬)"와 살아 있음의 '살갗'의 감각, 그리고 "읍울(悒鬱)과/ 거룩"(「빈집」)함이 모두 공존하는 세계 내 존재의 내밀한 깊이 속으로 침잠해 들어가 그 울림을 지음한다. 달빛과 병과 이별, 음악과 꽃과 슬픔, 이런 모든 것들에 대해 이름 붙일 수도 없고 알

수도 없는 아픔의 고행이 그의 시 쓰기인 것이다.

　이러한 다소 고전적이며 동양정신에 기반한 듯한 심미적 태도, 즉 '영혼의 닻'을 존재의 심연에 뿌리내리고 펼치는 탐색은 삶의 구체에서 유리된 독백, 공허한 관념주의라는 비판을 받을 수 있다. 그러나 그는 현실이 강요하는 모든 가치와 확실성과 믿음을 물리치고 일상의 경험 세계를 넘어선 초역사적 정신세계에 관심을 둔다. 예컨대 "나는 비非,/ 아니 나비"(「운문」), "내 안의 나/ 비"(「새벽길」) 등과 같은 장자의 호접몽, "모든 것은 모든 것에 이어져 있고 모든 곳은 모든 곳에 가 닿"(「아버지와 함께 찾아간 여름 바닷가」)으며 "물고기가 달을 읽"(「저녁 성당, 못」)고 "열에서 하나 / 하나에서 법/ 열"(「꽃살문」)을 보고, "나 – 무와 눈싸움"(「알 수 없는」) 끝에 그 '나무'의 텅 빈 "허/ 공에 마침내의 도가 있다"(「나무 믹담」)는 등의 표현이 보여주는 노장의 철학과 선불교의 선문답 혹은 화두 같은 게송, "비가 아비가 있느냐/ 이슬 방울은 누가 낳았느냐"(「비가 아비가 있느냐」)거나 "무덤은 생명의 경계를 듣는 귀"(「무덤은 순전한 물음이다」) 등과 같은 성서의 잠언이나 경구들, 그리고 천부경과 음악 연관의 반복되는 인유적 상상력은 모두 그의 시가 지닌 잠언적 계시성과 현실 초월적 경향을 환기한다. 그러나 나무랄 일이 아니다. 왜냐하면 시인은 언어를 매개로 세계를 다시 창조해 내는 자이기 때문이다. 창조는 세계를 재현 복사하는 것이 아니라 세계를 근저로부터 뒤흔드는 변혁의 힘이다. 여기에 언어의 창조적 불온성이 있다.

　김상환은 일체의 사회적 조건에 대해 무관심한 태도를 보이며 시적 대상과 내면을 관조적으로 대면한다. 그러한 까닭에 초월에 대한 강렬한 집착을 보여준다. 이렇듯 대지의 중력을 무시한 환상적이며 초월적 사유는 현실과 유리된 백일몽의 소산으로 여겨진다. 이러한 성향은 그의 시는 세계의 본질을 발견하기 위한 정관적 사유를 내용으로 삼는 경우가 대부분이며 현실 저편에 있는 심원하고 항구적인 존재에로의 다가감을 목표로 한다는 뜻을 내포한다. 세계라는 상형문자, "빛과 소금의 상형문자/ 위로

달"(「개암에 들다」)을 읽어나가는 그의 시선은 어떤 존재나 사물이나 현상의 근원을 향해 있기 때문에 다분히 범신론적이고 통종교적이다. 거기에는 "검은 빛 하느님"(「저녁 성당, 못」)과 "인중천지일의/ 흰개"(「흰개가 짖는 갑년」), "검은 빛의 무늬" "까치 꼬리깃에 내린 흰눈"(「눈깃」), 그림 위의 "검은 점"과 "흰 바탕"(「벙어리와 고독한 자의 송사」), "검은 새와 흰 내"(「검은등할미새」) 등 원시의 어둠과 빛이 짙게 감돈다. 그것은 태초의 텅 빈 상태로서의 태허(太虛), 코스모스를 잉태한 카오스, 아니면 불교적 의미에서의 색을 품은 공(空)의 세계, 어떤 원초적 근원을 의미하는 것으로 볼 수 있다.

김상환이 고독하게 응시한 내밀성의 광맥은 우리를 일상적 의식 저편에 위치한, 보이지 않는 존재로 가득한 세계로 안내한다. 그는 신비의 지표를 찾고 있는 듯하다. 그 신비의 지표는 곧 말할 수도 없고, 알 수도 없고, 보이지도 않는 어떤 음악의 소리 같은 종류의 것이다. 그가 여러 작품에서 '훈', '현', '율려', '음악', '노래', '소리'와 연관한 시적 상상력을 자주 반복한다거나 원초이며 절대적 태허(太虛)의 상태를 상징하는 흰빛과 눈(雪), 검은빛과 어둠(밤, 저녁)의 대비적 이미지를 통해 빈번하게 시적 사유를 펼치는 이유도 여기에 있다. 말하자면 "검은 새와 흰 내 사이"(「검은등할미새」), "사물과 마음의 경계"(「가지산 상상」)가 사라지고 "말할 수 없는 것/ 보이지 않는 것"(「비가」), 그리고 "알 수 없고/ 말할 수 없는" "저녁의 깊이 저녁의 훈"에서 들려오는 궁극의 '노래'(「저녁의 훈」)를 감각한다. 그 궁극의 리듬이 안내하는 길을 따라가면 시초와 종말, 순간과 영원, 현실과 환상이 공존하는 세계가 있다. 여기에 이르면 우리는 나날의 진부하고 공허한 삶에서는 얻을 수 없는 어떤 고양된 감각과 존재의 깊이를 얻게 된다. 시인이 고독하게 응시한 내밀성의 광맥은 우리를 일상적 의식 저편에 위치한, 보이지 않는 존재로 가득한 세계로 안내한다. 그 길을 따라가면 시초와 종말, 순간과 영원, 현실과 환상이 공존하는 그 세계에서 우리는 나날의 진부하고 공허한 삶에서는 얻을 수 없는 어떤 고양된 감각과 생기를 얻는다.

눈이 내려 모든 사물이 '흰 범물'(「범물, 흰」)이 되고 "천지간 눈이 멎고" 마침내 "동백은 검은, 빛"이 되는 반어와 역설, 형용모순과 언어도단은 모두 허와 공의 사유에 근간을 두고 있는 것이다. 따라서 빛과 어둠의 표면적인 대비는 "여음의 저녁이 가고/ 율음의 아침"이 와 "마침내 꽃은 피고" "그 꽃/ 눈이 부"(「마침내 – a에게」)신 것처럼 하나이다. 그리하여 원초적인 어둠과 빛이 품은 어떤 근원, 어떤 중심, 어떤 절대의 언어와 음감을 찾아가는 순례의 길, 구도의 길이 김상환의 시 쓰기라 할 수 있다. 그는 시란 미지, 즉 피안의 세계를 향해 나아가는 도정인 만큼 근시안적 현실인식에 좌우되기보다는 부동하는 내면의 목소리에 귀를 기울이고 사물과 현상에 잠재하는 어떤 본질을 정관적 태도가 더 바람직하다는 입장인 듯하다. "사물과 마음의 경계가 사라"(「가지산 상상」)져 하나인 피아 일체의 상태, "입구나 출구란 본래부터 없는 구멍"(「묵상하는 새」)이라는 원의 상징이 함유하는 공과 허로 세계를 이해하는 초월적 인식은 현실을 괄호로 묶는다. 그리고 그 바깥의 텅 빈 여백에서 꿈꾸며 삶과 세계가 은폐한 원초적 본질로서의 비의를 쫓는다.

초승달은 푸른 말이다

달의 갈기 곧추 세워 소녀는 현을 켠다

물수제비처럼 선율이 하늘가에 퍼진다

말은 검푸른 달

그 달의 말과 빛으로

뭇별이 쏟아지면

홍교 아래 물이 흐른다
　　—「달과 소녀」 전문

　시의 제목은 서양화가 강신국의 화제이다. 인용 시는 그 그림을 언어로
옮긴 것이다. 그런 까닭에 한 편의 풍경화, 풍경의 언어이다. 시인은 초승
달이 초저녁 서쪽 하늘에 잠깐 머물다 사라진 어두운 밤하늘 자리에 별이
떠오르고, 무지개 다리 아래 별빛으로 물들어 흐르는 밤의 아름답고 환상
적이며 신비한 풍경을 그려낸다. 시인은 초저녁 잠깐 비치는 초승달 혹은
달빛을 "푸른 말"로 은유한다. 그리고 "푸른 말"과 연관한 이미지를 통해
달빛을 말의 '갈기'로 은유한다. 이러한 이미지는 계속 연쇄되는데, 달빛
을 은유한 "달의 갈기"는 악기의 '현'이라는 은유를 얻는다. 푸른 말 달빛
갈기의 '현'에서 울리는 '선율'은 초원을 달리는 '푸른 말'의 경쾌한 움직
임처럼 생동한다. 그 '선율'의 생동감은 다시 '물수제비처럼' 길게 동심원
을 그리며 "하늘가에 퍼"져나가는 음악적 리듬을 얻는다. "초승달"을 "푸
른 말", "달의 갈기"를 악기의 '현', '현'에서 울리는 소리를 '물수제비의
선율'이라는 이미지들의 연쇄는 결국 "말은 검푸른 달"이라는 은유를 얻
어 모든 사물은 서로 결속된다. 달은 말, 말의 갈기는 현의 선율, 말은 달
이 되는 은유 구조이다. 이렇게 사물이 서로 경계 없이 하나로 결속하는
연상 작용은 결국 '별'마저 "달의 말과 빛"이 되는 은유로 확장됨으로써
"홍교 아래 물"은 별빛으로 물들어 흐르는 아름답고 환상적이며 몽환적인
풍경을 그려내는 것이다.
　시인은 평면적 그림의 풍경에 정중동의 입체적 생동감을 불어넣는다.
정중동의 입체적 정경은 간결하고 깔끔하며, 맑고 투명하다. 그리하여 김
상환 시가 갖는 한 특이점으로서 형태적 측면에서 간결하고 내용적 차원

에서 주관성과 상징성, 계시성과 직관성을 가장 잘 드러내는 작품 중 하나이다. 대상에 조용히 침잠해 들어가 관조적으로 응시하는 사색 끝에 뱉어 놓는 언어는 한없이 맑고 투명하다. 맑고 간결한 투명성에 의해 이 시에 대해 어떤 해석을 덧붙인다 한들 그 말은 한갓 군더더기에 불과할 것이다. 여백의 미로 꽉 채워진 인용 시를 비롯한 여타의 시는 시의 본질로서 언어의 경제성을 최대한 고려한 듯 되도록 말을 적게 하고 침묵의 공간 속에서 생동하는 여백의 여운을 넓고 깊게 마련해 둔다. 그리하여 대상에 대한 묘사는 마치 음악이나 그림처럼 진한 시적 뉘앙스를 품으며 짙은 여운의 향기를 풍긴다.

긴말 필요 없이 1행을 1연으로 처리해 짧게 완결된, 단 일곱 줄의 연들이 펼치는 공간 감각은 놀라울 정도로 시적 공간을 압축하는 동시에 확장한다. 김상환의 시는 간결미, 혹은 응축된 이미지 구현의 시법을 지향한다. 이러한 압축된 회화 미의 시법을 추구하는 시인의 창작 방법론을 엿볼 수 있게 한다. 따라서 그의 시의 형태적 특성을 대표할 수 있는 작품 가운데 하나로 평가할 수 있다. 시인은 단 일곱 줄로 초승달이 떴다 지고 별빛이 빛나는 어둠의 정적과 고요를 응시하고 그것을 절제된 언어로 이미지화한다. 이렇듯 그의 시는 숙성된 내면의 여과를 통해 고백적 어법으로 진술된다. 그 어법은 간명하지만 짙은 상징성과 계시성과 직관성을 머금은 언어로 구성된다. 거기에는 우주의 이치가 함께 함으로써 깨닫는 고고한 정신의 기품이 자리하고 있다.

고고한 정신의 기품이란 곧 세속에 물들지 않고 살아가려는 김상환 시인의 고상한 인격미를 말한다. 김상환은 세속의 공리적인 속박에 찌들지 않고 자유로운 마음의 상태에서 유현하게 삶과 세계를 정관하는 태도를 시종 견지한다. 그리하여 그의 시법이나 정관적 태도는 동양의 고전시학에서 말하는 충담(沖淡)의 멋, 번잡하고 물욕이 판치는 세속적 현실에서 벗어나 음양의 조화를 관조하는 담백한 멋이 내재한다. 그리고 세속적이고 현실적인 삶에서 벗어나 우주적 이치를 응시하는 유현한 사유로 말미암아 초예의 미학을 구현한다. 고고한 정신의 기품이 절제 있게 발현하는 언어의 압축미, 관조적 사색의 결정체를 담담하게 드러내는 충담의 미, 우주적 음양의 조화를 응시하는 유현한 초예의 미가 김상환 시의 시학이다. 그 유현함이 우리를 깊은 사색의 세계로 인도한다.

삶의 통점을 응시하는 사랑의 시선
— 박재홍 시집 『울주 반구대 암각화에 사는 긴수염 고래』

1. 통점을 응시하는 사랑의 시선

박재홍 시는 삶의 어쩔 수 없는 비애와 고통, 그에 대한 한없는 그리움과 사랑을 줄곧 노래해 왔다. 지난해 가을『울주 반구대 암각화에 사는 긴수염 고래』를 포함하여 시인은 지금까지 19권이라는 상당한 부피의 시집을 상재했다. 그 많은 시집이 품고 있는 다양한 세계를 이렇게 한마디 필설로 요약하는 일은 부질없는 짓이다. 하지만 그의 시 세계 밑변을 관통하는 뚜렷한 흐름 중의 하나는 고통스러운 현실이나 개인적 서정(抒情) 어느 한 편으로의 치우침을 경계하면서 둘을 통합하려는 서정의 기본 원리를 지향한다는 것이다. 그리하여 그의 시는 소외된 주변적 삶의 지난하고 고단한 형식과 그럼에도 포기하거나 저버릴 수 없는 생에 대한 강렬한 사랑과 의지, 연민과 그리움을 동시에 보여주고 있다.

세계와의 궁극적인 화해나 불화도 가능하지 않은 지점에서 박재홍은 갈등하고 고민하는 시적 사유를 펼친다. 그것을 나는 삶의 통점을 응시하는 사랑의 시선이라 말하고 싶다. 그리하여 그의 시적 고뇌가 펼쳐 보이는 내질은 "가난한 사람들은 더 가난해지고 정의롭지 못한 사람은 더 대놓고 더

정의롭지 못"(「부경」)하며 "자기편만 편애"(「자연인」)하는 부조리한 현실, 그리고 그러한 부당한 세계로부터 영원으로서의 "적멸에 들 시간을 가늠"(「화엄사 대웅전 뒤꼍」)하며 "오도송을 부르는" 깨달음의 '해탈'(「가족」)과 "본디 세상은 텅 빈 것"이어서 "스스로에 대한 열반을 꿈꾸"(「뿌리」)는 무시간의 고요와 적요의 평화를 염원하는 시 의식이 대칭을 이루고 있다.

박재홍의 시집에 실린 시편들은 부조리한 현실과 무시간성으로서의 영원이라는 대칭축을 중심으로 시의 의미론적 음역이 퍼져나간다. 전자는 '나'를 포함한 타자의 각박한 삶과 살아 있음으로 인해 운명적으로 주어지는 통점을 지각하는 시선이다. 이를테면 그의 시는 사회 공동체를 구성하는 일원으로서 "이웃의 통점에 공감"(「좋은 시」)하는 따뜻한 응시의 시선, 주변에 내몰린 벌거벗은 가난한 삶의 "몸짓마다 진양조로 흐르는 슬픈 율격"(「좌전」)에서 잔잔히 우러나는 비애, 남루하고 척박하며 결핍된 삶의 환경에서 그럼에도 포기하거나 좌절하지 않고 "살아있는 날은 견디며 사랑할 것"(「쑥부쟁이」)이라는 솟아오르는 생의 역동적 의지, "바다가 강을 품는 마음 같"이 "가난한 이웃들에게 위로가 되는"(「칠보시(七步詩)」) 지극한 삶의 보편적 가치를 옹호하고 추구하는 윤리적 태도를 담아낸다.

그리고 다른 한 축으로 참담한 현실과 운명의 질곡을 '견디고 헤쳐나간'(「별래무양」) 뒤 무시간성으로서의 영원에 대한 갈망이 자리한다. 그의 시에서 자주 표현되는 '적멸'의 지경은 바로 시인이 바라는 죽음과 같은 절대와 궁극의 세계를 지시한다. 시인이 표제 시에서 "오늘을 폭풍에 휩쓸려 살아도 들숨과 날숨을 다해 당신을 향해 숨가쁘게 내어놓은 햇살 한 줌에 기쁘게 적멸에 들겠"(「울주 반구대 암각화에 들어앉아 사는 긴수염고래」)다고 진술할 때, 그 적멸의 세계는 모든 현실적 고통과 살아 있음으로 인해 필연적으로 겪을 수밖에 없는 운명의 구속을 순순히 수락하고, 그 필연을 끝끝내 견뎌낸 뒤에 이룩하는 지극한 고요와 적요, 안정과 평화, 물리적 시간이 멈춘 무시간성으로서의 영원이다. 그런 까닭에서인지 박재홍 시는 기억의 원형, 그 무시간성으로서의 영원인 유년의 기억, 쓰라린 허기와 복합 중첩된 아름다운 상처의 서사가 자리한다. 시인은 이 시집을 두고 스스로 "각시투구꽃처럼 슬픈 이야기들이 녹아 한 그릇 치사량의 독즙 같"(「시인의 말」)다고 말하는데, 그 말마따나 이 시집은 삶의 통점을 응시하는 슬프고 어둑한 기억과 중심으로부터 소외된 주변적 삶을 따뜻한 사랑의 눈으로 바라보는 처연한 시선이 가득 차 있다.

2. 변경의 삶과 운명에 대한 사랑

박재홍 시의 근저에는 한결같이 세상의 외곽인 변경으로 내몰리고 버림받고 추방당한 사람들이 등장한다. 이를테면 시인은 음지의 그늘에 웅크리고 있는 우리 시대의 주변화된 존재들에 대해 애틋하고 지극한 사랑과 연민의 시선을 보낸다. 그의 많은 시편들은 사회적으로 소외된 약소자인 하위주체들에 대해 시적 관심을 보인다. 하지만 그들을 향해 사회학적인 접근을 시도하거나, 부조리한 현실을 힘주어 탄핵하고자 힘주어 목소리를 높이지도 않는다. 오히려 시인은 "국민을 속이고 약탈하여 채운 창고"의 자본 '권력'(「부경」)이 지배하는 부조리하고 폭력적인 삶 속에 엄연히 존재하는 "몽글게 맺히며 아프게 틔우는 상처"로서의 '사랑'(「수몰되어도 생경하게 살아있어」)이나, "수면이 잔잔한 곳에서는 자라지 않는" '석화'(「석화」)의 생명력이나, "지겹도록 생채기가 깊어져야 달뜬 꼬막살처럼 차오르"는 '꼬막살'(「통점」)처럼 견딤으로써의 생의 의지, "이카루스처럼 세상을 향해 날개"(「날개」)를 다는 희망의 원리를 발견하려 한다. 말하자면 그들의 헐벗은 삶의 "처처에 그늘을 만들 때마다 하늘에서는 사랑의 별이 돋고"(「뿌리」), 또 상처에서 "열반을 꿈꾸"(「뿌리」)는 것처럼 삶의 설움과 슬픔, 헐벗음과 쓰라림 속에서 어떤 거룩한 심미적 요소를 찾아내려 한다. 반복하지만 우리는 이러한 태도를 변경의 삶과 운명에 대한 지극한 사랑이라 부를 수 있을 것이다.

> 햇살이 싫었습니다 나의 시(詩)는 깊은 산속에 '바꽃'으로 숨어 살기로 했습니다 거리에 내몰린 사람들의 지워진 굵은 손금에서 길을 잃고 찾아가 같이 목 놓아 우는 속울음이 될 것이고 버림받은 사람들의 곁에서 하루 종일 말없이 앉아있을 것이고 세상 속에 들어서지 못하는 장애인들의 눈길에 머물며 말을 걸어올 때까지 기다렸다가 는개처럼 다가가 스밀 것입니다 귀신처럼 하염없이 자리를 옮기며 진물 나도록 서러워 몸이 녹아나면 치사량이니 혼미해질 수 있으니 적당히 드셔야 합니다
>
> ─「각시투구꽃」 전문

박재홍의 시 쓰기 근원에는 삶의 헐벗음과 고통, 쓰라림과 통증, 피할 수 없는 운명의 비통함과 불우와 허기를 끌어안으려는 안간힘으로 가득한 생존의 시간과 윤리가 자리한다. 헐벗은 타자들의 삶의 구체성으로 시적 시선을 확장하고 있는 인용 시에서 시인은, 자신의 "시는 깊은 산속" 음지의 '바꽃'처럼 조용히 "숨어 살기로 했"다고 고백한다. 그런데 자신의 시가 '숨어 사는 바꽃' 같기를 바라는 고백은 자신의 내부를 향한 것이지만, 그 내면의 시선은 외부의 다른 사람들, 즉 타자의 삶을 향해 열려 있다. 말하자면 타자들의 삶의 구체성으로 시적 시선을 확장하고 있다. 이것은 소외되고 주변화된 사람들의 삶의 형상을 통해 자신의 삶에 어떤 인지적이고 정서적인 내질을 형성하고자 하는 욕망에서 비롯한 것으로 보인다. 부연하면 대상에 대한 관조적 시선의 내적 성찰을 통해 자신의 실존적 위상을 인지적으로 정립하고, 동시에 타자들의 삶과 세계를 공감하는 연대의 정서로서의 따뜻한 시적 감성이 병행한다.

햇빛이 들지 않는 음지의 그늘은 곧 척박한 삶의 조건에 대한 비유이다.

이것은 좀 더 구체적으로는 "거리에 내몰린" 채로 "버림받은 사람들"의 '속울음'이 환기하는 상처와 아픔의 헐벗은 삶에 대한 비유이며, "세상 속에 들어서지 못하"고 소외된 '장애인'들의 현실적 삶의 피폐하고 폭력적인 조건을 지시한다. 시인은 자신의 시가 그런 그들의 "목놓아 우는 속울음"이 되고, 그들 곁에 "하루 종일 말없이 앉아있"으며, 그들의 '눈길'에 머물러 '는개'처럼 그들의 마음에 스미기를 희망한다. 시인은 그들의 삶과 함께 있으며, 그들의 삶과 운명을 공유하는 동일자인 것이다. 이처럼 시인은 세상의 중심에서 추방된 사람들과 함께하기를 희망하며, 그 주변화된 삶의 저지대, 소외된 음지의 그늘, 허기와 결핍과 부재의 척박한 변경의 삶에 무한한 애정을 보인다.

척박한 삶의 환경과 운명의 고통에 내몰린 사람들의 희망은 질긴 것이다. 그리하여 "귀신처럼 조금씩 하염없이 자리를 옮기며 진물 나도록 서러워 몸이 녹아나"는 '치사랑'의 쓰라림과 고통은 극한 상황 속 변두리 삶의 눈물겨운 생존 의지와 연대 의식의 다른 표현이다. 요컨대 '진물 나도록 서러운 치사랑'의 설움으로 얼룩진 참담한 삶 가운데에서도 꿈과 희망을 저버리지 않는 끈질긴 생명력을 보여주는 것이며, 처절한 생존의 윤리를 동반하고 있는 것이다. "거리에 내몰린" "버림받은 사람들"과 "장애인"으로서 시인은 모두 세계의 중심으로부터 추방당한, "소수와 다수를 구분하고 접근성의 제한"(「자연인」)을 받는, 아감벤의 논리에 따라 이들은 모두 사회 공동체에서 배제된 '열외인간'이나 다름없다. 박재홍의 인지적 지각과 정서적 감정은 "지난한 묵언 수행"의 말없이도 동감하는 '도반'(「삼인행(三人行)」)처럼 이들과 함께 동행한다.

변경의 벌거벗은 생명은 비록 인간으로 살아 있다고는 하나 공동체의 구성원으로 간주되지 않는 열외인간, 우리 시대의 난민으로서 '호모 사케르(Homo Sacer)'이다. 이들은 비구성원, 즉 생물학적 생존만이 허락된 '호모 사케르'로 존재한다. 박재홍은 이렇게 사회 공동체에서 배제되어 변방에 내몰린 사람들의 헐벗은 삶을 공유하면서 연대감을 표현한다. 이는 단순히 연민이나 동정의 정서라기보다는 차라리 자신의 운명 역시 그들의 운명과 다르지 않다는 동질감에 대한 성찰적 인식이며, 그 운명이야말로 우리 시대 모두가 처한 공통의 운명이라는 자각에 가까운 것이다. 이렇게 박재홍의 시는 서정시의 원리를 충실히 이행하면서 그리움과 따뜻함을 주음으로 하는 슬픔과 연민, 상처와 위안, 고통과 의지, 삶과 세계에 대한 가없는 사랑의 언어를 우리에게 선사한다.

3. 기억, 시적 발화의 기원

주지하다시피 서정시는 시간과 공간에 대한 체험, 그리고 그 경험에 대한 기억의 재구성이라는 특징을 한 요소로 갖는 양식이다. 내면 독백의 양식으로서 서정시는 따라서 기억의 다양한 체험 양상으로부터 시적 양분을 흡수할 수밖에 없다. 영혼을 물들인 시간의 흔적과 유년의 공간에 대한 기억으로부터 우리는 결코 자유로울 수 없다. 우리는 살아 있는 한 지난 시간의 흔적과 머물던 장소의 체취, 그 눈부심과 쓰라림, 그 환희와 상처, 그 안온과 고통의 기억으로부터 결코 해방될 수 없다. 박재홍은 기억을 통해 유년의 다양한 경험 가운데서 어떤 절실한 경험의 일부나 윤곽을 그림으로써 자신의 생애의 총체 혹은 존재의 핵심적 정체성을 드러낸다.

박재홍 시에서 가난과 헐벗음과 쓰라림, 그런 속에서 가족과 이웃들의 생활에 얽힌 정겹고 순수한 삶의 사태는 반복해서 시인의 영혼을 마구 뒤흔들어댄다. 그의 시에서 이 유년의 기억에 자리한 잔상들은 상징적 가치를 머금고 현재적 의미로 재구성된다. 헐벗은 삶의 조건에 내몰린 변경의 삶과 운명, 공동체에서 배제 추방된 사람들의 가난한 삶을 공유하면서 연대 의식을 표현하는 다른 방향에서 박재홍의 시는 유년 시절의 기억과 가족사에 바탕을 둔 개인적 고백이 같은 비중으로 자리한다. 즉 가족이나 유년 시절의 기억에 얽힌 일상적 삽화들이 시적 요소와 내용을 구성하는 경우가 시의 밑변을 흐르는 한 주류를 이룬다는 것이다. 여기에는 삶과 운명이 근원적이며 필연적으로 포함할 수밖에 없는 우수와 불우, 상처와 고통, 비애와 슬픔이 확연하게 내포되어 있다.

결코 잊지 못할 아침이 있어 나는 물었고 얼버무린 중에 지나온 시간을 다 놓아버렸지 얼마나 걷고 헤매었던지 겨드랑이 밑에 쓰라리고 딱지 지고 떨어질 때까지 운신을 못하고 눈뜨면 마시고 눈 감으면 중음신이 되던 매일 죽고 싶은 날이었지 그렇게 삼십 년이 지나 지금에서야 젓갈처럼 곰삭은 시가 되어 기어 나오는데 이리도 많이 배인 눈물의 소금기가 있었다는 것을 누가 알까
　—「곰삭은 기억에 배인 소금기」 전문

발터 벤야민이 말하듯 기억은 인간 실존의 정수(精髓)를 이룬다. 그에 따르면 내면화된 현존의 모든 힘은 기억으로부터 생겨난다. 그것은 또 시의 정수로서 시인은 어떤 대상에 직면해 절실하게 '있었던 것'을 기억한다. 말하자면 시적 경험이란 '있었던 것'의 반복, 즉 재인식이다. 박재홍 시에서 따뜻한 사랑의 감성은 지난 시간에 대한 기억이나 가족사에 얽힌 회상들, 주로 가난하고 헐벗은 유년의 잔상을 재인식하는 데서 잘 나타나 있다. 그런데 대체로 그의 추억은 "얼마나 걷고 헤매었던지 겨드랑이 밑에 쓰라리고 딱지 지고 떨어질 때까지 운신을 못하고 눈뜨면 마시고 눈 감으면 중음신이 되던 매일 죽고 싶은 날"이 암시하는 것처럼 행복의 시학이 되지 못한다. 그보다는 차라리 고통과 상처로 얼룩진 불우의 시학에 가깝다.

인용 시는 자신의 실존적 운명에 대한 물음으로 인한 방황과 고통의 시간을 반추한다. 그러면서 그 벗어날 수 없는 헐벗은 운명의 고통에 대한

존재론적 물음이 "젓갈처럼 곰삭"아 탄생한 시가 자신의 시라는 점을 고백한다. 오랜 시간의 상처와 고통으로 발효 숙성된 시이기 때문에 "이리도 많이 배인 눈물의 소금기"가 배어 있음을 고백한다. 이는 시인이 "이 시집은 각시투구꽃처럼 슬픈 이야기들이 녹아 한 그릇 치사량의 독즙 같"다고 스스로 규정한 의미 자질과 상통한다. 그만큼 박재홍의 시는 인간 존재의 어쩔 수 없는 슬프고 고통스러운 운명의 심연의 깊이를 마주하고 있다. 박재홍의 시는 "그렇게 상처 많은 시절을 건너오는 동안 이제는 담담하게 눈길만 주어도 통점이 느껴"(「통점」)지고, "비 오는 날"에 "부르튼 손발을 물에 담그고 씻기는" 누이와 "같이 울먹거리"(「누룩 냄새」)며 난폭한 날씨를 원망하는 것처럼 결코 행복의 시학이 되지 못한다. 달리 표현하자면 그것은 고통스러운 행복, 불우로 얼룩진 빛나는 환의 시학이다. 상처와 고통이 그의 시를 빛나게 한다. 왜냐하면 상처나 고통이 없는 시란 그저 동일자의 유희에 불과하기 때문이다.

박재홍 시에서 유년과 고향은 기억의 원형을 구성한다. 그리하여 그의 시집은 유년과 고향, 가족들이 겹쳐 있는 인상적이고 절실한 풍경을 기억의 시학으로 재현해 장면화한다. 기억의 시학으로 장면화한 시적 풍경은 애틋하고 정겹다. 그리고 거기에 담긴 어머니와 아버지와 이웃들에 관한 이야기는 슬프지만 다정하고, 가난하지만 넉넉하며, 비루하지만 생의 온기로 따뜻하다. 고향과 가족으로 이어지는 시인의 기억은 "생계를 위해 날마다 탁발을 떠나던 부모님"과 "양분을 다 잃"고 "버려진 채 삶의 온기가 없"는 "남매 셋의 낯선 가족관계"가 암시하는 것처럼 가난하고 고단하며 옹색하고 비루하다. 하지만 "꺼지지 않는 용암처럼 흐르는 사랑"(「상수리」)으로 따뜻하고 아름다운 시간이기도 하다. 그렇기 때문에 고통스러운 행복의 시학, 빛나는 불우의 시학이라는 비유가 가능하다.

아버지를 따라나섰던 백구 짖는 소리가 들리고 아버지 오시는 산 위를 쳐다

보면 우물 뒤에 환하게 웃던 박태기나무꽃을 보던 이른 봄 아침에는 밥물 넘치는 냄새에 배가 고팠다 가마솥 뚜껑 부딪치는 소리가 들리면 뜸을 들이며 아침에 낳은 계란을 가지고 찜을 스테인레스 밥그릇에 찌고는 했지 입 짧은 내게 유일한 배려였지 얼른 먹어라 조선장과 게장을 번갈아 가며 굽지 않은 생김에 싸 먹으며 먹던 계란찜 지금도 식당에 무한리필 되는 곳을 서성이고는 하지 배달할 때는 나도 모르게 하나 더 시키는 것을 보고는 웃지 이 겨울이 지나면 박태기나무꽃 피면 또 식당을 서성이겠지

　—「박태기꽃」 전문

　음식은 개인이나 공동체의 원형적 정체성을 드러내는 하나의 표지이기도 하다. 박재홍이 유년의 고향과 가족을 떠올릴 때, 그것은 음식물을 만들고 먹는 행위들에 얽힌 삽화가 자주 동반한다. 이러한 경우는 단순히 소재적 차원에 머물기도 하지만, 그보다는 과거의 기억을 복원하는 기능을 수행한다. 가령 「아랫목 묻어 둔 밥 한 그릇이 나를 실족하지 않게 함을 몰랐다」, 「가족」 등의 시가 유용한 사례일 것이다. 인용 시 역시 음식물에 의한 기억의 복원은 과거와 현재의 융합에 의해 삶의 지속성을 경험하게 한다. "박태기나무꽃 피면 또 식당을 서성이"는 것처럼 현재는 기억에 의해 만져지고, 활성화되고, 나아가 미래가 열리는 것이다.

　박재홍은 마치 프루스트의 소설 『잃어버린 시간을 찾아서』에서 마르셀이 마들렌의 맛과 향기에서 갑자기 추억의 시간으로 빠져들 듯, '박태기나무꽃'이 연상하는 음식의 맛과 향에서 과거로 귀소한다. 시인의 밥(음식)에 관한 몽상이 펼치는 감각은 "백구 짖는 소리"와 "가마솥 부딪치는 소리"의 청각, "박태기나무꽃을 보던" 시각, "밥물 넘치는 냄새"의 후각, 밥과 '계란찜'과 '조선장'과 '게장'과 '생김'의 미각이 모두 동원되어 있다. 기억이 간직한 그 감각의 세계는 곧 시인의 마음의 원초적 처소이다. 이 시에서는 발견할 수 없지만 일반적으로 촉각을 포함한 모든 인체의 감각들은

기억과 부활의 기관인 셈이다.

음식 또는 섭취와 관련한 감각을 통해 시인은 유년의 세계를 소생시켜 현재화하고, 시적 자아는 원초적 자신과 통합된다. 소리와 냄새와 박태기나무꽃의 형상과 음식의 맛은 이야기를 간직한 서사적 감각이라 할 수 있다. 이 감각에 깃들어 있는 소리와 향기와 맛은 시간적 사태들을 결합하고 엮어서 하나의 이미지, 하나의 연속적인 서사적 영상을 만들어낸다. 그리하여 이 영상에 깃들어 있는 감각들은 현실의 불안과 위험에 빠진 시적 자아를 하나의 동일성 속에, 하나의 자화상 안에 안착하게 함으로써 자아의 동일성을 다시 안정시킨다. 그러므로 '박태기나무꽃'과 연관한 음식들이 행복의 감정을 불러오는 것은 자기 귀환의 일종이다. 박재홍의 기억들은 이렇게 끊임없는 원체험의 현재화에 가까운 것이며, 그곳으로 귀소하려는 '서성거림'이다. 유년의 음식이 있는 곳에서 시적 자아는 자신과 통합한다.

박재홍은 인용 시에서 꽃 모양이 밥알을 닮아 이름 붙여진 '박태기나무꽃'에 대한 기억의 몽상을 펼치는데, 말할 것도 없이 박태기나무꽃은 밥(음식)과 연관한 시인의 내밀한 추억과 관련되어 있다. 그 추억은 따뜻하고 부드러운 어떤 원체험의 세계이다. 말하자면 눈부시고 아름답지만 허기에 차 있던 유년 시절 원체험의 서정적 현재화이다. 현재화된 시의 풍경 혹은 시인의 내면은 표면적으로 고요하고 평화롭고 안온하고, 또 유년의 음식에 관련한 그리움과 향수, 어떤 만족감과 충일감이 느껴진다. 그러나 그 심층에는 삶의 남루와 결핍, 배고픔과 부재가 짙게 배어 있다. 결코 충족되거나 해소할 수 없는 현실적 삶의 허기, 그 결핍과 불만이 그를 안온하고 행복했던 유년의 한 기억을 회상하는 것이다. 박재홍은 끊임없이 "박태기나무꽃 피면 또 식당을 서성이"듯 허기와 결핍을 채울 수 없을 것이다. 그는 '적멸'에 이를 때까지 결핍과 부재의 허기에서 벗어나지 못할 것이다. 그것은 시인의 시 쓰기의 한 기원이며, 그 해소하거나 채울 수 없는 허기와 결핍, 부재와 불안의 정서가 곧 그의 시가 될 것이다.

4. 적멸의 시간을 향한 역정

　박재홍의 이번 시집 『울주 반구대 암각화에 사는 긴수염고래』의 시편들
은 두 가지 시선이 교차하고 있다. 그 하나는 '나'를 포함한 타자의 각박
한 삶과 살아 있음으로 인해 운명적으로 주어지는 '통점'을 지각하는 시
선이다. 이를테면 세계의 중심에서 주변으로 내몰린 벌거벗은 가난한 삶
의 비애와 고통, 그리고 소외와 차별의 척박한 삶의 환경에서 포기하지 않
고 삶을 일구려는 역동적 의지, 우리 시대 하위주체들에 대한 지극한 사랑
이라는 삶의 보편적 가치를 옹호하는 윤리적 태도가 그것이다.
　박재홍의 시편들에는 기억의 원형, 그 무시간의 영원인 유년의 기억, 쓰
라린 허기와 복합 중첩된 아름다운 상처의 서사가 자리한다. 이렇게 지난
경험의 원체험이 갖는 의미를 반추하고 재구성하는 박재홍의 시 쓰기는
시적 주체가 자기의 현재를 정립하고 미래를 정향(定向)하려는 태도와 욕
망에서 비롯한다. 따라서 원체험의 깊은 곳으로 내려가려는 일은 참된 자
아의 발견, 이를테면 삶의 과정에서 필연적으로 훼손될 수밖에 없는 자아
의 원형을 회복하려는 분투로 이해할 수 있다. 이러한 삶의 본원적 원체험
에 대한 응시가 박재홍 시의 발화점이기도 하다.
　그리고 그 모든 시 쓰기의 중심에는 참담한 현실과 운명의 질곡을 견디
고 헤쳐 나간 뒤의 '적멸'로 표현되는 영원에 대한 갈망이 자리 잡고 있
다. 그 적멸의 세계는 운명으로부터의 도피라기보다는 삶의 고달픔을 일
깨우는, 운명의 필연성을 이해하고 수락하면서 주체의 세계 내 현존성을
확인하는 세계이다. 롤랑 바르트의 전언처럼 상처가 깊으면 깊을수록 주
체는 더욱 주체가 되기 때문이다. 환언하면 박재홍 시의 궁극적 지향점인

'적멸'의 세계는 삶의 고통과 환희, 상처와 생명 의지를 확인하고 수락함으로써 진정한 주체가 되는 지점을 환기한다. '적멸'은 헐벗음의 현실을 묵묵히 수락하고 견뎌낸 뒤에 얻는 삶의 햇살 같은 환희이며, 자유이며, 평화이며, 고요이다. 그래서 그는 이렇게 노래한다.

울주 반구대암각화 들어앉아 긴수염고래가 되어 살아도 나를 사냥하는 사람들이 옆에서 무리 지어 살아도 통점 없는 깊은 바다를 더듬고 오늘을 폭풍에 휩쓸려 살아도 들숨과 날숨을 다해 당신을 향해 숨가쁘게 내어놓은 햇살 한 줌에 기쁘게 적멸에 들겠습니다.
　　　　―「울주 반구대 암각화에 들어앉아 사는 긴수염고래」 전문

박재홍은 '울주 반구대암각화에 들어앉아 사는 긴수염고래'이다. 시인 자신의 동일지정인 암각된 긴수염고래는 사냥꾼들이 내 "옆에서 무리 지어 살고", 폭풍의 위험에 휩쓸려도 "들숨과 날숨을 다해" "숨가쁘게 내어놓은 햇살 한 줌에 기쁘게 적멸에 들"기를, 그 절대와 궁극의 경지인 영원을 염원한다. 이는 살아 있음으로 인해 필연적으로 겪을 수밖에 없는 운명을 수락하고, 그 필연을 끝끝내 견뎌낸 뒤에 이룩하는 지극한 고요와 적요, 안정과 평화의 절대적 시간을 환기한다. 시인은 적멸의 절대적 시간을 꿈꾼다. 그 '적멸'의 세계는 이데올로기와 윤리, 현실원칙과 억압, 삶의 구속과 현실 논리의 피안에 있다. '적멸'의 영원을 염원하는 꿈이 그의 시이며, 시의 풍경이 되고, 시적 사유와 심미성의 근간을 이룬다. 박재홍은 여전히 적멸을 향해 걷고 있을 것이다.

상처와 견딤의 시학
— 박지영 시집 『돼지고물상 집 큰딸』

1. 기억의 박물 현상학

고전적 비평 관점에 따르면 작품이란 작가의 고유하고 특수한 자전적 경험의 산물이다. 이 비평적 명제는 소박하다. 하지만 그 흡인력은 매우 강하다. 그리하여 우리는 종종 작품 내부를 이해하기 위하여 작품의 외부, 즉 작품의 외적 조건을 참조한다. 그것을 가장 잘 대변한 비유는 생트 뵈브(Sainte Beuve)의 '그 나무에 그 열매' 론이다. 나무를 보면 그 나무에 무슨 열매가 열릴지 알 수 있다는 것이다. 그렇듯 작품의 외적 조건들을 살펴보면 작품을 보다 더 잘 이해할 수 있다. 작가가 체험한 삶의 외적 상태와 작품의 원천 등을 주요 관심사로 삼는 이러한 관점은 작품과 관련한 외부 맥락을 살펴봄으로써 작품을 이해하는 데 도움을 얻고자 하는 의도에서 출발한다. 물론 여기에는 문학의 자율성과 내적 문제를 소홀히 취급할 수 있는 한계가 잠복해 있다. 그러나 어떤 경우는 자전적 경험의 참된 의미를 따져 묻는 만큼의 깊이로 작품 이해에 유효한 맥락을 제공해주기도 한다.

우리는 흔히 문학의 본질이 작품 내부에 있으며, 그 내부를 규명하는 것이 문학 연구나 비평의 본질이어야 한다고 알고 있다. 그러나 이 글의 탐구 대상인 박지영 시인의 시는 이러한 주장을 완강하게 거부하는 지점에 자리한다. 특히 『동박새』(2013), 『홀』(2016), 『통증 너를 기억하는 신호』(2018), 『돼지고물상 집 큰딸』(2021) 등 네 권의 시집 가운데 『돼지고물상 집 큰딸』은 무엇보다 앞서 시는 문학의 자율성과 언어 구조물로서의 내적 질서 체계로 작품을 이해하고 조명해야 한다는 신념 체계를 무장 해제시킨다. 왜냐하면 그의 시에서 빈번하게 채택되고 있는 과거 시간의 경험들, 체험적 시간의 잔상을 회억하는 자전적 화자와 그가 표백하는 시적 진술 사이에 내재하는 유년기나 청년기 시절 기억의 맥락들에 의존해 그의 시는 축조되기 때문이다. 그의 시편들은 기억의 잔상과 직접적으로 연관하며, 고유한 체험적 경험과 기억을 매개로 조직된다.

그리고 그 기억들은 작품 상호 간 의미론적 맥락으로 연속한다. 말하자면 그의 시적 경험 유형은 기억이라는 활발한 운동을 통해서 이루어진다. 이때 주목할 점은 기억이 과거 시간의 어떤 강렬한 장면이나 풍경을 사실적으로 재현하는 정태적인 종류의 것이라기보다는 지금 시인의 실존적 상황의 감각을 드러낸다는 점이다. 왜냐하면 "인간의 기억은 개개의 사정에 대한 흔적이 보존되어 이루어진 것"이 아니라 "현재와의 관계에서 항상 생성"되는 것이며, "환경과 물리적 관계에서 역동적으로 변화하는 것"(미나토 지히로, 김경주·이종욱 옮김, 『창조적 기억』)이기 때문이다. 요컨대 저장된 기억은 현재 상황에서 창조적으로 변형 재생된다는 것이다.

기억은 존재가 머무는 장소이다. 기억은 주체의 본질을 구성한다. 개인이든 집단이든 기억은 주체의 현재와 미래 정체성을 구성한다. 그것 없이 주체는 연속할 수 없다. 왜냐하면 "우리가 어떤 존재인지 오직 확실한 점은 우리가 시간 속에서 존재하고 시간을 통하여 존재"(한스 마이어호프, 김준오 역, 『문학과 시간현상학』)하기 때문이다. 그러므로 인간의 경험과 의식의 반영이라 할 수 있는 문학작품에서 과거의 시간은 세계와 존재에 대한 인식의 내적 질서를 긴밀하게 형성하는 요소로 기능한다. 과거 시간에 대한 기억은 "우리의 의식 상태가 취하는 모습"이다. 과거 시간의 기억은 "현재의 상태와 그 이전의 상태 사이의 분리가 더 이상 존재"하지 않는다. 따라서 과거 시간의 기억 속 "사실들은 연속적이며 서로서로 침투하는 가운데 그 사실 중의 가장 단순한 것에서도 영혼 전체가 반영"(조경옥, 「시간에 관한 연구」)될 수밖에 없다. 이 지점에 박지영 시는 위치한다.

기억은 시적 자아의 영혼을 구성하며, 실존적 자의식은 물론이거니와 현실 인식의 양상을 강력하게 반영한다. 모든 인간은 존재의 뿌리와 영혼을 뒤흔들고 간 시간의 흔적, 그 기억의 경험으로부터 자유롭지 못하다. 박지영의 시가 보여주는 시적 풍경은 시적 주체의 존재론적 뿌리를 뒤흔들고 간, 영혼을 벌겋게 달군 인두로 지지고 간 과거 시간의 쓰라림으로부터 기원한다. 그의 시는 전기적 요소로서 중증장애인 딸과 어머니 아버지의 소천, 그리고 유년의 공간인 '돼지고물상 집'을 둘러싸고 생성되는 변두리 밑바닥 삶의 애환 어린 에피소드들, 대학 운동권 친구들과의 회억이 전편을 관통한다. 그가 기억을 반추하면서 시간을 되새김질하며 펼치는 체험의 의미화는 시인 자신의 실존적 정체성의 원형을 확인하는 일과 다름없다. 따라서 삶의 원적(原籍)에 대한 투시는 박지영의 시 쓰기의 원초적 기원을 이룬다. 그것을 기억의 박물 현상학적 시 쓰기라 이름 붙일 수 있을 것이다.

이 글은 박지영의 시에 나타나는 특징으로서 자전적 기억의 재현 방식을 살펴보고, 그 의미가 지니는 특성을 살펴보고자 한다. 그의 시는 자전적 경험의 요소가 상당하다. 따라서 그의 시를 이해할 수 있는 접근 방법을 역사실증주의적 방법과 훗설 등의 시간 현상학적 관점에서 논의하고자 한다. 그럼으로써 그의 시가 내장하는 특징을 원체험의 재현과 실존적 정체성의 확인, 중심에서 소외된 변경의 삶과 그에 대한 연민 의식, 비극적 운명을 수용하는 생존의 윤리라는 범주에서 조명할 것이다. 그리하여 결

론적으로 박지영 시의 특질을 상처와 견딤의 시학이라는 주제로 종합할
것이다.

2. 원체험의 재현과 실존의 확인

　문학작품에서 유년과 고향과 가족은 기억의 원형을 구성하는 주요 요소
로 기능한다. 여기에서 "유년이 시간적 차원의 원형을 이룬다면, 고향은
공간적 차원의 원형을 형성한다."(유성호, 「기억의 원리로서의 서정」) 그 가운데
에 가족이나 공동체를 구성하는 주변 인물들과 얽힌 아련한 잔상이 자리
한다. 현재적 삶의 시간 속에서 기억은 예고 없이 불시에 찾아와 우리의
영혼을 마구 뒤흔든다. 그리하여 시의 언어는 기억의 원형이 간직한 어떤
인상적인 풍경이나 사건에 연관한 잔상을 향해 있을 수밖에 없다. 그리고
그것을 기억의 서정, 말하자면 대개 그렇듯 아프고도 아름답게 재생해 장
면화한다. 누구에게나 모든 기억은 정겹고 아리다. 그것은 "추억이 잘 공
간화되어 있으면 그만큼 더 단단히 뿌리박아, 변함없이 있게 되는 것"(가스
통 바슐라르, 곽광수 옮김, 『공간의 시학』)이기 때문이다.
　박지영 시의 기억의 박물관에 소장된 풍경은 '돼지고물상 집'이란 아리
고도 따뜻한 삶의 온기를 품은 공간을 중심으로 현상된다. 장소가 주체의
정신과 개성을 형성한다면, 그곳 '돼지고물상 집'은 시적 주체의 정체성
을 확인하는 준거점이다. 왜냐하면 "집이란 세계 안의 우리들의 구석"이
며 "우리들의 최초의 세계"이고 "하나의 우주"로서의 가치를 지니기 때문
이다. 거주 공간으로서 "집은 인간의 사상과 추억과 꿈을 한 데 통합하는
가장 큰 힘의 하나"(가스통 바슐라르, 곽광수 옮김, 『공간의 시학』)이기 때문이다.
그 기억의 현상 속에 멀리로는 아버지와 어머니에 대한, 가깝게는 중증장
애의 딸과 연관한 가족 이야기가 유장하게 흐르고 있다. 그리고 그 '돼지

고물상 집' 주변에 기대어 사는 넝마주이들과 시장 사람들과 이웃 사람들을 비롯해 청년기 대학 운동권 친구들 등과의 추억을 두루 포함하는 이야기가 산재한다.

모닥불은 검붉은 원시성으로 하루치의 노여움이 걸망에 가득 채워지고 지친 근육이 검게 빛나는 고물상 마당에서 주인은 장물이 두려워 떨고 넝마주이는 셈이 두렵다 답답한 저녁 어스름이 출렁일 무렵 별이 돋고 있었다
— 「신흥동에 넝마 도래지가 있었다」 전문

박지영은 유년의 추억을 아름답게 불러내거나 행복하게 소환하지 못한다. 왜냐하면 유년의 "골목은 매일 척박함에서 오는 욕설과 폭력적인 주정꾼들의 모습이 익숙"(「신흥동 골목 상고머리」)했기 때문이며, "하루치의 노여움이 걸망에 가득 채워지고" "주인은 장물이 두려워 떨고 넝마주이는 셈이 두려"운 어둡고 피폐하며 '비린내'와 '지린'(「넝마주이에 대한 단상」)내 나는 기억이 지배하기 때문이다. 그의 기억은 음습하고 존재의 어두운 그늘을 드리우고 있다.

상처 없는 영혼이 어디 있으랴만, 유독 그의 시는 상처의 흔적으로 짙게 물들어 처연하다. 시인은 그럼에도 이 실존적 삶의 구조 안에서 버티며 견디고, 미래적 삶을 기다리면서 삶을 모색하는 태도를 보인다. 이러한 태도는 생존의 불안과 긴장 가운데 "넝마주이 집게들이 엿가락처럼 리듬을 타"(「가치 교환의 불확실성이 선율을 만들었다」)거나 현실이 서글프지만 "노동에 지친 하루에 비릿한 갯내음이 번지는 웃음"(「장물」)이 내장한 생명의 끈질긴 힘을 드러내는 대목에서 확인할 수 있다. 이 점은 "떡국 한 그릇이 사람들에게 오늘을 견디는 근력이 될 수 있다"(「임대료」)는 삶에 대한 믿음과 연대 의식에서도 확인할 수 있다.

박지영의 시는 지극히 개인적이며 자전적인 산물이다. 여기에 심리학적

탐구를 덧붙이면, 이러한 자전적 세목에 대한 시 쓰기는 자전적 사실들의 억압으로부터 조금이나마 벗어나려는 욕망과 관련한다. 말하자면 그의 시 쓰기는 비극적이며 절망적인 운명을 조금이나마 해소하려는 안쓰럽고 힘겨운 행위이다. 시인이 줄곧 보여주는 기억의 현상학은 일차적으로 체험의 재인식을 통한 개인적 자기 동일성의 확인에 있다. 이러한 심리학적 해명은 그의 시에서 사회적 연관성을 거세할 수 있다. 하지만 오히려 그 사회적 연관의 내부를 더 깊게 들여다볼 수 있게 한다. 그것은 그의 시 쓰기 기원을 이루는 곳, "천수만 철새 도래지 새처럼 넝마주이"(「야학이 서던 날」)의 비루한 삶이 있는 '돼지고물상 집'과 인접한 인물들과의 사연을 담은 작품에 의해서 확인할 수 있다. 예컨대 아래의 시에서와 같이 타자와 공유된 원형적 경험의 재구성을 통해서 살펴볼 수 있다.

장대에 앉은 잠자리가 다른 잠자리를 피해 옮기는 것처럼 다른 이들은 그를 전과자라며 슬며시 피했다 그런 넝마주이 K 씨도 아버지의 눈을 피하더니 어느 날 포구에 매인 배가 스스로 닻을 없고 떠나듯 마루 위에 크레파스와 스케치북 위에 내 이름 적고 떠났다 아무도 그의 행방을 묻지 않았다 애기똥풀 앞에 쭈그리고 앉아 있던 내가 돌아설 때면 물끄러미 간격을 유지한 눈길을 주던 넝마주이 K 씨, 돼지고물상 마당에 노을이 마지막 불길로 타오를 무렵 떠나고 없었다
　　　　　—「장물 때문에 떠난 넝마주이 K 씨는 전과자였다」 전문

하루치의 노동이 환전되는 곳 넓은 펜스 안의 마당에서는 풀섶에 떨어진 민들레마저 씨가 되어 높은 고철 담장을 넘기까지 넝마주이와 숨어든 이웃들의 슬픈 이야기들이 거래되는 곳 매일 풀섶에 눕고 둑방 길 아래 개천에 떨어진 별처럼 숨어 있는 먹이들을 찾아 새들이 훑듯이 아버지가 가난한 삶을 견디는 넝마주이들에게 희망을 나누는 것을 보았습니다
　　　　　—「견뎌야 희망에 이른다」 전문

박지영의 시 쓰기 기원을 이루는 삶의 원체험 공간은 '돼지고물상 집'이다. 그 유년의 원체험은 일차적으로 헐벗음과 가난으로 가득 찬 남루한 시간의 얼룩으로 남아 있다. 단형의 산문 형식으로 회고하는 화자의 진술은 '돼지고물상 집'에 관련한 기억의 구체적 장소로 우리를 끌어들인다. 여기에서 '돼지고물상 집'은 추상적 공간이 아닌 삶의 활동이 누적됨으로써 생긴 특수한 장소로서의 성격을 갖는다. 그곳은 공간이 지닌 추상적 개념과는 다르게 시적 주체의 고유성, 특수성, 구체성이 오롯이 드러나는 자리이다. 말하자면 개인적 삶의 경험적이며 원형적인 의미 가치가 부여된 '장소성' 혹은 '장소 정체성'(이 푸 투안, 구동회·심승희 옮김, 『토포필리아』)으로서의 의미를 지닌다. 왜냐하면 우리가 정체성이라 할 때 '돼지고물상 집'은 다른 것과 구분되는 개성인 동시에 시적 주체가 다른 사람이나 사물들과의 관계를 통해서 기억을 형성하는 공간이기 때문이다. 인간의 실존이 거주한다는 것이라면 그곳은 유년 시절의 세계와 관계를 맺는 기초이기 때문이다.

박지영 시에서 '돼지고물상 집'은 시적 주체의 정체성을 형성하는 곳으로서 고유한 경험적 의미 가치가 투여된 장소이다. 그런 의미에서 박지영에게 돼지고물상은 기억의 원형을 이루는 장소성 또는 장소 정체성으로서의 성격을 지닌다. "사람은 자신이 살고 있는 장소이고, 장소는 곧 이곳에 살고 있는 사람"(에드워드 랠프, 김덕현·김현주·심승희 역, 『장소와 장소 상실』)이다. 돼지고물상이라는 특수하고 고유한 경험이 축적된 장소에는 "이웃들의 슬픈 이야기"와 "가난한 삶"의 구체가 있다. '오줌으로 지린 비린내'와 '허기진 그늘의 고단함'과 "주문받은 멸치를 다듬거나 마늘 공장 일감을 가져와 동네 아주머니들과 잔돈푼을 나누"(「웃을 일 없는 날에 웃기」)는 어머니가 있다. 넝마주이를 위해 "고물상 마당에서 야학"(「야학이 서던 날」)을 열고, "슬픔의 공명"과 "새벽까지 한숨 소리가 이불깃을 걸어 다"니는 "가난한 동네" "이웃집 송사의 무임 대소서 일"(「아버지의 하루」)을 하는 아버지가 있다. 장소는 물리적 환경, 거기서 일어나는 인간 활동, 그리고 기억되고 부여되는 어떤 의미라 할 때, 기억의 원경을 이루는 '돼지고물상 집'에는 궁핍한 삶의 환경과 남루한 활동과 척박한 운명이 짙게 드리워져 있다.

인용 시는 산문화된 진술로 처리되어 있지만 짧고 간명한 언술로 '돼지고물상 집'이라는 장소에 함축된 삶의 풍경을 압축해내고 있다. 그럼으로써 남루한 기억의 일상에 박진감과 생동감을 부여하면서 그곳에 내재하는 삶의 체취와 애환을 담아낸다. 산문화된 짧은 언술로 조직되는 시형은 그의 시의 방법론적 특질이기도 하다. 그의 시집 어디를 펼쳐도 이런 시형이 주를 이룬다는 것을 쉽게 발견할 수 있다. 그리하여 각 시편들은 각기 단편적 이야기로서의 완결성을 갖지만, 사실 각 시편들은 서로 긴밀히 연동해 시집 전체의 미적 구조를 유기적 서사의 형태로 완성하도록 기능한다. 그리고 기억의 소묘는 정태적인 풍경처럼 보이지만 "넝마주이와 숨어든 이웃들의 슬픈 이야기들"이라는 구체적인 사건과 행위를 포함한다. 그것은 비록 과거 회상시제로 진술되지만, 그 묘사는 생생하다. 생생한 묘사가 기억을 현재형으로 치환하는 효과를 자아내는 것이다.

박지영의 시가 보여주는 어두운 기억에 대한 심리적 태도는 삶의 척박함과 얽히고설킨 실타래처럼 복잡하고 지난한 운명을 투영한다. 일반적으로 상처받은 기억의 주체는 상처의 시간으로부터 탈출하려 든다. 그러나 기억의 끈은 모질고 질긴 것이어서 우리를 쉽사리 놓아주지 않는 법이다. 그것은 유년의 '돼지고물상 집'과 연관한 기억, 그 선명하게 자리하는 원형으로서의 기억이 그의 삶의 중요한 일부이며 실존적 정체성의 본질을 구성하기 때문이다. 극단적으로 표현하면, 이 어두운 기억이 시적 주체의 존재론적 근거이다. 주체는 기억으로 이루어져 있다. 기억은 존재에게 연속성을 부여한다. 기억은 존재의 근거이다. 따라서 박지영 시의 기억의 박물 현상학은 현재적 시점에서 실존적 자기 정체성의 실체를 확인하고, 세계 내에 자신을 기입하고 정위(定位)하려는 실존적 고투로 이해할 수 있다.

3. 변경의 삶과 연민의 시학

기억의 "시간 체험이란 현재를 중심으로 과거와 현재와 미래의 균열을 극복하고 통합하려는 정신의 긴장으로 나타나며, 균열을 통합하려는 의지로 시간 체험이 생"(김한식, 「리쾨르의 이야기론」)기는 것이다. 말하자면 기억의 시간 체험은 항상 현재에서 일어나는 지각된 경험이며 관념의 산물이지만 과거 시간에 대한 기억에 의하여 의미 있는 시간 연속체를 구성한다. 기억이란 과거 시간에 대해 현재 일어나고 있는 기억의 경험이다.

문학의 시간은 물리적인 선조적 흐름과는 다르다. 문학작품에서 시간의 계기적 "선조성은 파괴될 여지가 다분한 개념"(미셸 뻬까르, 조종권 역, 『문학 속의 시간』)이다. 문학의 시간에서 시인은 현재 자기의식을 기점으로 과거와 미래의 간극을 주관적으로 재정립할 수 있으며, 이때 시간은 가역화 된다. 요컨대 시간의 가역성으로 말미암아 시인의 의식 속에서 과거, 현재, 미래라는 시간은 새로이 조합되고 재구될 수 있다. 그런 점에서 박지영 시에서 '돼지고물상 집'은 과거와 현재와 미래를 연속시켜준다.

후설의 논리에 따라 과거와 현재를 이어주는 '돼지고물상 집'에 대한 기억은 실제 그 자체가 아니다. 말하자면 그것은 '현재 의식에서 의미화되고 변형된 정서의 상태로 재현된 것'(E. 후설, 신오현 역, 『현상학적 심리학 강의』)으로 보아야 한다. '돼지고물상 집'과 연관한 기억의 형상화, 특히 그의 시편들에 등장하는 인물들의 삽화는 '넝마주이', '전과자'이거나 부랑 노동자, 가난한 이웃 등과 같이 중심에서 배제 소외된 마이너리티들 혹은 중심에서 배제된 변경의 하위주체들이다. '돼지고물상 집'은 세간의 불우와 피폐한 운명, 마음의 질곡과 삶의 곡절이 드러나는 자리이고, 그 드러난 상처가 타자의 상처를 따뜻하게 보듬고 어루만지며 치유되는 장소 정체성으로서의 가치를 갖는다.

시인은 '돼지고물상 집'에서의 체험, 이를테면 '전과자인 넝마주이 K

씨'(「장물 때문에 떠난 넝마주이 K씨는 전과자였다」)와 같이 뿌리 뽑힌 부랑의 삶을 헐벗음과 연민의 시학을 통해 드러낸다. 그러나 그는 헐벗음의 사회적 조건을 이루는 구조적 모순을 탄핵하기 위해 목소리를 높이거나 노동자 계급의 주체성과 의식의 각성을 힘주어 내세우지 않는다. 다만 그는 헐벗은 가난함과 떠돌 수밖에 없는 삶의 운명을 담담히 응시할 뿐이다. 헐벗은 삶의 시적 내면화를 통해 견디고 버티며 살아갈 수밖에 없는 가혹한 삶을 그릴 뿐이다.

폭력적인 삶의 세계에서 상처받은 자아가 찾아가는 흔한 길은 행복했던 지난 시간으로의 귀환이다. 여기에서는 잃어버린 근원을 찾는 것이 목표이다. 그러나 애당초 박지영의 기억의 원형, 기억의 박물관에는 그런 것이 희박하다. 안정되고 조화롭고 평화롭다기보다는 남루하고 불우하며 불안한 표정이 자리한다. 그는 부재와 결핍의 운명 안에서 그저 버티고 견디면서 미래의 삶을 모색할 뿐이다.

> 매일 마주한 그들의 웃음은 비린내가 났다 잘못된 선택이 인도한 삶과 하루의 고단함 또한 그럴진대 꽃을 볼 여유도 없이 하루 종일 떠돌다 고물을 얻지 못하면 펜스에 마주한 채 오줌을 두고는 했다 지린 펜스를 지나며 꽃을 보는 우리 남매는 코를 잡고도 꽃을 바라보았다 허기진 그늘 속에 하늘거리는 민들레를 향한 눈길은 따뜻했기 때문이다
> ─「넝마주이에 대한 애상」 전문

박지영 시에서 '돼지고물상 집'은 시인의 정신과 개성이 드러나는 장소이다. 우리는 이를 '장소감(sense of place)'이라 부른다. 사람들은 자신의 도덕적이며 미적 안목을 공간적 위치와 입지에 적용할 때 장소감을 느낀다. 이때 장소감이란 방향을 찾거나 하는 위치 파악 능력을 말하는 것이 아니다. 진정한 장소감이란 내부에 존재한다는 느낌이며, 개인으로서 공

동체의 일원으로서 나의 장소에 속해 있다는 느낌을 말한다. 그 소속감과 일체감은 의도적인 것이 아닌 무의식적인 것이다. 특히 유년 시절의 장소들은 시적 주체에게 자신의 정체성을 확인시켜주는 준거 틀이다. '돼지고물상 집'이 불러일으키는 기억은 단순한 지리적 위치라기보다는 분위기이며, 그 풍경과 사건들은 시적 주체의 정체성을 구성하는 요소이다. 기억을 통해 얻은 장소감은 시적 주체와 공동체에 대한 정체감의 원천을 이루는 것이다.

인용 시에서 화자의 기억은 화자 자신만의 기억 속에만 머물지 않고 타자와 '우리'가 공유하는 종류의 장소 정체성이라는 의미를 지닌다. 화자가 응시하는 대상은 '돼지고물상 집'이라는 장소의 헐벗은 시간을 공유함으로써 "사랑은 누군가의 부려진 삶을 받고 책임지는"(「둥지」) 공동체로서의 '우리'가 된다. 인용 시에서 "가난한 삶을 견디는 넝마주이"와 "숨어든 이웃들의 슬픈 이야기", '비린내'와 '잘못된 삶'과 '고단함'은 모두 우리가 과거 어느 시절 모두 함께 공유한 경험이다. 이 공유의 경험이 삶의 비애와 슬픔, 아픔과 고통, 가난과 고단함, 남루와 허기를 견디고 버티며 살게 하는 힘으로 작용하는 것이다. 그것은 "풀섶에 떨어진 민들레마저 씨가 되어 높은 고철 담장을 넘기까지"의 오랜 시간 동안의 '가난한 넝마주이'와 '이웃들의 슬픈 이야기'를 품고 있음에도 불구하고 그들에게 "희망을 나누는" 아버지의 모습이나, "허기진 그늘 속에 하늘거리는 민들레를 향한 눈길은 따뜻"하다는 진술에서 거듭 확인할 수 있다.

이러한 인식은 마치 '우리'라는 공동체와 공동성을 재전유하여 "공동 내 존재"로 규정하는 개념과 유사하다. 즉 인간 존재를 타자 지향적으로 재정의하고 타자와 "함께 있음"으로 설정하는 장 뤽 낭시, 레비나스, 블랑쇼 등이 공유하는 철학적 문제의식과 같다. 우리는 함께 있기 때문에 존재하는 것이며, 혹은 무엇을 함께 나누기 위해 함께 있는 "공동 내 존재"(장 뤽 낭시, 박준상 옮김, 『무위의 공동체』)인 것이다.

기억의 어떤 강렬한 사건이나 이야기를 포착한 형상화는 시 양식의 일반적인 방법에 속한다. 이러한 방법을 통해 시인은 현실적 시간에서 벗어나 자신이 고유하게 체험한 시간으로 귀환하려 한다. 그것은 일종의 낭만적 욕망의 충동에서 비롯한다. 그러나 박지영에게 기억의 탐구는 낭만적이거나 행복의 시학에 이르지 못한다. 그러나 기억의 깊이로 자꾸 들어가면 들어갈수록 주체는 더욱 선명한 주체가 된다. 기억을 사는 것, 기억의 심연을 체험하고 탐구하는 것이야말로 시적 주체의 삶과 운명의 구조를 선명하게 드러내는 방법일 수 있기 때문이다.

기억을 현재적 시점에서 되살리는 일은 자기 자신을 발견하는 일이며, 참된 실존적 자기 정체성을 확인하는 일이다. 이를테면 박지영은 자신의 정체성을 외면하지 않고 정직하게 바라보며 삶의 진정성을 획득하고자 한다. 박지영이 기억을 불러내는 반복적인 행위는 현존을 확인하기 위한 고투이다. 기억을 끊임없이 불러내는 행위, 기억의 심연을 향해 깊이깊이 찾아가는 일은 곧 주체의 본질을 탐색함으로써 주체의 존재 방식을 묻는 행위와 다를 바 없는 것이다.

> 지친 노동에 하루치가 뭉그러진 곳에는 당신이 있습니다. 맨드라미, 민들레, 나비, 종달새에 이르기까지 햇빛 쨍한 날 찾아가는 친정집 향한 풀섶 위에 바람을 가르는 바람 소리로 솔깃하던 당신 태풍 소식에 대목장도 서럽고 동동거리는 마음에 빈궁한 장바구니를 뒤로 감추며 남은 아이 둘 데리고 도깨비시장을 배회하다 보면 도래지를 잃은 도래지를 잃은 날갯짓이 공중에 가득합니다
> —「공중에 새들이 가득한 날」 전문

박지영의 시는 척박한 삶과 운명에 대한 애절한 소묘로 새겨져 있다. 그 소묘 속에는 고달픈 삶을 애써 붙들어 세우고 주어진 운명을 담담하게 받아들일 수밖에 없는 안쓰러운 안간힘으로 가득하다. 그에게 주어진 운명

의 구조는 삶의 황폐함과 막막함, 이를테면 "도래지를 잃은 날갯짓이 공중에 가득"한 공허와 쓸쓸함, 빈궁과 서러움, 허기와 쓰라림이 지배한다.

삼인칭으로 호명하는 '당신'은 화자의 어머니이면서 시적 자아의 동일 지정으로 보인다. 화자는 "지친 노동에 하루치가 뭉그러진" 상황에서 자신의 어머니를 떠올린다. 어머니는 "풀섶 위에 발등을 가르는 바람 소리로 솔깃"하게 떠오를 만큼 화자의 실존을 강력히 규정한다. 화자는 어머니에게서 자신을 보고, 자신의 삶에서 어머니의 삶을 바라본다. 그리하여 서럽고 빈궁하게 도깨비시장을 배회하는 시적 자아는 곧 어머니이기도 하다. 요란하고 풍성한 "대목장이 서럽고", 또 그 속에서 "빈궁한 장바구니를 뒤로 감추며" "도깨비시장을 배회"하는 화자는 곧 어머니이다. 다시 말해 가난과 서러움을 버티고 견디며 살아간 어머니는 곧 자신의 실존적 얼굴임을 환기한다.

박지영의 시편에서 어머니를 비롯한 아버지를 회억하거나 가족사와 연관한 기억의 내질은 "내려간 이불을 밀려든 한기에 다시 추키며 나누는 수런거림은 그리운 간지럼"으로 남아 있고, "마루 밑 추위를 피하며 코를 고는 강아지 뒤척이는 소리가 들리고 문풍지를 관통한 달빛이 이불깃 아래로 발을 넣"(「유독 추운 날은 파란 대문이 생각났다」)는 정겨운 정서로 표백되는 경우는 예외적이며 드물다. 시인은 따뜻한 추억의 이름으로 그들을, 기억을, 사건을 불러내지 못한다. 그보다는 "빚쟁이를 피해 숨은 한 남자를 위해 텃밭에 버려진 고구마를 주워다 찌거나 구워 팔아" "하루하루를 견디"(「밍크코트」)는 헐벗고 빈궁한 삶의 사무침의 정서, 혹은 "삶의 빈 둥지에 독사가 들"어 "새들이 부화를 꿈꾸지 않"고 "생명은 쓸쓸한 얼룩만 남기고 자취를 감추"(「삶은 새 둥지 같은 것이다」)는 황폐한 불모의 정서가 지배적이다.

박지영의 시편은 "부적처럼 붙여진 무전유죄無錢有 의 올가미와 유전무죄의 좌절감"(「행태」)에 의한 상처와 고통으로 얼룩져 있다. 그리고 거기에는 그러한 삶을 지탱하는 어떤 연약하면서도 끈질긴 힘, 이를테면 "인생이 벼락처럼 때리"(「편지」)거나 "어수선한 꿈길에 풍장 치른 기억으로 수런거릴 때마다 엄마는 연수목延壽木이 되어 길을 나"(「감나무」)서는 연약하지만 끈질긴 생명의 힘, 쓸쓸하지만 정겨운 풍경, 어떤 가련하고 안쓰러운 힘이 내재해 있다. 이 정겨운 풍경과 안쓰럽고 끈질긴 힘은 모두 '돼지고물상 집'과 연관한 기억에 연원을 두고 있다. 그것은 왜냐하면 "과거 시간은 기억으로서의 현재이고 미래는 기대로서의 현재이며 현재는 지각으로서의 현재"(김한식, 「리쾨르의 이야기론」)라는 의미를 갖기 때문이다. 요컨대 "과거의 것의 현재는 기억이며, 현재의 것의 현재는 직관이고, 미래의 것의 현재는 예기"(오세영, 『문학연구방법론』)이기 때문에 '돼지고물상 집'과 연관한 기억은 그의 시 쓰기의 원천으로 연속한다.

4. 운명의 비극성과 생존의 윤리

동양의 고전시학에서 비개(悲慨)의 풍격(風格)은 중요한 개념이다. "슬퍼하고 개탄한다는 뜻"을 내포한 비개는 전통 시학에서 "비장강개, 비분강개, 비통감개, 비통개탄 등으로 표현"(안대회, 『궁극의 시학』)하고는 한다. 그러나 서로 미세한 차이는 있으나 대체로 유사한 의미로 사용되는 것이 일반적이다. 인간의 감정을 표출하는 시에서 비애와 절망의 정서는 빠질 수 없는 중요한 세목 가운데 하나이다. 삶의 파란과 운명의 비정과 세상사의 곡절을 겪는 부조화와 개인의 불우함은 시에서 흔하게 발견되는 정서이다. 그러한 이유로 비개의 정서는 현대 시에서도 중요한 미학적 거점을 차지한다.

박지영의 시는 비애와 절망적 정서가 짙게 배어 있다. 그의 시는 운명적인 비애와 절망의 감정이 강렬하게 투영되어 있다. 비개의 풍격이 본래 시적 주체의 개인적 불우함이 유발하는 고통스러운 현실과 인생의 무게를 견디는 안간힘과 절망감, 그리고 사회 현실에 대한 분노나 좌절을 표현하는 강렬한 파토스가 자리한다. 그런데 그의 시는 정치 사회적 현실이 불러일으키는, 말하자면 한 개인의 역량으로는 추락의 역사와 멸망의 숙명을 막아내지 못하는 운명적인 절망감보다는 개인적 우환에서 발생하는 비개의 풍격이 강하게 노정되어 있다. 비극적 운명과 대결하려는 시인의 의지로 인하여 시 속에 삽입되는 풍경이나 사물들은 절망적 내면을 활성화하고, 이것들은 시인의 비극적 내면을 드러내도록 기능한다. 그리하여 종국에는 혹독하고 참담한 운명으로 인해 절망해야 하는 자신의 운명과 그것을 피하지 않고 받아들이겠다는 의지를 전면에 드러낸다.

박지영 시에서 '돼지고물상 집'과 연관한 기억, 그리고 대학 시절 운동권 친구들과의 인연을 맺은 인물들을 중심으로 한 기억의 박물을 구성하는 또 다른 하나는 딸과 연관한 아픈 사연이다. 딸과 관련한 시인의 우환과 불행은 그의 시의 분위기를 전체적으로 어둡고 참담하고 우울하게 만든다. 여기에 이르면 그의 시는 피할 수 없는 운명의 비통함으로 가득한 비극적 파토스의 미학을 보여준다. 비개, 비통, 비탄, 비애, 침통, 침울 등의 비극적 정서는 절정에 달한다. 예컨대 "젖은 불두화처럼 축 늘어"져 어머니마저 자신의 "손녀를 두려워하던"(「길 위에 주저앉아 울 때」) 중증장애의 딸은 수시로 "열 손가락이 아리고 자궁이 저릿"(「대명리 가는 길」)하게 만드는 아픔과 고통이 자리한다. 운명적인 비애와 절망적인 감정의 이와 같은 강렬한 비극적 파토스는 가령 아래의 시와 같은 작품에 깊이 투영되어 있다.

짙은 가을이 옅은 여름의 등줄기를 타고 지나친다 금산 신정리를 다니러 올 때 마주한 산은 내뱉는 한숨 소리가 닿아 메아리가 되어 쿨럭거리는 곳 너를 두고 산을 내려오는 때마다 살아온 삶과 살아갈 삶이 검불처럼 날리는 것을 간혹

놀란 소쩍새 우는 소리에 할머니가 그립고 할아버지가 그리운 낯익은 천식을
만나는 것 같은 하루
　─「천식」 전문

　도저한 상실감과 압도적인 절망감이 지배하는 인용 시는 어떤 죽음과
관련해 있는 것으로 보인다. 그것은 바로 "너를 두고 산을 내려"온다는 진
술, 그리고 여러 편의 시에서 확인할 수 있는 것처럼 시인에게 한없는 연
민과 고통과 비애와 그리움을 불러일으키는 어린 딸의 죽음과 직접적으로
연관해 있음을 환기한다. 참담하고 우울한 감정이 화자의 내면을 무겁게
짓누르고, 강렬한 상실감으로 인하여 침울하고 침통하기 짝이 없다. 화자
는 어린 딸을 묻은 무덤을 찾아 내려오는 길이다. 그 길에 화자의 내면은
짙은 그리움과 슬픔, 사랑과 고통, 비애와 연민으로 흐느끼고 있다. 그 크
고 어찌할 수 없는 고통스러운 감정은, "마주한 산은 내뱉는 한숨 소리가
닿아 메아리가 되어 쿨럭" 쿨럭 계속 되돌아오는 반복성으로 인해 더욱 아
리고 슬프다. 그 고통과 슬픔으로 인해 "살아온 삶과 살아갈 삶"은 검불처
럼 헛되고 쓸모없고 정처 없이 부유하며 이리저리 날리는 것이다. 소쩍새
도 이에 놀라 운다는 표현에 이르면 그 고통과 슬픔은 더욱 강화되고, 상
실감은 절정에 이른다.
　우리를 더욱 고통스럽게 만드는 것은 메아리가 되어 울려 퍼지는 고통
을 할머니와 할아버지의 "그리운 낯익은 천식"으로 비유하는 대목이다.
그에게 고통은 낯익은 그리움과 같은 것이다. 형용모순의 "그리운 낯익은
천식"은 곧 어린 자식을 땅에 묻고 낫지 않고 되돌아오는 반복되는 고통을
은유하는 동시에 스러진 어린 생명에 대한 그리움과 애틋한 사랑, 연민과
비애를 함축한다. 화자는 죽은 자식을 떠올리며 그 고통을 멈추지 않는
'천식'으로 은유한다. 그럼으로써 '낯익은 천식'처럼 고통은 삶에서 계속
반복되고, 미래 시간에도 멈추지 않고 지속될 것이라는 점을 암시한다. 천

식은 치유하기 어려운 과거와 현재의 동일한 아픔이며, 현재의 아픔이 미래의 시간까지 그치지 않고 자신의 운명 속에 지속될 것임을 환기한다. 그러나 가혹한 운명 속에서도 삶은 지속되어야 한다.

아미타불에 돌아가 의지할 것을 말하지 말하지는 않겠습니다 세상의 소리를 들을 수 있고 교화를 돕는 보살로 살지 않겠습니다 고통받는 중생이 나무아미타불 관세음보살을 외면 도움을 받는다고 하는 하지 않겠습니다 소천한 자식을 가슴에 묻고 얻은 극락은 통점을 잃은 것과 같습니다 부모를 보내는 마음과 자식을 묻은 마음이 산 자와 죽은 자의 꿈이 무너진 곳에 하루 지극하게 웃고 말겠습니다

—「오늘」 전문

박지영 시의 비극성은 헐벗은 기억으로부터 떠날 수 없는 삶의 운명으로부터 기인한다. 파란과 곡절의 삶은 질긴 것이어서 그 처참하고 참담한 운명의 황량한 한복판에 내몰린 희망 또한 끈질길 수밖에 없다. 그는 '부모'와 "소천한 자식을 가슴에 묻은" 참담한 삶 가운데도 삶에 대한 의지를 폐기하지 않는 의지와 생명력을 보여준다. 가혹한 운명을 회피하거나, 또 그 운명으로부터 구원받기를 바라지도 않는다. 그것은 '아미타불'이나 '보살'로 상징되는 종교적인 구도 행위와 종교에의 귀의를 통한 위로와 평안을 거부하는 데서 잘 드러난다. 이를테면 "말하지는 않겠습니다", "살지 않겠습니다", "하지 않겠습니다"라는 단호한 부정은 주어진 운명을 수용하고 견디어 내겠다는 의지의 표명으로 읽는다. 그리하여 종국에는 "하루 지극하게 웃고 말겠습니다"라는 처절한 생존의 윤리를 동반한다. 이것은 어차피 삶이 준 운명을 지우지 못하고 그것을 껴안고 살아갈 수밖에 없는 박지영 시인의 삶의 윤리이기도 하다.

서리 맞은 감을 좋아하던 엄마처럼 물끄러미 바라보는 달무리 선몽처럼 꿈길에서 만나지는 너는 따뜻했다 낡은 대문을 들어서면 감꽃 지는 소리처럼 초콜릿에 선명하게 반응했던 아림아 어수선한 꿈길에 풍장 치른 기억으로 수런거릴 때마다 엄마는 연수목延壽木이 되어 길을 나선다

　　—「감나무」 전문

실존적 삶을 지탱하는 처절한 생존의 윤리는 마음이 그저 그러한 자연 상태를 지향하는 데서도 발견할 수 있다. 인용 시에 드러나는 것처럼 화자는 주어진 비극적 운명을 거부하지 않고 수용하면서 견디려 한다. 화자는 어린 자식을 잃은 후 "어수선한 꿈길"과 "풍장 치른 기억"으로 수런거리는 마음, 고통과 아픔도 자연의 인과적 필연성의 산물임을 수긍하고 수락하고자 한다. 스피노자에 따르면 이 세계는 오직 자연이라는 실체만이 존재한다. 인과적 필연성의 세계가 자연이며, 마음은 자연의 한 속성으로서 인과적 필연성의 산물임을 화자는 수용한다. "마음은 곧 자연 실체로서의 한 양태로 나타난다는 것"(강영안,『자연과 자유 사이』)을 인정하고 화자는 순순히 그에 따르려 한다. 이러한 태도는 마음을 지배하는 인과적 법칙성을 인식의 대상으로 삼겠다는 의지를 포함한다. 어린 자식을 "풍장 치른 기억"으로부터 발원하는 마음의 고통스러운 사태를 필연적인 것으로 인식한다는 것은 곧 그 사태의 원인을 안다는 것이다. 마음이 자연의 인과적 필연성에서 비롯한 산물임을 이해하면서 화자는 운명적 고통을 수용한다.

천형처럼 주어진 운명의 고통을 받아들이며 그것을 견디고 버티며 살겠다는 의지적 태도는 '감나무', '연수목' 등의 수직 상승하는 나무의 식물성을 통해서도 확인할 수 있다. 천형처럼 주어진 운명에 아파하는 화자는 "어수선한 꿈길에 풍장 치른 기억으로 수런거"리는 아픔과 상실감, 고통과 절망감에도 불구하고 '연수목'처럼 살아가려는 의지를 잃지 않는다. 그것은 고통의 초극이 아닌 수용이다.

화자는 천형의 고통스러운 운명에도 불구하고 "연수목이 되어 길을 나"서는 것이다. "나무는 신의 수혜물"(아지자·올리비에라·스크트릭 공저, 장영수 옮김, 『문학의 상징 주제 사전』)로서 그 자체로 수직 상승하는 거룩한 생명을 상징한다. 나무는 수직적 특성으로 인해 끊임없이 비상을 열망하는 생명성을 지닌다. 일반적으로 "나무는 삶을 푸른 하늘로 싣고 오르는 분명한 힘"(가스통 바슐라르, 정영란 옮김, 『공기와 꿈』)을 소유하고 있다. 인간의 삶은 상처로부터 자유롭지 못하다. 상처 없는 영혼은 없다. 그러므로 상처 입은 마음을 안고 "연수목이 되어 길을 나"서는 것은 그 상처를 수용하고, 그 상처로부터 자신의 실존성을 발견하며, 그 상처를 견디겠다는 의지를 포함한다. 해가 뜨고 밤이 오고, 싹이 돋고 꽃이 피고 지듯 마음도 그와 같은 인과적 필연성의 산물임을 자각하고 비극적 운명의 삶을 수락하는 것이다.

박지영이 보여주는 기억의 재현으로서의 시 쓰기, 모든 재현은 현실의 고통과 고독을 확인하고, 그 절망과 불안을 잠재우려는 시 쓰기이다. 그의 시 쓰기는 부재와 결핍, 상처와 고통을 치유하기 위한 시 쓰기이다. 기억을 통해 현실 세계 속에서 경험하는 결핍과 고통을 확인하고, 그 확인을 통해 상처를 치유하는 시 쓰기이다. 그의 시 쓰기는 상처의 드러냄을 통한 치유이다. 말하자면 그는 상처를 껴안고 살아가는 것이다. 기억 속에서 상처와 고통은 더욱 또렷해졌다가 고요히 잠들고 다시 삶의 힘, 삶의 운명을 묻고, 힘을 얻는 것이다.

그러므로 그의 시 쓰기는 비통한 운명을 견디고 현실을 버텨내며 미래의 시간을 기다리는 힘이다. 이때 "기다림은 단순한 시간의 경과"가 아니라 "시간 속에서 어떤 간절함을 가지는 것"이다. 그 간절함은 결핍과 부재의 부분을 채우면서 현재를 견디고 미래를 예기하는 "삶의 솔직한 태도"를 반영하는 것이다. 그리하여 박지영의 시 쓰기는 기억의 공간에 미완의 것을 채우며 자신의 존재 가치의 이유를 묻는 구도적 행위로서의 의미를 지닌다.

　고통으로부터의 해방은 그것으로부터 탈출하려는 몸부림으로 가능하지
않다. 그보다는 상처받은 여린 내면을 보듬고 내면의 목소리에 귀 기울이
며 고통을 용서하고 수용하면서 함께 살 때 가능하다. 그런 의미에서 박지
영에게 기억은 자아의 상처와 운명의 구조를 정직하게 대면하는 공간이
며, 동시에 타자의 상처까지를 대면하고 보듬는 공간이다. 중요한 것은 상
처의 내용이 아니라 상처에 대한 태도이다. 그는 상처를 거부하거나 상처
와 맞서 싸우거나 초극하려는 태도를 버리고 차라리 비극적 운명의 구조
에 자신을 맡긴다. 그리하여 그의 시는 처연하지만 힘이 세다.

5. 상처와 견딤의 시학

　박지영의 시는 자전적 경험의 요소가 상당하다. 그의 시가 내장하는 특
징은 원체험의 재현과 실존적 정체성의 확인, 중심에서 소외된 변경의 삶
과 그에 대한 연민 의식, 비극적 운명을 수용하는 생존의 윤리라는 주제의
의미망에 펼쳐진다는 것이다. 이를 최종적으로 상처와 견딤의 시학으로
종합할 수 있겠다.

　박지영 시가 보여주는 어두운 기억에 대한 심리적 태도는 삶의 척박함
과 실타래처럼 얽히고설킨 복잡하고 지난한 운명을 투영한다. 유년의 시
간과 연관한 기억, 그 선명하게 자리하는 원형으로서의 기억이 그의 삶의
중요한 일부이며 실존적 정체성의 본질을 구성한다. 따라서 박지영 시에
서 기억의 재생은 현재적 시점에서 실존적 자기 정체성의 실체를 확인하
고, 세계 내에 자신을 기입하고 정위(定位)하려는 실존적 고투로 이해할 수
있다.

　그리고 박지영 시에서 '돼지고물상 집'은 시인의 정신과 개성이 드러나

는 장소이다. 진정한 장소감이란 내부에 존재한다는 느낌이며, 개인으로서 공동체의 일원으로서 나의 장소에 속해 있다는 느낌이다. 특히 유년 시절의 장소들은 시적 주체에게 자신의 정체성을 확인시켜주는 준거 틀이다. 박지영에게 그 장소는 중심에서 소외된 변경이며 따라서 척박한 삶과 운명에 대한 애절한 소묘로 아로새겨진다. 그 소묘 속에는 고달픈 삶을 애써 붙들어 세우고 주어진 운명을 담담하게 받아들일 수밖에 없는 안쓰러운 연민 의식이 가득 투영되어 있다.

마지막으로 박지영 시는 운명적인 비애와 절망의 감정이 강렬하게 투영되어 있다. 그런데 그의 시에 나타나는 비극성은 시적 주체의 개인적 불우함이 유발하는 고통스러운 현실과 인생의 무게를 견디는 안간힘과 절망감, 개인적 우환에서 발생하는 비개의 풍격이 강하게 나타난다. 기억의 재현은 현실의 고통과 고독을 확인하고, 그 절망과 불안을 잠재우려는 욕망의 산물이다. 그리하여 그의 시 쓰기는 운명의 비극성이 불러온 부재와 결핍, 상처와 고통을 치유하기 위한 시 쓰기이다. 그것은 다른 말로 기억을 통해 현실 세계 속에서 경험하는 결핍과 고통을 확인하고, 그 확인을 통해 상처를 치유하는 생존의 윤리를 보여준다.

전통 서정의 문법과 존재의 기원에 대한 탐색

— 허영자 시선집 『허영자 시선집』 · 원구식 시집 『오리진』

1. 전통 서정과 지적 사유의 극점

전혀 다른 서정 문법을 보여주는 두 시인의 시집을 읽는다. 하나는 허영
자 시인의 『허영자 시선집』(동학사)이고, 다른 하나는 원구식 시인의 네 번
째 시집 『오리진』(한국문연)이다. 그것을 전통 서정과 지적 탐구의 극점이
라 해두자. 허영자 시인의 시집이 전통 서정시의 문법을 올곧게 따른다면,
원구식 시인의 시집은 전통 서정 문법과는 다른 조금은 낯설고 이채로운
세계를 간직하고 있다. 허영자의 시집은 그가 1962년 박목월의 추천으로
『현대문학』을 통해 등단한 이래 지금까지 줄곧 보여주고 있는 여성성에
기초한 섬세한 감성과 간결한 언어가 조화를 이루는 시 세계를 보여주고
있다. 반면 1979년 《동아일보》 신춘문예를 통해 등단한 원구식의 시집은
이전 시집 『비』(2015)에서 "이것으로 나의 습작기를 마"치고 "나는 새로운
세계로 갈 것이다."(「시인의 말」)라고 선언한 바와 같이 이전 그의 시 세계와
도 다르고 또 한국 시단에서 일정하게 이채로운 시적 사유와 상상력의 새
로운 지점을 보여주고 있다. 허영자 시인의 시집이 전통 서정 문법의 극점
을 이룬다면, 원구식 시인의 시집은 이와는 현격히 다른, 시를 통해 펼치

는 시인의 시론적 자의식과 지적 사유의 극점을 향해 있다.

허영자의 시집은 전체 2부로 구성되어 있다. 제1부에서는 첫 시집 『가슴엔 듯 눈엔 듯』(1966)에서부터 열한 번째 시집 『투명에 대하여』(2017)에서 가려 뽑은 작품들을 배치하고, 제2부는 시집으로 묶지 않았던 근작과 발표 작품 중에서 선별한 시들을 수록하고 있다. 우리가 일반적으로 아는 허영자 시인의 시 세계는 사랑과 절제의 시인이라는 것이다. 그것은 그의 시에 일관적으로 흐르는 여성적 감수성과 시적 표현의 측면에서 발견할 수 있는 절제된 언어 사용에서 비롯한다. 허영자의 시는 이처럼 섬세한 여성적 감성을 고도의 언어적 압축미를 통해 구현한다. 그의 언어가 포함하고 있는 내질은 삶과 현실에 대한 뜨거운 열정과 사랑, 근원적인 허무와 모순을 결속한다는 것이다. 이와 같은 연속선상에서 시집의 제2부 역시 짙은 서정적 음색을 바탕으로 인생의 노년기 황혼에서 깨닫는 일상적 감회, 그리고 삶과 세계에 대한 성찰을 절제된 어조를 통해 노래하고 있다.

윤동주 시인이 쉽게 씌여지는 시를 부끄러워했다지만, 여느 다작의 시인과 달리 원구식 시인의 시작은 다소 더디고 느린 편이다. 『오리진』은 그의 네 번째 시집이다. 등단 후 13년 만에 첫 시집 『먼지와의 싸움은 끝이 없다』(1992)를 상재하고, 그로부터 두 번째 시집 『마돈나를 위하여』(2007)를 묶는 데도 무려 15년이 걸렸으며, 세 번째 시집인 『비』(2015)를 내기까지도 8년, 그리고 이번 네 번째 시집을 출간하기까지도 8년이라는 긴 시간이 걸렸다. 더디고 느리지만 그만큼 숙성된 향기를 품고 있다. 따라서 그의 시집은 오랜 숙성의 시간과 시적 사유가 깊이 응축된 결과물이다. 원구식은 과작의 시인이다. 하지만 다작에 집착하지 않고 오랜 미학적 사유의 과정을 통해서 자신만의 시론적 입장을 관철하려는 의지를 담아낸 결과물이 시집 『오리진』이라 할 수 있겠다. 그것은 원구식 시인이 시집 『비』의 「시인의 말」에서 오랜 창작의 과정을 '습작기'로 여기고, 이제 "새로운 세계로 나갈 것"을 선언한 이후 내놓는 시집이라서 더욱 의미 있다. 요컨대 원구식 시인의 시집은 시류에 편승하지 않으며 오로지 자신이 생각하는 미학적 자의식을 전경화하고, 자신의 시론적 입장을 관철하려는 태도를 더욱 심화시키고 있다.

2. 서정 문법과 황혼의 성찰

일반적으로 우리가 허영자 시인을 사랑과 절제의 시인이라 할 때 참조할 유효한 평가는 김재홍의 글이다. 김재홍은 「갈망과 절제의 시」(『허영자의 삶과 문학』)에서 허영자의 시 세계를 '사랑과 모순의 시' 또는 '목마름과 절제의 시'라 요약한다. 그것을 우리는 또 다른 말로 사랑과 고뇌의 시학이라거나 모순과 절망의 시학이라 번역할 수 있을 것이다. 말하자면 그의 시에는 사랑의 문제가 기본적으로 관통해 흐르고 있으며, 여기에서 오는 모순의 초극과 고통의 절제가 담겨 있다는 것이다. 이때 사랑은 단순히 남녀 사이의 관계에서 파생하는 에로티시즘을 말하기보다는 인간의 존재성과 직결해 있다. 그의 시에서 표백되는 사랑의 사유는 "불길 속에/ 머리칼 풀"어 "사내를 호리는/ 야차 같은 계집"이 "그 불길을 다스려 다스려" "헌신하옵신 관음보살님"(「백자」)처럼 이상적 존재의 발견이나 종교적 존재태를 지향하는 고뇌 어린 탐색이 서려 있다.

허영자 시인의 시 세계를 사랑과 오뇌의 시학이라거나 모순과 절망의 시학이라 말했던 것처럼 시인은 첫 시집 『가슴엔 듯 눈엔 듯』을 펴낸 이후 변함없이 정열과 허무, 모순과 초극, 갈망과 오뇌, 고통과 희열의 정서가 대립하는 양극에서 삶과 세계를 긍정하고 주어진 운명과 화해하고 초극하려는 태도를 줄곧 지속해 왔다. 이러한 서정적 세계는 일관적으로 유지된 채로 그의 시의 주제와 방법적 국면을 규제하는 힘이다. 그의 시에서 대립과 화해, 모순과 초극, 허무와 갈망의 지난한 과정은 그 자체로 삶의 근원적인 허무와 절망 속에서, 그럼에도 불구하고 생을 긍정하는 역설적 사랑의 노래일 수밖에 없다. 사랑은 모순과 이율배반 속에서 시작하는 것이어서 참회와 비탄, 고통과 희열, 상처와 체념, 안타까움과 연민의 끊임없는 연속에서 진정한 사랑은 발견되는 것이다. 따라서 그의 시는 오뇌와 절망, 갈망과 기다림으로부터 출발해 정신적인 초극과 절제, 삶에 대한 사랑과 긍정을 획득하려는 끈질긴 힘을 보여준다. 이 지점에서 허영자 시의 서정적 파장은 잔잔하게 확산해 나간다.

> 사람은 누구나
> 그 마음 속에
> 얼음과 눈보라를 지니고 있다
>
> 못다 이룬 한의 서러움이
> 응어리져 얼어붙고
> 마침내 마셔져 푸슬푸슬 흩내리는
> 얼음과 눈보라의 겨울을 지니고 있다
>
> 그러기에
> 사람은 누구나
> 타오르는 불꽃을 꿈꾼다
>
> 목숨의 심지에 기름이 끓는
> 황홀한 도취와 투신
> 기나긴 불운의 밤을 밝힐
> 정답고 눈물겨운 주홍빛 불꽃을 꿈꾼다.
> ―「얼음과 불꽃」 전문

간명하고 밀도 있는 이미지에 의해 축조되고 있는 인용 시는 허영자 시의 핵심이라 할 수 있는 대립과 화해, 모순과 초극, 허무와 갈망의 지난한 과정에서 화해와 긍정과 초극에 도달하는 세계를 잘 보여준다. '얼음'과 '불꽃'이라는 대립 상반하는 이미지에 의해 축조된 인용 시는 투명한 단순성과 비유의 깊이를 성취한다. 허영자의 시에서 비유는 몇 가지 도식으로 구축되는데, 가령 얼음과 불꽃, 가시와 꽃, 울음과 웃음, 겨울과 햇빛, 눈물과 꽃, 밤(어둠)과 별빛, 적의와 관능, 부끄러움과 기쁨, 덧없음과 어여쁨, 갈망과 허무, 고통과 희열 등과 같이 상호 모순적이며 대립적인 관계가 공존하는 가운데 이미지의 역동적인 결합이 이루어지는 것을 특색으로 한다. 그러한 가운데 양면성과 모순성, 대립성과 이율배반성을 초극하고 궁극적으로는 긍정의 화해를 확인하는 노력이 허영자의 시이다.

시인은 시의 전반부에서 간명한 언어로 "얼음과 눈보라의 겨울", "응어리져 얼어붙"은 "못다 이룬 한의 서러움"을 노래한다. 이를테면 "사람은 누구나" "마음 속에" "얼음과 눈보라의 겨울을 지니고 있"다는 것을 확인한다. 인간의 존재성에 대한 이러한 확인은 특별히 새로울 것이 없다. '얼음'과 '눈보라'와 '겨울'은 가혹함과 고난과 죽음의 원형적 상징이다. 그러나 이 시의 개성은 그것을 수용하고 초극하려는 치열한 정신과 의지에 있다. 시인은 인간의 숙명적 고립과 소외, 상처와 고통, 서러움과 슬픔, 가혹한 고난과 죽음을 간직할 수밖에 없는 운명의 정체를 정직하게 바라보고, 그것을 존재의 모순으로 받아들인다. 가혹한 운명에 대한 고통스러운 확인은 요컨대 허무나 무상으로 끝을 맺거나, 운명에의 굴복 혹은 죽음에의 충동으로 나아가기보다는 인간의 숙명에 대한 실존주의적 의식을 더욱 강렬하게 추동하는 데에 허영자 시의 매혹이 자리한다.

'얼음'과 '눈보라'의 '겨울'은 가혹한 운명과 생동하는 시간을 넘어선 소멸의 시간을 상징하는 공통의 의미 자질을 갖는다. 그러나 시인은 시의 후반부에 이르러 "그러기에/ 사람은 누구나/ 타오르는 불꽃을 꿈" 꿀 수밖

에 없다는 역설의 예지를 노래한다. 얼음과 눈보라의 차갑고 쓰라린 고통
이 깊으면 깊을수록 주체는 더욱 주체가 되는 법이다. 그리하여 시인은 얼
음과 눈보라의 겨울을 거부하지 않고 숙명으로 받아들이며 "타오르는 불
꽃을 꿈" 꾸는 것이다. 우리가 살아 있음을 절실하게 느낄 때는 역설적으로
고통스러울 때이다. 말하자면 "아픔과 외로움은/ 견디기 어려운 고통, 혹
은/ 절망일지라도" 아프고 고통스럽기 때문에 "더 많이 아픈 너를 헤아려/
손잡" 고 "손모아 기도" (「아픔이 아픔에게」)하는 생에 대한 긍정이 자리한다.
이처럼 고통은 주체가 살아 있음을 확연하게 느끼게 하는 기제이다. 시인
은 겨울의 얼음과 눈보라의 고통 속에서 살아 있음을 확인하고 생의 의지
를 곧추세운다. 고통 속에서 "목숨의 심지에 기름이 끓는" 생의 불꽃은
"황홀한 도취"의 다른 이름이며, 그 고통과 모순을 회피하지 않고 적극적
인 태도로 '투신' 할 수밖에 없는 것이 삶인 것이다.

　모든 삶은 "못다 이룬 한의 서러움"으로 허무하고, "기나긴 불운의 밤"
처럼 고통스러움을 동반한다. 하지만 그로 인하여 불꽃 같은 황홀과 도취
의 희열, "주홍빛 불꽃" 같이 타오르는 '투신' 이 가능한 것이다. 삶은, 사랑
은, 생명은, 운명은 얼음과 눈보라 속에서 고통받으면서 비로소 살아 있음
을 느낄 수 있고, 그 의미를 발현하는 것이다. 그래서 고통의 시간은 "황홀
한 도취와 투신"이며, "정답고 눈물겨운 주홍빛 불꽃"의 희열로 타오른 것
이다. 고통은 황홀한 것이며, 황홀은 또한 고통스러운 것이다. 그 황홀감
은 운명의 고통이 발산하는 매혹에 몸을 내맡기는 투신으로써 비롯하는
황홀감이며, 그 고통으로 인해 "주홍빛 불꽃" 같은 황홀은 더욱 예민하게
생의 감각에 스미는 것이다. 고통을 통한 실존적 운명에 대한 화해와 사랑
의 자각은 다음과 같이 노년의 황혼을 노래하는 시에서도 그대로 지속된
다.

　　도끼로 찍힌 자리

소나무는 새 송진을 토하고
톱날로 베인 자리
이팝나무는 새 순을 키우네

그대들이 준 상처
내 몸은 새 살이 돋고
그대들에게 받은 상처
내 영혼은 고개를 드네

상처의 아픔과 치유의 기쁨
여기
나무와 함께 내가 있는
노년의 뜰.
　　　　　　—「노년의 뜰 – 소묘」 전문

　인용 시는 서정시의 발화가 근원적으로 자기 발언 혹은 자기 독백을 통한 자기 확인의 욕망에서 비롯한다는 점을 잘 보여준다. 이를테면 그 욕망이 몰입이든 성찰이든 간에 이 말은 곧 서정의 언어는 일종의 자기 회귀성의 언어라는 점을 함의한다. 물론 주체와 대상 사이의 동일성보다는 파열음을 드러내는 반동일성의 미학적 서정 원리가 현대 시의 주종을 이루다시피 하는 현실이지만 서정시가 갖는 동일성의 자기 회귀적 원리는 그 중요성을 조금도 폄훼할 수 없는 것이 사실이다. 이러한 자기 동일성의 회귀성은 대상으로서의 세계와 사물에 대한 의미 가치 생산과 함께 그것을 시적 주체의 삶의 국면과 등가적 원리로 결합하는 은유적 속성을 잘 구현한다. 그런 점에서 인용 시에서 "도끼로 찍힌" 소나무나 "톱날로 베인" 이팝나무는 시인 자신의 동일 지정이라 볼 수 있다.

허영자 시는 "도끼로 찍"히고 "톱날로 베인" 삶의 운명적 고통 속에서 그것을 긍정하고 사랑을 확인하는 과정을 통해 전개된다. 그런데 그 사랑에 대한 갈망은 항상 "온갖 죄/ 드러날 듯"한 부끄러움(「하늘」)이나 "뉘우침이런 듯/ 아픔이런 듯"(「비오는 밤에」) 밤을 지새우는 참회, "울음을 삼키"(「가을 다저녁때」)며 "내 사랑과 사랑하는 이를/ 한숨으로 지키"(「복사꽃아」)는 고독과 고통과 인내를 동반한다. 마치 "가시와 꽃", "적의와 관능", "울음과 웃음을 / 한 가지에 머금"은 것처럼 '모순'(「찔레꽃」) 상반되는 양상이 공존하는 세계인 것이다.

허영자의 시는 삶이 가져다주는 운명적 고통을 견디고 삶을 긍정해야 했기에 뜬눈으로 밤을 지새우는 눈물과 고독, 그리움과 슬픔으로 가득하다. 그 얼음과 불꽃이 대립적으로 공존하는 세계에서 그의 시는 "상처의 아픔"을 통해 "치유의 기쁨"을 노래하는 화해와 초극의 세계로 나간다. 그것을 가능하게 하는 것은 자연 사물에서 얻는 강한 생명성을 통해서이며, 거기에는 자기 정체성의 탐구와 자기 정화의 순결한 정신이 자리한다. 허영자 시인은 고통과 상처의 아픔, 사랑과 치유의 기쁨으로 그렇게 한 생의 순간을 넘어가는 중이다.

3. 경탄 그리고 기원에 대한 탐색

원구식 시인의 시적 생산력은 비교적 더디고 느린 편이다. 그것은 서두에서 말했던 것처럼 1979년 등단하고 이제 고희를 앞두기까지 이번 시집 『오리진』을 포함하여 여태까지 네 권의 시집을 상재하고 있기 때문이다. 시단의 일반적 현실에 비추어본다면 과작이라 할 수밖에 없다. 그렇다고 이를 시적 태만으로 여기는 것은 결코 아니다. 한 편의 시로 영생을 얻는 시인이 있다면, 다작의 시인이지만 금방 잊혀진 시인들이 수두룩하기 때문이다. 그런 과작의 시인이 8년 만에 시집을 출간했으니, 자못 궁금할 수밖에 없다. 34편의 시와 '시의 기원'에 대한, 혹은 자신의 시에 대한 이해와 시론적 입장을 밝히고 있는 에세이 「시란 무엇인가」로 구성된 이 시집은 따라서 세 번째 시집 『비』이후 그의 시가 어떠한 길을 걸어왔는지에 대한 궁금증을 유발하기에 충분하다.

『오리진』에 대한 궁금증을 더욱 가중한 것은 시인이 전 시집 『비』의 표사와 「시인의 말」에서 인급한 내용 때문이기도 하다. 시인은 표사에서 "어리석게도 나는 아직도 절대 시와 절대 책"꿈꾸고 있으며, 물론 "그것이 불가능하다는 것을" 잘 알고 있음에도 불구하고 "세상을 바꿀 단 한 편의 시와 만물의 이론이 적혀 있는 단 한 권의 책"을 추구한다고 밝히고 있다. 그리고 「시인의 말」에서는 "심한 인식론적 단절을 겪"고 "이것으로 나의 습작기를 마"치고 "새로운 세계로 갈 것"이라 천명하고 있기 때문이다. 종합하건대 시인이 "심한 인식론적 단절을 겪"고 "만물의 이론이 적"힌 "단 한 권의 절대 책"과 "절대 시"를 꿈꾸며 나가 일군 "새로운 세계"가 이번 시집에서 어떻게 심화 확장되고 있는지 궁금할 수밖에 없었다. 그 새로운 세계는 곧 시간과 죽음, 기원과 진리에 대한 탐구이다. 그리고 그것을 깨달은 자의 때로는 감격과 때로는 냉소적 풍자와 역설이 자리한다.

> 너는 언제나 정신의 꼭대기에서
> 극한의 인내력을 요구했었지.
> 산은 가팔랐고
> 바람은 도처에서 추위와 어둠을 몰고 다녔지.
> 너희들은 어쩌면 한결같이
> 죽음의 형태를 취하고 있었는지 몰라.
> 그래서 나는 큰 소리로
> 너의 이름을 부르며 이렇게 외쳤었지.

진리여, 변치 않는 힘의 사악함이여. 넘어서는 안 될 사상의 지평선이여.
나는 이제
여기서
너를 떠나보낸다.
　　　　　　　　　　　　　　　　　　—「궤변」 중에서

　그리하여 원구식 시인이 다다른 새로운 세계는 '궤변'으로 상징되는 '망망대해' 같은 '바깥'의 세계이다. 시인의 정신적 사유는 "변치 않는 힘의 사악함"인 진리, 그 "넘어서는 안 될 사상의 지평선"을 넘어선 것이다. 이성과 진리의 '바깥'으로 상징되는 "폭풍우가 치는 망망대해"(「시란 무엇인가」)로 나간 것이다. 시인은 "걷잡을 수 없는 혼돈의 힘으로/ 모순의 모순을/ 넘"고, "이성이 모래알처럼 반짝이는" '아름답고, 완벽하고, 자유롭고, 무한하고, 황홀한' "진리의 해변을 지나" "사람들의 의식이 전도되어/ 이상한 말과 행동을 한다는,/ 궤변"이라는 해변의 '바깥' 세계에 도달했다. "최초의 책", "불멸의 책"에 기록된 이성과 진리의 '바깥'으로서 궤변이라는 해변에는 "죽은 아버지들이/ 전쟁포로처럼 돌아오"고, "존재 없는 존재자들이 사는 곳"이며, "죽은 자들이 산 자를 낳"고, "사물들이 모두 거울이 되는"(「바깥들」) 궤변의 세계이다. 그곳에서 시인은 '아름답고, 완벽하고, 자유롭고, 무한하고, 황홀한' "시간의 얼굴"로 은유한 죽음으로서의 근원을 보고 "마음의 자유"(「시간의 얼굴」)와 "궁극의 오르가슴"(「불광천」)이라는 지적 쾌감을 얻는다.
　우리는 『오리진』을 읽고 난 뒤 시집의 표제가 암시하는 것처럼 그의 시적 사유가 나간 지점은 시간과 공간 속에서 펼쳐지는 모든 존재의 기원에 대한 탐구라는 사실을 확인할 수 있다. 그것은 시인을 "기원을 탐구하는 사람"(「시인의 말1」)으로 규정하거나, 시집 표지의 그림에서 "싸우는 두 거인"을 "'시간'과 '공간'"이라 설명하는 데에서도 단적으로 드러난다. 시인은 "시간과 공간은 같은 것"(「시란 무엇인가」)이라는 사유의 틀에서 그 속에 가득한 파동을 감지하며 "만물의 근원"(「놀란 귀」)으로서의 '죽음'을 탐색한다. 그리하여 죽음에 대한 그의 상상력과 분방한 사유는 결국 모든 사물과 존재의 기원에 대한 시적 탐색이다.

그리고 그가 이전에 추구했던 '절대의 책', 즉 "최초의 책", "불멸의 책"은 "죽음으로 봉인된 책"이다. 그곳에는 온통 "죽은 아버지들의 이름들"이 호명되고 "죽은 아버지들이/ 전쟁포로처럼 돌아"오는 죽음으로 가득하다. 그런데 그가 추구하는 세계, 혹은 시적 사유의 세계는 "'바깥'들이 모인 '바깥'의/ 바깥"이 중심을 이루는 책이다. 그 바깥들의 바깥은 "존재없는 존재자들이 사는 곳"이며, "죽은 자들이/ 산 자를 낳"고, "사물들이 모두 거울이 되는 곳"이다. 말하자면 "모두 왔던 곳으로 돌아가는"(「바깥들」) 죽음의 세계이다. 그 '바깥'은 칸트가 말하는 진리의 체계로서 "안정적인 '지성의 섬'"으로 상징되는 상징계라기보다는 "폭풍우가 치는 망망대해"(「시란 무엇인가」)로 상징되는 "설명할 수 없는 것들로 가득 차 있"(「놀란 귀」)는, "불가사의한 수수께끼"(「궤변」)로 가득한 실재계에 가깝다. 시인은 그 망망대해 속에서 죽음을 통한 존재의 기원과 시간의 흐름을 감지하는 것이다. 시인은 죽음이라는 "절대 무無를 보고" 또 그것이 지양되어 그곳에서 "사라져버린 세상의 기원"과 '불멸'(「불멸」)의 시간을 탐구하고, 그 '허무' 속에서 "시간의 부드러운 손"이 '부활'(「부활 – 바흐의 시간」)시키는 기쁨을 감각한다. 이렇게 원구식 시인의 시적 사유는 죽음을 통해 시간의 물성을 감각한다.

요컨대 원구식 시인의 기원에 대한 탐구는 주로 시간과 죽음과 물에 집중되어 있다. 시집을 읽고 나서 나는 원구식 시인의 개성은 무엇인가를 고민할 수밖에 없었다. 그리고 그가 애써 투신하며 탐구하는 '기원'의 탐색이 어떻게 구현되고 있는 생각할 수밖에 없었다. 분명 그의 시 세계는 개별 작품의 완성도 내지는 미학적 성취도가 큰 비중을 차지한다고 보이지는 않는다. 그것은 이를테면 한 편의 시가 담보할 수 있는 구조적 완결미나 미적 형상화에 대한 집념을 그의 시집에서 별로 발견할 수 없다. 물론 그렇다고 하여 그의 시편들이 적당한 수준에서 쉽게 씌어지거나 자동기술적 수법에 의지하고 있다는 뜻은 아니다. 그보다 그의 시에서 중요한 것은 개별 작품들이 가진 주제나 소재, 그것을 표현하는 기법이나 수사력이 아니라 이들 시를 꿰뚫어 관통하는 어떤 정신의 흐름이다. 그 정신의 흐름이란 어떤 특정한 개념으로 쉽게 환원할 수 없는 것이지만 굳이 풀어서 말하자면 시간과 공간, 죽음과 기원에 대한 통찰을 의미한다.

지금 내가 담근 이 물을 통해,
지금 내가 마시는 이 공기를 통해,
지금 내가 발을 딛은 흙을 통해,
나는, 불처럼 번개처럼 순식간에
이 벅찬 감동을 세상에 알릴 수 있는 시인인 것이다.
… 중략 …
오, 파동이여,
최초의 흔들림이여.
너 시간의 기원이여.
질량이여.
영원한 팽창이여.
쓰레기 입자들이 빛의 속도로 날아다니는 이 발전소를 통해
나는 오늘도 우주의 질량을 계산하고
인류의 문명을 더듬으며
아직도 발견이 안 된
새로운 시간의 입자를 찾고 있는 것이다.
─「열병합발전소와 시간의 기원」 중에서

원구식 시인에게 "만물의 근원"(「놀란 귀」)인 "우주의 배꼽"은 '율동'(「닭 똥의 평화」)이며 파동이다. 인용 시는 마치 이전 시집의 표제 시 「비」나 「지 렁이와 열병합발전소」를 연상하게 한다. 그것은 '열병합발전소'라는 같은 시적 소재를 사용하는 데에서 오는 것이기도 하지만, 그보다는 물과 불의 역동적 결합, 원형적 원소들의 역동적인 변형과 변주와 생성의 상상력이 작동하고 있기 때문이다. 인용 시와 마찬가지로 이들 시 역시 "물속에 불" 이 있으며 "하늘에서 물이 온다."는 "찰나의 깨달음"(「비」)과 '하수종말처 리장'(「지렁이와 열병합발전소」)에서 물의 종말에 따른 불의 새로운 생성을 감 각하는 시적 사유와 상상력의 움직임을 볼 수 있기 때문이다. 시인의 사유 에서 파동은 "최초의 흔들림"이며, "시간의 기원"이다. 시인은 "온통 파동 으로 가득"한 세계 속에서 "최초의 파동"(「놀란 귀」)을 감각한다. 그 감각은 다소 형이상적이며 이성적 사유를 거쳐 존재와 사물의 기원, 혹은 자연 사 물이 발현하는 현상적 사실에서 사물의 보편적 이치, 혹은 어떤 번쩍이는 깨달음, 혹은 인용 시에서 말하듯 "시간의 기원을 찾고자 하는 오랜 방황" 끝에 터득한 진리를 발견해낸다. 그 가운데에 "엄청난 물을 한꺼번에 정액 처럼 쏟아"내는 "궁극의 오르가슴"(「불광천」)과 "마음의 평화" "마음의 자 유"라는 지적 쾌감이 자리한다.

돌이켜보면 이전 시집 『비』는 물, 불, 흙, 공기 등의 원형적 원소들에 대 한 탐구를 보여준다. 가스통 바슐라르의 물질적 상상력에 등장하는 이 4 원소는 널리 알려진 것처럼 세계를 이루는 가장 기본적인 요소들이며, 인 간의 심리적 원형을 근원적으로 형성하는 것들이다. 이를테면 가장 기본 적인 원소들인 물, 불, 흙, 공기 등이 시인의 상상력을 통해 긴밀히 삼투하 고 변형하고 결합하는 양상의 물질적 상상력이 지배적으로 나타난다. 시 인은 "습작기를 마"치고 "새로운 세계로 갈 것"이라 선언했지만 사실 이러 한 이미지들은 이번 시집에서도 폭넓은 방식으로 변주되어 나타난다. 가 령 이전 시집에서 "물의 경로가 길"이며, "이 길을 따라 흘러가는 것은 모두 시간"이고, 결국 "나는 시간이다"(「물길」)라고 노래하거나, 하수종말처리장 근처를 거닐다가 "그만 번개를 맞"고 "번쩍하며 찾아온 찰나의 깨달음"으로 "사물의 이치"와 "모든 존재의 이유를 이해"(「비」)하는 시적 사유 방식은 이번 시집에서도 그대로 유지된다는 것이다.

예컨대 「익사의 꿈」, 「불광천」, 「물의 생각」, 「월세천」 등등 '물'을 사유하는 방식의 많은 작품들에서 만물의 근원인 원형적 원소들은 지속적으로 변주 변용되어 쓰이고 있다. 다만 새롭게 확장 심화된 지평은 역동적인 물질적 상상력이 존재의 '기원'과 '시간'과 '죽음'에 대한 시적 설명 방식을 만들어내고 있다는 점이다. 시인은 역동적인 상상력을 통해 존재의 '기원'과 '시간'과 '죽음'에 대한 자신의 사유를 풀어놓는다. 그리고 그 사유를 통해 깨달음을 얻고, 그 찰나의 깨달음에서 오는 어떤 희열과 황홀, 도취와 경탄이 자리한다. 죽음의 사유를 통해 세상의 기원, 시간과 공간의 기원에 대한 도약적인 깨달음의 경탄은 그리하여 자주 영탄적 표현과 잠언적 어조를 자주 동반한다. 그것은 그의 시집 어디를 펼쳐도 쉽게 발견할 수 있는, 가령 "오, 육체여./ 질량이 머무는 시간이여!"(「눈꺼풀」), "오, 풍경의 뒤통수인/ 계곡이여."(「닭똥의 평화」), "오, 만물의 침대인/ 대지여./ 자명한 공간이여."(「침대의 기원」) 등과 같이 감탄사를 연발하거나, 정중한 태도로 감탄의 감정이 짙게 실린 호격 조사 "~이여"와 느낌표의 빈번한 사용에서 이를 반증한다. 덧붙여 원구식 시인의 시적 사유와 상상력은 기원의 신비에 대한 비의, 즉 "우주의 무의식이 우주 자체임을 깨"(「열병합발전소와 시간의 기원」)닫는 세계와 함께 또 다른 한 축으로 현실에 대한 강한 발화가 존재한다는 사실도 유의 깊게 살펴보아야 한다.

서정 원리와 가속의 문법에 대한 저항
— 정우석 시집 『하루를 삼키다』

1. 고백 어법과 서정 원리의 구현

　서정시는 시적 주체의 자기표현 성격이 강한 양식이다. 이러한 특성은 전통적으로 서사 양식과 구분되는 서정 양식의 기본적 특징을 이룬다. 말하자면 서사 양식은 주체의 정신적인 내용을 외부 현실의 형상화 과정을 통해 드러낸다. 그렇기 때문에 서사 양식에서 정신적 내용은 객관화된 표현 대상을 통해 구현되며 표현 주체는 대상으로부터 거리를 둔다. 반면 서정 양식에서 표현 주체는 대상과 거리를 두지 않고 밀접해 있다. 대상과의 거리를 지우고 주객의 합일, 내면화, 동일화, 즉 세계를 자아화한다. 서정시에서는 외부 현실의 총체나 어떤 사건이 객관적으로 제시되기보다는 주체의 직관적 통찰을 통해 포착 전달한다.

　E. 슈타이거의 논리에 따른다면 서정과 서사는 주객이 상이한 관계를 이룬다. 서정이 주객합일의 관계라면 서사는 주객상면의 관계이다. 서정 양식이 과거의 사건을 현재의 감정으로 회감하는 작용이라면 서사는 과거 사건을 재인식하는 표상 작용이다. 요컨대 서정이 세계의 자아화라면 서사는 자아의 세계화이다. 서정 양식이 갖는 세계의 자아화 혹은 동일화는

시의 핵심적 내용이 자기 인식이나 세계와의 동일성을 추구하는 데 있음을 환기한다. 흔히들 시의 본질적 특성으로 거론하는 무시간성이나 주객의 통합은 이러한 조건으로부터 발생한다. 자기 인식의 내용이나 세계의 자아화는 시적 주체의 내면세계에 존재하므로 무시간적이며 객관적 대상의 내면화이다. 그런 까닭에 기본적으로 주객합일의 동일성을 지향한다.

장황하게 서정 양식의 특성을 거론한 것은 정우석의 시가 함유한 특성 때문이다. 『하루를 삼키다』는 시인의 두 번째 시집이다. 이 시집의 세계는 시인의 첫 번째 시집 『네가 떠난 자리에 네가 있다』(2019)가 내장한 시적 경향이나 표현 방식 등 상당한 부분에서 연속한다. 그는 이번에도 내면의 심층과 분리하기 어려운 서정시의 자기 고백적 특성, 세계의 자아화라는 기본적 규범을 준수한다. 시집 어디를 펼쳐도 그러한 특성은 확연히 드러난다. 요컨대 이번 시집 역시 자기 표현적 속성과 자기 회귀적 욕망을 기본 바탕으로 고백과 성찰의 어법으로 발화된다. 그런 점에서 그의 시는 서정시를 규정하는 전통적인 맥락에 위치한다. 가령 다음과 같이 노래할 때 정우석 시의 내적 형질이 어떠한 결을 이루고 있는지 짐작할 수 있다.

쪽지 한 장 남기지 않고
무슨 일로 홀쩍 떠났나요

덧없고 아련한 그리움
폭포수마냥 튀어나오는데

등 뒤로 보이던 그 얼굴
허공에 각인처럼 새겨 놓고

따라가고픈 빈 가슴

안간힘으로 붙잡아 둡니다
　—「그 이름」전문

　서정시는 시적 주체의 경험이나 발견을 통해 표현되는 양식이다. 이를 테면 시인이 어떤 사물을 마주하거나 상황에 직면했을 때 그것을 실체 그 대로 재현하기보다는 대상을 자아화하여 표현한다. 그럼으로써 자기의 내 면을 사유한다. 서정의 원리가 사물의 객관성보다는 그 사물이나 현상을 해석하고 판단하는 시인의 주관성에 크게 의존하는 것도 여기에 연유한 다. 정우석의 시는 이러한 서정의 근본 원리를 충실하게 구현하는 범주에 속한다. 그의 시는 외적 대상을 객관적으로 재현하거나 묘사하는 기법을 사용하기보다는 주로 시적 주체의 내적 상념을 추상적으로 고백하는 어법 의 시들이 중심을 이룬다. 그의 시가 보여주는 정념의 위상학은 따라서 전 통적인 서정시의 계열에 위치한다.

　사랑하는 대상과의 예기치 못한 이별이 파급하는 상실의 감정, 상처가 남긴 고통과 그리움, 그리고 그 그리움과 아픔을 참아내는 안타깝고 고통 스러운 감정이 짙게 표백되고 있는 인용 시는 우리에게 매우 익숙한 내용 이다. 이러한 태도와 어법은 전통적인 서정시에서 우리가 자주 익숙하게 경험했던 것과 크게 다르지 않다. 요컨대 정우석의 서정 시법은 외적 현실 을 객관적으로 묘사하는 방식보다는 자기 고백적 어법이라는 진술을 통해 형성된다. 그는 주로 고백적 진술의 어법을 통해 자신이 포착하는 시적 대 상이나 시적 정념을 표현하는 데 주력한다. 그 서정적 정념의 내질은 다소 감상적인 어조로 채색된다.

정교하게 쌓아 올린 어둠벽

바람이 건물 헤집고 다니네

별 하나 남김없이 자리를 뜨자
빈자리에 그리움 빼곡이 박혀 있네

인적 없는 밤거리
한 걸은 한 걸음 내딛어 보지만

다가가도 소용없다는 듯
좀처럼 거리 좁아지지 않은 채
싸늘한 공기만 거미줄처럼 달라붙네
— 「어둠벽」 중에서

어둠의 벽에 유폐된 자아의 고립감과 자신이 바라는 대상과 합일하지
못한 단절감이 불러오는 그리움의 상념을 노래하는 인용 시 역시 고백적
진술로 전개되고 있다. 시의 시간적 배경은 별도 뜨지 않은 칠흑 같은 밤
이다. 여기에서 밤이나 어둠의 이미지는 말할 것도 없이 암담하고 우울한
정서를 파급하는 의미 계열의 언어이다. 밤과 어둠의 시간적 배경으로 인
하여 전체적인 분위기는 우울하고 암담하고 처연하다. 어둠의 벽에 갇힌
고립과 소외감은 바람을 건물을 헤집고 다니는 거친 형상으로 느끼게 만
든다. 외롭고 쓸쓸한 심사로 인하여 밤하늘 빈자리에는 별 대신 결핍과 부
재의 대상으로서 그리움만 빼곡히 쌓인다. 이렇게 밤이 어두우면 어두울
수록, 고립감이 깊으면 깊을수록, 빈자리가 크면 클수록 화자의 그리움이
나 고통의 감각은 보다 강렬해진다. 왜냐하면 화자가 처한 외로움이 짙으
면 짙은 만큼 그리움은 그에 비례하기 때문이다.
　화자는 그 빈자리에 가득 들어찬 부재와 결핍의 대상으로서 그리움의
대상을 찾아 공허한 밤거리를 "한 걸음 한 걸음 내딛"는다. 그러나 아무런
소용없다. 다가가면 더 멀어질 뿐이다. 아무런 소용없이 그리움의 대상과

는 좀체 거리를 좁히지 못한다. 다가섬은 무위로 그치고 그 빈자리를 "차가운 공기만 거미줄처럼 달라붙을 뿐"인 공허, "보고 또 보아도 변하지 않는 풍경" 속에서 "이제 그만 멈"추고 싶은 그리움에 화자의 내면은 요동친다. 그 내면의 파동을 화자는 고백적으로 토로한다. 자신이 바라는 결핍과 부재의 대상으로부터의 단절과 고립, 분리와 소외, 상실과 고통 때문에 "물기 흥건"한 "차디찬 바닥"에서 그리움의 기억들은 "흙더미 되어 뒹"굴며 고통스럽게 신음하는 것이다.

외롭고 처연하며 고통스러운 심리적 정황을 화자는 '~박혀 있네', '~ 달라붙네', '~ 뒹구네' 등의 자기 자신을 청자로 설정한 진술, 자기 술회적인 문장 종결 처리의 반복을 통해 더욱 점층 강화한다. 언어를 재료로 하는 시에서 소리는 의미와 분리될 수 없기 때문이다. 즉 시적 발화의 음악적 소리도 정보를 전달하는 수단, 의미 내용과 시적 정조를 전달하는 수단이기 때문이다. 이 같은 처리, 곧 '~네'의 자기를 향하는 술회적인 어미 처리는 이 시뿐만 아니라 다른 시에서도 빈번하게 사용된다. 이러한 통사구조의 반복은 형식적인 차원에서 시의 운율 창출에 기여할 뿐만 아니라 시의 조형 감각과 형태적 안정감을 준다. 다시 말해 동일한 음절 반복과 병행 구문에서 파생하는 음향효과를 통해 각운의 리듬을 창출한다. 병행과 구문의 반복적 회귀의 힘은 낱말이나 생각 속에 이에 호응하는 회기성을 자아내며, 구조상의 병립성이 구성원리로 배열에 투영되면 의미의 등가성을 촉진한다. 음절 반복이 전경화되면서 시의 분위기와 정조, 세계와 단절된 화자의 외롭고 우울한 내면 정황을 고조 강화하는 효과를 거두고 있다.

정우석의 시집 어디를 펼쳐 읽어도 금방 알 수 있듯이, 그의 시는 이와 같이 대체로 자기 고백적이며 감성적 색채가 농후한 편이다. 말하자면 그의 작품을 지배하는 정서는 여리고 부드러우며 다소 애상적이다. 앞서 서정시는 세계의 자아화, 혹은 일인칭 화자의 자기표현, 혹은 자기 고백적 표현 양식임을 이야기했다. 이를 생각한다면 정우석 시의 이러한 특징은 그만의 독특한 특성이라 할 만한 것이 아니다. 그의 시는 전통적 서정시의 지배적 성향을 크게 벗어나지 않는다. 그의 시는 기본적으로 서정시의 자기 고백적 어법이라는 범주에서 시적 파장을 불러일으킨다. 이 말은 곧 그의 시의 내용이나 형식이 시적 주체의 내면성에 의해 규제되며, 이 점은 그의 시가 서정 양식의 근본적 원리를 충실하게 따르고 있음을 뜻한다. 이러한 이유로 그의 시는 절제된 정서와 언어의 조탁에 의한 정제된 안정감을 확보한다. 정우석 시가 내장한 이러한 특징을 고백의 어법을 통한 서정 원리의 미적 구현이라 부르고 싶다.

2. 정관적 태도와 응축의 회화적 형식미

자기 고백적 어법에 의해 진술되는 정우석의 시는 간결하고 명료한 이미지에 의해 구성된다. 그의 시는 형태상으로 짧고 정갈하며 정형성에 가까운 행갈이를 기본으로 한다. 그런 까닭에 형식적으로는 불필요한 수식이나 비유, 내용적 측면에서는 과장이나 장광설, 표현의 차원에서는 자기 고백적 경향이 강하다 했지만 감정의 과잉 노출은 거의 찾아볼 수 없다. 한마디로 정제된 형식미와 언어의 조탁에 의한 절제된 표현미를 구현한다. 정우석의 시는 자기표현의 고백적 어법을 통해 발화된다. 하지만 형식은 극도로 절제되고 시적 내용은 지극히 응축된 회화적 미를 구현한다. 이와 같은 특성으로 말미암아 부산하거나 분주하거나, 조급하거나 산만한 느낌을 전혀 주지 않는다. 그의 시는 절제된 형식미와 표현미를 통해 시적 정조를 압축적으로 표백한다. 이러한 측면은 한 행을 한 연으로 처리하는 형태적 특성을 가진 작품들이 상당하다는 점에서 금방 확인할 수 있다.

저녁 종소리 뛰쳐나와 눈밭을 뒹군다

바람은 느티나무 여린 살갗 휘어감는다

별 없는 밤 쓸어담는 빗질 소리 그치고

뻗은 길로 정적이 왈칵, 쏟아져 내린다
　　　　— 「병아리 발자국 찍힌 밤」 전문

　정우석의 시는 간결미, 혹은 응축된 이미지 구현의 시법을 지향한다. 인용 시는 이러한 압축된 회화 미의 시법을 추구하는 시인의 창작 방법론을 엿볼 수 있게 한다. 따라서 그의 시의 형태적 특성을 대표할 수 있는 작품 가운데 하나로 평가할 수 있다. 시인은 단 넉 줄로 눈밭에 부는 차가운 바람의 소란과 깊은 밤 정적의 고요를 감각하고 절제된 언어로 이미지화한다. 말하자면 눈밭의 하얀 색채와 겨울밤의 짙은 어둠, 눈밭의 평면적 정지와 병아리 발자국의 움직임이라는 대비, 그리고 별 없는 밤에 별을 "쓸어담는 빗질 소리"라는 역설적 표현을 통해 눈 내린 겨울밤의 정적이 품은 역동성, 동시에 그 역동성에 내재하는 정적을 그려낸다. 시인은 정적 속에서 소란, 소란 속에서 정적을 읽어내는 것이다. 시인의 놀랍고 예민한 감각, 특히 청각과 촉각은 눈 내려 쌓인 고요한 겨울밤의 바람 소리를 "저녁 종소리 뛰쳐나와 눈밭을 뒹군다", "여린 느티나무 살갗을 휘어감는다", 별도 뜨지 않은 하늘에서 별을 "쓸어담는 빗질 소리 그"친다, "왈칵, 쏟아져 내린다"는 동사로 간명하고 역동적으로 감각해 이미지화한다. 그럼으로써 눈 내린 겨울밤이 자아내는 동적인 고요, 정적인 고요, 정동(靜動)의 미를 절묘하게 그려낸다.
　시인은 마치 한편의 평면적 그림의 정경에 정중동의 입체적 생동감을 불어넣는다. 입체적 생동감은 "눈밭을 뒹군다", "휘어감는다", "빗질 소리 그" 친다, "왈칵, 쏟아져 내린다"는 격렬하고 격정적인 움직임의 느낌을 유발하는 동사를 활용한 문장 종결 처리를 통해 이루어낸다. 그럼으로써 겨울밤의 정적을 거칠게 찢어버리는 파열과 그 거친 파괴적 힘 너머 내재하는 고요의 정적을 감각적으로 표현한다. 그 감각의 극점이 "별 없는 밤"에 별을 "쓸어담는 빗질 소리"이며, 그 감각의 최종적 극점이 바로 "뻗은 길로 정적이 왈칵, 쏟아져 내린다"는 표현이다. 이 표현으로 말미암아 정중동의 변증법적 미는 완성된다. 그리하여 "정적이 왈칵, 쏟아져 내린다"는 형용모순의 반어적 표현은 놀랍도록 신선하며, 산문화된 서정의 시대에 보기 드문 희귀한 사례로 평가할 수 있을 것이다.

또한 인용 시는 절제된 압축미로 인해 호흡은 짧아도 여운은 긴 효과를 획득한다. 한 연을 한 행으로 처리하는 수법, 그리고 그 짧고 단정한 형태가 유발하는 행간의 여백이나 의미의 단절적 연속 내지는 연속적 단절은 시의 핵심적 정수만을 표현 전달하는 효과를 불러온다. 이와 같은 표현 수법은 정우석의 장기이다. 여기에 간명한 이미지의 추구와 언어표현의 정밀성과 대상에 대한 세심한 배려가 단적으로 드러나 있다. 단형의 정제된 형태적 특성은 여백의 미를 고려한 의도일 것이며, 시간적 휴지를 감안한 시행의 구성은 음송의 리듬을 창출하는 동시에 긴 여운을 동반하는 시적 효과를 불러오도록 안배한 것이다. 요컨대 그의 시는 형태적으로 간결하고 정갈하며 정돈된 느낌을 준다. 이러한 형태상의 특징은 세계와의 갈등과 대립, 분열과 투쟁하는 시적 자아라기보다는 고요하게 침잠하고 관조하며 반성하고 절제하는 시적 자아의 내면을 반영한다. 한 마디로 대상에 대해 조용히 침잠하는 정관의 사색적인 태도를 보여준다.

해 대신 자리 맡아주러 나왔는지
하늘 한편에 몰래 박힌 너

별 친구들 오지도 않는데
이른 시간에 혼자 나와 있네

약속시간 잊은 양 당황해하며
두리번거리는 네 모습

시원한 바람 나무를 휘감고 갈 때
호수는 능청스레 너를 껴안네
　　―「낮달」 전문

　해와 달과 별과 바람과 호수의 서정적 이미지로 연쇄 조직되는 인용 시
는 마치 이미지스트의 시법을 닮았다. 별도 떠오르지 않은 낮 하늘, 밤이
오기도 전 "이른 시간에 혼자" 외롭게 숨은 듯 "하늘 한편에 몰래 박힌" 낮
달, 그 낮달을 맑고 넓고 푸른 호수가 품어 들이는 한 폭의 풍경화를 그려
내기 때문이다. 낮달은 천체의 운행을 벗어난 것처럼 낯설어 보인다. 그
낮달은 "약속시간을 잊"고 당황하며 방향을 잃고 두리번거리는 형상이다.
어둠의 밤이 아닌 낮의 시간에 불현듯 떠오른 달은 낯설고 괴이한 이변처
럼 느껴진다. 이러한 무의식적 정서는 재앙을 뜻하는 'disaster'의 어원이
별의 사라짐이나 운행이 교란된 상태를 뜻한다는 점을 상기하면 쉽게 이
해할 수 있다. 하지만 사실 이상스럽게 느껴지는 낮달은 우주적 천체의 한
리듬이며 별들이 주기적으로 원환 반복하는 운행 질서의 한 부분, 한 마
디, 한 고리일 따름이다.
　그리하여 어떤 조바심이나 서두름 없이 느긋하고 정관적 태도로 시적
대상인 '낮달'을 바라보는 화자의 마음은 평정하고 고요하며 온전하다.
백석의 시구를 차용해 덧붙인다면 '낮달'처럼 불현듯 떠오른 '외롭고 높
고 쓸쓸한' 심사를 그 어떤 군더더기의 수식도 없이 자신이 처한 심리적

내면 상태를 가지런하게 형상화한다. '낮달'은 어쩌면 화자의 내면 상태를 지정하는 것처럼 보인다. 낮달이 떠오르는 현상은 천체 운행의 우주적인 보편 질서이다. 그것은 우주적 보편 질서의 현상이지만 그 현상은 흔치 않은 일이어서 사람들은 그것을 낯설고 이상하게 느낀다. 자신의 의지와는 상관없이 세계 내에 외롭게 던져진 피투자로서 화자는 자기 자신을 낮달처럼 "하늘 한편에 몰래 박힌" 외롭고 높고 쓸쓸한 존재로 인식하는 것이다. 천체의 보편적 운행 질서에서 어긋난 것처럼 화자는 세계의 보편 질서에서 이탈한 느낌을 받는 것이다. 그리하여 별도 뜨지 않은 "이른 시간에 혼자" 세상에 나와 방향을 잃고 당황하며 두리번거리는 낮달의 모습은 곧 화자 자신의 은유이다. 다시 말해 세계의 자아화 내지는 동일화이다.

세계 내에 외롭게 던져진 피투자로서 자기 자신에 대해 느끼는 이러한 이물감은 대상을 관조하는 시인 특유의 정관적 태도에 의해 아무런 갈등이나 분열을 일으키지 않고 서정적으로 통합된다. 말하자면 그것은 "시원한 바람이 나무를 휘감고 갈 때" 호수가 낮달을 부드럽고 '능청스럽게 껴안는다'는 포용적 태도에서 확인할 수 있다. 하늘과 바람과 나무와 호수라는 모든 사물이 서로 얽혀 우주 전체와 교통하고 결합하며 조화를 이루는 세계에서 시인은 자기 정체성의 통합을 이룩하는 것이다. 어둠이 채 내리지 않은 환한 "하늘 한편에 몰래" 숨어 떠오른 낮달의 외롭고 기이하며 이상스러운 현상은 결코 괴이한 이변이 아닌 주기적으로 반복하는 우주의 질서일 뿐이다. 이러한 의미에서 시원한 바람이 불고 "호수는 능청스레 너를 껴안는" 사태, 그것은 모든 자연 사물이 서로 교통하고 융화하는 공간이 열림으로써 가능해진다. 이에 당황해 두리번거리는 낮달 혹은 "하늘 한편에 몰래 박힌" 낮달로 지정된 시인의 이상스러운 모습은 우주적 질서의 정상성으로 복귀한다.

　길가 서 있는

낡은 리어카 위

황단보도 건너던
어린아이 머리 위

종일 거리 누비던
길고양이 등허리

슬며시 어루만지는
시원한 손
—「여우비」 전문

정우석의 시는 간결하고 깔끔하다. 아니 너무 맑고 투명하다. 너무도 투
명하여 아무것도 보이지 않는 듯하다. 그저 환하고 맑고 깨끗하기만 하다.
인용 시는 시인의 시가 갖는 한 특이점으로서 형태적 측면에서 간결하고
내용적 차원에서 그 투명성을 가장 잘 드러내는 작품 중 하나이다. 대상에
조용히 침잠해 들어가 관조적으로 응시하는 사색 끝에 뱉어놓는 언어는
한없이 맑고 투명하다. 맑고 간결한 투명성에 의해 이 시에 대해 어떤 해
석을 덧붙인다 한들 그 말은 한갓 군더더기에 불과할 것이다. 앞서 잠깐
시인의 시를 이미지즘에 가까운 시법이라 언급했는데, 인용 시 또한 그러
한 특징을 전형적으로 드러내는 사례이다. 여백의 미로 꽉 채워진 시인의
시는 시의 본질로서 언어의 경제성을 최대한 고려한 듯 되도록 말을 적게
하고 침묵의 공간, 여백의 여운을 넓고 깊게 마련해 둔다. 그럼으로써 대
상에 대한 외부 묘사는 진한 시적 뉘앙스, 짙은 여운의 향기를 풍기게 한
다.

긴말 필요 없이 2행씩 4연으로 짧게 완결된, 단 여덟 줄의 행들이 펼치

는 인용 시의 공간 감각은 놀라울 정도로 시적 공간을 압축하는 동시에 확장한다. 화자는 한 점에 서서 거리의 풍경을 응시한다. 화자의 시선은 "길가에 서 있는/ 낡은 리어카 위"에 머물다가 횡단보도를 건너는 "어린아이의 머리 위"로 향하고 이윽고 길거리의 "고양이 등허리"로 이동하여 여우비를 은유한 "시원한 손"에 귀착한다. 시인은 '리어카 위'와 '머리 위'와 '고양이 등허리'로 옮겨가는 평면적인 풍경에 "시원한 손"으로 은유된 '여우비'가 내려 하강하는 수직적 동선을 끌어넣는가 하면, 한 곳 한 곳에 압축적으로 집중하며 이동하던 평면적 시선을 수직으로 내려 옮김으로써 시의 공간을 일순간 확장한다. 리어카 위와 머리 위와 등허리에 쏟아지는 한낮의 햇살을 "슬며시 어루만지는/ 시원한 손"에 이르기까지 마음과 눈의 동선은 한 획의 낭비도 없이 절제된 언어로 처리한다.

간결한 언어 사용과 간명한 이미지의 응축에도 불구하고 시적 진술은 또 얼마나 자연스럽고 질서로운지 감탄을 자아낸다. 바로 이러한 시적 특징으로 말미암아 시선의 이동이나 이미지의 연쇄는 부자연스럽고 경직된 획일성이 아니라 오히려 한층 역동적이고 생생하다. 아니 오히려 더 팽팽한 긴장력을 발생시킨다. 이것이 정우석 시학이 추구하는 절제의 미덕과 진면목이다. 뿐만 아니라 시어의 강약과 장단과 고저를 다스리는 정밀하고 예민한 언어 감각은 한 폭의 회화적 그림을 연상하게 하며, 음악에 가까운 리듬에 육박하고 있다. 그런 점에서 정우석의 시는 흡사 생략과 압축과 회화미를 추구한 박용래를 연상케 한다.

3. 불연속적 시간의 권태와 환멸에 대한 명상

예전과는 다르게 삶이 빠르게 전개되는 과정의 세계에서 삶의 지속이라는 충만한 시간 체험은 희박해졌다. 지속보다는 가변성, 감속보다는 가속성의 가치를 우선하는 세계는 점증하는 불연속성과 시간의 원자화, 또는 파편화로 인해 삶에서 질서 있고 의미 있는 연속성의 경험은 근원적으로 불가능하다. 그 속에서는 공허한 시간만이 반복될 뿐이다. 정우석 시의 의미론적 특성 가운데 우리가 주목해야 할 부분은 지리멸렬하고 산만한 시간에 대한 반응이다. 즉 불연속적 시간, 질서를 잃은 파편화된 시간, 가속화의 시간이 불러오는 권태와 환멸에 대한 성찰을 우리는 주목해야 한다. 왜냐하면 단절과 고립, 부재와 결핍, 상실과 고통으로 세계를 인식하는 시인의 시간 의식은 그의 시의 내질을 구성하는 지배소로 기능하기 때문이다.

무의미하게 휩쓸려 가는 시간은 분절되지 않은 시간이며 방향을 상실한 시간, 사물과 어떠한 연관성도 없이 "텅 빈 고독 흥건히 젖는"(「단절」) 단절된 시간에 지나지 않는다. 그런 시간에서는 아래의 시에서처럼 "어제의 다음은 늘 어제가 되"는 불연속적 경험만이 존재한다. 어제의 다음은 현재를 바라봄, 내일의 내다봄이라는 새로운 가능성을 삭제한다. 돌아보는 예전도, 충만한 현재의 바라봄도, 나중에 대한 기대도 없다. 여기에서는 삶을 의미 있게 구성하는, 삶을 충만하게 해줄 어떤 이야기도, 사건도, 의미를 만들어주는 구심력도 존재하지 않는다.

한 발 또 한발
올라간 만큼,

한 발 또 한 발
내려오고 마는 걸

깨금발로 올려다보아도
텅 빈 허공뿐

아무 일도 없었다는 듯
지나치는 하루

어제의 다음은 늘 어제가 되고
한 발 또 한 발
　　—「거울 속에서 2」 중에서

　　정우석의 시집은 특히 저녁이나 오후, 또는 밤의 어둠에 반응하는 시가
부지기수를 차지한다. 그의 시는 오후의 상상력이라 할 만큼 저녁의 이미
지를 자주 동반한다. 가령 오후의 상념을 드러내는 「카페, 3시 반」, 「오후
네 시」, 「노을 1」, 「노을 2」와 존재의 저녁 풍경을 그리는 「그늘」, 「어둠
벽」, 「바다 – 시쓰기」 등과 같은 작품들이 그 예이다. 이들 작품은 시간의
텅 빈 형식과 의미 없는 소멸의 공허함이 지배적 정조를 이룬다. 그리하여
오후와 밤의 시간은 세속적 삶의 남루와 비애, 결핍과 부재의 연속을 확인
하는 시간이다. 존재의 쓸쓸함과 외로움, 단절과 고립, 우울과 결핍이 아
물지 않고 다시 드러나는 시간이 오후이며 저녁이며 노을의 이미지로 쓰
인다.
　　존재의 저녁 풍경이라 이름할 수 있는 오후와 어둠의 시간은 그의 시에
서 낮의 지리멸렬한 풍경에 대한 환멸과 권태의 확인을 내포한다. 시인은
부재하는 결핍의 대상을 향해 강박적으로 "한 발 또 한 발" 올라가려 애쓴
다. 하지만 자기가 바라는 대상은 어디에도 없고 "텅 빈 허공"만을 만날
뿐이다. 이렇게 과도한 애씀, 과잉 활동은 결국 "텅 빈 허공뿐"인 부재와
권태와 환멸을 동반한다. 여기에 과거를 돌아보고 현재를 바라보며 미래
를 내다보는 시간의 연속성은 소멸되어 있다. 부재하는 대상을 향해 "올라
가면/ 아마도 보이겠지" 기대하고 "한 발 또 한 발/ 올라"가지만 화자가
찾는 대상은 어디에도 없다. 아니 올라가는 만큼 "한 발 또 한 발" 다시 그

만큼의 거리로 대상으로부터 멀리 내려오고 만다. 여기에서 화자가 확인하는 것은 "텅 빈 허공"의 부재와 결핍이다. 그 허공 속에서 하루의 시간은 "아무 일도 없"이 지나가고, "어제의 다음은 늘 어제가 되"는 무료하고 무의미하며 권태롭고 공허한 시간의 반복을 경험할 뿐이다. 그리하여 정우석에게 삶의 시간이란 부재이며 결핍이다.

정우석의 시간 체험은 어떤 의미를 상실한 채 무료하게 흩어져나가는 무상의 시간, 무엇 하나 의미 있게 완결할 수 있는 가능성이 막힌 시간, "미쳐가는 시간들" 속에서 "나는 오늘 또 캄캄한 하루를 삼키"(「하루를 삼키다」)는 삶의 어떤 가능성도 전망도 잃어버린 시간이다. 그 시간은 존재의 새로운 가능성이 막혀버린 "어제의 다음은 늘 어제가 되"(「여름」)는 시간, "아무 일도 없었다는 듯 어둠을 여"(「노을 1」)는 황폐한 시간이다. 그리하여 밤과 어둠이 불러오는 고요와 안식과 완결에 이르지 못한 불모의 시간이다. 그의 오후나 저녁이나 밤은 고통과 비애, 권태와 절망, 허무와 환멸이 들끓는 시간이다.

  연분홍 진달래가
  아래로 점, 점
  소리 없이 가라앉고 있어

  기다리고 기다리던
  뻐꾸기 울음이
  바람에 뚝, 뚝 부러지고 있어

  오늘의 나무가
  어제의 나무보다 시무룩한 건
  어째서일까

뼈마디 앙상한 손바닥 위에

진득한 시간이 달라붙어 있어

―「계절」 전문

　시인은 간략한 언어, 압축된 이미지, 말하자면 "연분홍 진달래가/ 아래로 점, 점" 가라앉는다거나 "뻐꾸기 울음이/ 바람에 똑, 똑 부러"진다는 자연 현상의 재현적 묘사, '점, 점'이나 '똑, 똑'과 같은 의성 의태어의 사용을 통한 시간의 흐름, 그리고 리듬의 안배를 고려하며 시적 의미를 축약해내는 수법을 사용하고 있다. 이런 점에서 역시 회화미를 추구하는 정우석 시의 일면을 다시 확인해준다. 그런데 이 시에서 주목하는 계절의 순환반복은 '아래로 점, 점 가라앉고, 바람에 똑, 똑 부러지고 있'다는 역동적 운율미과 생동적 표현에도 불구하고 변화와 생성이라는 이미지를 갖지 못한다. 계절의 변화에서 느끼는 시간 감각은 그저 "뼈마디 앙상한 손바닥 위에" 진득하게 달라붙어 있을 뿐이라는 전술을 통해 뚜렷하고 결정적인 결절점이 생겨나지 못하는 상태를 그려내기 때문이다. 특히 부러지고 가라앉고 시무룩하고 앙상하게 달라붙어 있다는 표현으로 말미암아 시간 체험은 지극히 무료하고 무미하며, 권태롭고 건조하다.

　이러한 시간 체험은 "커피 한 잔에/ 한낮을" 지운다거나, "수프처럼 휘저어지는 시간"이라거나, 시간은 "알아듣지 못할 언어"가 되어 "온 땅에 퍼져나"(「카페, 3시 반」)간다는 진술로 이어지면 나른하고 권태로운 감각은 한층 더 강화된다. 시간은 "버려지면 그뿐인" "오후 네 시"의 "버려진 소파"에 불과하며 그 가운데 자신만 "멀뚱히 서"(「오후 네 시」)서 남아 있는 것처럼 시간은 시인에게 어떤 중심이나 질서나 종합을 담보해주지 않는다. 수프처럼 산만하게 휘저어지는 시간이나 홀로 남겨진 채 멀뚱히 서 있는 황량하고 쓸쓸한 형국은 극단적으로 고립되어 있고 파편화되고 원자화된 자아의 실존적 조건을 연상케 한다. 근본적으로 시간은 우리의 삶에 질서를 부여해주고 삶의 지속성과 연속성을 보장해준다. 그러나 정우석의 시간은 질서나 중심, 혹은 지속적 의미나 가치 부여의 기능을 상실한 채 권태롭고 무미건조다.

　권태가 찾아오는 것은 사건이 일어나지 않아서가 아니다. 그보다는 많은 사건이 빠르게 일어나고 의미 없이 종결되어 다른 사건으로 다시 재빠르게 이동하는 가속화의 시대가 불러온 것이다. 삶의 지속성과 충만한 경험이 사라진 이 시대의 근면성과 생산성이 권태를 양산한다. 가속의 시대에 우리는 바쁘고 빠르고 부산하고 부지런하게 이일 저일에 몰두한다. 하지만 사실은 어느 것 하나 완결하거나 돌아보지 못한 상태로 다른 일로 재빨리 이동하는 행위를 반복할 뿐이다. 그 속에서 인간은 어떤 지속성이나 영원성을 경험할 수 없다. 시인은 지속성으로 충만한 시간을 상실한 것이다. 시인은 "오늘의 나무가/ 어제의 나무보다 시무룩한 건/ 어째서일까" 묻는데 그 대답은 이미 정해진 것이나 마찬가지이다. 시간의 조화로운 질서에서 '점, 점 가라앉고 뚝, 뚝 부러지고 있'다는 단절감이나 상실감으로 인해 "뼈마디 앙상한 손바닥 위에" 시간은 그저 의미 없이 진득하게 달라붙어 있는 것에 지나지 않기 때문이다.

　오늘날 우리는 우리 자신에게 어떤 역할이나 의미나 가치를 부여하려 부단히 노력한다. 하지만 이렇게 과도하게 애쓰는 태도에서 우리는 자신의 정체성을 잃어버리고 만다. 이리저리 바쁘고 분주하게 움직이지만 삶은 일정한 방향을 잃고 산만해질 뿐이다. 그리고 그 부지런한 근면성과 유용성과 생산성은 우리를 권태로 잡아끈다. 그리하여 시간은 손아귀의 물처럼 움켜쥐려 애쓰면 애쓸수록 "뼈마디 앙상한 손바닥" 사이로 의미 없이, 흔적도 없이 빠져나가 버린다. 이렇게 과거를 돌아보고 현재를 바라보며 미래를 바라보는 시간적 지속의 부재로 인하여 "오늘의 나무"는 "어제의 나무보다 시무룩"하게 생동감을 잃은 상태, 살아 있음은 그저 재빠르게 낡아가는 과정으로 느끼는 것이다. 그리하여 정우석 시에서 시간에 대해 느끼는 깊은 권태와 환멸은 의미의 공허, "허기진 시간"을 "진득하게 핥"(「사이」)거나 "제 자리는 기어코/ 제자리가 되고 마"(「계단」)는 상태로서 어떤 의미 있는 생성이나 변화가 차단된 무료한 감각으로 경험된다.

그리하여 오후와 저녁에 펼치는 저녁의 명상은 우울하며 다소 비극적이다. 저녁의 시간은 낮의 분주한 근면성과 합리성, 생산성과 효용성을 물리치고 한낮의 부산함을 잠재우는 평화의 시간이다. 낮의 노동으로부터 해방되어 존재에 대한 성찰이 이루어지는 시간이다. 정우석이 오후에 펼치는 저녁의 명상은 그리하여 존재에 대한 성찰을 동반하는 것이다. 그러나 그 성찰은 쓸쓸하고, 안타깝고, 우울한 무늬를 띄고 있다. 도저한 단절과 고립감, 상실과 고통의 감각으로 얼룩진 내면의 흔적들은 또 다른 맥락에서 낮의 근면성, 확실성, 생산성, 유용성, 목적성에 대한 저항이며 위반이기도 하다.

4. 실존의 위기와 가속의 문법에 대한 저항

하이데거는 거주를 사물들 곁에서의 정주라 정의한다. 말하자면 거주는 사물들 곁에서 함께 머무르기인 셈이다. 우리는 장소에 머무르기를 통해 주체의 정체성을 구성하는 요소로서 오래 보존할 수 있는 것에 대한 경험이 가능하고, 삶의 지속적 연속성을 경험하며, 실존적 정체성을 유지할 수 있다. 머무르지 못하는 조급함과 산만함은 우리의 문화가 정적인 것, 느린 것, 긴 것, 연속적인 것을 수용하거나 참아내지 못하고 활동적인 것, 빠른 것, 짧은 것, 일회적인 것, 직접적인 것에 대한 맹목적 추종 때문이다. 하이데거의 말을 다시 인용한다면 고유한 실존은 느리다. 그럴 때 경험은 축적되고 주체의 정체성이 구성되는 것이다.

집 나서다 눈에 들어온 못 보던 간판 하나 타지에 온 듯 낯설어진다

이름 잊은 허름한 중국집 뽑기 기계 놓인 문방구 하루가 멀다 하고 드나들던 책방

수많은 기억 풀어내던 장소들은 휴대폰 가게, 안경점, 컴퓨터 수리점 다른 이름으로 변했다

사소한 인사말 오가곤 하던 그 흔하디흔한 목소리 영영 사라져 버렸다

어느 날부터 불 꺼져 침묵 지키는 집 앞 슈퍼 또 어떤 간판 달고 모르는 장소가 되었다
　　―「문득」전문

인용 시는 활동, 빠름, 짧음, 불연속성의 가속화가 초래하는 삶의 불안과 질서를 잃은 삶의 산만함과 머무름을 모르는 세대에서 실존의 정처 없음을 이야기한다. 이 시를 관통하는 지배적 정서는 삶의 지속적 활동이 누적되어 형성되는 주체의 고유성과 정체성, 특수성과 구체성이 드러나는 장소성은 "영영 사라져 버"리고 만 상실의 감정이다. 아니 가속화의 문법에 대한 저항이며 전복의 사유이다. 폭력적 가속화의 시대에 삶은 안정을 잃고 어떤 질서도 없이 마구 변해버린다. 우리는 그저 현재 일어나는 사건과 변화 속으로 어떤 지속성이나 연속성도 없이 중심을 상실한 채 산만하고 조급하게 이동하며 응집력을 잃고 이리저리 흩어지는 시간을 살아갈 뿐이다. 이러한 부산함과 산만함, 조급함과 성급함, 가속화된 직선적 시간의 빠름은 장소가 실존에 부여하는 자기 정체성마저 앗아가 버린다. 삶의 의미 있는 연관성은 단절되고 관계적 상호성은 "영영 사라져 버"리고 만

다. 어떤 곳도 빠르게 변해 낯선 장소, "모르는 장소"가 되는 것이다. 이 시에서 모든 사물은 공간적 연관성과 내적 질서 속에서 오래 보존되고, 중심을 잡아주고, 안정감을 부여하는 장소성은 삭제되어 있다. 그 속에서 시인은 세계 내 존재성, 사물들과의 내적 연관성을 잃어버린 자신의 실존은 물론이거니와 그러한 현실을 비감하고 덤덤하게 응시한다.

인용 시는 삶에 안정감을 주고 연속성을 부여하는 어떤 내적 질서나 연관성, 항상성이나 지속성을 상실한 실존의 위기, 실존적 정체성을 구성하는 장소의 상실을 주목한다. 시간은 어떤 의미 있는 목표를 향해 고리와 고리, 매듭과 매듭으로 지속해 나아갈 때 유의미하다. 이런 맥락에서 인용 시는 의미 있는 생성이나 변화가 차단된 세계, 그저 빠르게 변화해 빠르게 낡아버리는 시간을 숙고한다. 가속화를 추앙하는 문화적 세태는 시간을 어떤 의미 연관도 없이 그저 "다른 이름"으로 빠르고 낯설게 변화시킬 뿐이다. 과거나 현재 미래는 그저 단호하게 "뒤편으로 사라진 이름"(「스포츠센터」)일 뿐이다. 그리하여 시인은 무의미한 미래를 향해 정처 없이, 어떤 머무름이나 주저함, 그리움이나 기다림, 수줍음이나 부끄러움 없이 부산하고 성급하게 휩쓸려 흘러가는 시간을 아프게 감각한다. 그러한 시간 속에서 발생하는 변화나 활동은 어떤 의미나 가치도 갖지 못한 맹목적 변화일 뿐이며 무의미하게 금세 낡아버려 "다른 이름", 뒤편으로 재빨리 사라질 활동일 뿐이다. 요컨대 그 변화는 어떤 실존적 연속성이나 정체성을 갖지 못하고 "타지에서 온 듯 낯설"고 아무런 지속적 의미나 가치도 없이 금세 "다른 이름으로 변"하는 무의미한 변화일 뿐이다.

시인은 "집을 나서다" 문득 "타지에서 온 듯 낯"선 간판 하나를 보며 회감에 젖는다. 유년의 기억에 자리한 동네 풍경들, '중국집', '문방구', '책방'은 어느 사이 사라지고 '휴대폰 가게', '안경점', '컴퓨터 수리점' 등으로 빠르게 바뀌었다는 사실을 목격한다. 그리고 시인은 새로이 생긴 점포들 또한 어느 순간 "어떤 간판을 달고 모르는 장소"로 변해버릴 것이라 미래에 대해 아무런 기대나 바람도 없이 운명을 비감하게 예감한다. 장소는 시인을 포함한 모든 사람들의 삶의 경험적이며 원형적인 의미 가치를 형성하고 자기 정체성을 확인하는 매개 공간이다. 그러므로 시인의 삶의 경험적이며 원형적인 가치가 부여된 장소성 내지는 장소 정체성으로서의 의미를 지닌다. 왜냐하면 우리가 자기 정체성이라 할 때 유년의 기억에 남아있는 거주하는 장소들은 다른 것과 구분되는 개성인 동시에 시인이 다른 사람이나 사물들과의 관계를 통해서 기억을 형성하는 공간이기 때문이다. 인간의 실존이 거주한다는 것이라면 그곳은 세계와 관계를 맺는 기초이다. 시인은 오래 머무르지 못하고 쉽고 빠르게 변화하는 시간에서 정체성의 상실을 경험하는 것이다.

근대의 시간은 목적 지향적이다. 과정이 주는 경험은 생산성과 효용성, 근면성과 유용성이라는 가치에 의해 제거된다. 유유자적한 태도로 걷는 것, 정처 없이 게으르게 떠도는 느림과 한곳에 머무름은 현대적 삶과 어울리지 않는다. 근대의 시간은 정신의 고양을 위한 느릿한 순례와 사색을 허용하지 않는다. 우리는 이 사건에서 저 사건으로, 이 정보에서 저 정보로, 이 이미지에서 저 이미지로 그저 황급히 이동할 뿐이다. 여기에서 어떤 친근함이나 자유로움이나 정체감은 보장되지 않는다. 감각을 자극하고 흥분시키는 무수한 사건이 도처에 즐비한 까닭에 한 자리에 오래 머물지 못한다. 모든 것은 빠르게 낡아간다. 새로운 것에 대한 강박이 낡음을 낳는다. 이런 강박은 주체에게 아무런 정체성도 지속성도 주지 않는다. 여기에서는 존재의 그 어떤 지속적 가능성도 보장되지 않는다.

내 편 네 편 구분 없이
우리는, 사라진 골대를 향해
힘껏 공을 찬다

별들을 모조리 집어삼킨 어둠
마른 다리를 한 없이 절뚝거리지만
그들의 뜀박질은 그치지 않는다
끝날 줄 모르는 세상 속으로
　　　—「끝날 줄 모르는」 중에서

　가속도가 붙은 오늘날의 시간이나 문화는 삶의 시간을 어떤 의미 있는 마디나 간격, 사이나 문턱을 두고 매듭지을 수 있는 가능성을 앗아간다. 어떤 일이나 사건도 "끝날 줄 모르"는 미완의 상태에서 "골대는 어디로 갔는지" 방향을 상실한 채 활동을 이어 나간다. 가속도, 생산성, 유용성, 근면성, 합리성, 목적성 속에서 세계에 존재하는 사물이나 시간의 지속성이나 관계의 연속성은 삭제된다. 그리하여 경험되는 삶의 사건과 이야기들은 의미를 부여하는 준거틀 밖으로 내던져져 조각난 파편들로 고립 분열된다. 삶의 시간이나 그것이 유발하는 의미의 서사적 연속성과 역사성은 단절 고립되고 해체되어 의미가 사라진 텅 빈 공허 속에서 '골대'로 상징되는 목표를 잃고 어디로 뛰는지도 모른 채 어지럽고 분주하고 산만하게 뛸 뿐이다. 이때 우리는 일하는 기계, 노동하는 동물로 전락한다. 말하자면 "관중도 없고, 종료 휘슬도 울리지 않"는 경기, 의미를 상실한 시간, "별들 모조리 집어 삼킨 어둠" 속에서 "끝날 줄 모르는 세상 속으로" 우리는 "왜 뛰고 있는"지도 모른 채 그저 "사라진 골대를 향해" "힘껏 공"을 찰 뿐이다. "마른 다리를 한 없이 절뚝거리"며 "뜀박질"을 멈추지 않는 것이다. 이 시는 이처럼 자기의 본질적인 정체성을 잃어버린 활동이나 애씀의 맹목성을 알레고리를 통해 풍자한다.
　가속화의 시간, 재빠르게 변화해 수시로 모습을 바꾸는 현실에서 삶은 의미 있는 서사로서의 역사적 연속성은 증발되어 버린다. 한곳의 장소, 지금의 자리에서 오래 머물지 않고 이곳에서 저곳으로 황급히 이동하는 사건은 가속이 불러온 결과이다. 마치 우리는 채널을 돌리듯 두서없이 바쁘게 옮겨 다니며 변화를 탐닉할 뿐이다. 한곳에 오래 머물며 자아와 세계의 관계를 연속적으로 느끼도록 중심을 잡아 붙들어주는 중력은 힘을 잃고, 질서는 방향을 상실한 채 진공 상태에서 부유한다. 그런 까닭에 여기서 저기로, 이곳에서 저곳으로, 이 일에서 저 일로, 이것에서 저것으로 쉼 없이 옮겨가는 발걸음은 "디디는 만큼"의 거리로 "멀어지고", "오르고 또 오르지만" 바라는 대상은 "어디"에도 없는 부재와 상실의 무의미한 체험일 뿐이다.

정우석의 시가 강렬하게 부조한 부재와 결핍의 시간에는 "까마득한 정적만 몰려올 뿐" 과거 시간을 지속하는 연속성으로서의 진정한 "오늘은 오지 않"고 미래는 그저 오늘의 반복이 되어버린다. 마치 '계단'을 오르락내리락하는 행위처럼 "제 자리는 기어코/ 제 자리가 되고 마"(「계단」)는 삶의 부조리한 형식이 반복될 뿐이다. 어떤 종결도 완성도 매듭도 마디도 없이 무의미한 지금의 반복, 분주한 활동이 지배하는 현실에서 정우석의 시는 실존적 권태와 세계의 지루함, 그 속에서 자아 상실과 세계 상실의 경험을 비감하게 풍자한다. 이 풍자는 일종의 근대적 시간의 이데올로기가 강제하는 문법과 질서, 체제와 규율에 균열을 내는 시적 작업이라는 의미를 함축한다.

서정 문법의 전위

— 서정미 시집 『꽃들의 발자국』

1. 서정 문법의 탈문법화

서정미의 시집 원고를 받아들었다. 반가운 일이다. 내가 아는 시인이 시집을 낸다는데, 그것도 첫 시집을 낸다는데 아니 반가울 수 있겠는가. 그런데 솔직히 고백하자면 그 반가움은 원고를 넘겨 가면서 무거운 짐으로 다가온 것이 사실이다. 꽤 두꺼운 분량의 원고를 받아들고 나는 우선 그 부피와 말들의 흘러넘침에 놀랐음을 고백하지 않을 수 없다. 그래서 나는 여태껏 미적거리다 두어 달이 지난 지금에야 그의 시집 원고를 다시 펼쳐 읽고 발문 비슷한 글을 쓰는 것이다. 그의 시를 읽는 일은 다른 시인의 시집 두세 권 분량의 시를 읽는 것이나 다름없다. 그토록 겸손하고 조용했던 그에게 이토록 많은 사유의 언어들이 내면에 들끓고 있다는 것을 알고 나는 적잖이 놀랐다.

서정미는 다소 늦은 나이에 시 쓰기에 입문하였고, 2004년 계간 『생각과 느낌』을 통해 등단했다. 등단 후 약 3년가량이 된 즈음에 첫 시집을 내는 것이니, 그리 길지 않은 시간에 시집을 상재한 것이다. 그러나 물리적인 계량적 시간은 중요한 것이 아니다. 길지 않았다고 하지만 그 시간이야말로 측량할 수 없는 고통의 시간이었을 것이고 통과제의의 시간이었을 것이다. 누구나 그렇겠지만 등단하고 첫 시집을 낸다는 것은 기쁜 일이 아닐 수 없을 것이다. 그 기쁜 일에, 그 들끓는 사유에 내 생각을 좀 더 덧붙여 보기로 한다. 그 들끓는 시적 사유 속에서 나는 무엇을 읽을 수 있을 것인가. 이 글은 흘러넘치는 시적 사유에 대한 하나의 덧붙임이다.

서정미의 시집에서 시적 사유는 들끓고, 그것을 받아내는 언어는 흘러넘친다. 그의 시는 우리가 익숙하게 보아왔던 전통적인 서정문법의 시들과는 다른 색채를 띠고 있다. 굳이 말하자면 초현실적인 경향이라 할까. 나는 그것을 서정문법의 탈문법화라 부르고 싶다. 그의 시집에 나타나는 특색은 우선 해사(解辭)적인 면을 통해서 살펴볼 수 있다. 말에 말이 달라붙는, 하나의 언어에 끊임없이 달라붙는 언어들의 연속, 말이 말을 거침없이 자유롭게 풀어놓는 형국은 그야말로 해사적이라 하지 않을 수 없다. 그 시의 해사적인 특색은 꿈의 자리바꿈이나 기호들의 놀이를 연상시키며, 놀이를 통해서 기존의 지배 관념과 현실원칙의 질서에 저항하고 전복하고자 하는 의도로 읽힌다.

2. 냉소적 어조와 현실원칙의 전복

일반적으로 언술은 의식상으로는 선택과 결합, 의미론적으로는 은유와 환유라는 두 방향으로 전개되듯, 어떤 대상에 대한 시인의 언술도 대개 두 개의 축을 따라 전개된다. 하나는 잘 알고 있는 것처럼 은유적 언술이다. 은유는 유사성에 의한 선택과 대치라는 우리들 사고의 한 축을 이루는 언술행위이다. 다른 하나의 축은 환유이다. 환유는 인접성에 의한 결합과 접속이라는 형식으로 이루지는 언술행위이다. 비유법으로 보자면 직유와 은유로 알려진 것들이 전자의 예이며, 제유나 환유로 불리는 비유가 후자의 예이다.

그런데 서정미의 시는 은유적이라기보다는 다분히 환유적이다. 그러니까 그의 시는 어떤 관념을 밝히는 각각의 대치 관념에 의해 무한한 의미의 가능성을 열어 놓는 은유적 언어체계에 따라 형성된다기보다는 인접성을 토대로 한 환유적 언어체계를 따라 시를 형성하고 있다. 그의 시적 진술은 관념이나 사물의 해명을 위해 각각 사용되는 것이 아니라, 그 자체로 자족적인 하나의 구조적 산물이다. 그의 시가 환유적이라는 의미는 그러니까 대치 관념으로서의 의미가 아니라 연상되는 관념으로서 결합과 접속이라는 원리에 의해 구성된다는 뜻이다. 환유적 언술은 컨텍스트의 결합과 접속에 있어서 장애를 일으키기 때문에 언술행위를 낱말 더미로 만드는 특징을 갖는다. 그렇기 때문에 그의 시는 언술적인 측면에서 서술적이며 다변적이고 해사적인 특징을 지닌다.

> 사과꽃 피들피들 휘날리는 그랜드캐니언 대광야로
> 1·4후퇴 피난민들이 모여든다
> 그랜드캐니언 푸른 초원으로 굴러가는
> 반쪽 사과 눈알 주우려는 부산 영도 다리위 어린아이들,
> 생밤탱이 눈탱이 후벼파들어간 눈이 사각사각 튀어나온다
> 시들거리는 사과꽃에 휘둘러쌓인 함박눈이,
> 피난민들 붉은 눈알 끝에서 쪼개어져
> 구슬피 죽어나자빠진다
> ─「사과의 눈」중에서

위의 시는 「사과의 눈」 가운데 끝 3연이다. 화자는 사과의 눈에서 "반쪽 사과 눈알을 주우려는 부산 영도 다리위 어린아이들"의 "후벼파들어간 눈이 사각사각 튀어나오"는 광경을 상상한다. 그 광경은 곧바로 함박눈으로

연쇄되어 "피난민들 붉은 눈알 끝에서 쪼개어져/ 구슬피 죽어나자뺘"지는 광경으로 이어진다. '사과꽃, 그랜드캐니언 대광야, 1 · 4후퇴 피난민, 부산 영도 다리위 어린아이들, 눈, 함박눈, 붉은 눈알'로 이어지는 상상력은 그야말로 어떤 내적 연관성을 찾기 쉽지 않다. 이 어지럽고 혼란스러운 시어의 배열과 자동기술적으로 나열되는 듯한 진술로 말미암아 초현실주의적 풍경을 떠올리게 한다. 다만 딱히 무어라 규정할 수는 없지만 부조리한 현실에 대한 부정적이며 냉소적인 분위기를 느낄 수 있다. 가난함, 비참함, 허무, 절망, 상실 등이 짙게 배어 있는 이와 같은 시적 분위기는 그의 시에 반복해서 배합되는 요소이기도 하다.

초현실적 내면 풍경이 보여주는 서정미의 시에는 자아에 대한 심각한 도전과 자아 밖으로의 위험한 모험을 감행하는 모습이 있다. 그 모습은 일상적인 자아를 죽이지 않고는 들여다볼 수 없는 무의식의 세계이며, 그래서 리비도적 세계라기보다는 "어둠의 피가 뚝뚝"(「세계의 낫」) 흐르는 다분히 타나토스적인 세계이다. 소용돌이치는 캄캄한 내면의 세계를 격렬하게 표현하는 그의 시는 내적 충동 속에서 이글대는 언어의 자동적 기술을 지향한다. 그래서 그의 시는 상상, 꿈, 몽상, 혹은 최면의 상태에 있는 듯하고, 시적 풍경은 무척이나 기괴하고 환상적이며, 때로는 "테레사 수녀"의 "서울우유빛 살점이 한국 도자기/ 미역국그릇 위로 뚝뚝 떨어"(「테라사 수녀 만삭의 몸 속 풍경」)지는 것처럼 다소 공포스럽고 그로테스크한 시적 분위기를 연출한다.

시인의 냉소적인 어조 속에는 현실의 문법을 교란하고 전복하려는 전략이 내재되어 있다. 이러한 맥락에서 이 시는 사과의 눈에서 어떤 현실의 부조리함, 비참한 허무 같은 것을 노래한다. 그런데 그것을 드러내는 화자의 의식은 무의식의 물결로 출렁이고 있다. 사과의 눈을 마주한 시적 자아의 어두운 내면세계를 그대로 드러내는 무의식의 물결이 자동적으로 흘러내려 일상 쓰이는 의미들을 마구 쏟아버림으로써 말들의 꿈이 시작된다.

이 시에서 "한들거리는 사과꽃"과 "너풀너풀 풀려나가는 함박눈"이 "부산 영도 다리위 어린이들"의 "생밤탱이 눈탱이 후벼파들어간 눈"과 묘하게 배합되면서 비참하고 허무한 분위기를 연출한다. 이와 같이 꿈의 세계를 헤매는 듯한 기괴하고 환상적인 이미지의 전이는 마치 꿈의 압축과 자리 바꿈의 수수께끼와 같은, 환유적인 기표의 놀이와 같은 초현실적인 환상적 그림을 만들어낸다.

그렇기 때문에 이와 같은 이미지의 연쇄를 일련의 시각적 이미지로만 보아야 할 것이다. 이 일련의 이미지들은 마찰을 일으키며, 이 이미지들이 독자의 무의식을 충동질하고, 점차적으로 몽상의 나래를 펼치도록 한다. 이 시적 이미지들이 서로 엉켜 융해될 때, 마치 연금공의 추상적 꿈과 다른 광물질이 융해하며 발하는 아름다운 색채와 합일되어 환상처럼 전개되듯이, 이들 이미지들이 서로 어울려 일종의 '시각적 환각'을 일으킨다. 그렇기 때문에 그의 시는 애매모호하며 잠 속의 꿈결 같다. 이것은 초현실주의자들이 이성과 논리를 초월한 창작 활동을 주장하면서 미학과 사회적 윤리 규범의 통제로부터 벗어나 자유롭게 표현하고자 하는 정신에 기초한 것과 유사한 것이다. 그러한 측면에서 그의 시는 억압받는 어두운 내면의 에너지를 그대로 드러낸다.

> 들국화, 노오란 들꽃핀 꽃은 아이가
> 푸른 대나무가지 우후죽순 자라나는 금성 삼성
> X캔버스 위로 오른다
> 브로크담장 한조각이 펩시 코카콜라 병조각에 꽂힌다
> 풍산 벽산 베니다 널빤지 널뛰는 아이의 갈래 머릿결에 꽂혀,
> 배롱나뭇결 자르르르 흐르는 바로크식 식탁 위로 오른다
> 한아름, 한 아름의 안개꽃이 황해의
> 안개바다에

꽂힌다.
　　—「나는 왜 하늘나리 날개하늘하리 꽃 사이에서 태어났을까」 중에서

　흔히 시의 미학이란 고도의 압축과 긴장미를 지녀야 하고 언어의 경제
성을 최대한 살려야 하는 데 있다고 안다. 압축과 긴장, 언어의 경제성은
시의 금과옥조로서 의미의 한 구심점을 향해 작품의 언어가 긴밀하게 상
관관계를 맺고 집약될 때 이루어지는 것으로 믿어 왔다. 시를 대개 총체적
효과라 말할 때 그 총체적 효과가 획득되는 길로 비유나 상상력의 기능적
인 사용이 주장되고 있는 까닭이 여기에 있기도 하다. 그러나 위의 작품에
서와 같이 서정미가 작품을 만들어내는 방법은 그와 매우 다르다. 시적 문
맥에서 유사성이나 인접성이 쉽게 파악되지 않는 언어들의 연속적 연쇄는
읽는 이로 하여금 난처한 지경에 이르게 한다. 그래서 언뜻 보기에 난해하
고 어렵다. 시적 문맥의 내적 논리성을 찾기가 쉽지 않고, 그것들을 연결
하는 고리는 느슨해 보이기 때문이다.
　'들국화, 아이, 대나무가지, X캔버스, 브로크담장, 펩시 코카콜라 병조
각, 풍산 벽산 베니다 널빤지, 배롱나무, 바로크 식탁, 안개꽃, 황해, 안개
바다'로 이어지는 보통명사들의 연쇄는 독자를 당혹스럽게 하기 충분하
다. 이 안에서 어떤 내적 논리를 발견해야 하는데 그게 그리 간단치 않기
때문이다. 이러한 보통명사들을 소재로 시를 만들려면 그 속성에 참신한
이미지가 제시되어야 한다. 그리고 그 이미지는 궁극적으로 시인이 제시
하고자 하는 하나의 시적 이미지에 효과적으로 집중되어야 한다. 그럼에
도 불구하고 서정미의 시는 그저 산만하게 보통명사들의 단어들만 늘어놓
고 있다. 이것은 긴축이나 긴장, 함축과 집약이라는 시적 미덕과 반대가
된다는 점에서 상당한 파격이다. 그의 시가 해사적이라는 표현을 쓴 이유
도 여기에 있다.

3. 자유의 정신과 경이의 미학

서정미 시의 해사적인 특징들은 그 이전에도 이미 있어 왔다. 우리의 시 문학사에는 이상이 있었고 '삼사문학' 동인의 시들이 있었다. 그리고 한 국전쟁 직후 나타난 일군의 시인들에 의해서도 서정미 시인이 보여주는 시적 작업은 계속되었으며, 60년대 '현대시' 동인들이나 70년대 '아시 체' 그룹의 시에서도 찾아볼 수 있는 예이다. 어쨌든 그들이 인간 해방을 향한 자유의 정신과 오브제를 통한 경이의 미학 창출이라는 초현실주의의 윤리와 미학은 경직되고 자동화되기 쉬운 말의 억압을 뚫고 편협한 상상 력을 확대시켜 한국 시의 깊이와 넓이를 확대했음은 사실이다. 서정미의 시가 이와 같은 시적 성취를 이루고 있느냐는 섣불리 판단할 수 없고, 더 두고 봐야 할 일이겠지만 이와 같은 특수한 성분을 얼마간 지니고 있는 것 은 사실이다.

> 갈마울 은뜰녘 밀레의 호밀밭위 빨래줄에서,
> 카트린느 드느브 옥구슬 은구슬 달린
> 원피스가 너울거린다
> 빨래방망이로 흠씬 두들겨 빨아낸 후삼국 통일깃발
> 드높이 치켜드신 어머니께서 은뜰녘으로 달려가신다
> 손기정 선수가 후삼국기 펄럭거리는
> 은뜰녘 트랙을 달리다가 은뜰삼거리에 쑤셔박힌
> 고장난 트랙터에 기어오른다
> ―「밀레의 지평선이 있는 들녘」 중에서

그렇다면 그 시의 특징은 초현실적인 모더니즘의 수법에 찾을 수 있다. 모더니즘이란 다양한 문맥에서 사용되는 용어인 만큼 그 개념을 한마디로 정의하기는 어렵다. 그렇지만 굳이 그 개념에 대한 정의를 내리자면, 우선 모더니즘은 고급스러운 미적 자의식과 반재현주의를 내세운다는 점이다. 이때 예술은 리얼리즘으로부터 삶의 심층을 추구하는 스타일·기법·공간적 형식으로 전환한다. 이와 함께 모더니즘은 이 시대의 혼돈에 대한 미적 반응이다. 일반적으로 이러한 시각은 세계 1차 대전이 야기한 혼돈과 문명의 파괴, 세계 자본주의와 산업화의 증대, 무의미와 부조리 속에 던져진 실존 등과 관련된다. 두 전언이 의미하는 요점은 모더니즘의 형식적 특성과 시대적 배경이다. 다시 말해 모더니즘은 서구의 새로운 예술 양식으로 리얼리즘을 부정하고, 세계 자본주의와 산업화의 산물이라는 점이다.

잘 알려진 대로 한국 시단에서 모더니즘이 전경화되는 시기는 1930년대의 일이다. 이들이 보여주는 공통점은 서울을 중심으로 한 도시 문학의 일종으로서 현실 생활의 충실한 반영보다는 미적 가공 기술의 세련성·실험성과 시인의 내면성을 추구한다는 점이다. 다시 말해 모더니즘은 "세계관에 있어서 대체로 고독·소외·꿈·개인주의·주관주의적 경향·비인간화 또는 통합된 개인의 붕괴" 등을 그 성질로 하고 있으며, "기교의 강조·낯설게 하기·다의성·모호성·알레고리 등의 태도와 방법"(서준섭, 「모더니즘과 문학의 신비화」)을 주로 사용한다. 이와 같은 모더니즘의 정체성은 미리 주어진 것은 아니지만, 모더니스트로서 서정미의 시는 위와 같은 정체성을 보편적으로 포함하고 있다. 모더니스트로서 그의 첫 시집은 아직도 우리 시단에서 미지의 낯선 영역으로 자리하는 부분이다. 그것은 그의 시가 일반 서정시와는 다른 소위 추상적인 내면세계나 혼란스런 충동의 무의식 세계를 구상화하고 있기 때문이다. 따라서 이러한 미학적 특징으로 말미암아 서정미의 시는 독자들에게 다소 난해하게 받아들여질 수 있다.

위의 시는 환유를 축으로 하는 언어체계에 의해 구축되고 있으므로 매우 서술적이다. 즉 이 작품에 나타나 있는 '갈마울 은뜰녘, 원피스, 밀레,

카트린느 드느브, 어머니, '손기정, 트랙터' 등은 "갈마울 은뜰녘"과 "밀레"를 중심으로 한 공간의 인접성 사물들이다. 이 시는 인접성에 의해서 언어의 기민성과 역동성을 예민하게 포착하고 있으며, 마치 언어의 고급스런 놀이가 끊임없이 전개되는 특징을 갖는다. 언어 감각의 탁월성은 그가 자동기술법이니 자유연상기법이니 하는 초현실주의 태도를 내세우는 시 창작상의 방법에서 예견할 수 있는 것이다. 그의 언어 감각은 보편적인 문법을 크게 초월해 있으며, 언어와 상상력의 속도감은 그 시의 또 하나의 특징이다. 이러한 고도의 초월성이 보편적인 전통 서정시에 익숙한 독자들에게 그의 시를 난해하게 만드는 요인이기도 하다.

인접성에 의한 언어의 반복적 병렬과 병치는 서정미 시인의 시를 템포가 빠른 리듬으로 읽히게 한다. 그리고 언어의 운용이 환상적으로 펼쳐지는 이유는 연상과 나열, 자동기술에 의한 반복과 병치 때문이다. 자동기술의 기법으로 언어를 운용하다보니 그 병치나 반복들 사이에는 어떠한 필연적이며 내적인 논리도 없다. 그의 시에서 반복이나 병치는 어떤 논리가 내재하지 않는 듯하다. 이들은 서로 각각 독립되어 있기 때문에 자족적이며 자율적이다. 독립된 조각으로서의 병치 반복되는 시어의 기표들은 대상을 지시하지도 대상의 의미를 실현하지도 않는 무의미한 것이며, 다만 거기에는 기표들의 떠돎이 있을 뿐이며 유희적 놀이가 있을 뿐이다. 그는 이러한 언어유희적인 말놀이를 통해서 무엇을 드러내려 했을까? 그것은 아마도 그의 시집에 빈번하게 출현하는 냉소적이며 언어유희적인 의식과 맞닿아 있다.

옥구슬 은구슬 아롱다롱 쏟아지는 핸드백 속
연지곤지 분첩이 자유분분하게 부딪칠 때마다,
하회마을 하늬바람 한 오라기가 자유분방하게
오르내린다

깊은 산속 옹달샘물 실은 탱크로리가

나당연합군 작전본부가 있는 신라의

달밤으로 향한다

시베리아 한복판 바람찬 흥남부두에서

쓰러지는 베르사이유 궁전을, 나당연합군

장갑차들이 실어나른다

　　　　　—「속편 하회마을 이야기」 중에서

　이 시도 앞에서 제시되었던 작품들과 별반 다르지 않다. 동요나 유행가 가사를 차용한 표현과 기표들은 그것이 가져야 할 기의를 갖고 있지 못하다. 이 작품에서도 끊임없이 반복 연쇄되는 기표들의 병치와 나열에는 유기적 연관성이 없다. 다만 기표들만이 아슬아슬하게 줄타기하고 있을 뿐이다. 기의로부터 단절된 기표들이 부유하고 있을 뿐이다. 이렇게 기표들을 연결하는 반복과 나열에는 어떤 불안이 숨어 있다. 기표와 기의라는 관계적 동일성을 위협하는 무엇이 숨어 있다. 거기에는 기표와 기의, 대상으로서의 지시체 사이에 연결된 단단한 고리가 끊어져 단절되어 있고, 다만 이것의 무수한 자기 증식만이 있다. 자기 증식의 우연성과 놀이만이 있다. 지시적 등가의 가치만 지닌 기표의 놀이처럼 보이며, 반복과 병치, 나열 등의 빈번한 사용과 긴 호흡의 템포로 일관하는 리듬은 그러한 기표의 놀이를 가중하고 있다.

　서정미가 지향한 기표들의 놀이는 필연적 법칙성을 토대로 지속되어온 플라톤적 사유의 전통에 균열을 내는 행위이며, 따라서 디오게네스적이다. 플라톤이 필연을 위해 우연을 배제했지만, 디오게네스는 필연을 허구로 보고 우연을 긍정한다. 이처럼 서정미는 일체의 사회적 관습과 제도, 현실원칙과 문화 규범을 거부하고 자유를 추구하는 태도를 취한다. 이러한 시적 태도에 의하여 서정미 시인의 시집에는 사소하고 또 찢겨져 조각난 일상의 파편들로 가득하다. 다만 그저 있는 조각의 파편들은 아무런 의미도 없고, 또 어떠한 현실원칙과 문법적 질서에도 구속되지 않는다. 그것들은 그저 있음으로 우연성의 결과물이다. 원인도 없고 결과도 없다. 따라서 일상의 도처에 벌어지고 있는 사건과 현상, 풍경과 대상은 그저 있는 우연이다. 시작도 끝도 없는 우연성, 어떤 내적 필연성이 없는 시간이 멈춘 공간이다. 그 공간에서는 역사가 없고 무한한 현재, 무한한 반복과 우연만 있다. 그렇다면 서정미의 내면에는 깊은 허무주의의 심연이 자리한다. 그것은 어쩌면 세계 상실로부터 오는 자아 해방의 의지를 표현하는 것이며, 동시에 절망의 가면이고, 기존의 질서에 대한 반항이자 관습적 정신에 대한 묵언의 직관적 비판으로 읽힌다.

4. 세계 상실과 비극적 추상

서정미의 시가 보여주는 충동적이며 혼란스런 내면 탐구는 세계 상실의 추상에서 촉발된 것으로 보아야 할 것이다. 따라서 그의 시를 이해한다는 것은 꿈을 마주하고 그것을 해독하려는 것과 같이 지난한 일이다. 그의 시는 꿈과 무의식의 내면에서나 볼 수 있는 영상으로 가득 차 있으며, 상상력과 언어가 방법적으로 보편적인 문법을 크게 벗어나 있다. 그의 상상력은 철저하게 사전적 범주를 넘어서 있으며, 그럼으로써 기존의 관습이나 규범적 언어 질서에 대한 반기로 사용되고 있다. 그의 시는 난해하지만 그래서 새롭다. 그의 시는 난해하다는 평가를 받을 혐의가 짙지만, 그것은 그의 시가 기존의 시적 관습과 문법과는 다른 낯선 자리에 위치해 있기 때문이며, 관습과 규범에 길들여진 우리들 독자가 지닌 시선의 결과 때문이다.

서정미의 시는 근본적으로 현실과는 다른 세계를 찾고, 기존의 현실원칙이 아닌 언어적 문법으로 세계를 인식하고자 하는 시적 회의의 도정에 있다. 그의 시집은 시와 현실을 낯설게 만들고 한국 현대시의 위상에서 시를 낯설게 만들려는 자장 안에 포섭된다. 그런 점에서 서정미 시인의 시집은 평가받아야 마땅하다. 그가 시와 대상에 대한 기존의 인식론적 틀에서 벗어나 보여주는 태도와 낯선 시적 문법은 형식주의자들의 낯설게 만들기에 다름 아니다. 쉬클로프스키의 예술은 다양한 방법으로 대상에서 지각의 자동화를 제거하는 것이라는 견해는 서정미 시인이 추구하는 예술로시의 시에 시사하는 바가 크다. 가령 예술은 어떤 대상의 예술성을 경험하는 방법이다. 따라서 그 대상은 전혀 중요한 것이 아니다. 예술로서의 시는 그것의 외부에 있는 어떤 것이라 할지라도 지시할 필요가 없기 때문에 그 대상이 중요한 것이 아니다. 시는 의미해야 하는 것이 아니라 존재해야 한다는 쉬클로프스키의 견해는 서정미 시를 읽는 데 유효하다.

서정미 시인의 시집은 이런 점에서 평가받아야 마땅할 텐데, 특히 모더니즘 일반이 갖는 추상성과 세계 상실의 절망을 기반으로 한다는 점은 부각되어야 한다. 그런데 서정미 시인의 추상은 시대의 재난으로부터 촉발된 비극적 추상이다. 이와 같은 점은 과거와 현재의 절망적이며 비극적인 요소를 배합해 놓은 여러 시편들에서 확인되는 바이다. 고독과 불안의 절망은 그의 시에서 냉소적이며 유희적인 시어로 상징화된다. 이것은 소용돌이치는 캄캄한 내면의 세계를 격렬하게 표현한 것이며, 그것은 내적 충동 속에서 이글대는 언어의 자동적 기술을 지향한다. 결국 그의 시는 억압당하는 내면의 어두운 에너지를 그대로 드러낸다. 서정미 시인은 지금보다는 내일에 더 창창한 전망이 열려 있는 시인이다. 그런 전망 앞으로 그의 시적 장기와 특장이 좀 더 연마되고 정제되기를 바란다. 이제 하나의 강을 건너고 지금보다도 더 진지하고 정직한 고통 뒤에 얻는, 한층 성숙하고 신장한 시를 기대한다.

고백 어법의 순연한 시심

— 신현자 시집 『꽃잎이 진다고』

1. 서정시 발원의 원초적 자리

서정시는 주관적 내면의 감정을 객관화하는 지향성을 갖는다. 서정시의 근본적인 토대를 이루는 시인의 감정과 정서는 외부 자극, 말하자면 세계에 대한 시인의 주관적 반응으로써 시인의 고유한 개별적 의식을 형성하는 재료이다. 따라서 인간의 내면세계를 나타내는 포괄적 개념으로 사용되는 감정과 정서는 서정시가 발원하는 원초적인 자리이다. 타자와의 관계 속에서 발생하는 희로애락애오욕 등의 감정은 인간이라면 누구나 가지고 있는 기본적인 속성이다. 이처럼 다양한 감정은 세분화된 양상으로 시적 의장을 입고 나타난다.

외계의 자극과 대상에 대한 반응은 시인에 따라 개별적인 편차를 지닐 수밖에 없다. 누구나 세계에 대해 어떤 감정을 갖기 마련이다. 하지만 그 표현 방법과 척도는 서로 다르다. 자극에 대한 개별 주체가 갖는 감정의 무늬는 상이할 수밖에 없다. 저마다의 기질과 태도, 처한 상황과 조건, 삶의 지향성과 세계에 대한 가치관 등등에 따라 대상은 제각기 다르게 지각 수용되기 때문이다. 그리하여 대상에 대한 감정의 결과 질, 의미와 가치는 주체에 따라 각기 달라질 수밖에 없다. 대상에 대한 감정의 밀도와 농도 역시 마찬가지이다.

2. 고백 어법의 교감과 화응(和應)

신현자의 두번째 시집 『꽃잎이 진다고』는 전체적으로 세속의 욕망이나 명리에 물들지 않고 소박하고 평화롭게, 그리고 세계와 대립하거나 갈등 없이 교감하고 화응하며 살아가는 시인의 모습이 잘 드러나 있다. 그러한 까닭에 그의 시는 화려함이나 기괴함을 추구하는 경향과도 다르며, '위곡'(委曲)의 수법으로 자세한 사정이나 곡절을 숨기기보다는 다소 직설적인 고백의 어법에 따라 발성하는 양상이 중심을 이룬다. 그의 시는 애써 꾸미려 하지도 멋스러운 기교를 부리며 과장하려 하지도 않은 채 대상이 주는 자극을 고백적 진술을 통해 드러낼 뿐이다. 그 고백의 내질은 순 순응과 화해의 정서로 구성되어 있다.

스스로 껍질 깨고 나와
홀로 자라는
고독한 숨소리
외로운 광합성

쉼 없는 일상
치열한 물오름
바람은 끝없이 모래톱을 쌓고
세월 모르는 바위의 천년 고독

홀씨는 어느새 일가를 이루고
계절을 견디는 수목
홀씨들은 오밀조밀 이끼 아래 돋아나
우울조차 모르는 별이 된다
──「홀씨의 숲」 중에서

　인간은 세계와 마주하고 교감하며 살아간다. 이때 교감은 상호적인 것이어서 자신의 정서를 외계 대상에 감정을 이입하고 의식을 투사할 수도 있으며, 대상이 발현하는 특수한 자극이 감정에 투영되어 특정한 의식을 형성할 수도 있다. 그것은 상호 교환적이다. 이러한 관계성 속에서 인간은 외부 자극에 대해 반응하면서 일정한 감정을 느끼고 의식을 형성하게 된다. 아울러 인간은 세계와의 관계 속에서 세계를 구성하는 '타자'에 대한 인식, 그리고 주체인 '나' 자신에 대해 자각할 수 있다. 이를테면 관계 속에서 이루어지는 '타자'와 '주체'에 대한 자각은 인간이 지닌 본원적 특성이다. 이러한 까닭에 문화의 산물인 시문학의 특성 역시 '나'에 대한 탐구와 세계를 구성하는 '타자'에 대한 탐구에 바쳐지는 것이다.
　순정한 마음으로 대상과 교감하는 인용 시는 시인 자신의 감정을 '홀씨'에 이입하고 의식을 투사한다. 동시에 시인은 대상인 '홀씨'로부터 특정한 의식을 형성하고 있다. 고독은 자아뿐만 아니라 모든 대상이 운명처럼 갖는 존재론적인 것이다. 그 속에서 그는 '홀씨'처럼 존재론적 고독을 견디며 끝내는 바위틈에서 오밀조밀 돋아나 숲을 이루는 수목처럼 생명과 연대하며 살아가는 심미적 윤리 의식을 드러낸다. 고독한 홀씨가 "오밀조밀 이끼 아래 돋아나" "외로운 광합성"과 "치열한 물오름"을 통해 "어느새 일가를 이"룬 모습을 "우울조차 모르는 별"이라 노래하는 데서 시인의 심미적 윤리성은 환하게 빛을 발한다. 이러한 시인의 심미적 윤리성은 근본적으로 '타자'와 '주체'의 존엄한 생명, 그리고 생명이 서로 연대하는 이상적인 공동체 혹은 자연 질서에 대한 자각으로부터 길어 올린 것이다.

  그런데 대타적 존재로서 자아나 타자를 인식하게 될 때 그것은 대개 오욕칠정에 관계한 것일 수밖에 없다. 어느 종교는 그것을 인간을 고통 속에서 헤매도록 하는 요인이라 가르치기도 한다. 사실 '나'는 누구인가, '나'는 무엇인가, '나'는 왜 사는가를 묻고 대답하는 것 자체가 일종의 고통이며, 그 고통을 자각하며 답을 찾아가는 과정이 삶의 운명적 여정이라 할 수 있다. 자아의 현존, 혹은 살아 있다는 것이 고통이라는 자각, 또는 인간 실존의 '홀씨'와도 같은 존재론적 고독은 기본적으로 자아의 감성적 능력에서 출발한다. 감성의 능력은 분별과 분석의 이성적 능력과는 달리 종합과 통합의 능력이다. '자아'가 기본적으로 세계로부터 분리되어 있는 대타적 존재라는 점에서 자아에게 감성이 작용하게 될 때 의미의 귀결은 대체로 인간으로 하여금 실존적 고통을 감수하며 이로부터 벗어나 자유로울 수 있는 방법을 찾는 데 있다.

  끝없이 올린 수액의 시간
  비바람에 가지라도 부러지면
  숙명이려니
  아픔은 옹이로 남고
  마디마디 시작되는 또 다른 전설

  낙엽지고 상처 많은
  슬픈 기억들
  그 아픔의 껍질
  무성한 잎 새들의 처연한 역사 알아도
  어느새 고목은 굵어지고

땅 속 위협쯤 의연해진

깊고 넓게 박힌 뿌리

잔가지엔 옛이야기 무성한데

철철이 찾아와 품안에 꿈꾸는 곤충들

가지마다 매미 울음 열리니 올 여름 물올림도 시원했다고

—「고목」 중에서

신현자의 시집 『아침 산책』 원고를 읽으며, 위와 같은 논의로 시작하는 것은 우선 인용 시에서처럼 그의 적잖은 시편에서 내면화된 의식은 시적 감각이 구축하는 정밀한 이미지와는 다르게 주관적 감정에 기초하고 있기 때문이다. 이미지에 의해 구축되는 시가 상대적으로 객관적이라면 내면 의식이나 감정은 상대적으로 주관적일 수밖에 없다. 즉 서정시에서 표현되는 정서는 대체로 객관적 상관물이나 이미지를 주축으로 형상화하는 경우, 또는 주관적 의식이나 감정을 중심으로 형상화하는 경우로 분리될 수 있다. 이러한 경향은 말하자면 크게 객관적 이미지를 중심으로 하는 흐름과 내면 의식을 직접적으로 고백하는 흐름을 형성한다. 물론 신현자 시는 후자의 경향에 속한다. 예컨대 "끝없이 올린 수액의 시간", "무성한 잎새들의 처연한 역사"에서 "깊고 넓게 박힌 사유의 뿌리"와 "꿈꾸는 곤충들"을 통해 생명의 환희를 고백적으로 진술한다. 즉 무성한 가지와 잎새를 통해 생명을 품는 '고목'의 아름다운 풍모를 고백적으로 토로하는 데서 내면 감성에 의해 시적 발성이 이루어진다는 것을 쉽게 발견할 수 있다.

그리고 예외 없이 자연 사물이나 현상이 자극하는 농밀한 정서로 얼룩져 있다. 그것은 대체로 과거적인 어떤 경험이나 기억, 사건이나 이야기에 연루되어 있기보다는 현재적인 것이며, 그런 측면에서 즉흥적이다. 그 즉흥적인 감정은 주로 고백적인 내면 고백의 진술과 어조로 표출된다. 그는 전통적인 서정시 작법의 하나인 선경후정의 문법을 따라 눈에 들어오는

자연 대상이나 현상은 예외 없이 시적 감수성을 자극하고, 시인은 그로부터 발생한 상념을 고백적 진술의 어법으로 발설한다. 그리고 고백적 진술의 내용은 대체로 현실적 조건이 무미하고 고통스러운 것이어도 여기에서 생의 가치를 찾아 의미를 부여하려 한다는 것이다. 그런 까닭에 그의 전체적인 시풍이나 시적 의식은 삶과 세계를 긍정적으로 수렴하는 태도를 취한다.

시인은 "왼 종일 하늘 향해 웃으며/ 손 흔들"며 날아드는 새들을 향해 "온 가지 활짝" 여는 '고목'을 바라본다. 이러한 정경을 바라보는 화자의 시선은 곧장 "끝없이 올린 수액의 시간" 속에서 '비바람에 부러진 가지의 아픔을 숙명'으로 여기려는 수용적 포즈를 취한다. 가지가 부러지는 "아픔은 옹이로 남"아도 "마디마디 시작되는 또 다른 전설"로 은유되는 생의 무궁한 역사를 쌓아가는 고목의 모습을 마음속으로 되새긴다. 즉 상처의 "슬픈 기억들"과 "아픔의 껍질"로 이루어진 "처연한 역사"를 안고도 의연한 자태로 "굵어진 고목"을 통해 생명 의지를 확인하는 것이다. 기본적으로 세계로부터 분리되어 있는 대타적 존재로서 시적 자아는 종합과 통합의 능력인 감성의 작용을 통해 생의 고통과 파란, 질곡과 상처를 수긍하고 감내하면서 삶의 의미 가치를 찾는 것이다. 이것은 대상에 적극적으로 개입하는 고백적 진술의 어법이 신현자 시의 주류를 형성한다는 점을 말해주는 것이기도 하다.

가소로운 말, 말,
아는 게 많으면 뭘 하나
제 자랑 전부인

저만이 정석이고
저만한 이론 세운 사람 없다는

제 자랑 불붙은 금송

겸손은 애초에 꺼진 불
주목하라는 독선에
듣고 보길 거부하는 화염 금송

누가 저 교만의 계관 씌웠을까
안하무인 지휘봉
불타는 결지

어쩌냐, 겸양 모르는
새파란 떡잎
빛바랜 사전 속 검은 숨 쉬는 저 소나무
　　　　　　　　　　　　　　　—「금송」전문

　신현자 시는 주로 고백적인 진술의 어법을 통해 자신이 포착하는 시적
대상에 대한 감정을 표백한다. 그러한 이유로 시인의 주관적인 내면의 시
선은 현재적인 시점에 따라 시적 대상의 의미가 부여된다. 이 시의 중심
이미지는 '금송'이다. 금송의 잎은 일반적인 솔잎보다 훨씬 굵고 여러 개
의 잎이 한 마디에 돌려 나 외형상 거꾸로 된 우산 모양을 이루는 독특한
생김새로 인해 관상용 정원수로 많이 심는 나무이다. 시인은 독특한 모양
의 금송에 자신의 주관적 의식을 개입시켜 의미를 부여한다. 말하자면 일
반적 소나무와는 다른 빼어난 모습으로 인해 주위의 시선을 끄는 감각적
이미지를 "제 자랑 전부"이고 "저만이 정석"인 듯 불붙은 형상으로 이해하
면서 금송이 자아내는 일반적인 심미성을 부정한다. 그것은 "제 자랑에 불
붙은 금송"이라 진술하며 '겸손'과 "겸양을 모"른 채 '독선'과 '교만'으로

불타는 형상으로 바라보는 시선에 의해 분명히 확인할 수 있다.

시인은 금송의 감각적 이미지를 객관적으로 투사하지도 않고, 다만 그것을 알레고리의 수법을 통해 '교만'과 '독선'을 경계하라는 비유로 사용한다. 환언하면 이것은 일종의 시적 우화, 혹은 비유라 할 수 있다. 따라서 그것이 드러내는 시적 의미나 메시지는 비교적 명확하다. 마치 성서에서 '탕아의 비유'가 인간에 대한 신의 무한한 사랑을, '선한 사마리안'이 국가와 민족, 종교와 사회를 초월한 범인류애적 자비를 비유적으로 드러내는 것처럼 '금송'을 통해 겸양의 윤리와 겸손의 미덕을 비유적으로 표현하는 것이다. 비단(錦)이나 금(金)처럼 화려한 빛과 빼어난 외양을 뽐내는 금송에서 '교만'과 '독선'을 읽고 이를 경계하는 것이다. 이 경계는 사회 공동체 속에서 관습과 묵계에 의해 통용되는 '금송'이 지닌 일반적인 심미적 인식을 뒤집는 것이다. 시인은 금송의 자태를 "빛바랜 사전 속 검은 숨 쉬는 소나무"로 인식하고, 관습적이며 사전적 내용으로 이미 고정된 심미적 통념의 틀을 깨고 사물의 다른 측면을 본다. 여기에는 시인의 판단이나 추측이 함유되어 있으며, 객관적 이미지보다는 주관적 의식이 적극적으로 반영되어 있다.

3. 간결한 호흡의 시적 투명성

물론 앞서 인용한 시 「금송」에 함축된 의미 내질은 시인의 주관적인 판단이나 추측, 의식적인 개입은 충분히 독창적이면서 동시에 보편성을 함유하고 있다. 그런 점에서 이 시는 일정한 심미적 성취를 이루고 있다. 왜냐하면 '금송'에 대한 시인의 알레고리적 인식과 고백적 진술이 감정의 과잉으로 흐를 가능성을 차단하기 때문이다. 이처럼 균형 있는 절제와 비유를 통한 시적 성취는 간명하고 투명한 언어 사용과 간결한 호흡을 지향하기 때문이다. 그의 시의 고백적 진술의 어법은 간명하고 투명한 언어와 간결한 호흡을 토대로 하고 있어 심미적 성취를 이루는 데 기여하는 것이다. 그러나 드문 사례이기는 하지만 너무 투명하고 때론 직설적인 고백에 의해 시적 심미성을 다소 해치는 경우도 발견할 수 있다.

꽃이 진다고 서운해 하지 마세요
희고 붉은 꽃잎 대신 달콤한 과육
싱그러운 이파리
그 열매 농익을 때 취하는 향
꽃 진다고 서운해 할 것 없어요

꽃잎 진 나무 가지 외로울까
슬퍼하지 마세요
피고 지는 풀꽃들
천지에 황홀한 녹색물결
꽃잎 진다고 쓸쓸할 것 없지요
— 「꽃잎이 진다고」 중에서

인용 시는 전체 4연 구성의 전반부 두 연을 가져온 것이다. 서정시의 시적 감흥을 유발하는 자연 대상물 가운데 가장 흔한 소재 가운데 하나인 '꽃'에 연관한 상념을 형상화한 작품이다. 일반적인 관점에서 꽃은 식물의 생식 기능을 담당하는 기관이지만, 꽃이 피고 지는 양상에 따라 그것은 서로 다른 감정을 유발한다. 피는 꽃에서는 가능성·희망 등 생명의 이미지를, 지는 꽃에서는 노쇠와 생명의 유한성·소멸 등 무상과 덧없음의 이미지를 느낀다. 물론 꽃은 다양한 의미를 함축하고 쓰이겠지만 원형적 의미로 아름다움과 덧없음의 상징으로 쓰이는 것은 가장 일반적인 사례일 것이다. 시인은 꽃이 주는 양극의 현상적 감각을 넘어서 그것을 순환론적 관점에서 인식하고 수용하는 태도를 드러낸다.

　내용의 측면에서 인용 시의 화자는 일반적인 시적 사유를 펼친다. 지는 꽃이 주는 무상과 허무, 상실과 소멸을 "자연의 이치", 즉 자연의 순환론적 질서로서 수긍하는 별스러울 것 없는 태도와 주제 의식을 표백하기 때문이다. 이러한 주제 의식의 내용은 다소 투명하고 일반적이어서 시적 내면성, 뒷면, 애매함 없이 매끄럽다. 이 말은 곧 갈등과 고통의 부정성이 오히려 시적 심미성에 깊이를 줄 수 있다는 뜻이다. 시적 심미성은 전부를 노출하거나 폭로하는 것이어서는 깊은 맛을 줄 수 없는 한계를 지닐 수밖에 없다. 요컨대 시적 아름다움은 적당히 숨겨진 것이어야 한다. 그런데 인과적 필연성의 세계가 자연인 고로 '자연은 마음과 같다'거나 '마음은 자연과 같다'는 고전적인 서정적 투사의 한 사례를 보여줄 뿐이다. 그것은 꽃이 피고 지는, 또 지고 피는 자연의 인과적 필연성에 순응하는 보편화된 태도나 시적 상상력을 크게 벗어나 있지 않다. 자연의 필연성을 순응적으로 인식함으로써 피는 꽃이 유발하는 '달콤함', '싱그러움', '향기', '황홀함', '고움'과 지는 꽃의 '서운함', '외로움', '슬픔', '쓸쓸함', '섭섭함', '서운함'이라는 현상적 감각의 세계로부터 자유로워지고자 하는데, 이것은 흔한 발상이라는 것이다.

　다만 주목할 점은 통사론적으로나 운율의 차원에서 일정한 형식미를 갖추고 있다는 것이다. 이를테면 형태적 차원에서 전체 4연의 각 연은 5행으로 구성되어 구조적으로 시적 안정감을 창출하는 것을 느낄 수 있으며, 각 연은 거의 비슷한 외형률을 형태적으로 갖추어 시의 음악성을 창출하는 효과에 기여하고 있다. 또한 시행의 어두에 지배적으로 실현되는 '꽃(잎) 진'의 동일 반복을 통한 두운의 효과와 서술형 어미 '~요', '~까'의 반복이 불러일으키는 각운의 운율적 효과를 통해 일정한 리듬을 형성하여 서정적 리듬을 강화하고 있는 것을 볼 수 있다. 이러한 연유, 즉 시간의 진행 속에서 법칙과 질서를 지닌 소리의 울림에서 오는 언어의 리듬이 창출하는 음악적 효과를 구현하는 장점이 있다.

원론적으로 시적 운율은 똑같거나 비슷한 소리들이 반복되면서 시의 율동성을 높이는 시적 효과를 불러일으킨다. 이것은 소리의 성질과 위치를 나타내는 '운'과 소리의 길이 혹은 박자와 같이 일정한 선형적 구조를 갖추고 반복되는 소리 질서인 '율'을 합친 개념으로서 리듬은 시인의 체험을 질서화하고 균형감 있게 구축함으로써 정서적 울림을 한층 강화하고 시적 주제를 부각하는 주요한 인자이다. 즉 시의 일정한 형식미를 구축하여 통일성이나 동일성, 연속성의 감각을 부여해주는 자질을 갖는다. 이러한 구조적 안정감과 음악성의 효과에 의하여 이 시는 색다를 것 없이 주제 내용을 보정해주고 있다.

또한 여기에서 시인의 삶을 대하는 태도, 즉 자연의 인과적 법칙성에 순응하려는 태도를 읽을 수 있다. 이는 자연에 순응하려는 삶의 태도를 환기하기도 하지만 창작 방법의 측면에서도 자연스러움을 추구하는 시법으로 확장된다는 것을 뜻한다. 이를테면 창작 방법으로서 자연스러움의 추구는 작품의 구도나 전개, 기교와 수법에 있어서 조탁과 과장, 기교나 조작 없이 자연스러움을 느끼도록 창작하는 것을 말한다. 때문에 신현자 시는 화려하고 과장된 시적 기교나 수사에 의해 요란하지도 않고, 시적 대상을 무리하게 붙잡아 거기에 심오하고 의미심장한 어떤 의미를 부여하려 들지도 않는다. 요컨대 시는 시인의 시선에서 멀리 떨어져 있어 애써 힘들여 찾아야 할 무엇이 아니다. 그의 시는 주위에 존재하는 사물과 현상에서 자연스럽게 포착한 것들이다.

태풍 지난 이른 아침 산책로
소나무 가지 끝에 매달린 달팽이 한 마리
잠 깨어 웃음 짓는 비 젖은 꽃잎들

그 숨 살리려
바람소리 밤새 소란했구나

눈길 닿는 곳마다
바람꽃은 피고지고
싹터 오른 민들레
지천이 푸른 세상
하늘은 또 그렇게 열리고

고요 깃든 숲에는
언제나 꿈꾸는 햇살
시샘하듯 지나는 바람소리에
술렁이는 나무들
오늘은 또 어떤 빛깔 새잎이 피어날까
─「아침 산책」전문

　인용 시는 태풍이 지난 이른 아침 숲속 산책길에서 본 풍경과 심경을 자연스럽게 노래한다. 말하자면 숲속 산책길 주변에서 만날 수 있는 사물과 현상을 자연스럽게 포착한 것들을 통해 시상을 이끌어간다. "소나무 가지 끝에 매달린 달팽이 한 마리"와 "비 젖은 꽃잎", 그리고 '민들레'가 눈에 들어오고 나무 사이로 푸르게 열리는 하늘도 들어온다. 고요한 숲속에는 햇살이 반짝이고 나무들은 바람 소리에 술렁이며, 오늘도 다채로운 빛깔의 새잎을 토해낼 것을 예감한다. 이처럼 시의 내용은 특별할 것 없이 평범하다. 말하자면 억지로 아름답다고 할 것도, 또 일부러 아름답지 않다 타박할 것도 없다. 그저 태풍이 지난 숲속 산책길의 고요한 적막과 대비되는 뭇 생명의 움직임에 마음이 반응하는 것을 드러낼 뿐이다. 의도적으로 조작하거나 기교를 부리지 않는다는 점에서 자연스럽다.

무릇 진정성을 가진 시는 시인의 삶과 생각에서 자연스럽게 흘러나와야 한다. 신현자의 시는 대체로 자연스러움을 따른다. 그것은 자연 풍경과 경물을 바라보는 시인의 시선이 투명하기 때문이다. 따라서 인용 시에서처럼 시적 긴장미가 강하게 드러나지도 않으며, 시상을 안배하고 시어를 섬세하게 조직하려는 의도를 크게 염두에 두지 않은 듯 자연스러운 느낌을 준다. 말하자면 인위적인 수사와 기교에 크게 비중을 두지 않는다는 것이다. 시인은 대신에 눈앞에 들어오는 경물을 순차적으로 묘사하면서 자신의 감흥을 흘러나오는 대로 고백하는 어법을 즐겨 사용한다. 작위적으로 억지를 부리거나 요란한 시적 수사나 비유를 끌어들이지도 않기 때문에 그의 시는 투명하고 자연스러운 것이다.

이 작품은 특별한 볼거리나 별스러운 체험을 통해 만들어진 것이 아니다. 그저 "태풍 지난 아침 산책로"에서 만난 자연 경물을 눈에 들어오는 대로 담아서 자신의 감흥을 단순할 정도의 내용으로 토로할 뿐이다. 다만 시인은 일렁이는 자연 생명의 존재 감각을 고스란히 느낄 뿐이다. 시인은 "태풍 지난 이른 아침" 숲속으로 산책을 나선다. "소나무 가지 끝에 매달린 달팽이"도 보고 "비 젖은 꽃잎들"을 보면서 밤새 '바람소리 소란했'던 것은 꽃잎들의 '숨을 살리려' 했던 것으로 받아들인다. 이어지는 연에서도 마찬가지이다. 시인의 눈은 맑고 투명해서 숲속 산책길에 만난 경물들, 즉 "바람꽃은 피고지고", '민들레'는 "푸른 세상"으로 싹터 오르며, '하늘'은 "또 그렇게" 푸르게 열리는 숲의 풍경 속에서 뭇 생명의 존재 감각을 눈에 담을 뿐이다. 마지막 연 역시 고요한 적막의 숲속에 내리비치는 '햇살', 스치는 '바람소리'에 "술렁이는 나무들"을 감각한다. 그러면서 '새잎'이 환기하는 것처럼 새로운 빛깔의 생명 탄생에 대한 기대만을 살짝 드러낼 뿐이다. 그럼으로써 자연 생명 자체에 겸허해지려는 삶의 태도와 순수 감각을 오롯이 드러낸다.

4. 순정한 자연의 균형

시의 풍경, 시적 경물을 바라보는 시선이나 태도는 시적 주체의 존재 방식과 세계 인식을 반영한다. 자연의 사물이 시적 대상으로 옮겨 앉는 순간 시적 풍경은 탄생한다. 그리고 그 풍경 속에서 대상들은 시적 주체의 사유를 표상한다. 그것은 시적 주체의 사유는 사물을 대상화하는 표상 행위를 통해서 확인할 수 있는 것이기 때문이다. 따라서 자연 풍경은 소재에 대한 시적 주체의 단순한 친화만을 의미하는 것이 아닌 주체의 세계 인식의 구체를 드러내는 방식으로 작용하는 것이다. 이로 볼 때 신현자 시의 자연스러움은 자연을 소재로 하는 차원의 의미는 물론이거니와 꾸밈없이 자연의 속성이나 질서를 따르려는 시법과 삶의 자세를 보여주는 것이기도 하다.

햇살이 좋아
살짝 내민 얼굴에
번지는 연푸른 미소
햇살 무서워 꼭 쥐고나온 작고 여린 갈색주먹

지난겨울 동산엔 무슨 일이 있었던가
풀섶에 찍힌 수많은 발자국
손짓해 불러 묻는 겨울 소식,
그 흰 사연들 귀담은 초목들

낙엽 위엔 따사로운 햇빛 오선지 펼쳐지고
뾰죽히 돋는 갈색 음표들
소음이면 어떠냐
찬 겨울 물러가라 소리 없는 성토

—「고사리」전문

창작 방법상 시작의 자연스러움뿐만 아니라 신현자의 시집 어디를 펼쳐도 쉽게 확인할 수 있는 것은 그의 시가 자연과 깊이 연루되어 있으며, 시인은 자연 대상과 마주해 발생하는 내면의 상념과 감흥을 고백적 진술의 어법을 통해 드러낸다는 것이다. 보통 서정시에서 자연은 인간의 보편적인 정서적 범주를 표상한다. 자연은 서정시에서 소재 차원뿐만 아니라 시인의 의식과 정신, 사유와 관념을 표상하는 핵심적인 기능으로 작용한다. 전통적으로 자연은 서정시의 영혼을 양육하는 주요한 수원으로 기능해 왔다. 예나 지금이나 서정시에서 자연이 차지하는 비중이나 위상은 단연 으뜸이다. 자연은 인간에게 생명의 토대이자 삶의 배경 그 자체인 까닭에 비유의 아버지로 여겨져 왔다. 신현자 시도 이와 같은 문맥의 차원에서 이해할 수 있다.

이 시는 시인의 심리적 내면과 정서가 그의 여느 시와 다를 바 없이 드러나 있다. 초봄의 따사로운 햇살 아래 "연푸른 미소"로 '얼굴'을 내민 "작고 여린 갈색주먹", "뾰족히 돋는 갈색 음표들"로 은유된 '고사리'를 중심 모티프로 봄의 생명력을 예찬하고 있다. 사계 가운데 봄은 흔히 탄생과 재생, 환희와 사랑, 부드러움과 따사로움, 성장과 희망 등의 의미를 지닌 계절이다. 시인은 봄이 발산하는 이러한 원형적 의미를 그대로 느낀다. 봄은 죽음과도 같았던 겨울 동안 얼어붙은 대지를 녹여 새로운 생명을 꿈틀거리게 만든다. 차가운 눈과 얼음 속에 묻혔던 대지에 따뜻한 햇살이 피고, 부드러운 바람 속에서 온갖 초목이 꽃과 잎들을 피워낸다. 이러한 정경을 시선에 담은 내면은 그대로 환희의 기쁨에 차 있고, 사랑과 희망의 감정으로 충일하게 부풀어 오른 양상이다.

시인의 감정은 봄이 발현하는 생명의 충일한 사랑과 기쁨으로 충만해 있다. 긴 겨울을 보내고 대지에 덥인 마른 낙엽 위로 돋아나는 '고사리'를 통해 소생하는 자연 생명의 아름다움을 노래하는 것이다. 그는 별다른 심미적 긴장이나 충돌 없이 대상에 자신의 심리적 의식을 개입시킨다. 말하자면 시적 대상을 객관적 자연 사물과 현상에서 끌어와 대상에 감정을 이입하고 있으며, 그것을 고백적 진술의 어법을 통해 표현한다. 시인은 봄의 양기를 받으며 소생하는 대지의 생명력에 초점을 맞추고, 그 대상에 대한 그대로의 내면 의식을 직접적으로 고백한다. 그 고백은 물론 봄이 구가하는 생명 탄생의 사랑과 희망이다.

그런데 시적 주체의 주관적 심리가 객관적 대상을 주체적으로 변용하여 대지에 돋아나는 뭇 생명의 아름다움을 고백적으로 진술하는 이 시는 설명적 요소가 강하다. 그러나 이미지나 비유를 중시하는 객관적 묘사의 방법을 적절히 가미함으로써 내면 의식에 기초한 막연한 상념이나 감흥의 외연화에만 치중하지 않는다. 즉 고사리를 "꼭 쥐고나온 작고 여린 갈색주먹"이나 따사로운 햇살과 고사리를 '오선지'와 "갈색 음표들"로 상징적으로 비유하는 수법에 의해 설명적 고백이 지닌 주관성의 한계를 보정한다. 다만 주관적 내면성의 진술이 강화되어 나타날 때, 자칫 삶의 구체나 실감과는 무관해질 수 있으며, 감상적이며 추상적인 상념의 고백이나 독백에 그칠 수도 있다는 점은 경계해야 한다.

물은 연민
결코 높은 곳을 탐내지 않는다
절로 낮은 곳 찾아가는 빗물
누가 구름을 용서라 했나

안개 덥힌 깊은 골짜기
광합성 치열한 수목 한줄기 햇살처럼
바위를 부수어 자갈로 모래로

온갖 모순과 설음 살뜰히 쓸어 바다로 간다

물은 또다시 흘러 뿌리로 줄기로
나뭇잎의 김내기
안개로 구름으로
마침내 수평을 이룬 사랑의 정석

그리하여 비는 연민이고
연민은 사랑이고
끊임없이 돌고 돌아 다시 물이 되는 연민
그래서 물은 사랑이고 용서다
　　—「사랑 비」 전문

　무릇 시는 허위나 가식, 조작이나 억지 없이 자신의 감정에서 우러나오
는 대로 자연스럽게 형상화해야 한다. 말하자면 시는 자연스러운 형식과
수사를 통해 시적 의미를 담아낼 수 있어야 한다. 신현자는 봄에는 꽃이
피고 가을에는 잎이 지는 자연의 질서에 순응하는 자연스러운 삶과 시를
지향한다. 물은 아래로 흐르고 다시 구름이 되어 내리는 일은 그야말로 억
지로 얻어지는 것이 아닌 자연스럽게 순환하는 자연 현상이다. 인용 시는
화려함이나 번잡스러움을 멀리한 가운데 평화롭고 한적하게 지내는 생활
속에서 관조적으로 얻을 수 있는 소박한 생활 감정과 성찰을 자연스럽게
드러낸다. 따라서 별다른 조탁이나 기교를 부린 느낌 없이 투박하다는 점
에서 동양의 시학에서 말하는 충담(沖澹)한 시풍을 보여준다. 이러한 시의
풍격은 시인과 작품이 서로 긴밀히 연결되어 있어 작품이 곧 작가의 삶과
세계관을 그대로 드러내는 것이기도 하다.
　초연하고 순정한 마음, 무구한 정서로 인해 고요함과 평화로움, 그리고

온화한 안정감을 맛보게 하는 이 시는 시인의 현재적 삶과 세계관을 가늠할 수 있게 한다. 자연스러움은 어떤 작위나 조작, 억지나 과장이 끼어들지 않을 때 가능하다. 이러한 태도는 '자연의 균형(均衡)'(『장자』의「제물론」)을 연상하게 한다. 즉 자연의 균형에서 쉬며, 자연스럽게 균형 잡힌 세계에서 자연의 변화에 순응하며 살아가는 모습을 연상하게 한다. 그래서 그의 시의 자연스러움은 기괴하지도 않고 화려한 수식도 없다. 자연의 순환 질서를 거슬러 억지로 얻으려 하지 않는다. 다만 자연에 따를 뿐 가식이나 조작 없이 "결코 높은 곳을 탐내지 않"고 "절로 낮은 곳 찾아가는" 물처럼 저절로 흐르는 대로 순응한다.

'물'을 통해 자연의 질서에 따라 무한히 순환 반복하는 윤회의 세계를 감지하는 시인은 물의 자연스러운 흐름을 곧 '연민'과 '사랑'과 '용서'라는 사실을 깨닫는다. 왜냐하면 물은 '수평', 곧 자연의 균형을 환기하기 때문이다. '빗물'은 "절로 낮은 곳"으로 수평을 찾아 흐르는 것이고, "온갖 모순과 설움을 살뜰히 쓸어 바다"로 흐르는 것이며, 빗물은 다시 "뿌리로 줄기"로 흘러 '안개, 구름'이 되고, "마침내 수평"을 이루는 자연의 균형자이다. 시인은 "끊임없이 돌고 돌아 다시 물이 되"어 자연의 균형을 이루는 자연의 순환 법칙을 포착한 것이다. 시인은 이러한 물의 순환 반복하는 질서를 통해 모든 인간적이며 현실적인 욕망과 명리를 물리치고 '연민'과 '사랑'과 '용서'의 태도로 살아가려는 의식을 드러낸다. 왜냐하면 이 시에서 '물'은 일정한 현실의 한계성을 초월한 자연의 이법을 또한 상징하기 때문이다.

'물'은 일정한 한계성을 초월하여 시간적으로는 영원하고 공간적으로는 물리적 거리감 없이 서로 통함으로써 자유자재하려는 시인의 의식을 환기한다. 그것은 곧 동양시학이 말하는 일종의 천균(天均), 즉 자연스럽게 균형 잡힌 세계에서 자연의 변화와 이법에 순응하며 살아가려는 시인의 모습을 그대로 드러내는 것이다. 물은 원형적으로 더럽고 불순한 것을 씻어내는 정화의 기능과 생명을 지속시키는 기능을 함께 갖는다. 그래서 물은 순수함과 새로운 삶을 상징한다. 씻긴 존재는 변화된 존재, 새로워진 존재이므로 정화는 존재의 변화, 즉 존재의 창조를 이룩한다. 신현자 시는 이렇게 일정한 현실적 욕망을 물리치고 '사랑'과 '용서'의 가치를 발견하는 자리에서 빛을 발한다.

한 시인의 작품에는 어떤 일정한 형상들의 주기적인 회귀가 존재한다면, 그것은 한 시인의 실존적 감각의 근원을 이루는 것이다. 그것으로부터 작품의 빛은 발현한다. 그 빛은 환희의 등불을 들어 올리기도 하고, 상처를 만나 고통스러운 불꽃을 피워 올리기도 한다. 그런데 지금까지 우리가 만난 신현자의 시는 시적 주체의 삶과 그가 맞닥뜨린 세계가 고통 없이 화응하고, 순연한 마음으로 순응하는 모습을 확인하는 것이었다. 여기에서 시적 심미성은 직접적인 감정이입이나 노출을 통해 폭로될 수 있는 것이 아니라는 점은 잠시 고민해볼 부분이다.

순례, 정신의 상향적 역정

― 신태수 시집 『풀벌레 풀울음』

1. 고고(孤高)한 풍격의 위엄

　전혀 알지 못했다. 신태수, 신태수가 시를 써왔다는 사실을 말이다. 며칠 전 문득 원고뭉치를 내밀며 시집을 내겠다고 발문을 부탁했을 때, 나는 깜짝 놀랐다. 오랫동안 그를 곁에서 지켜본 나로서는 시를 쓰기에는 물리적으로 그의 삶이 녹록하지 않았다는 점을 잘 알고 있다. 일찍 아버지를 여읜 아픔, 신앙에 의지해 자식들을 기르신 어머니, 척박한 환경 속에서 국문학과 신학을 오가며 펼쳐온 학업과 선교활동 등은 그의 지난한 삶의 도정을 짐작하게 하기 때문이다. 이러한 삶의 역정 속에서 보여주는 열정과 고투, 그리고 시 쓰기를 통해 쉬지 않고 삶과 내면을 끊임없이 성찰해가며 궁극의 자신을 세계 내에 정립하려는 태도는 보기 드문 모습이다.

　신태수의 시는 세속적 삶의 일상을 살아가되 현실의 논리에 휩쓸리거나 매몰되지 않고 고통스럽지만 삶의 위엄을 지키며 살아가려는 도도한 내면 풍경이 지배적이다. 그런 점에서 그의 시적 풍격은 고고(孤高)하다. 이를테면 외롭고 쓸쓸하지만 높은 정신의 기상을 지향한다. 현실에 몸담고 살면서 세속적 가치나 욕망에 물들지 않고 현실을 살아가려는 태도는 정신을 벼리지 않고서는 불가능한 일이다. 따라서 세속적 욕망이나 현실원칙에 거리를 두고 궁극을 지향하는 삶과 사유의 형식은 일종의 순례의 형식에 가까운 종류의 것이다. 순례의 도정에서 나온 탓에 그의 시는 차분하고 담담하며, 염세적이거나 과격한 분노, 소리높여 현실의 탄핵을 표출하지 않는다. 또한 신이 부재하는 고통스러운 상태지만 낙관적이고 포용적이며, 넉넉하게 삶을 응시하는 정신의 투철함이 시적 정서를 주도한다.

2. 정신의 상향적 역동성

신태수는 자연의 순한 질서와 신의 섭리를 응시하고, 자신의 신앙적 정신을 지키면서 현실의 속박을 돌파하려는 정신의 상향적 역동성을 지향한다. 나는 그것을 고고한 정신의 상향적 도정, "꾸밈없는 삶을 열어/ 내 길을"(「지천명」) 가는 도정의 고투라 말하고 싶다. 그의 시는 현실에 부대끼며 궁극의 자기 세계를 이룩하려는 의지어린 모습과 절대자를 향해 "주리고 목탄" "목을 길게 하고/ 창가에"(「주림 - 5일 금식을 마치며」) 선 고독한 신앙인으로서의 정신적 고투가 잘 드러나 있다. 이와 같은 요지로 전개될 이 시집의 발문은 따라서 그의 시의 정신적 원류와 삶에 대한 태도를 살피는 일이 될 것이다. 어쨌거나 그의 시집 발문을 떠맡은 나로서는 다음과 같은 시가 지닌 상징적 의미를 더듬는 일에서부터 실마리 찾고 싶다.

언제나 그렇듯
그림자처럼 따르는 고독
그것은 누구도 침범 못할 성토(聖土)

구절초 고듯

계절이 익을수록 짙어지는 나의 고독은
특유의 향과 맛을 더해 간다

그 씁쓸함에 매료되어
두 손으로 커피잔을 감싼 시인처럼
고독의 맛과 향이 짙어질수록
눈동자는 야위어 가지만
내 혼은 솟은 장대에 나부끼는 깃발

풍향계의 뾰족한 화살이
언제나 나를 겨냥하며
삐걱인다
　　　—「고독향(孤獨香)」전문

　신태수의 시 정신을 이해하는 데 의미 있는 암시를 제공하는 인용 시는 간명하면서도 밀도 있는 언어에 의해 구축되고 있다. 이 시는 그의 시 정신과 시 세계는 물론이거니와 그의 신앙인으로서의 삶과 정신적 원적에 가깝다. 인간의 실존이란 근원적으로 외롭고 쓸쓸하다. 화자는 이러한 존재론적 상황에서 외롭고 높은 정신의 기상을 펼쳐 보여준다. 특히 고독이라는 관념적이며 추상적인 주제를 집약적이고 견고한 시적 소묘를 통해 의미의 투명한 단순성과 비유의 깊이를 성취한다. 그로 인해 '고독'이라는 추상적 관념성을 선명한 주제의식, 즉 고독이 감상적인 외로움이나 단순한 쓸쓸함이 아닌 세계와 홀로 맞선 단독자로서의 실존적 운명과 고통에 대한 자기 인식을 선명히 부조한다.
　고독이란 타율적 힘에 의해 외부 세계와 차단 단절된 고립자의 상태이거나 또는 인간의 자율적 특권으로서 스스로 선택한 단독자의 상태가 있을 수 있다. 이 가운데 신태수에게 고독은 후자에 가깝다. 그러한 단독자로서의 고독은 "그림자처럼 따르"는 동반자이며 "누구도 침범 못할" 신성한 영토와 같은 것, 혹은 신성한 영지에 들게 하는 통로이다. 그리하여 그 성토(聖土)에 드는 길은 맹목적인 달콤한 향이나 맛일 수 없고, "구절초를 고듯" 쓰디쓴 "향과 맛을 더해" 줄 때 가능한 것이다. 그 성토에 들기 위해서는 구절초의 쓴 맛과 향처럼 갈등과 회의, "돌문 닫힌 동굴"과 무덤의 "캄캄한 어둠 속에 널브러진 해골들을/ 이러저리 맞춰보"(「나는 무엇으로 사는가 1」)는 번민과 고뇌어린 고통을 동반해야 한다. 그렇지 않다면 그것은 관습적이며 맹목적인 갈구에 지나지 않기 때문이다.

말하자면 고독은 구절초의 쓰디쓴 향과 맛이다. 그럼에도 화자는 "커피잔을 감싼 시인처럼" 그 "쓸쓸함에 매료"된다. 이를 통해서만 그 신성한 영토에 들 수 있기 때문이다. 그리하여 '눈동자'로 상징되는 현상적인 육체는 야위어 가지만 영혼은 홀로 높이 '솟은 장대의 깃발'처럼 고고하다. 깃발은 나부끼는 형상으로 인해 지상을 초월한 정신의 상향적 역동성을 환기한다. 깃발의 나부낌은 또한 격렬한 고뇌와 갈등 상태를 암시하기도 한다. 그렇기 때문에 나부낌은 맹목적인 상태가 아닌 갈등과 회의, 고뇌와 번민 속에서 궁극의 대상을 지향하는 정신적 태도와 역동적인 힘을 환기한다. 깃발은 깃대로 고정되어 있지만 동시에 바람에 의해 휘날릴 수밖에 없는 양면성, 지상에 고정된 깃대에 묶여 있으나 천상을 향한 모순적 양면성을 지니고 있다. 이것은 바로 인간적 운명에 묶여 있지만 끊임없이 무한한 절대를 갈망하는 화자의 모습을 상징적으로 드러낸다.

신태수 시에서 신에 대한 절대적 믿음과 사랑, 그리고 자긍심은 끊임없이 자신에 대한 관찰을 도모하는 데서 비롯한다. 따라서 모든 고통과 비판의 대상은 자기 자신이 된다. 자기 자신에게 시선을 주는 이유는 정신의 정직함과 치열함을 효과적으로 증폭시킬 수 있기 때문이다. 그럼으로써 고통이나 절망이 다른 대상으로 이입되지 않음으로써 희석되지 않고 순수하고 치밀한 밀도로 응축될 수 있기 때문이다. "풍향계의 뾰족한 화살"로 상징되는 순수하고 치밀하게 응축된 고독은 "언제나 나를 겨냥하며" 궁극의 지점을 향해 홀로 고통스럽게 '삐걱'이는 것이다.

삐걱임은 아마도 단독자로서 화자의 존재론적 회의와 갈등, 고뇌와 번뇌의 은유가 아닐까. 이러한 정신적 태도는 마치 키에르케고르의 고독처럼 신 앞에 홀로 서 있는 단독자를 연상하게 한다. "풍향계의 뾰족한 화살"로 상징되는 단독자로서의 절대적 고독은 어쩌면 신과 대면해 무한한 실존성을 얻음으로써 고독을 극복하려는 역설적 태도처럼 보이기 때문이다. 그렇기 때문에 그의 시는 곧잘 자연 서정에 의지한 신앙적 체험이나 사색, 절대적 존재가 거주하는 이상적 공간을 지향한다. 아래의 시 역시 정신의 상향적 운동을 엿볼 수 있는 작품이다.

山에 오른다
하늘에 닿은 그 山에 오른다
메아리 비록 없더라도
하늘로
너머로 가고픔은
그곳에 그가 있고
詩와 사랑 있는 까닭이요
작은 밭과
순박한 술잔이 비어 있기 때문이다
—「빛과 소리 IV」 중에서

시인은 "황톳길 달구지"가 "가쁜 숨을 몰아쉬"는 지상의 해 저문 "들판 가로질러" "하늘에 닿은 그 산에 오"르기를 염원한다. 화자는 천상의 "하늘로", 피안의 저 "너머로 가고"픈 열망을 토로한다. 왜냐하면 이상적 공간으로 볼 수 있는 '그곳'에는 '그'로 상징되는 절대적 존재가 있고, 조화로운 운문적 질서의 '詩'와 절대적이며 무한한 '사랑'이 있기 때문이다. 아울러 무욕의 "작은 밭"과 인간의 허위, 차별, 탐욕 없이 "순박한 술잔이 비어 있"는 곳이기 때문이다. 이렇게 산에 오르는 도정은 일종의 순례의 과정에 다름 아니다. 이 시에서 드러나듯 시인의 등반은 우주의 비의에 대한 깨달음, 진정한 자아의 발견, 이상적 질서에 대한 염원과 같은 위상에 놓인 것이다. 화자는 모든 유한한 지상적이며 세속적인 굴레에서 벗어나 영원의 세계, 이상적 질서, 진정한 자아를 찾아 들어가는 순례의 도정이 지닌 의미와 까닭을 산을 오르는 비유를 통해 드러낸다.

부연하자면 산은 세속과 초월, 현실과 영원, 지상과 천상의 질서가 엇갈리는 경계이다. 신화적 우주론에서 산은 보통 상반되는 것들 사이의 균형을 상징하는 세계의 중심축으로 나타난다. 그렇기 때문에 여러 종교나 신화에서 산은 신의 강림, 성지나 영생의 땅, 계시의 장소, 인간의 뜻을 간구하는 성소로 선택되는 것이다. 산은 이러한 신성성으로 인해 세계의 중심이자 근원이다. 이 시에서처럼 산은 지상에서 우뚝 하늘로 솟아올라 천상의 '빛'과 메시아의 '소리'에 접근해 있다. 따라서 화자가 산을 오르는 행위는 단순한 근육 운동으로서의 등산이 아닌 우주적 정화, 영성의 추구, 이상적 세계의 지향이라는 의미를 내포한다.

요컨대 산을 오르는 행위는 단순한 육체적 운동이 아닌 정신의 상승인 동시에 중심으로의 회귀라는 의미를 지닌다. 이를테면 인간이 도달하고자 하는 우월하고 지극한 상태, 궁극적인 세계나 지고한 가치로의 다가감이란 의미를 내포한다. "오르는 자 고독하나" "소망(所望)을 얻음"(「찬미하고 오른 감람산」)이기 때문이다. 같은 맥락에서 화자가 갈망하는 산은 모든 갈등과 분열이 사라진 곳이며 모든 생명을 포용하는 원초적 자기 동일성의 공간이다. 그곳은 지상의 인간과 천상의 신이 서로 만날 수 있는 신성한 공간이다. 산은 "하늘에 닿"아 있기 때문이다. 그곳은 만물이 공존하는 낙원, 화해와 사랑의 공간, 타락한 지상의 공간과 대척되는 유토피아적 공간을 뜻하기도 한다.

3. 신앙 체험의 고백과 구도적 자세

유토피아는 실재하는 현실이 아니다. 그곳은 현실을 초월하기 위해 관념적으로 설정한 공간이다. 그곳은 시인의 상향적 정신 운동이 설정한 곳으로 우주의 만물과 절대적 존재와 자아가 함께 호흡하고 사랑하는 공존의 조화로운 삶을 영위하는 공간이다. 말하자면 그가 설정한 피안의 공간은 갈등이나 대립이 없는 동일성의 조화된 세계를 상징한다. 그것은 부조리한 지상적 삶의 현실원칙으로부터 이상적 질서의 세계를 꿈꾸는 종교적이데아에 가까운 것이다. 그러한 이유로 그는 현실을 원망하거나 비판 탄핵하기보다는 절대자를 향한 구도의 정신으로 현실의 속박을 돌파하려 한다. 그리하여 신태수의 시에는 신앙적 고백이나 사색, 절대자에 대한 찬미 등이 자주 등장한다. 그러나 그 고백과 사색과 찬미, 그리고 정신의 역동적 상향성이 지향하는 세계는 웅혼하거나 호방한 경지가 아니라 대체로 소박하고 충담(沖淡)하다. 맑고 깨끗하고 담백하다.

하늘의 푸르름은
두 눈에 비추이고

마음의 청아(清雅)는
언어에 흐르나니

나는야

탁(濁)한 생활에

빙수(氷水)처럼 살고지고

—「둠딤(완전함, 출28:20)」전문

역시 간명하고 투명한 언어를 통해 직조되는 이 시는 맑고 깨끗하다. 성서의 소재를 중심으로 한 이 작품의 시적 정서는 충담하다. 환언하자면 비어 있다는 충(沖)의 의미처럼 욕심 없이 맑고 평화로운 감정을 느낄 수 있다. 또 담(淡)이 뜻하는 대로 담담하다. 마치 "조금 남은/ 한 개/ 기름병"처럼 "비인 듯 차 있고/ 깊이 기울여 마음 쏟는"(「그 사람의 병(瓶)」) 것처럼 욕심 없이 담백하다. 맑고 평화롭고 담백한 상태의 내면으로 인해 세속의 때에 물들지 않고 '빙수(氷水)'처럼 '청아(淸雅)'하며 담백하게 살아가려는 시인의 인격미를 느낄 수 있게 한다. 하늘처럼 푸른 두 눈, 티 없이 맑고 깨끗한 청아한 마음은 그러한 인간미를 보증하는 표지이다. 요컨대 "탁(濁)한 생활"로 은유한 세속의 욕망과 공리적인 속박에 찌들지 않고 자신을 염결(恬潔)하게 세우려는 의지가 빙수처럼 청아한 맛을 느끼게 한다. 이처럼 이 시는 시인과 시가 서로 긴밀하게 연결되어 있어 작품이 곧 작가의 삶이나 가치관을 상징적으로 환기한다.

시에 영감을 불어넣은 표제 둠딤(Thummim)은 성서에서 '완전함'을 뜻한다. 이와 짝패를 이루는 개념이 '빛'을 뜻하는 우림(Urim)이다. 이를 합치면 '완전한 빛'으로 번역할 수 있으며, '신의 계시'라는 의미를 내포한다. 그리고 '빙수'는 구약의 「잠언 25:13」 구절에 기댄 비유이다. 이 두 비유에서 영감을 받은 듯한 이 시는 시인이 지향하는 신앙의 내질을 가늠하게 해준다. 그에게 신의 계시란 완전함, 그리고 빛을 상징되는 절대적 신앙과 불멸의 가치를 추구하는 것이다. 그 완전함이란 이물질이 조금도 섞이지 아니한 온전한 상태의 순연(純然)한 것이다. 그것은 마치 "작은 밭"이나 비어 있는 "순박한 술잔"(「빛과 소리 Ⅳ」)처럼 소박하고, 또 속된 티가

없이 맑고 아름다운 '청아'한 상태처럼 맑고 깨끗한 것이다.

시인의 바람, 혹은 그가 받은 계시란 완전함의 추구이며, 그 완전함은 대단한 사명이 아닌 세속적 욕망을 경계하며 맑고 깨끗한 상태의 신앙적 주체를 정립하며 빙수처럼 사는 것이다. 두 눈에는 하늘의 푸른 빛과 마음엔 청아한 언어를 간직하고 살고 싶은 것이다. 그는 세속의 "탁(濁)한 생활"에 물들지 않고 "추수하는 날의 얼음냉수"처럼 맑고 시원하게 살고 싶은 것이다. 그것이 "충성된 사자"(「잠언」 25:13)의 본분이라 믿는 것이다. 이렇게 시인은 성서의 비유를 통해 자신의 신앙적 지향점을 고백하는데, 이는 자칫 미사여구의 교리나 성경 구절을 해석하는 복음주의, 또는 단순히 성서 소재에 머물 수 있는 위험성이 있다. 그러나 시인은 자신의 내면에서 우러나는 주체적인 입장에서 인생관이나 가치관을 신앙에 입각해 자연스럽게 드러냄으로써 이를 적절히 극복한다.

혼탁한 세속의 삶에서 빙수처럼 맑고 차고 청아하게 자신을 지키며 살아가려는 태도는 고고한 정신의 상향적 도정이 불러온 결과이다. 신태수의 시에서 신앙적 체험에서 우러나온 고백은 끊임없는 구도자적 자세와 경건한 삶의 인식에서 길어 올린 것이다. 신과 대면한 고독한 단독자로서의 외롭고 높은 상태의 고고한 태도, 혹은 시 세계는 높고 원대한 정신적 의지를 추구하는 시인에서 찾을 수 있다. 그의 시는 이러한 성격으로 말미암아 번잡하고 소란스러운 세속적 일상의 세계에서는 쉽게 찾아볼 수 없는 순연하고 염결한 정신적 경지를 지향한다. 정신의 상향적 도정, 혹은 고투라 표현했듯이 그의 시가 담지하고 있는 내질은 인간으로서의 실존적 고뇌와 번민, 신앙인으로서의 회의와 번뇌, "서릿새벽 나목(裸木)으로 서더라도" "홍시 같은 불덩이로/ 하늘끝"에 "꺼꾸로 달리"(「보름달 아래서 - 중추절에」)는 고통을 통해 끊임없이 궁극의 지점으로 상승해 존재의 전이를 이룩하려는 모습을 보여준다.

순연하고 염결한 정신의 추구는 산업 도시와 물신 욕망이 지배하는 물

화된 현대사회에서는 홀대당할 수밖에 없는 재래적인 정신적 가치며 삶의
태도, 고루한 시적 풍격으로 취급받을 수 있다. 그럼에도 불구하고 신태수
의 시나 삶의 태도는 속되고 타락한 현실을 물리치려는 의지와 혼탁한 세
상에 물들지 않은 지순한 상태의 자기를 정립하려 애쓴다. 물론 고고한 정
신주의는 타락한 현실을 엄중하게 비판하고 질타하기도 하는데, 가령 "살
아있는 예수"는 금시라도 "살냄새 풍길 듯 생생"하고 "피땀 엉긴 나무토
막"처럼 인간적 체취를 지닌 존재임에도 우리는 "말씀이 육신이 되어 우
리 가운데 거하시"(요1:14)는 성육신(成肉身) 예수의 머리 위에 물질적 욕망
의 상징인 "금관을 씌우고/ 갑옷을 입혀"(「금관의 예수」) 본래적 신성성과 가
치를 훼손하는 물신적 현실을 비판할 때이다. 그러나 신태수의 시는 비판
과 탄핵의 방향으로 나서지 않는다. 그보다는 속된 현실 속에서 외롭게 서
있지만 세속적 가치에 매몰되어 연연해하거나 탄식하고 목소리를 높여 탄
핵하기보다는 참된 자아를 찾아 자신의 주체를 정립하려는 구도자적 자세
를 취한다. 그것은 그의 시가 지향하는 정신의 날을 세워 궁극에 이르려는
의지와 자세에서 연관한다. 세속적 욕망과 고통의 크기는 왜소한 것이며,
그것들이 왜소할수록 그의 마음은 차분해지고 마음은 고요해지기 때문이
다.

키가 작아 보이지 않습니다
고개를 드리뽑고 까치발을 서도 안 보여
나무에 오르지만
길어귀 고목엔 잎새들만 팔랑입니다

소태 같은 입을 하고 山으로 가도
석양이 묏부리에 걸릴 때까지
새소리만 골을 따라 가득할 뿐

밤이 적막을 몰고
하늘을 달려 별을 뿌려서야
동굴만 한 사색으로
알만 한 죽음을 캐내어
보자기에 쌉니다
　　　　—「젊은 삭개오 ⅡⅩⅢ」 전문

　삭개오(Zacchaeus)는 「누가복음」 19장에 등장하는 인물로 여리고의 세리장이다. 예수가 여리고를 지날 때 삭개오는 키가 작아 군중 속 예수를 볼수 없어 무화과나무 위로 올라갔다. 그때 예수가 그에게 내려오라며 자신의 집에 머문 것에 감동해 회개하고 구원을 받은 이야기이다. 화자는 왜소한 인간으로서 자신을 삭개오에 비유해 신을 찾는 실존적 고뇌와 고통을이야기한다. 자신의 실존은 왜소하여 "고개를 드리뽑고 까치발을 서도"신을 볼 수 없고, "소태 같은 입을 하고" 신을 찾아 "山으로 가도" 만날 수없는 어두운 미혹에 처해 방황하며 고통스러워한다.

　그러나 절대적 대상의 부재의 상태에서도 화자는 원망하거나 절망하지않는다. 절대적 대상을 향해 "까치발을 서도" 보이지 않고, 삭개오처럼 나무에 올라도 보이지 않는다. 화자의 갈급한 마음과는 달리 그저 무심한 듯"잎새들만 팔랑"일 뿐이다. 그러한 간절한 마음은 다시금 "소태 같은 입"으로 표현된 고통과 갈급 속에서 더 높은 "山으로 가"지만 "석양이 묏부리걸릴 때까지/ 새소리만 가득할 뿐" 절대적 대상은 역시 흔적도 보이지 않는다. 그리고 오랜 갈급과 방황과 고통 끝에 "밤이 적막을 몰고/ 하늘을달려 별을 뿌려서야" 비로소 '동굴의 사색'과 '알의 죽음'이라는 다소 관념적인 깨달음을 얻는다. 왜냐하면 정신의 날을 세워 핵심을 선취하려 할때 다소 교술적인 관념에 사로잡힐 수 있기 때문이며, 범속한 욕망과 이해관계로부터 초탈할 때 절대적 이치와 쉽게 무마되기 때문이다.

전체 3연으로 구성된 이 시의 핵심은 3연에 있다. 1연과 2연이 부재하는 신을 찾아 헤매는 실존의 갈급한 고통과 방황의 과정을 그린다면, 3연은 그 고통과 방황 끝에 도달한 깨달음에 의한 존재의 개시(開示)이다. 밤과 별, 적막과 하늘, 죽음과 동굴·알(卵)의 대립관계는 절대자가 부재하는 현실과 절대자가 존재하는 이상을 뜻한다. 이것은 상호 긴장감을 이루는 신앙적 삶, 혹은 절대적 대상을 찾아가는 치열한 정신적 구도의 모습을 환기한다. 밤, 적막, 죽음의 이미지는 신앙적 고난과 고통을 의미하며, 묵시적 이미지로서 하늘은 우주적 신성, 절대적 신앙, 영원불멸의 가치관을 뜻한다. 천체 이미지인 별은 짙은 어둠일수록 더 밝게 빛나기 때문에 궁극의 영원한 가치를 내포한다. 그리고 원형적 이미지로서 동굴과 알은 탄생과 재생이라는 상징적 의미를 지닌다. 그것은 마치 "흠향되는 제사를 위해" "육신을 살라"(「산 제사」) 바쳐 다시 태어나는 신앙적 제의의 과정에 다름 아니다.

4. 절대적 믿음의 사랑

우리는 앞서 인용한 「젊은 삭개오ⅡⅩⅢ」에서 신이 부재하는 밤과 적막과 죽음과 같은 고난 속에서도 절대적 신앙과 영원한 가치에 대한 믿음을 포기하지 않는 신념을 확인할 수 있다. 그리고 어둡고 적막한 죽음은 탄생과 재생을 잉태한 동굴이나 알과 같아서 화자는 "죽음을 캐내어/ 보자기에 싼"는 것이다. 이러한 역설적 인식은 절대적 대상에 대한 포기할 수 없는 신념을 드러내는 것이며, 미혹한 신앙적 주체로서의 카오스 상태에서 코스모스의 자기 갱신과 창조의 질서로 전이하는 우주적 신성의 원리에 참여하는 것이다. 이렇게 볼 때 신태수는 부조리와 모순에도 절망하거나 체념하지 않고 긍정하며 미래 지향성의 희망을 갖는 것이다. 즉 부재하지만 언젠가는 만날 수 있다는 절대적 신념과 확신이 자리한다.

> 노을진 산길 실계곡 서늘한 바람
> 백옥구슬 소담스레 치렁한 아카시아
> 홀로 걷는 이 길 가득한 싱그런 사치
> 행복을 호흡하는 가슴은 흰버선 향낭
> 네 안에 멈추고 싶은
> 아카시아
> 꽃
> 내
> 음
> 피지 않은 꽃도 향내 이리 고운데
> 꽃망울 터치면
> 세상 온통
> 네 향기에 젖겠네
> ―「그리스도의 향기」 전문

　신에 대한 절대적 믿음과 사랑, 그리고 그리스도의 인간에 대한 무한한 사랑을 예찬하는 인용 시는 짙은 서정성으로 인해 감미롭다. 화자는 싱그러운 아카시아 향기를 그리스도의 사랑에 비유해 "네 안에 멈추고 싶은" 마음이며, 그 향기가 세상 천지에 젖기를 바란다. 시적 대상과 접촉에는 풍경에 감동하여 느낌이 이는 것과 자기 감정을 드러내기 위하여 풍경을 이용할 수 있다. 그러나 가장 높은 경지는 인간의 감정과 풍경이 아주 자연스럽게 만날 때 이루어진다. 이와 같은 맥락에서 시적 주체가 느끼는 감정과 풍경이 자연스럽고 조화롭게 만나 그리스도의 무한한 사랑이라는 시적 주제를 한층 효과적으로 감미롭게 심화한다.

말하자면 서늘한 바람이 부는 "산길 실계곡", "백옥구슬 소담스레 치렁한 아카시아", "흰버선 향낭"의 이미지는 산길을 걷는 장면을 만들고, 장면은 아카시아 향기로 가득한 풍경을 만들고, 그 풍경은 그리스도의 향기로운 사랑이라는 의식을 만든다. 이때 풍경은 하나의 의식이고 감정이어서 스스로 무언가를 느끼고 말하는 밀도 높은 기호로 작용한다. 거기에 그것을 바라보는 주체의 주관적인 시적 인식이 개입하여 하나의 의식이 되어버린 것이다. 풍경은 내 속에서 자기 자신을 사유하고 있는 것이며, 그리고 내 자신은 풍경의 의식이 되어버리는 것이다. 침묵의 형식인 풍경은 하나의 의식 또는 의미 기호로 작용하여, 시인의 의식은 그것의 기호 작용이 유발하는 의미를 해독한다. 그 해독은 물론 미적 해독이며, 아카시아 향과 같은 신의 인간에 대한 무한한 향기, 혹은 신에 대한 절대적 사랑을 환기한다.

　신에 대한 절대 사랑, 신태수의 신앙적 태도는 독실한 신자였던 어머니의 영향이 컸을 것이다. 그리고 그것이 어쩌면 그를 신학대학으로 이끌고 선교활동에 나서게 했던 것이라 짐작한다. 그의 시가 지향하는 외롭고 높은 정신주의는 이런 이력에서 비롯한 것이라 짐작된다. 그렇다고 정신의 상향적 도정이라 하여 그의 시나 삶의 태도가 자기고립의 폐쇄적 유아론이나 막연한 이상주의를 추구한다는 뜻은 아니다. 그보다는 정신의 날을 세워 불합리와 모순의 현실을 초월하려는 것이며, 진정한 신앙으로서 거듭나기 위한 방법이다. 그는 신을 찾아 방황할 수밖에 없는 인간의 실존적 고통과 더불어 아카시아 향낭에 퍼지는 향기처럼 소소한 즐거움을 노래한다. 세상에 부대끼면서도 궁극의 자기 세계를 이룩하려는 의지 어린 모습이 보다 적실한 비유와 의미를 더욱 깊이 획득해 나가길 바란다.

소란과 평정의 변증
― 황성주 시집 『폭풍 같은 시간』

1. 폭풍의 시간 속으로

시란, 혹은 시인이란 삶의 가장자리에 서서 생기(生起)하는 사태와 현상을 정관하고, 세계를 구성하는 지배적 질서와 가치에 대해 회의한다. 그럼으로써 생기하는 현상적 사태와 지배적인 질서와 익숙한 가치가 그 이면에 은밀히 은폐한 본질의 꼴을 더듬어 감각한 바를 언어화한다. 무수하게 생기하는 세계의 사태를 정관하면서 그 이면에 내재하는 세계의 비밀, 그 가운데 때론 추하고 때론 아름다운 실상을 탐지하고 통찰하는 직관의 힘이 바로 시의 힘이다. 시인은 현상적 사태의 근원을 사유하면서 자신의 실존적 존재를 세계 안에 기입하고 정위(定位)한다. 말하자면 시 쓰기는 사태의 모사적 기술이 아니라 이 사실의 사태라는 현상적 재료를 정신 속에서 정련하는 과정을 거쳐 순금으로 바꾸는 언어의 연금술이며, 시인은 그 연금술을 통해 세계 속에 자신의 존재를 바로 세우고자 한다.

황성주의 시집 『폭풍 같은 시간』은 삶을 채우고 있는 수많은 세목들의 사태가 발현하는 소란스러운 소리와 흔적들을 감지해내는 데 바쳐진다. 그의 시에서 현실의 다양한 사태는 삶을 구성하는 흔적으로 남는다. 시인은 인간이 삶을 살아갈 때 너무나도 다채로운 삶의 양태와 빛깔이 발현하는 온갖 소리를 듣고 또 그것을 자신의 의식을 통해 발설한다. 그에게 삶의 빛깔과 소리는 대체로 "모서리로 밀려나는 이들"이 위계적이고 억압적인 "피라미드 무게를 온몸으로 견디는"(「피라미드」) 부조리와 고통으로 표현되기도 하고, 그럼에도 불구하고 "아직은 살아 있으니 살아야 하기에" "붉은 립스틱 입술에 검은 속눈썹 꼿꼿이 세"운 채로 "향수 냄새 풀풀 풍기"면서 "문밖으로 나"(「화장하는 여자」)가는 생에 대한 강인한 신념과 의지를 표출한다.

우리의 삶은 건조하고 밋밋하고 아무런 감동이 존재하지 않을지도 모른다. 그러나 삶은 개연적인 사태이기에 그 삶의 자리 안에는 언제나 상처와 고통, 슬픔과 비애 등등의 매듭을 형성하기 마련이다. 그것들은 시인뿐만 아니라 모든 인간에게 잊고 싶은 환부이겠지만, 죽을 때까지 결코 떨쳐낼 수 없는 생의 옹이로 자리한다. 따라서 그 환부를 정직하게 바라보는 일에는 "변화무쌍한 인생사"를 "아픔과 슬픔"(「차이에 대한 대화」)으로 버텨내는 진정성이 자리한다. 말하자면 "막막한 길 꾹꾹 눌러 밟는" 강인한 "발자국 소리"(「사랑, 그 그리움은」)를 내면서 "다사다난 숨찬 곳으로" 상징되는 고달픈 삶의 현장으로 다시 "돌아가"(「소리」)는 일은 지상의 삶, 누구나 버티고 견뎌내야 하는 세속적 일상을 지극하게 사랑하기에 가능한 일이다. "고통의 부정성이 오히려 미에 깊이를 더해"(한병철, 『아름다움의 구원』)주는 것처럼 "아픔과 슬픔"이라는 고통은 삶에 깊이를 더해준다.

우리가 상처와 고통에 맞서서 삶과 세계를 정관할 수 있다면 상처와 고통은 한 편의 아름다운 시로 환생할 수 있다. 시가 삶의 운명과 세계의 형식을 헤집으며 슬픔, 상처, 죽음, 고통의 자리를 회감할 때, 인간의 영혼은 보다 근원적인 세계로 들어가게 된다. 이렇게 '폭풍 같은 시간'의 풍경 속으로 침잠해 가는 과정에서 시인은 살아 있음의 확실성이 은폐한 삶의 비의(秘意)를 깨닫고, 삶의 내면성을 감각하고, 우리에게 삶을 새롭게 바라볼

것을 권유한다. 황성주는 삶의 시간이 필연적으로 생성할 수밖에 없는 상처를 응시함으로써 삶과 세계의 환부로 침잠해 들어가 자아와 세계, 세계 내 존재를 성찰한다. 그 안에는 되돌릴 수 없는 생의 비애와 아픔이 내부에 뿌리내리고 있지만, 삶의 궤적은 상처 난 영혼의 매듭으로 점철되어 있지만, 시인은 물론 생에 대한 의지를 올곧게 키워 가려 몸부림친다. 이에 대한 정서적 파동의 기록이 이 시집의 발원지처럼 보인다.

2. 생성과 소멸의 역설

황성주에게 어찌할 수 없는 삶의 운명, 그 운명의 수레바퀴, "변화무쌍한 톱니바퀴"(「구속과 해체」)를 타고 도는 고통의 뿌리는 너무 크고 깊다. 시인은 세계로부터 소외되어 있다. 소외된 자아는 세계로부터 비롯하는 불행한 의식으로 점철되기 마련이지만, 그럼에도 불구하고 시인의 자의식은 건강성을 지켜내려 몸부림친다. 생은 슬프고 고통스러운 비극의 형식이지만 그 비극적 실존 앞에서 시인은 결코 애련에 빠져들지 않는다. 비록 영혼이 퍼렇게 멍들고 삶의 마디마디마다 눈물의 상처로 얼룩져 있지만 시인은 "너그럽고 따뜻한 글을 쓰고/ 땀 흘려 일하며/ 희망으로 남아 있"(「그래도」)으려는 생에 대한 의지를 결코 포기하지 않는다. 시인에게 현실은 늘 차갑고 비정하다. 현실은 가슴을 멍들이고 마음에 생채기를 내지만 생에 대한 결연한 의지를 포기하지 않는다. 비록 절명의 순간과 비애의 상처로 가득 차 있을지라도 "아이에게 깨끗한 자리 하나 물려줄"(「물러서기」) 수 있기를 염원하는 푸른 생에의 의지를 곧추세우며 시인으로서의 위의(威儀)와 자존감을 견지해 나간다.

순간을 쪼개면 쪼갤수록

빠라진 속도 그 블랙홀 같은 심연에는

핵분열처럼 결합했다 흩어지는

소용돌이가 몰아쳐

구원의 손길 같은 아이의 검은 눈동자도

생생한 여인의 붉은 입술도

잔잔히 흐르는 음악소리도

어이없이 다치고 무너지고 추락하는

슬픔을 넘을 수 없어

빛보다 빠른 순간들을 사락사락 밟으며

이 골목에서 저 골목으로 사라지는 이들

아련한 모습을 바라보다

질서가 무질서요 무질서가 질서인가 되짚어

설레는 가슴 목소리로

사랑하고 임신하고 아이를 낳는 폭풍 같은 시간은

순간순간 살고 지는 욕망 끝에 흩어지는데

심장박동소리를 가진 기억은

돌아갈 수 없는 추억들을 끌어와

그림을 그리게 하고 글을 쓰게 하고

노래하고 땀 흘려 일하게 하는

동력으로 흐른다

　　　　—「폭풍 같은 시간 1」 전문

　삶의 시간은 필멸의 늪 속으로 빠져들 운명을 타고났다. 하지만 특별한 경우를 제외하고 우리는 일상에서 삶에 필연적으로 달라붙은 소멸을 생각하거나 의식하지 않으며 하루하루의 시간을 익숙하게 살아간다. 이런 낯익은 일상의 평온함 속에서 시인은 "블랙홀 같은 심연"에 "소용돌이가 몰아쳐" "아이의 검은 눈동자도", "여인의 붉은 입술도" "어이없이 다치고 무너지고 추락"할 수밖에 없는, "핵분열처럼 결합했다 부서"질 수밖에 없는 인간의 운명을 사유한다. "폭풍 같은 시간"의 폭력 앞에 삶은 무력할 수밖에 없다. 소멸의 시간은 모두에게 공평하게 주어졌으며, 슬프게도 조금씩 마모되어가는 소멸의 시간을 넘어 지속할 수 있는 차별적 삶은 어디에도 누구에게도 존재하지 않는다. 그리하여 시인은 폭풍처럼 모든 것을 휩쓸어가는 난폭한 시간 앞에서 "슬픔을 넘을 수 없어" 어둡고 외진 "골목으로 사라지는 이들"을 뒷모습을 처연하게 바라보는 것이다.

그러나 시인의 처연한 시선은 필멸의 시간과 불멸의 슬픔 앞에서 운명을 한탄하거나, 인생무상의 허무주의로 흐르거나, 세계를 저주하는 비관주의로 나가지 않는다. 시인은 그것을 하나의 우주적 원리, "질서가 무질서요 무질서가 질서"인 카오스와 코스모스, 생성과 소멸의 순환 변전하는 우주적인 법칙으로 수용하고 긍정한다. 이러한 사유는 일종의 세상사는 영원불변하는 고정된 존재가 있을 수 없다는 제행무상(諸行無常)의 윤리관을 드러내는 것이다. 이러한 세계관으로 인하여 시인은 "사랑하고 임신하고 아이를 낳"으며 "순간순간 살고 지는 욕망 끝에 흩어질" 수밖에 없는, 이를테면 생성과 소멸을 거듭하는 시간을 수긍한다. 마모되고 소멸하는 시간 속에서 시인은 "설레는 가슴 목소리"와 "심장박동소리를 가진 기억"의 흔적을 통해 삶의 '동력'을 얻는 정신의 역설을 보여준다.

삶이 죽음의 자식인 것처럼 모든 생성은 소멸을 전제로 한다. 생성은 소멸이 낳은 불멸의 자식인 것이다. "사랑하고 임신하고 아이를 낳"고 "순간순간 살고 지는 욕망 끝에 흩어"질 수밖에 없는 것이 인간의 필연적인 운명이다. 시간은 날카롭게 벼려진 긴 낫을 든 크로노스처럼 생성된 모든 사물을 베어버리고 모든 생명을 난폭하게 집어삼킨다. "무덤 위에서 사랑을 나누고 또 그 사랑을 통해 새로운 생명이 잉태되는 것, 이것이 우리의 삶" (송기호, 『시간을 물고 달아난 도둑고양이』)의 본질인 것이다. 따라서 시인은 그 운명을 거부하지 않고 그것을 오히려 "그림을 그리게 하고 글을 쓰게 하고 / 노래하고 땀 흘려 일하게 하는/ 동력"으로 인식하는 정신적 역설로 치환해 받아들이는 것이다. 이러한 인식은,

> 유혹의 숨결 같은
> 날카로운 찌르레기 소리를 위해
> 요염한 여인의 자태를 위해
> 얼마나 많은 시간이
> 빛보다 빠르게 요동치며
> 폭풍처럼 결합했다 소멸하는 걸까
> 어둠이 깊어야 선명해지는 별빛처럼
> 살아 있음은 뻐근한 욕망으로 빛나는
> 변화무쌍한 사건사고들이요
> 가슴 시린 눈물이요 미소요 그리움이요
> 혼자서는 갈 수 없는
> 외로운 바다 어디쯤이다
> ―「폭풍 같은 시간 2」 중에서

와 같이 노래할 때도 마찬가지로 연속한다. 삶은 "어둠이 깊어야 선명해지는 별빛처럼" 소멸을 통해 그 향기로운 정수를 드러내는 것이며, 또한 동시에 "살아 있음은 뻐근한 욕망으로 빛나는/ 변화무쌍한" 표정의 얼굴을 가지고 있다. 삶은 결코 성스럽거나 고결하거나 순탄하기만 한 것은 아니다. 삶은 세속적 욕망에 부침을 거듭할 수밖에 없다. 그 속에는 "가슴 시린 눈물"과 아름다운 '미소'와 '그리움'이 함께 뒤범벅으로 공존한다. 그런 가운데 시인의 사유의 지평은 삶을 새로운 시각, 이를테면 "외로운 바다 어디쯤"에서 "폭풍처럼 결합했다 소멸하는" 변화무쌍한 순간을 연속하

는 부침과 질곡의 시간을 더불어 걷는 공존의 미학을 통해 넘어서고자 한다. 소멸의 시간을 살아내는 것, 마모되어가는 시간 속에서 삶의 심연을 깊이 체험하는 시인의 사유는 우리의 보편적인 운명의 구조를 진정으로 드러내는 것이다.

마모되는 시간, 소멸하는 시간, 급기야는 죽음의 종착역에 도착할 수밖에 없는 운명의 구조, "외로운 바다"를 고독하고 쓸쓸하게 떠도는 길, 그 운명의 구조를 정면으로 응시하면서 시인은 삶이라는 "외로운 바다"를 혼자가 아닌 더불어서 함께 건너고자 한다. 인간은 어차피 자신의 의지와는 상관없이 세상에 던져진 피투자로 태어나 단독자로 고독하게 살 수밖에 없는 운명이지만, 그 운명을 극복하는 지혜와 방법을 시인은 함께 걷는 동행의 미덕에서 찾는다. 말하자면 우리는 "태어나는 순간부터 죽으러 가는 중"이다. 죽음이 삶의 조건인 것처럼 삶 또한 죽음의 조건이다.

3. 실존적 운명의 확인과 수긍

삶은 죽음을 향해 살아가는 것이다. 삶은 소멸을 사는 것이다. 소멸의 죽음을 노래하거나 이야기하거나 그리는 것은 역설적으로 그것이 곧 삶을 가장 진정성 있게 이야기할 수 있는 방식이기 때문이다. 삶의 생성은 죽음의 소멸을 통해서만 오롯이 사유될 수 있다. 그러기에 "정에 취하고 술에 취하고 슬픔에 취"해 "버겁고 불안"하며 "고단한 세상"의 "멀고 먼 길"(「동행자」)을 더불어 함께 가고자 꿈꾸는 것이며, "사람의 울타리" 속에서 "사람이 사람을 여행"(「여행」)하는 동행으로서의 삶을 꿈꾸는 것이다. 그리하여 황성주의 "폭풍 같은 시간"은 실존적 운명을 확인하면서 그 심연을 탐사하는 시간이며, 주체의 존재 방식을 묻는 자리이다.

땀 흘려 일하게 해주고

먹고 마시고 배설하는 즐거움을 누리게 해주고

아이를 낳고 키우는 드라마를 연출하기도 합니다

하지만 이 다채로운 영혼의 축제도

죽음을 전제로 일어나는 물결이라

아프고 슬프지 않은 순간은 없는 것 같습니다

그래도 나는 저 고단한 골목 어디선가

떠도는 이를 따뜻하게 부르는 소리

들려올 것 같아 문을 열고

그리움을 찾아 길을 나섭니다

　　　　―「영혼」 중에서

　황성주가 탐사해 들어가는 심연의 세계는 대체로 어둡고 불안하며 궁핍하다. 시인에게 "땀 흘려 일"하고 "먹고 마시고 배설하고" "아이를 낳고 키우"는 다채로운 삶의 드라마는 "죽음을 전제"로 하는 것처럼 근원적인 부재와 결핍으로서의 세계이다. 동시에 그 세계는 "복잡한 생리를 가진 이 거리"(「소양교육」)의 혼돈, "무료급식을 받으러 길게 늘어선"(「백치들」) 가난, "버림받은 강아지처럼 가혹하게 밀려"(「소외」)난 슬픔으로 인식된다. 그러나 시인은 그런 세계에 대해 향수와 애착을 동시에 지니고 있다. 시인은 "고단한 골목"을 떠돌 수밖에 없는 운명이지만 "그리움을 찾아 길을 나"서고, "아이들 세상을 향해 무리지어 날아가는/ 꿈"(「어느 노인들」)을 포기하지 않는다.

　시인은 "쓰리고 고단한 이들이 많은 비탈동네"(「조화調和」)의 "거칠고 소란하게/ 울퉁불퉁 길을 찾는 중"(「나라」)인 것이다. 그런 가운데 시인은 자신의 존재에 대해 의문을 던지며 열성적인 자의식을 통해 서정적 명상을 수행해나간다. 인용 시에서처럼 부재와 결핍, 그리고 세계에 대한 향수와 그리움은 그의 시집에서 독특한 분위기를 형성한다. 그러한 분위기로 인하여 시적 정조는 구슬프기보다는 명상적이고 감정보다는 영혼을 염려하고 위로하는 데 바쳐진다. 그가 삶의 과정에서 체득해온 인간의 유한성과 결핍의 의식은 오히려 시인으로 하여금 사람이 자신의 의지와는 상관없이 내던져진 그곳에서 끝끝내 발 딛고 살아갈 수 있게 하는 희망의 시를 이루게 한다.

부연하자면 이 지상에서 "가졌든 못 가졌든 사는 건 힘"들고 "불안하게 쫓기는"(「닻」) 삶을 살아가지만, 시간의 소멸에 비애를 가지고 있지만, 그가 꿈꾸는 세계는 이 현실에서는 도저히 이룰 수 없는 이상 세계나 어떤 거대한 세계가 아니다. 그 세계는 "작은 집일지라도" "임신하고 출산"하여 "골목마다 아이들 소리"(「관계」)와 "아이의 맑은 웃음"(「웃음」)이 차오르는 그가 몸담고 살아가는 평범한 현실이거나, 비탈진 골목의 궁핍한 공간이거나, 우리가 쉽게 경험할 수 있는 일상의 세계이다. 시인이 그곳을 벗어난다 해도 그 행위는 달아나기 위한 것이 아닌 자신의 주위를 둘러보고 돌아오려는 의도, "비바람을 뚫고 돌아가/ 비단을 토하는 누에처럼/ 시를 쓰고 싶"(「외출」)은 욕망에 의한 것이다. 말하자면 도피가 아니라 자신의 운명을 다시 확인하려는 것, 이는 곧 자신이 살아 있음을 확인하는 일이다.

> 도시의 소리들이 사그러지는 깊은 밤이면
> 옥탑방 문인들은 기다렸다는 듯이
> 타다닥 탁 타다닥 탁 아름답고 슬픈
> 컴퓨터자판 두들기는 소리를
> 굶은 광대들 호흡처럼 시합처럼
> 또렷하게 들려줍니다
> ─「아픔을 넘어 빛나는」 중에서

죽이지 않고 살리려는 마음처럼
소중한 건 없지만
얼마나 어렵고 힘든 일인가
어둡고 음습한 비탈동네
단칸사글세방을 전전하며
이런저런 바닥 일을 하며 사는
궁핍한 사내에게 질려 도망칠 만도 한데
—「살림」중에서

    시인으로서 자신이 살아 있음을 확인하는 일은 곧 시대의 가장자리에서 삶과 세계를 정관하는 일이기도 하다. 시인은 세계의 질서와 가치들에 대해 회의하고 성찰하고 고뇌할 수밖에 없는 운명을 가지고 태어난 존재이다. 인용 시에서처럼 황성주의 시에서 발견할 수 있는 세계에 대해 회의하는 자, 고뇌하는 자, 성찰하는 자로서의 의식은 막강한 자본과 물신의 문화 권력이 삶을 공격하고 훼손하는 현실에 대한 뼈아픈 체험, 그리고 그에 대한 저항의 방식으로서 시 쓰기를 감행할 수밖에 없는 힘겨운 현실을 동시에 반영하고 있다. 시인의 시 속에 드러나는 시인의 실존적 자리는 "길가에 채소 몇 가지 내다파는 꾀죄죄한 아내와/ 옥탑방에서 시달리는"(「아픔을 넘어 빛나는」) 힘겹고 고통스러운 현실이다. 그곳은 "어둡고 음습한 비탈동네"의 '궁핍'(「살림」)하며 "쓸쓸한 무덤 같은 곳"(「전화」)이다. 시인이 처한 자리는 세계 속에 존재하는 소외와 불화의 양식뿐만 아니라 이미 세계의 주변부로 밀려난 시 쓰기, 혹은 시인 자신의 삶 자체의 위기까지도 반영하고 있다.

    그러나 그렇다고 황성주가 "치열한 소유욕으로 몸집 불려온 이 거리"(「아픔」)에서 주변화한 실존성을 한탄하고 저주하는 슬픔의 방식이나 적대감으로 피폐해진 절망의 양식, 비판과 탄핵의 형식과 목소리를 높인 것으로서만 존재하는 것은 아니다. 오히려 그의 시는 그 비극적인 시대의 모퉁이, 비탈진 삶의 골목, "어둡고 음습한 비탈동네"의 귀퉁이에서 강건한 꿈과 긍정의 요새로 축성하고 그 성가퀴 속에서 "타다닥 탁 타다닥 탁 아름다고 슬픈/ 컴퓨터자판을 두들기며" 세계에 대한 절망적인 응전을 전개하는 건강한 정신의 역설을 보여준다. 그 역설은 바로 사막같이 막막하고 궁핍한 시대의 현실에서 "죽이지 않고 살려는 마음처럼/ 소중"함과 간절함으로부터 비롯하는 것이다.

4. 소란과 평정의 변증

현대적 삶의 지표가 자본의 사막을 횡단해 나갈 때, 시적 언어가 마음의 사막을 종단해 간다면 불안하고 상처받고 지친 삶의 형식은 따스한 온기로 위무받게 된다. 순환주기가 너무 빠르고 짧아져 새로운 것만을 생산해 내는 시대에 시는 고루하고 더딘 호흡처럼 보일지도 모른다. 시대의 지배적인 지표가 감각의 직접성과 현란함, 자본의 기호로 독해되지만 시의 아우라는 시대의 심연이나 배후에 치고 들어가 그 심연의 적나라한 실체를 정관하고 그 꼴을 "또렷하게 들려"(「아픔을 넘어 빛나는」)준다. 시대의 기호에 영합하고 비위를 맞추는 것이 시 쓰기가 아니다. 이처럼 황성주의 시 의식은 "천 길 낭떠러지"의 "쉴 곳 머물 곳 없는 밤바다"로 은유할 수 있는 시대의 후면에 위치하고 있다. 그 가파른 현실의 후면에서 시인은 "홀로 나는 외로운 반딧불처럼"(「통로」) 고독하지만 자유로운 비행을 감행하면서 시대 전체를 정관하고 새로운 세계를 꿈꾸는 것이다.

　　빌딩과 아파트가 넘치는 지금도
　　모서리로 밀려나는 이들은 남아 있다

피라미드 무게를 온몸으로 견디는 이들,

보리쌀 한 줌 넣고 멀건 시래기죽을

숱하게 끓였던 내 어머니 시절의 아픔이

지금도 질척질척 내려

고단하게 사는 자식들에게 주려고

여름 땀을 훔치며 물김치를 담그는

내 아내 손끝까지 흘러

아직도 피라미드 무너지지 않고

버티는 중이다

　　　　　―「피라미드」 중에서

　시인은 "버티는 중"이다. '피라미드'로 은유한 자본 권력에 의해 견고하게 축성된 세계의 '모서리'에서 시인은 힘겹게 견뎌내는 중이다. 감각의 직접성과 동시성이라는 무기를 앞세운 자본의 압도적이고 달콤한 권력은 무의미를 확장하고 새로운 억압기제로 부상한 지 오래되었다. 그것들은 우리의 문화적 양식을 지배하는 새로운 권력으로 부상한 것이다. 자본의 권력은 우리의 무의식을 지배하고 정교하게 관리하기 시작한 지 오래이다. 물신의 논리는 하이데거의 통찰처럼 우리의 존재 가능성을 균등화하고, 물화시키고, 획일적이며 타율적으로 규정해 버리는 것이다. 이때 개인은 완전히 무화되어 타자에 귀속되고 주체로서의 '나'는 사라지고 유령화된다. 이런 현실을 감내하면서 시인은 고통받는 사제로서 지혜와 아름다움을 선사하는 존재로, 우아한 그러나 초월해야 할 고통을 겪는 존재로서 남아 있으려 한다.

　황성주의 시집을 읽으며 우리가 만날 수 있는 것은 언뜻 자의식의 감옥처럼 보이는 세계의 가장자리 모퉁이, 그 비탈진 골목길에서 치열하게 삶과 존재의 의미를 묻고 세상의 가치와 양식들을 비판적을 성찰한다. 아울러 나아가서는 궁극적으로 하나의 온전한 인간 회복에 이르는 전망까지 꿈꾼다. 이는 시인의 너그럽고 아름다우며 자유로운 의식에서 비롯한다. 그의 시는 자본주의 문명의 온갖 악덕에 의해 더럽혀진 세계, 시인의 표현대로 "문학도 미술도 음악도/ 자본의 포켓 속에서 자라나는"(「사람이 남기는 것」) 현실의 세속적 일상의 상처들이 파편처럼 박혀 있는 인간에 대한 내적 심문의 양식이며, 그러한 존재론적 물음 속에 더욱 예민하게 불거져 나오는 시 쓰기에 대한 열정을 고백하는 일에 다름 아니다. 이를테면 그의 시는 "아픔과 슬픔 속에서 피어나는/ 축축한 목소리"(「시를 쓰시려거든」)의 형식으로 자리한다. 그의 시는 아픔과 슬픔으로 인해 상처처럼 벌어져 우리에게 상처를 입힌다. 그 상처와 고통의 부정성으로 인해 황성주의 시는 역설적으로 생명을 활성화하는 힘으로 작동한다.

시에서 검푸른 눈처럼 초롱초롱 빛나는 정수를 시안(詩眼)이라 하지만 황성주의 시에는 상처 입은 삶에서만 빛나게 살아나는 시 쓰기에의 열정, 비탈진 골목에 자리한 삶에 대한 사랑과 긍정을 유보적으로 담아내는 자전적 삽화들이 아로새겨 있다. 그의 시가 그려내는 자아의 형상은 늘 뿌리 뽑혀 있고, 그리하여 변방을 외롭게 떠돌고 있지만, 그 외로움과 서러움을 감내하면서 오히려 자신의 길을 꼿꼿이 지켜가는 시인의 삶에 대한 태도와 모습을 부조하고 있다.

　　푸른 달빛 아래
　　화려한 관(冠)이나 옷보다
　　집 앞 개울가에 핀
　　수선화를 그리워하는 당신은
　　연인에게 편지의 답신을 기다리는
　　애절한 가슴 같아요
　　흐르는 구름 위에서 보면

당신은 먼 바다를 흰 점처럼 표류하며

항구를 그리워하는 돛단배

거친 파도 비바람을 헤치며

사람들이 웅성거리는 포구에

가까스로 닻을 내린다 해도

당신은 여전히 긴 그림자를 이끌고

작은 섬 가파른 언덕을 떠도는

늙은 염소처럼

다시 먼 바다로 떠나려는

방랑자 같습니다.

―「방랑자」 전문

한유는 「송맹동야서(送孟東野序)」에서 대개 만물은 평정을 얻지 못하면 소리를 내고(大凡物不得其平則鳴), 또 부득이한 것이 후에 말을 한다(有不得已者以後言)고 하였다. 평정을 얻지 못해 내는 소리, 부득이한 것이 뒤에 말을 하는 것처럼 시의 언어란 고요의 언어가 아니라 고요를 깨트리고 내는 소란의 언어이다. 이때 생동하는 소란의 실체는 생기하는 세계, 즉 평정이 깨진 상태를 의미한다. 시인의 내면에서 울려 퍼지는 소란스러운 시의 언어는 시인이 처한 실존적 상황 그 자체이며, 시인의 마음의 무늬, 가없는 정신적 지향처를 지시한다. 그러나 그 가없는 정신의 지향처, 평정한 고요의 세계는 가능하기나 한 것일까. 그렇지 못하기에 황성주는 들끓는 내면의 소란을 쓰는 것이다.

인용 시는 내면에서 끓어오는 소란을 잠재우지 못한 채, 고요하게 정박할 수 있는 "항구를 그리워" 하지만, 그곳에 "가까스로 닻을 내린다 해도" 끝내는 "먼 바다를 흰 점처럼 표류하며" 끊임없이 방랑하며 고독하게 떠돌 수밖에 없는 존재로서의 자신의 운명, 시인 자신의 자화상을 대면하고 있다. 시인은 자신의 운명을 "작은 섬 가파른 언덕을 떠도는/ 늙은 염소처럼/ 다시 먼 바다로 떠나려는/ 방랑자"로 규정한다. 시인이 어떤 거리의 어두운 골목을 외로이 쓸쓸하게 떠돌거나 또는 목적 없이 넓은 자연의 바다를 가로질러 표류하는 움직임, 이러한 수평적 이동은 마침내 저 높은 곳을 향해 조금씩 빗겨서 도달하려는 어떤 비상의 수직적 열망을 포함하는 것이다. 현실과 화해할 수 없다는 데서 오는 고통, 그 고통이 아무리 크다 하더라도 희망은 저 먼 곳에서 그보다 더 높이 날아오르는 것이다. 방랑자로서의 모습, 그러니까 시인의 자화상은 '먼 바다'로 환유한 지금 여기가 아닌 또 다른 세계로 가는 모습이다.

이는 어떤 목적이 뚜렷하게 정해져 있는 것은 아니다. 삶에서 삶으로의 이행, 또는 결국에는 삶에서 죽음으로 이르게 되는 그런 살아 있는 자의 떠돎일 뿐이다. 살아 있음으로 떠돌 수밖에 없다. 시인이 떠돌지 않는다면 그것은 살아 있는 것이 아니다. 그러므로 이러한 떠돎을 멈추게 되는 것, 항구에 정박하는 것, 닻을 내리는 것은 한계이자 끝이며 그것은 그에게 정신적으로든 육체적으로든 죽음일 수밖에 없다. 그러므로 방랑하는 움직임만이 현재의 삶을 삶 그대로 드러내 보여주는 것이다. 누구나 자신의 한계를 향해 춤을 추듯 가는 작은 발걸음이 있을 뿐이다.

물론 세계의 소리이자 현실의 실증인 소란은 세계를 읽고 사태를 응시하는 시의 눈은 깨어있음에서 비롯한다. 시는 침묵의 고요 속에 파동하는 소란을 감지할 때 세계 속에 드러나고 세계와 호흡하게 된다. 소란은 생의 사태이고 시적 언어가 발원하는 자리이다. 이 과정 속에서 시는 정태적인 고요나 침묵을 허락하지 않는다. 시는 역동적인 언어, 깨어있고 활동하는 말들이다. 고요 속에 소란을 숨기고 침묵 속에서 소란을 불러일으키는 분주한 말들인 것이다. 왜냐하면 소란만이 현실의 실증, 즉 살아 있음에 관한 시적 감각이기 때문이다.

삶의 형식은 때론 기쁘고 때론 슬프기도 한 것이지만, 삶에 대한 열망과 의지 쪽으로 향해 있기 마련이다. 인간은 눈물 가득한 현실에서 때론 소란스럽게 생에 대한 의미를 충실하게 감각하고, 때론 고요 속에 현실을 정관하면서 슬픔의 바다를 건너 기쁨의 세계, 영원의 세계로 진입하려 한다. 인간의 삶이란 "가파른 언덕을 떠"돌다가, "먼 바다를 흰 점처럼 표류"하면서 문득 생을 채우는 것이 아픔과 슬픔, 상처와 고통임을 직관하고, 저 적멸 같은 평정의 고요를 지향하게 되는 것이 아니겠는가. 황성주의 시는 이 변증의 이중 지점을 향해 있다.

자기 회귀와 반성적 성찰의 언어
— 정선희 시집 『아직 자라지 않은 아이가 많았다』 · 신영연 시집 『바위눈』

1. 자기 회귀성의 언어

서정시의 가장 본질적인 측면 가운데 하나는 시적 주체의 자기 확인과 표현 욕망에 있다. 때문에 시는 곧잘 자기반성을 동반하는 성찰이나 세계 속에 자기 존재성을 드러내는 기능을 충실히 수행한다. 이를 통해 시인은 자기 검색과 확인, 세계 내 존재로서 자신의 존재성을 현시한다. 물론 시적 주체와 대상 사이의 대립과 갈등, 불화와 투쟁의 양상을 포착하는 반동일성의 시학이 현대 서정시의 지배적 원리이지만, 여전히 서정시의 자기 회귀성은 서정의 근원적 본질로서 그 비중을 가벼이 볼 수 없다. 서정시의 본질적 측면으로서 자기 회귀성의 언어는 사물과 세계에 대한 심층적인 의미부여, 그리고 그것을 자신의 삶의 태도와 삶의 여러 현실적 국면들에 등가적으로 결합한다.

시적 주체는 사물의 본질적인 고유한 속성을 발견하고, 그 심미적 응시의 투시력과 탐색의 정신력을 바탕으로 삶과 세계를 성찰한다. 이 같은 시적 원리는 서정시의 본질적 국면이다. 시적 주체의 심미적 응시의 힘과 탐색의 정신은 사물에게 활력과 생명을 불어넣을 뿐만 아니라, 세계 내 존재로서의 자신과 대상을 연속적 관계성으로 위치 연결시킨다. 이를테면 시인은 응시를 통해 사물에 대한 외적 무관심의 즉자적 속성에서 주체와 대상 사이의 연속적 관계성을 가능하게 한다. 그렇지 않으면 무차별적 다양성과 무질서의 혼돈만이 있을 뿐이기 때문이다. 이러한 연속적 관계성 속에서 시인은 자기를 확인하고 세계 내에 자신의 실존성을 현시한다.

서정시가 지닌 은유적 원리로서 등가적인 시적 상상의 과정은 여전히 소홀히 할 수 없는 중요한 원리이다. 이는 서정시의 근원적인 성질이며 속성이다. 이러한 측면에서 정선희의 『아직 자라지 않은 아이가 많았다』(상상인)와 신영연의 『바위눈』(시와정신)이 들려주는 가장 선연한 음감은 서정시의 자기 회귀성과 그러한 세계를 표현하는 은유적 속성에서 찾을 수 있다. 두 시인의 시집은 그만큼 깊은 자아 탐구와 성찰을 통해 자기를 검색하고 확인한다. 요컨대 두 시인의 시집은 자기 탐구를 통해 세계 내 존재로서 '나'라는 존재 방식, 삶과 세계에 대한 깊이 있는 성찰과 이해를 통해 구축된다. 두 시인의 시집은 궁극의 자아를 회복하기 위한 고민과 번뇌, 상처와 고통, 갈등과 좌절, 그 과정에서 발견하는 삶과 세계의 운명에 대한 기록이라 할 수 있다.

2. 울음과 탈주의 자기 회복

정선희의 『아직 자라지 않은 아이가 많았다』는 전체적으로 실존적 운명의 비극성을 성찰하고, 그로부터 탈주하려는 시인의 눈물겨운 고투의 결과에서 비롯한 것처럼 보인다. 그 가운데 그의 실존은 '아버지'와 '어머니'로부터 자유롭지 못하다. 특히 그의 시적 내면은 유년의 아버지에 대한 고통과 공포, 그로부터 연원하는 현실의 결핍과 모호함이 자리한다. 그런데 불쑥불쑥 튕겨 나오는 과거에 대한 고통스러운 회억을 형상화하는 방식은 의외로 차분하고 절제된 포즈를 취한다. 그의 언어는 매우 정갈하고 비유는 아주 적실하다. 그의 시를 감싸고 도는 '울음의 목록' 들은 고통스런 비명과 신음 소리를 숨기고 있다. 그 고통의 깊고 어두운 심연에서 그의 시는 생산된다.

그러나 터져 나오는 고통으로 인해 비명을 지를 법도 하지만 엄격한 언어의 절제를 통해 발화된다. 정선희 시에서 적실한 비유와 절제된 어조와 완곡한 어법은 매우 각별하다. 이러한 시적 어조와 포즈는 범상치 않은 것이다. 간혹 자신의 운명에 대한 자책과 원망이 드러나기도 하지만, 정선희는 적어도 과잉된 엄살을 부리거나 과장된 언사로 실존적 고통을 포장하지 않는다. 고통스러운 내면과 시적 자아가 처한 실존적 상황을 이토록 적실한 비유의 언어로 채운 시는 드물다. 더구나 고통이나 결핍들이 철저하게 체험의 진정성에서 발원하는 사실이 놀라울 뿐이다. 실존적 자아를 구성하는 고통의 근원을 철저히 곱씹으며 삶의 의미를 아프게 성찰해나가는 태도는 그래서 아주 흥미롭고 각별하게 다가온다.

상처 없는 영혼은 없다. 상처와 결핍과 부재의 반경에서 파동하는 정선희의 시집은 울음의, 울음에, 울음을 위한 시편들로 구성된 울음의 열전(列傳)을 펼쳐 보인다. 울음은 내면을 뚫고, 의식을 비집고, 현실원리의 검열을 위반하며 터져 나온다. 그리하여 울음은 시인 자신의 실존적 존재성을 구성하고 드러내는 핵심 요소이자 삶 그 자체로서 그의 시를 가능하게 하고, 시인의 시 세계를 규율하는 중심 재료이자 주제로 쓰인다. 한마디로 울음은 그의 시의 육체성을 구성한다. 때문에 울음을 둘러싼 의미 계열의 슬픔과 눈물, 고통과 불안, 부재와 결핍, 허기와 분노 등의 정서는 정선희 시가 탄생하는 자궁이라 할 만하다. 그만큼 울음은 그의 시를 존립 가능하게 하는 근간을 이루며, 그의 시의 심미적 특성과 육체성의 내질을 규정하는 주요한 매개물이다. 시집 곳곳에는 "하늘이 맑아 한바탕 잘 울"고 "오른쪽을 맞추면 왼쪽이 왼쪽을 맞추면 오른쪽이/ 문득문득, 운다"(「간결한 자세」)거나, "삼각김밥을 먹으며 검은 각들의 비명을 듣"(「삼각형 식탁」)거나, "바람의 비명, 나뭇가지 부러지는 소리, 고양이 울음소리가/ 괴담처럼 무늬"(「자발적 놀이」)로 번진 얼룩, 슬픔과 눈물의 흔적이 역력하다. 그의 시는 이러한 심미적 자장의 어디쯤에 위치해 있으며, 그 언저리 어디쯤에 시인의 실존은 자리한다.

시인은 깊이를 가늠할 수 없는 무섭고 공포스러운 "검은 새가 사는 우물"과 "커다란 손을 숨긴 동굴"(「멍」)로 비유할 수 있는 "눈물로 가득한 방", 어둡고 습습한 "한 칸의 나"인 "슬픔이라는 방"에서 "점자처럼 슬픔의 온도를 올"리며 "눈물을 흘"(「그라는 슬픔, 슬픔이라는 방, 한 칸의 나」)린다. 이처럼 그의 시의 음역은 울음이 파생하는 슬픔과 눈물, "반짝이는 비극을 잉태"(「은하의 생일」)한 생의 원적(原籍), "어디로 가야 하는지도 모르고" "한때를 무조건 달리는 날 선 짐승"(「그러나 미로」)으로서의 방황하는 삶의 이력에 대한 회한과 고통과 연민이 서려 있다. 이 점은 특히 대개의 시편들이 독백의 구조를 취하는 데서 도드라지게 나타난다. 독백은 익명의 청자는 물론이거니와 자기 자신을 지향하는 발화 방식이다. 독백은 내면에 웅크린 그림자로서의 제2의 자아에 대한 애틋한 사랑과 연민의 에너지를 시로 번역해놓은 것이나 다름없다. 그렇다면 슬픔과 울음과 눈물의 뿌리는 무엇인가. 정선희 시가 발원하는 자리는 유년의 기억에 뿌리 깊이 자리한 '아버지'와 '어머니', 특히 아버지에 대한 애증의 기억으로부터 연원하는 것으로 보인다.

봉분 위로 꽃대가 올라왔다
여전히 좁혀지지 않는 저편
땅속에서 핀 꽃 먼저 꺾은 내 손을 내려다보았다
나는 무너질 준비를 하고 있었는지도 모른다

화살표를 따라 바람이 불고 방문이 열리고 자꾸 목이
마르다

아버지 목소리로 핀 꽃송이 위 어둠이 환하다
  ―「낯익은 목소리」 중에서

"캄캄한 세계"에서 솟아나는 "악마의 속삭임"으로 은유된 아버지와 피
어오른 '꽃송이'의 이미지가 선명한 시각적 대비를 이루며 펼쳐지는 위의
시에서 정선희는 그지없는 아버지의 기억, 아버지의 "어둡고 따뜻한 목소
리"에 대해 쓴다. 결론부터 말하자면 그에게 아버지는 "아래를 보며 동시
에 위를 보"게 만드는 불안과 분열, "자꾸 목이/ 마르"게 하는 갈증과 허
기, 실존적 결핍과 무력감을 유발하는, 그의 현재적 실존성을 규정하는 존
재이다. 화자는 아버지의 기억을 뿌리치고 도망치고 싶다. 하지만 벗어날
수 없는 운명이다. "캄캄한 세계"에서 들리는 "악마의 속삭임으로부터 도
망치고 싶었"지만 운명적으로 이미 아버지를 향해 그는 "무너질 준비를
하고 있었"던 것이다. 말하자면 도망치고 싶은 욕망이 강할수록, 벗어나고
싶은 욕망에 비례하는 만큼의 강도로 아버지에 대한 기억에 사로잡힐 수
밖에 없는 운명인 것이다. 화자인 '나'의 실존성은 아버지에 의해 규정된
셈이다. 시인에게 아버지는 벗어나고 싶지만 결코 벗어날 수 없는 고통스
런 존재인 것이다. 화자인 '나'는 운명적으로 "아버지를 닮아 네모난 얼
굴"의 '죄인'(「개꿈」)인 것처럼 동전의 짝패 같은 불가분리의 관계이다. 벗
어나고 싶지만 결코 한 발짝도 벗어날 수 없는 애증의 관계인 것이다. 애
증의 관계, 증오와 사랑은 서로의 얼굴을 비추는 거울, 둘은 서로를 지시
하는 다른 이름이기도 한 것이다.
  아버지에 대한 화자의 기억은 '어둡고 따뜻한' 양가적 성질의 것이라지
만, 그러나 자신에 대해서 "너는 안 된다니까!" 단호하고 박절하게 외치는

환청으로 인해 아버지는 지극히 부정적인 존재로 표상된다. 즉 아버지의 목소리, 아버지에 대한 기억을 떠올리는 행위는 "캄캄한 세계를 열고"마는 공포를 동반하며, 그곳에서 발원하는 "악마의 속삭임으로부터 도망치고 싶"은 욕망을 불러일으킨다. 그것은 정신분석을 빌린 비판적 사유에서처럼 법, 제도, 차별, 문명으로 상징되는 아버지의 세계를 환기할 수도 있으며, 개인적인 차원의 상징계적 아버지에 가까운 것일 수도 있다. 그리하여 아버지는 "아래를 보며 동시에 위를 보는" 것처럼 어떻게 정리하거나 확정할 수도 없는 존재이므로 "아버지 목소리로 핀 꽃송이 위 어둠이 환하다"는 선명한 대비와 형용모순의 역설이 가능한 것이다.

　화자는 아버지의 무덤을 찾은 모양이다. 그곳에서 그는 "제주祭酒병을 따다가" 문득 "너는 안 된다니까!" 외치는 아버지의 외마디 환청을 듣고는 열고 싶지 않지만 열 수밖에 없는 "캄캄한 세계를 열고 말았다"고 진술한다. 그 캄캄한 세계에서 들려오는 환청, "악마의 속삭임으로부터 도망치고 싶지만" 화자는 그러지 못하고 끝내 "구멍을 들여다보고"만다. 아버지에 대한 기억은 어둡고 따뜻한 것, 즉 양가적인 것이어서 끝내 "악마의 속삭임"에 유혹당할 수밖에 없다. 아버지를 뿌리치고 도망치고 싶지만 그럴 수 없는 것, 그것은 마치 꿈속에서 자신을 쫓는 추적자로부터 도망치려 발버둥치지만 결코 벗어날 수 없는 악몽과 같은 것이다. 악몽에서 자주 경험하는 부동성(不動性), 이를테면 아무리 몸부림쳐도 계속 같은 자리에서 꼼짝 못하고 붙잡혀 있는 형국이 시인의 모습이다. 그는 캄캄한 미궁 속에서 결코 벗어날 수 없을 것이다.

　이처럼 시인에게 아버지에 대한 기억은 "캄캄한 세계"이며 "여전히 좁혀지지 않는 저편"에 존재하는 이질적이고 억압적이며 불편한 대상이다. 그에게 아버지는 "이사를 할 때마다 짊어지고 다니는" '짐짝' 같은 존재, 곁에 두고 싶지 않지만 그렇다고 버릴 수도 없는, 이럴 수도 저럴 수도 없는 애물단지 같은 대상인 것이다. 버릴 수도 품을 수도 없는 애증의 대상,

아버지는 "어디에 놓아도 어울리지 않"아 "옮겨 놓는 자리마다" "직각의 구석에서" 항시 자신을 쏘아보는 '눈초리'의 '불편한' (「구석의 완성」) 존재이다. 화자에게 아버지는 "살아있을 때도" "빈집 같"아서 "아버지의 그늘을 에둘러 걸"으며 애써 "모르는 척" 외면하면서 그저 "버티고 있"(「빈집」)는 존재인 것이다.

부정적인 부성은 어머니에게도 마찬가지이다. '빈집' 같은 아버지로 인해 어머니는 "늘 어둠을 인 채 돌아오시"고, 자신은 "어머니 대신 두 동생을 돌보"며 "빨리 어른이 되어야 했"(「어른아이」)던 것이다. 아버지의 이름은 좌절된 욕망의 기호이다. 의식의 표면을 뚫고 문득문득 떠오르는 아버지의 기억에 대한 상기(想起)는 악몽 같은 성질의 것이며, 그것은 하나의 원형적 대상의 연속적 존재성에 대한 재인식이다. 이를테면 아버지는 일종의 시인의 무의식에 각인된 원초적 심상에 가깝고, 그것은 부재하는 실재로서 자신의 실존성을 강력히 규정하는 절대적 권력을 행사하는 존재인 것이다. 상기된 아버지의 이미지는 불길하고 공포스럽다. 그렇기 때문에 시인은 따뜻한 추억의 이름으로 아버지를 불러내지 못한다.

이 같은 운명의 구조는 어머니의 삶도 마찬가지처럼 보인다. 어머니와 자신의 삶은 똑같은 운명의 구조이다. 왜냐하면 정신적 지주로서 중심과 질서로서의 부성보다는 상처와 고통만을 생산하는 아버지는 어머니의 아버지, 즉 외할아버지가 미친 어머니의 삶에도 똑같이 결핍과 슬픔과 눈물의 원천을 제공하기 때문이다. 그리하여 "관계란 아름답지 않은 한 줄 문장 같은 것을 붙잡고" (「울음의 안감」) 있는 것과 다름없으며, "아버지도 손가락이 길어서 집에 오지 않았"던 것처럼 자신도 엄마처럼 손가락이 긴 남자를 만나 "손가락이 긴 아이를 낳고 결국 엄마처럼 되었" (「환상통」) 듯이 동일한 운명의 구조를 이룬다. 그리하여 인당(印堂)에 물결처럼 일렁이는 "어머니의 걱정"이 "내게로 흘러들"어와 "아침마다 자고 일어난 자리가 축축" (「우리들의 인당」)하고 '습습' (「울음의 안감」)하다. 이로부터 시인의 실존성은 규정되고, 울음과 눈물은 발원한다.

정선희의 슬픔과 울음과 눈물의 뿌리는 아버지로부터 발원하는 "죽일 수 없는 불연속의 날들"의 "배가 고"(「삼각형 식탁」)픈 허기, "검은 새가 사는 우물"과 "커다란 손을 숨긴 동굴"(「멍」)의 공포, "발바닥이 뜨거워/ 꿈으로 뛰어드는 꿈"(「자작나무 환월」)과 "당신도 아름다워질 수 있"다는 광고에 "속고도 싶"고 "걸려들고 싶"(「개꿈」)은 결핍에서 찾을 수 있다. 허기와 공포로부터 벗어나 결핍된 "꿈을 완성하기 위해" 시인은 "검은 새가 사는 우물을 지나/ 커다란 손을 숨긴 동굴을 지나" "고갯마루를 오르"며 탈출을 시도한다. 하지만 "문득 나를 잡아당기는 한쪽 눈의 어머니와/ 혹으로 달린 두 어린 동생들을/ 두고 갈 수 없어/ 다섯 발자국 올랐다가 열 발자국을 내려"와 "결국 한 칸의 어둠" "무수한 나의 무덤"(「멍」) 속에 머물 수밖에 없는 운명이 그의 실존적 상황인 것이다. 이러한 운명의 내력은 시인의 현재적 실존성을 강력히 규정한다. 그 때문인지 그의 시는 자주 현재태의 가면(탈) 속에 웅크린 본래적 자아의 목소리가 중첩되는 경우가 많다. 이를테면 "늘 어둠인 채 돌아오시는 어머니 대신 두 동생을 돌보며" "빨리 어른이 되어야 했"던 "너무 빨리 커버린 아이", 그래서 "아직 자라지 않은 아이"(「어른아이」)가 불쑥불쑥 나타나 탈주를 감행하고 변신을 꿈꾼다.

표정을 알 수 없어 없는 얼굴로
팔짱을 끼고 걸을 수 없어 없는 얼굴로
늘 너를 따라다녔는데
네가 출렁이면 함께 출렁였는데
구군가의 꿈속에서 나와
어쩌면 너의 꿈속으로 걸어가고 있었는데

없는 다리가 욱신거렸다

마음마저 어디로 데려갈 것처럼

바람이 불었던가

눈썹이 파르르 떨렸던가

너는 집을 나간다

사람으로 되돌아오지 않는 나의 검은 안경을 쓰고

자꾸만 집을 나간다 너는

　　　　　　　　　　—「토르소의 외출」 중에서

　정선희 시에는 유독 가면 속에 억압되어 있는 본질적 자아의 모습이 두드러지게 등장한다. 가면을 쓴 현실적 자아로서의 '나'와 '너'로 호명하는 가면 속의 또 다른 '나'의 상상적 조형을 통해 드러나는 위의 시는, 타자의 욕망으로 구성된 "누군가의 꿈속에서 나와"서 본래적 자아의 욕망인 "너의 꿈속으로 걸어가고" 싶은 비유 체계를 보여준다. 그로부터 시인은 '나'와 '너', 가면을 쓴 외관의 '나'와 가면 속 내면의 또 다른 자아로서의 '너'가 동전의 양면처럼 맞물려 있는 자신을 드러낸다. 이러한 관계 속에서 가면을 쓴 현실 자아로서 '나'의 모습은 '토르소'의 형상을 한 모습이다. 현실의 '나'는 '팔'도 '다리'도 없는 불완전하고 결핍된 존재이며, "표정을 알 수 없어 없는 얼굴", "사람으로 되돌아오지 않는" 비(非)인간, 아! 이를 뭐라 해야 하나. 유기체도 무기체도 아닌 비체(非體), 그렇게 자신을 인식한다. 요컨대 가면 속 자아의 빈번한 출몰은 부재와 결핍으로 인한 것이며, 현재 상태에 대한 불만을 암시한다. 부재와 결핍은 존재에 대한 물음의 절박성을 환기하며, 궁극적으로 존재 전환의 가능성을 꿈꾸게 만든 것이다.

　억압된 욕망의 결핍은 현실 자아의 불완전성과 비인간성으로 인해 발생하는 "내 몸속"의 또 다른 '너', 가면 속에 억압된 채로 웅크리고 있는 본질적 자아인 "너의 꿈속으로 걸어가"기를 희망한다. 그 희망은 존재의 내면 영역에 폐쇄된 채 갇혀 있는 또 다른 자아의 얼굴을 또렷하게 확인하는 일이다. 그리고 그 확인은 부재와 결핍, 공허와 소외, 억압과 불만, 무력과 불안의 현재적 실존성을 강화한다. 중요한 것은 현실 세계에서는 부재하고 결핍되어 있는 자아의 본래 모습을 확인하는 것과 함께 그것의 가능성을 통해 존재의 전환을 꿈꾸는 데 있다. 그리하여 부재와 결핍은 "늘 너를 따라다"니게 만들고 "함께 출렁"이게 한다. 그 출렁임은 "눈썹이 파르르 떨"리는 흥분과 존재 전환의 기대를 예감하며 '너'는 "자꾸만 집을 나"가는 탈주를 감행하는 것이다.

정선희 시에서 탈주는 현재태에 대한 부정이며 변신의 꿈이고 저항이다. 또한 역으로 현재태에 대한 부정과 저항, 변신의 꿈이 자연스럽게 탈출을 꿈꾸게 하는, 지금과는 다른 자아의 가능태를 넘보는 행위인 것이기도 하다. 그리하여 "나는 집에서 최대한 멀리 갔다가 되돌아오는 놀이"(「자발적 놀이」)와 "차를 탔다가 내리길 반복"하며 "그곳에서 흘깃, 나비의 날개"를 보기도 하고 "화르르 새가 되어 나갔다"(「명랑한 계단」) 오는 변신과 비상의 환영을 목격하기도 한다. "올라가면 푸른 하늘 내려오면 밑바닥, 눈치를 보며 시소를 타는 내"(「난센스」) 안의 '아이'는 차안이 아닌 피안의 세계로 떠나고 싶은 것이다. 그러나 내려오면 다시 밑바닥일 수밖에 없는 게 운명이다. 이런 비극성으로 인해 '대척지'로 "언제나 떠나고 싶은"(「대척지 가는 길」) 탈주와 변신의 욕망은 눈물겨운 거부의 형식, 꿈의 형식이다. 자신을 구속하는 현실의 중력을 거부하고 비상을 시도하지만 결국 다시 지상으로 추락할 수밖에 없는 이카로스의 운명인 것이다.

정선희 시의 묘미는 삶을 헐벗고 척박한 것으로 드러내면서도, 그 운명의 구조를 이해하고 긍정하며 삶에 대한 의지를 확인하는 데 있다. 이를테면 시인에게 삶의 비극적 성격에 대한 긍정은 허무주의적 긍정으로 귀결되는 것이 아니라 그러한 삶에 대한 이해와 긍정으로 나간다. 삶의 비극적인 운명의 구조에 대한 인식 안에 이미 그것의 구제가 놓여 있다. 왜냐하면 헐벗고 척박한 삶의 시간을 이해하고 긍정함으로써 비로소 그 안에서 최소한의 의미를 길어 올릴 수 있기 때문이다. 그리하여 정선희 시의 '울음'은 도피나 좌절, 실패와 상실의 대상이 아니라 자신의 삶과 존재를 부단히 확인하고 갱신하는 인식의 여과망으로 작용한다.

정선희 시인에게 "운다는 것은 날마다 허공을 만나는 것", 말하자면 허공처럼 모든 게 텅 빈 태허와 같은 자리에서 생명의 싹을 틔워 다시 시작하는 일이다. 그는 "울음을 통해"서 자신의 삶을 '버티고, 지나가고, 건너가고, 넘어가고' 있는 중이며, 그 과정의 시간은 삶의 비극적 실존성을 이해하고 확인하는 자기 '회복'(「울음의 목록」)을 의미한다. 그는 울음을 통해 고통과 결핍, 허기와 갈증을 비워내고, 아니 그 심연 속으로 더욱 깊이깊이 내려가 자기를 확인한다. 거기 그 깊은 심연의 자리에서 "얼쑤! 다음 장단으로 넘어가"(「울지 않는 법을 배우고 있습니다」)며 정선희의 "한 칸의 노래는 시작"(「그라는 슬픔, 슬픔이라는 방, 한 칸의 나」)된다. 그의 노래는, 그의 울음은, 그의 눈물은 외롭고 쓸쓸하기만 한 삶의 비극적 내용이 아니다. 그 심연에서 울려 퍼지는 울음과 눈물 섞인 노래는 삶을 진정으로 이해하고 위무하는 행위인 것이다. 그 이해가 부재와 결핍, 갈증과 허기, 불안과 공포를 확인하고 강화하는 것이라 할지라도 그것을 깊이 있게 체험하는 것이다. 그 이해와 체험의 기록이 곧 정선희의 시이다.

3. 생의 온기와 동일성 회복의 서정

신영연의 『바위눈』은 무엇보다도 서정시는 자기 독백의 표현적 속성을 본질적 원리로 하며, 자기 회귀성 언어의 성찰적 욕망을 바탕으로 한다는 사실을 여실하게 확인해준다. 그러한 까닭에 그의 시는 사물을 관조적으로 대면하고 대상과 교류 교감하는 직관을 통해 자아와 세계의 조화를 꾀하는 동일성의 시학을 지향한다. 이러한 과정에서 시인은 자기를 발견하기도 하고, 그 세계 속으로 자기 자신을 투사하기도 한다. 그런 가운데 시적 주체인 자신을 문면에 직접적으로 노출하기도 하고 감추기도 하며 자신을 사물 세계와 유기적으로 결합 결속하는 방법을 통해 서정 세계의 본질과 미학을 구현한다.

　서정적 자아의 원형은 주관과 객관, 주체와 객체, 이성과 감성 사이의 분별이 일어나지 않는 본연지성의 상태를 지향한다. 그러나 변화한 역사적 조건 속에서 동일성의 세계는 이미 오래 전에 상실하고 말았다. 따라서 서정시의 음역은 더 이상 주체와 객체, 인간과 자연 사이의 조화로운 화음으로 울려 퍼질 수만 없다. 그럼에도 불구하고 신영연의 시는 그 조화로운 동일성의 세계를 포기하지 않고 지향한다. 그것은 어쩌면 "새하얀 이빨 틈으로" "슬럼화된 골목골목 좀먹으며 들어가"(「슈퍼좀 - SSM」)는 문명과 자본의 부정성에 대한 인식에서 기인하는 것으로 보인다. 시인은 문명과 자본 논리의 현실이 불러온 파편적인 삶과 불협화음의 현실에서 상실한 세계와의 일체감과 자기 동일성을 회복하려 노력한다. 이를테면 루카치를 고쳐 읽어, 밤하늘에 빛나는 성좌를 따라 길을 갈 수 없는 시대에 인간의 자율성과 삶의 존엄성, 그리고 사물과 세계의 신성한 내적 질서의 상징적 구현을 통해서라도 훼손된 세계를 회복하고픈 욕망의 표현이라 할 수 있다. 왜냐하면 아도르노의 저 유명한 명제처럼 서정시의 내용이 지니는 보편성이란 본질적으로 사회적인 것이기 때문이다.

　동일성을 상실한 자아가 찾아가는 길 중 하나는 자아와 세계, 인간과 자연, 주체와 객체의 조화로운 연속적 질서와 관계성으로 인식하고, 이의 상징적 구현과 상상적 구현을 통해 재구하는 방법이다. 이러한 서정의 전략은 문명과 자본의 논리가 배태한 물화되고 파편화되었으며 분열된 헐벗은 세계를 벗어나려는 욕망과 관련된다. 세계와의 조화로운 연속과 관계 회복, 동일성 지향의 서정성으로 인하여 신영연의 시적 방법론은 전위적인 실험성이나 파격적 형식과는 거리가 있다. 그의 시는 우리가 자본의 논리와 문명의 시간이 가져온 가속도 때문에 쉽게 망각하고 잃어버린 삶의 본령이나 궁극적 의미 같은 것을 새삼 일깨워주는 데 바쳐진다.

신영연의 서정은 물화된 세계의 낯익은 일상에서 삶의 본령을 성찰한다. 시인은 '파리'가 자신의 "빨판을 쉬지 않고 비벼 닦" 듯이 "겸손을 눈으로 말할 줄"(「파리의 교훈」) 알고, 또 '생'에 "더 이상 무게를 얹지"(「나와 가까워지는 법」) 않고 '비워내고'(「시인」) '헐거워져 여유롭고 선명'(「바람의 길」)해지도록 자신을 반성적으로 곧추 세운다. 조화로운 삶의 본령을 성찰하는 토양 위에서 자신의 시적 뿌리를 뻗어 내리는 것은 일견 재래적인 방법으로 보일 수 있다. 그러나 이는 오히려 물화된 우리 시대의 보편성에 저항하면서 탈주를 감행하는 서정의 역설적 전위로 볼 수 있다. 그만큼 신영연의 시는 생의 열정, 생의 긍정, 생의 온기가 낳은 자기 회복과 세계 회복의 보고서라 할 만하다. 그렇다면 이러한 서정적 세계와 시적 인식은 어디로부터 출현하는 것인가.

거품은 알이다 부화되지 않은 실체는 불투명한 가격을 책정한다 이십 프로 삼십 프로 거품의 알들이 꿈틀거리자 그 효과는 일파만파다 오십프로 세일 플래카드가 국기보다 자랑스레 나부끼는 거리에 선다 당신이 사준 7센치의 힐 위에서 표준 키라 우기는 나, 아마도 몇 프로쯤 낮춰야 될 것만 같다 앞뒤 없이 뒤뚱거리는 거품의 몸을 파헤쳐라 하드롱빛에 눈멀고 달콤한 맛에 녹아들면 결국 거품 속에 갇히게 될 것이니
　　―「거품의 알」 중에서

썼다가는 지우고 다시 쓰는 시처럼
가끔은 잡히기도 하는,

지금은 부푼 행복을 다이어트할 시간
뉴스의 속도에 평정심을 잃지 말고
잡지의 컬러에 현혹되지 말고
욕망의 지방을 빼고 생각에 근육을 만들어

행복의 무게에 요요가 오지 않도록

정신줄을 꽉 잡아
——「요요」 중에서

　자본과 상품의 논리가 지배하는 물화된 세계에서 우리는 정신적 지주의 우상이 철거된 시대를 살고 있다. 우리를 이끌던 빛나는 이념과 진리의 등대가 그 찬란한 불빛을 잃은 자리에 온갖 크고 작은 욕망들이 증식에 증식을 거듭하는 도시적 삶은 사물과 세계의 신성성이나 초월성을 일거에 폐기한다. 이런 일상적 세계에서 과거처럼 삶과 세계를 총체적 질서로 파악하려는 노력은 무력화될 수밖에 없고, 그러한 노력은 부질없이 공허한 일일 뿐이다. 우리의 삶을 지탱해주던 보편 가치들은 악마적으로 전복되었고, 매끄럽고 현란한 상품 미학이 그 자리를 대체한 것이다. 이들이 내뿜는 감각의 직접성은 우리의 심미적 감수성과 무의식을 지배한다. 우리를 지탱하던 이념과 진리의 우상이 철거된 자리에서 온갖 물신의 신화와 욕망이 들끓어 오르는 한복판에 일상이 자리한다. 인용 시편은 공이 물화된 세계, 이글이글 불타오르는 물신의 신화, 물신 욕망, 물신의 신전 한복판에 선 시적 주체의 반성적 성찰을 보여준다.
　우선 「거품의 알」은 소비와 소유 욕망을 불러일으키는 "세일 플래카드"와 도시의 일상적 삶의 생활 소품인 '힐'을 통해 물신 욕망의 환각에 취한 자신과 대중을 반성적으로 바라본다. 이를테면 시인은 자본주의의 매혹에 도취된 채 "허울 좋은 숫자판에 둥둥 떠다니는 무리"와 그 무리 중 하나인 자신을 반성적으로 자각하는 것이다. 시인은 "세일 플래카드는 국기보다 자랑스레 나부끼는 거리"에서 부풀어 오를 대로 오른 욕망의 풍경을 본다. 그리고 결국 욕망의 높이나 부피만큼 치솟은 "7센치의 힐 위에서" 그 높이가 "표준 키라 우기는" 자신을 반성적으로 자각한다. 반성적 자아로서의 시인은 소비와 소유의 미덕이 지배하는 상품 미학의 사회에서 물신 욕망에 사로잡혀 중심을 상실한 채 '허영'에 빠진 자신과 소비 대중을 동시에 성찰하면서 물신 욕망의 만화경에서 빠져나오는 것이다. '7센치' 하이힐로 은유된 최대치로 치솟은 욕망과 허영의 높이로 인해 "앞뒤 없이 뒤뚱거리는 거품의 몸"을 발견하고 반성적 성찰을 통해 물신이 조장한 환각과 도취에서 깨어나는 것이다.

물신 욕망은 '거품'처럼 소유와 소비의 욕망을 끊임없이 부화시켜 확대 재생산하는 '알'과 같은 것이다. 자본주의의 최종 심급으로서 물신은 "국기보다 자랑스레 나부끼"며 거품처럼 솟아나 출렁거린다. 물신 욕망의 최대치로 은유된 "7센치의 힐"의 확대된 욕망의 높이는 소비문화의 속성이기도 하다. 물신의 욕망은 "7센치 힐"의 '하드롱빛'처럼 늘씬하고 매끄러우며 따뜻한 것, 그 아름다움과 행복과 안락과 쾌락의 환각을 향해 움직인다. 그 늘씬한 높이와 따뜻함은 인간 주체의 시각을 "달콤한 맛"으로 현혹하고 도취시킨다. 자본과 상품 미학의 논리는 물신의 신화를 창조하고, 우리는 그 환각에 취하는 것이다. 그러나 거품처럼 부글부글 끓어오르는 욕망은 한 순간 실체 없는 거품처럼 허망하게 꺼져버릴 수밖에 없는 것, 거품집과 같은 것이다. 그리하여 시인은 그 "거품의 알에서 깨어나"서 "하염 없는 높이의 불안보다"는 "바닥의 안정"(「지지합니다」)과 "가을 하늘 뭉게구름 맨 몸"의 속처(屬處) 없이 한가롭고 여유로운 '한량'(「나와 가까워지는 법」)한 상태를 지향하는 것이다.

신영연의 시에서 자본과 상품, 소비와 소유의 권력으로부터 벗어나 진정한 자아를 회복하고자 하는 태도는 두드러지다. 시인은 "모든 이의 연인"이며 "헤어나기 힘든" '중독'과 '마력'(「머니」)을 지닌 물신의 욕망을 비워내 "헐거워"진 상태의 '여유'와 '선명'한 '평안'(「바람의 길」)을 추구한다. 이러한 시적 의식의 지향성은 물화된 가치가 지배하는 세계에 대한 일종의 환멸의 경험으로부터 오는 것으로 이해할 수 있다. 이를테면 "뜬구름 같은 행운을 잡으려" "매순간의 로또를 찢어가며" "허공을 허우적거리"(「세 잎 클로버」)는 물질에 대한 매혹과 허황된 욕망의 환각에 취한 일상적 삶의 문법에 대한 환멸로부터 구성된 시 정신인 것이다. 환멸의 경험은 도시적 일상의 풍요롭고 윤택한 이미지가 감춘 악마적 얼굴을 대면하는 일이다. 그리고 그로부터 자본 권력의 이데올로기가 숨긴 음험한 허울과 상품 미학의 신비화를 걷어낸다.

물신 욕망의 현혹으로부터 어떻게 스스로를 방어하는가를 잘 보여주는 두번째 인용 시 역시 물질의 매혹에 도취한 환각에서 깨어나고자 하는 반성적 자아의 모습이 확연하다. 시인은 매체가 전하는 도시의 속도와 안락하고 화려한 상품의 매혹에 비판적이며 저항적 포즈를 취한다. 이러한 포즈는 "부푼 행복을 다이어트"해야만 하고, 또 "욕망의 지방을 빼"야 하는 물신 욕망의 비만한 과잉 상태에 대한 환멸에서 발원하는 것이다. 왜냐하면 환멸이란 세계에 대한 확고부동한 신념과 가치 체계가 그 위선의 얼굴을 드러낼 때 경험하는 것이기 때문이다. 그것은 현란하고 풍요로우며, 안락하고 행복한 일상의 수사학이 은폐한 악마적 얼굴이 추악한 진면목을 드러내는 경험이며 형식이기 때문이다. 그러므로 환멸의 경험이란 자본주의적 매혹, 그것이 유포하는 풍요와 안락의 이미지, 행복과 쾌락의 이데올로기가 은폐한 속임수나 물신 욕망의 신비화를 걷어내도록 기능한다.

그리하여 신영연이 찾아든 곳은 훼손된 동일성의 세계를 회복하고자 하는 열망의 자리, 주체와 대상 사이의 연속적 관계성을 가능하게 하는 동일성의 서정이다. 서정시야말로 근원적 감각을 상실한 채 무미건조한 일상의 문법, 물화된 가치의 세계에서 환각에 취한 채 살아가는 우리에게 아직도 존재의 근원적 뿌리를 감각하고 사유할 수 있는 언어 형식인 것이다. 이를테면 서정시야말로 그 어느 예술 형식보다도 인간으로 하여금 원초적이며 근원적인 통일성, 연속적 관계로서의 존재성을 확인할 수 있는 가장 유력한 언어 형식의 예술이기 때문이다. 이에 따라 신영연은 사물을 관조적으로 대면하면서 대상과의 교감을 통해 자아와 세계의 연속적 관계성을 직관하고 조화를 꾀하는 동일성의 시학을 지향한다.

아침의 기후로 날아든 영혼,
마중하는 자세로 비가 내립니다

여기가 어디던가

낯익은 흙의 온기에
풀은 귀를 열고
눈을 뜨고
입문을 열어 푸르름을 보여줍니다

이른 아침 몸을 낮추고 다가서면
잠 깨어 기지개 켜는 소리 들을 수 있습니다

햇살의 어부바에 재롱을 부리고
바람의 술래에 균형을 잡다가도
투박한 손끝에서 칭얼거리면
어느새 땅은 촉촉한 눈빛으로 젖을 물립니다

누군가는 새 옷을 갈아입고 길을 떠나는데

풀은 온전히 풀의 시간을 살아내고 있습니다
—「풀의 시간」 전문

　근대 이후 자연의 질서와 인간의 질서는 진정한 내적 연관성을 상실했다. 아도르노가 아우슈비츠 이후 서정시는 가능하지 않다는 취지의 뼈아픈 말을 했을 때, 그것은 인간과 문명의 야만성, 세계의 비극성을 상징적으로 드러낸다. 문명의 광기와 잔혹한 야만 속에서 세계를 총체적 질서로 파악하려는 동일성의 서정은 유효하지 않다는 것이다. 그것은 부재와 결핍, 야만과 폭력, 혼돈과 무질서, 대립과 갈등의 세계에서 서정시는 더 이상 저 빛나는 황금시대에 아름답게 울려 퍼지던 조화로운 화음일 수 없다는 사실을 환기한다. 그렇다면 이에 비해 대지의 푸른 생명과 온기를 감각하는 인용 시의 조화롭고 충일한 서정은 얼마나 현실 배반적인 서정인가.
　대상에 몰입한 신영연의 감수성은 형언할 수조차 없는 충일한 서정과 따뜻한 온기로 빛난다. 타락한 역사 현실의 폭력적 시간으로부터 일탈해 있는, 아니 그 폭력적인 현실의 시공간으로부터 멀리 대척점에 가 있는, 그리하여 "풀의 시간"은 분열된 역사 현실의 시간을 얼마나 배반적으로 조형해 놓은 것인가. 그렇기 때문에 위의 시에서 자연은 훼손되거나 오염되지 않은 하나의 원초적인 풍경으로 다가온다. 자연의 은밀한 감각과 신비한 생명감으로 충만한 시인의 눈은 현실의 모든 대립과 갈등, 모순과 분열을 폐절하고 조화로운 생명의 왕국을 건설한다. 그것은 '흙'과 '햇살', '비'와 '바람'에 의해 돋아나는 대지의 '풀'과 시적 주체가 대면하여 이루는 혼융으로 가능한 것이다. 말하자면 그것은 '풀'로 상징되는 자연의 생명 활동을 풍요롭고 조화로운 정경으로 제시하면서, "온전한 풀의 시간을 살아가는" 것으로 은유한 순수한 '영혼'의 세계를 직감할 수 있기 때문에 가능한 것이다.

> 짙푸르게 올라오는 콩의 새순을 뜯어 먹고
>
> 까치는 콕콕 붉은 고추의 단물을 빼 먹고
>
> 멧돼지는 고구마를 캐 먹고
>
> 달팽이는 딸기를 갉아먹고
>
> 백로는 웅덩이 속 송사리를 잡아먹고
>
> 아이쿠야
> 요놈들은 내가
> 주일에 한 번, 보름에 한 번
> 풀의 안부를 위해 방문하는 손님인 걸
> 벌써 알아차린 것이다
> —「주인」중에서

　자연의 비유는 보통 잃어버린 낙원을 표상한다. 물질문명의 야만과 폭력에 시달리는 인간의 의식 깊은 곳에는 자연에 대한 향수가 도사리고 있다. 아니 반문명의 자연 세계에 대한 향수는 근원으로부터 추방된 인간이 다시 근원으로 돌아가고픈 본능적인 회귀 욕망에 가까운 것이다. 인간은 일률적이며 획일적으로 배분되고 조직된 도시적 삶을 부자유스럽고 불만족스럽게 느낄수록 그에 비례한 만큼의 반작용으로 도시적 삶의 시간과 공간으로부터 벗어나 자연으로 돌아가고픈 욕망을 갖게 마련이다. 그것은 마르크스의 논리에 따라 자본주의 사회가 생산 전반을 통제하게 되므로, 각 개인은 자신이 하고 싶은 대로 오늘은 이 일을, 내일은 저 일을 할 수 없도록 통제되기 때문이다. 그러나 자연은 자유롭고 유연하다. 따라서 도시적 일상의 혼돈과 억압 너머에 자리하는 원초적 자연은 우리에게 안정된 귀속감과 정체감을 제공해준다.

우리는 위의 인용 시에서 "불협화음은 더 큰 소음이 삼켜 버"리고 "부른 배로도 독식을 원"(「체인점」)하며, "발 빠른 이들에게 부딪치고 치이"거나 "타지 않으려면 뛰어야" 하는 "이 뜨거운 세상"(「깨, 튀어 오르다」)으로 은유된 도시적 삶의 저편에 위치한 자연으로 돌아가고픈 시인의 욕망을 읽을 수 있다. 자연 서정시의 은근하고 소박한 맛을 보여주는 위의 시는 인간이 자연의 중심이거나 주인이 아닌, 자연이 착취나 정복의 대상이 아닌 그냥 그러한 속성으로서의 본래적인 모습을 그대로 보여준다. 시인은 자신의 주말농장에서 "하우스 한가운데" 일가족을 꾸린 고라니와 까치, 멧돼지, 달팽이, 백로 등과의 만남을 통해 우주적 생명과의 지극한 교감을 나눈다. 특히나 "콩의 새순을 뜯어 먹"는 고라니, "고추의 단물을 빼 먹"는 까치, "고구마를 캐 먹"는 멧돼지, "딸기를 갉아먹"는 달팽이, "송사리를 잡아 먹"는 백로 등과 같은 뭇 동물의 이미지는 문명의 이미지와는 대척점에 존재하는 대상이란 점은 각별한 것이다. 그것들은 인간 이성의 권위와 문명의 폭력에 의해 압살된 원초적 생명과 본능의 복원과 연관되어 있다. 동물의 이미지는 이성적 분별과 윤리적 규율과 문명의 현실원칙 이전의 원시적 생명과 본능의 세계를 표상하기 때문이다. 말하자면 시인은 동물들과의 교감을 통해 자연의 원초적이며 본능적인 생명을 감각한다. 이러한 감각은 곧바로 자신이 이 농장의 '주인'이 아닌 '손님'에 불과하다는 사실을 퍼뜩 일깨운다. 그 깨달음은 인간도 자연 세계의 한 일부에 지나지 않으며, 인간이 세계의 중심으로서 '주인'이 아니라 자연을 구성하는 전체성 가운데 일부일 뿐이라는 사실을 환기한다.

정복과 착취의 대상으로서의 자연이 아닌, 인간이 자연의 주인이 아닌 손님에 불과하다는 사실을 우리는 잊고 산다. 그리하여 하이데거의 말처럼 신과 자연을 저버린 우리는 모두 실향민이다. 시인은 자연의 고향으로 돌아가 안정된 정체감과 자기 동일성, 충만한 귀속감을 회복하고 싶은 것이다. 그것은 일종의 자연의 재신비화 내지는 재마법화에 가까운 것이다. 그러나 신영연의 자연 지향과 동일성의 언어는 서정적 자아의 복원이라는 의미보다 반성적 자아의 출현에 의해 가능한 것으로 보는 것이 마땅하다. 왜냐하면 시인의 동일성 회복의 꿈은 우리가 원초적 동일성의 세계로부터 추방되었으며, 물신이 지배하는 타락한 세계에 대한 반성적 성찰과 인식으로부터 출발하기 때문이다. 그 반성적 성찰과 인식으로부터 시인은 근대가 저버린 자연을 다시 회복하고, 원초적 인간성의 재마법화를 시도하는 것이다.

이산(離散)의 시학

1. 꿈과 동경의 피안

　한국의 근대사는 굴곡 많은 시대를 통과해 왔다. 우리의 근대사는 불행하게도 제국주의의 침략에 의해 민족국가의 건설이 좌절되고 식민지배, 분단, 전쟁과 분단체제의 고착, 군부독재 등으로 점철되어 왔음은 주지의 사실이다. 이와 같은 불우하고 파행적인 근대사의 시발을 이루는 시점에서부터 자의든 타의든 한국인의 해외 이주의 역사는 시작되었다. 근대 제국주의의 제3세계에 대한 식민화 과정은 그것이 정치적인 이유가 되었든 경제적인 이유가 되었든 식민지 하위주체들의 자발적 혹은 강제적인 이산과 이주의 디아스포라(diaspora)를 생산하게 된 것이 사실이다. 가깝게는 만주와 일본, 멀리는 미주나 중앙아시아까지 조선인은 자신의 고국과 고향을 떠나 머나먼 타국으로 유랑의 이민을 떠나야만 했다. 제국주의의 침탈과 국권 상실에 따른 불행한 한국의 근대사적 환경은 많은 국민들에게 유랑의 길을 걷게 만들었던 것이다.

　한인 이주의 역사에서 미국은 중요한 국가 중 하나이다. 한국민의 미주 지역 이주의 역사는 20세기 초 노동자 수출 형태로 시작되었다. 이후 미주 한인사회는 하와이와 캘리포니아를 중심으로 형성되었고, 1960년대 이후 미국 동서부의 대도시를 중심으로 확대하는 지역적 분포를 보인다. 물론 하와이의 사탕수수밭 경작을 위한 이민으로 특화되는 1단계 이주 이전에도 19세기 후반부터 대한제국의 정세와 관련한 이주의 사례가 보인 이후 한국인의 미국 이민은 아메리칸 드림을 실현하기 위한 꿈과 동경의 피안, 그 지향처로 자리 잡았다. 1882년 대한제국의 고종은 조미수호통상조약을 체결한 뒤 미국의 아더(Chester Alan Arthur) 대통령에게 보낸 답서에서 공식적으로 '미국'(美國)이라는 명칭을 사용한다. 즉 이때부터 미국은 우리에게 아름다운 나라라는 기의를 획득하게 된다. 이후 해방과 미군정, 한국전쟁과 원조경제로 이어지면서 우방국—물론 미국의 제국주의적이며 패권주의적 속성에 말미암은 반미의식 또한 엄연히 존재하지만—으로서의 미국은 한국인에게 선망과 동경의 국가적 모델로 자리 잡게 되었다. 따라서 그곳으로의 이민은 곧 피안의 꿈을 실현하는 행위와 다르지 않았다.

긴 이주의 역사 속에서 재미 한인문단이 형성되는데 재미 한인 디아스포라 시문학이 미적 자율성에 바탕을 두고 근대적인 문학 형태와 제도를 본격적으로 갖추기 시작한 것은 1970년대 이후의 일로 보는 견해가 타당할 듯하다. 말하자면 재미 한인문단이 형성되기 위해서는 우선 근대적 재미 한인사회가 본격적으로 성립 형성되어야만 했다는 것이다. 이를 촉진한 계기가 1965년 미국의 이민법 개정일 텐데, 이에 따라 1970~80년대 한국민들에게 미국 이민은 좀 과장하자면 선풍적인 열기로 이어지고, 이러한 분위기는 재미 한인문단의 형성과 성립에 그 물리적 조건과 토대를 충분히 마련해준 계기로 작용하였다. 그 결과로 말미암아 재미 한인문단의 정립과 문학장의 본격적인 형성이 이루어졌다.

2. 재미 이주 한인 시문학

　이제 한국문학 비평이나 연구의 영역에서 디아스포라라는 주제는 하나의 뚜렷한 담론의 장을 형성한 듯하다. 특히 문학의 사회학적 상상력이 퇴조한 90년대 이후 한국문학은 문학의 사회학적 상상력의 담론 영역을 그동안 침묵하고 있던 여성 · 생태 · 지역 · 이주외국인 · 결혼이주 여성 · 조선족 · 탈북민 · 마이너리티 · 하위주체 · 로컬리티 등 다양한 타자들에 대한 관심으로 이동하는 과정에서 디아스포라라는 하나의 주요한 문학적 소재를 제공하였으며, 또한 디아스포라 현실을 다룬 문학의 질적 · 양적 축적에 따라 하나의 뚜렷한 비평적 담론을 형성하게 된다. 더군다나 신자유주의의 질서 체제로 세계가 급속하게 재편되는 추세 속에서 국경을 넘나드는 초국적 자본과 미디어의 이동, 그리고 경계의 와해와 자유로운 인구의 이동으로 우리 사회는 이미 세계화 · 지구화에 진입한 현실이 디아스포라에 대한 문학적 관심과 비평적 관심에 불을 지피게 된 이유이기도 했다.
　세계가 단일시장으로 급속하게 재편 · 통합되는 지구화 현상과 근대에 대한 새로운 성찰의 분위기는 민족 · 국가 중심주의에 의해서 배제되고 소외되었던 다양한 타자들에 대한 관심을 발생시킨 것이 사실이다. 다양한 하위주체(subaltern)에 대한 문학적 관심은 특히 타자, 마이너리티, 디아스포라 등의 비평적 담론을 촉발하는 배경을 이루었다. 이를테면 국경이 와해된 전지구적 삶의 보편성은 한 민족국가 단위의 삶을 중심으로 기술될 수 없는 현실을 말한다. 단일한 민족국가 단위의 경제와 정치 제제의 축은 세계화 과정에서 위축되고 있으며, 초국가적 자본의 흐름이 주도하는 노동의 탈영토화는 정태적 의미의 민족공동체(정체성)와 경계(국경)를 약화시키면서 이에 대한 새로운 인식을 요구한다. 우리 문학도 이러한 대내외적 요리 조건에서 자유로울 수 없었던 것이다.
　이제 이주와 이산은 그다지 새로울 것도 없는 일상적인 보편적 현실이 되었다. 이러한 현실에서 이제는 국가나 민족의 내부뿐만 아니라 외부를 함께 경험해야 하며 경계에 대한 새로운 경험이 요구되는 시점이다. 호미 바바의 지적처럼 자본주의적 질서 체제 아래에서 새로운 국제주의의 인구학은 탈식민지적 이주의 역사이자 문화적 · 정치적 이산의 서사라는 망명의 시학을 주목하지 않을 수 없게 한다. 서구 제국주의 중심의 근대화 과정에서 심화된 착취와 억압, 배제와 차별로 인해 자국의 영토를 벗어나 유랑의 이주를 하게 된 상태를 보통 디아스포라라고 일컫는다. 특정 인종 집단이 자의적이든 타의적이든 기존에 자기가 태어나 살던 땅을 떠나 다른 지역으로의 이동은 이제 보편적인 현상이 된 것이다. 본래 살던 땅을 떠나 낯선 타지의 문화와 마찰하고 동요하는 이산(離散)은 물론 망명 혹은 이산의 시학으로서 우리 재미 한인문학과 역사를 살피는 데에도 유효한 관점을 제공한다.

최근 디아스포라 문학이라는 비평적 담론의 범주는 한국문학과 비평의 영역에서 그 외연을 확장 심화해나가고 있다. 그것은 가령 해외 이주 한인들의 문학적 활동과 성과에 대한 비평적 담론의 관심에서 찾을 있을 것이다. 이러한 비평적 관심과 담론을 가능하게 한 조건은 물론 디아스포라라는 개념으로 그 특징을 포괄할 수 있는 다양한 문학 작품들의 활달한 생산에서 비롯하는 양적 확장과 질적 축적에 기반하기 때문에 가능한 일일 것이다. 윤인진은 코리안 디아스포라를 한민족의 혈통을 가진 사람들이 모국을 떠나 세계 여러 지역으로 이주하여 살아가는 한민족의 분산 내지는 이산으로 규정하고, 또한 이를 구성하는 핵심적 요소로서 이주, 적응, 정체성 등을 제시한다. 이러한 요소는 재미 한인 시에 반영된 디아스포라 성격을 짐작하는 데 중요한 참조로 쓰일 수 있을 것이다. 물론 여기에는 독자적인 문화 유지, 지역 내 이민족의 배타성과 차별, 소외와 배제 등의 인종 · 정치 · 문화적 함의도 포괄적으로 연관하여 내재한다.

특히 한국인의 이주의 역사 속에서 미주 디아스포라 문학에 국한하여 생각한다면 미주지역에서 본격적인 한인문단을 형성한 계기는 1973년의 일이다. 이때 재미 해외동포문단에서 발간된 동인지 『지평선』은 재미 한인문단의 출현을 알리는 신호탄으로서의 의미를 갖는 것이었다. 이 동인지는 이후 LA를 중심으로 발간되고 있는 미주한국문인협회 기관지 『미주문학』의 모태를 이루는 것으로 알려 있다. 이후 1980년대에 접어들면서 본격적으로 한인문단이 형성되고 문학제도가 발전하는데, 그 대표적 사례로 1982년 미주한국문인협회, 1983년 크리스찬문인협회, 1989년 미동부한국문인협회 등의 창립과 이들의 기관지 『미주문학』, 『크리스찬문학』, 『外地』, 『뉴욕문학』 등의 발간은 재미 한인문단의 문학적 역량을 한층 도약시키는 데 상당한 역할을 한 것으로 평가할 수 있다. 이와 유사하거나 늦은 시기에 미동부 지역을 거점으로 하는 동인지 『신대륙』, 『객지문학』, 캐나다를 포함한 미주지역에서 활동하는 문인들의 시선집으로 발간된 『바람의 고향』, 최근에는 캘리포니아의 샌프란시스코 지역을 중심으로 활동하는 문인들과 그곳 UC 버클리에 교환교수나 비지팅 스칼라의 자격으로 체류했던 문인들이 연합하여 결성한 버클리문학회와 그 기관지 『버클리문학』의 창간 등으로 재미 한인문학은 예년보다도 더 활발한 활동을 거듭하고 있는 양상이다.

많은 문학 단체와 기관지의 발행으로 볼 때 재미 한인문단의 형성과 활동에는 이른바 동인지 문단을 중심으로 전개되는 양상이 특징적이라는 것을 알 수 있다. 일종의 문학 집단주의라고 할 만한 형태를 띠고 있다는 것이다. 이러한 집단주의적 특징은 한국어문화를 공유하는 이민자로서의 정체성에서 비롯하는 것이며, 동시에 문단 제도의 정립기에 나타나는 필연적 형태의 소산으로 볼 수 있을 것이다. 낯선 이방의 땅, 문학적 불모지에서 한국어문화와 정신을 고유하게 전유하려는 문학 집단의 형성은 무엇보다 우선하는 과제임이 분명하기 때문이다. 이를 토대로 재미 한인 시문학은 활동을 가속화하고, 그 문학적 역량을 축적해 나간 것이다. 이런 이유

로 재미 한인문단의 형성과 활동 과정에서 집단주의적 특징은 일종의 팩
셔널리즘(factionalism)이라 할 만한 수준으로 강화되는데, 이것은 이민사회
의 특수하고도 배타적인 성격 때문일 것이다. 이는 한인으로서의 공동체
적 집단을 형성하고 조직화하는 방식으로 지속되는 디아스포라의 문화적
특징을 전형적으로 보여준다. 따라서 팩셔널리즘이 의미하는 바 인종적
유대, 의식적 연대성, 등단매체 등에 기초한 분파적이고 파벌적인 성향 역
시 필연적 속성으로 나타날 수밖에 없었다.

아무튼 세계 여러 지역에 분포한 한인 디아스포라 문학 가운데 재미 한
인 시문학은 다른 지역에 비해 문단을 통한 활동이 활발하다. 그것은 세계
여러 지역, 가령 일본이나 만주 등의 한인 디아스포라 문학이 강제 이주라
는 비자발성에 비롯한 이유로 문단의 형성에 어려움이 있었다면, 이에 비
해 미국 이주는 상대적으로 자발적 선택에 의한 경우가 다수이기 때문에
문단 형성이 비교적 자유롭고 왕성할 수밖에 없었던 까닭이다. 미주 지역
으로의 이산은 사실 중국, 일본, 러시아(중앙아시아) 등 기타 지역으로의 이
주와는 성격이 다르다. 그것은 정치적 망명이나 도피, 강제적 이산의 성격
보다는 꿈을 개척하고자 하는 자발적 성격이 강하다. 미국 유학의 보편화
이후 한국의 중산층과 지식인들이 유입되면서 문단이 형성되고 문화적 활
동이 보다 활성화되기 시작하는 것은 분명한 것처럼 보인다. 요컨대 문단
중심의 작품 활동은 재미 디아스포라 한인 시문학의 한 특징이다.

문단 중심의 집단주의적 창작 활동은 재민 문인들이 주로 시 장르에 편
중되어 있는 결과에서 오는 것이기도 하다. 그것은 시 특유의 장르적 속성
에 기인하는 것으로 볼 수 있다. 이를테면 시는 속성상 소설보다 아무래도
비교적 창작적 수월성을 갖는다. 따라서 재미 디아스포라 문학 장르에서
시는 압도적인 우위를 차지할 수밖에 없으며, 이것이 한국어문화와 정신
을 공유하는 민족적·문화적 정체성의 동질 의식 혹은 집단 동조성과 맞
물려 시 중심의 문단 활동을 활성화하게 된 것으로 볼 수 있다. 어쨌거나

재미 한인문단의 형성과 정립, 활동과 확충은 한인 디아스포라 문학을 본격적으로 구성하고, 그 미학적 특수성을 확보하는 데 주요한 역할을 한 것이다.

3. 동일시와 반동일시의 욕망

다소 거칠게 말해 재미 한인 시문학의 중요한 특성 가운데 주목할 내용은 아마도 그들이 이주해 살고 있는 공동체로서 미국 문화와 미국 사회에 대한 적응 내지는 반응의 형식일 것이다. 그것은 크게 분류해 본다면 동일시와 반동일시의 양상을 보인다. 동일시는 한인으로서의 인종적·문화적 정체성을 고수하기보다는 미국 문화나 사회의 공동체 의식을 적극적으로 수용하고, 여기에 자발적으로 동화하려는 태도를 가리킨다. 반동일시는 이방인으로서 한민족이라는 고유한 순수성과 민족적 정체성을 바탕으로 한인 집단의 문화적 공동체 의식을 지향하려는 성향을 일컫는다. 여기에는 물론 언어, 문화, 종교 등을 공유하는 공동체 의식으로서 국민공동체의 일체성이라는 신화가 붕괴되었을 때 각각 흩어져 존재할 수 없는 개인을 통시적으로나 공시적으로 지지하는 에스니시티(ethnicity), 사회 문화적 부적응과 반감, 정서적 동화와 경계인으로서의 자아인식, 미국적 가치에 대한 환대와 적대 등은 미주 한인 시의 복합적 특성으로 꼽을 수 있겠다.

이방인으로서 미국 사회·문화·이데올로기·가치 등등에 대한 동일시와 반동일시는 페쇠(Michel Pecheux)가 개진하는 담론의 유형, 즉 주체를 구성하는 담론의 세 가지 유형과 관련지어 변주해 생각할 수도 있을 것이다. 그것은 첫째로 경계인으로서 미국적 삶과 가치를 옹호하고 이에 순응하려는 태도이다. 이를테면 미국문화에 대한 호의적인 정서적 태도를 바탕으로 미국적인 것들을 적극적으로 수용하면서 미국 사회의 공동체에 적응하려는 동일화 담론의 유형이다. 둘째는 미국의 이데올로기나 사회 문화의 공동체적 가치를 수락하는 동시에 이에 소극적인 반감을 보이는 태도로서의 비동일화의 담론 유형이다. 마지막으로 미국의 이데올로기나 사회 문화적 가치에 동화되지 않고 자신의 고유한 정체성을 고수하려는 태도나, 미국적 가치에 저항하는 반동일화의 담론 유형을 상정할 수 있을 것이다. 재미 한인 시문학은 이와 같은 담론의 유형 안에서 파생적으로 그 문학적 형질을 다양하게 구성해내는 것으로 볼 수 있다.

윤인진은 한민족의 혈통을 가진 사람들이 모국을 떠나 세계 여러 지역으로 이주하여 살아가는 한민족의 분산 내지는 이산을 디아스포라로 규정하고, 이를 구성하는 핵심 요소로서 이주, 적응, 정체성 등을 제시한다. 요컨대 재미 한인문단의 디아스포라 문학은 이산과 정체성이라는 양가적 성격을 근본적으로 지닐 수밖에 없다. 우선 인종적 문화적 정체성과 관련하여 주목할 수 있는 것은 이중적인 정체성에 대한 인식이다. 이것은 말하자면 이민자들이 어느 한 쪽에도 소속될 수 없는 분열 분리된 이중 언어적 자기인식을 지시한다. 자기 정체성에 대한 분열적 혼란과 이질적 이중성은 조국을 떠나 낯선 이국에 정착해 살아가면서 느낄 수밖에 없는 당연한 귀결이라 할 수 있다. 모국어와 영어 사이의 정체성 혼란과 이중적 정체성은 당연히 그들의 문학을 불안의 수사학으로 이끌어가기도 한다. 낯선 공간, 낯선 문화, 낯선 언어, 낯선 공동체 속에 위치한 이질적 실존은 어차피 정체성에 혼란과 불안을 가져올 수밖에 없을 것이다. 친근한 공간과 문화에서 떨어져 나온 분리의식은 문학적 주체로 하여금 당연히 그를 불안한 상태로 내몰 수밖에 없는 이유이다.

동일화의 양상으로서 미국의 사회 문화를 찬양하고 이에 동화되는 현상은 주로 미국적 공동체 의식에 매우 호의적인 문학적 태도를 갖는다. 말하자면 이러한 문학적 성향은 미국적 공동체 의식과 삶의 방식이나 가치에 대해 호의적인 감정과 의식적 친밀성을 정서적 바탕으로 삼는다. 이와 같은 문학적 포즈는 주체적 이념이나 비판적 판단보다는 주로 순수한 서정성을 중시하는 태도를 드러낸다. 이러한 호의와 동일화의 정서적 감정의 뿌리는 아마도 한국인이 대한제국 시절부터 아름다운 나라 미국(美國), 경제적 부국이라는 의미의 미국(米國)으로 인식한 곳에 기원을 두고 있는 것이기도 하다. 즉 미국이라는 국가 공동체와 문화는 선진적이며 인간적이라는 동경과 호의적 정서에서 비롯한다. 때문에 미국적 가치나 이미지 가운데 부정적인 것들보다는 긍정적인 면에 보다 많은 관심을 표명한다. 따라서 이러한 태도는 주로 미국문화나 미국이라는 국가가 지닌 제국주의적이며 패권적인 속성에 대해서는 애써 무관심한 태도를 드러내는 것이 특징이다.

미주 한인문학의 동일시 욕망은 미국에 대한 호의나 환대에 기반을 두고, 미국적 공동체 의식을 지향할 때 나타난다. 이는 말하자면 물설고 낯선 땅에 순조롭게 정착해 살아가기 위해서는 그 나라의 공동체나 사회 문화적 관습에 적극적으로 동화되는 것이 바람직하다는 판단에 따른 것으로 볼 수 있다. 모든 이민자의 첫째 목적은 무엇보다도 정착이기 때문이다. 자신을 사회 공동체의 주변이나 경계가 아닌 중심에 위치시킴으로써 이민자로서의 소외, 회의, 고통, 갈등, 고독을 극복하고자 한다. 미국이라는 광의의 국가공동체에 자신을 귀속시킴으로써 분리의식을 극복하고 존재론적 일체감을 느끼며 살아가려는 욕망은 자연스러운 것이다. 특히 미국이라는 광활한 자연과 물질적 풍요, 가치의 다양성과 자유스러운 삶의 문화는 이주의 배경을 이루었으므로 이러한 것들과 일체감을 형성함으로써 미국이라는 국가공동체의 한 일원임을 긍정적으로 인식한다. 이것은 자신의 정체성을 한국인이 아니라 한국계 미국인(Korean American)이라는 점을 분명히 자각하면서 미국이라는 국가공동체에 의식적으로 적극 동화하려 한다.

비동일시의 성격은 비극성을 바탕으로 삼는다. 이러한 성향의 재미 한인 디아스포라 시문학은 대개 미국이라는 낯선 이국에 이주해 살고 있기 때문에 발생하는 현상으로 볼 수 있다. 이를테면 미국 사회와 문화에 적응해 살 수밖에 없는 불가피성을 수락하는 토대 위에서 타국에 이주해 살 수밖에 없는 삶과 현실을 고통스럽고 슬프게 바라보는 포즈를 취한다. 그것은 미국 이주라는 역사적 사실이 환기하는 것처럼 본질적으로 디아스포라 개념의 기원에는 강제적 민족 분산 내지는 망명이라는 비극성이 내재해 있기 때문이다. 물론 재미 한인 사회의 형성에는 자발적 선택의 이주가 포함된다. 여기에는 개인적 혹은 한국의 정치·경제·사회사적 변인이 작용하고 있으며, 이는 재미 한인 디아스포라 시문학이 내장하고 있는 디아스포라의 부정적 범주를 형성하는 충분한 기제로 작동한다. 이주를 선택해야 했던 개인사적 정황과 그로 인한 전통적 가족공동체의 분리, 군부독재의 폭력적 이데올로기라는 모국의 정치사회적 배경 등은 1970년대 전후 미주지역 디아스포라의 비극성을 구성하는 대표적인 요인으로 작용한 것이다.

반동일시적 태도는 비동일화의 양상이 극단화된 양상으로 나타난 것으로 볼 수 있을 것이다. 그곳의 사회 문화 공동체에 정서적으로 동화되거나 적절히 적응하지 못한 채 이방인으로서 갈등과 반감, 분리의식과 배타적 차별성은 문학적 주체로 하여금 비판적 태도를 보이게 만드는 부정의식이 근간을 이룬다. 따라서 미국 내의 공동체적 삶을 거부할 수는 없는 것으로 용인하지만 그것이 지닌 부정적인 면에 대해서는 비판적으로 바라보거나 시니컬한 태도를 취한다. 이러한 경향은 주로 미국이나 미국 문화에 대해 반감을 보이면서 탈식민주의적 관점에서 폐기의 방식을 취한다. 말하자면 영어의 헤게모니를 부정하려는 다소 극단화된 경향의 태도를 보인다.

재미 한인 디아스포라 문학의 반동일시 욕망은 모국에 대한 친근감과 미국의 삶이나 문화에 대한 반감을 기반으로 한다. 말하자면 모국의 자연이나 문화적 정체성을 회상하면서 민족 공동체 의식을 전유하는 것은 타국으로 이주해 왔지만 마음속에는 여전히 자신을 고향에 위치시키려는 회귀의 욕망이 의식의 잔여물로 남아 있는 데서 연원하는 것으로 볼 수 있다. 이런 의식들은 대개 시간적으로는 과거, 공간적으로는 모국의 고향을 그리워하면서 방법적으로 기억이나 회상에 의존하여 존재한다. 상상의 민족 공동체로서 고향이나 모국은 정체성을 구성하는 주요한 요소이기 때문이다.

달리 생각하면 이런 의식은 이방인으로서 원주민으로부터의 소외나 배제, 차별을 극복하기 위한 심리적 방어기제의 일종으로 볼 수 있을 것이다. 이는 낯선 이민 생활의 고통과 애환, 결핍과 부재를 익숙하고 자연스런 모국의 고향과 문화를 회상하며 위안과 치유를 받고자 하는 보정욕망을 환기한다. 이러한 태도는 미국이나 미국문화에 대한 반감과 적대감을 통해 한민족으로서의 일체성과 정체성을 지향한다. 낯선 타국 땅에 정착해 생활해야 하는 일은 당연히 문화적 충격과 갈등을 유발하게 되어 있다. 물론 그것은 어떤 전복이나 투쟁을 의미한다는 것이 아니라 미국내 한국인들이 이방인으로서, 또한 소수 민족으로서의 자의식과 정체성을 성찰하고 자각하려는 의지와도 관계되어 있다.

4. 문학장의 다원적 가치화

일별하건대 재미 한인 시문학은 개인적 정서의 표출이 강한 편이다. 이러한 이유로 사실 재미 디아스포라 시문학이라는 용어를 사용하기는 했지만, 다민족 사회나 문화의 정체성과는 거리 좀 거리감이 있는 단순한 서정성을 반복하는 양상이 존재하기도 한다. 예컨대 여러 평자들이 이미 언급했듯이 고국에 대한 향수와 그리움——물론 노스텔지어는 디아스포라의 핵심적 기제이며, 이국의 삶에서 향수나 그리움, 회귀의식은 근원적인 것이기는 하지만—을 반복 재생하는 경우가 그러할 것이다. 이것은 이주민으로서의 특정한 정서적 지위가 모국에 대한 향수나 그리움의 서정성을 강화하는 한계를 노정할 가능성이 있다.

따라서 개별성의 측면에서 이주민의 디아스포라적 정체성을 내밀하게 구성하거나 역사적 상상력, 예술적 심미성, 실험성 등에 대한 관심의 확대로 문학적 형질을 다양성하게 확대해 나아가야 할 것으로 보인다. 미주 재미 한인 디아스포라 한인 시문학은 따라서 보다 전문적인 관점과 시각에서 예술적 심미성을 고민해야 할 필요성과 함께 미국 문학장의 본류와도 활발한 교류가 이루어져야 할 것이다. 예컨대 미국 본토의 주류 문학장 안에서 동아시아문화권이 지닌 고유성이나 이민문화의 주제 구성을 개체적 특수성으로 전유할 필요가 있다는 것이다. 이것이 가능할 때 한국문학으로서의 개별적 특수성은 물론이거니와 세계문학으로서의 보편성이 획득될 수 있을 것으로 전망된다.

비평적 관점에서도 마찬가지일 것이다. 이를테면 미주를 비롯한 해외에 거주하는 한인문학을 지역문학이라는 로컬리즘의 차원에서 그 문학적 가치와 의미를 부여하는 작업이 활발하게 이루어져야 할 것으로 보인다. 그것은 한국문학의 보편적 범주로서 한국인이 한국인의 사상과 감정을 한국어로 표현한 문학이라는 협의의 차원에도 말할 나위 없이 적용되기 때문이다. 말하자면 해외에 이주해 살면서 한국인의 정체성을 간직하고, 디아스포라로서의 삶의 양태와 실존적 고민과 정서적 내질을 한국어로 표현한 작품이라면 당연히 한국문학에 포함해야 하기 때문이다. 재미 한인의 문학작품을 지역문학의 차원에서 다루어져야 한다는 점은 미주 지역의 문단이 한국의 지역문단과 동등한 지위를 갖기 때문이며, 그 존재성 또한 한국적 상황과 유사하기 때문이다.

그 동안 한국 내의 지역문단이 중앙으로부터 소외된 상황과 마찬가지로 미주 한인 문단은 본국의 문단으로부터 소외된 상태에 머물러 있었다. 그러므로 이들에 대한 새롭고 다각적인 관심과 적극적이고 생산적인 교류, 그들 문학에 대한 미학적 가치 평가와 의미 부여는 한국문학 전반을 풍성하게 확대하고, 또 세계화하는 데 일정하게 기여할 수 있을 것으로 기대한다. 지역을 소외 배제시키고 지방이라는 이름으로 호명하며 주변화하는 중앙집권적 문화 정치학의 공고한 작동 속에서 재미한인 디아스포라 문학은 괄목할 만한 성장을 거듭하며 현재에 이르고 있는 것이다. 특히 전지구적으로 사유하고 지역적으로 실천하라는 정언 명제의 보편적 확장과 다원적 가치와 탈중심의 분권화에 대한 가치가 성숙한 지금 재미 한인 문학은 자율적 운행의 궤도에 진입한 것으로 보인다. 이를테면 중앙 중심 문학장으로부터의 원심적 움직임을 능동적으로 구체화하며, 그 정체성과 자율성을 확보한 것이다. 이러한 성과는 재미 한인 문학이 자신의 자율성과 정체성을 가능하게 할 역동적 능력을 갖추었다는 점을 환기한다.

탈근대적 사유의 맥락에서 로컬리티에 관한 생산적인 담론은 다양한 분야와 영역에서 활발하게 진행되고 있다. 이러한 사유는 문학 영역에서도 예외가 아니다. 중앙을 중심에 두고 사유하는 사고 체계에 대한 비판적 성찰과 대안적 사유로서 재미 한인 문학에 대한 재인식 및 재전유는 다양성을 존중하는 다원적 사유와 문화 정치학적 패러다임으로 우리의 시선을 이끈 결과이다. 말하자면 중심에 의해 소외된 주변과 개별적 차이, 공간적 장소성을 새롭게 응시하려는 인식론적 전환을 반영한다. 재미 한인 문학의 성과와 과제에 관련한 논의 역시 이 같은 패러다임의 전환과 맞물려 있다. 따라서 이산의 시학도 이와 같은 모국으로서 한국의 중앙 중심 문학장의 다원화, 그리고 중심과 주변의 이분법적 구도를 해체 재구축하는 차원의 실천적 의미를 갖는다.

서정적 동일성의 전면적 탐구

— 송기한 비평집 『서정시학의 원리』

1

송기한은 계간 『시와 시학』에 문학평론가로 이름을 올렸다. 이후 지금까지 문학 연구자로서 저술 활동, 그리고 현장 비평가로서 활발한 문학평론 활동을 펼치고 있다. 그는 최근 창간한 계간 『동행문학』의 주간으로도 활동하며 한국문학의 발전을 위해 여러모로 애쓰는 우리 시대의 대표적인 문학 비평가 중 하나이다. 그간 송기한이 펼친 연구 저술 활동이나 문학 현장을 주목하는 비평 활동, 그리고 평론집 발간 등의 양적 부피만을 놓고 보아도 그의 비평적 열정과 그가 비평 문단에서 차지하는 비중을 실감하게 한다. 이러한 문학 비평가로서 송기한이 최근 선보인 평론집이 『서정시학의 원리』이다. 이 평론집을 통해 우리는 활발하게 비평 활동을 전개해 나가는 영향력 있는 비평가의 정신적 동향을 엿볼 수 있다. 그는 이 평론집을 통해 변화된 문학적 환경과 조건에서 서정의 정신과 문법을 적극적으로 옹호하면서, 이를 토대로 서정의 영역을 새롭게 탐색하고 또 그것을 탈영토화하여 구축하려 시도한다. 우리는 그것을 서정적 동일성의 전면적 탐구라 부를 수 있을 것이다.

이 평론집은 송기한이 최근 2년 동안 발표한 글들을 모아 엮었다. 책의 제목이 암시하듯 이 평론집에 실린 글들은 대부분 우리 시대의 서정시와 관련한 것들이다. 그것들은 대부분 "시집을 읽고 나서 거둔 결과물"들, 말하자면 시집 발문 성격의 글들이거나 아니면 개별 시집에 대한 비평, 혹은 개별 시인들의 근작 시 작품에 관한 평론이다. 전체 2부 22편의 글로 채워진 이 책에서 제1부의 「상상력과 체험」, 「시와 독자와의 관계」를 제외한 20편의 평문은 모두 위에 언급한 성격의 글들이다. 구체적으로 말하자면 그가 「책머리」에서 밝히고 있듯 그는 요즘 "잡지 자체보다는 시집들을 직접 마주해야 하는 일이 많아졌"고, 때문에 "개별 작품들을 많이 접"함으로써 얻을 수 있는 시단의 어떤 특성이나 경향성과 같은 "큰 흐름을 간취"하기보다는 시인들의 시집이 품고 있는 미적 형질과 특성이라는 "개별적 국면"들을 주목하고 있다.

개별 시집이나 작품에 주목하고 집중하는 접근 방법은 송기한이 말하듯 "개별 작품들의 굵은 흐름", 이를테면 현재 한국 시단의 주요한 현상으로서의 시적 경향을 큰 흐름 안에서 파악하는 데 일정한 거리가 있을 수 있다. 이러한 방법은 전체를 아우르는 일종의 거시적 접근법이라기보다는 개별 텍스트에 대한 미시적 접근, 통시적 관점보다는 공시적 관점, 혹은 텍스트에 대한 외재적 접근 방법보다는 내재적 접근법이라 할 수 있다. 이러한 점은 언어 구조물로서 시 텍스트의 특성을 존중하면서 작품의 미적 표현과 효과를 세심하게 밝히려 했던 신비평가들이나 형식주의자들의 비평적 태도와 흡사하다. 즉 개별 시인의 시집을 꼼꼼히 읽고 치밀하게 분석해 의미를 해독하는 과정이 전경화되어 있다.

그러나 시집에 대한 미시적 접근의 "한계에도 불구하고 이들 시집"과 시인들이 오롯이 담아내고 있는 "사유의 결정체"와 "서정의 결"들이 전적으로 "시단의 흐름과 동떨어진 것"이 아니라는 점을 송기한은 분명히 인식하고 있다. 이 말은 곧 저자가 개별 시집이나 작품을 미시적으로 다루면서 그들 시집이 고유하게 성취하고 있는 미적 자질, 혹은 문학성의 규명을 그의 평론집이 지향하는 일차적 목표임을 천명하는 것이다. 그리고 여기에 기초해 우리 시단의 큰 맥락과 경향을 진단하고 점검하며 전망하려는 비평적 의도를 함축하고 있다. 필연적으로 문학 작품 속에는 "다양한 이념, 사상, 혹은 사람들의 복잡다단한 정서들이 섞여 있"고, 비평가는 "그 한 줄기를 풀어내어 작품을 이해하고 이를 시대적 맥락이나 역사적 흐름 속에 자리매김"하려는 비평적 욕망을 가지고 있다. 이러한 관점이나 전략이 가능한 것은 모든 비평가들은 한 시대의 공시적이며 통시적인 문학적 경향을 하나의 축약된 도식으로 치환하여 사유하고 진단하려는 태도를 보편적으로 가지고 있기 때문이다. 개별 작품에 대한 정밀한 읽기와 세밀한 해석을 바탕으로 서정 문단의 큰 지형학을 구성하려는 송기한의 작업은 그리하여 인상 비평이나 주관적 해석이 자칫 노정할 수 있는 한계를 넘어서게 해준다.

수적으로 일일이 확인하거나 헤아리기 벅찰 정도로 많은 시인들의 시집이 축복처럼, 은총의 말씀처럼 쏟아지고 있다. 송기한이 "근래에는 잡지 자체보다는 시집들을 직접 마주해야 할 일이 많아"졌고, "이는 분명히 내가 선택할 수 있는 영역은 아닐 것"이라는 토로는 여기에서 비롯한다. 이 말에는 평론집에 수록한 글들이 대부분 비평가 자신의 자발적 선택에 의한 글쓰기가 생산한 것이라기보다는 주로 문예지나 출판사, 혹은 개별 시인에게 시집의 발문 청탁을 받고 생산한 글들이라는 사실을 함축한다. 그리고 아울러 평론집을 주로 개별 시집에 대한 비평적 해석 성격의 글들로 구성할 수밖에 없었던 까닭을 설명해준다. 개별 시인들의 각기 고유한 시적 세계에 대한 해석적 작업은 고단한 일이 아닐 수 없다. 무수한 시인과 시집들의 개별적 존재태가 독립적이며 나름의 자율성과 자족적인 존재 가치를 확보하고 있음에도 불구하고, 송기한이 이번 평론집에서 보여준 비평적 글쓰기는 이들의 세계와 시 쓰기의 정체성을 진단하고 분류하며, 거기에 일정한 미학적 가치를 부여하려 애쓴다는 점에서 이채로운 결과물이다.

2

비평가로서 하나의 일정한 문학적 입장을 고수하면서 한편으로는 비평적 사유의 탄력성과 균형을 유지하는 것이 가능할까? 송기한의 『서정시학의 원리』는 이런 점에서 하나의 흥미로운 사례를 제시한다. 이 평론집은 처음부터 끝까지 조심스럽게 입장을 세우고 잔잔하고 사려 깊은 목소리로 텍스트에 접근해 개별 시인의 시집이나 작품들이 각기 내장한 다양한 미적 형질과 그것들이 내포한 의미 가치들을 전망한다. 그럼으로써 개별 시인들의 시집이나 작품들이 보여주는 시적 특수성과 보편성을 규명하고, 그러한 의미가 포함하는 가치를 타진하는 데 주력한다. 개별 시인들의 시집들은 저마다 특수성과 항구성, 공시성과 통시성, 독창성과 보편성을 각기 고유하게 포지할 수밖에 없다. 그것에 접근하는 하나의 척도를 송기한은 서정시학의 근본원리로서 동일성에서 찾는다.

앞서 언급한 것처럼 은총처럼, 축복처럼 하루가 멀다 하고 헤아릴 수 없이 많은 시인과 시집들이 쏟아져 나오고 있다. 때로 시인은 이렇게 쉽게 탄생하고, 또 시는 이렇게 함부로 생산되어도 되는가? 탄식할 때도 있다. 말하자면 시 쓰기에 대한 치열성과 진정성을 의심할 때도 있지만, 아무튼 우리는 축복받은 시의 시대를 살고 있는 듯하다. 시인도 많고 시집도 많다. 시의 집들은 지금도 끊임없이 분양되고 있다. 그 가운데에는 아파트처럼 한 모양의 계란판들이 없는 것도 아니지만, 그 가운데는 또 무지개처럼 각기 다양하고 고유한 빛깔을 한 시의 집들이 우리에게 분양된다. 송기한이 이 평론집에서 주목하는 시인과 시집들은 각기 다양한 빛깔로 자신의 현재적 실존을 증명하려 몸부림친다. 송기한이 무지개처럼 다양한 빛깔의 시집들, 그 존재 증명에 접근해 들어가는 방식은 동일성의 시학에 기반한다.

송기한이 말하듯 "어느 한 가지 단편적인 기준을 가지고 작품을 읽어내거나 재단하는 것은 곤란"하다. 그것은 분명한 사실로서 우리 시대 문학의 미학적 세계와 그 가치 판단은 단선적으로 그릴 수 없는 다채로운 빛깔의 다양한 형상을 지니고 있기 때문이다. 공시적이고 통시적인 문학의 지형도 안에서, 그 다양한 형태와 내용, 빛깔과 향기를 지닌 서정의 지도 안에서 그것들은 서로 다른 높낮이, 서로 다른 넓이와 깊이, 서로 다른 시각과 목소리의 거울로 서로를 비추며, 그들끼리 서로 다른 차이를 확보하고 자기만의 영토를 구축하기 위해 자기 갱신의 노력을 부단히 펼치고 있다. 이와 같이 다채로운 빛깔과 향기의 다양한 프리즘으로 존재하며, 다양한 형상의 지형을 형성하고 있다 하더라도 그들의 밑변을 흐르는 심층적 공통분모라 할까 저류를 관통하는 핵심적 흐름을 추출하는 것까지 불가능한 일은 아니다. 그 공통분모 중에서 송기한은 서정시학의 근본원리로서 동일성의 시학적 개념을 끝까지 관철해 나간다.

서정시는 동일성의 정신을 지향하고 있다. 거리와 차별, 혹은 분열의 감수성이 아니라 그 파탄될 수 있는 정서들을 조합하고, 통일하며, 궁극에는 황홀, 곧 서정의 유토피아로 나아가려고 하는 것이다. 유토피아란 지상의 존재에게 주어진 숙명적인 과제라 할 수 있을 것이다. 동일성이 서정시의 존재 이유이기도 한데, 그러한 임무는 인간의 그것이기도 하다. 인간의 운명 또한 신의 계율을 어긴 죄를 썼고 본래의 동일성을 회복해야 하는 것이기 때문이다.
—「책머리에」

송기한의 말대로 서정시는 근본적으로 "동일성의 정신을 지향"한다. 그렇다면 송기한이 일관되게 유지하는 동일성이란 도대체 무엇인가부터 밝혀져야 한다. 동일성에 대한 위와 같은 짧은 진술에는 이 평론집을 관통하는 송기한의 입장을 요약적으로 보여준다. 동일성에 대한 개념은 말하자면 "거리와 차별, 혹은 분열"이라는 현대적 경험이나 감정과 분명히 대비되는 가치 개념이다. 동일성의 개념이 의미 있는 가치를 갖게 되는 것은 자아와 세계는 물론이고 나와 나 사이의 "거리와 차별", 즉 분열과 갈등과 소외라는 근대 이후의 보편적 체험이 극대화되어 있기 때문이다. 이를테면 동일성의 가치 개념은 그것이 자아와 대상이 대립하는 변화한 세계에서의 분열과 갈등과 소외라는 상대적인 조건을 고려하지 않고서는 생각할 수 없다. 자아 상실과 세계 상실의 감정은 주체의 자기 동일성이라는 안정된 세계를 추구할 수밖에 없도록 충동질하기 때문이다. 이러한 관점은 가령 "'거리'는 '조화'와 상대적인 자리에 놓인" 개념이며, "전자가 지배하는 곳에서 어떤 근대적 건강성을 기대하는 것은 어려운 일"일 수밖에 없다. 그러므로 "시인이 꿈꾸는, 아니 우리가 꿈꾸는 인식의 통일성, 곧 유토피아가 실현되기 위해서는 '조화'라는 감각을 획득해야 한다."(「분리를 뛰어넘는 통합의 징검다리」)는 진술에서도 마찬가지로 드러난다.

주체는 객체를 전제하지 않고는 성립할 수 없는 개념이다. 모든 주체는 항상 세계라는 객체와 일정한 상호 관계적 교감을 통해서 자기 존재를 확인하고 세계 내에 자신을 정위(定位)하고 기입한다. 인간은 끊임없이 외부 세계와 교섭하려 욕망하는 존재이고, 이런 차원에서 자아는 세계와 접촉함으로써 주체성이나 정체성을 구체적으로 확인하게 된다. 주체가 세계와 관계 맺는 방식이 세계관일 터이고, 그 관계 설정에 따라 자아와 세계는 규정될 것이다. 그러나 현대 사회에서 그 관계는 조화롭거나 안정적인 일체감, 총체성의 질서, 통합적 관계를 맺지 못한다. 서로 분열하고, 갈등하고, 대립할 뿐이다. 자아와 대상의 거리가 크고 갈등의 골이 깊을수록 동일성에 대한 욕망은 더 강력히 추구될 수밖에 없다. 송기한이 내세우는 서정시학의 원리로서 동일성의 개념은 이러한 맥락에서 이해할 수 있다.

전통적인 입장에 따르면 서정시에서 서정 주체의 세계에 대한 관계 맺기의 방식은 동일성의 원칙에 따른다. 서정시의 가장 중요한 특징은 주체와 객체를 상호 연관시키고 통합하는 능력이다. 말하자면 동일성은 "거리와 차별"로 비유된 갈등과 분열, 대립과 소외의 "파탄될 수 있는 정서들을 조합하고, 통일하여, 궁극에는 서정의 황홀, 곧 유토피아"로 나아가려고 하는 충동에서 비롯한다. 이러한 송기한의 진술은 우리 현대인의 삶의 조건이 변화와 갈등, 분열과 대립, 소외와 파편화된 세계 내에서 이루어질 수밖에 없으며, 그러하기에 더욱 역설적으로 서정시는 동일성의 세계를 추구한다는 뜻으로 해석할 수 있다. 이와 같은 견해는 다음과 같은 글에서도 비슷하게 반복된다.

인간에게 만약 일탈이 없었다면, 그리하여 에덴동산의 유토피아 속에 영원히 안주했다면, 동일성을 향한 열망이 지금처럼 가열차게 존재했을까. 이런 의문은 현재 여기를 살아가는 사람들 앞에 놓인 공통의 것이어서 그가 시인이든 혹은 일상인이든 간에 피해 갈 수 없는 과제 가운데 하나라고 할 수 있을 것이다. 동일성이 없기에, 그리고 조화가 없기에 인간은 그러한 세계로 육박해 들어가기 위한 꿈들을 결코 포기할 수 없었다. 그것이 어쩌면 인간의 기본조건이거니와 세계내 존재 속으로 거침없이 기투된 시인의 전제 조건들이라 할 수 있다.
　─「일탈과 순응의 세계」

갈등과 분열과 소외, 고정된 정체성을 보장할 수 없는 변화는 우리 현대인이 겪는 보편적인 체험이다. 우리는 자아와 세계의 극심한 변화를 체험하는 동시에 자아와 세계와의 관계, 심지어는 나 자신과의 관계에서도 소외와 갈등을 경험한다. 자아와 세계의 갈등과 분열과 소외뿐만 아니라 자아의 정체성까지도 분열되고 극심한 자기 소외에 시달린다. 이러한 삶의 전제 조건은 "시인이든 혹은 일상인이든 간에 피해 갈 수 없는 과제"인 것이다. 우리는 "동일성이 없기에", "조화가 없기에" 동일성의 가치 범주가 거느리는 조화와 안정, 영원과 통합, 총체성과 통일성의 세계를 열망할 수밖에 없다. 송기한이 말한 "서정의 유토피아"는 세상 어디에도 존재하지 않는 부재와 결핍으로서의 대상이다. 부재와 결핍이 서정의 유토피아를 꿈꾸게 하는 것이다.

서정시의 동일성, 혹은 서정의 유토피아가 불러오는 아우라 경험의 재생은 부조리하고 모순에 찬 현실, 현대의 파편화된 시간, 도시적 문명이 파생시키는 혼돈에 저항하면서 그것으로부터 벗어나려고 하는 현대인의 황금시대에 대한 유토피아적 열망과 욕구에 관련되어 있다는 것이다. 그러나 우리에게 변화하지 않는 것, 그리고 모든 갈등과 분열과 소외가 사라진 일체감은 현실 속에는 존재하지 않는다. 그것은 상상계에서나 가능한 일이다. 따라서 일견 극심한 균열과 파편적 세계에서 이상향으로서 서정의 유토피아, 동일성의 세계는 현실적이지 못하기 때문에 시대착오적으로 보일 수 있다. 그러나 인간은 아직 없음으로 인하여 항상 새것을 산출하려는 희망과 창조적 충동을 가진 동물이다. 부재와 결핍이 우리를 서정적 동일성의 유토피아로 이끄는 것이다.

세계가 부조리하고 모순에 차 있으며, 갈등과 혼돈이 격심할 때 역설적으로 그런 만큼 동일성의 시학은 더 큰 의의를 지니는 것이다. 말하자면 "동일성에 대한 열망이 지금처럼 가열" 찬 것은 "동일성이 없기에, 그리고 조화가 없기에" "일상인이든 혹은 시인이든" 잃어버린 동일성을 찾아 유토피아의 세계로 "육박해 들어가기 위한 꿈들을 결코 포기할 수 없"는 것이다. 물론 "끊임없이 변화하는 사회에서 인식 주체가 정서적 안정이나 동일성의 감각을 유지하는 것은 매우 어려운 일이다." 그런 가운데 예나 지금이나 시인들은 자신이 처한 현실의 가변성 너머에 영원한 것, 말하자면 일회적이고 가변적인 세계 속에서 영원성과 항구성을 찾아가려는 노력을 포기하지 않았다. 시인들은 이를 기점으로 "정서적 안정과 동일성을 회복"하고자 한 것이 "서정적 진단"이었기 때문이다. 이것은 특수한 사례가 아니다. 송기한이 밝히고 있듯 정지용이 그러했으며, "모더니스트의 선구자 엘리엇이 현대사회의 분열을 전통의 복귀 속에서 극복하고자 했던" 이유는 동일한 맥락과 범주에서 이해할 수 있는 것이다. "가변적 현실에서 영원의 감각을 일구어내려는 여정"(「만다라의 세계가 만들어내는 맛의 향연」)은 현대 서정시의 주요한 맥락이라는 것이다.

　송기한이 이 평론집을 통해 줄곧 다가서려는 궁극의 지점으로서 동일성은 자아와 세계의 일체감 내지는 연속성, 통합된 정서로 세계를 이해하려는 태도이다. 그것은 "지상의 존재에게 주어진 숙명적 과제"이며, 그리하여 "동일성은 서정시의 존재이유"이기도 하고, 그의 말대로 모든 인간의 것이기도 하다. 인간의 운명이 "신의 계율을 어긴 죄"로 동일성의 세계에서 추방되었다면 "죄를 씻고 본래의 동일성을 회복"하는 일은 곧 유토피아로의 지향을 의미한다. 서정시는 근본적으로 역사 현실로부터 자유로울 수 없다. 변화하는 혼돈과 척박한 시대에 서정시가 동일성의 시학이 함유하는 가치들을 변함없이 추구하는 의식에는 부조리와 모순의 역사 현실을 초월하려는 유토피아적 상상력이 작용하기 때문인 것으로 송기한은 이해하는 것이다.

　송기한이 말하는 서정시의 유토피아 지향성은 지당한 견해이다. 그것은 역사적 현실 인식 끝에 발생하는 (무)의식적인 것이다. 여기에서 유토피아 지향성이라는 것은 현실을 은폐하거나 도피하려는 행위로 이해하면 곤란하다. 그것은 칼 만하임의 전언대로 행동의 단계로 이동하면서 기존의 질서, 예컨대 변화와 혼돈, 대립과 갈등, 소외와 분열의 현실적 조건을 넘어서려는 초월적 방향 설정을 뜻한다. 서정시가 근본적으로 함유하는 현실 초월적 유토피아 의식은 인류의 정신사에서 인류 공동체를 통해서만 실현되는 올바름의 갈망이며, 현실에 대한 분석과 비판적 반성을 통해서 특정한 사회와 세계에 대한 구체적 상을 제시해 준다. 따라서 송기한이 평론집에서 끝까지 관철하는 서정시에서 동일성의 유토피아적 충동은 현실 부정의 원리와 이상세계의 창조라는 긍정의 원리, 말하자면 희망의 원리를 함유한다.

이러한 이해를 바탕으로 송기한은 다양한 시집과 작품을 세세히 조망하면서 해석적 작업을 펼쳐 나간다. 이러한 이해의 틀, 이를테면 현대적 경험의 지배적 핵심을 소외나 갈등, 변화나 분열로 보고 이러한 경험들과의 관계 속에서 동일성의 의미 가치를 파악하는 방법은 새로운 것이 아니다. 현대 사회에서 인간은 "어느 한 곳을 응시하거나 정주하지 못하고 부유" 할 수밖에 없는 운명이며, 인간 존재가 이렇게 "유동하는 것은 자아가 뿌리내리고 있을 지대의 상실과 밀접한 관련"이 있고, "실상 현대인 치고 이런 조건으로부터 자유로운 존재는 아무도 없"(「무딘 감각을 일깨우는 자아의 몽상」)을 것이라는 진단은 그만의 것은 아니다. 이에 기초하여 동일성의 시학적 논리를 떠받치는 관점은 그다지 새로운 것이 아니다. 가령 그것은 일찍이 김준오가 펼친 '동일성의 시학', 조동일의 '세계의 자아화'라는 원리로 서정 장르의 세계 인식틀을 규정한 것과 깊은 연루 관계에 있다. 또한 멀리는 노드롭 프라이가 '동일성의 상실과 재획득이라는 이야기는 모든 문학의 기본구조'라 말한 맥락이나, 존 듀이의 '자아와 세계가 각기 특수한 성격을 상실하고 하나의 새로운 동일성의 차원에서 승화되었을 때 미적 체험이 된다'는 등의 견해와 동궤의 차원에서 이해할 수 있기 때문이다.

하지만 문제적인 것은 그러한 분열과 갈등, 자아와 세계 상실의 경험에 대한 심미적 응전으로서 동일성의 시학을 전면에 내세우고 있다는 것이다. 송기한은 서정시학의 원리로서 동일성의 시학을 현대적 경험에 대한 시적 대응으로 적극 부각하려 한다. 말하자면 "자아와 세계의 거리, 곧 거리화된 서정의 세계들은 어떻게 동일성의 장을 마련할 수 있는 것"(「시간의 비밀 속에 형성되는 사랑과 생명의 세계」)인가 탐구하는 작업이 송기한의 평론집이 일관되게 나아가고 있는 지점이다. 이는 동일성의 원리를 보다 실천적으로 우리 시대 서정시의 미학적 원리로 규정하려는 강한 의지를 환기한다. 이것은 원론적으로 자아와 세계의 동일성은 서정시의 원래 모습이며, 서정적 자아가 꿈꾸고 갈망하는 원초적 세계라는 점을 지시한다.

3

잘 알려진 것처럼 동일성을 확보하는 방법은 대표적으로 동화와 투사가 있다. 이 둘은 자아가 세계 혹은 타자를 자기화하는 과정이라는 점에서 동일하다. 이를테면 동일성의 원리에 의해 세계와 자아가 조화를 이룩한다는 것은 세계를 자기화하는 것을 의미한다. 그런데 문제는 주체의 정체성은 언제나 유동적으로 흔들리고 불안한 얼굴로 부유하며, '나'라는 인간의 확고부동한 정체성에 대한 믿음은 오래 전에 이미 불신받고 있다는 점이다. '나'의 전체성에 대한 회의, 말하자면 조화롭고 통일된 주체의 정체성은 도달할 수 없는 환상일 수 있다는 점이다. 그리고 또 다른 차원에서 그것은 세계에 대해 인간적 관점이나 의식을 덧입히는 미학원리일 수도 있으며, 그것은 대상에 대한 주체의 지배와 폭력으로 귀결될 수 있다. 일종의 자아 중심주의의 세계 인식일 수 있다는 것이다.

자아 중심주의의 세계 인식이라는 한계를 무릅쓰고 송기한은 서정시학의 원리로서 동일성을 포기하지 않는다. 새로운 세기로 접어든 이후 시인들의 시적 노력의 중심을 이루는 것은, 새로운 문학적 환경과 조건에서 새로운 서정을 탐구하려는 움직임이다. 서정 시대는 끝났고, 서정 연습 시대가 있을 뿐이라는 어느 시인의 도발적이며 예지적인 선언처럼, 우리 시대의 서정은 자아와 세계가 조화롭게 일치하는 황금시대의 조화로운 화음만

일 수는 없다. 이러한 불우한 시대, 불협화음의 시대에도 불구하고 송기한이 서정시학의 근본원리인 동일성을 끝까지 관철하려는 이유는 무엇일까.

송기한이 진술하듯 "서정시는 자아와 대상 사이의 대결이다. 그들 사이에 놓인 간극의 폭에 따라 치열함의 정도가 결정될 것이지만, 서정시인 치고 이 거리감을 편안하게 느끼는 경우"(「미정형의 지대가 만들어내는 서정의 샘」)는 매우 드물 것이다. 따라서 서정의 음역은 이제 동화와 투사를 통한 동일성의 원형적 재현에만 머물 수 없다. 그만큼 시대는 변했으며, 이러한 문학적 조건은 서정의 개념을 새롭게 정의하고 탐구하도록 요구한다. 자아와 세계의 소외와 분열, 자아 상실과 세계 상실은 현대 사회의 보편적 현상이다. 이러한 환경에서 서정시는 새로운 방향을 탐색할 수밖에 없는 현실이다. 그 탐색을 송기한은 비동일성의 파편화된 세계에서 역설적으로 서정시학의 근본원리로서 동일성의 시학, 동일성의 회복에서 찾고 있다. 다시 처음으로 돌아가 보자.

> 서정시는 분열과 대립, 차별의 운명 속에서 태어났다. 마치 근대 소설이 유토피아의 상실에서 태어난 것처럼, 서정시 역시 마찬가지 운명을 갖고 있다. 이 잃어버린 운명, 영원의 상실 속에서 서정시가 나아가야 할 방향이 놓여 있다. 이런 운명은 곧 시인 자신의 것이면서 인간 자신의 것이기도 한데, 어떻든 시가 동일성을 확보하게 되면, 인간 또한 그러한 수준에 올라오는 것이 가능하지 않을까. 그래서 오늘날 서정시가 중요한 것인지도 모르겠다.
> —「책머리」

아도르노의 저 유명한 명제처럼 아우슈비츠 이후 서정시는 죽었다. 분열과 파탄의 시대, 서정시의 죽음을 선고받은 시대에 송기한은 서정시의 존재 이유를 간명하게 밝히고 있다. 우리는 유토피아의 상실, 영원의 상실, 부재와 결핍의 조건에서 역설적으로 "서정시가 나아가야 할 방향이 놓여 있다"는 것이다. 이것은 우리 모두가 추구하고 회복해야 할 궁극의 가치이며, '동일성 확보'에 구원이 빛이 자리한다는 논리이다. "분열과 대립, 차별의 운명" 속에서 잃어버린 동일성의 회복이 곧 인간성 회복이라는 것이다. 여기에 서정시의 존재 이유가 있다는 것이다. 요컨대 송기한이 비평적 입지점으로 끝까지 견지하는 동일성의 회복은 다른 말로 일종의 '인간성의 재마법화'에 다름 아니다. 즉 타자에 대한 상호 존중의 원리와 함께 미학적으로 고양되고 자비 넘치는 세계를 창조할 수 있는 인간의 잠재력을 되살려내야 한다는 것이다. 동일성의 회복은 곧 인간성의 재발견, 인간성의 재매력화를 의미하는 것으로 이해할 수 있다.

비평가로서 송기한은 시에 있어서 서정의 윤리와 원리를 적극적으로 옹호한다. 사실 90년대 이후 우리 시단을 지배해 온 담론은 물질적으로 새로운 매스 미디어의 발달과 정보매체의 증대, 경제적 환경으로는 후기자본주의의 메커니즘과 세계화 혹은 지구화라는 이름의 신자유의의 대두, 정신적으로는 계몽적 이성의 퇴조와 탈중심화의 논리, 생활 세계로의 대중문화의 강력한 침투가 중심을 차지하게 되었다. 이러한 변화된 사회 문화적 토대는 문학의 비판성이나 신성성을 불신하고 진지한 반성적 성찰의 담론들을 가볍게 비웃으며 문학을 상품화하고 희화화시키고 세속화시킨 것이 사실이다. 서정시도 이러한 담론 구조에서 자유로울 수 없었다. 그러나 이러한 담론들은 근대에 대한 담론의 성격을 일정하게 지니고 있으면서, 세대론적으로 자신들의 문학적 입장을 기존의 문학적 인식과 차별화시키는 전략에는 성공하고 있으나, 서정시의 근원을 자각하는 반성적이며 심미적인 사유는 소홀했던 것이 사실이다. 이러한 탈근대 담론의 힘이 이룬 성과가 있다면 우리 시로 하여금 엄숙주의와 계몽성을 반성적으로 사유하게끔 하였고 기존의 언어 권력을 해체하고 재구성하는데 일정하게 기여했다는 점이다. 그러나 보다 중요한 사실은 시에서 가장 중요한 자질이라 할 수 있는 근원 원리를 소거했다는 점이다.

이러한 흐름 속에서 송기한이 추구하는 동일성 회복으로서의 서정시학은 의미로운 것이다. 그는 자신의 비평적 입장, 혹은 서정시론의 입지점, 서정의 윤리와 정신을 동일성의 원리에 두고 그 근본을 탐색한다. 그리고 그것을 토대로 서정시학의 심미적 확장을 모색한다. 그것은 서정의 자기 동일성의 확보와 관련하여 서정성이 주체와 세계가 분리된 경험으로부터 그것의 통합적 국면을 꾀하고자 하는 성격을 본질적으로 회복해야 한다는 것이다. 이러한 서정성의 회복은 결국 주체 우위의 사유가 아니라 타자와의 수평적 관계에서 새롭게 성립해야 한다는 뜻으로 들린다. 그가 다음과 같이 말할 때, 우리는 송기한의 중심주의적 사유에 대한 거절과 '평등'과 '수평'을 지향하는 사유 세계의 일단을 엿볼 수 있다.

중심이라는 경계가 사라지면서 모든 것은 중심이기도 하면서 또 주변이 되기도 했다. 다시 말해 하나의 고정점이 무너지면서 다양한 지점들이 생겨나게 된 것이다. 중심이 없다는 것은 위계질서가 없다는 것이고, 궁극에는 평등이나 수평의 사유와 연결된다.

중심이 무너진 후 그 벌어진 틈과 노출된 공간으로 다양한 기호들이 틈입해 들어오기 시작했다. 이를 두고 상쾌한 열림 혹은, 유쾌한 사회라고 했거니와 모두가 중심이 될 수 있고 또 그 반대가 될 수 있는 상대성의 논리가 지배하는 세계가 탄생하게 된 것이다.
　―「존재의, 존재를 위한 다양한 화장술」

중심으로서의 고정점이 무너지고 다양한 지점이 생성되는 공간, 그곳에서 송기한은 중심의 위계질서가 해체된 자리에서 평등과 수평의 인식론적 지평이 열릴 수 있다고 전망한다. 그리고 그렇게 생성된 열린 공간에서 "다양한 기호들", 즉 다양한 욕망과 의식, 관점과 정서들이 차별 없이 혼융하는 "상쾌한 열림"과 "유쾌한 사회"를 전망한다. 그 세계는 곧 확고부동한 진리의 체계로서 절대성이 아닌 "상대성의 논리"에 의해 생성되는 다양성 내지는 다원성의 가치가 꽃 피는 세계이다. 따라서 송기한은 타자의 주체성이나 존재성을 객체가 아니라 동등한 자격과 권리를 가진 주체로 인식하는 대화적 관계로 본다.

평등하고 수평적인 대화적 관계성의 회복은 곧 동일성 회복을 은유한다. 송기한은 상실된 근원적 감각이나 정서를 회복할 수 있는 통로를 주체의 신념에서 찾는 것이 아니라, 동일성의 원리에서 탐문한다. 따라서 우리 시대의 주체의 욕망과 언어가 불화 관계로 공존하는 것 역시 서정의 원리가 변형된 것이며, 이를 통해 서정의 본래적 힘인 동일성을 극대화하고 여기에서 비판적 대안 명제를 획득해야 한다는 주장으로 해석할 수 있다. 요컨대 자기 동일성이 와해되는 현실에서 반서정과 비동일성의 문제 역시 서정과 연루 관계에서 파악해야 한다는 것이다. 이러한 비평적 입지점을 내세우고 송기한은 우리 시대 서정시의 다양한 얼굴을 대면하여 깊은 통찰과 성찰을 통해 읽어낸다.

문학과 현실에 대한 전면적 통찰
— 송재영 비평의 스펙트럼

1. 인문주의자로서의 비평적 시선

송재영(宋在英)은 1935년 충북 영동군 황간면에서 태어났다. 그는 대전
고등학교를 거쳐 서울대 불문학과와 동대학원을 졸업하고 1961년 프랑스
소르본대학에서 수학하였으며, 1962년 충남대 교수로 부임한 후 1972년
프랑스 몽펠리에대학에서 생텍쥐페리에 관한 연구로 문학박사 학위를 받
았다. 그 후 2000년 2월 정년 퇴임까지 줄곧 대전에서 살아온 대전 지역
을 대표하는 문학비평가이다. 그는 1971년 『창작과비평』에 「조지훈론」을
발표하며 본격적으로 비평 활동을 시작한다. 서구 문예이론으로 무장한
그는 한국 소설과 시에 대한 섬세한 관찰과 분석적 탐구를 통한 비평적 작
업을 수행하였다. 그의 평론집으로는 『현대문학의 옹호』(문학과지성사,
1979)와 『문학과 초언어』(민음사, 1987)가 있고, 그 후에 발표한 글들은 아
직 단일한 평론집으로 정리되지 않은 상황이다.[1]

---

1) 송재영은 모리야크의 『사랑의 사막』(정연사, 1958), 카뮈의 『정오의 사상』(동양출판사, 1960), 아폴리네르 시선
『미라보다리』(민음사, 1975), 위고 시선 『올랭피오의 슬픔』(민음사, 1976), 브르통의 『쉬르레알리즘선언』(성문
각, 1978), 『어린왕자의 신비한 수수께끼를 찾아서』(정우사, 2002) 등의 많은 저역서를 발간하였다.

송재영은 그와 비슷한 연배의 세대, 이를테면 4 · 19세대를 대표하는 비평가이면서 1970년대 이후 한국 비평문학에 지대한 영향을 미친 유종호, 백낙청, 김병익, 김치수, 염무웅, 김주연, 김현, 임헌영 등과 비슷한 연배이면서도 이들에 비해 조금은 늦게 비평 활동을 시작한다. 이들은 한국 비평계에서 중대한 역할을 담당해 왔다. 그리고 모두가 외국 문학을 전공한 공통성을 지닌다. 그는 이들과 4 · 19세대로서의 정체성, 서구문학 전공자로서 현장 비평 활동, 서구문학과 이론의 뛰어난 소개자 겸 학자로서의 품격을 공유하는 공통성을 지닌다. 송재영 역시 일차적으로는 서구문학을 전공한 학자이면서 동시에 서구문학에 대한 해박한 식견과 섬세한 비평적 안목을 통해 한국문학에 대한 심도 높은 비평 활동을 왕성하게 펼친다.

송재영 역시 이러한 부류에 포함될 수 있다. 이에 대해 그는 "단순한 지적 허영, 또는 아카데미시즘의 여기(餘技)적인 외도(外道)라고 오해"할 수 있을지도 모른다는 입장을 피력한다. 그러나 자신의 비평 활동은 "순수한 문학적 교양의 표현"이며 "독서 과정을 통하여 자연스럽게, 또는 필연적으로 도달한 어떤 정리된 체계"(「책머리에」, 『현대문학의 옹호』)가 곧 자신의 비평이라는 견해를 밝힌다. 말하자면 서양 문학을 전공한 엘리트의 지적 허영심이나 여기로서의 행위에서 비롯한 것이 아니라는 것이다. 그보다는 소박하나마 독서 과정을 통해 얻은 인문주의자로서의 개인적인 문학적 교양의 표현임을 밝힌다. 그가 이 같은 우려를 드러낸 것은 외국 문학 전공자로서 필연적으로 노정할 수밖에 없는 다양한 서구 문예이론에 기댄 자신의 비평적 정체성에 대한 경계로 보인다. 그리고 여기에서 비롯할 수 있는 한국문학에 대한 자신의 비평적 관점이 자칫 한국문학은 서구문학보다 열등하다는 식으로 잘못 이해하거나 자신의 비평적 글쓰기가 서구의 문학 이론이나 관점만으로 우리 문학을 재단한다고 오해하지 말기를 당부하는 것으로 볼 수 있다.

송재영은 한글로 글을 쓰는 이상 우리 문학에 보탬이 되어야 한다는 확고한 소신과 자신의 비평이 "순수한 자족적인 작품", 즉 "자족적인 존재로 환원"(「책머리에」, 『문학과 초언어』)되기 바라는 신념을 지고 있다. 이러한 신념은 문학 비평을 단순히 하나의 작품에 의존해 기생하는 부차적 존재가 아닌 하나의 독창적인 작품 활동, 비평을 창조적 작품 생산으로 보는 롤랑 바르트의 견해를 따르는 것이다. 그는 1970년대 대전 지역의 척박한 비평적 현실에서 거의 유일무이한 권위 있는 비평가로서의 존재감을 지닌다. 그는 서구문학에 대한 이해를 바탕으로 우리 시와 소설 장르를 폭넓게 넘나들며 비평 활동을 전개했을 뿐만 아니라 서구의 문학 이론과 비평적 관점, 그리고 프랑스 시와 소설을 번역 소개[2]하는 데 열중하였다. 특히 중앙 문단에 글을 발표하면서도 대전 지역 주요 시인들의 시 세계를 섬세하게 조명[3]해 지역 문단을 더욱 풍요롭게 하는 데 크게 이바지하였다.

송재영의 비평 세계는 서구문학 전공자답게 서구주의자의 면모를 견지하는 동시에 한국문학의 전통과 현실을 거시적 안목을 통해 비판적으로 통찰하는 데 주력하며, 당대의 주요 시인과 소설가의 작품에 대한 미시적이며 구체적인 작품론과 작가론을 고르게 생산하였다. 송재영이 등단해 본격적인 활동을 시작하던 1970년대 한국 사회는 급격한 산업화 과정에 의한 경제성장과 유신 독재 정권의 무도한 정치적 억압이 동시에 진행되던 시기이다. 강력한 산업화 정책의 추진과 더불어 반공 이데올로기에 의한 총력 안보를 빌미 삼은 유신체제가 강고하게 지속되고 지역 간의 격차,

---

2) F. 모리아크, 송재영 역, 『사랑의 사막』, 정연사, 1958.
  A. 카뮈, 이휘영 · 송재영 공역, 『정오의 사상』, 동양출판사, 1960.
  A. 모루아, 송재영 역, 『생자들의 대화』, 청산문화사, 1972.
  G. 아폴리네에르, 송재영 역, 『미라보다리』, 민음사, 1975.
  V. 위고, 송재영 역, 『올랭피오의 슬픔』, 민음사, 1976.
  A. 브르통, 송재영 역, 『쉬르레알리슴 선언』, 성문각, 1978
  A. 모루아, 송재영 역, 『프루스트에서 카뮈까지』, 문학과지성사, 1996.
  생텍쥐페리, 송재영 해설 · 옮김, 『어린왕자의 신비한 수수께끼를 찾아서』, 정우사, 2002
3) 한성기, 박용래, 조남익, 임강빈, 김대현, 최원규, 박명용 등의 작품에 대한 작가 작품론이다.

계층 간의 갈등, 세대 간의 대립이 극도로 심화하는 시기였다.[4] 이 시기에 이르러 1960년대 중반부터 관심사로 떠오른 문학의 현실참여 문제는 참여와 순수라는 이분법적 논리를 벗어나게 되었으며, 당대 현실 문제와 문학의 지향을 둘러싼 여러 방향의 논쟁을 낳게 된다. 이 시기 비평을 선도하는 중심에 한국 비평문학의 양대 산맥이라 할 수 있는 백낙청 주도로 창간한 『창작과 비평』(1965)과 김현을 중심으로 창간한 『문학과 지성』(1970)이 자리한다.

『창작과 비평』과 『문학과 지성』이 주도하는 1970년대 이후 한국 비평 문단의 지형에서 송재영은 어느 한쪽으로 편향된 시각을 가졌던 것으로 보이지 않는다. 왜냐하면 그의 비평적 스펙트럼은 다채롭고 폭넓은 포용력을 지니고 있기 때문이며, 그것은 그가 이 두 지면뿐 아니라 당대의 다양한 지면을 통해서도 자신의 글을 발표하고 있는 것에서도 확인할 수 있다. 요컨대 문학사회학적 입장에서 문학의 역사 사회 현실성에 관해 꽤 정성 많은 관심을 기울이고 있다는 점, 동시에 초현실주의, 구조주의, 문체론 등과 같은 서구의 문학 이론과 비평적 방법론을 폭넓게 수용하려는 태도를 보인다는 점, 그리고 한국문학의 전통과 역사에 대한 애정 어린 비판적 관심을 지속적으로 표명한다는 점 때문이다. 이 글은 이러한 송재영의 비평 세계를 조명 소개하는 다소 긴 글이 될 것이다.

2. 문학사회학적 입장과 문학의 사회적 현실성 탐구

송재영의 비평적 글쓰기는 언제나 차분하고 사려 깊은 목소리로 작품에 내재하는 심층적 양면성을 섬세하게 고려하며, 조심스럽게 입장을 세우고

---

4) 권영민, 『한국현대문학사』, 1993, 민음사, 213쪽.

텍스트에 접근하는 태도를 견지한다. 그는 냉정한 관찰력, 직관적 통찰력, 차분한 분석적 식견으로 작품의 의미구조를 규명하고 전망을 타진하면서도 언제나 자신의 엄정한 비평적 척도의 준거를 잃지 않는다. 예컨대 우리는 송재영 비평의 일관된 문학적 입장 가운데 하나로서 우선 문학사회학에 준거를 둔 리얼리즘과 현실주의라는 개념으로 이해할 수 있다. 이 지점에서 중요한 질문은 그의 현실주의나 리얼리즘이 리얼리즘이라는 어사가 우리에게 파급하는 무수하고 익숙한 개념들과 오해들로부터 어떻게 구별될 수 있는가이다. 그러한 물음은 리얼리즘이라는 어휘가 포함할 수 있는 의미 영역의 넓이와 다단한 복잡성 때문이며, 또한 이것이 서구 근대문학이나 우리 한국 근대문학에서 하나의 뚜렷한 이념형, 혹은 문학적 관습으로 자리 잡아 오면서 제도적 권력으로까지 군림해온 사실 때문이다.

송재영의 문학사회학, 또는 "문학의 사회성", "사회적 현실"(「소설과 사회적 현실성」)을 중시하는 리얼리즘에 대한 소견은 획일화된 이념과 도식적인 창작 방법론에 한정되지 않는다. 그보다는 리얼리즘을 인간의 삶과 문학 언어 사이의 살아 있는 조응에 대한 지향으로서의 리얼리즘으로 이해하는 것이 타당하다. 그는 리얼리즘의 본질을 현실을 반영하는 규범적인 양식이라기보다는 문학 언어가 외부 현실과 맺는 관계 속에서 지니는 인식적인 내면적 가치의 문제로 이해한다. 이로써 그는 리얼리즘의 이념적 경직성과 속류화로부터 반성적 거리를 갖는다. 그가 중요하게 바라보는 것은 경직된 이념으로서의 리얼리즘이 아니라 이념의 현실 왜곡을 간파하고 이념이 간과할 수 있는 내면성으로서의 리얼리스틱한 비전이다.

송재영의 문학사회학과 관련한 리얼리즘에 대한 이해의 단초는 「소설과 사회적 현실성」에서 만날 수 있다. 그가 생각하는 훌륭한 리얼리즘 문학은 "리얼리즘의 평면적 극대화"도 아니며 작가는 단순히 사실의 기록과 반영을 목표로 하는 "르포르타지의 작성자"가 아닌 "역사 사회적 현실성의 내부적인 심층"을 간취할 수 있어야 한다. 그리고 훌륭한 작가는 "내부구조에 함축돼 있는 의미구조"를 드러낼 수 있는 직관력과 통찰적 심미안을 가져야 한다. 이를테면 푸코가 고도로 복잡하고 다원화된 현대의 시민사회를 그리는 현대소설은 '기억의 기념비' 혹은 "과거의 기념비적 기록물'[5]이 될 수 있다고 주장하지만, "단순한 사실의 집적은 하나의 기록물"일 뿐 소설이 될 수 없다는 것이다. 이 점은 「역사소설에의 문제제기」에서 역사소설은 현대의 문제를 과거 역사 속에서 추출해 내고 이를 창조적으로 해석해 형상화해야 한다는 견해와 같은 맥락에 있다.

이러한 주장은 그의 글, 특히 소설시학을 다루는 글들에서 반복적으로 강조되는 관점이다. 가령 또 다른 글 「문학사회학과 텍스트 분석」에서도 마찬가지인데, "문학사회학은 사회 현상에 대한 단순한 물질적 해석이 아니라 그러한 현상을 구성하고 있는 내부 인자에 대한 철학적 해석, 또 그 철학적 해석에 이르는 작가의 사회적 태도에 관해 변증법적 고찰"이 이루어져야 한다는 주장이 그것이다. 요컨대 문학사회학은 한 시대나 한 특정 계층의 사상과 의식의 심층적 근거를 이루는 그 '밑뿌리'로부터 간취해낼 수 있어야 한다는 것이다. 송재영은 리얼리즘의 소설적 가치를 가장 잘 구현하고 있는 작가로 이병주를 꼽는다. 이 글뿐만 아니라 「이병주론」과 같은 여타의 글들에서 그는 자주 이병주의 작품에 대해 상당한 애착을 나낸다. 그것은 이병주의 소설이 "사회적 현실성을 외부적, 물질적 사회 구조의 한 단층에서 쳐다보지 않고, 역사 사회적 의식의 중층을 해부"하며, 그 의미 탐색을 "매우 진지하고 심각하게 드러내고 있"기 때문이다.

송재영은 여러 글에서 이병주 소설들을 관심 있게 분석하는데, 그것은 이병주 소설이 "중층적, 다면적 사회 현실을 역사적 흐름과 결부시켜 인간의 내부 구조" 안에서 찾아내고 있기 때문이다. 말하자면 이병주는 현상적 반영이나 단순한 세계 파악과 인간 이해, 그리고 안이한 해결적 전망을 성

---

5) M. 푸코, 이정우 옮김, 『지식의 고고학』, 민음사, 1992, 26쪽.

급히 내세우는 것을 거부한다. 그보다 사회 현실적 현상 세계의 복잡성과 내면성, 중층성과 다면성을 그 얽힘의 구조 속에서 파악한다. 이로써 인간의 모순됨과 복합성, 다면적 내면성을 인식하는 것이 문학이라 규정할 때, 송재영의 리얼리즘은 세계 인식의 폭과 깊이를 요구하는 리얼리즘으로서의 의미를 획득한다. 즉 "정신 세계와 물질 세계 상호간의 영향 관계", 또는 "경제적 물질적 체계를 중심으로 한 내부 세계", 또는 "내면 세계의 구조"를 "상호 인과관계로 보고, 그 안에서 역사적 사회적 현실성을 추구"하고 탐색한다. 한마디로 현상과 본질의 변증법적 관계로 문학의 현실주의와 리얼리즘을 이해하는 것이다.

소설은 항상 현실에 집착하는 경향이 있다. 문학이 현실의 반영이라는 말은 이제 재래적이며 상투적인 평범한 말이 되어버렸다. 그런 차원에서 송재영은 당대 리얼리즘이 강렬한 어조, 이념적 전위로 내세우는 리얼리즘의 기원이 근대 시민사회의 발달과 자본주의화에 따른 중산층의 부상 등에서 찾는 루카치나 골드만의 견해를 간단히 설명한다. 그는 이 글에서 근대 소설의 발생과 리얼리즘 문제에 대한 역사적이며 이론적 고찰을 시도하며, 사회 현실의 객관적 묘사라는 리얼리즘의 개념이 소설의 기본적인 특징과 연결되어 있다는 점을 주목한다. 이 과정에서 특히 예술의 발달은 정신적 물질적 노동에 있어서의 생산 관계와 불가분의 연관뿐만 아니라 현실적으로 우리의 감정, 사상, 행위를 지배하는 것은 경제적 활동에 기초해 있다는 마르크스주의를 어느 정도 인정한다. 그러나 "문학의 사회성을 경제적 물질적 세계에서만 구명"하려는 태도, 단순한 현실의 반영, 현실의 표피적 기록은 저급하다고 단정한다.

송재영은 여러 차례 리얼리즘의 기능을 이야기하며 작가는 현실의 현상 이면에 자리하는 "상대적인 측면, 내면적 의식 세계에 비쳐진 문학의 사회성"을 읽어내야 한다고 강조한다. 왜냐하면 "오늘까지 한국의 작가는 격동하는 사회에 스스로 휘말려 외부적 현실성을 내적으로 파고들기 전 그것의 상황 묘사에 민감"했었고, 그것의 "비판에만 열중"했다는 것이다. 요컨대 "오늘날 우리들이 일반적으로 당면하고 있는 역사 사회적 현실성의 조성 원인을 사회 의식의 밑뿌리로부터 천착"하지 못했다. 그가 「현대소설의 옹호」에서 말하듯 "소설 미학의 참된 본질"은 "현실이라는 허상을 파괴하고 그 자리에 감추어진 실상을 추구"하는 데 있다고 주장할 때, 작가는 "사물의 이면을 관찰할 줄 아는 시선"이 필요하며, 그것 없이는 어떠한 "사물(현실)도 자연적 현실로 개화"할 수 없다는 것도 이와 같은 맥락에서이다. 송재영은 그것을 심층의 세부를 다양하게 관찰해 사회 현실을 읽을 수 있는 "쌍안경적 시선"이라 부른다.

리얼리즘이나 문학사회학에 대한 유연한 그의 비판적 사유는 「지식인 소설의 전개」에서도 입증된다. 이 글에서 송재영은 의심할 바 없이 우리 문학에도 지식인을 중심으로 하는 소설이 많이 제출되어 있음을 상기하고, 최인훈과 이청준과 이병주를 고평한다. 최인훈을 통해서는 주인공들의 내면 의식과 행위를 통해 현실비판을 읽고, 이청준을 통해서는 암울한 시대 상황이 잉태한 "신세대 지식인으로서의 광기"를 읽어내며, 이병주를 통해서는 "정치의 비리, 역사의 오류, 그리고 사회의 모순"과 그의 소설이 조응하고 있다는 점을 밝힌다. 그러면서 "서민의 적나라한 삶을 그리는" "리얼리즘이 반드시 도시 변두리의 부유층(浮游層)이나 농어촌의 저소득층에게만 국한될 것이 아니라 보다 폭 넓은 사회계층으로까지 확대"되어야 하며, "인간의 삶의 양식을 반드시 경제적 생산 체계에만 비추어서만 해석하고 묘사"하는 경직된 리얼리즘 또는 속류 마르크시즘의 사고를 벗어나야 한다는 점을 역설한다. 여기에서 송재영이 보여주는 리얼리즘이라는 인식론적 틀의 포괄성과 탄력적 성격이 여실히 드러나 있다.

송재영 비평에서의 문학사회학, 리얼리즘, 현실주의적 상상력이라는 문제를 구체적이며 확장적으로 살피기 위해서는 그의 또 다른 글 「현대소설의 옹호」를 참조해야 한다. 이 글에서도 소설에서 리얼리즘의 문제에 대한 그의 창작 방법론과 비평적 입각점을 엿볼 수 있다. 그는 '작가는 무엇을 어떻게 써야 할 것인가'라는 질문으로부터 이 글을 출발시킨다. 그는 변화한 시대에 '문학의 위기'와 관련하여 "소설의 문학적 기능이 전시대의 그것과는 현저하게 변질"되었다는 점을 이야기하며 "19세기 말엽까지만 하더라도 소설은 과학 텍스트", 말하자면 심리학과 사회학적 텍스트로 사용될 수 있었음을 상기한다. 그러나 이러한 기능, 즉 심리학적 "텍스트로서의 가치"와 사회학적 연구 텍스트로서 효능을 상실하게 되었다. 리얼리스트들이 수행하고 있는 기능이 냉철한 심리학자나 사회학자의 손으로 이루어진다는 생각의 대두, 소설에서 진정한 객관성이 가능할 수 있다는 믿음의 붕괴로 인하여 소설의 위기가 도래했다는 것이다. 따라서 "소설 자체의 내적 성찰이 필연적으로 필요"하며, "이를 통해서만 소설은 역사성과 독립성을 오로지 견지"할 수 있다는 것이다. 그리하여 변화한 사회적 조건 속에서 우리는 무엇을 어떻게 써야 할 것인가를 고민해야 한다는 것이다.

그런데 문제는 많은 작가들이 현실에 민감한 반응을 보이지만 "비속한 일상적 소재와 부분적인 현실의 단면을 마치 삶의 총화인 양 과장"하고 있다는 것이다. 여기에 필요한 것이 작가의 "창조적 개입"이다. 말하자면 사소한 제재를 "단순히 사건화"하는 아니고 "인류의 보편적 경험의 차원에서 형상화"해야 하며, 삶과 인간의 실체를 사회적 구조 속에서 탐구해야 한다는 것이다. 리얼리즘을 "사물의 즉물적 묘사"나 "산문을 단순한 의미 전달의 도구로만 생각하는 사전적 해석 태도를 지양"하고 "산문의 전체적인 구조에서 상징과 암시를 시적 효과 못지 않게 내포"해야 한다는 것이다. 산문 역시 "여백의 미학"을 추구할 때 "소설의 창조성"을 확보할 수 있다는 것인데, 이런 측면에서 이병주, 최인훈, 송영, 이청준 등의 소설을 고평한다. 그것은 바로 평범한 일상의 저변에서 경이를 조성하면서 환상과 현실을 오묘하게 뒤섞어 조화시키는 허구적 조성 능력, 기지가 번뜩이는 분석적 능력, 관념적이며 환상적인 수법, 만화경 같은 다채로운 의식의 요술은 기존 소설에서 볼 수 없었던 참신한 언어 구사와 문체론적 특징으로 서의 값에 보답하기 때문이다.

이와 같은 맥락에서 송재영은 "꿈이 없는 소설은 죽은 문학"임을 천명한다. 그 좋은 본보기로 최인훈의 『서유기』를 든다. 이 소설에서 주인공이 실천하는 여행은 사실 당대의 사회 정치적 현실성을 예리하게 암시하는 것이며, 단지 서술 형식이 상상적이며 환상적이라 해서 그 소설에서 사회성을 배격하고, 그것을 읽어내지 못하는 것은 졸렬하고 아둔한 식자의 편협한 안목에 불과하다고 비판한다. 말하자면 "꿈과 환상은 현실의 표피를 파괴"하며, 현실의 현상적 외피를 부정하고 그 "밑뿌리의 모습"을 드러낼 수 있는 방법이다. 즉 한국 소설이 "일상적 소재와 현실적 제재에만 경도" 되거나 "현상적 사실의 기계적 복사의 단계"를 벗어나지 못하기 때문에 우리 "소설 문학의 지평적 확대"가 막혀 있다는 것이다. 이러한 차원에서 "꿈의 형상화 과정이 소설의 주제가 될 때 그것은 참신한 현실 세계를 이룩"할 수 있음을 피력한다.

리얼리즘이나 문학의 사회성에 대한 송재영의 유연한 비평적 사유는 작품의 꿈과 환상적인 요소에도 불구하고 등장 인물이나 상황이 우리의 한국적 사회 현실에 깊숙이 뿌리박혀 있음을 간파하고 그것이 전형적인 국면과 인물을 제시하고 있다는 한에서 그것은 리얼리즘이라 규정하는 것은 정당하다. 소설에서의 리얼리즘의 문제에 대한 이러한 인식은 그의 실제 작품 비평에 광범위하게 적용된다. 특히 앞서 언급한 최인훈의 『서유기』를 대상으로 하는 「분단시대의 문학적 방법」과 조세희의 『난장이가 쏘아 올린 작은 공』을 대상으로 하는 「삶의 현장과 그 언어」 같은 경우가 대표적이다. 이들 글에서 그는 꿈이나 환상적인 요소들은 역설적으로 리얼리즘에 투철한 결과이며, 현실적인 것과 환상적인 것이 서로 얽혀 있는 하나의 구조적 전체로 두 작품을 파악한다. 말하자면 이 소설에서 꿈과 환상적인 요소들은 곧 현실의 번역어이다. 두 작품에서 꿈과 환상과 관념적 세계는 "우리의 일상적 현실보다도 몇 배나 더 복잡하고 절실"한 사회 현실 상황과 그에 처한 인간이 존재한다는 것을 보여준다. 그런 점에서 최인훈이나 조세희의 소설은 진정한 리얼리즘을 구현했다는 것이다.

위대한 작가들의 작품에 우리가 발견할 수 있는 것은 인간의 삶과 세계에 대한 전면적 통찰이다. 그것은 관찰의 정신에서 비롯한다. 삶과 세계의 전면적 통찰을 추구하는 정신은 인간을 사회적 구조와 배경 속에서 포착하는 일이며, 이를 통해서 사회에 대한 전반적 통찰이 가능하다. 이와 같은 문맥에서 송재영이 말하는 '쌍안경적 시선'이라는 관찰의 정신인 산문정신은 동시에 비판 정신이기도 하다. 이러한 관점은 송재영에게 예술성과 배치되는 것이 아니다. 송재영은 인간 삶의 전면에 대한 냉혹한 관찰자, 이에 따른 통찰적 비판의 철인, 그리고 언어 예술가로서의 작가성의 결합을 통해 소설 문학의 완벽한 자기실현이 가능하다는 입장이다. 이러한 문맥에서 송재영은 리얼리즘에 대해 균형 잡힌 사유를 보여준다. 쌍안경적 시선에 의한 전면적 통찰이 함축하는 바 소설은 인간 경험의 총체적 기록으로서의 문학과 그 기록의 중요한 조건이며 성과인 언어 표현의 예술성은 그의 비평의 중심 고리를 이루고 있다.

3. 서구문학 이론과 비평 방법론의 수용

문학은 새로운 환경에서 다양하게 변화하고 있다. 따라서 비평 방법 역시 새롭게 요구되고 있다. 이러한 이유로 송재영은 우리 "비평가들에게 많은 영향을 주고 또 비평상의 제방법이 시도되는 현상"을 경원시할 필요는 없다고 말한다. 그것은 단지 "외국 문학의 생경한 문학 이론에 소화 불량증을 일으킬 위험"(「비평과 반비평」)으로 인식한다면 그것은 국수주의적 태도에 불과하기 때문이다. 그는 여기에서 서구문학 전공 비평가로서의 면

모를 드러낸다. 이러한 비평적 시각은 리얼리즘에 관한 사유와 함께 송재영 비평의 일관된 또 하나의 관심으로서 서구 문학이론을 소개하면서 이를 작품 비평에 적용하는 사례이다. 이러한 관심은 몇 편의 글에 주로 나타나 있는데, 우선 문학사회학적 입장의 리얼리즘이나 현실주의적 태도를 지향하는 작품 외적 접근 방법의 반대편에 서 있는 경우이다. 즉 문체론적 비평의 방법, 형식 구조주의의 비평 방법이 그것이며, 서구문학 사조로서 쉬르리얼리즘⁶⁾과 데카당스에 관한 것들이다.

「문체론적 비평의 방향」과 「구조주의 비평론」은 학술적 성격이 강하다. 우선 송재영은 「문체론적 비평의 방향」에서 서구에서 문체론의 발생과 기능에 대한 역사적, 이론적 고찰을 시도한다. 그런 다음 그 비평 방법을 발생학적, 통계학적, 의미론적, 시학기능적 방법으로 분류하여 설명한다. 그는 "문체론적 사실은 언어학적, 심리학적 및 사회적 범주에까지 미친다"는 전제 아래 "언어의 표현 양식은 우리가 일반적으로 생각하고 있는 것보다 훨씬 다원적으로 계층화"된다는 점을 강조한다. 말하자면 우리의 언어 표현과 소통에서 수신자의 언어학적 의식에 대한 참작이 발신자의 의식의 대부분을 차지한다. 따라서 표현과 소통의 방법에서 "최대한도의 효과를 나타내기 위해 언어 사용자는 자신의 특징적인 표현 양식을 선택"하기 마련이다. 이것이 우리가 일반적으로 알고 있는 작가의 개성으로서 문체이다.

송재영에 따르면 이것이 바로 문체론적 비평의 대상이 되는데, "분석을 시도하는 사람은 흔히 전적으로 표현 방법만을 고찰"하려는 태도를 경계해야 한다. 왜냐하면 "소위 표현성이란 그것 자체로 완성될 형태의 것이 아니라 여러 가지 복합적이며 가변적인 여건의 결과"에 따라 다르게 수신되고 전달 효과도 다르며 다양하게 의미화될 수 있기 때문이다. 문학가의

---

6) 특히 송재영은 1973년부터 1975년까지 『시문학』지에 10회에 걸쳐 앙드레 브르통의 쉬르레알리즘 선언을 번역 소개하고, 이를 모아 단행본으로 출간하기도 한다.

기술은 랑그(langue)보다는 빠롤(parole), 즉 언어의 문법 체계보다는 그것을 활용한 작가의 개성적 발화 행위에 의해 그 창조적 생명과 가치를 얻는다. 다시 말해 작가 개인의 문체적 특징을 통하여 내면적 태도와 미적 효과를 탐구하는 것이 문체론적 비평의 핵심이다. 송재영은 "산문을 도구"로만 여기 않고 "시와 비슷한 미학적 감각 · 상징 · 암시 · 은유 등을 포함"한 다층적 언어구조물로 이해한다. 요컨대 "산문의 전체적 구조에서 상징과 암시를 시적 효과 못지 않게 내포"(「현대소설의 옹호」)해야 한다는 주장과 맥락을 같이 한다. 이것은 그가 소설에서 현실이나 사건을 인과적 논리적으로만 구성하지 않고 상상적으로 해체할 줄 아는 꿈이나 환상적 수법을 강조하는 맥락과 상통하는 것이기도 하다. 그럴 때 소설 문학은 단조로운 "단일적 패턴에서 구원"받을 수 있다는 것이다.

송재영의 문체론적 비평 방법은 「현대소설의 옹호」에서 무엇을 어떻게 쓸 것인가를 고민하는 과정에서도 여실히 드러난다. 말하자면 그 질문에 대한 학구적 탐색의 결과물이 「문체론적 비평의 방향」처럼 보인다. 송재영이 「현대소설의 옹호」에서 산문에서도 시적 분위기, 예컨대 효석의 「메밀꽃 필 무렵」에서 보는 바와 같이 때로 소설에서 "장면에 따라서는 묘사가 서술보다 더 구체적일 수 있고 감동적일 수 있다"고 강조한다거나, 생텍쥐페리의 나무, 모리악의 불과 바람, 카뮈의 해변과 태양 등의 이미지가 그들 작품의 중요한 상징 세계를 이루고 있는 것처럼 우리 한국 소설도 "산문의 기능이 지시적 역할에만 있다는 통론"을 벗어나야 한다는 주장과 그의 문체론은 맞닿아 있다. 이러한 그의 주장은 산문 정신이 본래 현실 관찰의 내용이나 그 전달의 충실을 위해서 운율, 리듬, 은유, 상징성 등을 희생시키는 것이지만, 그것을 뛰어넘어 사실의 왜곡이나 기피나 방기적 생략을 불사하는 운문의 정신을 필요로 한다는 것으로 이해할 수 있다. 그래서 그는 "시적 에스프리가 결여된 통상적인 언어"는 "산문에서도 철저히 배격"해야 한다고 강한 어조로 역설한다.

실제 작품 분석보다는 구조주의의 비평적 관점과 이론을 소개하는 데 그치고 있는「구조주의 비평론」역시 학술적 성격이 강한 글이다. 송재영은 이 글에서도 수사학적 표현술로서 문체를 언급한다. 다만 문체의 개념이 낭만주의 미학의 도래와 더불어 중요한 개념적 변형을 거친 후 문체론이 등장한 것과 비례해서 문채(文彩)는 구조주의나 언어학적 방법론에 기반한 '신수사학'의 조명 아래서 수행된다는 점에서는 다소 차이가 있다. 하지만 문학적 기술은 일상적 기술과는 다르게 초(超)의미작용, 즉 메타적 현상과 기능을 발휘한다는 점에서는 대동소이하다. 문채는 "수사학적 기호체계에 있어 하나의 시적 상태를 형성"하는 것, 즉 내연관계를 통한 의미 발생을 실현하게 된다. 그가 소설의 산문적 표현 방법도 '시적 에스프리'가 담기도록 언어를 사용해야 한다는 의미도 이와 같은 논리에 따른 것이다.

문체론이나 구조주의 비평 방법을 소개하는 것과 더불어 송재영 비평이 관심을 갖는 것은 전위적 실험성을 띠는 다다이즘과 초현실주의에 관련한 영역이다. 이러한 관심은 리얼리즘에 대한 논의와도 무관하지 않다. 말하자면 리얼리즘이 경험 세계의 문학적 대응이라 할 때, 그것은 결국 문학 언어가 어떠한 예술적 진정성으로 현실을 드러낼 수 있는가의 문제로 귀착하기 때문이다. 소박한 의미, 혹은 속류 리얼리즘의 차원에서 리얼리즘이 언어를 통해 세계를 재현할 수 있다는 믿음에 기초한 것이라고 할 때, 송재영 비평에서 언어의 가능성과 한계에 대한 깊은 성찰은 리얼리즘의 당위와 현실 사이의 괴리를 인식하도록 만든다. 여기에 출현하는 것이 전위적인 문학관으로서 다다이즘과 쉬르리얼리즘이다. 이 지점에서 그의 문학 언어에 대한 탐구는 그의 비평적 관점을 더욱 정교하고 유연하고 탄력적으로 만든다.

비교적 짧은 분량의「쉬르레알리즘의 현대적 평가」는 앙드레 브르통의 초현실주의를 "반미학의 미학"으로 규정하면서 지금은 상식이 되다시피

한 브르통의 초현실주의를 자동기술·무의식·꿈·광기 등과 연관한 개념을 간단히 살핀 후, 누보로망과 쉬르레알리즘의 연관성과 혁신성에 대해 설명한다. 그런 다음 한국시에서 초현실주의 수용 배경을 살피며 이상을 간단히 언급하고, 김구용 시에 나타나는 초현실주의 요소를 간단히 살피며 글을 마치는데, 이에 대한 논의는 「이상시와 쉬르레알리즘」에서 보다 투명하고 세밀하며 정교하게 나타나 있다. 상당한 분량의 이 글은 마치 한 편의 치밀한 학술논문과 같은 인상을 준다. 송재영은 이 글에서 이상의 시에 다다이즘과 초현실주의의 영향이 어떻게 투영되고 있는지를 매우 길고 지루하게 분석한다. 그것은 이상의 시를 논할 때 다다와 초현실주의적 요소는 통례처럼 언급되지만 대부분 부분적인 단편적 논의에 그치고 있기 때문이다. 먼저 송재영은 통시적 관점에서 한국시에 다다이즘, 초현실주의, 모더니즘의 흔적을 찾아본 다음 이상 시의 해석적 다양성을 간단히 논구한다. 그러면서 이상의 시에서 여러 가지 시적 경향을 인정한다 하더라도 결국은 "다다 – 쉬르적인 것으로 수렴되고 만다는 사실은 부정"할 수 없음을 말한다.

주지하다시피 이상은 1920년대 주요한과 김억에 의해 틀을 잡아가던, 즉 한국시가 근대시의 형식적 조건을 갖추어가기 시작한 지 10년이 겨우 지난 후 아주 엉뚱하고 파괴적인 낯선 이단자로 등장한다. 이러한 맥락에서 이상 시가 주는 놀라움을 우선 내용의 난해성은 물론이고 "형식과 인쇄체제"에 있음을 밝힌다. 시에서 구두점을 완전히 추방한 최초의 시인이 아폴리네르이며, 그 후 다다를 거쳐 쉬르파에 이르러 보편화되었다. 이상과 아폴리네르의 유사점은 "표상문학형태의 시"를 시도한다는 점이다. 이를테면 전통적인 문자 중심의 시문법에서 일탈하여 형태 중심의 시각적 구성은 내용 전개에 있어서 자유연상에 따른 의식의 흐름 기법을 채용해 시에 대한 새로운 인식을 유도한다. 송재영은 아폴리네르의 시집 『칼리그람』에 많은 표상문학형의 시가 존재하는데 이상 시에서 이와 같은 수법을 가장 잘 구현한 시는 「오감도 – 시제4호」이다. 이러한 이상 시의 숫자, 수식, 점, 선, 면, 입체 등으로 이루어진 수학 및 기하학적 도형의 빈번한 사용은 다다이스트들의 정신과 수법을 연속하는 것이다.

쉬르파가 추구했던 논리적 세계, 즉 과학적 합리주의에 대한 반발과 저항, 파괴와 실험, 부정과 자유의 정신을 논구하며 꿈과 환상과 무의식 상태에서 제작된 시가 쉬르리얼리즘의 시이다. 그렇기 때문에 필연적으로 자유연상에 의한 자동기술법을 요구한다. 이와 같은 차원에서 "치밀하게 설정된 주제가 없이, 관습적인 수식어의 나열도 없이 끄때그때 이야기하듯이, 순간순간 단편적인 사념을 토해내듯이, 즉 의식과 무의식의 마찰을 빚어내는 것이 자동기술법"이라 할 때 이상의 「오감도」 중 몇 편과 「운동」, 「꽃나무」 등 열련의 작품은 의식의 검열을 받지 않은 가장 순수한 기술 형태를 보이는 작품으로 평가한다. 그러나 이상 시의 "과도한 관념성"과 "언어체계의 논리성"을 들어 "완전히 자동기술법에 입각해 있다"고 속단하지는 않는다. 이상 시가 가진 쉬르적인 경향을 일단은 인정하지만, 이상 자신이 "쉬르적 시론이나 그와 유사한 투철한 시의식이 없었기 때문에 진정한 쉬르적 차원"에 도달해 있지 않다는 것이다.

계속해서 송재영의 논구는 이상 시에 나타나는 "쉬르적 이미지"로 이어진다. 그는 "쉬르시인들에게 있어 이미지 추구는 기본적인 시작태도"인데, 그들 시에서 진부한 시적 표현이라 할 수 있는 직유법이 많이 사용되는 것을 지적한다. 쉬르파의 시인들이 직유나 은유 같은 비유법을 많이 사용했지만, 그 의도는 "단순한 비유의 효과가 아니라 다양한 이미지의 혼합과 조화"를 꾀한 것이다. 그들은 "병치절의 중복", "연과 연의 대비" 등을 통해서 "직유나 은유에 의한 단층적인 이미지 대신 과감"하고 "파괴적인 충격적 이미지를 창조"하려 했다는 것이다. 브르통의 표현대로 "쉬르시의 특징적 성격은 이미지를 산산조각내는 일"이기 때문에 확연하게 정돈된 상상세계란 그들의 시에서는 존재하지 않는다. 말하자면 이미지를 결합하

지 않고 반대로 분해한다는 것은 단일한 구성의 효과보다는 다양한 연상
작용에 더 치중한다는 것을 의미한다. 그리하여 "쉬르시가 애매성과 난해
성을 포함"하게 되는 것은 당연한 일이다. 이러한 특성을 송재영은 「시제
이십호」, 「흥행물천사」 등의 분석을 통해 입증한다.

끝으로 정명환이 이상의 문학에 대해 "유희적 요소"와 "당혹의 유희"[7]
로 규정하며 이상을 초현실주의자로 보는 견해를 부정하는 견해에 동조하
며 내면세계로의 지기 유폐를 통한 "자유로운 환상과 꿈"에 의해 표현되
는 것은 "자의식의 노출"이라기보다는 "잠재의식의 균열 현상"으로 진단
한다. 동시에 이상의 시를 리비도의 실체로 간주하는 김우종의 논리[8]에
따라 몇몇 작품을 성적 충동의 표현이라는 차원에서 검토한다. 쉬르파의
시인들은 "성을 적나라한 상태 그대로 표현"하는데, 이것은 "의식 내부에
침전되어 있는 성의 본능을 표면으로 노출시킴으로써 거기서 자유롭게 해
방"되고자 한 것이다. 때문에 아라공이나 엘뤼아르와 같은 쉬르파의 시에
는 관능적 쾌락을 노래한 시들이 많이 존재함을 상기한다. 그러나 이상의
문학에서 리비도는 "관능의 쾌락이나 생명력의 구현이 아니라 인간의 숙
명적이며 절망적인 행위"로 드러난다고 평가한다. 그리고 그 절망감은 식
민지 근대의 지식인으로서 시대와의 위화감과 폐병에 시달리며 죽음을 예
감할 수밖에 없는 실존적 조건에서 비롯한다고 진단한다. 그리하여 이상
을 당대의 지식인들처럼 서구문화와 접촉하였고, 그로 인하여 "예민한 감
수성을 문학적으로 단련시키는 데 어느 정도 성공한 시인"일 뿐이라 다소
평가절하한다. 그가 세운 공적이란 1920년대 "데카당적 상징시를 결산하
는 데 있어 결정적인 역할을 하였다는 점" 뿐이며, 한국시가 "모더니즘과
연관 맺는 데 가교" 역할을 했을 뿐이라는 것이다. 이러한 적극적이며 비
판적 평가는 이상 시에 대한 일반 대중들이나 비평가들이 보이는 신비화

7) 정명환, 「부정과 생성」, 『한국작가와 지성』, 문학과지성사, 1978, 150쪽.
8) 김우종, 「이상론」, 『작가론』, 동화문화사, 1973.

의 베일을 걷어내고 있다는 점에서 이채롭다.

4. 한국문학의 전통과 역사에 대한 성찰

송재영 비평에서 또 하나의 관심은 한국문학의 전통과 역사에 관한 것이다. 이것은 우리 문학의 전통 속에서 어떠한 방향으로 우리 근대문학이 성립되어 가느냐 하는 문제와 연관해 있다. 우리 문학의 전통과 역사에 대한 그의 관심은 서구문학을 전공한 비평가로서 어떻게 서구의 근대적 문학을 수용하는가에 주로 초점이 있다. 이것은 결국 우리 근대문학이 서구 문학관을 받아들여 그것을 어떻게 문학적 정직성으로 수용하고 있느냐의 문제로 귀착된다. 송재영은 「한국근대시와 테카당티즘」에서 우리 문학의 외국 문학 수용이라는 문제를 깊이 있게 탐구한다. 한국 문단에 서구 시가 본격적으로 소개 번역되기 시작한 것은 김억을 주축으로 하는 『태서문예신보』(1918)라는 사실은 익숙한 것이다. 여기에서 김억은 주로 프랑스 데카당스와 상징주의에 깊은 관심을 보이며, 그 사조의 성격과 실제 작품을 번역 소개한다. 그리고 "시교과서적 존재"[9]로 평가되는 최초의 번역 시집 『오뇌의 무도』를 출판하여 당대의 문단, 우리 근대시 형성에 많은 영향을 미친다. 그 점은 "퇴폐주의 혹은 상징주의적 시가 당대의 암울한 식민지 치하의 예민한 지식인에게 충격적으로 감염"되었다는 사실과 김억의 번역 시가 "형태면에서 한국 근대시의 기틀"을 잡는 데 영향을 미쳤다는 사실에서 찾을 수 있다. 송재영은 이 점을 인정하면서 이들의 시적 공과를 비판적으로 검토한다.

송재영은 이 글에서 데카당스나 프랑스 상징주의가 수용 전개되는 영향

---

9) 이은상, 「안서의 신시단」, 《동아일보》, 1929.1.16.

관계를 간략히 살핀다. 그런 후 프랑스를 중심으로 전개되는 데카당스와 상징주의의 태동 배경과 주된 미학적 경향을 요약적으로 정리한 후, 그것의 한국적 수용 현실을 살핀다. 그의 논지에 따라 결론부터 말하면 퇴폐주의나 상징주의의 미학적 감성이 식민지의 불우한 현실과 부합했다는 것이다. 또한 우리가 데카당스와 상징주의를 수용하기 시작한 시점은 시기적으로 프랑스에서 이 사조의 열기가 아직 식지 않은 상태였으며, "수차의 정치혁명"과 "기독교 문명의 종말을 목격"하는 프랑스의 혼란스러운 사회 상황과 불안한 "지적 상황"은 정치적 정신적 가치체계로서 유교 이데올로기가 붕괴하던 "한말의 시대 상황"과 유사하다는 것이다. 여기에서 우리가 목도하는 것은 저항의 태도[10]가 아니라 "나약한 지식인의 실상"이라는 것이다. 일제 강점의 식민 현실, "저항과 죽음이 아니면 도피와 좌절만이 존재하는 상황"에서 대부분 후자의 길을 선택했고, "여기에 데카당스는 달콤한 정신적 숙소를 제공"했다는 것이다.

데카당스와 상징주의에 대한 송재영의 탐구에서 주요하게 부각하는 시인은 주요한과 김억이다. 송재영은 이 두 시인을 데카당스와 상징주의의 수용과 실천의 선구자로 평가하면서도 주요한을 그의 시가 "미숙한 대로나마 데카당티슴과 상징주의 시를 본받았을 때"에만 가능하다고 평가한다. 왜냐하면 "서구시의 영향"을 받지 않은 그의 다른 시들은 "작품으로서 성립될 수 없는 것"들이기 많기 때문이다. 여기에서 우리는 우리의 근대 시가 근대 시 다운 면모를 갖추게 되는 것은 서구 시의 영향 때문이라는 관념을 읽을 수 있다. 김억에 대한 평가 역시 다소 부정적인데, 왜냐하면 최초로 데카당티슴과 상징주의를 소개했지만 그의 "창작 시를 놓고 볼 때는" 거기에 접근하지 못했기 때문이다. 요컨대 보들레느, 랭보, 베를렌느에게 진심이지 못했으며, 다만 그들의 "일면만을 배웠다"는 것이다. 사실

---

10) 김현 · 김윤식, 『한국문학사』, 민음사, 1973, 113-43쪽 참조.

김억에게는 그들처럼 실연, 배신, 투옥, 가난이라는 삶의 지난하고 불우한 역정이 없었으며, 그 대신 "시적 언어의 미감을 최초로 발견"한 것뿐이다. 그리하여 "시의 음악적 리듬을 절대치로 생각하는 그가 정형률의 민요시에 정착"한 것은 필연적이었으며, 그의 민요시란 결국 "국민적 감상주의"에 불과하다 비판한다. 여기에서도 우리는 서구 문예주의자로서의 송재영의 시선을 읽을 수 있다.

서구문학 연구 비평가로서의 의식은 그의 등단작인 「조지훈론」에서도 극명하게 드러난다. 송재영은 이 자리에서 조지훈의 "동양의 생리적 미의식"에 대해 신랄하게 비판한다. 말하자면 지훈의 "모든 시는 미의 환영과 환상에서 출발하여 그것에 대한 집념과 해탈 속에서 주조"되고, 그것을 "초극했을 때는 이미 비시(非詩)로 이행"하고 말았다 설파한다. 예컨대 우리가 지훈 시를 이야기할 때의 선(禪)적 사유, 선사상, 선감각, 선세계는 재래적 감각에서 기인하는 "순수한 미적 미학으로만 접근"해 있는 것이며, "시인의 영원한 주제인 형이상학적 고뇌와 정면 충돌"을 거부하고, 또 "참선의 자세"를 하고서는 "존재의 사유를 포기"하고 오직 "정적 세계로만 침몰"했다는 것이다. 이와 함께 지훈 시를 구성하는 주요한 요소로서 동양적 정관, 한시, 시조 등 동양의 전통적인 미 개념 역시 시인의 "적극적인 의식의 결여 상태"와 "막연한 분위기"만을 보여줄 뿐이라는 것이다. 말하자면 시적 대상을 통해 "자아의 무한한 내밀성을 심화·확대하지 못하고 오히려 그 대상 속으로 흡수·동화"되고 만다는 것이다.

또한 지훈은 종래 한시가나 시조시인의 안이한 시선을 고수한 탓에 대상을 개성적인 자기 눈으로 볼 수 있는 감각을 소유하고 있지 않다. 따라서 지훈의 미의식은 "한국적 유교적 선비의 정신적 전통의 발전적 계승"이 아니라 "답보 상태"에만 머물러 있을 뿐이다. 이것은 궁극적으로 정신사적 발달의 요인이 되는 부정과 "거부의 미학"을 결여한 탓이며, 이에 따라 한국문학은 전통과 역사성에 대한 진지한 고민을 수반하지 않은 결과

"로멘티시즘의 서성성이 역설적으로 고전적" 또는 "의(擬)고전적 정신 풍토 위에서 개화"할 수밖에 없는 한계를 노정한다. 즉 지훈 세대의 전통주의와 역사주의 문학은 현대적 서정이나 감각을 찾지 못하고 순응, 복고, 회고, 토속적 미학으로 나갈 수밖에 없는 사실을 비판적으로 지적하는 것이다. 사실 이러한 비판은 지훈 시나 토속적 회고적 전통 역사주의에 늘 따라붙는 세목인데, 그 비판적 비평의 문을 연 것이 이 글이라 해도 과언이 아니다.

송재영의 비평적 거점은 문학을 경험 세계에 대한 총체적 진실과 조화로운 삶에 대한 예술적 지향으로 이해한다. 언어를 사실에 맞게 또 인간의 위엄에 어울리도록 하는 문학적 작업은 문학이 인간의 위엄과 존엄성, 삶의 깊이와 현실의 진정성에 어울리는 사회 공간을 이룩하는 데 기여할 수 있는 필수적인 조건이다. 이 지점에서 우리는 한국문학의 전통성과 역사, 그리고 현실적 조건에 관한 자의식의 밑자리에 송재영이 가지고 있는 인문주의적 가치에 대한 확고한 믿음을 확인할 수 있다. 그러한 신념 아래에서 송재영은 새로움 없이 전통을 답습하는 태도를 배격한다. 가령 지훈의 경우에서처럼 전통적 미의 세계로서 대상을 창조적이며 발전적으로 계승하거나 확대 심화하지 못하고, 오히려 삶의 진정성과 현실의 치열성을 거세한 채 전통과 역사를 답습하는 데 머물렀을 뿐이라는 비판에서 여실히 드러난다.

한국문학의 전통과 역사에 대한 관심이 단지 새로운 창조성을 담보하지 못하고 전통과 역사의 답습에 그치고 있는 점을 고구하는 또 다른 글은 「역사소설에의 문제제기」이다. 물론 이 글은 문학의 현실성을 주제로 하는 문학사회학과 고답적 문체 의식을 혁파하고 새로운 표현에 고민해야 한다는 그의 수사학과 문체론과도 연관되어 있다. 이 글에서 송재영은 우리에게 "역사소설이란 어떠한 것인가"를 묻고, 또 "역사소설은 어떻게 가능한가"를 따져 물은 다음 우리 "한국소설은 어디까지 와 있는가"를 조명한다. 이러한 사정은 우리 근대 문학 초창기부터 선구적 역할을 한 작가들이 역사물에 치우쳐 있었으며, 이러한 편향은 지금도 계속되고 있기 때문이라는 문제의식에서 비롯한다.

역사소설이란 무엇인가를 묻는 자리에서 송재영은 먼저 근대 문학의 개척자 춘원을 거론한다. 그것은 춘원의 저작물 가운데 대부분은 "역사물이나 사담류(史談類)"가 주종을 이루기 때문이며, 박종화도 마찬가지이다. 여기에 김동인을 포함해 세 작가는 우리 문학에서 역사소설의 맥락을 형성한다. 그러나 춘원은 사실상 민족적 선각자로서의 투철한 지식인의 성격이 강했을 뿐 작가로서의 예술적 자의식이 결여된 것으로 평가한다. 그리고 동인에 대한 평가도 혹독한데, 그의 역사소설은 "문학적 외도" 또는 "궁핍한 시대에 있어서 생활의 수단"으로 삼았을 뿐이라는 것이다. 종화에 대한 평가는 한층 더 가혹하다. 종화는 "역사소설만이 민족 문학의 수립에 유일한 길이라는 미망"에 빠져 있는 작가라는 것이다. 그리하여 박종화류의 "무가치한 역사물은 문학의 이름으로 규탄" 받아야 하며 "도태되어야 한다"고 맹렬히 비판한다. 그는 결국 이들의 역사소설을 "문학적 실패"로 단정한다.

송재영이 역사소설을 문학적 실패로 규정하는 배경을 "역사적 사실과 문학적 현실의 상위(相違) 관계"에서 찾는다. 움직일 수 없는 객관적 사실로서의 역사적 사실은 작가의 창조적인 상상력 개입을 제한하며, 이러한 문제는 구체적인 인물 설정에서도 마찬가지이다. 그런데 이것을 자각하지 못하고 사실(史實)에 충실하고자 하는 역사소설이란 역사적 사건이나 인물의 드라마화에 불과하다. 또한 여기에 "역사소설을 통한 민족 문학관의 수립"이라는 "소박한 문학관"에 따라 사명감에 들떠 역사적 사실을 미화하는 데 급급했다는 요인도 간과할 수 없다. 역사에 대한 근대적 자각이나 성찰을 몰각한 태도는 「한국문학과 전통의 방향」에서 말하는 바와 같이 '시조부흥론'과 회고적인 역사물만 산출"했다는 비판과도 맥락을 같이 한다. 즉 전통을 단지 "형식을 그대로 답습하고 지켜 나가는 것"만으로는 전통 계승이 불가하다는 맥락과도 일치한다. 장르의 답습보다도 오히려 그 것을 "개혁하거나 파괴함으로써 새로운 사상을 수용"해야 한다는 것이다. 그리하여 "현대성만이 불후성(不朽性)"이며, 그것을 당대의 유수한 비평들 에서 사례를 든다. 여기에서 보는 것처럼 그들의 비평은 결국 "자국 문학 에 대한 깊은 이해와 애정이 작용"하고 있으며, 외국 문학의 수용과 영향 을 정당하게 받아들여 자국 문학의 꽃을 피우고 전통의 방향을 제시한다 는 것이다. 식물학에서 말하는 이화수정의 법칙, 즉 작가는 현대성과 현실 성을 자각하고 그것을 바르게 담아내야 한다는 의미이다.

  결국 역사소설은 현대의 문제를 과거 역사 속에서 추출해 내고 해석해 야 한다. 왜냐하면 역사소설에서 유명한 실재 인물 대신 서민 계급이 주인 공이 된다는 것은 근대사의 발전 단계를 문학 작품에서 수용하기 때문이 다. "역사란 일반 대중이 주인공이 되는 소설"이라는 "근대적 사관"을 자 각해야 한다는 것인데, 이런 점에서 송재영은 1970년대 들어 나타난 서기 원의 『혁명』, 유현종의 『들불』, 박경리 『토지』 등은 "본격적인 역사소설이 활기"를 담보하는 것으로 평가한다. 이들 작품은 각도는 다르지만 동학 혁 명을 다루는데 동학 혁명은 알다시피 피지배계층의 혁명적 운동이었기 때 문에 등장인물이 서민 계급임은 당연하다. 이는 루카치가 간파하는 역사 소설의 발전적 단계로서 당연한 귀결이다. 이들 작품은 "역사적 사건이나 인물에 대한 묘사"가 아니라 역사적 상황을 "원경으로 조명한 인간의 이 야기"라는 점이 예전의 작품과 다르다는 것이다. 이런 관점은 그는 여러 편의 글[11]에서 박경리의 『토지』를 비판적인 태도로 높이 평가한다.

  다음으로 송재영이 고민하는 것은 단편소설이 비교적 우세한 한국적 상 황에서 단편소설로서의 역사소설이 성공할 수 있는가이다. 이는 "한국 역

---

11) 「소설의 넓이와 깊이」, 「대하소설의 새로운 가능성」, 「민족사와 드라마 형식」 등이다.

사소설은 어디까지 와 있는가"에 대한 질문을 포함한다. 그는 그간 우리 역사소설은 "역사 의식의 발아"가 아닌 "이른바 한국적 토착성과 무속성에 더 깊이 뿌리"내리고 있다는 점을 지적한다. 말하자면 일반 대중 독자들이 흔히 다 아는 삼국유사나 고려사 소재에 국한해 있다는 것이다. 이러한 한계를 넘어서는 방법은 "역사에 대한 구체적이고 독자적인 해석"이 필요하다. 독자 대중이 다 같이 체험한 현대사, 즉 "역사적 지식을 통해서 알고 있는 사실"을 "현실적 체험을 통해 전달"할 때 직접적이며 감동적인 효과를 발휘한다는 것이다. 그러나 현대사의 "체험이 예술적으로 순화되지 않고 직절적(直截)적으로 노출"될 수 있는 점은 경계해야 한다는 것이다. 전통과 역사에 대한 그의 비평적 천착은 모두 한국 문학의 발전적 전망을 모색하기 위한 고언에 다름 아니다.

5. 한국문학의 옹호

송재영의 비평은 당대 그가 활동하던 시기의 주요한 비평적 방법과 관점과 개념을 통해 우리 문학의 수준과 한계, 그리고 발전 방향을 모색하는 데 열중한다. 그러나 서구의 근대문학 이론과 비평 방법론에 대한 해박한 이론과 식견을 바탕으로 전개되는 그의 비평 세계는 그가 내세우는 비평적 관점들로는 설명할 수 없는 심연을 내포한다. 여기에 우리는 비평의 힘과 신비를 발견하고 배울 수 있어야 한다. 그것은 르네 지라르의 개념을 빌어 말하자면 일종의 '외적 중개(external mediation)' [12]로서의 전범이 되는 대타자로서 그의 비평이 위치한다는 것이다. 그는 한국의 근대 비평의 문학사적 거점을 마련한 비평가로 평가하는 데는 다소 부담이 따를 수 있지

---

12) 르네 지라르, 김윤식 역, 『소설의 이론』, 삼영사, 1977, 19쪽.

만, 당대 척박한 대전의 비평적 현실에서 독보적인 역할 수행했다는 점은 부정할 수 없다.

송재영은 엄정한 지적 절제와 유연한 사유의 소유이다. 이러한 성격을 이유로 당대 유행한 리얼리즘이나 그 반대편의 문학적 입장 중에서 어느 한쪽에 편향된 비평의 지도성에 대해 연연해 하지도 않았으며, 특정한 진영에 편향된 입장을 취하지도 않았다. 요컨대 시대의 이념적 전략이나 경향에 특별히 귀속되지도 않았다. 이러한 이유로 그의 비평적 위치와 자리는 상대적으로 선명하지 않았다는 평가가 따라붙을 수 있다. 이 점은 송재영 비평의 분명한 한계이기도 하면서 그의 정체성을 고려하면 이해할 수밖에 없는 사안이다. 그것은 비평가로서의 역할을 수행하기 이전에 서구문학 소개자이면서 학술 연구자라는 정체성을 공유하는 데서 비롯한다.

이러한 차원에서 송재영 비평의 중요한 몇 가지 명제는 오늘의 현실에 비추어 수정을 요구하는 부분이 존재한다. 근대화 과정에서 우리 문학이 보여준 반성적 성찰과 그에 대한 문학적 실천과 성과는 서구문학에 비추어 미진할 수 있다. 그리고 그 과정에서 비판적 지성의 중요한 책무는 아무리 강조해도 지나치지 않다. 물론 송재영이 간파하듯 우리의 근대화 과정은 서구의 경우와 마찬가지로 역사적 발전단계를 차근차근 밟아오지 않았다. 그러한 이유로 우리 근대 문학의 수준을 서구의 수준에 빗대어 다소 평가절하하는 듯한 관점을 수용하기에는 다소 무리가 따른다. 한국적 상황의 문학적 조건을 그는 충분히 이해하면서도 그 조건에서 생산될 수밖에 없는 현실을 충분히 감안하고 평가했어야 한다는 것이다. 요컨대 우리 문학을 거시적 관점에서 평가할 때, 그가 『현대문학의 옹호』「책머리」에서 피력하듯 "가급적 외국 문학에의 편향성을 억제하려고 노력"하고 있다는 성찰에도 불구하고 서구문학 전공 비평가로서의 다소 편향된 시각을 지울 수 없다는 것이다.

그럼에도 불구하고 그가 다음과 같이 말할 때, 위와 같은 우려는 말끔히 상쇄된다. 즉 "한국의 문학은 한국만의 문학"이라 말할 때이다. 즉 우리의 근대문학이 외국 문학을 상당할 정도의 모방과 영향 아래 성장했다는 것을 부정할 수는 없지만 이 땅의 인물, 무대는 이 땅, 천대받던 한국어로 썼다는 점에서 그것은 오롯이 한국문학임을 천명하는 데서이다. 우리 근대문학에는 개화기 "선각자의 사상이 담겨져 있고, 식민지 시대의 지식인의 형상이 그려져 있고, 민족의 울분과 한이 끓어 있고, 처절한 전사(戰史)가 기록되 있고, 현대의 고뇌가 심각"하게 드러나 있다. 그 가운데 우리는 우리만의 "또 다른 방향"(「한국문학과 전통의 방향」)을 모색한다는 전언에서 우리는 송재영의 비평적 전망과 한국문학에 대한 비판적 애정을 읽어야 할 것이다.

문학평론집

감각의 구원

1쇄 발행일 | 2024년 12월 20일

지은이 | 김홍진
펴낸이 | 정화숙
펴낸곳 | 개미

출판등록 | 제313 - 2001 - 61호 1992. 2. 18
주소 | (04175) 서울시 마포구 마포대로 12, B-103호(마포동, 한신빌딩)
전화 | (02)704 - 2546
팩스 | (02)714 - 2365
E-mail | lily12140@hanmail.net

ⓒ 김홍진, 2024
ISBN 979 - 11 - 90168 - 94 - 6 03800

값 20,000원

발행기관 | 장애인인식개선오늘 **(042)826-6042**
주최 | 장애인인식개선오늘(고유번호 305-80-25363. 대표 박재홍)
주관 | 대한민국 장애인 창작집필실
심사 | 발간지원 사업 심사위원회
후원 | 대전광역시, 대전문화재단, 갤러리예향좋은친구들, 문학마당, 한국장애인
　　　문화네트워크, 드림장애인인권센터, 대전광역시버스사업운송조합, (주)맥
　　　키스컴퍼니, (주)삼진정밀

문의 | **(042)826-6042**